DIE AKERISEE
VENDA
ATERR
EUX
SANCTUM
CROSSER FLUSS
FALWORTH
KÖNIGREICH
DALBRECK
REUX LAU
CRUVAS
V

Mary E. Pearson
Die Chroniken der Hoffnung –
Der Klang der Täuschung

Weitere Titel der Autorin:

Die Chroniken der Verbliebenen – Der Kuss der Lüge
Die Chroniken der Verbliebenen – Das Herz des Verräters
Die Chroniken der Verbliebenen – Die Gabe der Auserwählten
Die Chroniken der Verbliebenen – Der Glanz der Dunkelheit

MARY E. PEARSON

DER KLANG DER TÄUSCHUNG

DIE CHRONIKEN DER HOFFNUNG

BUCH 1

Übersetzung aus dem amerikanischen Englisch
von Ulrike Raimer-Nolte

one

MIX
Papier aus verantwortungsvollen Quellen
FSC® C014496

Dieser Titel ist auch als E-Book erschienen

Titel der englischsprachigen Originalausgabe:
»Dance of Thieves«

Für die Originalausgabe:

Published by arrangement with Mary E. Pearson

Dieses Werk wurde vermittelt durch die Literarische Agentur
Thomas Schlück GmbH, 30161 Hannover

Für die deutschsprachige Ausgabe:

Lektorat: Julia Przeplaska, Ingolstadt
Umschlaggestaltung: Manuela Städele-Monverde unter Verwendung
von Motiven von © Designed by Rebecca Syracuse, © Buffy Cooper/
Trevillian Images und © Sandra Cunningham/Arcangel
Satz: two-up, Düsseldorf
Gesetzt aus der Caslon
Druck und Einband: GGP Media GmbH, Pößneck

Printed in Germany
ISBN 978-3-8466-0077-1

1 3 5 4 2

Sie finden uns im Internet unter: www.one-verlag.de
Bitte beachten Sie auch www.luebbe.de

Ein verlagsneues Buch kostet in Deutschland und Österreich jeweils überall dasselbe.
Damit die kulturelle Vielfalt erhalten und für die Leser bezahlbar bleibt, gibt es die gesetzliche Buchpreisbindung. Ob im Internet, in der Großbuchhandlung, beim lokalen Buchhändler, im Dorf oder in der Großstadt – überall bekommen Sie Ihre verlagsneuen Bücher zum selben Preis.

Schreib es nieder, hat er zu mir gesagt.

Schreib jedes Wort nieder, wenn du dort ankommst,

bevor die Wahrheit in Vergessenheit gerät.

Und das tun wir nun. Zumindest die Teile, an die wir uns erinnern.

Greyson Ballenger, 14

Kapitel 1

Kazimyrah aus Hellnebel

Ihre Geister sind immer noch hier.

Die Worte hingen in der Luft, jedes selbst wie ein geisterhaftes Schimmern, ein eiskaltes Flüstern der Warnung, aber mir machten sie keine Angst.

Schließlich wusste ich es schon.

Die Geister gehen nie ganz fort. Sie rufen dich in überraschenden Momenten. Ihre Hände umfassen deine und ziehen dich auf Pfade, die nirgendwohin führen. *Hier entlang.* Ich hatte gelernt, sie auszublenden. Meistens.

Wir ritten durch das Tal der Schildwacht, wo die Ruinen der Altvorderen auf uns herabschauten. Die Ohren meines Hengstes stellten sich zuckend auf, wachsam. Er wusste ebenfalls Bescheid. Ich rieb seinen Hals, um ihn zu beruhigen. Seit der großen Schlacht waren sechs Jahre vergangen, aber man sah immer noch die Narben, die sie geschlagen hatte: umgeworfene Wagen, die vom wuchernden Gras verzehrt wurden, verstreute Knochen, von hungrigen Tieren aus ihren Gräbern gewühlt, die Rippenskelette gigantischer Brezalots, die in den Himmel ragten und auf deren bleichen, elegant geschwungenen Bögen nun Vögel hockten.

Ich fühlte die Geister, wie sie sich in der Luft um uns drängten und uns fragend beobachteten. Einer von ihnen strich mit einem kalten Finger über mein Kinn und presste ihn warnend auf meine Lippen. *Schschsch, Kazi, bleib jetzt ganz still.*

Natiya führte uns unerschrocken tiefer in das Tal. Unsere Blicke glitten über die schroffen Felswände und die Verwüstungen, die der Krieg hinterlassen hatte. Langsam wurden sie vom Erdboden und von der Zeit verschlungen, ungefähr wie eine Schlange geduldig einen fetten Hasen vertilgt. Bald würden sämtliche Überreste der Zerstörung im Bauch der Erde begraben sein. Wer würde sich dann noch erinnern?

Auf der Hälfte des Weges, wo das Tal schmaler wurde, hielt Natiya an und stieg vom Pferd. Sie zog ein Stück weißen Stoff, der zu einem Viereck gefaltet war, aus ihrer Satteltasche. Wren stieg ebenfalls ab, glitt mit ihren schmalen Gliedern vogelleicht und lautlos zu Boden. Synové zögerte und schaute mich unschlüssig an. Sie war körperlich die Stärkste von uns allen, doch ihre weiblich gerundeten Hüften blieben fest mit dem Sattel verwachsen. Das Gerede über Geister mochte sie gar nicht, selbst im hellen Licht der Mittagssonne. Zu oft besuchten sie ihre Träume.

Ich nickte ihr beruhigend zu, woraufhin wir beide ebenfalls aus den Sätteln glitten und uns zu den anderen gesellten. Natiya blieb an einem großen überwachsenen Erdhügel stehen. Sie schien zu wissen, was die dicht geflochtene Grasmatte verbarg. Geistesabwesend rieb sie das Stoffviereck zwischen ihren schmalen braunen Fingern. Der Moment dauerte nur eine Sekunde, schien aber ewig lang. Natiya war neunzehn und hatte uns anderen bloß zwei Jahre voraus, dennoch wirkte sie plötzlich viel älter. Sie hatte all die Dinge tatsächlich gesehen, die wir nur aus Geschichten kannten. Mit einem kaum merklichen Kopfschütteln ging sie auf einen losen Steinhaufen zu. Sie begann, die herabgefallenen Steine aufzuheben und wie ein Mosaik zusammenzusetzen, bis sie an dem schlichten Grabmal wieder an Ort und Stelle waren.

»Wer liegt dort?«, fragte ich.

Ihre Lippen spannten sich über den Zähnen. »Sein Name war Jeb. Man hat seinen Leichnam auf einem Scheiterhaufen verbrannt, wie es in Dalbreck üblich ist, aber seine wenigen Besitztümer habe ich hier vergraben.«

Weil es bei den Vagabunden so üblich ist, dachte ich, ohne es auszusprechen. Natiya redete selten über die Zeit, bevor sie eine Vendanerin und Rahtan geworden war, und das Gleiche galt schließlich auch für mich und mein früheres Leben. Manche Dinge ließ man besser in der Vergangenheit ruhen. Wren und Synové traten unbehaglich von einem Fuß auf den anderen, bis das Gras unter ihren Stiefeln kreisförmig platt gepresst war. Natiya hatte sonst wenig Sinn für Sentimentalität, selbst für eine so stille, undramatische Geste wie diese, besonders wenn ihr präziser Zeitplan dadurch beeinträchtigt wurde. Aber jetzt verweilte sie dennoch, genau wie ihre geflüsterten Worte, die uns ins Tal begleitet hatten: *Sie sind immer noch hier.*

»Er war ein besonderer Mensch?«, wollte ich wissen.

Sie nickte. »Das waren sie alle. Aber Jeb hat mir vieles beigebracht, das mir beim Überleben geholfen hat.« Sie wandte sich um und musterte uns scharf. »Und was ich an euch weitergegeben habe. *Hoffentlich.*« Ihr Blick wurde milder, und die dichten schwarzen Wimpern verschatteten ihre dunklen Augen. Sie betrachtete uns drei abschätzend, wie ein erfahrener General einen Haufen dahergelaufener Rekruten. In gewisser Weise hatte sie sogar recht damit. Wir waren die jüngsten Rahtan, aber immer noch *Rahtan*. Das war schließlich etwas wert. Eine Menge. Wir gehörten zur Leibgarde der Königin. So eine Position bekam man nicht als ahnungsloser Tölpel. Nun ja, meistens. Jedenfalls hatten wir Talent und eine hervorragende Ausbildung genossen. An mir blieb Natiyas Blick am längsten haften. Bei dieser Mission hatte ich die Führung, was bedeutete, dass meine Entscheidungen nicht nur richtig, sondern absolut fehlerfrei sein mussten. Ich war dafür verantwortlich, dass wir Erfolg hatten, und vor allem, dass wir alle heil davonkamen.

»Mach dir keine Sorgen um uns«, sagte ich.

»Gar keine«, stimmte mir Wren zu und pustete sich ungeduldig eine dunkle Locke aus der Stirn. Sie wollte weiter. Die nervöse Erwartung machte uns allen zu schaffen.

Synové drehte unruhig einen ihrer langen pfirsichfarbenen Zöpfe zwischen den Fingern. »Wirklich, kein Grund zur Sorge. Wir sind …«

»Schon verstanden«, erwiderte Natiya und hob abwehrend eine Hand, bevor Synové zu einer langen Erklärung ansetzen konnte. »Ihr kommt wunderbar alleine klar. Aber denkt daran, euch erst in der vendanischen Siedlung umzuschauen. Danach könnt ihr euch Höllenrachen vornehmen. Stellt unauffällige Fragen. Sammelt Informationen. Holt euch die Vorräte, die ihr braucht. Benehmt euch unauffällig, bis wir nachkommen.«

Wren schnaubte. Unauffällig zu sein, war tatsächlich eine meiner Spezialitäten, nur nicht diesmal. Zur Abwechslung hatte ich vor, mich Hals über Kopf in Ärger zu stürzen.

Galoppierende Hufe unterbrachen den angespannten Wortwechsel. »Natiya!«

Als wir uns umdrehten, erblickten wir Eben auf seinem Pferd, unter dessen Huftritten die weiche Grasnarbe hochsprühte. Synovés Augen leuchteten auf, als hätte die Sonne gerade hinter einer Wolke hervorgelugt. Während Eben in einem Bogen um uns herumritt, war sein Blick jedoch nur auf Natiya gerichtet. »Griz beginnt zu murren. Er will los.«

»Ich komme schon«, antwortete sie und schüttelte das leinene Viereck auseinander, das sie in den Händen hielt. Es war ein Männerhemd. Ein besonders fein gewebtes. Sie schmiegte den weichen Stoff kurz an ihre Wange und breitete ihn dann auf den Steinen des Grabmals aus. »Cruvasleinen, Jeb«, flüsterte sie. »Das Beste auf dem Markt.«

Als wir die Talöffnung erreichten, hielt Natiya an und schaute ein letztes Mal zurück. »Erinnert euch daran«, sagte sie. »Zwanzigtausend. So viele starben hier an einem einzigen Tag. Aus Venda, Morrighan und Dalbreck. Die meisten kannte ich nicht, aber es gibt immer jemanden, der ihnen nahestand und ihnen gerne Wiesenblumen aufs Grab legen würde.«

Oder ein Hemd aus Cruvasleinen.

Nun wusste ich, warum Natiya uns hierher geführt hatte. Sie befolgte den Befehl der Königin. *Schaut hin. Schaut genau hin und erinnert euch an die Leben, die hier gelassen wurden. Echte Menschen, die jemand geliebt hat. Bevor ihr den Auftrag beginnt, den ich euch gegeben habe, schaut auf die Zerstörung und erinnert euch, was hier passiert ist. Und was wieder geschehen könnte. Ihr sollt wissen, was auf dem Spiel steht. Schlafende Drachen erwachen früher oder später und kommen aus ihren dunklen Höhlen gekrochen.*

Die Dringlichkeit in ihrem Blick und ihrer Stimme hatten mich aufgerüttelt. Ihr ging es nicht nur um die Vergangenheit. Sie fürchtete die Zukunft. Etwas braute sich in der Ferne zusammen, und sie versuchte verzweifelt, es aufzuhalten.

Ich musterte das Tal. Aus der Entfernung verschmolzen die Knochen und Wagenreste mit dem friedlichen Grün des Grasmeeres. Die Wahrheit lag darin verborgen.

Nichts war jemals ganz, wonach es aussah.

Griz und sein Gemurre, dass wir endlich aufbrechen sollten, waren nichts Neues. Er schlug gerne früh das Lager auf und ritt ebenso früh weiter, manchmal sogar noch bei Dunkelheit, als könne er damit einen fragwürdigen Sieg über die Sonne erringen. Als wir zurückkehrten, war sein Pferd bereits fertig bepackt und das Lagerfeuer gelöscht. Ungeduldig schaute er zu, wie der Rest von uns die Bettrollen und Satteltaschen auf die Tiere lud.

Einen Stundenritt von hier würden wir verschiedene Wege einschlagen. Griz war unterwegs nach Civica, der Hauptstadt von Morrighan. Die Königin hatte Nachrichten für ihren Bruder, den König, die sie niemand anderem anzuvertrauen wagte. Nicht einmal dem Valsprey, den sie sonst gerne als Boten benutzte. Doch ein Valsprey konnte von anderen Vögeln angegriffen oder vom Himmel geschossen werden, um die Botschaft abzufangen, während nichts und niemand Griz aufzuhalten vermochte. Nun ja, außer vielleicht ein kurzer Abstecher nach Terravin, was vermutlich der Grund für seine Eile war. Synové neckte ihn gerne damit, dass er dort ein Liebchen hatte. Jedes Mal stritt er es so wütend ab, dass er fast explodierte. Griz war ein Rahtan alter Schule, aber die Garde glich der von strengen Regeln gefesselten Zehnerschaft, die sie einst gewesen war, längst nicht mehr. Nun gab es zwanzig von uns. So hatte die Königin es bestimmt, als sie an die Macht gekommen war. Ich gehörte auch dazu.

Als ich mein Zelt zusammenfaltete, stellte sich Griz dicht hinter mir auf und schaute über meine Schulter. Ich war die Einzige in unserer Gruppe, die ein Zelt benutzte. Es war klein und brauchte nicht viel Stauraum. Dennoch hatte Griz gebockt wie ein störrischer Esel, als ich es bei einer Mission in einer Südprovinz zum ersten Mal aufbaute. *Wir benutzen keine Zelte*, hatte er mit tiefster Verachtung hervorgespuckt. Ich weiß noch, wie beschämt ich mich fühlte. Aber in den folgenden Wochen hatte sich diese Demütigung in Entschlossenheit verwandelt. Wer Schwäche zeigte, machte sich zur Zielscheibe, und ich hatte mir vor langer Zeit geschworen, nie wieder zum Opfer zu werden. Wenn ich Scham empfand, verbarg ich dieses Gefühl sorgfältig. Ich hatte mir einen perfekt geschmiedeten Panzer zugelegt, an dem alle Beleidigungen abprallten.

Griz' düstere Gestalt warf einen Schatten über mich, massig wie ein Berg. »Gefällt dir meine Falttechnik nicht?«, herrschte ich ihn an.

Er schwieg.

Ich drehte mich auf den Knien um und schaute zu ihm hoch. »Was ist los, Griz«, blaffte ich.

Er rieb sich das stachelige Kinn. »Zwischen hier und Höllenrachen liegt viel offenes Gelände. Eine leere, *flache* Ebene.«

»Und was willst du mir damit sagen?«

»Du … kommst zurecht?«

Ich stand auf und knuffte ihm das zusammengefaltete Zelt in den Bauch. Er nahm mir das Bündel ab. »Ich schaffe das schon, Griz. Entspann dich.«

Er nickte zögernd.

»Die eigentliche Frage ist doch«, fügte ich hinzu und zog die Worte effektvoll in die Länge, »wie gut kommst *du* zurecht?«

Er musterte mich und zog fragend die Stirn in Falten. Dann griff er mit einer Grimasse an seine Schwertseite.

Ich lächelte und hielt ihm seinen kurzen Dolch entgegen.

Seine typische Gewittermiene verwandelte sich in ein widerwilliges Grinsen, während er den gestohlenen Dolch zurück in die Scheide steckte. Die buschigen Brauen hoben sich, und er schüttelte anerkennend den Kopf. »Halt die Nase windwärts, Zehn.«

Zehn, mein hart erkämpfter Spitzname. Jedes Mal, wenn Griz

ihn benutzte, gab er zu, dass er mir vertraute. Ich wedelte zustimmend mit meinen unversehrten Fingerspitzen.

Niemand, vor allem nicht Griz, würde jemals vergessen, wie ich zu meinem Namen gekommen war.

»Windwärts? Damit meinst du wohl eher ihren Mund, was?«, frotzelte Eben.

Ich funkelte ihn an – denn er und alle anderen wussten, dass mein Leben als Rahtan damit begonnen hatte, dass ich der Königin ins Gesicht spie.

Kapitel 2

Kazi

Die Königin war durch die engen, schmutzigen Gassen des Hellnebelviertels spaziert, als ich sie entdeckt hatte. Meine Reaktion hatte ich so nicht geplant, doch selbst ungeplante Ereignisse können uns auf Pfade lenken, die zu betreten wir nie erwartet hätten. Sie können unser Schicksal mit einem Schlag ändern und über den Haufen werfen, wer und was wir sind. Kazimyrah: Vollwaise, Straßengöre, Herausforderin einer Königin, Rahtan.

Als ich sechs war, hatte man mich das erste Mal mit Gewalt auf einen neuen Pfad gestoßen. Dann kam der Tag, an dem ich der Herrscherin ins Gesicht spuckte, und plötzlich wurde mein Leben in eine ganz andere Richtung gewirbelt. Dieser Moment war nicht nur für meine eigene Zukunft ausschlaggebend gewesen, sondern die unerwartete Reaktion der Königin – ein Lächeln – sollte ihre ganze Regentschaft prägen. Ihr Schwert hatte griffbereit in der Scheide an ihrer Taille gehangen. Eine atemlose Menge wartete darauf, was passieren würde. Alle wussten genau, was *früher* passiert wäre. Zur Zeit des Komizars hätte ich um einen Kopf kürzer in der Gosse gelegen. Das Lächeln der Königin hatte mir damals mehr Angst gemacht als eine gezückte Waffe. In diesem Augenblick wusste ich mit Sicherheit, dass das alte Venda, in dem ich mich auskannte, unwiederbringlich verschwunden war. Ich hasste sie dafür.

Als sie erfuhr, dass ich keine Familie hatte, die für mich verantwortlich war, befahl sie den Wachen, mich zum Sanctum zu bringen. Damals hielt ich mich für sehr schlau. Jedenfalls schlauer als diese junge Herrscherin. Ich bestand aus elf Jahren Straßenstaub und würde mich wohl kaum von einer Möchtegernkönigin beeindrucken lassen. Mit Sicherheit konnte ich ihr genauso leicht ein Schnippchen schlagen wie allen anderen. Schließlich war das hier *mein* Territorium. Ich besaß noch alle meine Fingerspitzen … und den dazu passenden Ruf. In den Straßen von Venda wurde der Name Zehn mit echtem Respekt geflüstert.

Noch alle Finger zu haben, konnte aus einer Diebin – einer *mutmaßlichen* Diebin – eine Legende machen. Wäre ich jemals mit gestohlener Beute erwischt worden, hätte mein Spitzname stattdessen Neun gelautet. Die Quartierlords, deren Aufgabe die Verurteilung von Verbrechern war, hatten eine andere Bezeichnung für mich, die sie wütend knurrten, wann immer sie mich kommen sahen: Für sie war ich das Schattenmädchen. Denn selbst in der Mittagssonne konnte ich so spurlos im Schatten verschwinden, als hätte ich ihn selbst heraufbeschworen. Manche rieben über verborgene Amulette, wenn ich ihnen über den Weg lief. Dabei hatte ich andere Talente, die mindestens genauso viel wert waren. Ich kannte die Regeln des Straßenlebens, die Machtverhältnisse und Schlüsselpersonen, und hatte es darin zu wahrer Meisterschaft gebracht. Auf diese Weise spielte ich die Quartierlords und Händler gegeneinander aus. Ich ließ sie nach meiner Pfeife tanzen, gab den Takt vor wie eine Musikantin mit einem Satz derber Trommeln, die unter meinen Händen dröhnten. Da prahlte einer dem anderen gegenüber, dass ich *ihn* nie übers Ohr gehauen hatte. Alle kamen sich unglaublich pfiffig vor, während ich sie gleichzeitig um ihre Besitztümer erleichterte und diese anderswo einem besseren Nutzen zuführte. Ihre Selbstliebe war mein bester Verbündeter. Hellnebel mit seinen verschlungenen Gassen, Tunneln und Leiterwegen war mein Lehrherr … und mein knurrender Magen der gestrenge Zuchtmeister.

Aber es gab noch eine andere Art von Hunger, die mich antrieb: Ich suchte Antworten. Sie zu finden, war längst nicht so leicht, wie einem fetten Lord an den Geldbeutel zu gehen. Mein dunkles Geheimnis peitschte mich voran.

Doch dann kam die neue Königin, und fast über Nacht sah ich meine bisherige Welt zerbröckeln. Ich hatte mich zu meiner Position hinaufgekämpft und -gehungert, und niemand würde sie mir so einfach wegnehmen! Das überfüllte Gassengewirr von Venda war alles, was ich je gekannt hatte, und seine Unterwelt der einzige Ort, dessen Regeln ich verstand. Wer zur Zweckgemeinschaft der Straße gehörte, der wusste das Einfache zu schätzen: die Wärme von Pferdedung im Winter; den schnellen Messerschnitt in einen Jutesack, der eine Spur aus Getreidekörnern hinterließ; den finsteren Blick eines übervorteilten Händlers, wenn er bemerkte, dass in seinen Körben ein Ei fehlte – oder falls ich jemanden bestrafen wollte, sogar das ganze Legehuhn. Ich hatte mich schon mit größerer und lauterer Beute davongemacht.

Ich behauptete gerne, dass ich nur aus Hunger stahl, aber das stimmte nicht. Manchmal beraubte ich die Quartierlords auch einfach, um ihr erbärmliches Dasein noch erbärmlicher zu machen. Manchmal fragte ich mich, ob ich an ihrer Stelle auch bereit gewesen wäre, Leuten die Finger abzuhacken, um mir meinen Platz an der Sonne zu sichern. Das Gefühl der Macht konnte genauso verführerisch sein wie der Duft eines warmen Brotlaibs. Obwohl ich nur wenig davon besaß, nährte es mich an manchen Tagen ebenso gut.

Doch dann wurden die neuen Verträge zwischen den Königreichen geschlossen, durch die Siedlungen in den Cam Lanteux erlaubt wurden. Für mich bedeutete das, dass ich zuschauen musste, wie all die Menschen, mit denen (oder für die) ich meine Diebereien ausgeführt hatte, einer nach dem anderen abwanderten, um sich ein Leben unter freiem Himmel aufzubauen. Ich fühlte mich wie ein gerupfter Vogel, der sinnlos mit den nackten Flügeln flattert. In einer Bauernsiedlung mitten im Nirgendwo leben? Das wollte ich nicht. Genauer gesagt *konnte* ich es nicht. Diese Erfahrung hatte ich gemacht, als ich mit neun Jahren versuchte, außerhalb der Stadtmauern nach Antworten zu suchen. Ich hatte mich nur eine kurze Tageswanderung fortbewegt. Beim Zurückblicken war die Stadt in der Ferne zu einem winzigen Fleck in einer leeren Landschaft geschrumpft. Der Atem stockte mir. Der Himmel schien sich in schwindelerregenden Strömungen zu drehen. Das Gefühl überrollte mich wie eine Welle, und ich rang nach Luft. Hier gab es keine Möglichkeit, sich zu verstecken. Ich konnte nicht mit den Schatten verschmelzen, mich hinter Zeltklappen ducken oder unter Treppen kauern. Ich konnte mich nicht einmal zitternd vor Angst unter meinem Bett verkriechen, falls mich jemand verschleppen wollte. Es gab überhaupt keine Fluchtmöglichkeit. Was meine Welt zusammenhielt – Böden, Decken, Wände –, war verschwunden, und ich trieb schwerelos im Nichts. Mit meiner letzten Kraft schleppte ich mich zurück in die Stadt und verließ sie nie wieder.

Ich wusste, dass ich unter offenem Himmel nicht überleben würde. Der Königin ins Gesicht zu spucken, war mein sinnloser Versuch gewesen, die Nische zu retten, in der ich mir eine Existenz erkämpft hatte. Man hatte mir mein Leben schon einmal gestohlen. Ein zweites Mal würde ich das nicht zulassen! Aber natürlich geschah es trotzdem. Eine steigende Flut kann man nicht aufhalten, und die neue Zeit umspülte bereits meine Fußknöchel wie Wellen am Ufer … bis mich die Strömung schließlich mitriss.

Meine ersten Monate im Sanctum waren turbulent. Ich weiß bis heute nicht, wieso mir niemand den Hals umgedreht hat. An ihrer Stelle hätte ich es getan. Ich stahl alles, was mir ins Auge fiel oder was man vor meinen Augen zu verbergen suchte. Dann hortete ich es in einem ungenutzten Gang unter der Treppe des Ostturms. Kein Privatzimmer war vor mir sicher. Natiyas Lieblingsschal, Ebens Stiefel, die Holzlöffel der Köchin, Schwerter, Gürtel, Bücher, Hellebarden aus der Waffenkammer und die Haarbürste der Königin. Manchmal gab ich meine Beute zurück, manchmal nicht, als sei ich selbst eine Herrscherin, die ganz nach Laune ihre Gnade verschenkte. Als ich Griz zum dritten Mal sein Rasiermesser stibitzte, jagte er mich brüllend durch die Gänge.

Eines Tages, als ich die Ratsgallerie betrat, applaudierte mir die Königin. Sie sagte, ich habe ganz offensichtlich die Kunst der Dieberei zur Vollendung gemeistert, und nun sei es an der Zeit, neue Fertigkeiten zu erlernen. Mit diesen Worten erhob sie sich und reichte mir eines meiner gestohlenen Schwerter.

Ich starrte sie an und fragte mich, wie sie die Waffe gefunden hatte. »Ich kenne den Gang beim Ostturm genauso gut wie du, Kazimyrah. Du bist nicht die Einzige im Sanctum, die sich aufs Herumschleichen versteht. Ein Schwert kann man sinnvoller nutzen, als es in einem dunklen, feuchten Treppenschacht verrosten zu lassen, was meinst du?«

Zum ersten Mal widersprach ich nicht.

Ich wollte lernen. Die Schwerter, Dolche und Morgensterne, die ich mir angeeignet hatte, waren nutzlos für mich. Ich wollte sie nicht nur besitzen, sondern auch wissen, wie man sie anwandte, und zwar richtig.

Die Landschaft wurde flacher, als hätten Riesenhände unsere Durchreise erwartet und die Hügel für uns geglättet. Dieselben Hände hatten die Ebene anscheinend auch von Ruinen befreit. Es fühlte sich seltsam an, keine einzige zu sehen. Ich war noch nie länger gereist, ohne von Hinweisen auf die Welt der Altvorderen begleitet zu werden. Die Ruinen waren weit verbreitet, aber hier spendete nicht einmal eine bröckelnde Mauer einen dürftigen Schatten. Es gab nichts als offenen Himmel und ungezähmten Wind. Beides schien mir die Luft abzupressen. Ich zwang mich zu tiefen, vollen Atemzügen und konzentrierte mich auf einen Punkt in der Ferne, an dem ich mir eine magisch verhüllte Stadt vorstellte. Sie wartete nur darauf, mich zu begrüßen.

Griz hatte angehalten und stritt sich mit Eben und Natiya über mögliche Treffpunkte. Die Zeit war gekommen, dass unsere Gruppe sich trennte. Schließlich wandte Griz sich ab und spähte misstrauisch in die leere Weite, als suche er darin nach etwas. Sein Blick blieb an mir hängen. Ich räkelte mich im Sattel und lächelte, als sei ich auf einem vergnüglichen Sommerausflug. Die Sonne stand hoch und warf scharfe Schatten auf sein von Kämpfen vernarbtes Gesicht. Die Falten um seine Augen vertieften sich.

»Noch etwas: Hier in der Gegend solltet ihr wachsam sein. Ich habe in der Nähe einmal nicht ständig über die Schulter geschaut, und es hat mich zwei Jahre meines Lebens gekostet.« Er erzählte, wie er und ein Offizier aus Dalbreck überfallen und von Menschenhändlern verschleppt worden waren, um in einer Mine zu schuften.

»Wir sind gut bewaffnet«, erinnerte ihn Wren.

»Und dann gibt es noch Synové«, fügte ich hinzu. »Du hast alles im Blick, stimmt's, Synové?«

Sie flatterte mit den Augenlidern, als habe sie eine Vision, und nickte. »Klar doch.« Dann schickte sie Griz mit einem Fingerwedeln auf den Weg und murmelte grinsend: »Genieß die Zeit mit deinem Liebchen.«

Er blaffte laut und warf die Hand in die Luft, als wolle er die bloße Vorstellung verscheuchen. Er murmelte noch immer Flüche, als er davonritt.

Als Nächstes trennen wir uns von Natiya, die auf weitere Verhaltensmaßregeln verzichtete. Alles war bereits besprochen, sowohl die echte Mission als auch die falsche. Natiya und Eben würden südwärts reiten, um in Parsuss, der Hauptstadt von Eislandia, mit dem König zu reden. Sie sollten ihn informieren, dass wir uns in seinen Machtbereich einmischten. Er war zuallererst Bauer, wie die meisten Eislander, und seine gesamte Armee bestand aus ein paar Dutzend Wachen, die ihm gleichzeitig als Landarbeiter dienten. Also hatte er kaum die Möglichkeit, allein mit Problemen fertigzuwerden. Außerdem hatte Griz ihn als einen zaghaften Mann beschrieben, der eher die Hände rang, als sie zu Fäusten zu ballen. Den Nordrand seines Reiches unter Kontrolle zu halten, überforderte ihn offenbar völlig. Die Königin war sicher, dass er keine Einwände haben würde, aber die Etikette verpflichtete sie dazu, ihn wenigstens in Kenntnis zu setzen. Schon aus Vorsicht war es besser, sich diplomatisch zu verhalten, falls etwas schiefgehen sollte.

Aber natürlich würde alles glattlaufen. Ich hatte es ihr versprochen.

Im Übrigen würde auch der König von Eislandia nur den angeblichen Grund erfahren, weshalb wir sein Reich besuchten, nicht den echten. Dieses Geheimnis wurde so streng gehütet, dass wir es nicht einmal dem Herrscher offenbaren durften.

Ich steckte die Landkarte ein und setzte mein Pferd mit einem Hackenstoß in Bewegung, schnurstracks Richtung Höllenrachen. Synové schaute zurück und beobachtete, wie Eben und Natiya sich entfernten – ob sie nah zusammen ritten und vielleicht sogar Worte tauschten. Weshalb sie ihn anschmachtete, verstand ich nicht, aber schließlich hatte es davor genug andere gegeben. Synové war verliebt in die Liebe. Kaum waren die beiden außer Hörweite, fragte sie: »Glaubt ihr, sie haben es schon getan?«

Wren stöhnte.

Ich konnte nur hoffen, dass sie über etwas anderes sprach, fragte aber dennoch: »Wer hat was getan?«

»Eben und Natiya. Du weißt schon, *es*.«

»Du bist hier doch die Allwissende«, meinte Wren. »Also solltest du dir das selbst beantworten können.«

»Ich habe *Träume*«, verbesserte Synové. »Und wenn ihr beide euch ein bisschen mehr anstrengen würdet, könntet ihr das auch.« Über ihre Schultern lief ein widerwilliger Schauer. »Aber auf so eine Vision kann ich gut verzichten.«

»Da hat sie recht«, bemerkte ich an Wren gewandt. »Manche Dinge möchte man sich nicht einmal vorstellen, geschweige denn in seinen Träumen sehen.«

Wren zuckte mit den Achseln. »Die beiden haben sich jedenfalls noch nie geküsst, wenn ich dabei war.«

»Oder auch nur Händchen gehalten«, fügte Synové hinzu.

»Andererseits sind die zwei nicht gerade bekannt für zärtliche Gesten«, erinnerte ich sie.

Synovés Augenbrauen zogen sich grüblerisch zusammen, und niemand von uns sprach aus, was wir doch alle wussten. Eben und Natiya waren einander treu ergeben – auf sehr leidenschaftliche Weise. Ich nahm an, dass sie schon weit übers Küssen hinausgegangen waren, aber normalerweise machte ich mir darüber keine Gedanken. Es war mir nicht wichtig, und ich wollte es auch gar nicht erfahren. Auf gewisse Weise war ich darin wohl Griz ähnlich. Wir waren beide zuallererst Rahtan, und in unserem Leben gab es wenig Zeit für anderes. Auf Komplikationen dieser Art konnte ich verzichten. Meine wenigen kurzen Tändeleien mit Soldaten der Garde hatten mich nur abgelenkt. Ich hatte entschieden, dass ich solche Zerstreuungen nicht brauchte. Sie waren zu riskant, weckten sinnlose Sehnsüchte und ließen mich an eine Zukunft denken, die ich vielleicht nie haben würde.

Wir ritten unseres Weges und Synové war wie üblich die Gesprächigste von uns. Sie füllte die Stunden mit unzähligen Beobachtungen, sei es das Wellenmuster des Grases, das um die Fesseln unserer Pferde strich, oder der Salzgehalt in der Linsensuppe ihrer verstorbenen Tante. Ich wusste, dass ihr Geplapper zumindest teilweise den Zweck hatte, mich von der flachen, leeren Welt abzulenken, die im Wind wogte und schwankte, und in deren offenem Rachen ich zu verschwinden drohte. Manchmal half ihr Geplauder. Manchmal gelang es mir, mich selbst auf andere Gedanken zu bringen.

Plötzlich hob Wren warnend die Hand und gab das Zeichen anzuhalten. »Reiter. Dort, beim dritten Glockenschlag«, sagte sie. Ihre *Ziethe*-Klinge durchschnitt die Luft, als sie den Sicheldolch zog und kampfbereit herumwirbelte. Synové legte bereits einen Pfeil an die Sehne.

In der Ferne waberte eine dunkle Wolke über die Ebene, kam rasend auf uns zu und wurde immer größer. Ich zog mein Schwert, doch plötzlich schnellte die Schwärze nach oben in den Himmel. Sie strich dicht über unsere Köpfe hinweg, eine zappelnde Antilope in den Klauen. Der Windstoß von den Schwingen der Kreatur fuhr uns durch die Haare, und wir alle duckten uns instinktiv. Die Pferde scheuten. Nur der Bruchteil einer Sekunde, dann war das Geschöpf auch schon wieder verschwunden.

»*Jabavé*«, knurrte Wren, während wir versuchten, unsere Pferde zu beruhigen. »Was zur Hölle war das?«

Uns davor zu warnen, hatte Griz wohl vergessen. Ich hatte schon von diesen Raubtieren gehört, zumindest als Gerücht, doch soweit ich wusste, sollten sie nur im entlegenen Norden jenseits von Infernaterr vorkommen. Anscheinend war das heute anders.

»Ein Racaa«, antwortete Synové. »Sie gehören zu den wenigen Raubvögeln, die Valspreys fressen. Ich glaube nicht, dass sie Menschen jagen.«

»Du *glaubst?*«, fuhr Wren sie an. Ihre braunen Wangen glühten vor Ärger. »Sicher bist du nicht? Wie sehr kann sich unser Geschmack schon von Antilopenfleisch unterscheiden?«

Ich steckte mein Schwert zurück in die Scheide. »Hoffen wir, dass der Unterschied ausreicht.«

Wren kämpfte ihre Gefühle nieder und steckte auch die *Ziethe*-Klinge weg. Sie trug zwei davon am Leib, eine an jeder Hüfte, und sorgte stets dafür, dass die Schneiden rasiermesserscharf waren. Gewöhnlich war sie mehr als fähig, mit ihren Gegnern fertigzuwerden, zumindest mit zweibeinigen, aber ein Angriff aus der Luft erforderte ein gewisses Umdenken. Ich konnte ihr ansehen, wie sie verschiedene Taktiken im Kopf durchging. »Wenn nötig, hätte ich das Biest erledigen können.«

Ohne Zweifel. Wren kämpfte so verbissen wie ein in die Enge getriebener Dachs.

Von ihren Dämonen wurde sie genauso unbarmherzig angetrieben wie ich von meinen, und deshalb feilte sie an allen ihren Talenten, bis sie messerscharfe Waffen waren. Sie hatte zuschauen müssen, wie ihre Familie auf dem Blackstone-Platz vor dem Sanctum abgeschlachtet wurde, weil ihr Clan den tödlichen Fehler begangen hatte, einer geraubten Prinzessin zuzujubeln.

Dasselbe galt für Synové. Sie spielte gerne die fröhliche Unschuld, aber mit einem mörderischen Unterton. Immerhin hatte sie mehr Plünderer getötet als ich und Wren zusammen. Der augenblickliche Stand lag bei sieben.

Nachdem sie den Pfeil zurück in den Köcher gesteckt hatte, fuhr Synové mit ihrem Geplauder fort. Wenigstens hatte sie jetzt für den Rest unseres Rittes ein ganz neues Thema. Racaa waren eine Ablenkung besonderer Art.

Meine Gedanken lenkten die Schattengestalt in eine andere Richtung: Schon in einer Woche würden wir selbst schattenhaft und unerwartet in die Stadt Höllenrachen einfallen, und wenn alles gut lief, würden ich eine Beute davontragen, die kostbarer war als ein Stück Antilopenfleisch.

Erst vor sechs Jahren hatte ein Krieg getobt, und zwar der blutigste, den der Kontinent je gesehen hatte. Tausende waren gestorben, aber nur eine Handvoll Männer hatte die Fäden gezogen. Einer davon war noch immer am Leben, und manche hielten ihn für den Schlimmsten von allen: der Wachhauptmann der Festung von Morrighan. Er hatte das Königreich verraten, das zu beschützen er eigentlich geschworen hatte. Deshalb hatten feindliche Kämpfer unauffällig in die Festung eindringen können, die das Reich schwächen und schließlich zu Fall bringen sollten. Manche treuen Soldaten waren unter seinem Kommando einfach verschwunden. Ihre Leichen wurden nie gefunden. Er war an unzähligen Verbrechen beteiligt gewesen, darunter die Vergiftung des Königs sowie der Mord am Kronprinzen und zweiunddreißig seiner Kameraden. Seitdem war der Wachhauptmann vermutlich der am erbittertsten gejagte Flüchtige auf dem ganzen Kontinent.

Zwei Mal war es ihm schon gelungen, den Fängen des Reiches zu entkommen, und schließlich war er spurlos verschwunden.

Fünf Jahre lang hatte niemand ihn zu Gesicht bekommen. Aber nun gab es wieder eine Spur, und zwar durch die Zufallsbegegnung mit einem Händler, der sein Wissen bereitwillig weitergab. *Er hat sein eigenes Königreich ausgeliefert*, hatte die Königin gesagt, *und den Tod von Tausenden in Kauf genommen, um seine Gier zu befriedigen. Ein hungriger Drache mag jahrelang schlafen, aber das ändert nichts an seinen Fressgewohnheiten. Dieser Mann muss gefunden werden. Die Gefallenen fordern Gerechtigkeit, genau wie die Lebenden.*

Schon vor unserem Abstecher ins Tal der Toten war mir bewusst gewesen, welchen Blutzoll solche Drachen fordern konnten. Sie warteten lauernd auf ihre Chance, schlichen sich im Nachtdunkel an und stürzten sich auf unsere Welt, um wahllos alles zu verzehren. Der Feind unserer Königin würde für seine Taten büßen. Er hatte Träume und Leben gestohlen, ohne sich um die Verwüstung zu scheren, die er hinterließ. Manche Drachen mochten sich für immer davonschleichen, aber nicht Wachhauptmann Illarion. Falls er sich wirklich hier verbarg, nachdem er seine Mitbürger verraten und Tausende in den Tod geschickt hatte, würde auch Torsfeste ihn nicht vor mir schützen können. Ich würde mich auf Diebesweise mit ihm davonstehlen, und er würde bezahlen – bevor seine Gier weitere Opfer fordern konnte.

Ich brauche dich, Kazimyrah, und ich glaube an dich. Das Vertrauen der Königin bedeutete mir alles.

Für diese Aufgabe brachte ich genau die richtigen Talente mit, und der Auftrag war meine Chance, einen früheren Fehler wiedergutzumachen. Vor einem Jahr hatte ich kläglich versagt, fast mein Leben verloren und den makellosen Ruf der Königlichen Garde beschädigt. Rahtan bedeutete »Versage niemals«, aber ich hatte auf peinlichste Weise versagt. Kaum ein Tag verging, an dem ich nicht daran dachte.

Ich hatte einen Botschafter der Reux Lau mit jemand anderem verwechselt, und die Begegnung hatte etwas Wildes, Unbezähmbares in mir entfesselt, von dessen Existenz ich vorher nichts geahnt hatte – oder vielleicht hatte ich das verwundete Tier in mir schon seit langer Zeit heimlich genährt. Jedenfalls schienen meine Hände und Füße ein Eigenleben zu führen, als ich mich auf ihn stürzte. Ich hatte nicht vorgehabt, ihm eine Klinge in den Körper zu rammen, zumindest nicht sofort, aber seine Gegenwehr kam überraschend. Er überlebte meine Attacke. Zum Glück war mein Dolch nicht allzu tief eingedrungen. Die Wunde konnte mit ein paar Stichen genäht werden. Unser ganzer Trupp wurde festgenommen und ins Gefängnis geworfen. Sobald klar war, dass ich allein für die Tat verantwortlich war, ließ man die anderen frei – nur ich hockte zwei Monate in der Kerkerzelle einer südlichen Provinz. Die Königin höchstpersönlich musste die Wogen glätten, um meine Freilassung zu erreichen.

In diesen zwei Monaten hatte ich viel Zeit zum Nachdenken gehabt. Wie hatte ich meine Geduld und Selbstkontrolle so schlagartig verlieren können? Auf diese Eigenschaften war ich sonst besonders stolz. Sie hatten mir viele Jahre lang die Haut gerettet. Vielleicht noch schlimmer war, dass mein Fehlurteil mich zwang, an meinem Gedächtnis zu zweifeln. Vielleicht wusste ich wirklich nicht mehr, wie sein Gesicht aussah. Vielleicht war die Erinnerung verblasst wie so viele andere, und diese Möglichkeit erschreckte mich zutiefst. Wenn ich ihn nicht mehr erkannte, konnte er jedermann sein. Überall.

Nach unserer Rückkehr hatte Eben der Königin von meiner Vergangenheit berichtet. Ich wusste nicht einmal, wieso er davon wusste. Schließlich hatte ich es keinem Menschen anvertraut, und außerdem scherte sich auch niemand darum, wo eine Straßengöre herkam. Dafür gab es zu viele von uns.

Die Königin rief mich in ihre Privatgemächer. »Warum hast du mir nicht von deiner Mutter erzählt, Kazimyrah?«

Mein Herz schlug wild, und in meiner Kehle kroch ein salziger Geschmack hoch. Ich schluckte ihn mit Gewalt herunter und drückte die Knie durch, weil ich Angst hatte, dass mir sonst die Beine versagen könnten.

»Da gibt es nichts zu erzählen. Meine Mutter ist tot.«

»Bist du sicher?«

In meinem Herzen war ich es und betete täglich darum, dass ich recht hatte.

»Wenn die Götter gnädig sind.«

Die Königin fragte, ob wir darüber sprechen sollten. Ich wusste, dass sie mir nur helfen wollte. Außerdem schuldete ich ihr eine Erklärung nach allem, was sie für mich getan hatte. Aber meine Vergangenheit war noch immer ein chaotisches Knäuel aus Erinnerungsfetzen und Wut, das ich selbst nicht entwirren konnte. Also entschuldigte ich mich und ging ohne Antwort.

Kaum hatte ich ihre Gemächer verlassen, fand ich Eben und ging im Treppenflur auf ihn los. »Halt dich aus meinem Leben raus! Hast du mich verstanden, Eben? Halt dich raus!«

»Damit meinst du wohl deine Vergangenheit. Aber dafür musst du dich nicht schämen, Kazi. Du warst sechs Jahre alt. Es ist nicht deine Schuld, dass …«

»Halt den Mund, Eben! Sprich nie wieder über meine Mutter, oder ich schneide dir die Kehle durch, und zwar so schnell und leise, dass du es erst merkst, wenn du tot bist.«

Sein Arm schnellte vor und versperrte mir den Weg. »Irgendwann musst du dich den Dämonen in deinem Inneren stellen, Kazi.«

Ich warf mich auf ihn, aber mein Angriff war unbeherrscht, während er ganz ruhig blieb. Er hatte meine Attacke erwartet und wirbelte mich herum, zog mich an seine Brust und drücke mich so fest, dass mir die Luft wegblieb, während ich gegen ihn ankämpfte.

»Ich *verstehe* dich, Kazi. Glaub mir, ich weiß genau, wie du dich fühlst«, hatte er mir damals ins Ohr geflüstert.

Ich wütete und schrie. Niemand konnte mich verstehen. Vor allem nicht Eben. Mir fiel es immer noch schwer, mit den Erinnerungen klarzukommen, die er jedes Mal aufwühlte, wenn wir uns begegneten. Er konnte nicht ahnen, was ich sah, wenn er mir vor Augen kam: seine schwarze Haarmähne, die ihm strähnig in die Augen hing, seine blasse blutleere Haut und der bedrohlich dunkle Blick – all das glich allzu sehr dem Previzi-Händler, der mitten in der Nacht in unserem Unterschlupf aufgetaucht war und mit seiner Laterne das Dunkel zerschnitten hatte. Ich hörte seine Frage: *Wo steckt das Balg?*, und sah mich in einer Pfütze aus meinen eigenen Ausscheidungen kauern, zu verängstigt, um mich zu rühren. Heutzutage hatte ich vor nichts mehr Angst.

»Du hast eine zweite Chance bekommen, Kazi. Wirf sie nicht weg. Die Königin hat sich für dich weit aus dem Fenster gelehnt. Das kann sie nicht beliebig oft tun. Du bist jetzt kein machtloses Kind mehr. Die Vergangenheit lässt sich nicht ändern, aber dafür gibt es genug andere Dinge, die du zum Guten wenden kannst.«

Er hielt mich eng umschlungen, bis ich keine Kraft mehr zum Kämpfen hatte. Ich fühlte mich ganz schwach, als ich mich schließlich von ihm löste. Verbittert stahl ich mich fort, um mich in einer dunklen Ecke des Sanctums zu verkriechen, wo niemand mich finden würde.

Später erfuhr ich von Natiya, dass Eben vielleicht wirklich Grund hatte, mich zu verstehen. Er selbst war fünf gewesen, als er zuschauen musste, wie man seiner Mutter eine Axt in die Brust rammte und seinen Vater lebendig verbrannte. Seine

Familie hatte versucht, in den Cam Lanteux zu leben, bevor es Verträge gab, die Neusiedler schützten. Er war zu jung gewesen, um die Schuldigen wiederzuerkennen oder auch nur sagen zu können, aus welchem Königreich sie stammten. Für ihn würde es keine Gerechtigkeit geben, obwohl ihm der Mord an seinen Eltern für immer ins Gedächtnis gebrannt war. Als ich Eben besser kennenlernte und häufiger mit ihm zusammenarbeitete, hörte ich auf, den Previzi-Händler in ihm zu sehen. Nun war er einfach nur Eben mit seinen seltsamen kleinen Eigenheiten – und einer Vergangenheit, die so blutig war wie meine.

»… andere Dinge, die du zum Guten wenden kannst«, hatte er gesagt.

Dieser Moment war für mich ein Wendepunkt, ein weiterer Neustart in meinem Leben. Von nun an brannte ich darauf, der Person meine Ergebenheit zu beweisen, die nicht nur mir, sondern ganz Venda eine zweite Chance gegeben hatte. Unserer Königin.

Den schwarzen Fleck in meiner Vergangenheit konnte ich nie tilgen.

Aber vielleicht konnte ich anderes zum Guten wenden.

Kommt näher, meine Brüder und Schwestern.
Wir haben die Sterne berührt,
Und der Staub der Möglichkeiten ist unser.
Aber die Arbeit geht nie zu Ende.
Die Zeit kreist. Wiederholt sich.
Wir müssen bereit sein.
Obwohl der Drache nun schläft,
Wird er wieder erwachen
Und über die Erde streifen,
Den Bauch voller Hunger.
Und so wird es sein,
In alle Ewigkeit.

Jezelias Lied

Kapitel 3

Jase Ballenger

Dieses Land gehört uns, so weit du schauen kannst. Vergiss das nie. Es hat schon meinem Vater gehört und seinem Vater vor ihm. Das hier ist Ballengergebiet und ist es immer gewesen, bis hin zu den Altvorderen. Wir sind die Erste Familie, und jeder Vogel über unseren Köpfen, jeder Atemzug, jeder Regentropfen, der auf den Boden fällt, das alles gehört uns. Unser Wort ist hier Gesetz. Das Land ist unser Besitz, so weit dein Auge reicht. Lass dir nie auch nur eine Handvoll Erde durch die Finger gleiten, oder am Ende wirst du alles verlieren.

Ich legte die Hand meines Vaters an seine Seite. Seine Haut war kalt, die Finger steif. Er war schon seit Stunden tot. Es kam mir immer noch unfassbar vor. Vor vier Tagen war er noch gesund und stark gewesen, dann griff er sich beim Aufsteigen aufs Pferd an die Brust und sackte zusammen. Die Seherin sagte, ein Feind habe ihn mit einem Fluch belegt. Die Heilerin meinte, es sei das Herz, und da könne man nichts machen. Egal wer auch immer recht hatte, nur wenige Tage später war er jedenfalls fort.

Ein Dutzend leerer Stühle stand noch immer um sein Bett, nachdem die Totenwache vorbei war. Die Klänge unseres lang gezogenen Abschieds waren verstummt und hatten sich in schweigende Fassungslosigkeit verwandelt. Ich schob meinen Stuhl zurück und trat auf den Balkon, wo ich einen tiefen Atemzug nahm. Die Hügel reichten in diesigen Wellen bis zum Horizont. *Nicht eine Handvoll*, hatte ich ihm versprochen.

Die anderen warteten darauf, dass ich aus dem Zimmer kam und seinen Ring am Finger trug. Weil er jetzt *mein* Ring war. Vaters letzte Worte hallten noch immer in mir nach. Ich betrachtete die endlose Landschaft, die unser Eigentum war. Mir war jeder Hügel, jede Schlucht, jeder Felsvorsprung und jeder Fluss vertraut. *So weit dein Auge reicht.* Plötzlich sah alles ganz anders aus.

Ich trat vom Balkon zurück. Schon bald würden die ersten Herausforderer auftauchen. So war es immer, wenn ein Ballenger starb, als sei es einfacher, uns zu stürzen, nur weil ein Einziger aus unseren Reihen fehlte. Die Nachricht würde sich schnell unter den vielen losen Verbündeten verbreiten, deren Gebiete an unseres grenzten. Vaters Todeszeitpunkt war denkbar ungünstig. Gerade wurden die ersten Ernten eingebracht, die Previzi verlangten mehr Prozente für ihre Lieferungen, und Verrtig hatte um die Hand meiner Schwester angehalten. Sie zögerte noch, sich zu entscheiden. Ich mochte Verrtig nicht, aber ich liebte meine Schwester. Mit einem Kopfschütteln stieß ich mich vom Geländer ab und ging wieder hinein. *Patrei.* Mein neuer Titel. Jetzt lag alles an mir, und ich würde meinen Schwur halten. Unsere Familie würde sich niemandem beugen und so mächtig bleiben, wie sie es immer gewesen war.

Ich zog meinen Dolch aus der Scheide und kehrte zum Bett meines Vaters zurück. Dann schnitt ich ihm den Ring vom geschwollenen Finger, steckte ihn mir selbst an und trat hinaus in einen Flur voller wartender Gesichter.

Sie schauten auf meine Hand und auf die Spuren vom Blut meines Vaters, die noch am Ring klebten. Es war vollbracht.

Ein ernstes, zustimmendes Gemurmel erhob sich.

»Kommt«, sagte ich, »jetzt ist es Zeit, uns zu betrinken.«

Das Echo unserer Schritte schallte durch die Haupthalle, zielgerichtet und so gut wie im Gleichschritt, als über ein Dutzend von uns auf die Tür zustrebte. Dann trat meine Mutter aus dem westlichen Vorzimmer und fragte, wohin ich wollte.

»Ins Wirtshaus. Bevor es sich überall herumspricht.«

Sie gab mir einen Klaps auf den Haarschopf. »Es hatte schon vier Tage Zeit, sich herumzusprechen, Dummkopf. Aasgeier können den Tod im Voraus riechen und kreisen bereits. Spätestens nächste Woche werden sie sich auf unsere Knochen stürzen. Jetzt geh! Aber zuerst zu den Almosen im Tempel. Danach kannst du dich betrinken, bis du umfällst. Und sorg dafür, dass die *Straza* dich flankieren. Die Zeiten sind unsicher!« Sie warf auch meinen Brüdern einen warnenden Blick zu, die allesamt gehorsam nickten. Dann kehrten ihre Augen zu mir zurück, glasklar, stahlhart, voll Feuer und Dornen, doch ich wusste, dass sich dahinter eine aus Schmerz errichtete Mauer verbarg. Mutter hatte nicht einmal geweint, als mein Bruder und meine Schwester starben. Die unterdrückten Tränen waren stattdessen zu einer neuen Zisterne für den Tempel geworden. Ihr Blick senkte sich auf den Ring an meinem Finger, und sie nickte kaum merklich. Ich wusste, dass es sie verstören musste, ihn nach fünfundzwanzig Jahren nun an meiner Hand statt an Vaters zu sehen. Meine Eltern hatten die Ballengerdynastie gemeinsam zu noch größerer Macht geführt. Sie hatten elf Kinder bekommen, von denen neun noch lebten, sowie einen Adoptivsohn. Alle trugen das Versprechen in sich, dass sie die Familie weiter stärken würden. Auf diese Zukunft konzentrierte sich meine Mutter, statt darüber zu trauern, was sie frühzeitig verloren hatte. Sie hob meine Hand an die Lippen, küsste den Ring und schob mich aus der Tür.

Als wir die Eingangsstufen hinuntergingen, flüsterte Titus vernehmbar: »Die Almosen zuerst, Dummkopf!« Ich gab ihm einen kräftigen Schubs mit der Schulter, und die anderen lachten, als er die Stufen herunterstolperte. Wir alle hatten uns eine Nacht voller Leichtsinn und Vergessen verdient. Jemandem beim Sterben zuzusehen war nie leicht. Besonders wenn er so voller Leben steckte wie mein Vater und eigentlich noch viele Jahre vor sich hätte haben müssen. Es erinnerte uns daran, dass der Tod uns allen über die Schulter schaute.

Mein ältester Bruder Gunner schob sich dicht an mich heran, als wir auf die wartenden Pferde zugingen. »Paxton wird kommen.«

Ich nickte. »Zweifellos, aber er wird sich Zeit lassen.«

»Er hat Angst vor dir.«

»Nur nicht genug.«

Mason klopfte mir auf den Rücken. »Zur Hölle mit Paxton. Er wird nicht vor dem Begräbnis auftauchen, wenn überhaupt. Jetzt schauen wir erst einmal, dass wir dich sternhagelvoll bekommen, *Patrei.*«

Ich war mehr als bereit dazu. Ich brauchte diese Nacht so dringend wie Mason und die anderen, um einen Schlussstrich zu ziehen. Wir mussten loslassen und uns der Zukunft zuwenden. Trotz seiner körperlichen Schwäche war es Vater gelungen, mit seinen letzten Atemzügen noch eine Menge zu sagen. Meine Aufgabe war es gewesen, jedes Wort zu hören und Pflichttreue zu schwören, auch wenn er mir alles schon früher eingeschärft hatte – und zwar oft. Er hatte mir mein ganzes Leben lang das Gleiche gesagt. So unauslöschlich wie das Wappen der Ballengers, das auf meine Schulter tätowiert war, hatten sich seine Worte in meine Eingeweide eingegraben. Unsere Familie war sicher, ganz gleich, ob die Verwandtschaft auf Blut oder freier Wahl beruhte. Dennoch nagten seine letzten mühsam hervorgestoßenen Anweisungen an mir. Er war nicht bereit gewesen, die

Zügel so früh aus der Hand zu geben. *Die Ballengers beugen sich niemandem. Bring sie dazu herzukommen. Das werden die anderen sicher bemerken.* Dieser Teil meiner Pflichten dürfte schwieriger werden als der Rest.

Zuerst musste ich mich um die Aasgeier kümmern, die bald über uns kreisen und ihre gierigen Augen auf unser Gebiet werfen würden. Allen voran Paxton, diese Missgeburt. Dabei spielte seine Blutsverwandtschaft keine Rolle. Er war mein Vetter und der Erbe eines unbeweinten Onkels, der einst seine eigenen Leute verraten hatte. Paxton herrschte über den kleineren Teil von Ráj Nivad im Süden, aber das reichte ihm nicht. Wie der Rest seines Stammbaums war er von Eifersucht und Gier zerfressen. Doch trotz allem gehörte er nun einmal zur Familie und würde kommen, um meinen Vater zu ehren – und um unsere Stärke einzuschätzen. Ráj Nivad lag vier Tagesritte entfernt. Folglich hatte er noch nichts gehört, und außerdem würde es ihn Zeit kosten, hierherzukommen. Ich konnte mich in Ruhe vorbereiten.

Unsere *Straza* riefen zum Burgfried hoch, von wo der Ruf an die Torwachen weitergegeben wurde, sodass man uns den Weg nach draußen freigab. Die schweren Metalltore öffneten sich knarrend, und wir ritten hindurch. Ich fühlte sämtliche Blicke auf mir ruhen, vor allem auf meiner Hand. *Patrei.*

Höllenrachen lag in einem Tal gleich hinter Torsfeste. Nur Teile der Stadt lugten durch das Blätterdach der Tembrisbäume, die den ganzen Ort wie eine Krone umfassten. Einmal hatte ich meinen Vater wissen lassen, dass ich jeden Wipfel bis zur Spitze erklettern würde. Damals war ich acht Jahre alt gewesen und hatte nicht verstanden, wie hoch die Bäume tatsächlich in den Himmel ragten, selbst als mein Vater mir erzählte, dort oben sei die Heimstatt der Götter und kein Ort für Menschen. Ich kam nicht sehr weit, ganz sicher nicht bis zur Spitze. Das war noch nie jemandem gelungen. Und so hoch sich die Wipfel erstreckten, so tief ragten die Wurzeln ins innerste Fundament der Erde. Die Tembris waren das Einzige, was noch stärker mit diesem Land verwurzelt war als die Ballengers.

Kaum hatten wir den Hügel hinter uns gelassen, als Gunner johlte und losgaloppierte, um sich an die Spitze unseres Trupps zu setzen. Wir anderen folgten in ähnlichem Tempo, und die Hufschläge hämmerten bis in unsere Knochen. Wenn wir in die Stadt kamen, stellten wir gerne sicher, dass jeder davon wusste.

Die Glocke gab einen hellen Ton von sich, so zerbrechlich wie Trinkgläser aus Kristall, die man bei einer Feier aneinanderklirren lässt. Das Geräusch hallte ungehindert durch die Steinbögen des Tempels. So wild und rau wir auch in die Stadt eingeritten waren, die Heiligkeit dieses Ortes wurde von der gesamten Familie respektiert – selbst wenn vor unserem inneren Auge bereits der verlockende Anblick von Spielkarten, Schankräumen und Bierfässern schwebte. Nur noch fünf weitere Glockenschläge, dann hatten wir es hinter uns. Gunner, Priya und Titus knieten zu meiner Rechten, Jalaine, Samuel, Aram und Mason zur Linken. Wir füllten die vollständige erste Reihe aus. Unsere *Straza* – Drake, Tiago und Charus – waren hinter uns auf die Knie gegangen. Die Priesterin murmelte Worte in der alten Sprache, vermischte Vaters Asche mit Kalbsblut und presste eine feuchte schwarze Fingerkuppe gegen jede unserer Stirnen. Unsere Gaben wurden von den ernst blickenden Almosenträgern zu den Schatztruhen des Tempels getragen. Die Götter hatten das Opfer also angemessen gefunden. Mehr als angemessen, nahm ich an. Sein Wert reichte aus, um einen weiteren Heiler für das Spital zu bezahlen. Nur noch drei Glockenschläge. Zwei.

Einer. Wir standen auf, nahmen den Segen der Priesterin entgegen und marschierten feierlich in einer langen Reihe aus der dunklen Halle. Steinerne Heilige auf hohen Säulen blickten auf uns herab, und das Segenslied der Priesterin schwebte uns geisterhaft hinterher, um uns in seinen Schutz zu hüllen.

Draußen wartete Titus kaum bis zur letzten Treppenstufe, bevor er einen schrillen Pfiff ausstieß – unser Wirtshausruf. Der neue *Patrei* würde die Runden ausgeben. Titus hielt wenig von heiligem Ernst angesichts des Todes, denn dadurch kamen zu viele Gefühle an die Oberfläche. Das galt mehr oder weniger für uns alle.

Ich spürte jemanden an meinem Mantel zupfen. Die Seherin hockte im Schatten eines Pfeilers und hatte die Kapuze tief ins Gesicht gezogen. Ich ließ ein paar Münzen in ihren Korb fallen.

»Was sagt deine Gabe?«, fragte ich.

Sie zog weiter an meinem Mantel, bis ich auf gleicher Höhe mit ihr kniete. Ihre Augen waren wie glatte azurblaue Steine und schienen schwerelos im Schatten ihrer Kapuze zu schweben. Sie neigte den Kopf zur Seite, ihr Blick bohrte sich in meinen und schien sich einen Weg bis tief in meinen Schädel zu suchen. »*Patrei*«, flüsterte sie.

»Du hast es also schon gehört.«

Sie schüttelte den Kopf. »Nicht von außen. Von innen. Deine Seele sagt es mir. Von außen höre ich … andere Dinge.«

»Nämlich?«

Sie neigte sich näher zu mir und senkte die Stimme noch weiter, als habe sie Angst, dass jemand anderes ihre Worte auffangen könnte. »Der Wind flüstert, dass sie kommen. Sie kommen, *Patrei*, und du bist ihr Ziel.«

Sie nahm meine Hand in ihre knorrigen Finger und küsste meinen Ring. »Mögen die Götter über dich wachen.«

Sanft machte ich mich los und stand auf, ohne den Blick von ihr abzuwenden. »Und auch über dich.«

Was sie gesagt hatte, war für mich keine großartige Neuigkeit, aber trotzdem reuten mich die paar Münzen nicht, die sie von mir erhalten hatte. Jeder wusste, welche Herausforderungen auf unsere Familie zukamen.

Ich hatte die unterste Stufe noch nicht ganz erreicht, als Lothar und Rancell, zwei unserer Aufseher, jemanden herbeischleppten und vor mir auf die Knie warfen. Ich erkannte ihn als Hagur, den Leiter der Viehauktionen.

»Er hat Geld bei den Versteigerungen abgezweigt«, berichtete Lothar. »Genau wie du vermutet hast.«

Ich starrte auf ihn herab. In seinem Blick lag kein Widerspruch, nur Angst. Ich zog meinen Dolch.

»Nicht hier vor dem Tempel«, bettelte er, während ihm Tränen die Wangen herunterliefen. »Ich bitte dich, *Patrei*. Trag meine Schande nicht vor die Götter.«

Er ergriff mit gesenktem Kopf meine Beine und schluchzte.

»Sie kennen deine Schande schon. Hast du geglaubt, wir würden es nicht herausfinden?«

Er gab keine Antwort, sondern flehte nur um Gnade und drückte sein Gesicht gegen meine Stiefel, als wolle er es verstecken. Ich schob ihn fort, und er schauderte unter der Kälte meines Blicks.

»Niemand betrügt die Familie.«

Er nickte mit wildem Eifer.

»Aber die Götter haben auch uns Gnade gezeigt«, sagte ich. »*Ein Mal*. Und so halten es die Ballenger seitdem. Wir folgen ihrem Beispiel.« Ich steckte meinen Dolch zurück. »Steh auf,

Bruder. Wer in Höllenrachen wohnt, ist Teil unserer Familie.« Ich hielt ihm meine Hand entgegen. Er sah sie an, als wolle ich ihm einen bösen Streich spielen, noch immer erstarrt vor Angst. Ich trat vor, zog ihn auf die Füße und umarmte ihn. *»Ein einziges Mal«*, flüsterte ich ihm ins Ohr.

Er taumelte zurück, nickte, stolperte über die eigenen Füße und brachte mehrere Meter Abstand zwischen uns, bevor er sich umdrehte und davonrannte. Dieser Mann würde uns nicht noch einmal betrügen. In Zukunft würde er sich daran erinnern, dass er Teil der Familie war und man die eigenen Leute nicht verriet.

Oder zumindest sollte es so sein.

Ich dachte an Paxton und die Worte der Seherin. *Du bist ihr Ziel.*

Paxton war nur ein lästiges Ärgernis, ein Blutegel, der sich jedoch lieber an teurem Wein labte. Wir würden mit ihm fertigwerden, genau wie mit jedem anderen.

Die Plünderer sind geflohen, doch unsere Vorräte haben sie mitgenommen.

Fort?, fragt er.

Ich nicke.

Er liegt sterbend in meinen Armen. Schon sehe ich in ihm nichts als Staub, Asche und einen Widerhall von Größe.

Dann drückt er mir die Landkarte in die Hand.

Hier ist der wahre Schatz. Du musst die Gruppe dorthin bringen.
Jetzt liegt es an dir, sie alle zu beschützen.

Er schwört, dass es dort Nahrung gibt. Sicherheit. Das hat er schon versprochen, als die ersten Sterne fielen. Ich weiß nicht, was Sicherheit bedeutet. So etwas gab es nur in der Zeit, bevor ich geboren wurde. Mit seiner letzten Kraft drückt er meine Hand.

Behalte die Karte um jeden Preis. Gib sie nie aus den Händen.
Dieses Mal darf sie nicht verloren gehen.

Natürlich, sage ich, weil er in seinen letzten Augenblicken glauben soll, dass seine Mühen und Opfer nicht umsonst waren und die Irrwanderung uns retten wird.

Nimm meinen Finger, sagt er. *Nur so kommst du hinein.*

Er zieht eine Rasierklinge aus seiner Weste und hält sie mir entgegen.

Ich schüttele den Kopf. Das kann ich meinem eigenen Großvater nicht antun.

Jetzt gleich, befiehlt er. *Um zu überleben, wirst du noch Schlimmeres tun müssen. Töten. Das hier,* sagt er und schaut auf seine Hand, *ist nichts dagegen.*

Wie könnte ich ihm nicht gehorchen? Er ist der Anführer und Kommandant über alles. Ich schaue auf die Menschen um uns herum, ihre eingesunkenen Augen und Gesichter, die von Schmutz und Angst entstellt sind. Die meisten von ihnen kenne ich kaum.

Er drückt mir die Klinge in die Hand. *Wir waren viele, aber nun seid ihr eins. Eine Familie. Die Ballengerfamilie. Beschützt euch gegenseitig. Überlebt. Ihr seid die wenigen Verbliebenen, für die Torsfeste gebaut wurde.*

Aber ich bin nur vierzehn und alle anderen sind jünger. Woher sollen wir die Stärke nehmen, um den Plünderern, den Stürmen und dem Hunger zu widerstehen? Wie sollen wir alleine damit fertigwerden?

Jetzt, befiehlt er noch einmal.

Also gehorche ich.

Er gibt keinen Ton von sich.

Lächelnd schließt er die Augen und tut seinen letzten Atemzug.

Während ich meinen ersten Atemzug als Anführer einer Gruppe von Verbliebenen tue, denn mein Großvater und Kommandant hat mir befohlen, nicht die Hoffnung zu verlieren.

Ich bin nicht sicher, ob ich das kann.

Greyson Ballenger, 14

KAPITEL 4

Kazi

DIE RESTE VON VIEHZÄUNEN lagen zerbrochen und verstreut herum, der Gestank von verkohltem Gras brannte in unseren Lungen. Zorn loderte in mir auf, als ich die Zerstörung musterte. Wren und Synové knurrten vor Wut. Jetzt hatten wir keine klare Aufgabe mehr, sie hatte sich zersplittert und vervielfältigt wie das Bild in einem zerbrochenen Spiegel. Am Ende unseres Rittes würde der Zorn uns helfen. Das war uns allen bewusst. Unser dünner Vorwand, in dieses Gebiet zu kommen – die Untersuchung von Verstößen gegen das Grenzabkommen –, war mit einem Schlag zu echter, enormer Größe angewachsen und hatte sich in etwas mit Klauen, Reißzähnen und tödlichem Gift verwandelt.

Die Siedlung bestand aus vier Wohngebäuden sowie einem gemeinsamen Langhaus, einer Scheune und mehreren Schuppen. Alle waren beschädigt, die Scheune vollkommen zerstört. Wir entdeckten einen Mann mit gekrümmtem Rücken, der wütend in einem Garten herumhackte, als könne er die Verwüstung um sich herum ignorieren. Als er uns kommen sah, hob er die Hacke wie eine Waffe, senkte sie jedoch gleich wieder. Wrens Mantel mit seinem Flickenmuster war sofort als Werk des Meurasi-Clans zu erkennen. Auf meine geschnürte Lederweste war die ehrwürdige Wappenpflanze von Venda aufgeprägt, der Thannis, und das Halfter von Synovés Pferd schmückten Fransen, wie man sie aus den östlichen Marschlanden kannte. Wir sahen eindeutig vendanisch aus – wenn man wusste, wonach man Ausschau halten musste.

»Wer hat das getan?«, fragte ich, als wir ihn erreichten, obwohl es mir bereits klar war.

Er richtete sich auf, wobei er die Hände in seinen gekrümmten Rücken drückte. In sein Gesicht hatten die Jahre unter der Sonne tiefe Falten gegraben, und seine Wangen glichen Hügeln in einer abrutschenden Landschaft. In den einfachen Gebäuden hinter ihm sah man die Andeutung weiterer Gesichter, die durch Tür- und Fensterritzen spähten. Siedler, die zu verängstigt waren, um herauszukommen. Wir erfuhren, dass er Caemus hieß und dass die Plünderer mitten in der Nacht aufgetaucht waren. In der Dunkelheit hatte man nicht viel erkennen können, aber trotzdem wussten alle, dass es die Ballengers gewesen waren. Erst eine Woche zuvor waren sie in die Siedlung gekommen, um sie zu verwarnen, ihre Kurzhornrinder nicht auf fremdem Eigentum grasen zu lassen. Ein Tier hatten sie gleich als Bezahlung mitgenommen.

Wren schaute sich um. »Fremdes Eigentum? Hier draußen? Mitten in den Cam Lanteux?«

»Hier gehört alles ihnen«, antwortete er. »So weit das Auge reicht, behaupten sie. Jeder Grashalm gehört den Ballengers.«

Synovés Fingerknöchel färbten sich weiß vor unterdrückter Wut.

»Wo ist euer Vieh?«, fragte ich.

»Fort. Sie haben sich auch den Rest geholt. Ich nehme an, als Bezahlung für die Luft, die wir atmen.«

Mit fiel auf, dass auch die Pferde fehlten. »Und die Ravianer, die ihr von Morrighan geschenkt bekommen habt?«

»Alles ist weg, bis auf einen alten Zuggaul für unseren Wagen.

Ein paar von uns sind in die Stadt gefahren, um neue Vorräte zu kaufen. Sie werden nicht viel bekommen. Vendaner zahlen einen Aufschlag.«

Er presste die Kiefer hart aufeinander, und seine Finger umschlossen gewaltsam die Hacke. Es war nicht leicht, Vendaner abzuschrecken, aber er fürchtete, dass sich manche nicht mehr in die Siedlung zurücktrauen würden.

»In Zukunft werdet ihr keinen Aufschlag mehr zahlen und ganz bestimmt auch nicht die Luft zum Atmen«, versprach ich und warf einen letzten Blick auf die Zerstörung. »Vielleicht dauert es eine Weile, aber ihr werdet eine Entschädigung bekommen.«

»Wir wollen nicht noch mehr Ärger mit …«

»Die Siedler werden zurückkehren, und diesmal wird das Geld in eure Richtung fließen.«

Er schaute mich zweifelnd an. »Du kennst die Ballengers nicht.«

»Stimmt«, gab ich zur Antwort. »Aber sie kennen uns genauso wenig.«

Und das würde sich bald ändern.

Höllenrachen lag zwanzig Meilen entfernt. Eine mysteriöse, abgelegene Stadt, schwer erreichbar von Eislandias Herrschersitz. Die wenigsten Leute hatten überhaupt von ihr gehört, außer vielleicht als wachsendem Handelsposten. Bis vor ein paar Monaten hatte mir der Name auch noch nichts gesagt. Aber die Stadt sollte angeblich groß genug sein, damit die vendanischen Siedler dort einkaufen und Handel treiben konnten. Für den Rest unseres Ritts fühlte ich mich erschöpft und reizbar. Ich hatte letzte

Nacht schlecht geschlafen, sogar in meinem Zelt. Diese erbärmliche flache Wildnis pickte an meinen Nerven wie ein missmutiger Vogel, und es schien unmöglich, dass hier draußen eine Stadt von anständiger Größe existierte. Ich fühlte mich, als hätte ich seit Tagen nicht mehr richtig Luft geholt. Synové redete ununterbrochen, und als sie wieder auf die Racaa zu sprechen kam, fuhr ich sie so heftig an, dass ich wie eine schrille Krähe klang.

»Tut mir leid«, sagte ich nach einer längeren Stille. »Ich hätte dir nicht über den Mund fahren sollen.«

»Ich fürchte, neue Gesprächsthemen fallen mir nicht mehr ein«, gab Synové zur Antwort.

Jetzt hatte ich wirklich ein schlechtes Gewissen. Denn sie hatte ja recht … Sie wusste Bescheid über mich. Die Stille hier draußen konnte ich schlecht ertragen, und Synové versuchte nur, sie für mich zu füllen. Ich war an die Geräusche der Stadt gewöhnt, das unaufhörliche Hintergrundsummen, den Lärm und das Geschrei von Tieren und Menschen, das metallische Hämmern des Regens auf den Dächern, die schleifenden Wagenräder in Matschpfützen und den Singsang von Straßenhändlern, die irgendwelche Käufer dazu verlocken wollten, eine gefangene Taube, ein Amulett oder eine dampfende Tasse Thannis zu erstehen. Ich sehnte mich nach dem Brüllen des Flusses, dem Scheppern von Rüstungen, wenn ein Soldatentrupp die Gasse entlangmarschierte, dem Arbeitsruf von hundert Männern, die unsere große Brücke hochhievten, dem klickenden Geräusch von Segensknochen an tausend Gürteln. All diese Klänge flossen zusammen und bildeten eine eigene lebendige Präsenz, in der ich mich verstecken konnte. Sie waren meine Rüstung. In der windgepeitschten Stille der Ebene fühlte ich mich nackt.

»Sei so nett«, sagte ich, »und erzähl mir noch mal, wie sie Kinder kriegen.«

»Eier, Kazi«, unterbrach uns Wren. »Du hast nicht zugehört.«

Synové brachte uns mit einem Räuspern zum Schweigen. »Ich erzähle euch stattdessen lieber eine Geschichte.«

Wren und ich hoben zweifelnd die Augenbrauen, aber ich war trotzdem dankbar.

Sie hatte die Legende schon oft erzählt, doch meistens fügte sie ein überraschendes Ende hinzu, das uns zum Lachen brachte. Ihre Version von den Tagen der Zerstörung stammte aus den Marschlanden. Automatisch verfiel sie in den starken, ruhigen Dialekt ihrer Heimat. Der Engel Aster spielte bei ihnen eine wichtige Rolle. Die Götter waren bequem geworden und kümmerten sich weniger um die Welt, als sie sollten, deshalb hatten die Altvorderen sich selbst zu göttlicher Macht erhoben. Sie durchwanderten den Himmel, unersättlich in ihrer Gier und gleichzeitig gering an Weisheit, sodass sie alles niedertraten, was ihnen im Weg stand. Deshalb fegte Aster, die Hüterin des Himmels, ihre Hand durch die Galaxie und sammelte eine Faust voller Sterne, um sie auf die Erde zu schleudern und die Bosheit ihrer Bewohner auszulöschen. Sie fand nur wenige, die reinen Herzens waren und denen sie Gnade zeigte. Diese Verbliebenen führte sie aus der Zerstörung an einen sicheren Ort hinter den Toren von Venda. »Und dem Volk der Marschlande, das natürlich hoch über allen anderen steht, schenkte sie außerdem ein fettes gebratenes Schwein mit einem funkelnden Stern im Maul.« Jedes Mal, wenn Synové die Geschichte erzählte, bekamen die Marschländer von Aster ein anderes Geschenk – gewöhnlich ein fettes, saftiges –, je nachdem, wie hungrig sie gerade war.

Danach ergriff Wren das Wort und erzählte die Legende auf die Weise ihres Clans. Darin kamen keine gebratenen Schweine vor, dafür aber jede Menge scharfer Klingen. Ich selbst besaß keine eigene Version und keinen Clan, zu dem ich gehörte. Selbst unter den Vendanern war ich wurzellos. Aber trotz der vielen Arten, auf die ich die Legende schon gehört hatte, gab es einen gemeinsamen Kern: Götter und Engel hatten die Welt zerstört, weil die Menschen versucht hatten, sich auf eine Stufe mit den Himmelsmächten zu stellen, und ihre Herzen kein Mitleid mehr kannten.

Niemand wurde verschont, bis auf eine kleine Gruppe Verbliebener, die Gnade fanden und alle heutigen Reiche gründeten. Doch wie die Königin uns oft warnte: *Die Arbeit geht nie zu Ende. Die Zeit kreist. Wiederholt sich. Wir müssen bereit sein.*

Anscheinend mussten wir nun bereit sein, an den Ballengers zu »arbeiten«.

Wren hatte Augen wie ein Falke, und so erklang ihr Ruf als Erstes: »Da ist die Stadt!«

In der Ferne erhoben sich Hügel aus der Ebene, und endlich erschienen wieder erste verstreute Ruinen, die ihren willkommenen Schatten auf die Landschaft warfen. Noch weiter am nebligen Horizont, am Fuß eines Lavendel getönten Berges breitete sich ein dunkler Fleck aus. Er nahm Form und Farbe an, als wir langsam näher kamen, bis er einem gewaltigen schlafenden Tier glich, das ausgestreckt zu Füßen seines düster brütenden Herrn lag.

Das war also Höllenrachen.

Würde die Stadt sich tatsächlich als Untier entpuppen und noch wichtiger, wen betrachtete sie als ihren Herrn? Ein Oval aus tiefem Dunkelgrün schien über dem Ort zu schweben wie eine Krone mit drohenden Spitzen. Bäume? Seltsame, unirdische Bäume. Ich hatte noch nie etwas Ähnliches gesehen.

Synové zog den Atem ein. »*Das* ist Höllenrachen?«

Mein Herzschlag beschleunigte sich, und ich erhob mich in

meinen Steigbügeln. Mije schnaubte, bereit, in Galopp auszubrechen. *Noch nicht, mein Junge. Noch nicht.*

Reste eines uralten Straßensystems wurden sichtbar wie die Rücken von Höhlenschlangen, die sich aus der Erde wühlten, nachdem sie uns unsichtbar unter unseren Füßen begleitet hatten.

»Bei den Göttern«, staunte Wren, »die Stadt ist so groß wie sämtliche Sanctumviertel.«

Ich holte tief Luft und ließ mich entspannt zurück in den Sattel plumpsen. Sah ganz so aus, als würde es einfach werden.

Die Stadt lag gerade noch innerhalb der Grenzen von Eislandia, einem Geringeren Reich in Form einer fallenden Träne. Höllenrachen bildete die weit entfernte Spitze, schwer erreichbar vom Rest des Landes aus. Die Trutzburg der Ballengers thronte über allem, doch außerhalb der Grenzen. Man hatte der Königin berichtet, Torsfeste sei unbezwingbar und es gäbe kein Hereinkommen. Wir würden sehen.

Im Gegensatz zur Sanctumstadt in Venda wurde diese weder von einer Mauer noch von einem Fluss umschlossen und im Zaum gehalten. Stattdessen schien sie das Gebiet mit der Dreistigkeit eines Kriegsherrn zu besetzen, den niemand aufzuhalten wagte. Wohnhäuser und Gasthöfe hatten sich in die Umgebung fortgepflanzt, sodass man sich an die gekrümmten Finger einer gierigen Hand erinnert fühlte. Wenn es überhaupt eine Stadtgrenze gab, dann nur den Kreis von turmhohen Bäumen, deren Blätterdach wie ein mystischer Siegeskranz über allem schwebte. Es gab viele Wege hinein, und aus der Ferne konnten wir eine Menge Reisender sehen, die in die Stadt strömten. Bevor wir näher herankamen, suchte Wren eine leere Ruine auf unserer Wegstrecke aus, wo sie und Synové einige Packtaschen verstecken konnten.

Trotz der vielen anderen Besucher wurden wir angestarrt, als wir in die Stadt einritten. Vielleicht beäugten sie das vendanische Wappen auf unserem Sattelzeug oder auch nur den Ausdruck auf unseren Gesichtern. Wir waren aus keinem angenehmen Grund hier, und gewiss nicht, um etwas zu kaufen oder zu verkaufen. Mit dieser Einschätzung hatten sie vollkommen recht.

Wren stieß zischend die Luft aus. Schüttelte den Kopf. Knurrte. »Mir gefällt das alles nicht.« Sie zog ihre *Ziethe*-Klinge heraus, um sie einmal herumzuwirbeln und wieder zurück in die Scheide zu stecken. Der Griff rieb mit einem scharfen Geräusch am Leder.

Synové und ich tauschten einen Blick. Wir hatten dieses Ritual schon erwartet. Das tat Wren immer, während sie im Kopf noch einmal alle Risiken abwägte, in die wir uns gleich stürzen würden. »Bist du sicher, Kazi? Die Ballengers sind eine mächtige Familie. Wenn sie dich in den Kerker werfen …«

»Ja, ich bin sicher«, antwortete ich bevor sie anfangen konnte, Gegenvorschläge aufzuzählen. Unser Plan würde nur auf diese eine Art funktionieren. »Wie ich schon zu Griz gesagt habe«, wiederholte ich und begegnete ihrem Blick, »ich komme schon zurecht. Genau wie du.«

Sie nickte. »Wer zuletzt blinzelt.«

»Genau«, bestätigte ich.

Beim Leben auf der Straße hatte es alle möglichen ungeschriebenen Regeln gegeben. Wren wusste, dass »nie als Erstes blinzeln« zu meinen gehörte. Das war nicht nur eine Methode, die Opfer meiner Betrügereien einzuseifen, sondern ein Gesetz des Überlebens.

Wir bewegten uns vorwärts, betrachteten mit offenen Mündern die seltsame Stadt und machten uns gegenseitig auf exotische Einzelheiten aufmerksam. Ein Wirrwarr von Gebäudeteilen erstreckte sich über uns, getragen von dicken Baumästen, die wie muskulöse Arme wirkten. Hängebrücken verbanden Wohnhäuser, Läden und sogar ein riesiges Wirtshaus miteinander, das sich in Stufen die Bäume hinauf erstreckte. Es gab Schatten über Schatten und endlose Pfade, denen man folgen konnte. Die Architektur war eine Mischung aus Alt und Neu. Ruinen hatten sich in Wohnungen und Läden verwandelt. Die narbigen Fundamente vergangener Zeiten verbanden sich übergangslos mit frisch poliertem Marmor. An manchen Stellen glichen die Riesenbäume einem eng zusammenstehenden Wachtrupp, die Stämme so breit wie zwei ganze Pferdewagen, sodass nur gedämpftes Licht tanzend durch die himmelhohen Blätterdächer fiel. Doch in der Stadtmitte traten die Wachen einen Schritt zurück und gaben der Sonne eine Öffnung frei, wo sie Höllenrachen ungehindert in Licht tauchen konnte. Ihre Strahlen fielen auf ein weißes Marmorgebäude und gaben ihm einen überirdischen Glanz.

Ein Tempel.

Er war das Zentrum eines weiten, kreisrunden Platzes voller Leute, Leben, Lärm und … und allem, was ich liebte. Ich ließ mir Zeit, den Anblick in mich aufzunehmen, und hielt für ein paar Sekunden gespannt den Atem an. Eine sinnlose Angewohnheit, doch ich konnte sie nicht abschütteln. Ich durchsuchte die Menge nach einem bestimmten Gesicht, das mich verfolgte, aber natürlich nie da war. Als ich es auch diesmal nicht fand, seufzte ich in einer Mischung aus Erleichterung und Enttäuschung. Wir ritten im Kreis einmal um den ganzen Platz und stellten fest, dass Alleen in ihn einmündeten wie die Speichen eines Rades.

Schließlich fanden wir einen Mietstall, wo wir unsere Pferde mit Futter und Wasser versorgen konnten. Während Wren und Synové sie in ihre Boxen führten, fragte ich den Stallmeister, wo ich den Stadtvogt finden könne.

»Hast du schon. Du stehst vor ihm.«

Die Vögte und Magistrate, die ich in Reux Lau getroffen hatte, wären sicher nicht auf die Idee gekommen, nebenbei Ställe auszumisten.

»Du überwachst hier das Gesetz?«

»Ich schaue nach dem Rechten. Es gibt zehn von uns.« Er zog die Schultern zurück und musterte mich mit einem schmal gewordenen Auge. »Worum geht es denn?«

Ich sagte ihm, wer ich war, nämlich eine Abgesandte des Königs von Eislandia – was schließlich fast der Wahrheit entsprach – und der Königin von Venda, um einen Bruch des Friedensabkommens zu untersuchen.

Sein Blick glitt langsam und deutlich über meine Aufmachung, von den Stiefeln bis zu dem Schwert und den Dolchen an meinem Gürtel. Dort blieben seine Augen hängen. »Ich habe keine Ahnung, wovon du sprichst.«

Natürlich nicht.

Ich trat näher, und er wich einen Schritt zurück. Von den Rahtan hatte er wohl immerhin schon gehört. »Wenn du der Ordnungshüter des Königs bist, dann befehle ich dir, mir alles zu sagen, was du weißt.«

Er schüttelte den Kopf und zuckte mit den Achseln. Nichts. Ich war kurz davor, dieses verlogene Wiesel zu einer Brezel zu falten, aber dafür war es noch zu früh. Meine Jagd galt größerem Wild. »Ein paar Vendaner sind in der Stadt, um Vorräte zu kaufen. Hast du sie gesehen?«

Er schien erleichtert zu sein, dass er mich anderswohin schicken konnte. »Sicher«, sagte er, plötzlich wieder gesprächig. »Ich habe gesehen, dass sie dort lang gegangen sind.« Er deutete auf eine Allee am anderen Ende des Platzes. »Wahrscheinlich wollten sie zur Handelsstation, die …«

»… Vendaner freundlich dazu einlädt, das Doppelte zu bezahlen?«

Er hob gleichgültig die Schultern. »Darüber weiß ich auch nichts, aber ich kann dir sagen, dass die Leute hier loyal sind und die Stadt den Ballengers gehört. So war es schon immer.«

»Interessant«, stellte ich fest. »Ist dir bekannt, dass Höllenrachen vom Königreich Eislandia regiert wird und nicht von der Dynastie der Ballengers?«

Sein einer Mundwinkel hob sich zu einem Grinsen. »Ist manchmal schwer, da einen Unterschied zu erkennen. Die Hälfte der Leute hier ist mit ihnen verwandt und die andere Hälfte schuldet ihnen was.«

»Ach, wirklich. Und zu welcher Hälfte gehörst du, geehrter Magistrat?«

Seine schweigsame Seite kam wieder zum Vorschein und er grinste nur. Ich drehte mich um und ging, aber nach ein paar Schritten rief er mir hinterher: »Nur eine gut gemeinte Warnung. Sieh dich vor, wem du auf die Zehen trittst.«

Ja, sehr nett.

Ich holte Wren und Synové ab, und während wir uns auf den Weg zum Handelsposten machten, stellten wir hier und da ein paar Fragen. Die Antworten, die wir bekamen, ähnelten denen des Marktvogts. Niemand wusste etwas. Ich war nicht sicher, ob es daran lag, dass wir Rahtan waren, oder ob sich die Leute generell davor fürchteten, die Ballengers bei Vertretern des Gesetzes anzuschwärzen.

Vor der Handelsstation erstreckte sich eine gestreifte Markise über Fässer und Kisten, die vor Esswaren überquollen – Getreide, Trockenbohnen, gepökeltes Fleisch, sauer eingelegte Haxen, farbenfrohe Früchte und Gemüse. Alles war in ordentlichen Reihen ausgestellt. Der Überfluss verblüffte mich, aber so ging es mir immer, wenn ich auf unseren Reisen in fremde Städte kam. Drinnen schien der Laden noch mehr Lebensmittel und andere Waren anzubieten. Durch die Fenster sah ich Schaufeln, Stoffballen und eine Wand voller Tinkturen und Arzneien. Ein Karren mit einem alten Ackergaul stand in der Nähe, und ich nahm an, dass er den vendanischen Siedlern gehörte. Als wir näher kamen, scheuchte ein Angestellter gerade einige Kinder fort, die zu nah an einer Kiste mit Apfelsinen spielten. Meine Zunge begann zu prickeln. *Köstlich saftige, leuchtende Apfelsinen.* Ich hatte in meinem ganzen Leben erst eine einzige gegessen … nachdem ich sie aus der Wohnung eines Quartierlords gestohlen hatte. Eigentlich hatte ich nach etwas anderem gesucht, doch dann sah ich die Frucht in der Mitte seines Tisches liegen wie ein edles Schmuckstück. Ich schnupperte daran, dann schälte ich sie eifrig mit den Fingern und verstreute die Schale über die Tischplatte, damit der Quartierlord auch sah, wie sehr ich seine Gabe zu schätzen gewusst hatte. Bei jedem abgezupften Stück Schale atmete ich den himmlischen Duft von versprühten Safttropfen ein. Kaum hatte ich den ersten Bissen im Mund, war ich überzeugt, dass es sich um die Himmlischste aller göttlichen Schöpfungen handeln musste.

Meine Wangen schmerzten geradezu von der Erinnerung an goldene Fruchtstücke, die auf meiner Zunge explodierten. Schon die Art, wie die Frucht beschaffen war, hatte mich fasziniert, diese ordentlichen kleinen Halbmonde, jeder in goldene Perfektion verpackt. Das war das erste und letzte Mal, dass ich eine Apfelsine probiert hatte. Sie fanden nur selten den Weg nach Venda, und falls die Previzi-Karawanen solche exotischen Früchte dabeihatten, waren sie als Luxusgüter für die Quartierlords und Provinzverwalter bestimmt. Üblicherweise waren sie ein Geschenk des Komizars, genau wie andere Raritäten, die nur er herbeizaubern konnte. Insofern verstand ich gut, warum die Kinder hier genauso nach der mysteriösen Frucht gierten wie ich.

Eine Frau verließ die Handelsstation und rief die Kinder zu sich. Sie rannten zum Karren, sprangen hinten auf und nahmen ihrer Mutter die Waren ab, um sie zu verstauen. Dann wanderten ihre Blicke wieder sehnsüchtig zu den Apfelsinen.

Wren rief der Frau einen vendanischen Gruß zu, und ihre Augen weiteten sich überrascht, als sie ihre eigene Sprache hörte. Hier benutzte man Landisch, was im Grunde das Gleiche wie Morrighesisch war, also die Hauptsprache des Kontinents.

Wir ritten näher und Synové fragte: »Gehörst du zu den Siedlern?«

Sie schaute sich nervös um. »Ja«, erwiderte sie dann leise. »Ich fürchte, wir hatten ein paar Schwierigkeiten. Ein Teil unserer Vorräte ist in einer Lagerscheune verbrannt, also mussten wir in die Stadt kommen, um nachzukaufen.«

Sie erzählte uns, dass damit ihr letztes Geld verbraucht war. Ich hörte die Furcht in ihrer Stimme. Ihre Siedlergruppe war hierhergekommen, um der Hungerzeit in Venda zu entgehen, wenn man den kargen, zerstörten Böden nicht einmal das Notwendigste abringen konnte. Eine riesige vendanische Armee hatte sich freiwillig zerstreut, weil die Menschen auf eine bessere Zukunft hofften, aber diese Siedler hatten nur eine neue Art von Not gefunden.

Ich erklärte, dass wir Rahtan waren und im Namen der Königin bei ihnen nach dem Rechten schauen und mehr über die Plünderer herausfinden sollten. Ihre Geschichte deckte sich mit der von Caemus: In der Dunkelheit hatte man niemanden erkennen können, aber kurz zuvor hatten die Ballengers eine Bußzahlung verlangt.

»Wo sind die anderen, mit denen du in die Stadt gekommen bist?«, fragte ich.

Sie zeigte die Straße hinunter und sagte, sie würden das Nötigste in anderen Läden einkaufen und Höllenrachen dann so schnell wie möglich verlassen. Als ich wissen wollte, ob man den doppelten Preis von ihr verlangt hatte, schaute sie zu Boden, offenbar zu verängstigt für eine klare Antwort, und sagte leise: »Ich weiß es nicht.«

Mein Blick fiel auf einen leeren Jutesack hinten auf ihrem Karren. »Kann ich mir den kurz ausborgen?« Sie runzelte besorgt die Stirn, nickte aber.

Ich drückte ihn Wren in die Hand und gab ihr ein Zeichen, mir zu folgen. Ihr war sofort klar, was ich vor vorhatte, und sie verdrehte die Augen. *»Jetzt?«*

»Und ob«, sagte ich und spazierte auf den Handelsgehilfen zu, der unter der Balustrade auf die Waren aufpasste. Ich zeigte auf die Kiste voller Apfelsinen.

»Wie viel kosten die?«, fragte ich.

Er ließ sich Zeit mit der Antwort und dachte sich wohl eine Summe speziell für mich aus. Da er gesehen hatte, wie ich mit der Frau sprach, konnte er sich ausrechnen, dass ich ebenfalls aus Venda stammte.

»Fünf Gralos das Stück.«

Fünf. Auch wenn ich hier fremd war, wusste ich doch, dass diese Summe ein Vermögen darstellte. »Wirklich?«, hakte ich nach, als würde ich über den Preis nachdenken. Dann nahm ich mir eine Apfelsine und warf sie in die Luft. Sie landete mit einem Klatschen wieder in meiner Hand. Die Augenbrauen des

Mannes zogen sich bedrohlich zusammen, und er öffnete schon den Mund, um mich anzukläffen, aber dann schnappte ich mir die nächste und die nächste, und noch eine weitere, um sie allesamt in der Luft kreisen zu lassen. Bei meiner Jonglage vergaß der Mann, was er hatte sagen wollen. Er stand nur mit offenem Mund da und seine Augen versuchten, den kreiselnden Früchten zu folgen.

Ich lächelte. Ich lachte. Wie schon Hunderte Male zuvor. In meinem Herzen steckte eine Klinge, und jedes weitere Lächeln und die immer schneller kreiselnden Apfelsinen verdeckten nur, dass ich innerlich blutete und mein Zorn stetig brennender wurde. Doch ich lachte und plauderte wie sooft, denn das gehörte zum Trick. *Sorg dafür, dass sie dir glauben. Lächle, Kazi. Tu so, als sei alles nur ein harmloses Spiel.*

Diesen Trick hatte ich mir für die besonders misstrauischen Quartierlords aufbewahrt oder für Händler, die bei Gassenratten wie mir kein Mitleid und keine Gnade kannten. Selbst wenn mein Siegespreis nur eine halb vergammelte Rübe oder ein Stück harter Käse waren, die meinen leeren Bauch füllten, war es das Risiko wert gewesen, einen Finger zu verlieren. Solche Triumphe hatten mich durch den Tag gebracht. Das gehörte ebenfalls zu den Überlebensregeln in Venda. Die Hauptsache war, man schaffte einen weiteren Tag. Oder, wie ich mir selbst zu sagen pflegte: Stirb immer erst morgen.

Wie viele Male hatte ich Händler schon auf diese Art hypnotisiert? Mein Lächeln war Betrug, das Jonglieren eine Diebestaktik, und die neugierige Menschenmenge am Stand ließ die Händler alle Vorsicht vergessen. Ich griff absichtlich fast daneben und unterhielt mich laut mit dem Publikum. Ab und zu warf ich den Händlern ihre eigenen Waren zu und lenkte sie auf diese Weise von den Früchten ab, die spurlos verschwanden.

Den Ladengehilfen hatte ich jedenfalls ausreichend in meinen Bann gezogen. Ich schnappte mir eine Apfelsine nach der nächsten, schleuderte sie in die Luft, ließ sie im Kreis tanzen und türmte sie in einer Kiste wieder zu einem ordentlichen hohen Berg auf. Dabei pries ich die wunderbaren Waren und ganz besonders seine Früchte, die besser waren als alle Apfelsinen, die ich je gesehen hatte. Eine landete in der Kiste, die nächste fiel unbemerkt in den Jutesack vor Wrens Füßen. Als ich vier Stück auf diese Weise in Sicherheit gebracht hatte, ließ ich die letzte Frucht oben in der Kiste landen, wo nun eine perfekte Pyramide stand. Der Mann lachte und bewunderte mein Werk, ohne auch nur eine einzige fehlende Apfelsine zu bemerken.

»Wunderbare Früchte, wirklich, aber leider überfordern sie meine Geldbörse.« Dem Mann war nicht entgangen, dass eine Reihe von Leuten aus der Stadt herbeigeschlendert war, um mir zuzusehen, und nun auch seine Waren in Augenschein nahm. Er reichte mir eine kleine Apfelsine mit angekratzter Schale. »Geht aufs Haus.«

Ich dankte ihm und kehrte zu dem Karren zurück, dicht gefolgt von Wren, die den gefüllten Sack trug.

Selbst den Kindern war nicht klar, was sich darin befand. Ich schnupperte an der angekratzten Frucht und atmete ihren Nektarduft ein, dann ließ ich sie zu den anderen fallen und steckte den Sack unauffällig zwischen die übrigen Vorräte, damit sie ihn später finden konnten.

Als Nächstes folgten wir der Straße in Richtung einer Apotheke. Ein paar Vendaner kamen gerade heraus, und wir wollten mit ihnen sprechen. Doch bevor wir sie erreichten, sah ich Ärger heraufziehen.

Eine Gruppe junger Männer kam arrogant auf uns zumarschiert. Sie hatten offenbar eine durchzechte Nacht hinter sich und sahen ziemlich ramponiert aus. Der mittlere hatte es nicht einmal nötig gehabt, sein Hemd zuzuknöpfen, und man sah seine halb entblößte Brust. Er war groß, breitschultrig und stolzierte die Straße entlang, als würde sie allein ihm gehören. Seine dunkelblonden Haare hingen ihm zerzaust in die Augen, doch selbst aus der Entfernung konnte man sehen, wie rot unterlaufen sie waren. Ich schaute weg und tauschte einen wissenden Blick mit Synové und Wren. Wir gingen einfach weiter, denn unser Ziel war klar. Ich brauchte eine Eintrittskarte zu Torsfeste, und die bestand in Karsen Ballenger, dem Patriarchen seines gesetzlosen Familienclans. Diese abgerissene Truppe dagegen versprach nicht die Art von Ärger, die ich suchte.

Kapitel 5

Jase

Ich spürte einen harten Schubser, und mein Gesicht klatschte auf den Boden.

»Wach auf.«

Als ich mich herumrollte, hatte Mason sich über mir aufgebaut, und ich sah die Bank, von der ich gefallen war. Ich blinzelte gegen das helle Licht an, das durch die Tavernenfenster strömte, und betastete meinen Schädel, der sich anfühlte, als müsste da irgendwo eine Axt stecken.

Fluchend streckte ich die Hand aus, damit Mason mir hochhalf, und stellte fest, dass mein Arm nackt war.

»Wo ist mein Hemd?«

»Wer weiß das schon?«, gab Mason zur Antwort und zog mich auf die Füße. Er sah so schlecht aus, wie ich mich fühlte. Letzte Nacht hatte ich die halbe Stadt zu Freibier eingeladen und genauso viele Leute hatten mir eine Runde spendiert. Zur Ernennung des neuen *Patrei* gab es keine großartige Krönungszeremonie. Obwohl mir das im Augenblick besser vorkam als die Übergangsriten, die ich gestern Nacht durchgemacht hatte … und dabei erinnerte ich mich nicht mal an die Hälfte. Jeder wollte bei der Antrittsfeier dabei sein, die nur alle paar Jahrzehnte stattfand. Zumindest wenn wir Glück hatten. Dieses Mal war die Zeit viel zu kurz gewesen. Ich entdeckte mein Hemd, das über den Bartresen geworfen war, und schleppte mich dorthin.

Auf dem Weg trat ich gegen die Stiefel von Titus, Drake und den anderen, die überall auf dem Fußboden ausgestreckt lagen. »Hoch mit euch.«

Gunner stöhnte und griff sich an den Kopf, dann übergab er sich quer über die Holzdielen. Bei dem Geruch begann sich auch mein Magen zu verkrampfen. *Nie wieder*, schwor ich mir. *Niemals.*

»Hoch!«, wiederholte Mason lautstark. Als er mich zusammenzucken sah, fügte er leiser hinzu: »Wir haben Besucher in der Stadt. Soldaten aus Venda – Rahtan –, zumindest hat der Marktvogt das gemeldet. Sie stellen Fragen.«

»*Verdammt noch mal*«, zischte ich, allerdings nicht allzu laut, und rieb mir die Stirn. Ich schnappte mir einen halb vollen Wasserkrug und spritzte mir kühles Nass ins Gesicht, dann warf ich mir hastig mein Hemd über. »Gehen wir.«

Die Straßen waren voll. Kürzlich war die erste Ernte eingebracht worden, und nun strömten Landarbeiter in die Stadt, um die Früchte ihrer Arbeit gegen alles einzutauschen, was Höllenrachen zu bieten hatte – und die Ballengers stellten sicher, dass kein Wunsch offenblieb. Auch Händler aus anderen Königreichen kamen zuhauf angereist. Bei uns war jeder willkommen, außer Soldaten aus Venda – besonders, wenn sie Fragen stellten. *Rahtan*. Die Königliche Garde. Vielleicht konnte ich daraus sogar einen Vorteil ziehen.

»Da vorne. Das müssen sie sein«, sagte Mason, dessen Blick noch immer recht getrübt war. Die Hälfte unserer Gruppe lag weiterhin in der Taverne auf dem Boden, aber Gunner, Titus und Tiago waren uns gefolgt. Ich streckte meine Hand aus, um sie zu stoppen. Zuerst wollte ich die Vendaner aus der Ferne beobachten und wissen, was sie taten. Für mich sah es nicht so aus, als würden sie Fragen stellen. Ich entdeckte die drei vor der Handelsstation – Frauen – und eine von ihnen *jonglierte*. Ich blinzelte ungläubig. Der Marktvogt musste sich geirrt haben. Diesem Mädchen hätte ich gestern Nacht nur allzu gerne ein Glas ausgegeben. Andererseits war sie eindeutig dazu ausgerüstet, mit Ärger fertigzuwerden. Ein Schwert hing an ihrer rechten Seite, zwei Dolche an ihrer linken. Das lange schwarze Haar wehte ihr offen über die Schultern, sie lachte und plauderte mit dem Handelsgehilfen, während sie ihre Kunststücke vollführte, und dann …

Ich stieß Mason in die Seite. »Hast du das gesehen?«

»Was denn?«

»Sie hat gerade eine Apfelsine stibitzt!« Zumindest glaubte ich das. Unsicher rieb ich mir die Augen. *Da! Schon wieder!*

»Dann wollen wir mal hingehen«, sagte ich und bewegte mich auf sie zu. Sie entdeckte mich sofort. Unsere Blicke trafen sich, und sie musterte mich wie einen unappetitlichen Käfer. Dann nickte sie ihren Begleiterinnen zu, und die drei marschierten davon.

Teufel, nein. So einfach würde sie mir nicht davonkommen.

Kapitel 6

Kazi

Wir fingen die Vendaner bei der Apotheke ab, einen Mann und seine Frau. Erschöpfung hatte tiefe Furchen um ihre Augen gegraben. Venda zu verlassen und sich ins Unbekannte aufzumachen, war keine leichte Entscheidung gewesen. Aber es war ihre einzige Hoffnung auf eine bessere Zukunft. Schon die Tatsache, dass sie weiter durchhielten, zeigte mir, wie verzweifelt sie ihre Chance nutzen wollten. Die Plätze für Neusiedlungen waren sorgfältig ausgewählt und von allen Königreichen im Voraus genehmigt worden. Üblicherweise lagen sie in der Nähe einer halbwegs großen Stadt, sodass die Siedler auf Handel und Wachstum hoffen konnten – und auf Schutz. Doch hier bekamen sie das genaue Gegenteil.

Nicht nur die Großmächte Morrighan und Dalbreck waren daran interessiert, die Vendaner möglichst zu zerstreuen. Das Gleiche galt auch für die Geringeren Reiche. Sie alle hatten Angst vor der puren Menschenmasse und militärischen Macht, die Venda schon einmal aufgebracht hatte, und doch hatte unsere Königin nie mit unserer Stärke gedroht. Sie hatte nur darauf hingewiesen, was richtig und fair war. Hier ging es um Menschen, die sich eine bessere Zukunft erhofften.

Falls es Streitigkeiten gab, die nicht beigelegt werden konnten, durften die Königreiche sogar Truppen entsenden. Doch bevor es dazu kam, galt es hier eine viel dunklere Gefahr zu beseitigen – und zwar diskret. Nur die kleinste Andeutung, wonach wir wirklich suchten, und unsere Beute könnte spurlos verschwinden. Das war dem Wachhauptmann schließlich schon vorher gelungen. *Nicht dieses Mal*, hatte die Königin gesagt, und ich sah die Geister der Toten in ihren Augen.

Ich bin also nicht die Einzige, hatte ich gedacht, *die von ihnen verfolgt wird.*

»Ihr könnt also auch nicht genau sagen, wer euch überfallen hat?«, fragte ich nun.

»Nein, wir …«

»Was ist hier los?«

Ich seufzte. Der Schwarm trunksüchtiger Jünglinge war uns gefolgt. Ich drehte mich um und musterte den triefäugigen Anführer der Truppe. »Zieh Leine, Junge«, befahl ich. »Das hier geht dich nichts an.«

Sein glasiger Blick wurde scharf und brennend. »Junge?« Er trat drohend auf mich zu, doch mit einer einzigen blitzschnellen Bewegung drückte ich ihn auf die Knie. Ich presste ihn gegen die Apothekenwand und setzte ein Messer an seine Kehle.

Seine Kumpane sprangen vor, blieben jedoch unschlüssig stehen, als sie die Klinge sahen, die ich fest an seine Haut gepresst hielt.

»Genau, *Junge*. Ruf deine klägliche Meute zurück und zieh Leine, wie ich es befohlen habe, dann werde ich dir den hübschen Hals vielleicht nicht aufschlitzen.«

Seine Muskeln spannten sich unter meinem Griff, seine Schultern waren steinhart vor Zorn – und mein Messer lag genau an seiner Halsschlagader. Er dachte eingehend darüber nach.

»Lasst sie in Ruhe«, befahl er schließlich seinen Freunden.

»Sehr vernünftig«, sagte ich. »Hast du jetzt vor, Leine zu ziehen?«

»Ja«, zischte er.

»Guter Junge«, lobte ich, auch wenn mir inzwischen klar war, dass er wirklich nichts Knabenhaftes an sich hatte.

Ich zog ihm den Dolch aus dem Gürtel und schubste ihn auf die Straße. Er protestierte nicht und versuchte auch keinen Gegenangriff, sondern nahm sich Zeit aufzustehen. Dann wandte er sich zu mir um und wies die anderen ab, die ihm helfen wollten, nachdem mein Messer seine Kehle nicht länger bedrohte. Die Sekunden dehnten sich, und er musterte mich, als wolle er sich jeden Zentimeter meines Gesichts einprägen. Rachgier brannte in seinem Blick. Als er den Arm hob, griffen Wren und Synové nach ihren Waffen, aber er strich sich nur die dichten Haare aus dem Gesicht, und während er mich noch immer bohrend anstarrte … begann er zu lächeln.

Eiseskälte tanzte mein Rückgrat hinab. Sein Gesichtsausdruck machte mich nervös. Mit dieser Art von Lächeln kannte ich mich aus. Es hatte eine doppelte Bedeutung, doch er nickte nur zum Abschied und sagte: »Ich wünsche einen angenehmen Aufenthalt in Höllenrachen.« Dann wandte er sich um und ging allein davon. Seine Freunde schlenderten in die entgegengesetzte Richtung, als habe er ihnen ein unauffälliges Signal gegeben. Mit solchen Signalen kannte ich mich ebenfalls aus. Wren, Synové und ich benutzten sie oft, um wortlos unsere Kampfstrategie abzustimmen. Aber falls er etwas Ähnliches benutzt hatte, war es mir nicht aufgefallen.

Ich rätselte einen Moment darüber nach, dann ließ ich mein Messer zurück in die Scheide gleiten. Mein Blick folgte ihm, während er in einer Allee verschwand. Synové und Wren steckten ebenfalls ihre Waffen weg, und um uns herum brandete der Straßenlärm wieder auf, der während der Konfrontation für kurze Zeit verstummt war. Ich wandte mich erneut dem vendanischen Ehepaar zu, doch die beiden standen stocksteif da, und in ihren aufgerissenen Augen las ich pures Entsetzen.

»Ist schon gut«, sagte ich. »Jetzt sind sie ja weg.«

»Ist dir klar, wer das war?«, fragte die Frau mit zitternder Stimme.

»Tja, wenn du mich fragst …«

»Der *Patrei*«, unterbrach mich ihr Mann, bevor ich meinen spöttischen Satz vollenden konnte.

Ich hatte eine sehr ausführliche Beschreibung von Karsen Ballenger bekommen. Er war ein bulliger Mann um die vierzig mit dunkelbraunem Haar, braunen Augen und einer Narbe am Kinn. Dieser blonde Angeber glich ihm nicht im Geringsten.

»Karsen Ballenger ist der *Patrei*«, sagte ich, »und er ist …«

»Karsen Ballenger ist tot«, erwiderte der Mann. »Er ist gestern gestorben. Das war sein Sohn Jase, der neue *Patrei*.«

Ein neuer Patrei? Karsen Ballenger tot? Gestern? Nein. Sie mussten sich irren. Man hatte mir gesagt, Karsen sei ein kerngesunder, jugendlich wirkender Kämpfertyp. Wieso sollte er …

Der Ring.

Mir drehte sich der Magen um. *Der goldene Siegelring. Er hatte ihn am Finger stecken.* Mir war ein goldenes Funkeln aufgefallen, als ich meinen Gegner an die Wand gedrückt hatte, aber ich hatte mir darüber keine großen Gedanken gemacht. Schließlich hätte ein viel älterer Mann ihn tragen sollen.

Meine Gedanken überschlugen sich, als mich das Schicksal schon wieder in eine neue, unerwartete Richtung zu wirbeln schien. Vor meinem geistigen Auge sah ich Natiya fluchen, Griz vor Wut brüllen und die Königin ihr Gesicht in den Händen vergraben.

Ich holte tief Luft. *Das lässt sich noch retten.* Eigentlich hätte ich Karsen Ballenger austricksen sollen, aber sein Sohn war keine schlechte Alternative. Mein Plan konnte immer noch aufgehen. Tatsächlich war der Zeitpunkt sogar ziemlich günstig.

Ich schaute zu der Gasse, in der er verschwunden war. *Allein.*

Er hatte gehofft, dass ich ihm folgen würde. Wie man mir gesagt hatte, war Karsen Ballenger sehr von sich selbst überzeugt. Anscheinend galt das auch für seinen Sohn – doppelt und dreifach. Er würde sich nicht einfach damit abfinden, wie ich ihn gedemütigt hatte.

»Postiert euch am Ende der Straße«, sagte ich zu Wren und Synové. »Sorgt dafür, dass seine Meute mir nicht folgt.« Mit diesen Worten spurtete ich ihm hinterher.

Die Allee war still und überraschend leer. Sie bot nichts als Häuserrückseiten, Mülleimer und die Stämme von Riesenbäumen. Schatten warfen ein Zickzackmuster auf das holprige, schmutzige Kopfsteinpflaster. Ich konnte ihn nirgends sehen, wusste aber, dass er hier steckte. Irgendwo. Er hinterließ eine Spur aus mörderischem Zorn, die man geradezu fühlen konnte. Für mich war das ganz hilfreich, allerdings gehörte es nicht zu meinem Plan, mich aus Wut umbringen zu lassen. Die Stille wurde regelrecht unheimlich. Ich zog mein Schwert halb aus der Scheide und versuchte, mit meinen Blicken die Schatten rechts und links zu durchdringen. Gleichzeitig lauschte ich auf verräterische Geräusche und hörte ungefähr auf halbem Weg die Straße entlang ein Scharren, Ächzen und leises Klirren. Dann das Gleiche noch einmal. Ich drehte den Kopf, um festzustellen, wo genau die Laute herkamen. Nach ein paar Schritten konnte ich erkennen, dass sie aus einer Nebengasse drangen, die kurz vor mir den Weg kreuzte. Vorsichtig trat ich näher und entdeckte ihn. Allerdings anders, als ich erwartet hatte. Man hatte ihn gefesselt und geknebelt. Blut rann über seine Stirn, während er sich in den Händen eines Hünen wand, dessen Körpergröße schon fast an Griz herankam. Die beiden entdeckten mich gleichzeitig, und ich stellte mich in der Mitte der Straße auf.

»Was soll denn das werden?«, fragte ich. Nach einem Trick sah es nicht aus. Das Blut war echt.

»Geht dich nichts an, Kleine. Ich bringe hier nur den Müll weg. Kümmer dich um deinen eigenen Kram.«

Ich zog mein Schwert. »Lass ihn frei«, befahl ich.

»Nee, eher nicht. So ein starker Kerl bringt uns einen guten Preis.«

Da erst fiel mir der Heuwagen auf, der dicht hinter ihnen wartete. Die Wände waren hoch, und eine schwere, blickdichte Decke lag darüber. *Menschenhändler?* Der Gedanke ließ meine Sicht verschwimmen, als eine Stimme aus meiner Vergangenheit mich wie ein Schlag in die Rippen traf und mir die Luft nahm. Blinzelnd versuchte ich die Erinnerung abzuschütteln.

»Im Namen der Königin von Venda verlange ich, dass du ihn sofort freigibst. Ich habe den Auftrag, ihn für die Verletzung von Grenzverträgen festzunehmen.«

Die Augen von Jase Ballenger weiteten sich. Mit einem Grunzen kämpfte er gegen den Knebel an, doch der Arm des Menschenhändlers umklammerte ihn wie ein Schraubstock. Einen Moment lang bedauerte ich, dass ich ihm den Dolch abgenommen hatte. Sonst wäre er vielleicht nicht in diese Lage geraten.

Der Mann grinste mich an. »Du meinst, er ist schon dein Gefangener? Tja, wenn du es so siehst …«

Seine Stimme troff vor Ironie, und die Erinnerungen zerrten wieder an mir. *Du wirst mir einen hübschen Profit einbringen.*

Jase stieß ein lauteres Stöhnen aus.

»Lass ihn frei! Jetzt gleich!«, befahl ich wieder.

Da hörte ich ein Geräusch hinter mir. Ich wirbelte herum, doch es war zu spät. Ein schwerer, harter Gegenstand traf mich am Kopf und riss mir die Füße weg. Meine Wange prallte auf das matschige Kopfsteinpflaster. Undeutlich sah ich Stiefel auf mich zukommen, und die Sohle landete auf dem Schwert, das ich noch immer hielt. Ich spürte, wie der Mann es mir aus der Hand zog, bevor seine Schuhspitze mir probeweise an die Schulter trat. Dann wurde mein verschwommener Blick dunkler, bis alles schwarz war.

Beim Aufwachen dachte ich zuerst, dass es nicht schlimmer werden könnte. Ich ließ die Augen geschlossen und versuchte, wieder ganz zu Sinnen zu kommen und mich zu orientieren. Aufmerksam lauschte ich auf die Geräusche um mich herum, spürte die schaukelnde Bewegung unter meinem Rücken, perlende Schweißtropfen zwischen meinen Brüsten, meinen dröhnenden Kopf und scharfes Metall, das in meine Handgelenke einschnitt. Vorsichtig öffnete ich die Augen einen Spaltbreit. Meine Hände waren gefesselt, aber schlimmer noch: Man hatte mir die Stiefel ausgezogen und mich mit dem Fußknöchel an Jase Ballenger gekettet.

Er saß mir gegenüber, nun ohne Knebel. Die Bewegung des Wagens ließ ihn schwanken, und getrocknetes Blut überzog die eine Gesichtshälfte, während die andere vor Schweiß glänzte. Er bemerkte, dass ich wach war. Sein Gesicht war grimmig. Inzwischen war er vermutlich weit über mörderischen Zorn hinaus und fantasierte davon, mich langsam und qualvoll zu töten, falls er je die Gelegenheit dazu bekam. Von seinem prüfenden Blick fühlte ich mich wie erdrückt und wandte den Kopf ab. Da erst sah ich die Landschaft, die hinter der Wagenklappe lag. Keine Bäume, keine Straßen, keine Berge oder auch nur Hügel. Wir befanden uns in der Mitte einer endlosen Ebene, die kein Versteck und keine Fluchtmöglichkeit bot. Wie lange war ich bewusstlos gewesen?

Das war mehr als eine unerwartete Schicksalswendung.

Es ähnelte eher einem steilen Fall in die Hölle.

Kapitel 7

Jase

Das allerletzte, was Gunner und die anderen erwarten würden, war meine Entführung in einem Heuwagen. *Behaltet die Straza dicht an eurer Seite.* Das hatte Mutter bestimmt schon hundertmal gesagt. Der Befehl war so alltäglich wie die Art, mit der sie uns das Haar aus den Augen strich, wann immer wir Torsfeste verließen. Ich kannte diesen Spruch, seit ich ein kleines Kind war. *Die Zeiten sind unsicher.* Das hatte sie auch zu meinem Vater gesagt. Es war ihr üblicher Abschiedsgruß. Wir beachteten ihn gar nicht mehr. Die Zeiten waren immer unsicher, und die *Straza* immer an unserer Seite, genau wie unsere Dolche und Schwerter. Sie waren da, um *gesehen* und nicht benutzt zu werden. Der größte Unterschied zwischen einem *Straza* und jedem anderen Krieger war der Titel und vermutlich das besonders finstere Gesicht. Meine Brüder und ich waren alle fähig, unsere eigenen Kämpfe auszufechten, und wir hielten uns gegenseitig den Rücken frei. Normalerweise.

Aber diesen Kampf hatten wir nicht kommen sehen. Der Zorn hatte mich blind gemacht, als ich Mason mein Signal gab. Nur ein kaum merkliches Nicken zur Seite, das er aufgefangen und verstanden hatte. *Geh mit den anderen, oder sie wird mir nicht folgen. Umkreist die Straße und trefft mich am Mietstall. Diese Rahtan wird nicht lange auf ihrem hohen Ross bleiben.* Ich war noch immer blind vor Zorn, als ich die Gasse entlangschritt. *Junge* hatte sie mich genannt. Sie wusste nicht, wen sie vor sich hatte, so viel war klar, aber genauso sicher wusste ich, dass man sie bald aufklären und sie mir nachlaufen würde. *Zieh Leine, dann werde ich dir den hübschen Hals vielleicht nicht aufschlitzen.* In ihrer Stimme hatten Gift und echte Überzeugung gelegen. Sie hätte es tatsächlich getan. Angetrieben von einem brennenden Gefühl, dessen Grund ich nicht kannte. Schließlich hatte sie mich nie zuvor gesehen.

Aber auch ich wurde von einem wütenden Instinkt getrieben. Diese Stadt gehörte mir, und keine Fremde würde hier mit Befehlen um sich werfen.

Ich hätte die Falle bemerken sollen, kaum dass ich die Gasse betrat. Mein Vater hatte mich immer gewarnt: *Wenn sich etwas falsch anfühlt, dann ist es das vermutlich auch. Vertrau deinem Bauch.*

Schon nach den ersten Schritten bekam ich ein eigenartiges Gefühl, aber in meinem Bauch schwappte eine Nacht voller Bier. Auf halbem Weg wurde mein Zorn von purer Übelkeit zur Seite gefegt. Ich klappte vornüber und erbrach mich. Als ich mir den Mund abwischte, dröhnte mein Kopf wie der Amboss einer Schmiede, wofür ich ihr ebenfalls die Schuld gab … und in diesem Moment schlug der Sklavenjäger mich zu Boden. Ich hatte ihn nicht bemerkt und verstand zuerst nicht einmal, mit wem oder was ich es zu tun hatte. Als er mich fesselte und knebelte, vermutete ich, dass er vielleicht auch zu den Rahtan gehörte. Aber dann rief er einem Mann weiter hinten in der Gasse zu, dass ich einen guten Preis einbringen würde.

Und plötzlich erschien sie und verlangte meine Freilassung.

Ich studierte sie, während sie mir im Karren gegenüberlag. Sie hatte sich den ganzen Morgen nicht geregt, und ich begann mich zu fragen, ob sie überhaupt wieder aufwachen würde. Ich wusste selbst nicht genau, warum ich versucht hatte, sie vor dem Kerl zu warnen, der sich von hinten an sie herangeschlichen hatte. Vielleicht weil sie meine einzige Chance war. Ich hatte selbst erlebt, wie schnell sie sich bewegen konnte, als sie mich in Höllenrachen von den Beinen geholt hatte. Darüber grübelte ich ebenfalls nach, oder vielleicht sollte man eher sagen, ich brodelte innerlich.

Mein Magen war noch immer schmerzhaft leer. Die Schlepperbande hatte uns nichts als Wasser gegeben, seit wir ihnen gestern in die Hände geraten waren. Ich schaute zu, wie sich die Brust der Rahtan so schwach hob und senkte, dass ich manchmal glaubte, sie würde gar nicht mehr atmen. Der Mann hatte mit aller Wucht zugeschlagen und sie hatte vermutlich eine eiergroße Beule am Hinterkopf. Sie hatte kurz gezögert, als sie mich in der Gasse entdeckte, als habe etwas sie abgelenkt. Ihre fordernde Haltung war einen Moment lang verschwunden, und stattdessen war ein verwirrter Ausdruck über ihr Gesicht gehuscht. Vielleicht lag es nur daran, dass man ihr die Beute vor der Nase weggeschnappt hatte.

Rahtan. Ich ließ mir das Wort auf der Zunge zergehen und überlegte, was ich darüber zu wissen glaubte. Mir waren in Ráj Nivad schon einmal Rahtan begegnet, aber niemand wie sie. Diese Leute hatten wie grobschlächtige Mörder ausgesehen. Muskelberge. Sie dagegen reichte mir kaum bis an die Schulter. Und die Rahtan damals hatten ganz sicher nicht *jongliert*. Nichts an diesem Puzzle ergab einen Sinn. War ihr Titel vielleicht falsch? Hatte Paxton sie geschickt? Aber ich hatte sie vendanisch reden hören, als wir näher kamen. Diese Sprache kannte hier niemand, außer eben Vendaner.

Ihre Lider flatterten. Sie schien endlich aus der Betäubung zu erwachen. Doch ihre Augen blieben geschlossen, obwohl sich ihre Brust kräftiger hob und die Atemzüge tiefer wurden. Sie war eindeutig wach. Versuchte die Lage einzuschätzen. Ich hätte es ihr sagen können. Die Lage war schlecht. Sehr schlecht.

Abschaum wie diese Leute hatten sich seit Jahren nicht in die Nähe von Höllenrachen gewagt. Sie fürchteten uns Ballengers. Aber da uns nun die Siedler auf den Leib rückten, nahmen sie wohl an, sie könnten es genauso halten. *Lass dir nur eine Handvoll durch die Finger gleiten, und am Ende wirst du alles verlieren.* Mein Vater hatte recht. All die Generationen vor ihm hatten recht. Von nun an würden wir gar nichts mehr abgeben und keine einzige Faust voller Erde mit anderen teilen.

Ihre Lider öffneten sich, und ihre Augen ruckten zuerst zu ihren gefesselten Händen, dann zu der Kette an unseren Füßen. Schließlich wanderten sie zu mir hoch. Ich sagte nichts, sondern starrte sie nur an, damit sie genug Zeit hatte, alles zu verdauen.

Ob sie mich noch verhaften wollte? Tja, wohl kaum.

Ich hatte schon die ganze Nacht vergeblich versucht, die Kette zu lockern oder das Schloss mit einem Holzsplitter zu öffnen, den ich vom Wagen abgekratzt hatte. Die Fesseln ließen sich nicht lösen, und wir steckten fest. Die Rahtan drehte den Kopf, schaute hinten über den Karrenrand und erschrak sichtlich. Zum ersten Mal. Doch sie unterdrückte ihre Reaktion, zog sich hoch, um sich an die Wagenseite zu lehnen, und zuckte dabei zusammen. Vielleicht hatte sie sich etwas gebrochen, als sie auf das Kopfsteinpflaster geprallt war. Ihr halbes Gesicht war noch immer mit Schlamm bedeckt. Sie schaute sich um und entdeckte nun auch die anderen zusammengeketteten Gefangenen. Sechs Leute insgesamt.

»Und wieder leisten wir beide uns Gesellschaft. Wer hätte das gedacht?«

Sie schaute mich ausdruckslos an. Ihre Augen glichen goldenen Nebelmonden mit Pupillen wie Nadelspitzen, stechend und kalkulierend, oder vielleicht war dafür auch nur der Schlag auf den Kopf verantwortlich. Ihr Blick wandte sich wieder ihren zusammengeketteten Händen zu, dann unseren Fußschellen, die sie lange und eingehend studierte. Ich nahm an, dass diese Kleinigkeit ihr am meisten zu schaffen machte. Falls sie Hoffnungen hegte, vom Karren springen und fliehen zu können, war ich der Klotz an ihrem Bein. Nach und nach studierte sie auch die anderen. Wir trugen als Einzige Fußketten, vielleicht weil wir ganz hinten im Karren saßen, aber alle hatten die Hände genauso gefesselt wie wir. Ihre Mienen waren leer und hoffnungslos. Ich kannte zwei von ihnen aus Höllenrachen, den einen aus der Fassmacherei, den anderen aus der Schmiede. Die Augen der Rahtan wanderten weiter zu dem Mann auf dem Kutschbock. Auch ihn studierte sie eingehend, dann hob sie ihr Kinn auf die gleiche Art wie zuvor, als sie mir befohlen hatte, Leine zu ziehen. Ich sah ihr an, dass sie etwas im Schilde führte.

»Hey, da vorne!«, rief sie. »Halt den Wagen an. Ich muss pinkeln.«

Der Mann lachte und rief über die Schulter: »Die Pinkelpause hast du verpasst, Herzchen. Wenn du mal musst, kannst du es da machen, wo du hockst.«

»Würde ich lieber nicht«, rief sie zurück.

»Und ich würde mir lieber kein Frauengejammer anhören. Halt die Fresse!«

Ihre Augen wurden schmal.

Ich stieß sie mit dem Fuß an. *Lass es*, formte ich mit den Lippen. Der Mann hatte einen anderen Gefangenen bewusstlos geprügelt, weil er nicht aufhörte zu stöhnen. Außerdem wollte ich nicht, dass sie mir bei meinem eigenen Fluchtplan in die Quere kam. Ich hatte unter dem Kutschbock ein Beil erspäht. Leicht zu erreichen, falls sich eine Gelegenheit ergab.

Ihre Augen funkelten, und sie grinste. *Sie grinste.* Was war los mit dieser Frau? Sie würde weiterstochern, das wusste ich jetzt schon.

»Lass es sein«, flüsterte ich zwischen zusammengebissenen Zähnen.

»Hey, ich muss aber wirklich pinkeln.«

Er fuhr herum, hochrot vor Wut, doch bevor er etwas sagen konnte, schlug sie vor: »Ich könnte dich für die Extramühe belohnen.«

Sein Ärger verwandelte sich in ein zufriedenes Kichern. »Du hast nichts mehr am Leib, was ich noch will. Ich habe dein Schwert. Die Dolche. Die Weste. Ein Paar tolle Angeberstiefel.«

Sie lehnte sich vor. »Wie wäre es mit einem Rätsel? Etwas, um dich über die ganzen Meilen hinweg abzulenken? Das wäre eine Belohnung, oder nicht? Ein echter Schatz in dieser Einöde.« Sein Gesichtsausdruck änderte sich. Anscheinend reichte schon das Wort Schatz, um seine gierige Aufmerksamkeit zu wecken. Da es nichts Handfesteres mehr zu stehlen gab, gefiel ihm der Vorschlag.

»Gut, lass hören«, forderte er.

»Zuerst die Pinkelpause.«

»Zuerst das Rätsel.«

Sie lehnte sich zurück. »Nun gut. Aber ich warne dich jetzt schon, die Auflösung bekommst du erst, wenn ich gepinkelt habe.«

Er nickte, zufrieden mit dem Handel und bereit für sein Rätsel.

Ich verfolgte, wie sie ihn erfolgreich in eine Ecke manövrierte, auch wenn mir das Ziel nicht klar war. Diese ganze Mühe, nur um zu pinkeln? Sicher nicht.

»In Ordnung, hör gut zu«, forderte sie ihn so fröhlich auf, als seien wir auf einer Vergnügungsfahrt.

»Boshaftes Auge, dickes Fell,
ich greif dich an, aber plump und nicht schnell,
schnaube Feuer, aber bin nicht sehr hell.
In meinem Kopf nur Stein und Sand,
treibt mich der Zufall durch das Land.
Ein Stein sitzt auch in meiner Brust,
ganz wertlos, falls du danach suchst,
kein edler Schatz, nur öde Leere,
mein Herz ist nichts, was ich entbehre.
Auf mich zu wetten, hilft nicht viel,
ich komme niemals an mein Ziel
denn ich verliere jedes Spiel.«

»Ein Drache!«, fing der Mann sofort an zu raten. Danach folgten weitere Vorschläge, die immer nur zu den nächsten Zeilen passten, aber nie zum ganzen Rätsel. *Eine Wüste! Ein Rennpferd!* Jedes Mal lautete die Antwort Nein. Er rutschte wütend auf dem Kutschbock hin und her und ließ sie das Gedicht mehrmals wiederholen. Sie gehorchte, doch auch seine weiteren Versuche ernteten ein Nein. Je mehr seine Frustration wuchs, desto entspannter wurde die Rahtan. Sie schüttelte die Hände aus und dehnte die Finger, als würde sie sich auf etwas Bestimmtes vorbereiten.

»Sag es mir!«, forderte er.

»Pinkelpause«, sagte sie.

Er brüllte eine Reihe von Flüchen, dann zog er mit einem Schnalzen an den Zügeln. Er rief seinen Kumpanen, die weiter vorne den Weg ausspähten, ein »Halt!« zu. Sein Kopf war puterrot vor Wut. Er sprang von seinem Sitz und kam auf unser Ende des Karrens zugestampft. Ich war mir sicher, dass er die Antwort aus ihr herausprügeln wollte.

»Sag es ihm«, zischte ich leise. »Und zwar jetzt! Ich habe keine Lust, an jemanden gefesselt zu sein, der nur noch blutiger Matsch ist.«

Sie linste mich an und lächelte. »Alles unter Kontrolle. Zerbrich dir nicht das hübsche Köpfchen.«

Ich fragte mich, ob sie durch den Schlag auf den Schädel den Verstand verloren hatte. Sie griff nach ihrer Bluse und zog sie aus der Hose, sodass der Stoff lose herabfiel, direkt bevor der Mann hinten am Karrenende auftauchte.

»Sag es mir«, knurrte er. »Sofort! Pinkeln kannst du *danach*.«

»Woher weiß ich, dass du …«

Er packte sie bei den Schultern und riss sie nach vorne. Sie lehnte sich an ihn, und mit einer einzigen Bewegung, so unmerklich wie ein Lufthauch, griff sie sich den Schlüsselbund, der an seinem Gürtel hing. Er gab nicht das kleinste Klirren von sich, bis er sicher unter ihrer Bluse steckte. »Schon gut!«, gab sie nach, »schon gut! Hier kommt deine Antwort.«

Er schubste sie weg und wartete.

»Ein Narr. Ein hohlköpfiger Narr.« Sie legte neckisch den Kopf schräg. »Und ich war mir so sicher, dass *du* darauf kommen würdest.«

Zur Abwechslung verstand er ihre Anspielung diesmal, sein Arm schwang zurück, und die Rückseite seiner Faust traf ihr Kinn. Sie fiel auf den Karrenboden und er funkelte sie an. »Wer ist jetzt der Dummkopf? Ich habe meine Antwort und du keine Pinkelpause. Piss dir in die Hose, Schlampe.«

Er stampfte zum Kutschbock zurück und trieb sein Pferd an.

Die Rahtan setzte sich etwas benommen auf. Blut tropfte aus ihrem Mundwinkel, und unsere Blicke trafen sich. Sogar die anderen im Wagen hatten nicht bemerkt, was sie tat. Sie nickte in Richtung meiner Hände. Ich lehnte mich vor, sie ließ die Schlüssel aus ihrer Bluse rutschen und öffnete mit einer langsamen, vorsichtigen Bewegung meine Handschellen. Geräuschlos legte ich die Kette auf den Karrenboden. Jetzt wurden die anderen aufmerksam, doch ich presste meinen Finger gegen die Lippen, damit sie kein Geräusch von sich gaben. Ich nahm den Schlüsselbund entgegen und befreite die Handgelenke der Rahtan. Die anderen wurden unruhig, während sie uns beobachteten, und streckten uns ihre Hände entgegen, um ebenfalls befreit zu werden. Die stramm gezogenen Ketten rasselten und machten einen Höllenlärm. Vom Kutschbock kam ein gedonnertes: »Still sitzen!« Wir alle erstarrten für einen Moment und dann befreite ich vorsichtig den Mann neben mir. Er nahm den Schlüsselbund und half seinem Nachbarn.

Die Rahtan trat mir gegens Bein und nickte in Richtung unserer Fußschellen, als die Schlüssel aus unserer Reichweite verschwanden. Unsere Knöchel waren noch immer aneinandergekettet. Ich winkte den letzten beiden Männern in der Reihe, dass sie den Schlüsselbund zurückreichen sollten, aber sie waren panisch vor Angst, dass der Fahrer sich umdrehen und alles entdecken könnte. Vor lauter Nervosität bekamen sie den Schlüssel nicht ins Schloss. Ich presste wieder warnend den Finger an die Lippen, doch da begann der eine schon, an der Kette zu zerren, und wisperte schluchzend: »Beeil dich!« Endlich gelang es dem zweiten Gefangenen, ihn zu befreien, doch nicht, bevor der Fahrer sich tatsächlich umgedreht und alles gesehen hatte.

»Verstreut euch!«, schrie ich und hoffte auf eine Ablenkung, während ich mich in Richtung des Schlüsselbunds warf, der dem Gefangenen durch die zitterigen Finger gerutscht und zu Boden gefallen war. Die anderen überrannten uns regelrecht, um vom Karren zu springen, und ihre Füße stießen die Schlüssel aus meiner Reichweite.

Der Fahrer brüllte nach seinen Leuten, die weiter vorne ritten, und ich sah ihn nach dem Beil unter dem Sitz greifen. Die Rahtan versuchte, sich in dem Wirrwarr ebenfalls auf den Schlüsselbund zu werfen, während die panische Herde von Flüchtenden ihn von einer Seite zur anderen trat. Ich wollte gerade meine Hand darum schließen, als sie schrie: »Über dir!« Ich rollte mich weg, und ein Beil zersplitterte den Karrenboden, wo eben noch mein Kopf gewesen war. Als der Mann es herauszuziehen versuchte, griff ich nach dem Schaft, und wir kämpften darum. Ich kam auf die Beine, aber durch die Fußfessel hatte ich keinen sicheren Stand.

»Dann behalt es doch, du blöder Narr!«, rief ich, ließ das Beil los und schubste ihn gleichzeitig. Als er stolperte und das Gleichgewicht verlor, schoss mein Arm vor. Mein Faustschlag drückte ihm die Kehle ab und zerschmetterte sie regelrecht. Seine Augen traten hervor, und er fiel rückwärts vom Wagen, röchelnd und unfähig, Luft zu holen. Er war so gut wie tot. Doch schon kam einer seiner berittenen Kumpanen auf mich zu, nachdem er einen anderen Gefangenen erledigt hatte, und schwang einen dornigen Morgenstern.

Die Rahtan hatte endlich den Schlüssel erwischt. Sie hielt ihn in der Faust und versuchte, das Schloss unserer Fußkette zu öffnen, doch ich rief: »Lauf!« Wir hatten keine Zeit für Feinheiten. Ich packte ihren Arm und zog sie vom Wagen. Stolpernd landeten wir auf dem Boden und der Morgenstern wirbelte über unsere Köpfe hinweg. Das Pferd des Sklavenjägers tänzelte um uns herum. Hastig warfen wir uns unter den Karren und krochen in Sicherheit. Der Morgenstern zersplitterte das Holz über unseren Köpfen, als wir zur anderen Seite krabbelten und losrannten. Die Kette machte unsere Schritte schwerfällig. »Hier entlang!«, schrie ich.

Der Menschenhändler war uns dicht auf den Fersen, doch ich wusste, was vor uns lag. Ich betete nur, dass die Rahtan mit mir Schritt halten konnte. Wenn wir stolperten, waren wir erledigt. Doch sie lief mit rasselnder Kette neben mir her und hielt den Schlüsselbund immer noch fest in der Hand. Die Ebene mündete in einen langen, steilen Abhang, der zum Fluss hinunterführte. Wir warfen uns beide nach vorne, stürzten Hals über Kopf, rollten, kullerten, spürten die Fußschellen in unser Fleisch einschneiden, während wir auseinandergerissen wurden und wieder zusammenprallten. In einer Lawine aus losem Dreck schlitterten wir scheinbar endlos hinab, ohne unseren Fall bremsen zu können, bis wir schließlich auf einem flachen Vorsprung über dem Fluss landeten.

»Der Schlüssel!«, schrie die Rahtan. Ihre Hand war leer. Sie hatte ihn bei dem langen Sturz verloren.

Wir entwirrten unsere Glieder und kamen auf die Füße, beide mit blutenden Knöcheln, wo das Metall eingeschnitten hatte. Gemeinsam starrten wir nach oben und hofften, irgendwo auf dem Abhang einen rostigen Schlüssel glänzen zu sehen.

»Hölle und Teufel!«, zischte ich. Der Sklavenjäger kam mit seinem Pferd im Zickzack den Hang herunter. Er hatte immer noch nicht aufgegeben.

»*Fikat vide*«, knurrte die Rahtan und schaute sich hastig nach einem Fluchtweg um. Uns blieb nur der Fluss, doch bis dort unten war es ein langer Fall.

»Ich hoffe, du kannst schwimmen?«, fragte ich. »Wenn du absäufst, zieht dein Gewicht mich runter wie ein Klotz am Bein.«

»Halt den hübschen Mund und los, Goldjunge«, zischte sie. Ihre Augen funkelten mich an. Dann sprang sie und zog mich hinterher.

KAPITEL 8

Kazi

OB ICH SCHWIMMEN KONNTE?

Nicht besonders gut. In Sanctumstadt bekam man dazu wenig Gelegenheit. Der Große Fluss war zu kalt und reißend. Zu meiner Ausbildung als Rahtan hatten Schwimmlektionen gehört, aber ich war nie weiter gekommen, als mich auf dem Rücken treiben zu lassen. Es gab einfach keinen Ort, wo ich hätte üben können.

Trotzdem machte mich seine Frage mehr als wütend. *Ich* war ein Klotz am Bein, der *ihn* runterzog? Er hatte doch die tolle Idee gehabt, den Schlüsselbund an andere weiterzugeben, ohne unsere Fußfesseln zu öffnen. Er hatte uns einen Abhang heruntergestürzt, sodass ich die Schlüssel verlor. Nun kam der Sklavenjäger schnell näher, und ein weiterer folgte ihm auf den Fersen. Beide schwangen ihre Waffen, um uns die Köpfe einzuschlagen oder uns wenigstens genug Schaden zuzufügen, damit sie uns zurück auf ihren Karren zerren konnten. Wir hatten keine Wahl. Der Fluss lag erschreckend tief, aber diesmal würde ich den ersten Schritt machen. Ich packte seinen Arm und sprang.

Bis zum Aufprall schienen wir eine Ewigkeit zu fallen, und das Wasser war überraschend hart, als wir es erreichten. Die Oberfläche knallte mir brutal gegen die Rippen, dann riss die Strömung uns beide mit. Ich wusste nicht mehr, wo oben und unten war. Meine Lungen platzten fast, während sie vergeblich nach

Atem ringen wollten. Ich strampelte mit den Beinen, suchte die Oberfläche, Sauerstoff, den Weg hinauf, aber überall waren nur Tausende von Blasen, Lichtblitze, brodelnde Dunkelheit. Ein Schraubstock legte sich um meine Brust, und das letzte bisschen Luft, das ich beim Sturz eingesogen hatte, verflüchtigte sich. Panisch trat ich um mich, und dann packte etwas meinen Arm, Finger bohrten sich in meine Haut und rissen mich hoch, bis ich die Oberfläche durchbrach und keuchend einatmete.

»Lehn dich zurück!«, schrie Jase. »Kreuz die Beine übereinander! Füße nach vorne!« Er zog mich in seine Arme, sodass ich in Rückenlage an seiner Brust lehnte. Mit den Füßen voran rasten wir durch die Stromschnellen. Wellen schlugen über uns zusammen, Wasserstrudel wirbelten uns herum, aber Jase brachte uns immer wieder auf den richtigen Kurs. Wir schossen durch das Flussbett wie ziellos trudelnde Blätter. Die Ufer zu beiden Seiten waren nicht weit entfernt, aber voller Felsen, und bei unserer rasenden Geschwindigkeit wagten wir nicht, nach einem davon zu greifen. Ich erstickte fast, als das tosende Wasser mir in Mund und Nase drang. Jase hielt mich fest in seinen Armen und zog mich zurück, wann immer ich mich aufrichten wollte. »Entspann deinen Körper«, befahl er. »Lehn dich an mich und kämpf nicht gegen die Strömung. Bald wird der Fluss breiter und ruhiger, dann können wir ans Ufer schwimmen.« Sein Überleben hing von mir ab und umgekehrt. Durch die Kette war er buchstäblich mein Rettungsanker. Das einzig Erfreuliche an diesem wilden Ritt war, dass wir die Menschenhändler weit hinter uns ließen. Endlich beruhigte sich die Strömung, und sandige Buchten tauchten zu beiden Seiten auf. »Noch ein Stück weiter«, sagte er mit seinem Gesicht an meiner Wange, »damit sie uns auf keinen Fall folgen.«

Wir hatten bestimmt schon eine Meile oder mehr hinter uns

gelassen. In meinen Beinen pulsierte es schmerzhaft, und ich war erleichtert, als Jase uns in Richtung einer Sandbucht manövrierte. Endlich fühlte ich, wie meine Füße festen Boden berührten. Wir schleppten uns ans Ufer und ließen uns keuchend in den nassen Schlamm fallen. Jase lag neben mir auf dem Rücken, mit geschlossenen Augen, pumpender Brust und tropfenden Haarsträhnen.

Zwar hatte ich eine Gefahr hinter mir gelassen, aber nun war ich an eine andere gefesselt – mitten in der Einöde. Man konnte uns beide nicht gerade als Freunde bezeichnen, und ich war unbewaffnet. Jase natürlich auch, aber dafür war er deutlich größer und stärker, und ich hatte selbst gesehen, wie gut er seine Faust einsetzte. Mir war klar, dass ich einen Waffenstillstand aushandeln musste, zumindest zeitweilig.

Als ich wieder zu Atem gekommen war, fragte ich: »Was machen wir jetzt?«

Sein Kopf drehte sich zur Seite, und er starrte mich mit einem langen, durchdringenden Blick an. Seine Augen waren hell und klar, keine Spur mehr von dem Alkoholschleier. Seine Iris war von demselben Dunkelbraun wie der Erdboden, auf dem er lag.

»Bestimmt hast du eine Idee?«, fragte er.

Ich war nicht sicher, ob es sarkastisch oder humorvoll klang. Vielleicht beides gleichzeitig. Aber sein Blick fixierte mich weiter unbewegt, und mein Atem flatterte. Meine Lungen fühlten sich plötzlich zu eng an.

»Ich meine ja nur, wir wissen beide, dass ich dich nicht mag und du mich nicht. Aber bis wir einander loswerden, müssen wir wohl das Beste daraus machen.«

Er blinzelte. Langsam und ausgiebig.

Es war eindeutig Sarkasmus. Geringschätzung. Vielleicht sogar Ekel.

Dann drehte er den Kopf weg und schaute in den Himmel, als würde er darüber nachdenken. »Hat man da, wo du herkommst, auch einen Namen?«, fragte er schließlich, ohne mich anzusehen.

Ich zögerte. Ihm zu antworten schien ein Risiko zu bergen, auch wenn ich selbst nicht genau wusste, warum. Es fühlte sich seltsam intim an. Aber schließlich war der Vorschlag, das Beste daraus zu machen, von mir gekommen. »Kazi«, sagte ich und wartete auf eine spöttische Bemerkung.

»Und dein Familienname?«

»In Venda benutzt man keine Familiennamen. Wir werden danach gerufen, wo wir herkommen. Ich bin Kazi aus Hellnebel. Das ist ein Viertel von Sanctumstadt.«

Er wiederholte leise meinen Namen. Mehr sagte er nicht, sondern starrte nur weiter nach oben – vermutlich tagträumte er von Möglichkeiten, mich loszuwerden. Hätte er doch bloß das Beil noch, dann könnte er mir den Fuß abhacken, der uns zusammenfesselte. Schließlich stand er auf, hielt mir die Hand entgegen und wartete darauf, dass ich sie nahm. Zögernd griff ich nach seinem Handgelenk und ließ mir hochhelfen. Statt meinen Arm anschließend loszulassen, zog er mich ein Stück näher und blickte auf mich herunter. »Ich habe auch einen Namen, obwohl du mich so gerne *Junge* nennst«, sagte er. »Jase Ballenger. Aber das wusstest du vermutlich schon, oder? Schließlich hattest du vor, mich *festzunehmen*.« Einige unangenehme Sekunden verstrichen, ohne dass er seinen Griff um meinen Arm lockerte. Dunkle Wolken wirbelten durch seine Augen. Unser Waffenstillstand nahm keinen guten Anfang.

»Wir hatten nicht gleich eine Festnahme geplant«, erwiderte ich. »Erst hätten wir Fragen gestellt, die Anklagen bewertet, und dann hätte ich dich zu einer näheren Befragung vorgeladen.«

»*Mich vorgeladen?* Höllenrachen ist *meine* Stadt. Für wen hältst du dich eigentlich?«

Für deinen schlimmsten Albtraum, Jase Ballenger, kochte ich innerlich, zwang mich aber zu einer scheinbar ruhigen Antwort. »Bist du bereit, das Beste daraus zu machen, oder nicht?«

Mit einem tiefen, gezwungenen Atemzug schluckte er die Worte herunter, die ihm auf der Zunge lagen. Er ließ meinen Arm los und schaute sich in der Umgebung um, als wolle er unsere Situation einschätzen. »Nun gut, Kazi aus Hellnebel, das Beste wäre wohl, hier wegzukommen.« Sein Blick huschte zu einem Felsvorsprung am anderen Ufer und dem Wald hinter uns. Er zeigte nach links. »Ich glaube …« Dann schüttelte er den Kopf und sein Finger wanderte etwas nach rechts. »Ich glaube, in dieser Richtung gibt es eine Siedlung. Das nächste bisschen Zivilisation, das wir finden werden, wenn wir nicht umdrehen und den Menschenhändlern vor die Nase laufen wollen. Vielleicht hundert Meilen entfernt.«

Hundert Meilen? Gefesselt, barfuß, ohne Nahrung und Waffen? Und noch dazu mit einem Begleiter, dem ich weniger über den Weg traute als dem Zwinkern eines Straßenhändlers. Aber wenigstens konnte ich sicher sein, dass es ihm ebenfalls ums Überleben ging. »Was ist das für eine Siedlung?«, wollte ich wissen.

»Die einzige Sorte, die man hier draußen findet. Eine von *euren*.« Er versuchte gar nicht erst, seinen Abscheu zu verbergen.

Unsicher schaute ich in die Richtung, die sein Finger gewiesen hatte. »Wo liegt Höllenrachen von hier aus?«, fragte ich.

»Auf der anderen Seite des Flusses, wo die Sklavenjäger warten. Mehr als ein Tagesritt östlich.«

Ein Tagesritt? Wie lange war ich ohnmächtig gewesen? Mein knurrender Magen bestätigte seine Behauptung, also nahm ich an, dass er die Wahrheit sagte. Ich wusste, dass es tatsächlich eine vendanische Siedlung gab, die westlich von Eislandia lag. Casswell war eine der ersten und größten Niederlassungen mit mehreren Hundert Menschen. Dort würde ich die Vorräte und Leute finden, die ich brauchte – zu welchem Zweck auch immer.

Die Kette zwischen uns rasselte, als er ungeduldig von einem Fuß auf den anderen trat. »Also?«, fragte er. »Hast du eine bessere Idee?«

Nicht im Moment. »Wir gehen zur Siedlung«, antwortete ich.

»Andererseits …«, sagte er, trat einen Schritt näher und musterte mich mit schmalen Augen, »bleibt da noch eine entscheidende Frage. *Falls* ich dich zurück zur Zivilisation bringe, denkst du, dass du mich dann immer noch zu *einer näheren Befragung vorladen* wirst?«

Sollte das eine versteckte Drohung sein? *Falls ich dich zurückbringe?* Die Kette zwischen uns kam mir plötzlich wie ein Geschenk des Himmels vor. So konnte ich wenigstens sicher sein, dass er mir nicht den Schädel einschlagen würde, sobald ich ihm den Rücken zuwandte. Seine Haltung troff vor arrogantem Selbstbewusstsein. Das hier war ein Spiel für ihn. Eine Herausforderung. Ein Wettkampf.

»Das zu beantworten, wäre ziemlich dumm von mir, nicht wahr? Wenn man bedenkt, dass ich gerade tief im Schlamassel stecke.«

Er schnaubte amüsiert. »Ich würde sagen, mir nicht zu antworten wäre noch dümmer.«

Ich starrte ihn an und versuchte zu entscheiden, ob er sich nur aufplusterte oder mich ernsthaft bedrohte. »Dann schlage ich vor, dass wir getrennte Wege gehen, sobald wir die Siedlung erreicht haben. Ein Spiel mit offenen Karten. Gut für uns beide.«

»Getrennte Wege«, wiederholte er. »Einverstanden.«

Zum Abschluss tranken wir uns am Fluss satt, da wir nicht wussten, wann wir wieder frisches Wasser finden würden. Ich stieß ein paar kleine Ufersteine mit den Zehen an, hob einen auf und drehte ihn abschätzend in der Hand.

»Ist der für mich gedacht?«, fragte er.

Ich schaute auf. Diesmal sah ich echten Humor in seinen Augen funkeln, und er grinste mich an. Seine Launen waren unberechenbar, was meine Bedenken nur vergrößerte. Die Reaktion eines Quartierlords konnte man immer so leicht voraussagen wie Schnee im Winter, denn sie waren bloß gierige Egomanen. Aber die Wortwechsel zwischen Jase und mir waren anders. Wir tänzelten umeinander herum, einen Schritt vorwärts, einen zurück, umkreisten uns, übernahmen abwechselnd die Führung und versuchten zu erraten, wie die nächste Bewegung aussehen würde. Er traute mir genauso wenig wie ich ihm.

»Feuerstein«, erklärte ich. »Und meine Gürtelschnalle ist aus Feuerstahl. Die Sklavenjäger haben mir alles abgenommen, was wertvoll aussah, aber mein Gürtel war ihnen egal. Ein Lagerfeuer wird uns heute Nacht sehr willkommen sein.«

Er musterte die unauffällige Metallschnalle, ein braunes Oval mit einer aufgeprägten Schlange, und nickte beifällig. Wieder ein Schritt vorwärts.

»Dann sollte ich die Augen offen halten, ob ich ein Abendessen für uns entdecke.« Er wandte sich in Richtung des Waldes.

»Warte«, sagte ich. »Bevor wir losgehen, musst du dich kurz umdrehen.«

»Was?«

»Ich muss pinkeln. Dreh dich um.«

»Wir sind gerade aus einem Fluss geklettert. Wieso hast du das nicht im Wasser erledigt?«

»Vielleicht weil ich mit der kleinen Nebensächlichkeit beschäftigt war, um mein Leben zu kämpfen?«

»Du meinst, *ich* habe um *unser* Leben gekämpft. Du hast nur rumgelegen und dich treiben lassen.«

»*Dreh dich um*«, befahl ich.

»Glaubst du, ich wende dir den Rücken zu?«

Ich lächelte. »Keine Sorge«, meinte ich und spuckte ihm die eigenen Worte ins Gesicht, »tot wärest du für mich nur ein *Klotz am Bein*. Du bist vor mir sicher, Goldjunge.«

»Und fürs Umdrehen gibt es nicht mal ein Rätsel?«

Meine Augen wurden schmal.

Er wandte sich betont langsam ab. »Beeil dich.«

Vermutlich hatte ich in meinem Leben schon Peinlicheres getan, aber im Moment fiel mir nichts ein. Ich erleichterte mich schnellstmöglich. Das Beste aus unserer Lage zu machen, würde nicht leicht werden.

Als er sich wieder umdrehte, griff er nach mir, und ich fuhr zurück. Meine Hand schoss in Verteidigungsstellung nach oben.

»Hey, ganz ruhig«, sagte er und wich zurück. »Ich wollte nur einen Blick auf dein Gesicht werfen. Du hast da einen ziemlichen Faustabdruck am Kinn.«

Ich betastete die Stelle, und sie brannte wie ein frischer Bluterguss.

Er zuckte mit den Schultern. »Ich gebe zu, es war die Sache wert, schließlich bist du so an den Schlüsselbund gekommen. Aber ich frage mich doch, ob es überhaupt etwas gibt, was du nicht tun würdest, um ein Ziel zu erreichen?«

Ich beäugte ihn vorsichtig. »Ein paar Sachen schon.«

Aber nicht viele.

Kapitel 9

Jase

Ich nahm einen langen Ast, der als Treibgut ans Ufer gespült worden war, und brach ihn in zwei Hälften. Eine davon reichte ich ihr. Damit hatten wir gleichzeitig einen Wanderstab und eine Waffe, falls nötig. Ich bezweifelte, dass die Menschenhändler für uns den Fluss überqueren würden. In ihren Augen waren wir bloß Ware, und es würde weniger Zeit und Aufwand kosten, neue Gefangene zu machen. Aber hier draußen gab es auch vierbeinige Bedrohungen. »Später können wir die Äste anspitzen«, schlug ich vor.

Wir marschierten los und suchten uns einen Weg durch den Wald. Er bestand aus Geisterbäumen mit gelb geringelter Rinde, die einen regelrechten Irrgarten bildeten. Obwohl die Stämme dünn waren, kaum von der Stärke meines Arms, wuchsen sie so dicht, dass man ständig im Zickzack gehen musste. Der Waldboden war eine dicke Matte aus verrottenden Blättern, die sich unter unseren nackten Füßen wie ein weiches Kissen anfühlte. Spätere Wegstrecken würden weniger angenehm werden. Vor uns lag ein Flussbett voll brennend heißem Sand, aber wenn ich die Zeit richtig einteilte, würden wir es in der Kühle der Nacht durchqueren können.

Kazi die Richtung zur Siedlung zu zeigen, war ein Glücksspiel gewesen. Ich war mir nicht sicher, ob sie sich in dieser Gegend auskannte. Aber selbst in diesem Fall war es immer noch leicht, die Waldstücke und Felsplateaus zu verwechseln. Außerdem war sie im Karren die ganze Zeit bewusstlos gewesen. Das Wagnis zahlte sich aus, denn sie hatte keine Ahnung, wo wir uns befanden – ob westlich oder östlich von Höllenrachen.

Ich ging davon aus, dass sie mir eher folgen würde, wenn sie glaubte, dass wir zu einer vendanischen Siedlung unterwegs waren. Die Alternative wäre gewesen, sie den ganzen Weg zusammengeschnürt über meiner Schulter zu tragen, was noch länger gedauert hätte. Schon jetzt lief mir die Zeit davon. Der Fluss hatte uns weit von meinem Ziel abgebracht, und die Kette zwischen uns verlangsamte jeden Schritt. Ganz abgesehen davon, dass wir keine Schuhe hatten.

Hätte Kazi unser Ziel gekannt, wäre sie wenig begeistert gewesen. Das war ein angenehmer Gedanke … leider der einzige im Moment. Ich musste eiligst nach Hause. Zurzeit war es noch wichtiger als sonst, die Familie zusammenzuhalten und eine vereinte Front zu präsentieren. Wir mussten unser Erbe verteidigen und absichern. Die ersten Späher waren bereits zu außenliegenden Grenzposten gesandt worden, um uns vor nahenden Gefahren zu warnen. Höllenrachen war ein lukrativer Markt, und andere Bündnisführer hofften immer, sich ein Stück davon unter den Nagel reißen zu können, wenn sie die Ballengers ablösten. Wann immer Paxton in die Stadt kam, benahm er sich wie ein Wolf, der Blut wittert. Wenn ich nicht an Ort und Stelle war, würde er darin ein Zeichen von Schwäche sehen und nach dem Rest seines Rudels heulen. Das Gleiche galt für die anderen Bündnisführer. Ihnen würde sofort klar sein, dass etwas nicht stimmte. Die Stadtbevölkerung würde ebenfalls unruhig werden und sich fragen, wo ich steckte. Mit jedem Tag und jeder Minute, die ich fort war, vervielfachten sich meine Probleme. Natürlich würde meine Familie mich decken, während sie nach mir suchte.

Sie würde auf das Beste hoffen und so tun, als wäre alles in Ordnung. Der Zeitplan für das Begräbnis ließ sich jedoch nicht aufschieben. Meine Finger ballten sich zur Faust, und am liebsten hätte ich auf etwas eingedroschen.

Heute wurde der Körper meines Vaters einbalsamiert und in Leichentücher gewickelt. Meine Familie würde dieses Ritual ohne mich durchführen müssen. Morgen wurde die Familiengruft geöffnet und gesäubert, eine Laterne entzündet und zur Vorbereitung der Bestattung ein tägliches Gebet gesprochen. In zwei Wochen würde man den Leichnam auf den Beisetzungsstein legen, damit alle ihn sehen und Abschied nehmen konnten, bevor die Zeremonie der Versiegelung stattfand. Und dann, sobald die Gruft geschlossen und versiegelt war, würde die Priesterin dem neuen *Patrei* ihren Segen geben. Nur dass ich nicht da war. Die vielen Besucher, die meinem Vater noch einmal Respekt zollen wollten, würden meine Abwesenheit bemerken, und schon würden sich Angst und Gerüchte ausbreiten … und mit ihnen die Wölfe. Meine Familie war in Gefahr. Meine Stadt ebenso. Und alles nur wegen ihr.

Ich fragte mich, ob sie wirklich zu den Rahtan gehörte. Ja, sie hatte Kampfgeschick, andererseits war sie nicht gerade ein Muskelberg. Auch wenn es ihr gelungen war, mich zu überwältigen und gegen eine Wand zu schmettern. Aber Jonglieren? Rätselgedichte? *Ihr Alter*. Zwar war ihr Auftreten und Benehmen das eines zynischen, erfahrenen Soldaten, doch nach ihrem Aussehen zu urteilen war sie jung. Mit Sicherheit jünger als ich. Das schwarze Haar fiel ihr in langen, dichten Wellen über den Rücken, ihre Hände waren feingliedrig, und die Finger eher dazu geeignet, ein Instrument zu spielen als ein Schwert zu führen.

Oder jemandem den Schlüsselbund vom Gürtel zu stibitzen.

Meine Zweifel verdoppelten sich, und ich warf einen unauffälligen Seitenblick auf sie. Ihre Wangen waren von der Anstrengung gerötet, doch sie hielt bei meinem forschen Tempo mit, obwohl meine Schritte fast zweimal so lang waren.

Ich dachte an die Königin, von der sie geschickt worden war, und an die letzten Worte meines Vaters.

Bring sie dazu herzukommen. Das werden die Bündnisführer sicher bemerken. Unsere Bedeutung für diesen Kontinent würde anerkannt.

Die Geringeren Reiche und Ländereien hatten an dem Entscheidungskampf nicht teilgenommen, aber jeder wusste von dem Krieg zwischen den Großmächten … und von der Königin, die eine zahlenmäßig völlig unterlegene Armee zu einem erstaunlichen Sieg geführt hatte. Wenn sie eine Verletzung von Grenzverträgen untersuchen wollte, hätte sie zwischen den talentiertesten Soldaten oder Attentätern aus drei Königreichen wählen können. Warum diese junge Frau?

»Kennst du die Königin wirklich?«, fragte ich.

Sie schaute mich scharf an, aber ihre kurze Antwort klang ruhig und gelassen. »Ja.«

In diesem einzigen Wort schwangen hundert Untertöne mit – die meisten herablassend, stolz und überheblich.

»Wie seid ihr euch begegnet?«

Sie zögerte kurz mit der Antwort. »Als ich beim Heer meinen Eid abgelegt habe.«

Eine Lüge.

»Du kennst sie gut?«

»Sehr.«

Auf weitere Fragen bekam ich ebenso einsilbige Antworten und war nicht sicher, ob ich irgendetwas davon glauben konnte.

Ich blieb abrupt stehen und stellte mich ihr in den Weg, sodass sie anhalten musste. Eigentlich hatte ich mir geschworen, diese

Frage nicht zu stellen, aber sie sprudelte dennoch aus mir heraus. »Wieso kannst du mich nicht leiden?«

Sie starrte mich verwirrt an. »Was?«

»Vorhin am Fluss hast du gesagt, dass du mich nicht magst. Ich will wissen, warum.«

Sie verdrehte die Augen, als sei die Antwort offensichtlich, und versuchte an mir vorbeizugehen. Doch ich blockierte wieder ihren Weg. Da schaute sie mich an, mit einem Blick so glatt und ruhig wie ein Sommermeer, und sagte, ohne zu blinzeln: »Weil du ein Glücksritter ohne Loyalität bist. Ein Schwindler. Ein Dieb. Soll ich weitermachen?«

Mein Rücken versteifte sich, aber ich zwang mich zu einer entspannten Antwort. »Sind das nicht alles ziemlich ähnliche Vorwürfe?«

»Es gibt Unterschiede. Können wir vielleicht gleichzeitig reden und weitergehen?«

»Möglich, dass du recht hast«, sagte ich, als wir wieder in unseren Gleichschritt verfielen. »Ich schätze, für solche subtilen Unterscheidungen braucht man persönliche Erfahrungen als Dieb. Ich habe gesehen, wie du die Apfelsinen gestohlen hast.«

Sie lachte. »Ach, wirklich? Ich habe sie *bezahlt*. Du und dein Schlägertrupp wart nur zu betrunken und selbstverliebt, um weiter als bis zu euren Säufernasen zu schauen. Deine Sorte erkenne ich meilenweit.«

»Meine Sorte?« Ich schob die Schultern zurück und kämpfte darum, ruhig zu bleiben. Die Ballengers flößten ihr weder Respekt noch Furcht ein, und daran war ich nicht gewöhnt. »Du weißt überhaupt nichts über mich.«

»Ich weiß genug. Immerhin habe ich die lange Liste deiner Übergriffe gelesen. Schutzgelderpressung bei Händlern. Überfälle auf Karawanen. Viehdiebstahl. Einschüchterung.«

Ich vertrat ihr wieder den Weg und stoppte sie. »Ah, ich verstehe – eine Liste vendanischer Vorurteile. Hat *deine Sorte* eigentlich eine Ahnung, wie schwer es ist, hier draußen zu überleben? Wir liegen genau in der Mitte, eingeschlossen von anderen Königreichen, und jeder hält es für sein Recht, in unser Territorium zu spazieren und sich zu nehmen, was er will. Beim kleinsten Zeichen von Schwäche werden wir überrannt. Meine Welt ist nicht deine Welt.« Ich merkte, wie meine Wut mit mir durchging. »Die Vendaner sitzen hinter ihren hohen, sicheren Mauern am Rand des Kontinents und schreiben fröhlich neue Verträge. Nebenbei trainieren sie hübsche Elitesoldaten mit losem Mundwerk, die keine Ahnung haben, was es bedeutet, ums Überleben zu kämpfen!« Ich senkte meine Stimme und knurrte: »Und du, Kazi aus Hellnebel, verstehst nicht mal annähernd, welchen Ärger du mir eingehandelt hast. Ich sollte zu Hause bei meiner Familie sein und *sie* beschützen, stattdessen marschiere ich an dich gekettet durch die Wildnis!«

Ich rang vor Wut nach Atem und wartete auf eine bissige Erwiderung. Stattdessen schloss sie kurz die Augen und sagte: »Ich habe mehr Ahnung vom Überleben, als du denkst.«

Ihre Pupillen waren tiefe, dunkle Seen, die unbewegt in einem Ring aus Bernstein schwammen, doch ihre Hände verrieten ihre wahren Gefühle. Kazi hielt sie steif an den Seiten, als könne sie sonst losschlagen wie eine giftige Kobra. Das war alles, was von ihrem inneren Aufruhr nach außen drang. Die Selbstbeherrschung, mit der sie sich zurückhielt, war geradezu verstörend.

»Gehen wir«, sagte ich. Zwischen unseren Welten lag ein unüberwindlicher Abgrund. Jeder Versuch, ihr meine Sicht zu erklären, war sinnlos.

Wir marschierten schweigend nebeneinander her, und das Rasseln der Kette klang lauter als zuvor.

Ihre eiserne Selbstbeherrschung machte mich wütend, vor allem auf mich selbst. Ich war normalerweise nicht so aufbrausend. Das war einer der Hauptgründe, warum mein Vater mich zum *Patrei* ernannt hatte. Ich war nicht der älteste Bruder, aber ich handelte nie impulsiv. Darin lag meine Stärke, und Vater hatte es zu schätzen gewusst. Ich wägte immer sorgfältig alle Vor- und Nachteile ab, bevor ich handelte oder sprach. Deshalb hielten manche mich für distanziert und unnahbar. Mason nannte mich einen eiskalten Bastard, was als Kompliment gemeint war. Aber dieses Mädchen erfüllte mich mit einer so brennenden Rücksichtslosigkeit, dass ich mich selbst kaum wiedererkannte, und ihre ruhige Antwort ließ die Flammen nur höher lodern.

Sie hatte also Ahnung vom Überleben. Ich begann, mich zu fragen, ob sie vielleicht mehr darüber wusste als ich.

Ihr habt nur einander. Haltet daran fest. Der Zusammenhalt wird euch retten.

Ich muss meine Tränen unterdrücken, denn die anderen schauen zu und sind bereits verängstigt genug. Mit bloßen Händen scharre ich Erde, Zweige und Steine zusammen und türme sie auf, bis sein Körper darunter verschwunden ist. Mehr kann ich nicht tun, obwohl ich weiß, dass wilde Tiere die Leiche finden werden, sobald die Nacht anbricht. Bis dahin werden wir schon weit weg sein.

Wie viele muss ich noch begraben?

Ich schreie meine Wut heraus, und die Tränen brechen gleichzeitig hervor.

Keinen sonst, schreie ich. *Keinen mehr von uns.*

Die Wut fühlt sich gut an, wie eine Waffe, da ich sonst keine habe.

Ich drücke jemandem aus der Runde einen Ast in die Hand. Dann dem Nächsten und dem Nächsten, sogar den Allerjüngsten.

Miandre zögert. Ich greife nach ihrer Hand und presse sie grob um das Holz, bis sie zusammenzuckt und gezwungen ist, die Keule zu halten. Falls wir sterben, dann nicht kampflos.

Greyson Ballenger, 14

Kapitel 10

Kazi

Ich sollte bei meiner Familie sein.

Jetzt schwieg er schon seit einer Stunde.

Der Tod seines Vaters hatte mich überrascht, und wie ich nun annahm, war er für Jase genauso unerwartet gekommen. Selbst wenn Karsen Ballenger nur ein skrupelloser Gesetzloser gewesen war, der laut dem König von Eislandia über eine Horde von Raufbolden herrschte … für Jase war er vor allem sein Vater gewesen, und sein Tod lag erst zwei Tage zurück.

Ich bezweifelte, dass es Jase kümmerte, ob ich ihn leiden konnte oder dass ich ihn einen Dieb genannt hatte. Aber es gab keinen Zweifel, dass seine Familie ihn kümmerte. Er konnte nicht bei ihnen sein, wenn sein Vater beerdigt wurde, oder was man eben in Höllenrachen mit den Toten machte.

In den letzten Monaten unter der Herrschaft des Komizars hatte ich zuschauen müssen, wie Wren ihre Eltern betrauerte. Sie waren auf dem Platz vor dem Sanctum niedergemetzelt worden, und ich hatte gesehen, wie sich Wren über ihre blutigen Körper warf und schrie, sie sollten aufstehen. Wie sie mit den Fäusten auf die leblose Brust ihres Vaters einhämmerte und ihn anflehte, die Augen zu öffnen. Auch Synové hatte ich nach dem Tod ihrer Eltern erlebt. Ihre weit aufgerissenen Augen waren blicklos gewesen, und sie wirkte zu betäubt, um auch nur zu weinen.

Vielleicht war es seltsam, die beiden um ihr Leid zu beneiden, aber so hatte es sich damals angefühlt. Ich hätte gerne mit ihnen getauscht. Diese Explosion von Trauer mit Schluchzen und Tränen war immerhin ein klarer Schlussstrich. Meine Mutter war seit fünf Jahren fort, und ich hatte nie um ihren Tod geweint, weil ich sie nie hatte sterben sehen. Sie verschwand für mich allmählich, über Monate und Jahre, während ich darum kämpfte, am Leben zu bleiben. Jeden Tag verblasste sie ein bisschen mehr, mit jedem Marktstand, an dem ich vergeblich nach ihr Ausschau hielt, mit jedem Haus und jeder Armenhütte, in die ich mich schlich. Nirgends war eine Spur von ihr, kein Amulett, kein vertrauter Duft oder der Klang ihrer Stimme. Die Erinnerungen wurden zu verschwommenen Bildern ohne Zusammenhang, warme Hände an meinen Wangen, eine gesummte Melodie bei der Arbeit, der Klang von Worten in der Luft, und ihr Finger, der sich warnend an meine Lippen presste. *Schsch, Kazi, bleib jetzt ganz still.*

Ich fragte mich, ob auch Jase die Chance verpasst hatte, richtig zu trauern. Eine volltrunkene Nacht konnte man kaum als Abschied bezeichnen.

»Es tut mir leid um deinen Vater«, sagte ich.

Sein Schritt stockte, doch er ging weiter, und seine einzige Reaktion war ein Nicken.

»Wie ist er gestorben?«

Sein Kiefer spannte sich. »Du siehst ihn als eine Art Monster, aber er war nur ein Mann. Er ist gestorben wie alle Menschen, mit jedem Atemzug ein Stück mehr.«

Er war immer noch wütend. Immer noch in Trauer. Sein Schritt beschleunigte sich, und mir war klar, dass das Thema damit abgeschlossen war. Wie auch immer sein Vater gestorben sein mochte, Jase würde nicht mit mir darüber reden.

Eine weitere Stunde verstrich. Meine Beine schmerzten von der Anstrengung, mit ihm Schritt zu halten, und mein Knöchel war wund von der Fußfessel. Der dünne Stoff meiner Hose bot wenig Schutz vor dem schweren Metall. Ich hielt die Augen offen, falls es hier Rostfarnblätter oder Wunschhalme gab, um eine Salbe daraus zu machen, aber dieser Wald schien tatsächlich nur aus Bäumen zu bestehen.

»Du hinkst ja«, stellte er fest und brach damit überraschend das Schweigen. Diese Bemerkung war das Letzte, was ich von ihm erwartet hatte. Andererseits tat er nie, was ich erwartete. Das gefiel mir gar nicht.

»Der Boden ist uneben«, wich ich aus. Trotzdem merkte ich, dass er den Schritt verlangsamte.

»Wie geht es deinem Kopf?«, fragte er.

Meinem Kopf? Vorsichtig hob ich die Hand an die Beule und zuckte zusammen. »Ich werde es überleben.«

»In dem Karren habe ich dich stundenlang beobachtet. Deine Brust. Eine Weile schien sie sich gar nicht mehr zu bewegen. Ich dachte, du seist tot.«

Darauf fiel mir keine rechte Antwort ein. »Du hast meine Brust beobachtet?«

Er hielt an, und sein Blick war plötzlich verlegen und jungenhaft. Überhaupt nicht wie ein rücksichtsloser Schurke. »Ich meinte damit nur …« Er setzte sich wieder in Bewegung. »Ich wollte sagen, ich habe dich beobachtet, um sicherzugehen, dass du noch atmest. Du warst eine Ewigkeit bewusstlos.«

Ich lächelte … tief in mir drinnen, wo er es nicht sehen konnte. Wie ungewohnt und erfrischend, dass ich ihn aus der Fassung bringen konnte.

»Und wieso hat es dich gekümmert, ob ich noch atme?«

»Weil ich an dich gekettet bin.«

Der harte Boden der Tatsachen. »Ah, stimmt«, sagte ich und fühlte mich etwas ernüchtert. »Natürlich ist es kein Spaß, an einer Leiche zu hängen. Klotz am Bein und so.«

»Außerdem wusste ich, wie nützlich du mir vielleicht sein könntest. Ich habe schließlich selbst erlebt, wie schnell du …«

Er stockte, als würde er den angefangenen Satz bereuen, also vollendete ich ihn an seiner Stelle. »… einen Mann auf die Knie zwingen kannst? Als ich dich in Höllenrachen an die Wand genagelt habe?«

»Genau.«

Wenigstens besaß er einen gewissen Grad an Ehrlichkeit.

Als wir nachmittags einen Bach erreichten, hielten wir für eine kurze Pause an. Der Wald hatte sich ausgedünnt und bot wenig Schutz vor der unbarmherzigen Sonne. Jase sagte, dass wir die Bäume nach seiner Berechnung bald ganz hinter uns lassen und die Hochebene von Heethe überqueren würden. Ich schaute zum Himmel, um den Sonnenstand abzuschätzen. Uns blieben nur noch ein paar Stunden Tageslicht. Die Abendkühle war mir willkommen, aber die Vorstellung einer offenen Hochebene, auf der ich ohne Zelt unter einem unendlichen Nachthimmel schlafen musste, nagte an mir wie ein wildes Tier und kratzte bereits eine warnende Klaue meinen Rücken herunter. Ein Zelt. In meiner Lage an so etwas zu denken war absurd. *Reiß dich zusammen, Kazi,* befahl ich mir. Aber so einfach war es natürlich nicht. War es nie gewesen. Diese Angst konnte ich mir nicht einfach ausreden, so oft ich es auch schon versucht hatte.

»Vielleicht sollten wir über Nacht hierbleiben?«, schlug ich vor.

Jase blinzelte zur Sonne hinauf. »Nein. Wir haben noch Zeit für ein paar Stunden Wegstrecke.«

Ich nickte widerwillig. Natürlich hatte er recht. Je eher wir die Siedlung erreichten, desto schneller konnte ich nach Höllenrachen zurückkehren und die anderen wissen lassen, dass ich noch lebte und nicht vorhatte, unsere Mission aufzugeben. Jase hatte es genauso eilig, ans Ziel zu kommen. Obwohl wir eine Eisenkette von knapp einem Meter Länge zwischen uns herschleiften, hatte er seinen Schritt keinen Augenblick verlangsamt. Erst, als er mein Hinken bemerkt hatte. Aber im Freien zu schlafen, ohne jeden Schutz … es wäre mir schon schwer genug gefallen, unter diesem dürftigen Blätterdach zur Ruhe zu kommen. Mein Atem begann unregelmäßig durch meine Lungen zu rasseln.

Ich tauchte die Hände in den Bach, besprengte mein Gesicht, trank einen Schluck und malte mir die nächste Woche aus, wenn ich mich wieder mitten im Stadtgedränge befinden würde. Jase kniete neben mir nieder und tauchte gleich den ganzen Kopf ins flache Wasser, um sich das Gesicht und den Hals abzuschrubben. Als er wieder hochkam und das Haar zurückstrich, sah ich die Platzwunde über seiner Augenbraue, wo die Menschenhändler ihn niedergeschlagen hatten. Der Riss war klein, und nun war auch das ganze verkrustete Blut verschwunden, das sein Gesicht bedeckt hatte. Trotzdem ließ mich der Anblick darüber nachdenken, wieso er in Höllenrachen eigentlich gewollt hatte, dass ich ihm in eine leere Gasse folgte. Was hatte er für mich geplant, bevor die Sklavenjäger ihm dazwischenkamen? Ich bezweifelte, dass er mich zu einer Tasse Tee einladen wollte.

Ich sprengte mir mehr Wasser über Hals und Arme und wünschte, der Bach sei tief genug, um ein richtiges Bad zu nehmen. Doch dann sah ich ein silbriges Aufblitzen, was in unserer Lage sogar noch besser war. »Fische!« Ein paar Fußlängen entfernt hatte sich ein dunkles Wasserbecken zwischen den Felsen gebildet, in dem ein Dutzend kleiner Fische hin und her schnellten.

»Abendessen?«, fragte Jase in hoffnungsvollem Ton. Die ganze Zeit hatten wir keine Beeren oder Pilze gesehen. Nicht einmal ein Eichhörnchen, das wir mit unseren Wanderstöcken hätten aufspießen können. Wir waren davon ausgegangen, dass wir unsere Mägen heute nur mit Wasser füllen würden. Die Fische waren zwar sehr klein, aber trotzdem hoben sie meine Laune beträchtlich, und Jase ging es anscheinend genauso. Wie wir diese glitschige Gottesgabe tatsächlich fangen sollten, war eine andere Frage.

»Zieh dein Hemd aus«, befahl ich. »Wir können jeder eine Seite halten und die Fische damit in die Enge treiben. Wie mit einem Netz.«

Bereitwillig zog er sich das Hemd über den Kopf, und in meine Begeisterung über das Abendessen mischte sich Verlegenheit. Ich fragte mich, ob ich wegschauen sollte, doch erstens waren wir fast hautnah aneinandergekettet und zweitens wurde ich von einer überraschenden Neugier überwältigt. Er hielt das Hemd in der Hand, und ich beobachtete, wie Wasser aus seinen Haaren tropfte und seine Haut hinunterrann, über die Brust und einen flachen Bauch, auf dem sich die Muskeln abzeichneten. Ich schluckte. Sein Körperbau erklärte gut, mit welcher Kraft er den Menschenhändler niedergeschlagen und mich später am Fluss in die Arme gezogen und festgehalten hatte. Eine Tätowierung in Flügelform flatterte über seine rechte Schulter, die Brust und einen Oberarm. Plötzlich fühlte sich mein Mund ganz trocken an. Synové hätte darüber eine Menge zu sagen gehabt, wäre sie hier gewesen, aber mein Kopf war wie leer gefegt. Jedes denkbare Wort blieb mir im Mund stecken, als Jase mich beim Starren erwischte.

»Das gehört zum Wappen der Ballengers«, erklärte er.

Diesmal war ich diejenige, die vor Verlegenheit rot wurde.

Er hob die Hand an den Mundwinkel, um ein Lächeln zu verbergen, aber dadurch wand ich mich innerlich nur noch mehr. Ich riss das Hemd aus seinen Fingern. »Kümmern wir uns lieber ums Abendessen, ja?«

Kapitel 11

Jase

Wir brauchten mehrere Anläufe, um die glitschigen kleinen Biester zu fangen. Sie waren schlau und huschten zuerst ohne Probleme an unserem improvisierten Netz vorbei. Gemeinsam feilten wir an unserer Fangtechnik, bewegten uns vorsichtig im Gleichtakt und ließen den Stoff ausbeuteln, um die Fische packen zu können. Beim ersten Erfolg stieß ich ein Freudengeheul aus, und danach reichten ein paar weitere Schwünge mit dem Netz, um mehrere Dutzend der zehn Zentimeter langen, dünnen Tierchen ans Ufer zu bringen. Das war keine große Portion, aber mein Magen fand, dass die Fische durchaus mit einem saftigen Schwein am Spieß mithalten konnten.

»Roh oder gebraten?«, fragte Kazi und hob bereits einen an ihren Mund.

Ich drückte ihre Hand herunter, bevor sie den Fisch schlucken konnte. »Gebraten«, erwiderte ich entschieden, ohne meinen Ekel zu verbergen. Meine letzte Mahlzeit hatte aus einem Fass Bier bestanden, und ich wollte mir nicht vorstellen, dass zappelnde Fische darin schwammen.

»Schau mich nicht an, als sei ich eine Barbarin«, fauchte sie.

»Wir haben einfach einen unterschiedlichen Geschmack beim Essen, und ich bevorzuge meine Beute eben tot.« Ich fing an, ein Feuer zu entzünden, während sie die Fische auf zwei dünne Stöcke spießte, damit wir sie grillen konnten.

Als die Fische über den Flammen brutzelten, betrachtete Kazi wieder meine Brust, diesmal ausgiebig und ohne den Blick abzuwenden, als ich es bemerkte. »Ist das ein Adler?«, wollte sie wissen.

»Ein Teil davon.«

»Erzähl mir mehr über das Wappen. Wofür steht es?«, fragte sie. »Ich wusste nicht einmal, dass die Ballengers eines besitzen.«

Natürlich nicht. Sie wusste überhaupt nichts über uns. »Um das Wappen zu erklären, müsste ich die ganze Geschichte der Ballengers aufrollen, und das willst du wohl kaum hören, so schlecht wie du von uns denkst.«

»Versuch es einfach. Ich hatte schon immer Interesse an Geschichte.«

Mein Blick war skeptisch, aber sie saß nur aufmerksam da und wartete.

»Alles hat mit dem ersten Ballenger angefangen, dem Anführer der Altvorderen.«

»*Sämtlicher* Altvorderen?« Ihre Brauen hoben sich, als wolle sie schon meinen ersten Satz infrage stellen.

»Genau. Einige Zeit verstrich nach dem Letzten Tag …«

»Du meinst die Tage der Zerstörung.«

Ich wusste, dass es viele Versionen der Geschichte gab und dass verschiedene Worte benutzt wurden, um die Rache der Götter an unserer Welt zu beschreiben. »Gut, dann eben nach den Tagen der Zerstörung, aber du kannst mich nicht bei jedem Satz unterbrechen.«

Sie nickte und hörte schweigend zu, während ich ihr vom Anführer der Altvorderen erzählte, Aaron Ballenger, der eine Gruppe von Verbliebenen um sich geschart und an einen sicheren Ort geführt hatte. Die Götter hatten fast nur Kinder verschont. Doch bevor sie Torsfeste erreichten, wurden sie von

Plünderern überfallen und Aaron getötet. Im Sterben übergab er seinem Enkel Greyson die Führung und trug ihm auf, die Gruppe ans Ziel zu bringen. »Greyson hat dieses Symbol«, ich rieb mir mit der Hand über die Brust, »oder eine Variante davon auf einer Eingangstür gefunden, die in Torsfeste zu einem sicheren, abgeschotteten Raum führte. Er hat es zum Wappen der Ballengers erklärt.«

»Also war er euer erster Clanführer?«

»Ja. Er war damals erst vierzehn und hatte die Verantwortung für zweiundzwanzig Menschen, die er größtenteils nicht kannte, aber sie wurden eine Familie. Das Wappen hat sich im Laufe der Generationen verändert, doch einige Teile sind immer gleich geblieben wie der Adler und das Spruchband.«

»Was bedeuten die Worte?«, hakte sie weiter nach und zeigte auf meinen Oberarm.

Ich zuckte mit den Schultern. »Wir wissen es nicht genau. Die Sprache ist verloren gegangen. Für uns bedeuten sie: Beschützen und Verteidigen um jeden Preis.«

»Auch wenn es den Tod bedeutet?«

»Um jeden Preis heißt genau das.« Ich schaute zum Himmel hinauf. Er bekam bereits einen leichten Purpurschimmer und einige Sterne begannen zu blinken. »Jetzt ist es zu spät, um weiterzugehen. Wir werden die Nacht hier verbringen müssen.«

Sie nickte und wirkte fast erleichtert.

Die Sonne war schon vor einigen Stunden untergegangen, und wir starrten auf das kleine Feuer, das zu unseren Füßen knisterte. Das Licht flackerte über die gelb geringelten Stämme um uns herum.

»Ich habe solche Bäume noch nie gesehen. Sie sind so dünn und stehen so dicht beisammen.«

»Die Legenden sagen, dass der Wald auf Knochenstaub wächst und in jedem Stamm die Seele eines Menschen gefangen ist, der in den Tagen der Zerstörung getötet wurde. Deshalb bluten sie rot, wenn man sie fällt.«

Sie schauderte. »Was für ein grausiger Gedanke.«

Ich erzählte ihr ein paar schönere Legenden über die Wälder und Berge rund um Torsfeste und sogar über die turmhohen Tembris. Man nannte sie auch die Fußschemel der Götter und sagte, sie würden die Magie der Sterne in ihren Wipfeln tragen.

»Woher kennst du diese ganzen Geschichten?«

»Ich bin damit aufgewachsen. Einen großen Teil meiner Kindheit habe ich draußen verbracht und jeden Winkel von Torsfeste erkundet, oft zusammen mit meinem Vater. Er hat mir die meisten Geschichten erzählt. Und du? Wie hat deine Kindheit ausgesehen?«

Sie senkte kurz den Blick auf ihren Schoß, und eine tiefe Falte erschien zwischen ihren Brauen. Doch dann hob sie stolz das Kinn und antwortete: »Sehr ähnlich wie deine. Ich war auch viel draußen.« Damit beendete sie unser Gespräch und sagte, es sei Zeit, sich schlafen zu legen.

Aber sie schlief nicht. Ich streckte mich aus und schloss die Augen, doch wann immer ich sie aufschlug, hockte Kazi immer noch am selben Fleck, zusammengekauert, die Arme um ihre Knie geschlungen. Lag es an meiner Spukgeschichte über gefangene Seelen in den Bäumen? Kazi so verletzlich zu sehen, war seltsam, nachdem sie vorher diesen aggressiven Mut bewiesen hatte. Sie hatte den Menschenhändler mit einem Rätsel geködert und absichtlich in Rage gebracht, damit er sie schlug. Auf dem Karren hatte ich bei ihr nicht einmal einen Ansatz von Furcht entdeckt, obwohl unsere Chancen schlecht standen. Langsam fragte ich mich, ob es sich um einen Trick handelte. Hatte sie irgendetwas vor?

»Einschlafen ist ziemlich schwierig, wenn man sich nicht hinlegt«, meinte ich schließlich.

Daraufhin streckte sie sich widerwillig am Boden aus, aber ihre Augen standen weiterhin offen, und ihre Brust hob sich so kontrolliert und regelmäßig, als würde sie ihre Atemzüge zählen. Ihre Arme zitterten, obwohl die Nacht warm war. Es war eindeutig kein Trick.

»Ist dir kalt?«, fragte ich. »Wenn du willst, kann ich mehr Zweige aufs Feuer legen.«

Sie zwinkerte ein paarmal, als habe meine Bemerkung sie in Verlegenheit gebracht. »Nein, mir geht es gut.«

Aber das tat es ganz und gar nicht.

Ich musterte sie noch einen Moment, dann sagte ich: »Gib mir ein Rätsel auf. Damit ich besser einschlafen kann.«

Sie zögerte, doch nur kurz. Anscheinend war sie froh, dass ihre Gedanken sich mit etwas anderem beschäftigen konnten, als was immer darin lauerte. Sie rollte sich auf die Seite, sodass wir einander ansahen, und suchte sich eine bequeme Liegeposition. »Hör genau zu«, raunte sie schließlich. »Für dich wiederhole ich es nicht ein Dutzend Mal wie für den Karrenführer.«

»Das brauchst du auch nicht. Ich bin ein guter Zuhörer.«

Sie sprach jede Verszeile langsam und bewusst aus, als würde sie sich gleichzeitig die Welt ausmalen, die sie für mich in Bilder fasste. Ich beobachtete ihre Lippen, während sie die Worte formten. Kazis Stimme war ruhig und entspannt, wieder so selbstbewusst wie sonst, und ihre goldenen Augen musterten mich eindringlich, damit ich aufpasste und mir nichts entging.

»Schmal und auch rund ist mein Gesicht,
ich erblass im Tageslicht,
wispere zärtlich zu der Eule
und küss die Luft bei Wolfsgeheule.
Die Menschen blicken zu mir auf,
von Meer zu Meer in meinem Lauf
und doch bin ich hier so allein …
und werde es auf ewig sein.«

Ich starrte sie an, schluckte, und meine Gedanken kamen plötzlich ganz durcheinander.

»Und?«, fragte sie. Ich wusste die Antwort, zog es aber in die Länge, indem ich mir mehrere falsche ausdachte. Einmal brachte ich sie zum Lachen. Offen und ehrlich, ohne Schauspielerei. Das hatte ich noch nie erlebt, und mich durchschoss dabei eine seltsame Hitze.

»Der Mond«, antwortete ich schließlich.

Unsere Blicke hatten sich nicht voneinander gelöst, und sie schien zu wissen, was ich tat.

»Noch eins«, bat ich.

Erst nach einem guten Dutzend Rätsel wurden ihre Augenlider schwer und sie schlief endlich ein.

Rüstet eure Herzen,
Denn wir müssen bereit sein,
Nicht nur für den Feind von außen,
Sondern auch für den Feind von innen.

Jezelias Lied

Kapitel 12

Kazi

Ich erwachte, weil ein Gewicht mich zu Boden presste. Heiße Haut auf meiner. Eine Hand über meinem Mund. *»Schsch. Beweg dich nicht.«* Das Gesicht von Jase hing dicht über mir.

Meine Muskeln ruckten, aber sein Gewicht drückte mich nur stärker nieder. Und dann hörte ich es.

Schritte.

Das Knistern von zertrampelten Blättern.

Atemzüge.

Jase presste seinen Mund an mein Ohr. Sein Flüstern war kaum vernehmbar. *»Beweg dich nicht, egal was passiert.«*

Blätter raschelten unter rücksichtslosen Füßen, die sich nicht darum scherten, wie laut sie waren.

Der Himmel war noch immer dunkel und nur von einem ersten Morgenhauch überzogen. Die schwarzen Silhouetten der Baumwipfel bildeten ein kaum sichtbares Spitzengewebe über uns. Ich konnte Jase nur schattenhaft erkennen, doch sein Herz hämmerte gegen meine Brust.

Etwas Massiges kam auf uns zugeschlendert, ein unförmiger Berg aus schwingendem Schwarz. Bei jedem Schritt durchlief ein Zittern meinen Körper. Jase konnte jetzt nicht mehr sprechen, dazu war das Geschöpf zu nah, aber ich fühlte seine angespannten Muskeln, die mir befahlen, mich nicht zu rühren. All meine Instinkte rebellierten dagegen. *Lauf weg, Kazi, versteck dich.* Stattdessen erstarrte ich unter seinem Gewicht, und der hervorbrechende Schweiß bildete einen Film zwischen unseren Körpern. Das Geschöpf schnüffelte in der Luft, sah uns und riss den Rachen auf wie eine klaffende Höhle voller enormer Zähne. Ein schreckliches Brüllen durchschnitt die Stille des Waldes. Meine Muskeln spannten sich, aber Jase hielt mich unbeweglich fest. Die Kreatur kam näher, sodass ihr hechelnder Atem über unsere Haut strich. Ein ekelhafter, erstickender Geruch hüllte uns ein, als würde das Untier alle Schwefelfeuer der Hölle im Leib tragen. Ein warnendes Knurren vibrierte aus seiner Tiefe, die Schnauze schmeckte zuerst die Luft ab und dann uns. Seine Zunge fuhr über unsere Körper. Dann schnaubte es enttäuscht und wandte sich ab. Wir wagten es nicht, uns zu bewegen, während die Morgendämmerung langsam über uns kroch. Erst als die Schritte der Kreatur endgültig verklungen waren, stieß Jase seinen angehaltenen Atem aus, und seine Hand gab meinen Mund frei.

Er schaute auf mich herab. Unsere Gesichter waren sich noch immer ganz nah. Die Zeit schien zu zersplittern und aus dem Tritt zu geraten, Sekunden gefroren zu einer Ewigkeit, während seine Brust weiter gegen meine pochte. Schließlich blinzelte er, als würde er langsam die Orientierung wiederfinden, rollte sich zur Seite und lag neben mir auf dem Boden.

»Ich wollte dir nicht die Luft abdrücken«, entschuldigte er sich, »aber ich hatte keine Zeit, dich aufzuwecken. Geht es dir gut?«

Tat es das? Die Furcht verebbte, und doch raste mein Puls weiter. Ich spürte noch immer den Druck seines Körpers auf meinem und die sengende Hitze seiner Haut.

»Alles bestens«, presste ich mit heiserer Stimme hervor. »Was war das?«

Er erklärte, dass es sich um einen Candokbären handelte. Sie fraßen lieber Fische als Menschen, außer man wirkte wie eine Bedrohung. Weglaufen oder Kämpfen war zwecklos, aber wenn man keine plötzlichen Bewegungen machte, trotteten sie normalerweise wieder weg.

Normalerweise. Jetzt verstand ich Wren, und wie wütend sie darauf bestanden hatte, mehr über die Racaa und ihre bevorzugte Fleischsorte zu erfahren. Besonders, da ich noch immer die höllisch nasse Zunge des Bären spürte, die mir prüfend übers Gesicht gefahren war.

»Wir sollten gehen, falls er zurückkommt«, sagte Jase und stand auf. Zwei Schritte weiter stolperte er und fiel hin. Die Kette zwischen uns ruckte. »Das verdammte Ding hatte ich ganz vergessen«, fluchte er.

Er kam wieder auf die Füße und nahm sein Hemd von dem Felsen, auf dem er es letzten Abend zum Trocknen ausgebreitet hatte. Ich schaute zu, wie er es überzog und seine Brust mit den Tintenfedern unter dem Stoff verschwand. Er hatte nicht mehr an die Kette und den *Klotz am Bein* gedacht und dennoch hatte er sich schützend über mich geworfen.

In den nächsten Tagen fiel es uns überraschend leicht, einen gemeinsamen Rhythmus zu finden. Gesprächspausen waren selten, und dafür war ich dankbar. Jase erzählte mir von den Tieren, die in diesem Gebiet vorkamen. Es gab eine Reihe von tödlichen Exemplaren, denen zu begegnen ich noch nicht die Ehre gehabt hatte. Er hoffte, dass wir auf dem Weg ein paar Meimolhügel finden würden. Sie verrieten die Tunnelbauten einer leckeren, fleischigen Vogelart, die in dieser Region ihre Nester in die Erde grub. Jase betrachtete das angespitzte Ende seines Spazierstocks und sagte, es sei nicht schwer, sie mit einem Speer zu jagen.

»Woher weißt du so viel über die Gegend?«, fragte ich mit einer Handbewegung zum Horizont.

»Sie gehört zu unserem Territorium.«

»Hier draußen? Wir sind bestimmt mehr als hundert Meilen von Torsfeste entfernt.«

»Kann schon sein.«

Ich schnaubte, sagte aber nichts. Mein Schweigen war wie ein Dorn, der ihm in die Seite piekte.

Schließlich seufzte er, und ein bitteres Lächeln verzog seinen Mund. »Nun gut, Kazi aus Hellnebel, was genau ist deine Definition für einen Dieb?«

Sein Tonfall klang nicht verärgert, eher als wolle er ernsthaft versuchen, meinen Standpunkt zu verstehen. Ich fragte mich, ob er darüber schon nachgrübelte, seit ich ihn vor ein paar Tagen beleidigt hatte.

»Ich schätze, die Definition ist in Venda nicht anders als überall sonst. Man nimmt sich Dinge, die einem nicht gehören.«

»Zum Beispiel?«

»Vieh.«

»Du meinst das Kurzhornrind, das wir den Vendanern abgenommen haben? Sie haben widerrechtlich unser Gebiet betreten und ihre Tiere dort weiden lassen. Wir hatten ein Anrecht auf eine Bezahlung.«

»Ihr hattet überhaupt kein Recht, nicht auf ein einziges Rind. Aber ihr habt den Leuten ja noch viel mehr weggenommen. Alles, was sie hatten. Ihre Felder abgebrannt. Die Viehställe zerstört. Ihre Vorräte gestohlen.«

Er schüttelte den Kopf. »Ein einziges Rind. Das war alles. Der Rest ist vendanische Übertreibung. Ganz typisch.«

»Ich habe die Verwüstung mit eigenen Augen gesehen.«

»Dann war jemand anders dafür verantwortlich. Nicht wir.«

Ich musterte sein zur Seite gewandtes Gesicht und fragte mich, ob er log. Eine Ader pulsierte an seinem Hals, und er wirkte aufgebracht über meine Worte. Diese Neuigkeit beunruhigte ihn. Oder vielleicht war nur *ich* es, die ihn beunruhigte. Ich ließ nicht locker. »Was ist mit den Handelskarawanen, die ihr überfallt?«

»Das passiert nur unter bestimmten Umständen, wenn sie unser Land durchqueren, ohne zu fragen.«

»Du meinst, ohne *dich* zu fragen?«

Er hielt an und drehte sich zu mir um. »Genau.« Sein Gesicht zeigte keinen Hauch von Schuldgefühl. Sein entspannter Tonfall war verschwunden.

»Aber ihr habt keine klar gezogenen Grenzen. Eigentlich solltet ihr in den Cam Lanteux überhaupt nicht siedeln dürfen. Ihr brecht das Gesetz und uralte Verträge. Wie kannst du behaupten, das alles hier gehöre euch?«

»Tja, vielleicht haben sich die uralten Vertragsparteien nie die Mühe gemacht, uns zu fragen. Torsfeste gibt es schon länger als sämtliche anderen Königreiche – auch Venda. Und wir haben Grenzen, aber vielleicht ziehen wir sie ja anders als ihr. Unser Gebiet erstreckt sich so weit wie nötig, damit wir uns sicher fühlen können. Wir haben seit Jahrhunderten nach unseren Gesetzen gelebt und überlebt. Venda hat kein Recht, sich einzumischen.«

»Und was ist mit der Art, wie *ihr* euch einmischt? Ihr verlangt Prozente von den Händlern der Nachbarstadt. Gehört es etwa auch zu euren Gesetzen, die Leute in Höllenrachen auszuplündern?«

Die Farbe an seinen Schläfen vertiefte sich. »Höllenrachen war unsere Stadt, bevor Eislandia sie sich einverleibt hat. Wir haben sie selbst gebaut, aus Schutt und Ruinen, und wir beschützen alle, die dort leben. Bei uns schnorrt sich niemand kostenlos durch.«

»Ihr beschützt sie vor *was?*«

Er schaute auf die Kette zwischen uns. »Muss ich dir das wirklich erst auflisten? Unsere Welt ist anders als eure. Meine Familie braucht sich nicht ausgerechnet vor Venda zu rechtfertigen.«

Ich war kurz davor, weiter zu protestieren, schließlich gehörte Höllenrachen nun einmal zu Eislandia, und das dortige Herrscherhaus war dafür zuständig, die Stadt nach ihrem Gutdünken zu beschützen … nicht die Ballengers, indem sie Schutzgeld erpressten. Aber ich versuchte, daran zu denken, dass es nicht mein Hauptziel war, Jase zu überzeugen. Ich wollte Informationen aus ihm herausholen, und wenn er noch wütender wurde, würden wir bald wieder in Schweigen verfallen.

Er hatte mir die Geschichte der Ballengers bereits zu einem guten Teil erzählt, aber nun wollte ich mehr über die heutige Familie erfahren. Schließlich hatte er sie mehr als einmal erwähnt, und sie war die treibende Kraft hinter allem, was er tat. Ich malte mir aus, wie ich mich mit einer ganzen Familie von Gesetzlosen herumschlagen musste, die vielleicht einen gefährlichen Verräter beherbergten. Wieso sollten sie einen Mann wie den Wachhauptmann in Schutz nehmen? Anscheinend war für die Ballenger alles eine Frage des Geldes. *Niemand schnorrt sich kostenlos durch.* Wie profitierten sie in diesem Fall?

Ich milderte meinen Ton und versuchte, das Gespräch umzulenken. Inzwischen hatte ich seine kleinen körperlichen Ticks abgespeichert, die verbissene Linie der Lippen, das Blähen der Nasenflügel, das Anspannen der Halsmuskeln, das Zurückziehen seiner breiten Schultern. Sein enormer Stolz und die Überheblichkeit, was seine Familiendynastie betraf, waren seine größte

Schwäche. Deshalb musste ich mehr darüber wissen. Für Diebe lautete die wichtigste Spielregel, den Schwachpunkt des Gegners aufzuspüren und auszunutzen. Und er *war* mein Gegner. Daran musste ich mich wiederholt erinnern, denn er war überhaupt nicht so, wie ich erwartet hatte, und ein Teil von mir fand ihn … Ich war nicht sicher, wie ich es bezeichnen sollte. Das sicherste Wort war wohl *interessant*.

Wenn er von seiner Familie sprach, wirkten sie allerdings gar nicht wie eine Schwäche. Andererseits lag das vielleicht nur daran, dass ihre bloße Anzahl mich überraschte und beeindruckte. In Venda hatte niemand eine Familie von solcher Größe. Nie. Außer seiner Mutter besaß er noch sechs Brüder und drei Schwestern. Außerdem gab es Tanten, Onkel, Vettern und so weiter. Noch mehr entfernte Verwandtschaft lebte in der Stadt. Er nannte mir ihre Namen, doch es waren eindeutig zu viele, als dass ich sie mir hätte merken können, bis auf ein paar wenige, die herausstachen. Gunner und Titus waren seine älteren Brüder, seine Schwester Priya die älteste der Geschwisterschar, Nash und Lydia mit nur sechs und sieben Jahren waren die Nesthäkchen und zu jung, um an den Familienversammlungen teilzunehmen. Es handelte sich um eine streng geregelte Angelegenheit, bei der sich die ganze Familie um einen Tisch setzte, um wirtschaftliche und andere Entscheidungen zu fällen. Bei allen wichtigen Themen wurde abgestimmt.

»Und dann gibt es noch Mason«, fügte Jase hinzu. »Ein weiterer Bruder und genauso alt wie ich, nämlich neunzehn. Meine Eltern haben ihn aufgenommen, als er drei war und zur Waise wurde. Für ihn sind wir die einzige Familie, die er je gekannt hat. Er ist auch stimmberechtigt.«

»Und was ist deine Rolle dabei?«

»Als *Patrei* treffe ich am Ende die Entscheidungen.«

»Das heißt, du kannst dich über das Abstimmungsergebnis hinwegsetzen?«

»Ja. *Wenn* ich anwesend wäre. Aber wie dir vielleicht aufgefallen ist, habe ich nicht einmal einen vollen Tag als *Patrei* regieren können.«

»Und dafür machst du mich verantwortlich.«

Sein Schweigen war Antwort genug. Doch dann fügte er hinzu: »Ich hätte nicht allein in die Gasse gehen sollen, aber ich hatte nur mit dir gerechnet, nicht mit einem Trupp Menschenhändler. Deshalb habe ich meine *Straza* zurückgewinkt.«

»Straza?«

Er erklärte, dass es sich um Leibwächter handelte. Jeder aus der Familie hatte welche.

»Ihr habt so viele Feinde?«

»Wenn man Macht besitzt, sind Feinde nicht weit«, gab er zur Antwort. »Was ist mit dir? Hast du Familie?«

Meine Kehle schnürte sich zu. Seit ich meine Mutter verloren hatte, war mir Verwandtschaft immer wie eine riskante Bürde vorgekommen. Sogar meine zunehmende Freundschaft zu Wren und Synové erschien mir gefährlich. Die Welt war viel sicherer, wenn man nur das eigene Leben verlieren konnte.

»Ja«, antwortete ich. »Meine Eltern leben beide in Venda.«

»Wie sind sie denn?«

Ich suchte nach einer Antwort, die ihn von weiteren Fragen abhalten würde. »Glücklich. Zufrieden. Und sehr stolz auf ihre einzige Tochter«, sagte ich und lenkte auf ein anderes Thema um.

Obwohl mir Hunger nicht unbekannt war, fand sogar ich unsere Essensausbeute sehr mager. Deshalb war ich überglücklich, als wir an ein Bachufer kamen und ich dort Wunschhalme wachsen sah. Ich war überrascht, dass Jase sie nicht kannte. In Venda freute man sich das ganze Frühjahr auf sie. Die Sumpfpflanzen wuchsen in dichten Büscheln und waren weit verbreitet. Meine Mutter und ich hatten nur dicht vor die Stadtmauer zu gehen brauchen, um sie zu sammeln. *Wünsch dir etwas, Kazi. Bei jedem Halm, den du pflückst, kannst du dir einen Wunsch ausdenken. Einen für morgen, einen für den Tag danach und den Tag danach. Du wirst sehen, irgendeiner geht immer in Erfüllung.*

Das einzig Magische an Wünschen war natürlich, dass man sie überhaupt hegte. Man suchte tief in sich nach einem verborgenen Verlangen und kleidete es in Worte, um es real werden zu lassen. Dann übergab man den Wunsch an das mysteriöse Unbekannte, von dem man glaubte, dass es vielleicht, ganz vielleicht, zuhörte. Sogar als Sechsjährige hatte ich schon gewusst, dass Wünsche nicht wahr wurden. Trotzdem hatte ich mitgespielt, und das Gefühl war reich und wild, kostbar und wundervoll gewesen. Für ein paar Minuten wappnete der Wunsch mich gegen die Welt, als hielte ich ein mächtiges Schwert in der Hand, mit dem ich mein harsches Leben niederzwingen konnte.

Ich pflückte mehrere fleischige Halme und sprach bei jedem einen lautlosen Wunsch aus. Jase beäugte sie, als würde ich Unkraut jäten. »Was macht man sonst noch damit, außer sich etwas zu wünschen?« Es war offensichtlich, dass er in seinem Leben noch nie gezwungen gewesen war, eine Mahlzeit zu überspringen. Erst recht keine ganze Woche.

»Wirst du gleich sehen«, sagte ich. Wir setzten uns ans Ufer, kühlten unsere brennenden Knöchel im Bach, und ich zeigte ihm, wie man die Stängel kaute. »Versuch nicht, sie zu essen, schluck einfach nur den Saft.« Ich erklärte, dass er ähnlich wie Blütennektar schmeckte und sehr sättigend war. »Aber die echte

Magie kommt erst noch«, fügte ich hinzu, nahm den matschigen Stängel, auf dem ich herumgekaut hatte, und schlitzte ihn mit dem Fingernagel auf, sodass er eine breite Fläche bildete. »Gib mir deinen Knöchel«, sagte ich und zeigte auf den Fuß mit der Kette. Er zog ihn aus dem Bach, und ich schob das flache Pflanzenstück unter die Fußschelle, wo die Haut aufgerieben war. »Du wirst den Unterschied bald merken«, versprach ich. »Wunschhalme haben …« Ich schaute hoch und stellte fest, dass seine Augen auf mich gerichtet waren, nicht auf seinen Knöchel. Einen Moment lang war ich wie erstarrt und wartete darauf, dass er etwas sagte. Unsere Blicke hingen untrennbar fest, und in seinen Augen las ich eine Frage, die ich nicht beantworten konnte. Mir stockte der Atem.

»Ungemütlich, oder?«, sagte er.

»Was denn?«, gab ich zurück, wobei meine Stimme eher wie ein peinliches Hauchen klang.

»Diese Augenblicke, in denen wir uns nicht hassen.«

Ich schluckte und blickte weg. Aber meine Augen fanden nichts, was sie fixieren konnten, und die Stimmung wurde immer verlegener. Mein Kiefer schmerzte, weil ich die Zähne so fest aufeinanderbiss. Er hatte recht, es *war* ungemütlich. Mit so etwas kam ich nicht gut zurecht. Ich war toll darin wegzulaufen, Distanz zu schaffen, spurlos zu verschwinden. Aber das hier? Ich wurde die ganze Zeit mit seiner Nähe konfrontiert, der Abstand zwischen uns betrug nie mehr als einen Meter, und ich hasste den Gedanken, dass ich ihn tatsächlich … *mochte*. Das hätte nie passieren dürfen. Und ich hasste die ganzen Kleinigkeiten, die mir an ihm auffielen und meine Aufmerksamkeit fesselten. Wie ihm die Haare in die Augen fielen, wenn er sich vorbeugte, um ein Lagerfeuer aufzuschichten. Der ungewöhnlich scharfe Winkel seiner rechten Augenbraue, wenn er wütend war. Die vier

Sommersprossen auf seinem Arm, die man zu dem Buchstaben J verbinden konnte. Die gut sichtbaren Bartstoppeln an seinem Kinn, wenn das Licht darauffiel. Kleinigkeiten zu bemerken, gehörte zu meiner Spezialität, aber in diesem Fall gefiel es mir ganz und gar nicht. Das Problem war, ich fand ihn – attraktiv. Nicht nur sein Aussehen, sondern auch das Selbstbewusstsein in jedem seiner Schritte, die Berechnung in seinem Blick, seine Dreistigkeit, seine verdammte Stimme. Ich verabscheute die lächerlichen Purzelbäume, die mein Magen gerade geschlagen hatte, nur weil er mich ansah. Ich war doch nicht Synové!

Was mich vielleicht am meisten störte, war die Freundlichkeit, die ich an ihm entdeckt hatte. Ich war wütend darüber, dass ich damals in unserer ersten Nacht einen Kloß im Hals gehabt hatte, als mir klar wurde, dass er mir beim Einschlafen helfen wollte, so wie er es seither jede Nacht getan hatte. Bei den Leuten, die ich in meiner Vergangenheit ausgetrickst und bestohlen hatte, war Freundlichkeit jedenfalls nie vorgekommen. Dadurch war es mir leichtgefallen, sie übers Ohr zu hauen und auszuplündern.

»Was wolltest du sagen? Wunschhalme haben …?«, fragte er. Mir war klar, dass er mir Gelegenheit geben wollte, meine Gedanken wieder zu ordnen.

»Heilkräfte. Wunschhalme haben Heilkräfte.«

»Hier, ich wickele diesen um deinen Knöchel.«

»Das kann ich schon selbst«, wehrte ich ab, nahm den durchgekauten Stängel entgegen und beschäftigte mich eine Weile damit, ihn richtig zu platzieren.

»Ich bin sicher, jetzt sitzt er perfekt«, sagte Jase, und ich hörte endlich damit auf.

Wir saßen einige Minuten schweigend nebeneinander, kauten Wunschhalme und brachen weitere in Stücke, um sie in unsere Taschen zu stopfen. Er lehnte sich vor und betrachtete seinen

Knöchel. »Es hat aufgehört zu brennen. Danke.« Seine Stimme. Die Freundlichkeit darin war nicht zu überhören.

Ich nickte und fühlte mich gefasst genug, um ihn wieder anzuschauen. »Ebenfalls danke.«

»Wofür?«

»Dass du mich festgehalten hast, als der Candokbär aufgetaucht ist«, gab ich zur Antwort. »Sonst hätte ich als sein Frühstück enden können.«

Sein Mund verzog sich skeptisch. »Unwahrscheinlich. Ein Biss, und er hätte dich wieder ausgespuckt. Du bist nicht annähernd süß genug.«

Ich unterdrückte ein Lächeln. Mit Sticheleien kam ich entschieden besser zurecht.

Er stand auf und streckte mir die Hand entgegen, um mir auf die Füße zu helfen. »Wir sollten aufbrechen, Kazi aus Hellnebel.«

Ich nahm seine Hand entgegen. »Du magst es anscheinend, mich so zu nennen. Wieso?«

»Weil ich nicht sicher bin, ob das dein echter Name ist. Du scheinst eine Menge versteckter Seiten zu haben – jonglieren, Rätsel erzählen und Jungen ihren hübschen Hals aufschlitzen.«

Ich verzog das Gesicht, ließ den Blick über seinen Hals wandern und schüttelte den Kopf. »So hübsch ist er nun auch wieder nicht.«

Er rieb sich das besagte Körperteil, als sei er beleidigt. »Hast du sonst noch irgendwelche Asse im Ärmel, von denen ich wissen sollte?«

»Wenn ich dir das im Voraus verrate, verderbe ich mir den halben Spaß.«

»Sollte ich mir Sorgen machen?«

»Vermutlich.«

Sie haben uns getäuscht. Ihre Stimmen waren sanft. Ihre Köpfe gesenkt. Sie sahen harmlos aus. Und verängstigt, genau wie wir.

Bis wir die Tür öffneten.

Sie haben Razim erdolcht und darüber gelacht. Dann ließen sie ihn liegen. Sie dachten, er sei tot, und wir konnten die Tür erst öffnen und ihn nach drinnen holen, als sie fort waren.

Ich habe einen ihrer Namen gehört, als sie fortrannten. Eines Tages werde ich stärker sein als jetzt. Eines Tages werde ich ihn beim Namen rufen und töten.

Theo, 11

Kapitel 13

Kazi

Ich bin nicht sicher, ob das dein echter Name ist.

Welche Ironie, dass mein Name vermutlich das Echteste und Unkomplizierteste an mir war. *Kazimyrah aus Hellnebel.*

Meine Mutter stammte aus einem der nördlichen Gebiete von Balwood. Sie war wie viele andere zur überfüllten Stadt aufgebrochen, weil sie auf ein besseres Leben hoffte, als das karge Land rundherum bot. Als zusätzliche Bürde hatte sie noch ein Baby im Bauch und nur eine Handvoll Münzen in der Tasche. Von meinem Vater sprach sie nie. Ich wusste nicht, ob er lebte oder tot war, ob sie ihn geliebt oder gehasst hatte, oder ob sie überhaupt etwas von ihm wusste. Die lebensfeindliche Steppe allein zu durchqueren, war für niemanden ungefährlich. *Er ist fort, Kazi*, war alles, was sie je darüber gesagt hatte. Da sie traurig klang, hatte ich nicht weiter nachgefragt.

Hellnebel war ein Viertel im nördlichen Teil der Stadt. Meiner Mutter gelang es, einen Unterschlupf zu finden, der noch nicht bewohnt war. So hatte sie zumindest ein Dach über dem Kopf, um den Regen abzuhalten. Außerdem gab es eine Hebamme, also ließ sie sich dort nieder. Jase war nicht der Erste, der meinen Namen infrage stellte und ihn für falsch hielt. Die meisten Leute, denen wir in der Stadt begegneten, hatten ihn noch nie gehört. Wenn meine Mutter danach gefragt wurde, behauptete sie, es sei ein Name aus dem Hochland und würde Frühling bedeuten.

Ein anderes Mal sagte sie, Kazi stehe für *Kleiner Vogel* oder dann wieder für *Gottesbotin*. Mir wurde klar, dass sie die Bedeutung selbst nicht kannte. Nachdem sie fort war, schien es auch keine Rolle mehr zu spielen. Wer oder was ich in meinem früheren Leben gewesen war, wurde zu einer vergessenen Randnotiz. Nun rief man mir jede Menge Namen hinterher und erfand neue aus dem Stegreif, um mich fortzuscheuchen. *Mach dich davon, Straßenratte, ekliges Balg, Landplage, Müllkrabbe!*

Bis ich Mittel und Wege fand, wie ich sie dazu bringen konnte, mich dazubehalten.

Als Trickbetrügerin weiß man, dass alle Leute den Kopf voller Lügen haben. Sie haben eine Geschichte über sich selbst erfunden, an die sie unbedingt glauben wollen, eine Fantasie, die man nur geduldig unterstützen muss – *du bist freundlicher, schöner, gerissener, weiser und überhaupt ein wertvoller Mensch, also schluck es* – wie ein rundmäuliger Fisch, der an die Wasseroberfläche kommt, weil man ihm eine Spur Brotkrumen hinwirft. Lock ihn näher, mit einem Bissen oder zwei, dann pack ihn hinter den Kiemen, damit er sinnlos zappelt und noch gar nicht begreift, dass er verloren hat, weil sein Bauch dick gefüllt ist.

Kazimyrah, flüsterte ich mir manchmal selbst zu, wenn ich mich mit einer stibitzten Mahlzeit davonmachte, denn es gab Tage, da vergaß ich sonst selbst, wer ich einmal gewesen war.

Ich gab mir zusätzliche Mühe, Jase' Misstrauen zu zerstreuen. Am besten konnte ich ihn davon überzeugen, dass ich einfach nur eine Soldatin war, indem ich ihm von meinem Training und dem Leben im Sanctum erzählte. Selbst dabei umschiffte ich einen Teil der Wahrheit sorgfältig. Die Ausbildung zur Rahtan war anders. Die Drills, Übungen und Unterrichtsstunden nahmen kein Ende. Vermutlich die einzige Lektion, bei der ich versagte, war das Schwimmen, weil mir die Erfahrung fehlte. Da ich zierlicher war als die meisten anderen, die den Eid geschworen hatten, musste ich doppelt so hart arbeiten, um mich zu beweisen. Das fiel mir nicht schwer. Mein größtes Problem war zu lernen, *in* einem Bett statt darunter zu schlafen. An den meisten Abenden ersparte ich mir die Quälerei und schlich mich mit einem Laken davon, um mich in einem dunklen Gang unter einer Treppe zu verkriechen.

Eines Nachts hatte mich dort überraschend die Königin besucht. Ich weiß noch, wie ich wütend in die Laternenflamme gestarrt und mich geweigert hatte, sie anzusehen. Es war mir peinlich, wie ich hier in der Dunkelheit kauerte. Sie setzte sich neben mich auf den Boden, da der Tunnel zu niedrig zum Stehen war.

»Ich bin früher auch hierhergekommen«, sagte sie. »In dunklen Ecken fühlte ich mich sicherer. Zu Anfang fürchtete ich, jeder Tag im Sanctum könnte mein letzter sein. Ich hatte solche Angst. Manchmal geht es mir heute noch so. Ich muss viele Versprechen einlösen.«

»Aber du hast deine Versprechen alle gehalten.«

»Freiheit erkämpft man sich nicht nur einmal, Kazimyrah. Frieden kommt und geht, wie die Jahrhunderte. Ich kann es mir nicht erlauben, nachlässig zu werden. Die Leute haben ein kurzes Gedächtnis. Das Vergessen ist die Gefahr, die ich am meisten fürchte.«

Davor fürchtete ich mich auch.

Vergessen.

Aber nichts davon konnte ich Jase anvertrauen.

Als er mich fragte, ob Jonglieren zu meinem Training als Rahtan gehörte, lachte ich nur und sagte, ich hätte es nebenbei aufgeschnappt.

»Nebenbei?«

Er ließ nicht locker.

Ich behauptete, ein Freund hätte es mir gezeigt.

»Du hast interessante Freunde.«

»Stimmt«, gab ich zur Antwort, ohne mit näheren Informationen herauszurücken. Ich hatte mir das Jonglieren selbst beigebracht. Verzweiflung ist ein guter Lehrmeister, vielleicht sogar der beste. Ich hatte mir schnellstens neue Talente aneignen müssen – sonst wäre ich verhungert. Aber seine Bemerkung über Freunde ließ mich an Wren und Synové denken. Sie waren nur ein paar Monate nach mir ins Sanctum gekommen, weil sie sich ebenfalls in die Nesseln gesetzt hatten und sich keine Familie herbeizitieren ließ. Da wir ungefähr gleich alt waren und uns von der Straße kannten, war es nur natürlich, dass wir uns annäherten. Nach zwei Jahren hatte Kaden, der Stellvertreter der Königin, das letzte Wort bei der Entscheidung, wer in das fortgeschrittene Training zur Rahtan aufgenommen wurde. Er hatte uns lange streng angesehen, während er abwägte, ob wir alle drei dafür geeignet waren. Seine Frau Pauline hatte ihm überraschenderweise einen ebenso strengen Blick zu unseren Gunsten zugeworfen. Seitdem waren wir beim Training und den Lektionen immer zusammen gewesen. Ich hoffte, dass sie ein sicheres Versteck gefunden hatten und dort auf mich warteten, während Synové zu Wrens Unterhaltung beitrug, indem sie ihr bis ins kleinste Detail vom Leben der Racaa erzählte. Ja, unser Plan war schiefgelaufen, aber die beiden waren erfinderisch, und wir hatten Notfallpläne parat. Inzwischen hatten sie vermutlich herausgefunden, dass ich mich nicht in Torsfeste befand.

»Wie weit ist es noch bis zur Siedlung?«

»Ich weiß es nicht genau. Leider habe ich meinen Kompass und die Landkarte vergessen. Warum holst du nicht deine raus?«

»Glaubst du, wir gehen noch in die richtige Richtung?«

»Ja«, antwortete er nachdrücklich. Vielleicht war er verärgert, weil ich schon zum zweiten Mal fragte, oder ihm missfiel die Vorstellung, dass wir bald die Casswell-Siedlung – und damit vendanisches Hoheitsgebiet – betreten würden, ob er wollte oder nicht.

Er fuhr damit fort, mir Geschichten über Torsfeste zu erzählen, die mich wirklich faszinierten. Ich freute mich inzwischen richtig darauf. Heute Morgen hatte er mir die Legende von Bredas Tränen erzählt. So wurden sieben nebeneinanderliegende Wasserfälle in den Morobergen genannt. Die Göttin Breda war auf die Erde gekommen und hatte sich in einen einfachen Sterblichen namens Aris verliebt. Ihre Gefühle füreinander waren so groß, dass Blumen aus der Erde sprossen, wo immer sie ihre Füße hinsetzten. Die Blüten waren schöner als alles, was die Götter je erschaffen hatten, und sie wurden neidisch. Deshalb verboten sie Breda, zur Erde zurückzukehren, und als sie sich dagegen auflehnte, erschlugen sie Aris mit einem Blitz. Bredas Trauer ließ ganze Tränenflüsse vom Himmel niederstürzen, die an den Bergen herabflossen, wo die beiden früher spaziert waren. Diese Wasserfälle gibt es bis zum heutigen Tage.

»Unten am Fuß der Wasserfälle wachsen Blumen, die nirgendwo sonst in den Bergen vorkommen.«

»Also muss die Geschichte wohl stimmen.«

Er lächelte. »Genau. Eines Tages zeige ich dir die Blumen.«

Eine peinliche Stille entstand. Wir wussten beide, dass er sie mir nie zeigen würde. Die Worte waren ihm herausgerutscht, bevor er sie aufhalten konnte, als würde er mit einer Freundin sprechen.

Weitere peinliche Momente folgten.

Erst gestern Morgen war ich aufgewacht, weil er seinen Arm um mich gelegt und seine Brust an meinen Rücken geschmiegt hatte. Er hatte es nicht gemerkt und vermutlich nur im Schlaf nach Wärme gesucht. Ich lag dort, ohne mich fortzubewegen, und nahm ganz bewusst wahr, wie das Gewicht seines Arms sich anfühlte, wie sein leiser Atem klang und seine Haut sich heiß an meine drückte. Eine pflichtvergessene, kostbare Minute lang fragte ich mich, wovon er wohl träumte, und dann kam ich wieder zu Sinnen. Ich rückte sorgfältig seinen Arm beiseite, bevor er aufwachte. Bisher hatte ich es immer bewusst vermieden, ihn zu berühren. Ich war ziemlich sicher, dass er es umgekehrt genauso hielt, aber der Schlaf hatte sich nun auch wie ein Dieb herangeschlichen und unsere guten Vorsätze mitgehen lassen.

Während unserer Wanderung löcherte ich ihn weiter mit Fragen, die ich vorsichtig einstreute, damit sie beiläufig klangen. Meistens ging es um Torsfeste. Ich erfuhr, dass es sich um eine große Ansammlung von Gebäuden handelte. Das meiste waren Wohnhäuser oder Schreibstuben, von denen aus das Wirtschaftsimperium der Ballengers gesteuert wurde. Ihr Reichtum stammte aus verschiedenen Quellen, aber darüber sprach Jase nur wenig. Wann immer ich das Gefühl hatte, dass er die Richtung meiner Fragen zu durchschauen begann, wechselte ich schnell das Thema. Immerhin erfuhr ich, dass ein Großteil ihres Einkommens aus der sogenannten Arena stammte. Zu diesem riesigen Markt strömten Käufer und Verkäufer aus dem ganzen Kontinent, um Handel zu treiben. Früher war Getreide aus Eislandia die Hauptware gewesen, aber seit den neuen Verträgen zwischen den Königreichen hatte die Kundschaft zugenommen. Jedes Jahr verdreifachte die Arena ihre Größe.

»Höre ich das richtig?«, fragte ich mit einer Stimme, die vor

Ironie triefte. »Du sagst, die neuen Verträge sind für euch von Vorteil?«

»Manchmal. Aber nicht so sehr, dass wir dafür alles andere aufgeben würden und vergessen, wer wir sind.«

Er rieb seinen Finger unter dem Knöchel, wo früher der Siegelring gesessen hatte. Das war ein anderer kleiner Tick, der mir aufgefallen war. Die Geste benutzte er unbewusst oft, wenn er von seinem Zuhause sprach. Ich stellte mir vor, wie er sich gewehrt haben musste, als die Sklavenjäger ihm den Ring abnehmen wollten. Leicht hatte sich Jase bestimmt nicht davon getrennt. Vermutlich hatte er Glück, dass er noch alle Finger besaß.

Ich schob die Hand in meine Tasche, spielte mit dem warmen Metall darin und überlegt, ob ich ihm den Ring zurückgeben sollte. Aber nun war es wohl zu spät. Er würde wissen wollen, warum ich ihn überhaupt genommen und dann so lange gezögert hatte, ihn wieder herauszurücken. Den Schlüsselbund hatte ich gestohlen, um zu überleben. Den Ring aus einem ganz anderen Grund.

In dem Jahr, bevor die Königin in die Stadt kam, waren viele meiner Diebereien eher Strafaktionen gewesen. Ich ließ die Mächtigen eine Bußsteuer zahlen und rächte mich für all die Antworten, die ich nie bekommen würde, und für all die abgehackten Fingerkuppen von anderen Straßenkindern. Manche Quartierlords verfütterten sie an ihre Schweine. Die Dinge, die ich aus diesem Grund stahl, hatten selten einen fassbaren Wert. Sie füllten nicht meinen Bauch, aber dafür eine andere Leere in mir.

Das kleinste unverkäufliche Objekt, das ich je gestohlen hatte, war ein Knopf aus poliertem Messing gewesen. Der Quartierlord des Tomacviertels trug ihn mit besonderem Stolz an seiner Jacke, genau über dem dicken Bauch. In der Knopfreihe fiel er sofort auf, weil er so eine exotische Seltenheit war. Der Quartierlord hatte ihn von einem Previzi-Händler erstanden, und für mich sah es immer aus, als hätte er seinen Bauch mit protzigem Gold festgenietet. Als ich das Prunkstück in der Mitte stahl, war damit der ganze Effekt ruiniert. Ich hatte den Quartierlord eine Woche lang beschattet, sodass ich voraussehen konnte, wann er eine bestimmte enge Gasse entlangkommen würde, wo ihn Menschen von allen Seiten umdrängten. Dort wartete ich, die Mütze tief ins Gesicht gezogen und meine kleine, sichelförmige Klinge in der Handfläche verborgen. Er merkte erst, dass der Knopf verschwunden war, als er das Ende der Gasse erreicht hatte. Sein schrilles Gebrüll war Musik in meinen Ohren. Dafür hatte ich gerne auf ein Mittagessen verzichtet.

Der Siegelring war für mich genauso nutzlos wie damals der Knopf und ich hatte ihn aus dem gleichen Grund gestohlen. Er war ein Machtsymbol, ein Erbstück dieser Dynastie, und mit einer einzigen Bewegung hatte ich ihn in der dunklen, schmutzigen Tiefe meiner Tasche verschwinden lassen.

Kapitel 14

Jase

Sie besass eine unersättliche Neugier, und ich fütterte sie gerne mit Geschichten über Torsfeste, aber sobald ihr eigenes Leben zur Sprache kam, wurde sie zurückhaltend und wortkarg. Wenn man buchstäblich an jemanden gekettet ist, Stunde um Stunde, Tag für Tag, dann bekommt jedes Schweigen zusätzliches Gewicht. Ich grübelte über die Details nach, die sie mir nicht mitteilen wollte.

Was für ein Leben hatte sie in Venda geführt? Oder genauer gesagt, was hatte man mit ihr angestellt? Sie stammte ganz sicher nicht aus einem glücklichen, zufriedenen Elternhaus. Ich hatte eher den Eindruck, sie sei ihr ganzes Leben in einem Keller eingesperrt gewesen. Die Sonne und der offene Himmel ließen sie zurückzucken. Seit wir die Hochebene von Heethe erreicht hatten, hielt sie die Augen immer starr auf einen Punkt in der Ferne gerichtet, mit eisenharter Entschlossenheit und so angespannten Schultern, als trage sie ein schweres Bündel mit sich herum. Als ich auf einen Adler zeigte, der über uns kreiste, warf sie kaum einen Blick darauf.

Ich brachte das Gespräch wieder auf das Thema, bei dem sie am sichersten wirkte – ihr Leben als Soldatin. Sie schilderte die verschiedenen Waffen, die für die Garde geschmiedet wurden: Dolche, *Ziethe*-Klingen, Schwerter, Seilpfeile, Armbrüste und mehr. Der königliche Stellvertreter in der Festung beurteilte, was am besten zu ihren Talenten passte. Kazi hatte ihr Schwert und ihre Dolche von der Königin persönlich überreicht bekommen, als sie zur Rahtan wurde.

»Hast du sie schon mal benutzt?«

Sie hob eine Augenbraue. »Du meinst, ob ich jemanden getötet habe? Ja. Aber bisher erst zweimal. Ich versuche es zu vermeiden, wenn möglich.«

Wenn möglich. Sie sagte es so beiläufig und unbeeindruckt … Dieselbe junge Frau, die ich jede Nacht um neue Rätsel bitten musste, damit sie es schaffte, unter offenem Himmel einzuschlafen.

»Wen hast du getötet?«

»Plünderer«, gab sie zur Antwort. Ihr Mundwinkel verzog sich, als würde schon die Erinnerung einen ekligen Geschmack hinterlassen. »Wir waren die Nachhut für einen Güterwagentreck. Sie haben uns nicht gesehen, weil wir uns im Hintergrund hielten. Das war ja auch der Sinn der Sache. Aber wir haben *sie* gesehen. Wie steht es mit dir? Hast du schon mal jemanden getötet?«

Ich nickte. Deutlich mehr als zwei Leute. Aber ich erwähnte die Zahl nicht und war froh, als sie darauf verzichtete nachzufragen.

Mehr als einmal erwischte sie mich dabei, wie ich sie eingehend studierte. Ich versuchte, mich auf die Landschaft zu konzentrieren, aber mein Blick wurde immer wieder zu ihr zurückgezogen. Kazi faszinierte mich mit ihren Widersprüchen und Geheimnissen. Manchmal konnte ich unter der harten Schale der Soldatin das Mädchen entdecken, das sie früher gewesen sein musste. Wie in dem Moment, als sie die Wunschhalme am Flussufer entdeckte, und später, als sie einen davon gegen meinen Knöchel presste, ohne darüber nachzudenken, wer ich war. In einer anderen Welt, unter anderen Umständen hätten wir Freunde werden können. Oder mehr.

Mir war klar, dass ich weniger Zeit damit verbringen sollte, über sie nachzudenken.

Ich musterte die Hügel vor uns und versuchte mich zu konzentrieren. Es konnte doch nicht so schwer sein, meine Gedanken wieder auf die richtige Bahn zu lenken. Ich war diese Wegstrecke schon geritten, aber noch nie gegangen – besonders nicht barfuß, gefesselt und halb verhungert. Dadurch war es schwer, die Entfernungen abzuschätzen. Wie weit war es noch? Hatte ich eine Chance, nach Hause zu kommen, bevor das Grab versiegelt wurde? Was ging meiner Familie wohl durch die Köpfe? *Wo zum Teufel steckt Jase?* Ohne Zweifel hatte man Suchtrupps ausgeschickt, aber ohne eine Leiche zu finden. Ich ging davon aus, dass die anderen Rahtan, die mit Kazi gekommen waren, inzwischen von meinen Brüdern in Gewahrsam genommen worden waren und in Torsfeste verhört wurden. Mason konnte Informationen aus absolut jedem herausquetschen, aber Kazis Begleiterinnen hatten schließlich auch keine Ahnung, was mit uns passiert war. Über die Sklavenjäger hatten sie genauso wenig Bescheid gewusst wie Kazi und ich.

Ihre Bemerkung: *Ich habe die Verwüstung selbst gesehen,* ging mir immer wieder durch den Kopf. Felder niedergebrannt, sämtliches Vieh gestohlen … Wir hatten tatsächlich geplant, die Siedler in die Flucht zu schlagen. Sie sollten verschwinden. Unser Besuch war alles andere als angenehm gewesen. Das Kurzhornrind sollte eine Warnung sein und ihnen die Chance geben, ihre Habseligkeiten zu packen und sich anderswo niederzulassen. Aber mehr hatten wir nicht getan. Wer war für den Rest verantwortlich?

Gunner war impulsiv und hatte ein hitzigeres Temperament

als ich. Außerdem hatte die lange Wacht an Vaters Sterbebett uns alle so weit gebracht, bei der geringsten Kleinigkeit die Beherrschung zu verlieren. Gunner hatte sich immer am deutlichsten von allen gegen die Siedler ausgesprochen – aber ich war sicher, dass er nicht auf eine Art Rachefeldzug gehen würde, ohne meine Erlaubnis einzuholen, auch wenn ich damals noch nicht offiziell der *Patrei* gewesen war. In solchen Angelegenheiten ordnete er sich mir grundsätzlich unter. Aber wenn nicht Gunner, wer dann? Hatten die Siedler oder Kazi schlicht gelogen?

Mein Vater hatte noch einen anderen Grund gehabt, mich zum *Patrei* zu ernennen. Ich war ungewöhnlich gut darin, eine Lüge zu erkennen. Besser als meine Brüder. Doch selbst wenn man wusste, dass man beschwindelt wurde, kannte man dadurch nicht unbedingt die Wahrheit. Dazu musste man nachbohren … und ich wollte wissen, wie Kazis Wahrheiten aussahen.

Verdammt.

Ich wollte überhaupt sehr viel mehr über sie wissen, und das konnte nur zu Ärger führen. Schließlich war es das Beste, wenn sie und die anderen Rahtan so schnell wie möglich aus meinem Leben verschwanden. Mit Glück würden wir nicht mehr lange aneinandergekettet sein.

Ich schaute wieder zu ihr, wie sie unermüdlich neben mir herging. Der Schatten ihrer dunklen Wimpern gab ihren Augen einen entschlossenen Zug, ihre Haut schimmerte warm, und mein Blick blieb viel zu lange hängen.

Anscheinend war sie die Sorte von Ärger, die sich einfach nicht vermeiden ließ.

»Was liegt da vorne?« Ihre Stimme klang nervös, als könne sie im Voraus spüren, was das trockene Flussbett verbarg. Es war eine halbe Meile breit und wirkte aus dieser Entfernung wie blendend weißer Sand.

Wir hatten eine Hügelkuppe übersteigen müssen, sodass ich die Zeit falsch eingeschätzt hatte. Jetzt um die Mittagszeit würde der Boden brennend heiß sein und wir hatten keine Schuhe.

»Sand«, antwortete ich.

»Das ist *kein* Sand«, sagte sie.

Nein, nicht ganz. Knochenstücke ragten heraus, klein gemahlen und fast immer die Überreste von Menschen. Abgeschliffene Zähne und vereinzelte Rückenwirbel trieben obenauf wie weiße Seerosen in einem schimmernden Marmorbecken. »Man nennt es auch den Knochenkanal«, sagte ich. »Es heißt, der Sand wird aus einer Stadt angespült, die vom Aufprall des ersten Sterns zerstört wurde. Solange die Sonne darauf brennt, können wir ihn nicht überqueren.«

Hitzewellen tanzten schimmernd auf der Oberfläche. Kazi starrte auf das Flussbett, als könne sie die im Sand begrabenen Toten sehen, deren Geister versuchten sich ans Ufer zu kämpfen. Dann wandte sie ihre Aufmerksamkeit den Hügeln auf der anderen Seite zu, die von Ruinen gekrönt wurden. Sie boten seit Langem das erste Dach über dem Kopf, aber dazu mussten wir erst einen mörderisch heißen Friedhof überqueren.

»Wir können die Füße in unsere Oberteile wickeln«, schlug sie vor und begann bereits, ihre Bluse aufzuknöpfen. »Du auch. Wir brauchen allen Stoff, den wir haben.«

»Oder wir können warten, bis es dunkel …«

»Nein«, entschied sie. »Ich schlafe nicht hier draußen mitten im Nichts, wenn Ruinen in Sichtweite sind.«

Sie streifte ihre Bluse ab und riss sie in zwei Hälften. Darunter trug sie ein dünnes Hemdchen. Ich wusste nicht, ob ich hoffen sollte, dass sie es ebenfalls auszog oder lieber anbehielt. *Hölle und Teufel, reiß dich zusammen, Jase.*

»Dein Hemd«, erinnerte sie mich.

Ich war nicht begeistert davon, es zu zerstückeln, aber ich wollte ebenfalls nicht warten, bis der Sand kühler wurde. Außerdem brauchten wir in der Sommerhitze eigentlich keine Oberteile.

Wir umwickelten unsere Füße mit mehreren Stoffschichten und banden alles gut zusammen. Dann betraten wir das Flussbett. Der Sand unter uns war immer noch heiß wie ein Ofenfeuer, aber der Stoff erfüllte seinen Zweck, sodass unsere Füße keine Brandblasen bekamen.

Sich fortzubewegen, während zusätzlich der zusammengeknotete Stoff an unseren Knöcheln zerrte, war nicht einfach. Trotzdem fanden wir einen gemeinsamen Takt. Ich wollte ein Gespräch anfangen und suchte in meiner Erinnerung nach weiteren Legenden, die ich ihr erzählen konnte, aber ich war abgelenkt. In meinem Leben hatte ich durchaus schon nackte Frauenschultern gesehen. Manche Damen hatten weitaus weniger getragen. Trotzdem fühlte sich das hier anders an. Sie war Soldatin, rief ich mir ins Bewusstsein. Rahtan. Sie hatte mir einen Dolch an die Kehle gesetzt und hätte nicht gezögert, ihn zu benutzen. Das half leider alles nichts. Auf der Hälfte des Weges sagte ich: »Erzähl mir ein Rätsel.«

Sie schaute mich überrascht an. »Jetzt?«

Ich nickte.

Kazi dachte einen Moment nach und rieb sich unbewusst über den Bauch, dann sagte sie:

»Gibt man mir wenig, wachse ich,
schrei und knurr und winde mich,
versuchst du mich zu überhören,
dann werd ich dich noch ärger stören.
Im tiefsten Dunkel liegt mein Reich,
doch meinen Biss sieht man sogleich,
an Rippen, Armen, Wangen bleich.
Die Klaue scharf, die Zähnen spitz,
so throne ich auf meinem Sitz,
und niemand wagt den Kampf mit mir.
Doch kann ein jedes Federtier
mit Kamm und Flügel mich besiegen …
ich muss dem kleinsten Huhn erliegen.«

Mein Magen gab mir die Antwort. Bei dem Gedanken an Hühnerbraten erhob das Untier, das sich in meinem Leib zusammengeringelt hatte, sogleich sein garstiges Haupt. »Noch heute Abend«, versprach ich, »können wir das Raubtier füttern.«

Sie schien meine Antwort nicht zu hören. Ihre rechte Braue hatte sich gehoben und ihr Blick wirkte fragend, während sie über meine Schulter hinwegschaute. »Was ist denn … das?«

Ich drehte mich um. In der Ferne hob sich eine einzige Wolke scharf vom klarblauen Himmel ab. Ihre Form schien nach oben hin zu explodieren. Das war keine gewöhnliche Wetterfront. Ich hatte diese Art von Wolke schon früher gesehen, aber immer nur, wenn ich mich sicher auf erhöhtem Gelände befand. Die Form glich einem fleischigen Arm, der meilenhoch in den Himmel ragte und dessen Muskeln purpurn offen lagen wie bei einem gehäuteten Monster.

»Lauf!«, rief ich.

»Aber …«

»Wir sind in einem Flussbett. *Lauf!*«

Sie gehorchte der Dringlichkeit in meiner Stimme und rannte los. Wir befanden uns eine weite Strecke vom Ufer entfernt. Die ersten Rinnsale blitzen in der Ferne wie silbrige Finger, die auf uns zukrochen. »Schneller!«, schrie ich.

Unsere Schritte durchpflügten den Sand, und der Stoff um Kazis Füße begann, sich abzuwickeln, bis er lose um ihre Knöchel flatterte, aber es blieb keine Zeit, etwas daran zu ändern. Innerhalb von Sekunden sahen wir eine brausende Wasserwand auf uns zukommen, die einem tödlichen Mahlstrom glich.

Kazi trat den Rest des Stoffes weg. »Weiter!«, rief sie, doch ich sah ihr schmerzverzerrtes Gesicht, während sie über den brennenden Sand rannte. Mit einem Ruck hob ich sie in meine Arme und verdoppelte meine Geschwindigkeit. Das Herz hämmerte in meiner Brust, die Wand näherte sich wie ein brüllendes Raubtier, das sich auf uns stürzen wollte, und die ersten Silberfinger griffen bereits gierig nach meinen Knöcheln.

Wir erreichten die andere Seite, doch das steigende Wasser bedeckte bereits meine Knie. Vor uns lag das steile Ufer, das wir rechtzeitig hinaufkommen mussten. Ich setzte Kazi ab, das Wasser reichte uns bis zu den Hüften, und sein Sog wollte uns zurück in die Strömung zerren. Der weiche Boden rutschte unter unseren Füßen ab, und inzwischen prasselte auch der Regen auf uns herunter. Dennoch kletterten und kraxelten wir weiter, während das Wasser mit uns stieg, hieben unsere Wanderstäbe in den Boden, stolperten, gingen unter, packten einander bei den Händen und schafften es schließlich bis ganz nach oben. Wir zogen uns über den Uferrand, gerade bevor die Wasserwand brüllend vorbeiraste. Dort brachen wir zusammen und lagen japsend auf dem Rücken, während der Regen um uns auf den Boden trommelte. Dann begann Kazi zu kichern. Bald wurde daraus atemloses Gelächter, das gar nicht wieder aufhören wollte, und ich stimmte mit ein. Es war ein aufgekratztes Lachen der Erleichterung, als hätten wir gerade gemeinsam ein Monster erschlagen, das uns schon in den Fängen hielt.

Irgendwann versiegte das Gelächter, denn wir waren beide völlig erschöpft von dem Sprint durch den Kanal. Das einzige Geräusch war das Plätschern des Regens. Um uns herum dampfte der warme Erdboden, und ich drehte den Kopf, um sie anzusehen. Sie hielt die Augen geschlossen und Haarsträhnen klebten an ihrer Wange. Wassertropfen sammelten sich in der Einbuchtung an ihrer Kehle, eine schmale Ader pulsierte an ihrem Hals.

Ich setzte mich auf und griff nach ihrem Fuß, um mir die Sohle näher anzuschauen. Zuerst zuckte sie zurück, aber dann erlaubte sie mir, ihre Haut zu berühren. Ich fuhr vorsichtig mit dem Finger darüber. Die ersten Blasen bildeten sich bereits. Ich griff in die Tasche und zog einen Wunschhalm heraus. Nachdem ich ihn gekaut hatte, presste ich ihn gegen ihren Fuß.

»Hilft es?«, fragte ich.

Ihr Blick wich mir blinzelnd aus, und ihre Brust hob sich in unregelmäßigen Atemzügen. Schließlich antwortete sie: »Ja.«

Kapitel 15

Kazi

Ein feuer loderte, und ein himmlischer Geruch stieg von dem gebratenen Meimol auf, dessen Fett in die Flammen tropfte. Auf der ganzen *Jehendra* hätte es kein süßeres Parfüm geben können. Ich atmete den betörenden Duft ein, und mein Magen knurrte erwartungsvoll.

Der pulsierende Schmerz der Brandblasen war verschwunden. Meine Füße waren mit weiteren Wunschhalmen umwickelt. Jase hatte sein zerrissenes Hemd als Bandage benutzt und mich zu den Ruinen hinaufgetragen. Ich hatte protestiert, dass ich selbst laufen könne, aber er hatte darauf bestanden. Die Heilpflanzen müssten in Ruhe ihre Magie entfalten. Zwischen den bröckelnden, zusammengestürzten Mauern der Ruinen fanden wir einen gemütlichen dunklen Unterschlupf. Der brutzelnde Meimol und ein Höhlendach, das ich fast mit der Hand berühren konnte, gaben mir das Gefühl, die Götter hätten endlich Mitleid mit der armen geschundenen Kazi bekommen, oder es sei ihnen zumindest langweilig geworden, sie zu quälen.

Der Gewittersturm war schnell vorübergezogen – so schnell, wie er aufgetaucht war. Kaum waren wir am Fuße der Ruinen angelangt, hatte Jase mehrere Meimolhügel entdeckt und nur zwei Versuche gebraucht, um einen Vogel mit dem Holzspeer zu erlegen.

Als der Braten perfekt war, setzten wir uns und genossen das saftige dunkle Fleisch. Wir saugten das Mark aus jedem Knochen, leckten uns vor Begeisterung lautstark die Finger und redeten über unsere sonstigen Lieblingsessen. Jase zählte viele Gerichte auf, von denen ich noch nie gehört hatte. Sie nannten sich »geschmortes Kaninchen in närrischer Soße«, »Baisertörtchen mit Schwarzbeeren« und »Bergoogulasch«. Ich war überrascht zu erfahren, dass es in Torsfeste gleich vier Köche gab, die meisten Mahlzeiten aber von seiner Tante auf den Tisch gebracht wurden. Im Gegenzug erzählte ich ihm von Berdis Fischsuppe, die im Sanctum eine Art Grundnahrungsmittel war. »Ich könnte sie jeden Tag essen«, sagte ich. »Und natürlich Salbeikuchen.« Ich seufzte sehnsüchtig.

»Nie davon gehört.«

»Dann hast du etwas verpasst. Das ist eine himmlische Spezialität der Vagabunden. Zum Niederknien lecker.«

»Und Apfelsinen.« Sein Mund verzog sich zu einem frechen Grinsen und das Feuer warf einen warmen Schimmer auf seine Wange. »Ganz besonders magst du Apfelsinen.«

Ich lächelte und gab ihm recht. »Stimmt, die sind vermutlich meine absolute Leibspeise. In meiner Kindheit konnte ich nie eine probieren. Erst als ich …« Hastig brach ich ab, bevor ich zu viel verriet.

Seine Brauen hoben sich. »Erst als du?«

»Als ich zum ersten Mal nach Dalbreck gereist bin. In Venda gibt es keine Apfelsinen.«

Sein durchbohrender Blick verriet, dass er die Lüge durchschaute. Diese Fähigkeit hasste ich an ihm. Er ließ sich weder von Worten noch meinem Gesichtsausdruck täuschen, sondern sah einfach hindurch. Einen Moment schwieg er, und ich nahm an, dass er abwägte, was ich gesagt oder eben nicht gesagt hatte. Schließlich fragte er, wie es meinen Füßen ging.

»Die Blasen stechen nicht mehr. Ich glaube, morgen ist wieder alles in Ordnung.«

Zwischen uns entstand ein weiterer dieser unbequemen Momente, in denen sich unsere Blicke trafen und zu lange hängen blieben. Nach allem, was wir miteinander durchgemacht hatten, sollte man denken, dass wir über Peinlichkeiten hinaus waren. Aber das hier war anders. Jede Gesprächspause wirkte, als sei sie zum Bersten voll. Wie ein Getreidesack, der an den Säumen aufzuplatzen drohte und bald alles verschütten würde, um das wir gewöhnlich einen weiten Bogen machten.

»Erzähl mir noch eine Legende«, bat ich ihn.

Er nickte. »Zuerst sollte ich mehr Feuerholz holen.« Er beäugte die Kette zwischen uns. »Schaffst du das?«

»Wie schon gesagt, die Schmerzen sind weg. Außerdem habe ich diese hervorragenden Schuhe, die du mir angefertigt hast.« Er stand auf und streckte die Hand aus, um mir hochzuhelfen. Meine Fußsohlen waren empfindlich, doch es ließ sich aushalten, besonders wegen der Bandagen. Wir gingen aus der Ruinenhöhle hinaus und standen auf einem breiten Steinsims. Als wir den Hügel hochgestiegen waren, hatte ich nur das Flussufer und das Gebüsch dicht vor mir gesehen. Nun blickte ich über die Landschaft zurück. Im Licht eines zunehmenden Halbmonds sah ich eine leere Ebene, die sich bis in die Unendlichkeit zu erstrecken schien. Am Horizont verschmolz sie mit einem schwindelerregenden Sternenhimmel.

»Schau. Dort oben«, sagte Jase und zeigte auf das Himmelsgewölbe. »Diese Konstellation nennt man Aris Herz. Und gleich daneben ist …«

Ich musste mich abwenden. In meinem Kopf drehte sich alles, und ich tastete nach der Ruinenmauer. Jase griff nach mir, um mir Halt zu geben.

»Ich bin nur zu schnell aufgestanden«, meinte ich.

Er schaute auf mich herunter, und mir war klar, dass er mir die Ausrede nicht abkaufte. Schließlich hatte er meine seltsame Scheu gleich in der ersten Nacht bemerkt und mich deshalb im Wald um ein Rätsel gebeten.

»Was haben sie mit dir angestellt, Kazi?« Seine Stimme war leise und ernst. Sogar in dem dämmrigen Licht konnte ich die Besorgnis erkennen, die in seinem Blick lag.

Ich tat so, als wüsste ich nicht, wovon er redete. »Angestellt?«

»Wer hat dich dazu gebracht, eine Welt ohne Mauern zu fürchten? Den offenen Himmel? War es in Venda? Deine Eltern?«

»Niemand hat irgendwas mit mir angestellt«, wehrte ich genauso leise ab.

»Dann halt dich an mir fest«, sagte er, »und ich zeige dir die Sterne.«

Wir standen auf dem Steinsims, und Jase erzählte mir Geschichten. Er begann mit dem niedrigsten Stern am Horizont, den er Diebesgold nannte, weil er einen gelblichen Schimmer hatte. Ich umklammerte seinen Arm, konzentrierte mich bloß auf diesen einen Stern und blendete den übrigen Himmel aus, der sich rundherum ausdehnte. Meine ganze Aufmerksamkeit galt Jase' Stimme und der Geschichte, die er für mich spann. Sie erzählte von einem funkelnden Goldklumpen und den Dieben, die ihn am Himmel versteckt hatten, nur um selbst zu vergessen, wo ihr Schatz verborgen war.

Dann wanderte er weiter zur nächsten Konstellation – dem Adlernest mit drei schimmernden Eiern –, dann zur nächsten und nächsten, bis der ganze Himmel sich schließlich in etwas anderes verwandelt hatte: ein schwarzes Pergament, auf dem in Glitzerschrift lauter Geschichten geschrieben standen, die miteinander verbunden waren. Während er sprach, fegten einige Sterne über uns hinweg wie lebendige Wesen mit langen Feuerschweifen, und auch darüber kannte Jase eine Legende. »Das sind die Pferde der Hetisha, die verloren gingen, als die Göttin von ihrem Streitwagen zur Erde fiel. Nun galoppieren sie über den Himmel, in unendlichen Kreisen, und suchen nach ihr. Es heißt, wenn sie ihre Herrin jemals finden, werden sich ihre Sterne wieder mit dem Streitwagen verbinden und zum hellsten Bild am ganzen Nachthimmel werden.«

Ich starrte auf die Stelle, wo einer der Schweifsterne gerade verschwunden war, und in mir klaffte eine schmerzende Leere. Vielleicht lag es an dem glitzernden Himmel, den ich noch nie wirklich gesehen hatte, oder an der Geschichte über die verlorenen Pferde. Ich stellte mir vor, wie sie Jahrtausende lang suchend den Himmel umkreisten, und spürte einen Schmerz tief unter meinen Rippen. *Sie werden nie ans Ziel kommen*, dachte ich. *Sie ist für immer fort.*

»Und ich glaube …«, sagte er und wandte sich mir zu, »damit ist es für heute genug.« Unsere Gesichter waren sich unerwartet nah, das Mondlicht warf scharfe Schatten auf seine Wangenknochen, und plötzlich dachte ich überhaupt nicht mehr an Sterne und durchgegangene Pferde.

Ich hatte vergessen, dass ich immer noch seinen Arm umklammert hielt. Hastig ließ ich los, und meine Hand wanderte wieder an meine Seite, wo sie hingehörte.

»Ich schätze, jetzt sollte ich wirklich Äste fürs Feuer sammeln«, sagte er.

»Gut, ich helfe dir.« Ich wollte losgehen, wir beide machten einen ungeschickten Schritt vorwärts, rempelten uns an und stolperten. Nur die Ruinenwand rettete uns davor, auf dem Boden zu landen. Jetzt war sein Gesicht noch näher. Mein Rücken lehnte an der Mauer, wo er sich mit einem Arm abstützte. Es gab keine Ablenkungen, die uns geholfen hätten fortzuschauen; als habe dieser Moment die ganze Zeit nur darauf gewartet, uns hinterrücks anzuspringen. Wir wehrten uns nicht länger.

Jase schluckte, und sein Gesicht befand sich bloß Zentimeter von meinem entfernt. Lange Sekunden vergingen schweigend, und es fühlte sich an, als würde die ganze Welt, die Sterne und der Himmel uns umschließen und immer näher drängen.

»Meinst du«, flüsterte er schließlich, »das hier passt zu unserem Vorsatz … einfach das Beste daraus zu machen?«

Mein Atem flatterte schwach in der Brust. Es gab hundert Antworten, die ich ihm hätte geben sollen, aber stattdessen sagte ich: »Kann schon sein.«

Sein Kopf neigte sich zur Seite, und er beugte sich zu mir herab, bis seine Lippen kaum merklich über meine streiften. Die sanfte Berührung ließ mir Zeit, mein Gesicht abzuwenden, aber das tat ich nicht. Ich wollte es nicht. Seine Hand glitt nach hinten über meinen Rücken und zog unsere Hüften aneinander. Hitzeströme pulsierten durch meinen Körper, und dann presste sich sein Mund auf meinen. Seine Zunge öffnete meine Lippen, warm, süß und zärtlich. Mit heftigen Atemzügen schloss er die Arme um mich und zog mich enger, sodass ich die Hitze seiner Berührung wie ein feuriges Brandzeichen auf meinem Kreuz spürte. Meine eigenen Hände glitten über seine Schulterblätter. Die Haut über den hart gespannten Muskeln schien meine Fingerkuppen zu versengen. Mir war auf wunderbare Weise schwindelig, ich wollte mich in das warme Gefühl hineinsinken lassen und darin ertrinken. Mir kam es vor, als würde ich in einen unendlichen schwarzen Himmel fallen. Es kümmerte mich nicht. Am liebsten wäre ich darin verschwunden. Ich wollte mehr. Unsere Zungen gingen auf Entdeckungsreise, weich, warm, und dann wich er mit fragendem Blick zurück. Sollte er aufhören?

Nein, dachte ich. *Nein. Hör nicht auf.*

Seine Augen blieben wartend auf mich gerichtet, als müsse er meine Antwort laut ausgesprochen hören.

Die Atemzüge bebten heiß durch meine Brust. Ich wusste, dass ich einen gewaltigen Fehler machte, aber er war zu wunderbar, um ihn nicht wieder und wieder zu begehen. Dennoch ließ etwas in seinem Blick mich zögern. Ein Ernst und eine Ehrlichkeit, die deutlich sagten, dass es hier um mehr ging als *einfach das Beste daraus zu machen.* In ihm hatte etwas Wurzeln geschlagen, ein erster Same war gesät, doch ich durfte ihn nicht weiter sprießen lassen.

Du bist eine Rahtan, Kazi. Du hast ein Versprechen zu erfüllen, und am Ende wirst du ihn verraten. Tu es nicht.

In meinem Magen krampfte sich eine Faust zusammen. Das hier war nicht richtig. Eine bestimmte Grenze durfte ich nicht überschreiten. Meine Hände glitten nach vorne an seine Brust, um ihn fortzuschieben, doch dann zögerten sie wie von selbst. Meine brennenden Handflächen wanderten stattdessen langsam hinauf, meine Finger strichen durch seine Haare, verwoben sich hinter seinem Kopf und zogen seinen Mund zurück an meinen.

Kapitel 16

Kazi

Ich hatte schon immer die Geister der Verstorbenen gehört.

Der Tod war in Venda kein Fremder. Viele Jahrzehnte war er mit stolzen Schritten durch die Stadt gewandert und hatte seine knochigen Ellbogen an den vorüberströmenden Menschen gerieben, deren Wangen so eingefallen waren wie seine eigenen. Mit breitem Grinsen erspähte er einen schon aus der Ferne und wisperte: *Du, du bist als Nächstes dran*. Doch ich flüsterte entschlossen zurück: *Nicht heute, nicht jetzt*. Jeder in Venda war nur eine Missernte vom Verhungern entfernt, mich eingeschlossen. Man wusste nie, wohin Gevatter Tod sich wenden würde, und sein eingefrorenes Grinsen hatte vor langer Zeit aufgehört, mich zu erschrecken.

Deshalb hatte ich die Geister im Knochenkanal ignoriert. Als ich sah, wie sie mit dürren Fingern nach mir griffen, meine Füße packten und mit rasselnden Stimmen warnten, *dreh um, geh nicht weiter*, hatte ich mich taub gestellt.

Geh nicht weiter.

Wir taten es dennoch.

Und jetzt gab es kein Zurück mehr. Wir waren durch ein Loch in der Wirklichkeit gefallen und auf der anderen Seite in einer Spiegelwelt wieder herausgekommen, die keinen Bestand hatte. Hier war alles auf den Kopf gestellt, klang anders, schmeckte anders, fühlte sich anders an, und jede flüchtige Berührung erschien mir gefährlich süß.

Jase lehnte sich vor und hob mein Kinn, bis seine Lippen meine berührten. *Einfach das Beste*, sagten wir uns von nun an immer wieder, während ein Tag mit dem anderen verschmolz. *Wir machen einfach nur das Beste daraus.* Es war wie eine Geschichte, wie ein Rätsel, das wir uns gegenseitig aufgaben. Wie ein Wunschhalm, den wir mit jedem Kuss verwoben. Wie süßer Puderzucker, der bald auf der Zungenspitze schmelzen und verschwinden würde. Nun, was konnte es schon schaden? Die Hauptsache war doch, dass wir zusammen überlebten.

Aber als die Zahl der gewanderten Meilen immer größer wurde, begannen unsere Schritte eine andere Botschaft zu wispern, denn jeder brachte uns der Welt näher, die wir verlassen hatten. In meinem Leib breitete sich eine bedrückende Schwere aus, als würde dort ein verborgenes Tier kauern, das sich von unseren Geschichten nicht täuschen und zähmen ließ. Egal was für ein Mensch Jase hier draußen war, zurück in Höllenrachen würde er der Feind sein, der gesetzlose Anführer einer gesetzlosen Familie … die vermutlich einen mörderischen Kriegsverbrecher beherbergte. Damit brachten sie den gesamten Kontinent in Gefahr und in diesem Fall würden er und die Ballengers dafür bezahlen. Ich selbst war hier draußen ein junges Mädchen, das ihm bei der Flucht geholfen und seine Wunden versorgt hatte, ganz abgesehen davon, dass ich seine Geschichten liebte. Aber dort, in der wirklichen Welt, hatte die Königin von Venda mir einen Auftrag anvertraut. Ich diente ihr genauso loyal wie Jase den Ballengers, und am Ende würde ich ihn verraten. Ich würde seine Familie und seine ganze Dynastie in die Knie zwingen und seine Welt zusammenbrechen lassen.

Einfach das Beste.

Wir machten einfach nur das Beste daraus.

Noch.

Unsere Geschichte hatte weder einen glücklichen Anfang noch ein glückliches Ende, aber die Mitte war ein wahres Fest, ein schwelgerisches Schaumbad, ein gefüllter Magen und ungestörter Schlaf unter einem Gasthofdach, eine warme Brust an meinem Rücken, weiche Lippen an meinem Nacken und eine sanfte Stimme, die mir Geschichten ins Ohr flüsterte.

Am Vormittag hielten wir an, um an einer Quelle zu trinken und im Schatten einer Erle zu rasten. Seit wir die Ebene hinter uns gelassen hatten, wurden die Laubdächer dichter und die Hügel höher. Im Hintergrund ragten bewaldete Berge auf. Ich lag auf dem Rücken und Jase neben mir, lässig auf einen Ellbogen gestützt. Sein Finger fuhr meine Kinnlinie entlang. Er fragte nicht mehr, was man früher mit mir angestellt hatte. Jetzt schien er nur noch das Ziel zu haben, die Vergangenheit auszulöschen und aus meiner Erinnerung zu schwemmen. Ich ließ ihn gewähren. Noch.

»Kazi«, flüsterte er gegen meine Wange. Dann wanderten seine Lippen meinen Hals entlang, und wieder einmal vergaß ich die Welt, der wir entgegengingen, und dachte nur an diese.

Ein weiterer Abend brach an, und eine mitternachtsdunkle Wolkendecke verhüllte die Sterne. Sie machte unsere Welt sicherer. Die Schwärze überdeckte gnädig alles, was wir sonst gegenseitig in unseren Blicken lesen konnten.

Was soll das hier werden, Kazi?

Ich verstand seine Frage. *Das hier*. Das Unausgesprochene zwischen uns. Wir spielten ein Spiel, das wir selbst nicht verstanden. Es passierte immer öfter, dass wir bei unseren Küssen innehielten, unsere Blicke sich begegneten, und sich die Fragen darin bloß vermehrt hatten.

Ich weiß es nicht, Jase.

Was fühlst du denn?

Deine Lippen, deine Hände, deinen Herzschlag.

Nein, Kazi, hier drin. Was fühlst du hier drin?

Sein Finger zeichnete eine Linie über die Mitte meiner Brust.

Darunter lag ein drängender Schmerz und ein Verlangen, für das ich keinen Namen hatte.

Ich weiß es nicht.

Weil ich es nicht wissen wollte.

Lass mich deine Lippen schmecken, flüsterte ich. *Bring mich bitte nicht zum Denken.*

Ich jubelte, als wir an einen Teich gelangten, der tief genug zum Baden war. Wir rannten johlend darauf zu und sprangen in das kühle kristallklare Wasser. Als ich wieder auftauchte, spritzte er mir einen Schwall ins Gesicht, und eine regelrechte Schlacht begann. Der Teich explodierte in blendenden Fontänen und Gelächter, bis Jase schließlich mein Handgelenk packte, damit ich mich nicht bewegen konnte. Die Ruhe kehrte zurück, nur nicht in seinen Augen. Darin wirbelte eine andere Art von Sturm. Ich blickte in sein Gesicht, auf die Wassertropfen an den Haaren und am Kinn, auf seine nass zusammengeklebten Wimpern.

»Ich mag dich, Jase Ballenger«, sagte ich leise. »Wenn du kein Dieb wärst, würde ich fast glauben, wir könnten Freunde sein.«

»Und wenn du nicht mit Dolchen herumfuchteln würdest, um hübsche Hälse aufzuschlitzen, könnte ich das auch glauben.«

Ich rümpfte die Nase. »Dein hübscher Hals wird langsam zu einer Besessenheit.«

Sein Griff um meine Handgelenke verstärkte sich. Er zog mich enger an sich, seine Zähne knabberten an meinem Hals, und zwischen Küssen flüsterte er: »Es gibt etwas, von dem ich viel mehr besessen bin, Kazi aus Hellnebel.«

Eine kühlende Brise wehte durch meine Haare und trug den Geruch von Pinien heran, während hohes Gras in Wellen um unsere Knie strich. Wir waren früh aufgebrochen, nachdem der schrille Schrei eines Racaa uns aus dem Schlaf gerissen hatte. Das Geschöpf flog niedrig über uns hinweg, und sein riesiger Schatten berührte fast beide Talwände gleichzeitig. Jase bestätigte, dass die Racaa vor allem Antilopen fraßen und sich ab und zu auch ein Fohlen oder Schaf schnappten. Wie er mir versicherte, hatte er noch nie gehört, dass sie Menschen davontrugen. »Nun ja, vielleicht ein oder zwei Gerüchte. Das macht mir aber keine Sorgen. Es heißt, sie mögen nur schwarzhaarige Schönheiten – weil die immer besonders zäh und sauer sind.«

Ich rammte ihm den Ellbogen in die Seite. »Wo ich hingehe, musst auch du hingehen, also solltest du besser hoffen, dass der Vogel heute eine leckere, saftige Antilope findet.«

Am Vormittag war die Brise verschwunden, die Sonne brannte erbarmungslos auf uns herab, und in der stillen Luft schien ein unheildrohendes Summen zu liegen. Vielleicht war es nur das zischende Geräusch, wenn unsere Füße durchs Gras streiften, oder das endlose Rasseln der Kette zwischen uns. Für mich klang es eher wie das Ticken einer Uhr, die jeden unserer Schritte abzählte.

»Lass uns eine Pause machen«, schlug ich vor. Wir suchten uns eine Gruppe Birken aus und legten uns in ihrem Schatten auf ein weiches Bett aus Sommergras. Doch selbst ohne das Kettenrasseln und Gräserzischen verfolgte mich immer noch ein Summen und Ticken in der Stille der Luft. Es vibrierte durch meine Knochen wie eine lautlose Warnung. »Erzähl mir eine Geschichte, Jase«, sagte ich. »Über deine Vorfahren.« Egal was.

Also erzählte er mir von Miandre. Sie war die Urmutter aller Ballengers. Von ihr stammte die ganze Dynastie ab. Miandre kam zusammen mit Greyson und der Gruppe von Verbliebenen nach Torsfeste. Damals war sie dreizehn. Obwohl sie selbst noch ein Kind war, musste sie mit Greyson die Führerschaft übernehmen, denn alle anderen waren jünger. Genau wie Greyson hatte sie zugesehen, als Plünderer den letzten Rest ihrer Familie umbrachten. Seitdem teilten beide dasselbe Ziel: Sie wollten für die Gruppe einen sicheren Ort schaffen, wo niemand sie mehr bedrohen konnte. Die von ihnen gegründete Festung wuchs über die Jahrhunderte, Stein um Stein, aber mit den beiden hatte Torsfeste ihren Anfang genommen. »Wir waren das erste Land nach der Zerstörung, oder wie ihr Vendaner es ausdrücken würdet, das erste Königreich.« Ich hörte den Stolz in seiner Stimme. Sogar in seinen Augen tanzte ein besonderes Licht, wenn er davon sprach.

Die Königreiche Morrighan, Venda und Dalbreck hatten eine lange gemeinsame Geschichte, in denen sich viele Ereignisse überschnitten und vermischten. Aber alle stimmten überein, dass nach der Zerstörung als Erstes Morrighan gegründet worden war, nicht irgendeine abgelegene Felsfestung, von der bis vor Kurzem noch niemand gehört hatte. Sogar Venda war nur eine Wildnis ohne offiziellen Namen gewesen, bevor die ersten

Grenzen gezogen wurden. Torsfeste war klein und isoliert, also überraschte es nicht, dass Jase von der Geschichte des ganzen Kontinents wenig wusste. Ich hatte das meiste davon selbst erst gelernt, als ich ins Sanctum gekommen war.

»Und das alles ist in den Büchern niedergeschrieben, von denen du mir erzählt hast?«

»Ja«, sagte er, ohne zu zögern, »jedes Wort. Der letzte Befehl von Chefkommandeur Ballenger an seinen Enkel hat gelautet, alles aufzuschreiben. Also tat er das, genau wie die anderen Verbliebenen. Größtenteils stammen die Aufzeichnungen allerdings von Greyson und Miandre. Es dauerte noch fast ein Jahrzehnt, bis die beiden heirateten und die Dynastie der Ballengers begann. Sie haben gemeinsam acht Kinder bekommen.«

Nachwuchs. Ein sensibles Thema. Die Ballengerfrauen schienen recht fruchtbar zu sein.

Ich hatte mich vorgesehen, nie die Grenze zu übertreten, die Jase und mich für immer zusammenketten würde – hier draußen hatten wir kein anderes Mittel, uns davor zu schützen. Da ich selbst ein vaterloses Kind war, wollte ich kein weiteres in die Welt setzen, schließlich wusste ich nur allzu gut, wie schwierig so ein Leben sein konnte. Unsere kleine Welt würde in ein oder zwei Tagen verschwinden, wenn die Wirklichkeit uns einholte, und bald darauf würde ich nach Venda zurückkehren. Jase versuchte nie, mich umzustimmen. Anscheinend wollte er diese Grenze genauso wenig überschreiten. Welchen Illusionen wir uns im Moment auch hingaben, seine Pflichten riefen ihn genauso zurück wie mich, und er war seinem Zuhause treu verbunden. Man sah es an seinem Gesicht und seinem entschlossenen Schritt. Inzwischen hielt er sogar unsere Schlafpausen kurz und erlaubte uns höchstens eine Rast, wenn wir an eine Quelle oder einen schattigen Bach kamen.

»Hat das wehgetan?«, fragte ich und strich mit der Hand über die tätowierten Federn, die seine Schulter und Brust bedeckten.

»Höllisch. Ich war fünfzehn, jung und dumm. Mit solchen Schmerzen hatte ich nicht gerechnet. Ich wollte unbedingt ein Jahr zu früh damit anfangen. Meine Brüder haben ihres erst bekommen, als sie sechzehn waren.«

»Wieso wolltest du nicht warten?«

Er zuckte mit den Schultern. »Wahrscheinlich wollte ich mir und den anderen etwas beweisen. Damals kam es mir wichtig vor. Zwei kleine Geschwister waren unerwartet an einer Krankheit gestorben, wir hatten gerade das erste Mal von den neuen Grenzverträgen gehört – die damals schon ein Jahr alt waren, aber niemand hatte sich die Mühe gemacht, uns einzuweihen –, und dann gab es auch noch einen Überfall auf einen unserer Höfe. Die Plünderer haben alles zerstört und Tote zurückgelassen. Zwei unserer Landarbeiter und meinen Vetter. Unsere ganze Welt schien aus den Fugen zu geraten. Ich schätze, die Tätowierung war mein Versuch, etwas dagegenzusetzen. Etwas Beständiges, um zu zeigen, dass unsere Familie und unser Erbe überleben würden. Mein Vater versuchte mich zu warnen, aber ich war stur und bestand darauf. Als es dann so weit war, heulte ich wie ein Baby – und zwar schon ab der ersten Feder.«

»Du? Stur? Kann ich mir gar nicht vorstellen.«

Er grinste, und sein Blick wurde abwesend, als er sich erinnerte. »Ja, mein Vater schaute die ganze Zeit lächelnd zu und erinnerte mich an den Spruch: *Sieh dich vor, was du dir wünschst.* Er hat extra ein Bild ausgesucht, das schön groß war. Nach der ersten Sitzung musste ich noch dreimal hingehen, bis es endlich fertig war. Das war noch schwerer, aber ich habe es überlebt. Hinterher hat Vater das Ergebnis bei jedem Abendessen vorgeführt, so stolz war er. Eine ganze Woche lang ließ er mich ohne Hemd essen. Ich glaube, damals ist mir klar geworden, dass er mich zum nächsten *Patrei* ernennen würde. Ich dachte bloß nicht, dass ich so schnell an die Reihe komme.«

Seine Miene wurde ernst, und ich war nicht sicher, ob er sich an die Pflichten erinnerte, die ihn erwarteten, oder an den Tod seines Vaters.

Ich strich leicht mit dem Fingernagel über seine Haut und zeichnete die scharfen Umrisse der Federn nach, weil ich ihn aus dieser anderen Welt zurückholen wollte, wenigstens für ein paar Minuten. Seine Augen strahlten wieder auf, und eine ganze Vogelschar flatterte durch meinen Magen, wie jedes Mal, wenn er mich so intensiv ansah. Ich konnte kaum glauben, dass ich bei unserem ersten Treffen nicht gesehen hatte, wie schön seine Augen waren. Aber der Grund dafür war einfach. Mein innerer Widerstand war erst durch seine Freundlichkeit gebrochen worden, als er mich in jener ersten Nacht um ein Rätsel bat. Er hatte eine Schwäche an mir entdeckt und sie nicht ausgenutzt, sondern mir zu helfen versucht, indem er mich an meine Stärken erinnerte. Erst nach dieser Geste hatte seine Augenfarbe eine Rolle gespielt.

Nun schaute er stumm auf mich herab. Unsere Gesprächspausen wurden gefährlicher, die Fragen dahinter vervielfachten sich ständig.

»Was?«, sagte ich schließlich, als er mich immer noch so eingehend studierte, als seien sämtliche Geheimnisse der Welt hinter meinen Augen verborgen.

»Diesmal habe ich ein Rätsel für dich«, erwiderte er.

»Du?«, lachte ich.

»Sei nicht so skeptisch. Ich lerne schnell, wenn man mich richtig motiviert.«

Wunschhalme, Geschichten, Rätsel – das genügte uns für den Augenblick. »Also dann, Jase Ballenger, fang an.«

»Was ist heller als die Sonne,
süß wie Nektar,
seidig wie der Nachthimmel
und so unwiderstehlich wie ein kaltes Bier?«

»Hmm. Hell, süß, seidig und unwiderstehlich? Ich gebe auf.«

»Dein Haar, wenn es durch meine Finger gleitet.«

Ich lachte. »Das ist ein grässlich schlechtes Rätsel. Es ergibt nicht einmal Sinn.«

Er lächelte. »Muss es das denn?«

Sein Gesicht kam näher, und seine Lippen schwebten über dem Haaransatz an meiner Stirn. Ich schloss die Augen, atmete seine Berührung ein und spürte Hitze durch meine Brust schießen. Unendlich langsam wie Sirup wanderten seine Lippen über meine Brauen und die Wange, streiften meine Wimpern und zogen eine Linie bis zu meinem Mund herab. Dort blieben sie sanft liegen und unsere Atemzüge vermischten sich federleicht. Eine schmerzende Unsicherheit lag zwischen uns – *wie lange noch?* –, und wir beide wollten diesen Moment im Gedächtnis festhalten, als könne er jederzeit verschwinden. Doch schließlich wurden seine Lippen fordernder und pressten sich hungrig auf meine.

Wir ließen uns fortreißen, wild und ausgelassen, als würden wir immer noch von einer Stromschnelle mitgewirbelt … und es war mir egal. Zum ersten Mal in meinem Leben war es mir gleichgültig, was morgen geschah. Hunger und Tod waren weit entfernt. Ich genoss das Hier und Jetzt wie ein Festmahl und erlaubte mir nicht, darüber nachzudenken, wer Jase eigentlich war und wer ich war. Im Moment zählten nur wir beide und das Gefühl, das er auf diesem schattigen Flecken Erde in mir hervorrufen konnte. In unserer seltsamen, auf den Kopf gestellten Welt wurde geradezu von uns erwartet, das Morgen zu ignorieren. Es war so natürlich wie das Atmen.

Was geschieht mit uns, Jase? Was ist das hier?

Auf diese Fragen wollte ich nicht wirklich eine Antwort haben.

Schließlich trennten sich unsere Lippen, und Jase rollte sich auf den Rücken. Er stieß einen langen, tiefen Atemzug aus. »Wir müssen weiter«, sagte er. »Das nächste Mal denke ich mir ein besseres Rätsel aus.« Er stand auf und half mir hoch. Wir tranken noch einmal von dem Bach, dann musterte Jase den Pfad vor uns. Ich spürte bereits eine Veränderung in ihm, als würde er die Schritte bis nach Hause zählen. Die Siedlung musste näher sein, als ich gedacht hatte.

Das nächste Mal.

Es würde keine nächsten Male geben. Ich vernahm es im Wirbeln des Windes, dem Glitzern der Sonne, den Stimmen der Geister, die immer noch warnten: *Dreh um!* Ich sah es in der Art, wie seine Aufmerksamkeit mir entglitt. Die andere Welt, in der unser wahres Ich auf uns wartete, rief immer deutlicher nach ihm. Sie begann, das Trugbild auszuhöhlen und ein Loch hineinzudrillen, sodass Echos unsere Vergangenheit hindurchschallten. Die Stimme war laut und stark. Sogar ich konnte sie vernehmen.

Die Berge auf beiden Seiten kamen näher, und das Tal wurde immer schmaler wie eine Fischreuse. Bei den Biegungen hatte man das Gefühl, es wolle uns in seine Armbeuge klemmen. Ich sah Jase den enger werdenden Horizont absuchen. Jeder Hügelkamm, den wir überschritten, ließ seine Anspannung wachsen. Er ging mir jetzt immer einen Schritt voraus.

Meine Finger tanzten die Knöchel seiner Wirbelsäule hoch, und seine Brust weitete sich in einem tiefen Atemzug. Er schaute mich von der Seite an, doch sein Gesichtsausdruck war abweisend.

Ich hatte ihn in seinen Gedanken gestört.

»Heute wird mein Vater begraben«, sagte er.

Der letzte Abschied.

Ich fragte mich, ob der überraschende Tod des Patriarchen dazu geführt hatte, dass Jase ihm nicht mehr alles sagen konnte. Wir können nie wissen, wann jemand für immer aus unserem Leben verschwindet. Wie viele Male hatte ich mit den Göttern um einen einzigen Tag, eine Stunde, eine Minute geschachert? Das war doch nicht zu viel verlangt. Nur eine Minute, um die ganzen ungesagten Dinge loszuwerden. Oder um mich wenigstens richtig zu verabschieden.

»Hättest du ihn gerne noch etwas gefragt?«

Jase nickte. »Vieles. Aber das wusste ich erst, als es zu spät war.«

»Wie ist er gestorben, Jase?« Ich war gespannt, ob er mir inzwischen genug vertraute, um eine echte Antwort zu geben, anstatt wie beim letzten Mal auszuweichen.

»Sein Herz«, sagte Jase, aber es klang eher wie eine Frage. Als könne er es selbst nicht ganz glauben. Oder er überwand sich gerade zum allerersten Mal, es laut auszusprechen. »Niemand hat damit gerechnet. Ein Herzkrampf ließ ihn vom Pferd fallen, und ein paar Tage später war er fort. Die Heiler konnten nichts dagegen tun.« Er blieb stehen und wandte sich um. »Ich habe dir von meiner Familie erzählt und nie etwas von deiner gehört. Kannst du wenigstens in diesem Punkt ehrlich sein? Wie sind deine Eltern gestorben, Kazi?«

Die Worte, die mir auf der Zunge lagen, lösten sich von selbst. Damit hatte ich nicht gerechnet. »Ich habe nie gesagt, dass sie tot sind.«

»Du redest über Berdi und ihre Fischsuppe, über deine Kameraden beim Waffentraining und Leute, denen du irgendwann in fernen Städten begegnet bist, aber deine Eltern erwähnst du nie. Entweder sind sie regelrechte Monster oder tot. Ich sehe doch die Narben, Kazi. Mich kannst du nicht täuschen.«

Ehrlich sein? Das schaffte ich kaum mir selbst gegenüber. Nachdem er sich nun geöffnet hatte, schien das Ungesagte wie ein riesiger dunkler Berg vor mir emporzuwachsen. Wenn ich meine Geheimnisse weiter schützen wollte, musste ich einen noch höheren Berg auftürmen, hinter dem die Wahrheit endgültig verschwand.

»Nicht jede Familie ist wie deine, Jase. Ich sehe meine Eltern kaum. Sie sind nun einmal sehr wichtige Leute. Mein Vater verwaltet eine Provinz im Norden und meine Mutter ist Generalin der Armee. Die beiden sind immer unterwegs, also begegnen wir uns selten.«

Er schwieg eine lange Weile, als müsse er sich meine Antwort erst durch den Kopf gehen lassen, dann fragte er: »Wenn sie nie da waren, wer hat dich dann großgezogen?«

Die Straßen von Venda, Hunger, Angst, Rache, die Händler und Quartierlords, von denen ich weggejagt wurde. Verzweiflung. Eine Welt aus Einsamkeit mitten im Trubel der Stadt – eine Welt, die er nicht einmal im Ansatz verstehen konnte.

»Freunde«, antwortete ich. »Freunde haben geholfen, mich großzuziehen.«

Wir waren die Ärmsten der Armen. Meine Mutter war schön, aber unglaublich jung. Zu jung für ein Kind. Trotzdem brachte sie mich zur Welt und liebte mich. Wir trennten uns fast nie. Was immer sie tat, um ein paar Hände voll Essen zu verdienen, ich war dabei. Sie flickte Kleidung, machte Leuten die Wäsche, flocht Halsbänder für Amulette, und manchmal verkaufte sie auf der *Jehendra* auch die nutzlosen Überbleibsel der Altvorderen, die sie in den Ruinen ausgrub. Viele Vendaner glaubten, damit könne man böse Geister abwehren.

Wir hatten unsere eigene Sprache erfunden, stumme Signale, Zeichen fürs Überleben auf der Straße. Ein unauffälliges Zucken mit dem Finger. Ein Arm starr an die Seite gepresst. Eine Faust neben dem Oberschenkel. Ein Finger am Wangenknochen. *Lauf. Beweg dich nicht. Bleib still. Versteck dich. Ich komme zurück. Lächle.* Denn in angespannten Momenten konnte es zu gefährlich sein, bestimmte Dinge laut auszusprechen.

Er kam mitten in der Nacht. Ich erwachte ruckartig davon, dass mir ein Finger auf die Lippen gepresst wurde: *Schsch, Kazi, bleib jetzt ganz still.* Der Druck einer Hand befahl mir, mich langsam zwischen dem Bett und der Wand auf den Boden sinken zu lassen, um mich zu verstecken. Von unten sah ich gelbliches Licht flackern und über die Wände tanzen, als er näher kam. In unserem Unterschlupf gab es keinen zweiten Ausgang und auch keine Waffen. Nur einen stabilen, angespitzten Stock, der in einer Ecke lehnte. Meine Mutter erreichte ihn nicht mehr rechtzeitig. Der Mann warf sich aus der Dunkelheit auf sie und packte sie von hinten.

»Ich habe nichts«, ließ sie ihn sofort wissen, »nicht einmal Essen. Es gibt keinen Grund, mir etwas zu tun. Bitte.«

»Ich bin nicht wegen Essen hier«, sagte er und ließ seine scharfen Augen durch den Unterschlupf wandern, den wir unser Zuhause nannten. Wir wohnten in einem winzigen Loch in einer leeren Ruine. »Jemand hat ein Auge auf Mädchen wie dich geworfen. Du wirst mir einen hübschen Profit einbringen.« Das bewegliche Licht der Laterne ließ seine Gesichtszüge wandern, als würde er eine gruselige Maske tragen. Die Wangenknochen, das Kinn und die schweißig glänzende Stirn waberten vor und zurück und verzerrten sich monströs. Jedenfalls kam es mir so vor, als ich verängstigt hinter dem Bett kauerte. »Wo ist das Balg, mit dem du heute rumgelaufen bist?«

Bei dieser Frage wurde mir klar, dass ich ihn schon vorher gesehen hatte. Er war ein Previzi-Händler, der heute seinen Wagen an der *Jehendra* ausgeladen hatte. Die Leute hatten sich um ihn geschart, um seine exotischen Waren zu bewundern. Später kam er an der Bude vorbeigeschlendert, wo meine Mutter ihre Amulette herstellte. Er blieb kurz stehen und musterte uns beide, ohne etwas zu kaufen. Das taten die Previzi nie. Vendanische Handelsgüter waren unter ihrem Niveau. Außerdem fürchteten sie weder die Götter noch die Rache der Geister. Previzi brauchten keine Amulette.

»Komm raus, Kind!«, schrie er und hob die Laterne, um bis in die Ecken der Ruine sehen zu können, in der wir wohnten. Er schüttelte meine Mutter durch. »Wo steckt sie?«

Die Augen meiner Mutter glichen schwarzen Tümpeln, in deren Tiefe sich die Angst ausbreitete. »Ich weiß es nicht. Sie ist nicht meine Tochter. Nur ein Waisenkind, das mir manchmal helfen darf.«

Ich wollte zu ihr rennen. Oder zu dem Stock in der Ecke. Aber ich sah ihren Arm, den sie mit verzweifelter Kraft starr an die Seite presste. Die Anweisung war klar. *Beweg dich nicht*. Ihre Faust am Oberschenkel. *Bleib still*. Also schaute ich zu, wie er ihr ein Gefäß an die Lippen presste, wie sie sich vergeblich wehrte und mit einer Hand nach ihm schlug, wie sie hustete und würgte und dann innerhalb von Sekunden schlaff in seinen Armen lag. Ich schaute zu, wie er sie wegtrug. Ihre leblose Hand schwang hin und her, als würde sie mir ein Lebewohl zuwinken.

Lauf los, Kazi. Nimm den Stock. Rette sie. Jetzt.

Aber ich tat nichts dergleichen. Das flackernde Licht der Laterne verschwand, Dunkelheit umhüllte mich, und ich war allein.

Als der Morgen dämmerte, kauerte ich immer noch unter dem Bett und hatte zu viel Angst, um mich zu bewegen. Ich blieb zwei Tage dort, lag in meinen eigenen Ausscheidungen, mir wurde ganz schwach vor Hunger und schwindelig vor Durst. Schließlich kroch ich benommen hervor und suchte die Straßen nach ihr ab. Ich trank aus Waschtrögen und kaute bitteren Thannis, bis ich ihn schlucken konnte. Für Wildkräuter brauchte man kein Geld. An die ersten Monate erinnere ich mich bis heute nur schemenhaft, vermutlich weil ich halb verhungert war. Aber irgendwann hörte ich auf, Angst vor den Händlern zu haben, die mich wegjagten. Ich war hungrig und entschlossen.

Jemand hat ein Auge auf Mädchen wie dich geworfen. Wer? Ein reicher Händler? Ein Quartierlord? *Du wirst mir einen hübschen Profit einbringen.* Ich hatte das Gesicht des Previzi nie vergessen, aber erst Jahre später begriff ich, was seine Worte eigentlich bedeuteten. Als Kind dachte ich, er habe sie geraubt, damit sie Kleider säuberte oder Amulette herstellte, also suchte ich alle Händlerzelte und Waschstellen der Stadt ab. Und nachdem ich besser darin geworden war, mit den Schatten zu verschmelzen, schlüpfte ich in die Unterkünfte sämtlicher Quartierlords und hoffte, dass sie dort zur Arbeit eingesetzt wurde. Ich fand sie nirgends. Sie war spurlos verschwunden, zusammen mit dem Previzi-Händler, der sie geraubt hatte. Vielleicht hatte er sie in eine abgelegene vendanische Provinz gebracht oder in ein fernes Königreich am anderen Ende des Kontinents. Jedenfalls war sie fort.

»Du bist still«, stelle Jase fest.

»Genau wie du.«

»Hungrig?«

Eine dumme Frage, die nur von seinen wahren Gedanken ablenken sollte. Er wirkte nervös. So sehr, dass es auffiel. Ich begann, mich zu fragen, ob es zwischen den Leuten von Casswell und den Ballengers irgendwelche Feindseligkeiten gab, und welche das sein könnten. Die Siedlung befand sich weit außerhalb der Grenzen von Eislandia. Selbst Jase konnte nicht behaupten, dass sie auf dem Land seiner Familie lag. Soweit ich wusste, waren die Siedler auch nie von den Ballengers überfallen worden. Aber es konnte natürlich trotzdem Streitpunkte geben. Neusiedler mussten Handel treiben und die Ballengers kontrollierten offenbar das Handelszentrum der Umgebung. Vielleicht hatte Jase einen guten Grund, angespannt zu sein. Genau wie ich mich nervös fühlen würde, wenn Torsfeste vor uns läge.

Kapitel 17

Jase

Wir waren fast am Ziel. Ich kannte diese Gegend so genau wie jede andere im Umkreis. Mein Puls raste, und in meinem Kopf jagte ein Gedanke den nächsten. Ich musste nach Hause. Rechtzeitig. Wir waren schon so nah. Vielleicht schafften wir es gerade noch. Meine Schuldgefühle würden mich nicht davon abhalten zu tun, was notwendig war. Hier ging es um viel mehr. Um Menschenleben. Einen geschichtsträchtigen Moment. Leute, die sich auf mich verließen.

Ich versuchte, Kazi abzulenken und ihre Aufmerksamkeit in die Ferne zu richten, zeigte auf die Berge im Norden, eine Baumgruppe, eine Felsformation, einen Passweg. Hauptsache, ihr Blick richtete sich nicht nach Süden. Jetzt ging es um Minuten, von denen ich keine einzige verschwenden durfte. Ich hatte bereits das Wachgebäude erspäht, das hoch auf einer Felsnase lag und das Tal überblickte. Es ließ sich schwerer entdecken, wenn man nicht wusste, dass es dort war, aber Kazi hatte scharfe Augen. Der Posten würde sich nicht lange vor ihr tarnen können.

Als das Tal eine Biegung machte, kamen grasende Pferde ins Blickfeld. Dahinter stand ein kleines Bauernhaus, in dem der Besitzer lebte.

»Nur ein Haus?«, fragte sie. »Das kann nicht die Siedlung sein.«

»Vielleicht liegen mehr Gebäude am Ende des Tals«, antwortete ich und versuchte, das Unvermeidliche weiter hinauszuzögern.

Dann entdeckte sie die drei Reiter, die den schmalen Pfad vom Wachgebäude heruntergaloppierten und direkt auf uns zukamen. »Die sehen nicht wie harmlose Siedler aus.«

»Ich bezweifle, dass wir uns Sorgen machen müssen.«

»Doch«, widersprach sie. So einfach ließ sie sich nicht überzeugen. »Vendanische Siedler tragen keine derartigen Waffen. Diese Leute sind auf Ärger aus.«

Als die Männer näher kamen und Kazi ihre strahlenden Mienen sah, strafften sich ihre Schultern ruckartig. Sie drehte sich langsam zu mir um. Ihre Lippen öffneten sich ansatzweise, während sich in ihr eine dumpfe Erkenntnis breitmachte. Ihr Blick huschte wieder zurück zu den Männern, und ihr wurde klar, was meine Sorglosigkeit in Wahrheit zu bedeuten hatte. Man konnte den Wachposten an den Gesichtern ablesen, dass sie mich erkannten. Dicht vor uns hielten sie ihre Pferde an, und einer von ihnen sagte: »*Patrei*, wir haben nach dir Ausschau gehalten und gehofft, dass du hier vorbeikommen würdest.«

Kazi drehte sich ganz in meine Richtung und für ein paar Sekunden waren ihre Augen kalt und tödlich, bevor Zorn darin explodierte. »Du dreckiger …«

Sie holte mit dem Stock aus, aber ich hatte den Angriff erwartet, fing ihn ab und zog Kazi an meine Brust. »Was sollte ich deiner Meinung nach tun?«, fragte ich. »Einfach in eine vendanische Siedlung spazieren, damit du mich festnehmen oder Schlimmeres tun kannst? Sich friedlich zu trennen, gehörte doch nie zu deinen Plänen. Deine Lügen sind leicht zu durchschauen, Kazi.«

Ihre Brust hob sich keuchend und sie funkelte mich an, unfähig zu widersprechen. »Weg von mir!«, knurrte sie und ließ den Stock los. Sie brachte so viel Abstand zwischen uns, wie die Kette erlaubte, noch immer kochend vor Wut. Ich hatte keine Zeit für Erklärungen oder Beschwichtigungen. Das konnte ich später versuchen.

Ich schaute zu Boone hinauf, der den Posten befehligte. »Reite hoch und hol Werkzeug, damit wir die Kette von unseren Füßen abkriegen«, befahl ich. »Foley, bring uns etwas zu essen. Und ein zusätzliches Pferd.«

»Nicht zwei?«

»Nein. Sie wird mit mir reiten.« Ich konnte nicht darauf vertrauen, dass Kazi sonst an meiner Seite bleiben würde, und ich hatte keine Zeit, ihr notfalls nachzujagen.

»Habt ihr einen Boten bei euch?«, fragte ich.

»Aleksi wartet oben«, antwortete er.

»Bring ihn auch gleich mit.«

Während wir darauf warteten, dass Boone und Foley zurückkamen, erzählte Tiago, die Familie habe Suchtrupps in alle Richtungen geschickt, um mich zu finden. »Am Ende haben wir zwar die Menschenhändler erwischt, aber ihr Karren war leer und die Fußspuren zu verstreut.«

»Es gab vier weitere Gefangene«, erklärte ich. »Als wir geflüchtet sind, haben wir uns verteilt. Um die Sklavenjäger habt ihr euch gekümmert?«

Er nickte. »Alle tot. Aber einer von ihnen hat noch eine Weile gebettelt, bevor wir ihn getötet haben. Er hat gesagt, jemand habe im Voraus für eine volle Ladung bezahlt und ihnen erlaubt, die Gefangenen dann als Minenarbeiter zu verschachern, sodass sie gleich doppelten Profit herausschlagen konnten.«

Im Voraus bezahlt? Das klang unmöglich. Menschenhändler waren wie Geier, und niemand würde ihnen Geld geben, bevor sie ihren Teil des Auftrags erfüllt hatten. Die illegalen Minen waren die einzigen, die Handel mit ihnen trieben. »Vielleicht hat er gelogen«, sagte ich.

Tiago schüttelte den Kopf. »Glaube ich nicht. Ein Messer an der Schläfe bringt jeden zum Reden. Er hat gesagt, sie hätten sich sonst nie in die Nähe von Höllenrachen gewagt, aber das Angebot war zu gut, um zu widerstehen.«

»Wer hat sie bezahlt?«

»Wusste er nicht. Ein Mann hat sie angesprochen, ohne seinen Namen zu nennen. Er hat gedroht, wenn sie ihn betrügen und den Auftrag nicht wirklich ausführen, dann würde er davon erfahren.«

Niemand gab Geld für Waren aus, die er nicht haben wollte. Außer, es ging ihm um ein anderes Ziel. Was der Mann wirklich gekauft hatte, war Panik in der Stadt – und Wut auf die Ballengers, weil sie ihre Bürger nicht gut genug beschützten. Jemand versuchte, uns loszuwerden.

»Habt ihr andere Gefangene gefunden?«

»Drei. Der Schmied war tot und die restlichen beiden in schlimmem Zustand. Wir sind nicht sicher, ob sie durchkommen, aber jedenfalls haben wir sie nach Torsfeste gebracht. Dort kümmert sich die Heilerin um sie.«

»Gut. Bevor sie nach Hause geschickt werden, muss jemand ihnen klarmachen, dass sie über ihre Erlebnisse nicht reden dürfen. Vor allem nicht über mich.«

»Schon geschehen. Sie wissen, wie wichtig es ist, den Mund zu halten.«

»Sucht weiter nach dem vierten Gefangenen. Er muss noch irgendwo da draußen sein. Wir wollen nicht, dass er in die Stadt getaumelt kommt und alles erzählt.« Ich zeigte auf Kazi. »Was ist mit den anderen Rahtan? Habt ihr sie gefunden?«

Tiago zögerte und warf einen Blick auf Kazi. »Man hat sie nach Torsfeste gebracht, aber sie reden nicht.«

Ihre Augen waren hart wie Stahl. Diese Entwicklung behagte ihr noch weniger. Jetzt würde ich nichts mehr aus ihr herausbekommen. Zumindest nicht für eine Weile.

»Wir hatten noch anderen Ärger«, fügte Tiago hinzu.

Er erzählte, dass es seit meinem Verschwinden sechs Feuer in sechs verschiedenen Stadtvierteln gegeben hatte. Zwei Wohnhäuser waren vollständig abgebrannt. Niemand war dabei umgekommen, aber da es für die Brände keine Erklärung gab, machte sich Misstrauen breit. Die Leute in der Stadt wurden nervös. Außerdem hatten unsere Wachen einen Überfall auf eine Gitos-Karavane verhindert. Zwei der Fahrer waren verletzt worden.

Ich fluchte. Ein unbekannter Feind versuchte, Unruhe in Höllenrachen zu stiften, und attackierte uns von allen Seiten. Oder vielleicht auch mehrere Feinde.

Boone brachte aus dem Posten verschiedene Hämmer und Meißel mit, schlug auf das rostige Schloss an meinem Knöchel ein und probierte so lange herum, bis es abbrach. »Das Schloss bei ihr auch?«

Kazi war überraschend schweigsam geblieben, aber ihr finsterer Blick sprach Bände. Mit Sicherheit plante sie bereits, wie sie mir alles heimzahlen konnte. »Ja«, antwortete ich. »Bei ihr auch.«

Ich rieb mir den Knöchel, wo die Fußschelle meine Haut wund gerieben hatte. Kazi tat dasselbe und beäugte mich misstrauisch. Wir waren endlich wieder getrennt.

Dann kam Foley mit dem Pferd, auf dem Kazi und ich sitzen würden, und gleich darauf auch der Bote Aleksi. Er war ein schneller Reiter und würde mit seinem jungen Phesia-Hengst deutlich früher ankommen. Während ich die Steigbügel an meinem Pferd einstellte, instruierte ich ihn: »Reite voraus. Nimm

Greysons Tunnel. Es ist wichtig, dass man uns aus Torsfeste kommen sieht, nicht aus der Stadt. Ruf nach Kleidung. Egal was. Bring sie zu uns, damit wir sie auf dem Weg überziehen können. In diesen Fetzen können wir uns nicht blicken lassen. Frauenkleider brauchen wir auch. Schau bei Jalaine nach. Dann reite zurück und versuch, die Zeremonie zu verzögern. – Denk an Schuhe!«, rief ich ihm noch hinterher, als er losgaloppierte.

Ich hatte keine andere Wahl, als Kazi mitzunehmen. Während des Ritts konnte ich mit ihr reden und sie überzeugen, dass sie mitspielen musste und mir nicht widersprechen durfte, egal was ich sagte. Vielleicht konnte ich ihr klarmachen, worum es ging. Die Wölfe strichen bereits durch Höllenrachen. Torsfeste war mit Sicherheit ihr nächstes Ziel.

Kapitel 18

Kazi

Ich funkelte Jase an.

Aber innerlich wollte ich mich vor Lachen ausschütten.

Natürlich war ich trotzdem noch wütend. Er redete über Ehrlichkeit und zwei Minuten später entblößte er seine eigenen Lügen wie die Reißzähne eines Candok. Sie waren mir in den Leib gedrungen, scharf und unerwartet.

Doch nach dem ersten Schock musste ich schnell meine Befriedigung verbergen. Was für ein erstaunliches Glück! Er brachte mich geradewegs an den Ort, wo ich von Anfang an hinwollte: Torsfeste. Ich musste mich nicht hineinschleichen oder in Höllenrachen für so viel Ärger sorgen, dass ich dort im Arrest landete. Stattdessen wurde ich vom *Patrei* persönlich hineingeleitet. Welch süße Ironie. Eines Tages würde ich sie ihm mit Vergnügen in den Hals stopfen.

Von dem Moment an, als die Reiter uns im Tal abfingen, war er wie verwandelt. Ich schaute zu, wie er zu einem anderen Mann wurde. Dem *Patrei*. Sein Gesicht verhärtete sich, während er Befehle bellte. Die ganzen Pläne, die er während der letzten Meilen im Stillen geschmiedet hatte, ratterten aus ihm heraus, als sei er der kommandierende General einer Armee. Seine gehorsamen Soldaten überschlugen sich vor Eifer, alles zu befolgen. Ich war so töricht gewesen, mir einzubilden, dass er während dieser schweigsamen Meilen über uns beide nachgedacht hatte.

Sein Befehlston endete nicht etwa bei seinen bewaffneten Raufbolden. Wir verschlangen ein paar Bissen Brot, Pökelfleisch und einen Schluck Bier, dann kommandierte er mich auf das gemeinsame Pferd. Er sorgte dafür, dass ich mir die Zügel nicht schnappen konnte, während er hinter mir aufstieg und wir losritten. Obwohl man ihm die Eile anmerkte, ließ er das Pferd in einem gleichmäßigen Trab laufen, damit es nicht außer Atem kam. Ich nahm also an, dass wir noch einige Meilen vor uns hatten.

Ich blieb bei meinem wütenden Schweigen, obwohl ich ein Grinsen nicht unterdrücken konnte, wann immer ich sicher war, dass er nicht hinschaute. Er redete beim Reiten auf mich ein und versuchte, sich dafür zu rechtfertigen, dass er mich über die Lage der Siedlung angeschwindelt hatte. Er hatte angenommen, dass ich nicht freiwillig mitkommen würde, wenn ich fürchten musste, von ihm in Schutzhaft genommen zu werden.

»Darauf läuft es also hinaus? Du nimmst mich in Schutzhaft?«

Meine ersten Worte seit Langem überrumpelten ihn und er stotterte bei der Antwort. »Ich … ja. Nur, bis wir das alles aufgeklärt haben.«

Aufgeklärt? Was denn? Ganz offensichtlich war ich für den Ärger in Höllenrachen nicht verantwortlich, genauso wenig wie Wren und Synové, da man sie gefangen genommen hatte. Diese Neuigkeit schockierte mich immer noch. *Wie hatte das geschehen können?* Hatten sie zu lange am Ende der Gasse gewacht und auf mich gewartet? Und mit welcher Begründung hielten die Ballengers sie fest? Als Rahtan war es ihr gutes Recht, einen Bruch der Grenzverträge zu untersuchen. Vor allem konnte ich mir schwer vorstellen, wie man sie überhaupt überwältigt hatte. Wren und Synové waren mehr als kompetent, und die Truppe, die Jase damals bei sich gehabt hatte, war genauso verkatert gewesen wie er selbst. Falls man meine Kameradinnen in Torsfeste gefangen hielt …

Falls. Ein anderer Gedanke schlich sich ein. Vielleicht hatten die Ballengers sie überhaupt nicht in Gewahrsam. Tiago hatte einen Moment gezögert, als Jase die beiden erwähnte. *Sie reden nicht*. Klar, wenn sie in Wirklichkeit gar nicht in Torsfeste waren. Normalerweise redete Synové wie ein Wasserfall. Vielleicht suchten die bewaffneten Horden der Ballengers immer noch nach ihnen, und sie wollten nicht, dass ich darüber Bescheid wusste. Als Druckmittel. Sie würden versuchen, mich mit meinen angeblich gefangenen Freundinnen zu erpressen. Ich unterdrückte ein weiteres Grinsen. Da würde ich doch sehr gerne mitspielen.

Inzwischen fühlte ich mich mehr wie die alte Kazi. Zurück auf der richtigen Spur. Nun gab es wieder klare Grenzen zwischen uns. Ich konnte die letzten Tage mit Jase genauso leicht vergessen, wie er es getan hatte.

Wir wurden langsamer, als wir einen Bach überqueren mussten, und Jase lehnte sich vor, sodass sein Kinn über meine Wange strich. »Kaz…«

Ich schubste ihn mit der Schulter weg und mein Ellbogen rammte sich rückwärts in seine Rippen.

Zu meiner Befriedigung hörte ich ein leises *Uff*.

Ich schüttelte ungläubig den Kopf. Was sollte denn das für ein Spielchen werden?

Nachdem wir den Bach hinter uns gelassen hatten, beschleunigte er das Tempo. »Hast du vor, überhaupt nicht mehr zu reden?«

Genau.

»Wir gehen direkt zum Begräbnis meines Vaters. Dort wird alles voller Leute sein. Du musst mir versprechen, dass du bestätigst, was immer ich sage.«

Ich blieb stumm.

»Wenn es sein muss, werfe ich dich einfach hier vom Pferd und lasse dich zurück. Ist dir das lieber?«

Nein, das würde er nicht machen, sonst hätte er es nämlich schon beim Wachposten getan. Jase brauchte mich für irgendetwas. Ich war neugierig genug, um anzubeißen, aber nicht so sehr, dass ich ihm alles auf einem Silbertablett servieren wollte. Außerdem würde er nur misstrauisch werden, wenn ich mich zu nachgiebig zeigte.

»Ich schätze, du musst dich überraschen lassen, was für ein Klotz am Bein ich noch werde.«

Ich spürte seinen Zorn in Wellen gegen meinen Rücken branden und fragte mich kurz, ob ich meinen Wert überschätzt hatte. Etwas nervös beäugte ich die steinige Landschaft. Hier von einem Pferd geworfen zu werden, wäre nicht angenehm.

Der Weg führt als Nächstes bergauf, und der Hengst musste sich bei dem flotten Tempo anstrengen, aber man merkte, dass Jase ganz genau wusste, wie weit er sein Tier treiben konnte. Schon bald würde das Pferd sich ausruhen können, denn als wir die nächste Baumgruppe hinter uns ließen, begrüßten uns die trutzigen Mauern von Torsfeste. Eine Vielzahl von Türmen ragte in die Luft. Sie glichen spitzen schwarzen Nadeln, die in den Himmel stachen. Wenn das Gebäude zur Abschreckung gebaut war, erfüllte es seinen Zweck sehr gut. Auf einer Seite ragte die monströse Steinkonstruktion bis an einen steilen Abgrund heran, und der Rest wurde von einer hohen Mauer umschlossen. Auch sie war mit Türmen besetzt und verschwand in Kurven außer Sicht. Die Anlage war entschieden größer, als ich sie mir vorgestellt hatte – dabei sah ich nur einen Teil von ihr. Wir ritten auf einen Abschnitt der Mauer zu, der sich wie ein vergilbtes schwarzes Band an der Bergflanke hinunterwand. Ein schweres

Fallgitter wurde hochgezogen, als wir näher kamen. Man hatte uns bereits erwartet.

Nachdem wir das Tor hinter uns gelassen hatten, sah ich Greysons Tunnel vor uns liegen. Er war ein echtes Wunder der Baukunst. Man hatte ein halbmondförmiges Loch in eine Bergflanke aus solidem Granit geschnitten, das breit genug für einen ganzen Armeetrupp war und so hoch, dass fünf Männer übereinander darin stehen konnten. Am Rand zeigte die Öffnung typische Anzeichen des Alters. Die Risse im Stein sahen aus wie Runzeln um den Mund eines Greises. Dieser Tunnel war nicht das Werk gewöhnlicher Menschen. Die Altvorderen hatten ihn geschaffen. Wir ritten weit in die künstliche Höhle hinein und das Hufgetrappel unserer Pferde hallte von den Granitwänden zurück. Die Luft war kühl und durchdrungen vom Geruch uralter Geschichte. Außerdem roch es nach Stroh, Pferden und Schweiß. Ein metallischer Geschmack lag mir auf der Zunge. Ich konnte nicht sehen, wie weit der Tunnel sich erstreckte, aber er kam mir endlos vor. Von irgendwo hörte ich den hohlen Widerhall von tropfendem Wasser. Im Tunnel herrschte ansonsten ein lebendiges Treiben. Karren wurden mit Waren beladen, Stalljungen führten Pferde am Zügel, Arbeiter eilten geschäftig die Treppen auf und ab, die aus den Tunnelseiten oder der halbrunden Decke einmündeten.

Ich erstellte im Kopf eine Karte von jedem Meter, den wir zurücklegten. Im Tunnel gab es nicht viele Verstecke, aber dafür jede Menge wunderbarer Schatten, die mir bei Entdeckungstouren nützlich sein konnten. Nach einem Teil des Weges zweigte ein kleinerer Seitengang ab. Laternen an der niedrigen Decke hüllten ihn in einen geheimnisvollen gelblichen Schein. An der Wand gleich neben dem Eingang war etwas eingemeißelt … ungefähr wie ein Wirtshausschild. Das kreisrunde Zeichen war mit der Zeit verwittert und nur schwach zu sehen. Bloß der Rest eines Adlerflügels war noch klar zu erkennen. *Das Wappen der Ballengers?* Also waren Jase' Geschichten keine Märchen? Hatte Greyson Ballenger vor Jahrhunderten auf dieses Zeichen geblickt? Wie auch immer, ein altes Wappen bewies noch lange nicht, dass Jase und seine Familie über das erste Königreich herrschten. Genauso wenig wie sieben Wasserfälle bewiesen, dass eine Göttin ihrem verlorenen Geliebten nachweinte.

Ein lautes Krachen hallte durch den Gang, als eine Holzpalette an einem komplizierten Flaschenzug auf den Boden rumste. Mein Puls schoss in die Höhe. Plötzlich kam ich mir vor, als sei ich im Bauch einer dunklen, makabren Maschine gelandet, deren Räderwerk in einem streng geordneten Rhythmus tickte und nur auf den nächsten Befehl ihres Herrn wartete: Jase Ballenger.

Er schwang sich vom Pferd und packte mich an der Taille, um mich ebenfalls absitzen zu lassen. »Hier entlang«, sagte er.

Mit schnellen Schritten eilte er voran und erwartete, dass ich ihm folgte. Im Gehen streifte er sich die Kleidung ab. Sein Gürtel fiel zu Boden, dann seine Hose. *Lieber Himmel, nicht auch noch seine …*

Seine Unterhose war als Nächstes dran. Jase war so nackt, wie die Götter ihn erschaffen hatten. Aber mein Blick wurde schnell von den Bediensteten versperrt, die sich in Scharen auf ihn stürzten. Sie reichten ihm feuchte Tücher, damit er sich den Schmutz vom Gesicht waschen konnte, ein neues Hemd, eine Hose, eine Jacke. Währenddessen eilte er unbeirrt weiter und hüpfte kurz auf einem Fuß, um die Stiefel anzuziehen. Er benahm sich, als sei jede verlorene Sekunde eine Katastrophe. Auch mich umschwärmte nun eine Dienerschar, und obwohl ich die gewärmten feuchten Tücher gerne entgegennahm und mein Gesicht reinigte, weigerte ich mich strikt, in einem belebten Höhlengang vor Dutzenden von Zuschauern alle Hüllen fallen zu lassen. Anscheinend hörte Jase meinen geknurrten Protest, denn er drehte sich um und sagte: »Dann zieh das Kleid eben über die Hose. Ist mir egal!«

Also tat ich genau das. Zwar waren wir beide immer noch verdreckt von den Tagen in der Wildnis, aber durch die feuchten Tücher wirkten wir auf den ersten Blick präsentabel. Die frische Kleidung tat ihr Übriges. Leider gehörte das Kleid einer Person, die zierlicher war als ich. Der Rock endete ein gutes Stück über meinen Knöcheln, sodass ich die Hose darunter bis zu den Knien aufrollen musste. Die langen Ärmel hörten am Unterarm auf, und das Oberteil zuzuknöpfen, war völlig unmöglich. Ich konnte es gerade so unter den Brüsten schließen.

»Ausatmen«, befahl eine Dienerin und zerrte, bis der Stoff sich über meinem Busen spannte und die beiden letzten Knöpfe sich schließen ließen. *Und wann darf ich wieder einatmen?*, fragte ich mich. Die Dienerin war eine alte Dame mit leuchtend silbernem Haar. Die seltsame Situation und die ganze Aufregung schienen sie nicht aus der Ruhe zu bringen. »Oleez«, stellte sie sich schlicht vor und warf ein Paar Damenpantoffeln vor mir auf den Boden, damit ich hineinschlüpfte. Sie waren ebenfalls eng, aber für kurze Zeit erträglich. Dann nickte sie Jase zu, und ich drehte mich um. Er stand ungeduldig vor einem weiteren Seitengang. Ein Diener rasierte ihm mit schnellen, sicheren Handbewegungen die Stoppeln vom Kinn. »Das muss reichen«, entschied Jase und wischte sich mit einem Handtuch übers Gesicht. »Gehen wir.«

Von einer echten Verwandlung konnte man nicht gerade sprechen. Wir sahen immer noch mitgenommen aus, aber wir ähnelten wohl immerhin dem Bild, das Jase in der Öffentlichkeit präsentieren wollte. Der Tunnel war gerade breit genug, damit zwei Leute nebeneinander gehen konnten. Ich warf einen Seitenblick auf Jase, dessen Kiefer hart angespannt war. Dann erreichten wir eine Tür, und als wir hindurchtraten, wurde ich von hellem Sonnenlicht geblendet.

Meine Hand schoss nach oben, um die Augen abzuschirmen, und ein wildes, ohrenbetäubendes Bellen und Knurren setzte ein. Als meine Pupillen sich an die Helligkeit gewöhnt hatten, sah ich zwei riesige schwarze Hunde auf mich zurasen. Sie schnappten mit gebleckten Zähnen, die enorm scharf aussahen. Ich keuchte erschrocken. Die zwei oberen Knöpfe meines Kleids sprangen ab und rollten klimpernd über die Pflastersteine. Ich wich zur Tür zurück, aber Jase legte seine Hand auf meinen Rücken und stoppte mich.

»*Vaster itza!*«, rief er, was die Tiere auf der Stelle anhalten ließ. Sie senkten die Köpfe, wimmerten kurz und legten sich gehorsam hin. »Die Hunde kennen dich nicht«, erklärte Jase gelassen, »und du hast eine schnelle Bewegung gemacht.«

Meine Augen beschatten? Das war schon zu viel?

Die Hunde waren ein weiterer Grund, warum Torsfeste als unbezwingbar für Eindringlinge galt. Sie waren ein noch besserer Schutz als die beeindruckenden Mauern. In Venda hatte ich mich nie mit Hunden abgeben müssen. Es gab keine. Sie waren alle aufgegessen worden.

Torsfeste war kein schlichtes Zuhause, sondern eine atemberaubende Trutzburg. Und die Männer auf den Türmen und an den Eingängen waren keine schlichten Wachen. Sie waren loyale Krieger und würden jeden töten, der auch nur falsch blinzelte.

Wir traten auf einen großen Innenhof hinaus und eilten im gleichen Tempo wie vorher auf ein mit Metallplatten verstärktes Tor zu. Dann schaute ich nach rechts, und mir stockte der Atem. Bisher hatte ich das Festungsgebäude nur aus der Ferne gesehen, jetzt ragte es bedrohlich direkt über uns auf. Jase merkte, wie ich hochstarrte und automatisch meine Schritte verlangsamte. Er beäugte die fehlenden Knöpfe an meinem Kleid.

»Geht es dir gut?«

»Halt die Klappe«, gab ich zurück. Er hatte kein Recht, besorgte Fragen zu stellen. Doch als wir weiterhasteten, notierte ich innerlich, dass er mehr Aufmerksamkeit für mich übrig hatte, als mir klar gewesen war.

Wir folgten einer langen Bergstraße abwärts, und dann lag ganz Höllenrachen vor uns ausgebreitet. Die ausufernde Stadt bot ein beeindruckendes Bild. Besonders die kreisrunde Formation der Tembrisbäume war von hier oben besser zu sehen und wirkte noch überirdischer als zuvor.

Nach einer scharfen Kurve befanden wir uns ganz plötzlich am Ziel. Vor uns im Laubschatten lag ein Friedhof voller Grabplatten, Statuen und Gedenksteinen. Auf der grünen Wiese hatte sich eine Menschenmenge versammelt und schaute uns entgegen. *Himmel, was tat ich hier eigentlich?* Was konnte Jase mit mir vorhaben? Menschenopfer spukten mir durch den Kopf. Würde man mich zusammen mit seinem Vater in die Grabkammer sperren? Mir war klar, dass meine Fantasie mit mir durchging und bizarre Möglichkeiten abklopfte, aber ich verstand einfach nicht, warum Jase dieses enorme Risiko einging. Er hätte mich nicht hierher mitnehmen müssen. Anscheinend vertraute er darauf, dass ich nichts ausplauderte. Was würden die Leute davon halten, dass der *Patrei* von ein paar plumpen Idioten aus seiner eigenen Stadt entführt worden war? Er hätte mir besser nicht vertrauen sollen. Was immer uns vorher verbunden hatte, war vorbei.

Ich ging automatisch langsamer, als wir näher kamen und sich alle Köpfe in unsere Richtung drehten. Aber Jase' Hand lag fest auf meinem Rücken und schob mich vorwärts. Selbst in dieser

Situation überflog ich wie immer alle Gesichter. Gewöhnlich suchte ich nach den Geistern meiner Vergangenheit, diesmal auch nach dem Mann, den die Königin so sorgfältig beschrieben hatte. Niemand fiel mir ins Auge.

Die Menge bestand aus Hunderten von Leuten, doch als wir den äußeren Rand erreichten, öffnete sie sich und machte still und respektvoll Platz für Jase. Das Bild erinnerte an eine Schere, die Stoff zerschnitt und zu beiden Seiten aufrippeln ließ. Als unser Blick schließlich bis in die Mitte reichte, sahen wir dort eine kleine Gruppe, die vor einer geöffneten Gruft wartete.

Sie standen Schulter an Schulter, ernst und stolz. Nur zwei Kinder durchbrachen die Formation, sobald sie Jase erblickten, kamen auf ihn zugerannt und riefen seinen Namen. Er kniete sich nieder und fing sie in seinen Armen auf. Nacheinander umarmte er beide ganz fest und verbarg das Gesicht in ihren Haaren, als wolle er sie einatmen. Ich sah ihre kleinen, blassen Hände, die sich in den Falten seiner Jacke festkrallten und ihn am liebsten nie wieder loslassen wollten. Jase schien es umgekehrt genauso zu gehen. Ich fühlte meine eigene Kehle eng werden und teilte den Schmerz in seiner Brust. Erst nach einer Weile löste er seinen Griff, wischte mit dem Daumen die Tränen von der Wange des Jungen und flüsterte ihm leise zu: »Jetzt ist alles wieder gut. Los, geh schon.« Er stupste das Mädchen am Kinn und befahl den beiden, zur Gruppe zurückzukehren. Der Junge schaute kurz auch zu mir hoch, mit feucht verklebten Wimpern und Augen von demselben Tiefbraun wie die von Jase. Dann drehte er sich um und gehorchte seinem Bruder. Das kleine Mädchen folgte ihm.

Seine Familie also. Das war jetzt offensichtlich. Seine Mutter. Seine Brüder und Schwestern. Drei erkannte ich durch Jase' Beschreibungen. Gunner war groß, mit kantigem Gesicht und kurzen dunkelbraunen Haaren, deren Wellen er mit Pomade gezähmt hatte. Titus war stämmig und muskulös. Die sandblonden Haare lockten sich um seine Ohren. Masons lange schwarze Mähne war zu Zöpfen geflochten, und eine gezackte Narbe an seinem Hals hob sich rosig von seiner dunkelbraunen Haut ab. Diese Männer hatte ich schon damals am Tag unseres ersten Zusammentreffens gesehen, als sie neben Jase hergetorkelt waren. Ich versuchte vergeblich, mich an die Namen der übrigen zu erinnern.

Im Gegensatz zu den jüngsten Geschwistern verstand der Rest der Familie, dass es so aussehen musste, als sei er gar nicht fort gewesen. Sie blieben ruhig stehen und warteten, als sei es ganz natürlich, dass er aus Torsfeste kam. Aber der angespannte Kiefer seiner Mutter sprach Bände. Ich sah, wie sie vermutlich zum ersten Mal voll und tief einatmete, seit ihr Sohn verschwunden war. Jase verließ den Platz an meiner Seite und trat zu ihr. Er umarmte sie mit zurückhaltendem Respekt und flüsterte ihr dabei schnell etwas ins Ohr. Dasselbe tat er bei seinen Brüdern und Schwestern. Von den überschäumenden Gefühlen der Jüngsten war hier nichts zu merken. Alle hielten sich sorgfältig im Zaum und begrüßten sich so förmlich, wie der Anlass es verlangte. Schließlich hatten sie Jase angeblich erst vor ein paar Stunden gesehen, und die Menschenmenge um uns herum beobachtete alles genauestens.

Eine der Schwestern nahm mich und mein Kleid in Augenschein. Ich vermutete, dass es eigentlich ihr gehörte. Sie wirkte jünger als ich und war ein paar Zentimeter kleiner. *Schau bei Jalaine nach*, hatte Jase gesagt, soweit ich mich erinnern konnte. Ich stand einige Meter entfernt von ihm und den anderen, mitten in der Gasse, welche die Menge gebildet hatte. So allein fiel ich peinlich auf und fragte mich, was ich jetzt machen sollte. Nachdem Jase seinen letzten Bruder umarmt hatte, wandte er sich dem Priester zu, der am Rand der Gruppe wartete. Sie wechselten einige leise Worte, dann drehte sich der Geistliche in seiner weiten rot-goldenen Robe zur Menge um und sagte, er würde das Grab segnen, damit die Prozession und die Leichenschau beginnen könnten. Er verschwand in der Gruft, woraufhin die Ballengers und die Zuschauer sich ein wenig zu entspannen schienen. Jase wandte mir immer noch den Rücken zu und redete mit seiner Mutter. Auch andere begannen leise Gespräche, doch dann trat ein Mann aus der Menge in den Zwischenraum.

»Jase, wie erfreulich, dich endlich zu sehen. Ich dachte schon, du kommst überhaupt nicht mehr.« Abrupt breitete sich wieder Stille aus, während der Mann vorwärtsschritt. Er war jung, groß und schlank, mit dunkelroten Haaren, die an den Seiten kurz geschoren und hinten zu einem Pferdeschwanz gebunden waren. Seine enge schwarze Jacke brachte die breiten Schultern zur Geltung, und die Stiefel waren so blank poliert, dass sie glänzten. »Seit dem Tod deines Vaters hast du dich ziemlich rar gemacht. Niemand hat dich mehr gesehen. Man sollte denken, ein neuer *Patrei* würde sich öfter blicken lassen, besonders bei den ganzen Vorbereitungen für die Beisetzung.«

Jase versteifte sich, er drehte sich um und musterte den Mann von oben bis unten. Jedes der unauffälligen Anzeichen von Wut, die ich an ihm kannte – das gehobene Kinn, die gespannte Oberlippe, der harte, starre Blick – waren auf seinem Gesicht eingemeißelt. »Willkommen, Paxton. Ich sollte wohl nicht überrascht sein, dich hier anzutreffen. Mir war, als hätte ich Wölfe heulen hören.«

»*Jase*, wir sind doch eine Familie. Das kann ich inzwischen besser wertschätzen, also hoffe ich, du nimmst mir die Verfehlungen meiner Jugend nicht übel. Damals war ich unerfahren und arrogant, aber heute weiß ich, wo mein Platz ist. Nämlich hier. Es ist nur recht und billig, dass ich einem Blutsverwandten meinen Respekt zolle.«

»Nur recht und billig«, stimmte Jase zu. »Mein Vater hat deinen Respekt durchaus verdient.«

»Genau wie Jase als der neue *Patrei*«, fügte Mason hinzu.

Paxton nickte und trat ein paar Schritte näher. Er trug ein Schwert am Gürtel, Jase dagegen war unbewaffnet. Ich warf einen schnellen Blick über die Menge und fragte mich, wie viele Leute wohl zu diesem Mann gehörten, dem ich jetzt schon misstraute. Er hob affektiert einen Finger in die Luft und ließ ihn nachdenklich kreiseln. »Zuerst hätte ich allerdings noch eine Frage. Wie ich gehörte habe, warst du bei der Einbalsamierung des Leichnams nicht dabei. Haben wichtigere Pflichten dich ferngehalten? Wo warst du, Vetter?«

Jase schwieg, das Gesicht wie versteinert, doch mir war klar, dass er hinter dieser Maske vor Wut tobte. Er konnte es nicht leiden, ausgefragt und angeprangert zu werden, und seinen Vetter mochte er offenbar noch weniger. Aber andere warteten ebenfalls auf eine Antwort und die Leute aus der Stadt waren Jase wichtiger als sein lästiger Verwandter. Er brachte ein Lächeln zustande, dann wandte er sich entspannt mir zu und streckte seine Hand nach mir aus. Obwohl er äußerlich ruhig und gefasst wirkte, bohrte sich sein Blick mit einer wilden, lodernden Hoffnung in meinen. Er sagte nichts, doch ich konnte ihm jedes Wort vom Gesicht ablesen. *Bitte, Kazi. Vertrau mir.*

Zu spät. Ich konnte es nicht. Aber als ich wegschaute, trafen mich ähnlich intensive Blicke vom Rest der Familie. Jalaine. Jase' Mutter. Der kleine Junge, der mit kreisrund aufgerissenen Augen auf meine Entscheidung wartete, als wüsste er, wie viel für seine Dynastie auf dem Spiel stand.

Ich schaute wieder Jase an, der immer noch mit brennendem Blick und ausgestreckter Hand dastand. Während sämtliche Augen auf mir ruhten, ging ich auf ihn zu. Meine Knochen fühlten sich ganz steif an, meine Schritte ungelenk wie die einer Fremden. Kaum war ich nah genug, ergriff Jase meine Hand und zog mich eng an seine Seite. Sein Arm umschlang meine Taille, warm und zärtlich, während er seine Aufmerksamkeit wieder Paxton zuwandte.

»Ich habe nur getan, was mein Vater mir aufgetragen hat … nämlich dafür zu sorgen, dass es noch viele Generationen von Ballengers geben wird. Die Zukunft unserer Dynastie ist gesichert.«

Die ganze Menge raunte und kicherte beifällig, während meine Wangen rot zu glühen begannen. Anscheinend fand niemand außer mir diese Bemerkung unpassend für ein Begräbnis. Ich stieß Jase von hinten meinen Daumen zwischen die Rippen. Er zog mich enger an sich heran. »Und wie du sehen kannst, habe ich mich trotzdem gut um die ganzen Vorbereitungen gekümmert.«

Paxton musterte mich eingehend, angefangen bei meinen entblößten Knöcheln. Er entdeckte die Schürfwunde, wo die Fußschelle mir die Haut aufgeschnitten hatte, und seine Fantasie geriet vermutlich auf schlüpfrige Abwege. Dann wanderte sein Blick langsam weiter hinauf, zu meinen ärmellosen Unterarmen, den fehlenden Knöpfen am Oberteil, dem Gesicht und den ungekämmten Haaren. Ich erwiderte seinen schamlosen Blick mit eiskalter Miene.

Ein Mann hinter ihm lehnte sich vor und flüsterte etwas. Paxton lächelte.

»Also hast du dir ausgerechnet eine Rahtan als Bettwärmer ausgesucht. Ist das vielleicht dasselbe Mädchen, das in deine

Stadt gestürmt ist und dich in einen peinlichen *Vorfall* verwickelt hat?«

»Ein Missverständnis«, entgegnete Jase. »Hat sich längst aufgeklärt.«

Doch nun ruhten wieder alle Blicke auf mir. Die Leute erinnerten sich an die Gerüchte oder daran, wie sie mich selbst vor einigen Tagen gesehen hatten: ein Wirbelwind in vendanischer Kleidung, bis an die Zähne bewaffnet. Paxtons Zweifel und seine anzüglichen Bemerkungen hatten den gewünschten Effekt. Die Stimmung kühlte sich merkbar ab.

Gunner wurde sichtlich nervös, als ihm das Geflüster auffiel, und trat vor. »Ja genau, eine Rahtan. Sie hat uns die Nachricht gebracht, dass die Königin von Venda persönlich herkommen wird, um die Regentschaft der Ballengers über dieses Gebiet anzuerkennen.«

Paxton erbleichte. Die Nachricht brachte ihn offensichtlich aus dem Gleichgewicht – was auch für den Rest von uns galt. Jase starrte Gunner an, als habe er den Verstand verloren. In der Menschenmenge machte sich allerdings erfreutes Gemurmel breit.

»Sie kommt hierher? Nach Torsfeste? Was für eine unerwartete Wendung.« Paxtons Tonfall verriet echte Überraschung, aber er klang deutlich weniger erfreut als die Stadtbürger.

Sehr unerwartet, stimmte ich im Geiste zu, widersprach jedoch nicht. Paxton musterte mich und wartete auf eine Bestätigung. Ich reagierte kein bisschen. Schließlich hatte ich nicht vor, in dem Treibsand unterzugehen, den die Ballengers hier gerade ausstreuten, und die Königin wie eine flatterhafte Lügnerin aussehen zu lassen, wenn sie nicht kam. Da fiel Paxtons Blick plötzlich auf die Hand, die Jase noch immer um meine Taille geschlungen hatte, und seine Augenbrauen schnellten nach oben.

»Der Siegelring. Hast du ihn etwa schon verloren?« Sein Tonfall war herablassend, als würde er ein nachlässiges Kind schelten. Wütende Hitze schoss mir bis in die Schläfen.

Jase zog die Hand fort und rieb sich den Knöchel, wo der Ring hätte sitzen sollen. Wie er mir erzählt hatte, war das Schmuckstück schon seit Generationen in seiner Familie. Man hatte es mit Gold aufpoliert, die Größe verändert und Gebrauchsspuren beseitigt, aber ansonsten war es immer noch derselbe Ring. Wenn ein *Patrei* ihn einmal angesteckt hatte, blieb er für immer an seinem Finger. Bis jetzt. Paxton versuchte in aller Öffentlichkeit, Stück für Stück die Autorität des neuen *Patrei* zu untergraben. Erst attackierte er Jase wegen seiner Abwesenheit, vor allem bei der Einbalsamierung des Leichnams, und nun klagte er ihn an, den Ring leichtsinnig verloren zu haben, der die Macht der Ballengers genauso symbolisierte wie eine Krone oder ein Königstitel. Vielleicht hakte er aber auch so dreist nach, weil er auffliegen lassen wollte, wo Jase gesteckt hatte. Konnte es sein, dass er Bescheid wusste? Damit geriet er auch meinen Plänen in die Quere, denn noch konnte ich hier kein Chaos gebrauchen. Ich musste zurück nach Torsfeste und hatte wenig Lust, mich in eine private Fehde einzumischen. Falls Paxton tatsächlich die Macht an sich riss, müsste ich mich anstelle der Ballengers mit einem unbekannten neuen Bandenführer herumschlagen.

»Der Ring ist …«, begann Jase und stockte.

»Jase!«, ging ich dazwischen und schüttelte den Kopf, als würde mir gerade erst etwas dämmern. »Ich habe ganz vergessen, ihn dir zurückzugeben.« Dann schaute ich Paxton an und erklärte: »Der Ring war ein bisschen zu groß, aber Jase wollte ihn nicht vor dem Begräbnis ändern lassen. Deshalb hat er ihn mir heute Morgen in die Hand gedrückt, bevor er sein Bad nahm.« Ich lächelte Jase an. »Du bekommst ihn gleich wieder.«

Schamhaft drehte ich mich um, sodass nur seine Mutter meine Vorderseite sehen konnte, hob den Rock und wühlte in meiner dreckigen Hosentasche zwischen zerbröckelten Wunschhalmen herum. Der Blick der Patriarchin war scharf und ungläubig. Sie fragte sich, was ich im Schilde führte, aber im Blau ihrer Iris glänzte auch ein Hoffnungsschimmer. Meine Finger schlossen sich um rundes Metall, und ich nickte ihr zu. Dann drehte ich mich wieder um und hielt Jase den Ring entgegen. »Du solltest gleich als Nächstes den Goldschmied kommen lassen«, sagte ich.

Jase starrte mich an, als hätte ich gerade einen Candokbär aus meinem Ohr gezogen. *Wie? Wann?* Aber die Antworten mussten erst einmal warten. Er lehnte sich vor und küsste sanft meine Wange, als wären wir ein glückliches Liebespaar, dann schob er sich den Ring an den Finger. Sein Blick ließ mich nicht los. Er war abschätzend und fragend.

Misstrauisch.

Kapitel 19

Jase

Ich schloss die schwere Doppeltür hinter mir, schob den Riegel vor, damit wir ungestört blieben, und wandte mich meiner Familie zu. Alle waren anwesend, bis auf Lydia und Nash, die für den größten Teil meines Berichts noch zu jung waren. Die Familie hatte die Täuschung aufrechterhalten, bis wir zurück in Torsfeste waren, sogar noch auf dem Weg vom Haupteingang bis zur großen Halle. Als Gunner anfing, Fragen zu stellen, unterbrach ich ihn mit einem kurzen: *Familienrat. Da können wir reden.*

Kaum hatte ich mich von der Tür weggedreht, rannte Jalaine auf mich zu und warf sich in meine Arme. Meine Mutter kam dazu und gab mir einen Klaps auf die Wange, wie nur sie es so unnachahmlich konnte. »*Straza!* Das habe ich dir bestimmt hundertmal gesagt!« Dann umarmte sie mich genauso fest. Ich schaute über ihre Schulter auf meine Brüder und Schwestern, die geduldig auf Antworten warteten.

Als die beiden mich schließlich losließen, suchte sich jeder einen Platz an dem langen Tisch, der die Mitte des Raums ausfüllte. Ich erzählte ihnen alles darüber, wo ich gewesen war und was ich getan hatte. Fast alles. Einige Momente mit Kazi ließ ich aus.

»Wie ist sie an deinen Ring gekommen?«, fragte Mason. »Glaubst du, sie war mit den Sklavenjägern verbündet?«

»Nein. Sie ist in die Sache hineingestolpert, genau wie ich, und dann um ihr Leben gerannt. Genau wie ich.«

»Vielleicht war das ein Trick«, schlug Samuel vor.

Ich verneinte wieder, konnte mir aber selbst nicht erklären, wie sie an den Ring gekommen war. Schließlich hatte ich mit eigenen Augen gesehen, dass der Menschenhändler sein ganzes Diebesgut in einen Kasten unter dem Kutschbock geworfen hatte. Bei unserer Flucht war keine Zeit gewesen, dort zu suchen. »Ich weiß auch nicht, wie sie den Ring in die Finger bekommen hat, aber ich werde sie fragen.«

»Kann man ihr denn trauen?«, fragte Aram.

Titus lachte. »Natürlich nicht. Sonst hätte Jase wohl kaum zwei Wachen vor ihrer Tür postiert.«

Im Moment befand sie sich in meinem Privatzimmer, bis ein Gästequartier für sie vorbereitet war. Ich hatte Drake und Charus am Ende des Flurs abgestellt, damit die beiden weniger auffielen. Außerdem hatte ich jedem in Torsfeste eingeschärft, in welchen Bereichen sich Kazi frei bewegen durfte. Einige Teile der Festung betrat niemand außer der Familie.

»In gewisser Weise kann man ihr vertrauen«, gab ich zur Antwort. »Aber sie ist nun einmal Vendanerin und gekommen, um eine Verletzung der Grenzverträge zu untersuchen. Also müssen wir vorsichtig sein.«

»*Grenzverträge*«, knurrte Gunner. Auch von den anderen ertönte grimmiges Gemurmel.

»Und was genau ist da draußen zwischen euch beiden passiert?«, meldete sich Priya zu Wort.

»Wir waren mit einer Fußkette verbunden und mussten zusammenarbeiten, um …«

»Stell dich nicht dumm, Jase. Du weißt, was ich meine.«

Titus stieß sofort ins selbe Horn. »Du hättest Paxton hundert andere Erklärungen für deine Abwesenheit liefern können. Wieso hast du durchblicken lassen, dass du dich für eine Liebelei mit ihr verkrochen hast?«

»Weil niemand dieser Ausrede widersprechen konnte«, sagte Mutter. »Keine Zeugen.«

»Und weiter nachzufragen, wäre unmanierlich gewesen«, fügte Mason hinzu. »Paxton musste sein Kreuzverhör abbrechen.«

»Jase hätte einfach behaupten können, dass er krank war«, meinte Samuel.

Meine Mutter schüttelte den Kopf. »Nein. Dann hätten wir die Heilerin rufen müssen, und wir wollen auf keinen Fall den Eindruck vermitteln, dass es einem weiteren *Patrei* gesundheitlich schlecht geht.«

Nun gaben auch alle anderen ihre Meinung zum Besten, ob sie meine Ausrede gut oder schlecht fanden. Priya hob schließlich die Hand, um der Diskussion ein Ende zu setzen. »Jase, du hast mir immer noch nicht geantwortet. Was ist zwischen euch beiden passiert? Glaubst du, ich habe nicht gemerkt, wie du sie ansiehst?«

Ich konnte mich nicht erinnern, Kazi auf besondere Weise angeschaut zu haben. Außer natürlich, Priya meinte den langen und bangen Moment, als ich mit ausgestreckter Hand dagestanden hatte und nicht wusste, ob Kazi sie nehmen würde. Ich war ein kalkuliertes Risiko eingegangen und hatte darauf gesetzt, dass sie mir helfen würde wie bei unserer ersten Begegnung in der Gasse, als sie sich gegen die Sklavenjäger auf meine Seite geschlagen hatte. Ich hoffte, dass sie auf Wölfe wie Paxton genauso reagieren würde. Sie hätte damals einfach weitergehen können, wie der Menschenhändler es verlangte. Stattdessen hatte sie ihr Schwert gezogen. Auch wenn sie mich nicht leiden konnte, hasste sie eine andere Sorte von Leuten noch mehr. Inzwischen hatten wir viel zusammen durchgemacht, und vielleicht hoffte ich, dass ich nicht länger bloß das kleinere Übel für sie war … dass sie sich für mich entscheiden würde, weil sie es wollte. »Wenn du dir irgendwelche besonderen Blicke zwischen uns einredest, dann ist der Grund nur, dass wir es geschafft haben, zusammen zu überleben.«

Jalaine zog einen enttäuschten Schmollmund, aber gleichzeitig tanzte ein Lächeln in ihren Augen. »Also habt ihr beide nicht wirklich für kleine Ballengers gesorgt?«

Aram und Samuel kicherten.

Mit einem Schulterzucken sagte Mason: »Mich hatte er überzeugt.«

Ich warf ihnen einen kühlen Blick zu, damit sie das Thema fallen ließen.

»Jetzt brauchen wir sie jedenfalls«, stellte Priya fest. »Sie wird ihrer Königin einen Brief schreiben müssen, damit sie tatsächlich herkommt, nachdem Gunner …«

»Nein«, sagte ich. »Damit haben wir uns schon einmal in die Nesseln gesetzt. Nachdem Vater …«

»Wir haben eine Rahtan der Königlichen Garde hinter Schloss und Riegel«, warf Gunner ein. »Jetzt muss sie herkommen! Wir Ballengers lassen uns nicht länger von den Großreichen herumschubsen.«

Meine Mutter nickte beipflichtend. »Außerdem erwarten die Bürger nun, dass Venda uns anerkennt. Hast du das Gemurmel in der Menge gehört?«

Mason seufzte, als würde er widerwillig zustimmen. »Inzwischen hat es sich wie ein Lauffeuer in der ganzen Stadt verbreitet, Jase. Wenn die Königin wirklich herkommt, schreckt das vielleicht die anderen Bündnisführer ab.«

»Sie waren heute alle da«, stellte Priya fest. »Angeblich, um

Vater die letzte Ehre zu erweisen, aber vor allem haben sie sich doch hungrig die Lefzen geleckt.«

Bring sie dazu herzukommen. So hatte der letzte Wille meines Vaters gelautet. Alle am Tisch dachten daran. An ihn. Was er sich gewünscht und nie bekommen hatte.

Als uns die Nachricht von den neuen Grenzverträgen erreichte, war mein Vater zuerst nicht sonderlich besorgt gewesen. Unsere Welt hatte mit den Königreichen dort draußen wenig zu tun. Wir kümmerten uns nicht darum, was sie wollten oder taten. Solange wir denken konnten, waren wir isoliert gewesen. Aber als schwer bewachte Siedlerkarawanen unser Land zu durchqueren begannen, um sich anderswo niederzulassen, wurde Vater hellhörig. Ich schlug ihm vor, nach Venda zu reisen und das Gespräch mit der Königin zu suchen, wie es die anderen Reiche auch getan hatten. *Wir sind keines dieser Königreiche!*, hatte er gewettert. *Wir sind eine Dynastie und waren schon lange vor Venda hier! Die Ballengers beugen das Knie vor niemandem. Sie soll gefälligst zu uns kommen!* Also schickte er ihr einen Brief, in dem er sie aufforderte, in Torsfeste zu erscheinen. Er bekam keine Antwort. Die ganze Sache war ein Fehler gewesen, und die Kränkung, einfach ignoriert zu werden, ließ ihn schwach aussehen. Er vergaß diese Beleidigung nie. Genauso wenig wie der Rest meiner Familie.

Die Königin nach Torsfeste zu bringen, war eine Frage der Ehre geworden. Es ging eher um Stolz als darum, die Bündnisführer abzuschrecken. Aber dadurch konnten wir uns auch neue Probleme einhandeln … größere als bisher.

»Wir können keine Rahtan als Geisel nehmen. Vielleicht würde die Königin dann tatsächlich kommen, aber mit einer wütenden Armee im Rücken. Ist es wirklich das, was wir erreichen wollen?

»Man müsste den Brief eben sorgfältig formulieren, als eine Art Empfehlungsschreiben für die Ballengers«, hielt Gunner dagegen.

Titus schnaubte. »Ich bin sicher, du hast ihn schon fertig in der Schublade.«

»Nein«, sagte ich wieder. »Wir brauchen keine Königin, um uns zu legitimieren und unser Territorium vor Aasgeiern zu schützen. Herausforderer gibt es doch jedes Mal, wenn bei uns ein Machtwechsel erfolgt oder die Bündnisführer glauben, eine andere Schwäche zu entdecken. Wir werden Stärke demonstrieren, wie wir es immer getan haben.«

»Aber was sagen wir den Leuten? Sie werden bestimmt wissen wollen, wann die Königin kommt«, meinte Priya.

Ich schüttelte den Kopf und stieß wütend die Luft aus. »Du hättest den Mund halten sollen, Gunner! Wieso musstest du dich so weit aus dem Fenster lehnen?«

Er hieb mit der Faust auf den Tisch und sprang von seinem Stuhl auf. »Weil sie eine Rahtan ist! Die Stadt brodelt vor Gerüchten, seit sie dich gegen eine Wand geschleudert und auf die Knie gezwungen hat! Die Leute haben es mit eigenen Augen gesehen! Ihr neuer *Patrei* auf den Knien mit einer Klinge am Hals! Glaubst du wirklich, du kannst die Zweifler beruhigen, indem du von einem Missverständnis sprichst? Und glaub mir, Zweifel gibt es in Höllenrachen genug! Was die Leute brauchten, war eine große Geste, eine stabile Zukunft zum Festhalten, und die habe ich ihnen gegeben!«

Unsere Blicke bohrten sich wütend ineinander, und die Stille dehnte sich aus, bis sie regelrecht erdrückend wurde.

Streitigkeiten waren an diesem Tisch keine Seltenheit. Das war einer der Gründe, warum wir unsere Zusammenkünfte hinter geschlossenen Türen abhielten. Wenn wir unterschiedlicher

Meinung waren, konnten wir das privat ausfechten, und draußen wieder eine geeinte Front präsentieren. Diese Taktik hatte uns geholfen, stark zu bleiben.

»Was ist mit Beaufort?«, wechselte Aram das Thema. »Er hat eine Menge versprochen, aber liefert er auch irgendwann Ergebnisse?«

»Seine Forschung ist eine langfristige Investition«, antwortete Gunner. »Vater wusste, dass wir von Beaufort nicht über Nacht irgendwelche Wunder erwarten können. Aber er ist nah dran.«

»Inzwischen ist fast ein Jahr vergangen«, sagte Priya, »in dem er und seine Freunde unsere Freigiebigkeit und unseren besten Wein genießen. Mir gefällt das nicht. Die Magie der Altvorderen zu wecken, bedeutet auch immer, mit dem Feuer zu spielen.«

»Aber wenn er Erfolg hat, festigt das unsere Position enorm. Dann können wir uns gegen jedes Königreich des Kontinents behaupten – nicht nur gegen die Bündnisführer«, erinnerte ich sie.

»Außerdem schützen wir damit uns und unsere Interessen«, fügte Mason hinzu. »Der Handel könnte sich verdreifachen.«

Jalaine knurrte: »Ja, wenn er jemals fertig wird.«

»Das wird er«, sagte Mutter. Wir hofften, durch Beauforts Forschung entschieden mehr zu gewinnen als nur einen Schutz gegen unsere Feinde. Aber auch das waren bisher leere Versprechungen. Manchmal glaubte ich, dass Vater ihm nur deshalb bei uns Zuflucht gewährt hatte: Beaufort sollte meiner Mutter neue Hoffnung geben.

»Aber in der Zwischenzeit«, fuhr Jalaine fort, »müssen wir selbst etwas tun. Und zwar *jetzt*, Jase. Wir können nicht darauf warten, was Beaufort liefert. Die Wölfe haben in der Stadt bereits ihr Revier markiert. Täglich gibt es ungeklärte Brände. Sechs Stück in sechs Tagen.«

»Könnten dafür die übrigen Rahtan verantwortlich sein?«, fragte Mason.

Als Wachmann Tiago mich über alles informierte, hatte ich seine versteckte Nachricht klar und deutlich verstanden. Er hatte zwar behauptet, die beiden seien festgenommen worden, aber in Wirklichkeit liefen sie immer noch frei herum. Die Tatsache, dass sie abgetaucht waren, wirkte verdächtig. Damit wurde es auch zu einem Risiko, in Kazis Gegenwart offen zu sprechen. Wo versteckten sich ihre Kameradinnen, und was führten sie im Schilde? Mir gefiel das alles ganz und gar nicht. Aber mein Bauchgefühl sagte mir, dass es nicht die Art der Rahtan war, Wohnhäuser und Geschäfte abzubrennen. Dagegen passte es eindeutig zur Taktik feiger Wölfe, unsere Bürger in Angst und Schrecken zu versetzen. »Ich glaube nicht, dass es die Rahtan waren, aber natürlich müssen wir sichergehen. Auf jeden Fall stecken sie noch in der Nähe. Vielleicht haben sie sich in der vendanischen Siedlung verkrochen. Ich weiß genug über die beiden, um garantieren zu können, dass sie sich nicht aus dem Staub machen, solange eine von ihnen vermisst wird. Samuel, Aram, ihr reitet morgen mit Begleitschutz zur Siedlung und schnüffelt herum.«

»Haben wir schon längst getan und nichts gefunden.«

»Dann macht es noch mal. Zuerst haben sie euren Besuch erwartet, aber jetzt nicht mehr. Außerdem müssen wir herausfinden, wer die Sklavenjäger im Voraus bezahlt hat, damit sie in der Stadt für Ärger sorgen.«

»Glaubst du, es war Paxton?«, fragte Priya mit einer Stimme, die vor Abscheu triefte. In ihrer Gegenwart raspelte er immer Süßholz, bis einem schlecht werden konnte. Dafür verachtete Priya ihn nur umso mehr. Ich nahm an, dass Paxton sie als Heiratskandidatin sah. Er suchte nach einem Weg zurück in den Schoß der Ballengerfamilie … aus reiner Machtgier.

»Kann schon sein«, antwortete ich. Tatsächlich war ich mir nicht sicher. Ich wusste, dass er Sklavenhändler ebenfalls hasste, und bezweifelte, dass selbst Paxton so tief sinken würde.

»Oder einer der Bündnisführer hat dir eine kleine Liebesbotschaft geschickt«, meinte Jalaine. »Schließlich müssen sie mit ansehen, wie die Arena ständig wächst, und wollen ein größeres Stück vom Kuchen. Ich darf mir ständig ihr Gemurre anhören, wenn sie zu uns kommen, um ihre Verkaufsprozente abzuholen. Der Handelsvertreter, den Truko vorbeischickt, explodiert jedes Mal fast vor Wut.«

Ich warf Mason einen Blick zu. »Finde das heraus. Mit allen Mitteln. Lass die Muskeln spielen oder versuch es mit Bestechung. Hauptsache, wir wissen am Ende, wer die Sklavenjäger bezahlt hat. Am besten konzentrierst du dich als Erstes auf Truko und seine Leute. Frag auch bei Zane nach. Vielleicht ist ihm etwas Ungewöhnliches aufgefallen.« Handelsmeister Zane hatte ein scharfes Auge, ein gutes Gedächtnis für Gesichter, und war dafür verantwortlich, sämtliche eingehenden Waren in der Arena zu registrieren. »Was die Brände betrifft, werden wir mehr Wachen an allen größeren Zufahrtswegen postieren. Tag und Nacht. Titus, sorg dafür und lass die Stadtvögte wissen, dass Neuankömmlinge erst einmal verdächtig sind.«

»Und wie gehen wir mit den Zweifeln in der Bevölkerung um?«, wollte Gunner wissen. Er ließ einfach nicht locker. Andererseits hatte er die Gerüchte gehört und ich nicht. Im Gegensatz zu mir war Gunner ein Hitzkopf, aber er hatte ein offenes Ohr für die Leute.

»Ich werde mich nächste Woche viel in der Öffentlichkeit zeigen und demonstrieren, dass man den *Patrei* nicht einfach in die Knie zwingt. Das Wichtigste ist jetzt, Stärke und Selbstsicherheit zu beweisen. Damit meine ich uns alle. Onkel, Tanten, jeden aus der Familie. Sagt ihnen Bescheid. Diese Woche sollen sich alle auf den Straßen von Höllenrachen sehen lassen. Die Stadt gehört immer noch den Ballengers und steht unter unserem Schutz.«

»Was ist mit der Rahtan?«

Sollte ich Kazi mitnehmen, wenn ich durch die Straßen der Stadt wanderte? Ausgerechnet die Rahtan, die mir eine so peinliche Niederlage eingebracht hatte? Sie an meiner Seite zu haben, konnte spektakulär nach hinten losgehen, aber es konnte auch meine Behauptung stützen, dass alles nur ein Missverständnis gewesen war. Besser noch, wenn sich die Bündnisführer in der Stadt herumtrieben, würde ich ihnen damit die klare Botschaft senden, dass die Großmacht Venda es nicht auf uns abgesehen hatte, sondern im Gegenteil unseren Herrschaftsanspruch akzeptierte. In ein paar Wochen würden alle Zweifel und Ängste zerstreut sein. Dann würden die Leute schnell vergessen, dass uns angeblich ein Besuch der Königin bevorstand.

»Sie wird auch durch die Stadt schlendern. An meiner Seite.«

Meine Mutter hat gesagt, ich soll nicht weinen. Sie hat gesagt, ich soll Güte nicht vergessen.

Sie hat gesagt, ich soll stark sein und an das Morgen glauben.

Jeden Tag versuche ich mich zu erinnern, was sie sonst noch gesagt hat.

Da gab es ein Sprichwort über Schuhe. Etwas über Geburtstage und Bäder. Gepfiffene Lieder und Rosen. Ich weiß nicht mehr, was sie gesagt hat.

Als sie starb, war ich erst acht. Ich hoffe, was ich vergessen habe, war nicht wichtig.

Miandre, 13

KAPITEL 20

Kazi

ICH RÄKELTE MICH in einer Wanne voll fantastisch *heißem* Wasser. Das Badezimmer war absurd riesig und die Wanne ebenso. Süß duftendes Lavendelöl trieb auf dem Wasser wie eine Spitzendecke aus schimmernden Blasen. Ich wackelte dicht an der Oberfläche mit den Zehen und genoss das dekadente Gefühl, wie das Öl seidig zwischen ihnen hindurchglitt. Oleez hatte in einer Zimmerecke eine Kerze entzündet und mir einen Teller mit Käse, Fladenbrot und Beeren an den Wannenrand gestellt. So konnte ich vor mich hin knabbern, während sie Torsfeste nach passender Kleidung für mich durchsuchte. Wenn es sich so anfühlte, eine Gefangene der Ballengers zu sein, war ich absolut dafür.

Es gab keinen Grund, warum ich ihre Gastfreundschaft ablehnen sollte, während ich meinen Auftrag erfüllte. Jase hatte Oleez gebeten, mich in dieses Zimmer zu eskortieren, während er selbst direkt zu einer Familienversammlung weitereilte. Ich konnte mir denken, dass es nach seiner Abwesenheit eine Menge zu besprechen gab … mich zum Beispiel. Seine Familie war hinter uns hergegangen, als wir nach Torsfeste zurückkehrten, und ich hatte bei jedem Schritt die Blicke im Rücken gefühlt. Die Beschützerinstinkte seiner Geschwister waren genauso stark wie seine eigenen. Jase schwieg den ganzen Weg, doch seine Hand lag immer noch auf meinem Rücken. Vermutlich, weil Paxton und die anderen uns hinterherschauten, während wir gingen. Kaum hatten wir die Tore durchschritten, fiel seine Hand von mir ab, und er befahl den Dienern, mich fortzubringen. Er verabschiedete sich nicht einmal, und ich musste ihm innerlich dafür applaudieren, wie gut er in der Öffentlichkeit schauspielern konnte. Andererseits war es keine Schauspielerei gewesen, als er Lydia und Nash in die Arme genommen hatte. Etwas an diesem Moment ging mir wieder und wieder durch den Kopf. *Seine Zärtlichkeit.* Ich wusste, wie echt sie sein konnte. Bestimmte Seiten an Jase waren …

Ich ließ mich unter Wasser sinken, rubbelte mir den Kopf ab und wünschte dabei, das heiße Wasser könne mehr als bloß den Schmutz fortspülen. Am besten gleich die ganzen letzten Tage.

Bis zum Ende der öffentlichen Leichenschau, als die Tür der Gruft endlich geschlossen wurde, hatte die Familie ihre stoische Ruhe bewahrt. Doch alle Augen glänzten, und in denen von Jase' Mutter sah ich Tränen stehen. Ihre steinharte Fassade bröckelte zuletzt doch. Ich beneidete sie fast um den Moment, als sich die Grabtür schloss. Mir selbst würde so ein klarer Schnitt immer verwehrt bleiben.

Keuchend kam ich wieder an die Oberfläche. Warmes Kerzenlicht tanzte über die Wände, und das einzige Geräusch war das sanfte Plätschern des Wassers. Ich hob einen Fuß in die Höhe, lauschte dem Tropfenregen und betrachtete meine sauberen, runzeligen Zehen. Die Schürfstelle umschloss meinen Knöchel wie ein Dornenkranz. Das gleiche Muster zierte auch den Fuß von Jase. Zwar war die Kette nun fort, aber unsere vorige Verbundenheit rasselte immer noch durch verborgene Winkel meines Bewusstseins. Ich stand auf und spülte mich mit dem Krug voll frischem heißem Wasser ab, den Oleez für mich auf den Tisch gestellt hatte. Die dicke weiße Baderobe, die auf mich wartete, war ebenso luxuriös. Ich streichelte mit dem Stoff über meine

Wange, bevor ich ihn überstreifte. Wren liebte weiche Stoffe. Sie würde das alles genauso genießen wie ich, wenn sie und Synové hier wären. Hatte man sie tatsächlich nach Torsfeste gebracht? Oder hatten sie sich ein Versteck gesucht und warteten, bis ich wieder auftauchte? Das musste ich als Allererstes herausfinden.

Als ich die Badekammer verließ, fühlte es sich seltsam an, Jase nicht direkt neben mir zu haben. Seine Schritte und seine Stimme fehlten mir aus reiner Gewohnheit, und ich ertappte mich dabei, zur Seite zu schauen und ihn dort zu erwarten. Es war überraschend, wie schnell sich Routinen einschleichen konnten. Ich fragte mich, wie lange es dauern würde, bis sie wieder verschwanden. *Ist Jase eine Gewohnheit, die du loswerden möchtest?*

»Ja!«, wisperte ich zurück. Eine andere Antwort konnte ich mir nicht leisten.

Sein Bett hatte schwere, dunkle Vorhänge, die man zuziehen konnte. Es erinnerte mich an ein Zelt, nur viel besser … wie eine perfekte Höhle, um sich schlafen zu legen. Ich liebte das Bett auf Anhieb, sogar noch mehr als die Wanne. Auch die Fenster waren mit schwerem Stoff verhängt und die Wände auf drei Seiten mit poliertem Holz verkleidet. Die vierte Wand war mit Büchern vollgestellt. Alles wirkte dunkel und gemütlich.

Oleez kehrte zurück und brachte mir geliehene Kleidung, die eher meiner Figur entsprach als Jalaines Kleid. Sie sagte, das Gästequartier sei fertig.

»Danke, aber ich bleibe hier. Dieses Zimmer gefällt mir.«

Sie stockte und ruckte mit dem Kopf, als hätten wir uns falsch verstanden. »Aber dieses Zimmer gehört dem *Patrei*.«

»Das ist mir bewusst. Ich bin sicher, er wird sich im Gästequartier genauso wohlfühlen, wie ich es tun würde.«

Sie runzelte die Stirn und wartete ab, ob ich meine Meinung noch änderte. Ich blieb entschlossen.

»Ich werde ihn davon in Kenntnis setzen«, sagte sie und verschwand. Diesen Kampf sollte Jase offenbar selbst ausfechten.

Die Wachen, die er am Ende des Flurs aufgestellt hatte, waren eine amüsante Lappalie, aber ich würde ihm nicht erlauben, mich in ein Zimmer zu stecken, das sich besser kontrollieren ließ. Hier gab es vier Fenster, ganz abgesehen davon, dass Jase allen möglichen Kleinkram herumliegen hatte, an dem ich mich bedienen konnte. Ganz unten in seinem Kleiderschrank fand ich eine vergessene Frisierschatulle. Darin befand sich ein langes, schmales Utensil, dessen Zweck ich nicht kannte, aber das sich auf viele andere Arten benutzen ließ als zum Hübschmachen. Ein kleiner schwarzer Seidenbeutel hatte vermutlich einmal ein teures Geschenk enthalten. Nun wurde er zu einer unauffälligen Tasche, die ich unter der Kleidung tragen konnte. Bestimmt gab es in den Ecken und Winkeln des Zimmers noch mehr einzusammeln, aber hauptsächlich ging es mir einfach nur um das dunkle, höhlenartige Bett. Ich wäre am liebsten sofort hineingekrochen und hätte die Vorhänge zugezogen.

Stattdessen ging ich zum Bücherregal und holte einen dicken Band heraus. Er war sorgfältig von Hand geschrieben. Die Federführung allein war schon ein faszinierendes Kunstwerk. Elegante Buchstaben flogen geradezu über die Seiten. Ihre kühne Form erinnerte mich an geflügelte Pferde. Ich stellte den Band zurück, ließ die Hand über weitere Buchrücken gleiten und dachte an die Geschichten, die Jase mir erzählt hatte: Bredas Tränen, die verlorenen Pferde der Hetisha, seine Urahnin Miandre. Hatte er sie in diesen Büchern gelesen?

Ein Klopfen schreckte mich aus meinen Gedanken.

»Ja?«

»Hier ist Jase.«

Mein Herz begann, wild zu hüpfen wie ein Hase in der

Schlinge. Mit ein paar schnellen Schritten versuchte ich das Gefühl abzuschütteln und zog die Baderobe enger um meinen Körper. »Ich bin nicht angezogen«, rief ich.

»Aber ich muss mit dir reden.«

Hastig kämmte ich mir die nassen Haare mit den Fingern durch. »Gut, komm rein.«

Er öffnete zögernd die Tür. Auch er hatte inzwischen ordentlich gebadet und die Kleidung gewechselt. Die restlichen Bartstoppeln waren abrasiert, und ein gebügeltes weißes Hemd brachte seine sonnengebräunte Haut zur Geltung. Durch die Tage im Freien hatte sie einen regelrecht bronzefarbenen Schimmer bekommen. Seine blonden Haare waren geschnitten und zurückgekämmt. Er zögerte und schaute mich an, sagte jedoch nichts. Unwillkommene Gefühle stiegen in mir auf, als sei ein Rest der Welt, die wir hinter uns gelassen hatten, mit ihm durch die Tür geschlüpft.

Er trat ein paar Schritte näher, ohne die Augen von mir abzuwenden. »Tut mir leid, Kazi«, murmelte er schließlich. »Es tut mir leid, dass ich dir nicht die Wahrheit gesagt habe.«

Damit machte er alles nur schlimmer. »Du warst mir nichts schuldig. Das ist mir inzwischen klar. Ich war ein Mittel zum Zweck. Du wolltest mich möglichst reibungslos hierher befördern und auf dem Weg vielleicht noch ein bisschen Spaß haben …«

»So war es nicht.«

»Sondern? Du hattest Meilen über Meilen Zeit. *Tagelang*, um mit der Wahrheit herauszurücken und mir zu sagen, wohin wir wirklich gehen. All die vielen Male, die …«

»Und was ist mit dir? Du hattest die ganze Zeit meinen Ring in der Tasche und hast es nie erwähnt. Wie hast du ihn in die Finger bekommen?«

»Gern geschehen, Jase Ballenger. Ich hatte wirklich keinen Dank erwartet.«

»Kazi …« Er schüttelte den Kopf und trat unerwartet noch näher. Seine Hand hob sich, um mir sanft die nassen Haarsträhnen von der Wange zu streichen und mein Kinn zu umfassen. Alles an seiner Berührung war gleichzeitig altbekannt und neu. Meine Haut begann sofort, gierig zu brennen, während seine Augen fragend auf meinem Gesicht ruhten. Ganz langsam lehnte er sich vor, bis seine Lippen nur Millimeter vor meinen schwebten. Hitze durchtobte mich wie ein Sommersturm.

Zu nah, Kazi, viel zu nah. Überschreite die Grenze nicht schon wieder.

Aber ich wollte es, sogar noch mehr als beim ersten Mal, weil ich inzwischen wusste, was mich jenseits dieser Grenze erwartete. Ich kannte Jase auf ganz andere Weise als zu Anfang, seine verborgenen Seiten und seine Sanftheit, den Geschmack seiner Lippen. Ich kannte die Gefühle, die er in mir wecken konnte, und wollte sie wieder erleben.

Doch durch meinen Kopf wirbelten noch andere Gedanken. *Wenn du schon mitspielst, finde wenigstens heraus, wie hoch der Einsatz ist.*

Direkt bevor sein Mund meinen berühren konnte, wandte ich den Kopf ab. »Worum geht es dir denn diesmal, Jase?«

Bei meinem Tonfall versteifte er sich, und er ließ die Hand sinken. »Eigentlich wollte ich dir nur mitteilen, dass in zwei Stunden das Abendessen aufgetragen wird. Ich komme später und hole dich ab, wenn du angezogen bist.«

Er wandte sich zum Gehen, doch als er die Tür erreicht hatte, hielt ich ihn zurück. »Der Sklavenjäger hatte den Ring in seiner Weste«, sagte ich.

Jase hielt inne und wartete auf den Rest meiner Erklärung.

»Ich habe ihn dabei beobachtet, wie er auf dem Kutschbock alle paar Minuten zufrieden auf seine Westentasche klopfte. Das ist immer ein sicheres Zeichen, dass es dort etwas Wertvolles zu holen gibt. Also habe ich ihn mir geschnappt, zusammen mit dem Schlüsselbund.«

»Ich habe nicht gesehen, wie du den Ring genommen hast.«

Solltest du auch nicht, dachte ich, antwortete aber nur mit einem Schulterzucken.

»Und wieso hast du ihn mir nicht zurückgegeben?«

»Ich *habe* ihn dir zurückgegeben, Jase. In dem Augenblick, als es wirklich darauf ankam.«

Die Ballengers stellten ihren üppigen Besitz nicht zur Schau. Es gab keinen Goldstuck, keine glänzenden Marmorböden, keine protzigen Kristallleuchter oder Diener in aufwendigen Uniformen, wie ich es in den Palästen von Reux Lau und Dalbreck gesehen hatte. Hier schien Schlichtheit vorzuherrschen. Doch die Handwerkskunst der Steinwände, Holzböden und massigen Eisenleuchter sprach von einer anderen Art Reichtum. Alles wirkte unerschütterlich und alterslos.

Statt Jase kam seine Schwester, um mich zum Abendessen abzuholen. »Er ist beschäftigt«, erklärte sie und stellte sich als Priya vor. Also die älteste seiner Geschwisterschar. Sie trug ein ärmelloses Kleid, und man sah die Adlerschwinge, die auf ihre Schulter tätowiert war. Beim Begräbnis war niemand von der Familie bewaffnet gewesen, aber jetzt stellte ich fest, dass sie einen tief an der Hüfte sitzenden Gürtel mit einem Dolch trug. War das normal für ein Abendessen oder als Botschaft an mich gedacht?

»Ein unerwartetes Problem?«, fragte ich.

»Das soll Jase dir selbst sagen, nicht ich.«

Ihre schroffe Antwort machte deutlich, dass ihr meine Anwesenheit nicht behagte, genauso wenig wie die Aufgabe, mich herumzuführen. Wir gingen schweigend weiter, bis sie plötzlich mitten in einem Flur stehen blieb und sich zu mir umdrehte. Sie war größer als ich und ihr Gesichtsausdruck eindeutig feindselig. Ich erwartete eine unangenehme Konfrontation und hoffte nur, dass sie ihren Dolch stecken lassen würde. Ich wollte sie wirklich nicht verletzen. Das hätte zu allen möglichen Komplikationen führen können.

»Hast du Gefühle für meinen Bruder?«, fragte sie mit einer tiefen Falte zwischen den Brauen, und mir dämmerte, weshalb sie mir einen so eisigen Empfang bereitete. Die Ballengers hatten ihren Beschützerinstinkt wohl alle mit der Muttermilch aufgesogen.

»Nein, ich habe keine Gefühle für Jase. Zumindest nicht solche, wie du sie anscheinend meinst. Wir haben uns darauf geeinigt zusammenzuarbeiten, mehr nicht.«

Ich hatte erwartet, dass ihr diese Antwort gefallen würde. Bestimmt wollte sie nicht, dass ihr Bruder ein Techtelmechtel mit einer dieser abscheulichen Rahtan aus Venda hatte. Aber ihre Miene verfinsterte sich bloß noch mehr.

»Er hat deine Wange geküsst. Und wie er dich angeschaut hat …«

Sie ließ genauso wenig locker wie ihr Bruder.

»Bestimmt kannst gerade du, Priya, gut durchschauen, ob jemand Theater spielt. Dein Bruder schert sich einen feuchten Rattendreck um mich. Wir haben uns nur gegen Paxton verbündet, als er Jase und seinen Charakter in Zweifel ziehen wollte. Sogar ich kann sehen, dass Paxton die Art von Krawallmacher ist, auf die man gerne verzichtet.«

Ihre Augen wurden schmal. »Ja, ich erkenne sehr gut, wenn jemand Theater spielt … und ich habe meinen Bruder schon mit vielen Frauen gesehen. Genau deshalb weiß ich, dass Jase sich anders benimmt als sonst. So habe ich ihn noch nie erlebt.« Ihre Finger spielten mit dem Dolch.

Lass ihn in der Scheide, dachte ich, *oder es wird dir leidtun und mir auch.*

Sie lehnte sich vor und sagte: »Das hier ist nur eine freundliche Warnung. Wenn du meinem Bruder wehtust, wirst du es bereuen.«

Dann trat sie zurück, und ich atmete erleichtert aus. Unauffällig steckte ich das Messer, das ich hinter dem Rücken gehalten hatte, zurück in mein Mieder. »Die freundliche Warnung ist notiert«, erwiderte ich. Priyas Worte waren keine leere Drohung. Ich war sicher, dass sie ihr Bestes tun würde, um ihr Versprechen wahr zu machen.

Als wir im Speisesaal ankamen, waren weder Jase noch Mason, Gunner oder Titus zu sehen. Anscheinend waren sie immer noch *beschäftigt*. Aber der Rest der Familie saß beisammen und plauderte. Gerade schauten sie lachend zu, wie Nash einen Handstand versuchte. Niemand hatte mich bemerkt, während ich neben Priya in der Tür stand. Sie nannte mir die Namen der entfernteren Familienmitglieder. Ein Onkel, eine Tante und zwei Vetter. Insgesamt waren wir jetzt schon zwölf Personen, aber der Speisesaal war groß genug für entschieden mehr Leute. Dieses *mehr* gab mir zu denken.

Wo steckten Wren und Synové, wenn man sie wirklich hier festhielt – und Wachhauptmann Illarion, nach dem wir suchten?

Er saß definitiv nicht an der Speisetafel. Ich hatte eine genaue Beschreibung von ihm bekommen, und der Mann war leicht zu erkennen. Er war groß, breitschultrig, mit dichtem schwarzem Haar, gefurchtem Kinn und einer kleinen mondsichelförmigen Narbe über der linken Braue, wo ihn der Huf eines Pferdes getroffen hatte. Oder wie die Königin es ausdrückte: *Hätte der Gaul doch nur ein bisschen fester zugetreten!*

»Sind das alle Leute, die sich außer den Dienern auf der Festung befinden?«, fragte ich.

»Nicht mal annähernd. Aber der Speisesaal ist nur für Familienmitglieder und enge Freunde gedacht. Manchmal kommen auch weitere *Gäste* dazu.«

Die Botschaft war klar. Ich gehörte nicht zur ersten Gruppe und meine Stellung als Gast war fraglich. Aber immerhin wusste ich nun, dass sich noch andere Leute in Torsfeste befanden.

Kaum hatten Nash und Lydia mich erspäht, kamen sie herübergerannt. Da sie erst sechs und sieben Jahre alt waren, barsten sie vor Neugier und begannen, mich mit peinlichen Fragen zu löchern. »Sind du und Jase ein Liebespaar?«

Hastig ging ihre Mutter dazwischen. »Das ist eine unhöfliche Frage, Lydia.«

»Ich bin nur ein Gast«, antwortete ich dem Mädchen, »und hergekommen, um deinem Vater die letzte Ehre zu erweisen.«

»Aber Jalaine hat gesagt …«

»Ich habe *gar nichts* gesagt, Nash«, unterbrach Jalaine ihn scharf. »Nur, dass sie eine Freundin von Jase ist und zum Abendessen kommt.«

Nashs Kopf wirbelte wieder zu mir herum. »Dann bist du auch unsere Freundin, oder?«

Er und Lydia schauten mich groß und unschuldig an. Sie waren kein Teil des Spiels, das wir Erwachsenen spielten.

Alle warteten gespannt auf meine Antwort. Ich kniete mich hin, sodass ich mit den beiden auf Augenhöhe war. »Natürlich bin ich das«, sagte ich und nahm ihre Hand. »Sehr erfreut, deine Bekanntschaft zu machen, Nash Ballenger. Und deine auch, Lydia.«

Danach folgte weiteres Händeschütteln. Jeder am Tisch beteiligte sich, wenn auch zurückhaltend. Da ich den vielen Namen, die Jase mir genannt hatte, nun Gesichter zuordnen konnte, waren sie einfacher zu merken. Die Zwillinge Samuel und Aram ließen sich beim besten Willen nicht auseinanderhalten. Beide hatten dunkelbraunes Haar, das bis zu den Schultern reichte, dunkle Augen und ein freundliches Lächeln. Ich bemühte mich, einen Unterschied zu finden. Immerhin entdeckte ich etwas, das mir kurzzeitig weiterhalf, nämlich einen Kratzer auf Arams Handrücken. Danach lernte ich Onkel Cazwin und Tante Dolise mit ihren beiden Söhnen Bradach und Trey kennen.

Ganz zuletzt erhob sich Vairlyn, Jase' Mutter, mit der ich beim Begräbnis schon bedeutsame Blicke gewechselt hatte, und gab mir die Hand. Sie hatte die strenge Hochsteckfrisur gelöst, sodass ihr die langen blonden Haare nun in Wellen über die Schultern fielen und ihr ein weicheres Aussehen gaben. Mir kam sie viel zu jung vor, um die Mutter solch einer ausufernden Kinderschar zu sein.

Sie führte mich zu einem Platz am Tisch. Die Stimmung im Saal hatte sich geändert und wirkte nun höflich reserviert. Zwar hatte ich Jase heute geholfen, aber trotzdem wussten sie nicht recht, was sie von mir halten sollten. War ich Freund oder Feind?

»Wie gefällt dir deine Unterkunft?«, fragte Vairlyn, um die Stille zu füllen.

»Gut, danke.«

»Ich bin sicher, du kannst es kaum erwarten, wieder in einem richtigen Bett zu schlafen«, sagte Jalaine.

»Stimmt.« Besonders in der gemütlichen Höhle, die Jase sich eingerichtet hatte.

Lydia kniete sich auf ihren Stuhl, lehnte sich über den Tisch und fragte so leise, dass die anderen es möglichst nicht hören konnten: »Habt ihr euch geküsst?«

»Lydia«, mahnte Vairlyn streng.

Die unschuldige Frage gab mir einen Stich. *Sehr oft*, wollte ich am liebsten sagen. *Bestimmt hundertmal, und jeder Kuss war noch besser als der vorige. Ich kann immer noch seine Lippen auf meinen schmecken, und seine Atemzüge waren wie meine eigenen.* Vielleicht schmerzte es, dass ich mir nie erlauben durfte, diese Worte laut auszusprechen. Nun wühlten sie mit dem vielen anderen Ungesagten unter der Oberfläche und erkämpften sich ihren Raum.

»Sie ist gerade in diesem speziellen Alter«, meinte Vairlyn entschuldigend. »Die ganze Zeit steckt sie voller Fragen.«

Ich lächelte. »Ein gutes Alter. Fragen zu stellen, ist wichtig.«

Jalaine starrte mich erwartungsvoll an, als würde sie weiter auf eine Antwort hoffen. Ich verzichtete dankend.

»Jalaine hat einen Liebsten«, verkündete Nash stolz.

»Nein, habe ich nicht.« Man konnte ihr ansehen, wie ihre Frustration über sein loses Mundwerk wuchs.

»Aber Verrtig hat doch um deine Hand angehalten«, widersprach Lydia.

»Ich habe nicht Ja gesagt«, antwortete sie zwischen zusammengebissenen Zähnen.

»Noch nicht«, murmelte Priya kaum hörbar.

Zum Glück servierte Tante Dolise in diesem Moment den ersten Gang, sodass Jalaine und ich eine willkommene Atempause bekamen. Ein Diener brachte noch zwei große Körbe mit Brot hinterher. Ich erinnerte mich, dass Jase erzählt hatte, seine Tante würde die Familie bekochen. Sie stellte eine große Suppenterrine auf den Tisch, und Onkel Cazwin begann, Schüsseln zu füllen und herumzureichen. Ich war überrascht, dass wir mit dem Essen anfingen, obwohl noch nicht alle da waren.

»Kommen Jase und die anderen nicht mehr?«, fragte ich.

»Jase hat gesagt, er verspätet sich vermutlich«, antwortete Aram. »Er und die anderen müssen sich noch um etwas Geschäftliches kümmern.«

»Und meine beiden Freundinnen?«, fragte ich. »Man hat mir gesagt, sie seien ebenfalls als *Gäste* auf Torsfeste. Kommen sie zum Essen?«

»Ich habe keine anderen Neuen bei uns gesehen«, sagte Nash.

»Ich auch nicht«, bestätigte Lydia.

Zwischen den älteren Ballengers wurden eine Reihe angespannter Blicke getauscht.

»Ich glaube, du hast etwas falsch verstanden«, warf Vairlyn ein. »Sie sind woanders untergebracht. Nicht in Torsfeste.«

»Aber wir lassen Jase wissen, dass du nach ihnen gefragt hast«, fügte Samuel hinzu. »Vielleicht kann er sie morgen zum Essen mitbringen.«

Gewiss doch.

Die Familie funktionierte wie eine gut geölte Maschine, in der alle Rädchen zusammenarbeiteten. Sie konnten sogar gegenseitig ihre Gedanken vervollständigen. Nur Lydia und Nash waren wie Sand im Getriebe. Jetzt konnte ich fast sicher sein, dass Wren und Synové noch immer frei und in Sicherheit waren. Mein Appetit wuchs schlagartig auf das Doppelte.

Nachdem sich alle bedient hatten, sprach Vairlyn ein Dankgebet an die Götter. Es erinnerte mich an die Ehrung des Opfers, die im Sanctumsaal zum Essen gehörte. Nur wurden hier keine Teller mit Knochen herumgereicht.

»Meunter ijotande«, sagte ich leise für mich selbst, als die anderen in Vairlyns Schlussworte einstimmten.

»Was bedeutet das?«, fragte Priya, der anscheinend nichts von dem entging, was ich sagte oder tat.

»Es gehört zu einem vendanischen Dankgebet.«

»Und was heißen die Worte?«, fragte Aram.

»Nie vergessen. Damit ist das Opfer gemeint, das nötig ist, um Essen auf dem Tisch zu haben.«

Samuel hob eine misstrauische Braue. »Opfer?«

»Die Feldarbeit. Das Schlachttier. Was immer uns geschenkt wird, sogar unsere Mahlzeiten, gehen auf Kosten von anderen.«

»Du kannst Vendanisch?«, fragte Nash. »Bringst du es mir bei?«

Ich schaute fragend Vairlyn an, die mit einem Nicken ihr Einverständnis gab.

»Le'en chokabrez. Kez lo mati«, sagte ich langsam. Dann wartete ich, bis er es wiederholt hatte.

»Was habe ich gerade gesagt?«

»Ich habe Hunger. Lasst uns essen.«

»Ganz meine Meinung«, sagte Onkel Cazwin und begann seine Suppe zu löffeln.

Die anderen folgten seinem Beispiel. Lydia und Nash übten die Worte wieder und wieder, während sie kichernd ihre Löffel leerschlürften.

»Du bist gerissen«, sagte Vairlyn plötzlich.

Ich ließ den Löffel sinken und musterte sie. War das ein Kompliment oder ein Vorwurf?

»Zumindest ist Jase dieser Meinung«, fügte sie hinzu. »Er hat gesagt, in der Wildnis warst du sehr erfinderisch.«

»Genau wie er«, gab ich zurück. »Wir mussten zusammenarbeiten und haben das Beste daraus gemacht.«

Jalaine grinste. »Ohne Zweifel.«

Obwohl ich es nicht sah, war ich sicher, dass Priya ihr unter dem Tisch einen Tritt versetzte, denn Jalaine zuckte zusammen und warf ihrer Schwester einen finsteren Blick zu.

Draußen vor dem Speisesaal hallten laute Schritte durch den Flur, und die Tür flog auf. Mason kam herein und schaute sich um. Sein Blick blieb zuerst an mir, dann an seiner Mutter hängen. »Tut mir leid«, sagte er. »Wir schaffen es heute nicht mehr zum Abendessen.«

Sie fragte nicht nach näheren Erklärungen, als habe sie bereits damit gerechnet. »Ich lasse euch ein paar Teller warm stellen.«

Dann wandte Mason sich in meine Richtung. »Du sollst zu Jase kommen.«

Ich entdeckte zwei kleine rote Flecken auf seinem Ärmel. Blut. Verspritztes Blut, um genau zu sein.

»Klingt bedenklich«, scherzte ich und erwartete, dass er darauf einging. Was er nicht tat.

»Kommst du?«, fragte er ungeduldig.

Ich schob meinen Stuhl zurück, während in meinem Kopf alle möglichen Erklärungen herumwirbelten. Die Familie schaute mir hinterher, als sei ich auf dem Weg zu meiner Hinrichtung.

»Wie sagt man ›Auf Wiedersehen‹ in Venda?«, rief Lydia mir nach.

»*Vatrésta*«, antwortete ich. »Jedenfalls, wenn es ein endgültiger Abschied ist.«

»Ist es das denn?«

Ich hatte keine Ahnung, und Mason schob mich durch die Tür, bevor ich antworten konnte.

KAPITEL 21

Kazi

Du sollst etwas für mich stehlen, Kazimyrah. Ich würde es selbst tun, aber wie du sehen kannst, erlaubt mein Zustand keine Reisen. Und du bist besser geeignet, ganz gleich, wie sehr mir diese Aufgabe am Herzen liegt. Du bist nun einmal die geschickteste Diebin in Venda. Aber die Beute, die du mir bringen sollst, hat wenig Ähnlichkeit mit einem Stück Käse oder einem Suppenknochen. Sie ist größer. Und vermutlich lauter. Was ist das Größte, was du jemals gestohlen hast?

Ich hatte das Gefühl, dass sie die Antwort bereits kannte. In den Straßen erzählte man sich hinter vorgehaltener Hand davon. *Hat Zehn das wirklich getan? Nein, unmöglich. Und welchen Vorteil hätte sie davon?*

Um meine Tätigkeit weiter ausüben zu können, brauchte ich den Mantel der Anonymität. Deshalb bestand die Königin nicht auf Einzelheiten, sondern erkundigte sich nur allgemein, wie man so etwas anstellte. Sie wollte wissen, ob ich es wieder tun konnte. Ich dachte an meine überaus große, laute und gefährliche Diebesbeute zurück, für die ich mehr Geduld hatte aufbringen müssen, als ich mir vorher selbst zugetraut hätte. Über einen Monat lang hatte ich Vorräte gehortet, die ich mir buchstäblich vom Munde absparen musste, und unzählige kleine Diebstähle begangen, um mir damit Gefälligkeiten zu erkaufen. Ohne Zweifel hatte mich die Herausforderung gereizt, aber das war nicht mein Hauptantrieb gewesen.

Als der Previzi-Händler mit einem gefangenen Tiger in die *Jehendra* eingefahren kam, hatte sich eine riesige Menschenmenge um ihn geschart. Niemand hatte bisher solch ein Tier gesehen oder wusste, was es war. Ganz offensichtlich handelte es sich um eines der magischen Geschöpfe, von denen die Legenden erzählten. Als es plötzlich aufsprang und brüllte, vibrierte das Donnergrollen bis in meine Backenzähne. Drei Männer stolperten zurück und machten sich buchstäblich vor Angst in die Hose. Aber ich hatte das schwere eiserne Halsband bemerkt, das den Tiger daran hinderte, vom Karren zu springen. Bei näherem Hinschauen sah ich auch, dass das grandiose gestreifte Fell ihm wie ein zu großer Mantel über den Rippen hing. Der Previzi-Händler hatte zum allgemeinen Erstaunen keine Angst vor dem Tiger. Er rief ein Kommando und kraulte das Ungetüm lachend hinterm Ohr, als es sich niederlegte.

Der Schlachter war vorgetreten und schien ganz vernarrt in das Tier, obwohl es doch höchstens zu Suppenknochen taugte. Ich beobachtete ihn, wie er sich am Bart zupfte und die Augen kalkulierend zusammenkniff, sodass sich die Haut darum knitterte. Seine Lippen glänzten, weil er sich immer wieder darüberleckte. Dann fragte er den Previzi, ob er das Tier noch einmal zum Bellen bringen könnte. *Dieses Gebrüll*. Die Furcht, die es auslöste, und die enormen weißen Fänge. *Darauf* hatte der Schlachter es abgesehen, was mich eigentlich nicht überraschte. In diesem Moment war mir klar, dass ich ihm den Tiger klauen würde.

Warum, Kazi? Warum stiehlt man etwas, das so nutzlos ist?

Ich hatte mehrere Gründe, aber nur einen davon konnte ich der Königin anvertrauen.

Weil ich den Tiger freilassen wollte. Es war klar, dass er sonst sterben würde. Der Schlachter würde zuschauen, wie das Tier langsam verendete, denn um es ausreichend zu füttern, müsste er das ganze kostbare Fleisch in der Auslage seines Ladens hergeben. Er würde seine Erwerbsquelle ganz bestimmt nicht für ein Tier opfern. Es würde ihn auch nicht stören, wenn die Rippen des Tigers täglich weiter hervortraten, sich die Wangen aushöhlten und die Muskeln erschlafften. Schließlich sah er das Gleiche die ganze Zeit bei seinen Käufern und Mitmenschen, ohne dass ihr Leid ihn bewegte. Außerdem würde er sogar vom Tod des Tigers profitieren, denn das sehnige Fleisch ließe sich bestimmt als magische Zutat verkaufen. Er würde die enormen Zähne aus dem Kiefer brechen und an andere Händler verschachern. Stücke des gestreiften Fells würden bei den *Chievdars* landen, und die Tatzen voller scharfer Klauen bei den Statthaltern, die sich gerne mit exotischen Trophäen aus den Ländern jenseits des Großen Flusses schmückten. Nachdem der Tiger sein letztes Gebrüll ausgestoßen hatte, würde sein Tod mehr als gewinnbringend sein. Der Schlachter bezahlte dem Previzi eine stattliche Summe, aber er wusste, dass er sie in ein paar Monaten verdreifachen würde. In der Zwischenzeit konnte er sich an der Furcht der Leute ergötzen und hatte eine neue Methode, unerwünschte Besucher von seinem Stand fortzuscheuchen.

Vier Jahre zuvor hatte ich am eigenen Leib erfahren, wie sehr es dem Schlachter gefiel, Angst zu verbreiten. Meine Mutter war erst seit ein paar Tagen verschwunden gewesen. Ohne sie war ich hilflos und verloren. Der Hunger starrte mir aus den Augen. Ich war über den Ladenstand des Schlachters gestolpert, wo gehäutete Lämmer von Haken baumelten, summende Fliegenschwärme vom feuchten rosa Fleisch kosteten, Käfigtauben einander den letzten Flaum aus den kahlen Köpfen pickten und mysteriöse Fleischbrocken vor Alter in allen Regenbogenfarben schimmerten. Ich war stehen geblieben, hatte den Stand angestarrt und mich gefragt, wie ich wohl an einen Happen dieses Reichtums gelangen konnte, als plötzlich ein scharfer Schmerz auf meiner Wange brannte. Bevor ich mein blutendes Gesicht betasten konnte, zog sich ein weiterer Schnitt über meine beiden Waden. Dann sah ich den Schlachter lachen. Er genoss meine Verwirrung, hob eine lange Weidenrute und ließ sie noch einmal in meine Richtung schnappen. Der dünne, biegsame Zweig öffnete die Haut über meiner Augenbraue. Ich rannte fort, doch er schrie mir hinterher, dass ich mich nie wieder blicken lassen sollte. Straßenratten mit leeren Taschen waren an seinem Stand weniger willkommen als die Fliegen, die sein Fleisch umschwärmten.

Aber dieser Siegespreis hätte sich leicht als tödlich erweisen können. Für den Raub war es nötig, dein Leben zu riskieren. War es das wert?

Die Königin hatte mich fragend angeschaut. Ich bezweifelte, dass sie Gedanken lesen konnte, auch wenn allgemein bekannt war, dass sie die Gabe besaß. Trotzdem sah sie die Antwort in meinen Augen stehen. *Ja, das war es wert.* Ich bereute weder die übersprungenen Mahlzeiten noch meine neu erlernte endlose Geduld oder die vielen Gefälligkeiten, die ich hatte erbetteln und erkaufen müssen.

Für den Diebstahl hatte es einen weiteren Grund gegeben, den ich ihr nicht erklären konnte. Doch an jenem Tag hatte er sich mit Krallenschärfe in mein Herz gebohrt: Die Augen des Tigers. Ihre Schönheit. Ihr Leuchten. Ihre Bernsteinfarbe, die Erinnerungen hochschwemmte, bis ich fast darin ertrank. Der gebrochene Blick raubte mir den Atem. Verzweiflung, versteckt hinter einer trotzigen Kampfansage. *Schsch, Kazi, bleib jetzt ganz still.*

In diesem flüchtigen Moment sah ich mich bereits, wie ich ihn über eine wackelige Hängebrücke in die Freiheit des Waldes führte, und hörte ihn brüllen, wild, laut und ungebrochen. Zumindest hoffte ich, dass er befreit wieder zu Kräften kommen würde.

Das Geschöpf, das du für mich stehlen sollst, ist noch gefährlicher, Kazimyrah. Du wirst genauso vorsichtig und trickreich sein müssen wie damals. Vor allem wirst du jedes bisschen Geduld brauchen, das du besitzt. Sei nicht zu wagemutig, sonst riskierst du dein Leben und auch das deiner Begleiter. Dieses Raubtier wird nicht zögern, dich zu töten.

Trickreich. Vorsichtig.

Geduldig.

Ich hatte mich schon immer in Geduld üben müssen. Sogar für den Diebstahl einer einfachen Rübe oder eines Hammelknochens musste man warten, bis sich eine Gelegenheit bot. Das konnte Stunden oder länger dauern. Und falls die Gelegenheit sich nicht von selbst ergab, brauchte man noch mehr Geduld, um eine herbeizuführen. Man lernte Jonglieren, um die Händler abzulenken, oder stellte ihnen Rätsel, die ihre Gedanken auf andere Bahnen führten, sodass sie ihre Wachsamkeit vergaßen. Den Messingknopf zu stehlen, hatte eine Woche geduldiger Planung erfordert. Für den Tiger hatte ich über einen Monat gebraucht und war dabei erstmals an meine Grenzen gestoßen. Ich konnte nicht einmal sicher sein, ob das Tier lange genug überleben würde, um meinen Plan durchzuführen. Immer wieder musste ich meine Eile zügeln, bis meine Geduld abgenagt war wie ein fleischloser Knochen. Damals hatte ich geglaubt, schwieriger könnte ein Diebstahl nicht werden.

Aber nun sollte ich einen Verräter stehlen und stieß dabei auf ein Problem, das ich nicht erwartet hatte, nämlich Jase Ballenger. Und anscheinend war inzwischen noch etwas anderes schiefgelaufen. Eine deutlich größere Komplikation als bisher. Masons entschlossene Schritte und das lange Schweigen zwischen uns sprachen Bände. Eine Vorahnung lag in der Luft, die ich regelrecht schmecken konnte. Blut und Zorn.

Wenn ich in Venda gespürt hatte, dass etwas nicht nach Plan lief, dann war ich zurückgewichen, fortgeschlendert und in der Menge untergetaucht. Danach hatte ich mir einfach eine andere Zielperson gesucht. Aber hier konnte ich das nicht.

Geduld, Kazi. Geduld. Davon hast du mehr, als du glaubst.

Diese Lüge erzählte ich mir gerne.

Bisher hatte sie immer funktioniert und nur darauf kam es an.

Ich musterte das Blut an Masons Ärmel. Was für »geschäftliche Angelegenheiten« sollten das sein, die ihnen so plötzlich ins Haus geweht waren? Hatten sie vielleicht Wren und Synové entdeckt? Was, wenn das Blut …

»Wieso ist Jase nicht selbst gekommen, um mich zu holen?«, fragte ich.

Mason grinste. »Bin ich so schlecht als männliche Eskorte? Du solltest nichts auf die Gerüchte über mich geben.«

»Ich höre immer auf Gerüchte.«

»Du kannst dich entspannen. Es gibt keinen Grund zur Sorge.«

Wenn jemand das sagte, bedeutete es meistens das genaue Gegenteil. »Ich habe mich nur gefragt …«

»Jase musste sich erst sauber machen und umziehen.«

Sauber machen? Vor ein paar Stunden hatte er tadellos ausgesehen. »Eure Geschäfte waren wohl ziemlich schmutzig.«

»Stimmt.«

Mir war klar, dass ich nichts weiter aus ihm herausbekommen würde. Mason gehörte zum innersten Kreis der Familie, war einer ihrer unverrückbaren Ecksteine, und nichts würde ihn dazu bringen, gegenüber einer Außenstehenden zu plaudern. Ich verstand und bewunderte diese Haltung. Um eine Brücke zum Einsturz zu bringen, genügte schon ein Stein, der ins Wackeln geriet. Leider half seine Loyalität mir wenig.

Wir erreichten das Ende eines langen Flurs. Tiago und Drake hatten sich zu beiden Seiten einer Flügeltür postiert.

»Sie sind drinnen«, sagte Drake, »und warten.«

Wer? Ein metallisch-salziger Geschmack füllte meinen Mund. *Geduld, Kazi. Noch hast du den Tiger nicht.* Ich wusste, dass Geduld den entscheidenden Unterschied zwischen Erfolg und Misserfolg ausmachen konnte.

Mason öffnete die Tür, und wir gingen hinein.

Der Raum war klein und fensterlos, mit einer Vertäfelung aus dunklem Holz, doch ein Eisenleuchter in der Ecke hüllte alles in ein warmes goldenes Licht. Jase fläzte auf einem Stuhl, und seine Stiefel ruhten auf dem Kopfende eines langen Tisches. Er wurde von Gunner und Titus flankiert. Gunner schaute Papiere durch, die über den Tisch verstreut lagen, und schrieb konzentriert auf einem weiteren Blatt.

Als ich hereinkam, sprang Jase auf. Er trug ein anderes Hemd als vorhin. Seine braunen Augen, in deren Wärme ich früher so gerne versunken wäre, starrten mich kalt und distanziert an. Der Geschmack von Zorn und Blut in der Luft war mehr als bloße Einbildung.

»Guten Abend, Kazi«, sagte er förmlich.

Eine Faust schien sich in meine Brust zu rammen. Ich spürte den Tod. Seine wilde Stärke nahm mir den Atem. »Wen hast du umgebracht?«, fragte ich, ohne mich um weitere Formalitäten zu scheren.

»Wer sagt denn …«

»Ich will Wren und Synové sehen! *Sofort!*«

Jase kam zu mir und nahm mich am Ellbogen, um mich zu einem Stuhl zu geleiten. »Setz dich. Deinen Freundinnen geht es gut, aber wir können sie nicht herbringen, weil …«

Ich riss mich los. »Weil ihr sie nicht wirklich gefangen habt, oder?«, fragte ich und betete, dass ich recht hatte. Würde er mir wenigstens dieses eine Mal die Wahrheit sagen? Ich hoffte es inständig. »Deshalb willst du mir nicht erlauben, sie zu sehen.«

Gunner stand auf und zog etwas aus einer Ledertruhe, die auf dem Boden stand. Er warf zwei Gegenstände auf den Tisch. Wrens *Ziethe*-Säbel kreiselte klirrend auf dem polierten Holz. Daneben landete der Handschuh einer Bogenschützin, den ich sofort als Synovés erkannte. Sein butterweiches, goldbraunes Leder ließ ihn zu mir über den Tisch gleiten.

Gunner grunzte: »Wir dachten uns schon, dass du Beweise brauchst.«

Ich stieß zitterig den Atem aus und ließ sie glauben, dass es Furcht und nicht Erleichterung war. Äußerlich wirkte ich noch immer aufgebracht, während ich innerlich ganz ruhig wurde. Nun wusste ich fast ohne Zweifel, dass die beiden frei waren. Wrens Krummsäbel hatten Griffe, die mit gefärbtem Leder umwickelt waren. Vor mir auf dem Tisch lag der rote. Er gehörte zu einer Ersatzwaffe, die sie immer sorgfältig eingepackt in der Tiefe ihrer Satteltasche mit sich herumtrug. Ihre Lieblingsklingen waren die blaue und violette *Ziethe*, deshalb trug Wren sie griffbereit am Leib. Der Handschuh mit Monogramm war ein Geschenk der Königin an Synové und sie hatte ihn noch nie benutzt. Dazu war er ihr zu kostbar. Das Leder sah immer noch wie neu aus. Gunner war also nur an ihre Satteltaschen herangekommen. Vielleicht hatte der Vogt sie während unseres Aufenthalts in der Stadt aus dem Mietstall geholt und einbehalten. Wären Wren und Synové wirklich gefangen genommen worden, hätte man nicht ihre Habseligkeiten hervorwühlen müssen. Es wäre einfacher gewesen, ihnen die Waffen abzunehmen, die sie offen am Gürtel trugen.

»Das bedeutet nicht, dass sie noch am Leben sind«, sagte ich, um die Täuschung aufrechtzuerhalten. »Ich habe das Blut auf Masons Hemd gesehen.«

Titus schüttelte den Kopf. »Die Dame ist nicht leicht zu überzeugen, Jase. Ich frage mich, wie du all die Zeit mit ihr ausgehalten hast.« Er warf ein lose verschnürtes Paket vor mir auf den Tisch.

Ich zog das Papier an einer Ecke auf und musste ein Würgen unterdrücken.

»Sieht das aus wie die Ohren deiner Freundinnen?«, fragte Titus.

»Nein«, antwortete ich kurz.

»Pack das weg, Titus«, fuhr Jase ihn an.

Sein Bruder schob die Ohren zurück in das blutverschmierte Papier und legte sie zur Seite. Ich versuchte mir auszumalen, wie abgeschnittene Körperteile ins Gesamtbild passten.

»In Höllenrachen gab es noch mehr Ärger«, sagte Jase. »Wir brauchen deine Hilfe.«

Ich betrachtete einen pflaumenfarbenen Fleck auf Jase' Stiefelspitze, den er wohl in der Eile übersehen hatte. Er bemerkte meinen Blick und lenkte meine Aufmerksamkeit davon ab, indem er mich beim Arm nahm und nun endgültig zu einem Stuhl führte. Alle anderen setzten sich um mich herum an den Tisch. Sie berichteten ernst und ohne weitere Umschweife, was sich ereignet hatte. In der Stadt waren weitere Sklavenjäger entdeckt worden. Das erklärte die Kälte in Jase' Augen und auch in seiner

Stimme. Er hasste nichts so sehr wie diese räuberischen Aasfresser. Ich teilte seine Gefühle, zumal wir selbst den Albtraum der Gefangenschaft gerade erst hinter uns hatten.

Also hörte ich zu, ohne die Brüder zu unterbrechen, und fragte mich, wo *meine* Hilfe ins Spiel kam. Die Ballengers erklärten, dass jemand sie attackierte und zu entmachten versuchte, weil sie im Augenblick geschwächt wirkten. Jase sagte, sie würden bereits daran arbeiten, den Schutz der Stadt zu verstärken und damit kurzfristig das Problem lösen. Aber beruhigender für die Nerven der Bevölkerung wäre es, wenn bekannt würde, dass eine mächtige Herrscherin zu Besuch kommen und den Herrschaftsanspruch der Familie anerkennen wolle. Das würde die unbekannten Gegner abschrecken, die bei den Angriffen die Fäden zogen. Die Brüder vermuteten, dass zwei oder mehr Bündnisführer zusammenarbeiteten.

Ich lehnte mich zurück, denn mir war schon klar, wohin diese Rede führte. Durch das Auftauchen weiterer Sklavenjäger hatte Gunners impulsive Aktion eine hässliche Dringlichkeit bekommen.

»Dann fragt den König von Eislandia, ob er herkommt«, sagte ich. »Schließlich gehört Höllenrachen zu seinem Machtbereich.«

Die Ballengers brachen in Gelächter aus, doch es klang keineswegs fröhlich. Ich erinnerte mich, wie Griz die Augen verdreht hatte, als er den König beschrieb. Anscheinend hatten die Brüder eine ähnliche Meinung von ihm.

Mason stieß sich ein Stück vom Tisch ab. »Er mag sich König nennen, aber so würde ich ihn kaum bezeichnen.«

»Eher als Witzfigur«, fügte Titus hinzu.

Auf Gunners Gesicht stand die gleiche Verachtung. »Er holt sich seine zwei Prozent Steuern, aber kann Höllenrachen kaum von einem Sumpf in den Cam Lanteux unterscheiden. Als er die Stadt das letzte Mal besucht hat, brauchte er Zuchttiere für seinen Landsitz, und dann war er auch schon wieder verschwunden.«

Mason verzog den Mund. »Und was er sich an Kühen ausgesucht hat, ging auf keine Kuhhaut. Der Mann ist sogar als Bauer ein Versager.«

»Wie schon gesagt«, wiederholte Jase, »wir brauchen eine *mächtige* Person, die unsere Rechte anerkennt. Was wir wollen, ist …«

»Sie wird nicht kommen«, sagte ich rundheraus, bevor er sich weiter in die Idee hineinsteigern konnte.

Gunner lehnte sich vor. »Doch, das wird sie, wenn du sie in einem Brief nach Torsfeste einlädst. Wir haben das Schreiben schon fertig aufgesetzt. Du brauchst es nur abzuschreiben und zu unterzeichnen.« Er schob mir ein leeres Blatt entgegen.

Ich ignorierte ihn und drehte mich zu Jase um. »Die Leute glauben doch schon, dass sie kommt. Reicht das nicht? Ich bin sicher, Gunner kann sich weitere lächerliche Lügengeschichten ausdenken, wenn sie auf sich warten lässt.« Gunners Lippen strafften sich über den Zähnen und seine Augen glühten vor Wut.

»Ein Versuch würde dich nichts kosten, nicht einmal Mühe.« Die Kälte war aus Jase' Stimme gewichen. Sein Blick bohrte sich forschend in meinen, als suche er nach einem Weg, zu mir durchzudringen. Er wusste selbst, dass die Idee weit hergeholt war. Trotzdem schien sie ihm von den Möglichkeiten, die ihm offenstanden, am meisten am Herzen zu liegen. Ihm und seiner Familie. Warum? »Was kann ein einfacher Brief schon schaden?«, fügte er hinzu.

Damit hatte er recht, und ich teilte seinen Standpunkt sogar in gewisser Weise. Ich verabscheute Menschenhändler genauso wie er. Aber hier ging es nicht bloß darum, aus Gunners Schwindel echte Tatsachen zu machen. Von den Sklavenjägern und Angriffen auf Höllenrachen abgesehen, verhandelten die Ballengers um etwas, das sie im Innersten traf. Durch die Königin ignoriert zu werden, war ein Zeichen von Schwäche und konnte zu dem losen Faden werden, der den ganzen Saum aufreißen ließ. Sie hatten ihren enormen Stolz allzu sichtbar werden lassen. Die Ballengers waren tatsächlich überzeugt, dass sie das erste Königreich gegründet hatten, und nun wollten sie dafür offizielle Anerkennung.

Ich zog den vorgefertigten Brief zu mir heran und las ihn langsam durch. Über so viel Dreistigkeit konnte ich nur den Kopf schütteln. »Auf diese Weise funktioniert es nicht.«

Titus trommelte ungeduldig auf dem Tisch herum. »Bei uns schon.«

»Der Text klingt wie eine versteckte Drohung.«

»Nur, wenn du uns schlechte Absichten unterstellst«, sagte Jase.

»Außerdem könnte es Wochen dauern, bis ein Bote sie erreicht, und in der Zwischenzeit …«

»Wir haben Valspreys.«

Ich stockte und fragte mich, wie das möglich war. Die windschnellen Greifvögel aus Dalbreck wurden von heimischen Falknern trainiert und waren erst in den letzten Jahren an die anderen Königreiche verschenkt worden, um eine schnelle Möglichkeit der Kommunikation zu haben.

»Die Händler in der Arena haben eine überraschend große Bandbreite an Waren im Angebot«, erklärte Jase.

Gestohlene Waren. Ich war nicht allzu überrascht. Aber Valspreys waren nur darauf trainiert, bestimmte Städte anzusteuern. Höllenrachen gehörte nicht dazu. Auf diesen Einwand erwiderte

Jase, die Königin könne ihren Valsprey mit der Antwort nach Parsuss schicken. Für die Strecke dorthin brauchte ein Bote nur wenige Tage.

Die Brüder hatten an alles gedacht. Bis auf eine Kleinigkeit.

Eine enorm wichtige Kleinigkeit.

Die Königin würde nicht kommen. Sie würde den Ballengers niemals geben, wonach sie verlangten – nämlich Legitimität –, weil sie sich wie Straßenräuber verhielten. Darüber hatte der König von Eislandia keine Zweifel gelassen. Die Ballengers trieben in Höllenrachen eigene Steuern ein und leiteten nur einen geringen Teil an die Hauptstadt weiter. Sie besaßen die Frechheit, den Zehnten von allem zu verlangen. Sogar von der königlichen Geldbörse. Sogar von der Luft, die vendanische Siedler atmeten. Der König hatte Griz erzählt, dass der gesamte Norden seines Reiches fest im Griff dieser Banditenfamilie war und er keine Ahnung hatte, wie er sie unter Kontrolle bringen sollte. Die Ballengers als rechtmäßige Herrscher anzuerkennen, war das Letzte, was irgendein Monarch tun würde.

Aber ein Brief konnte mir wertvolle Wochen erkaufen, um die Festung nach dem Verräter zu durchsuchen, Wren und Synové zu finden, Kontakt zu Natiya und den anderen aufzunehmen, und am Ende mit meinem Gefangenen durchzubrennen. Besser noch, vielleicht konnte ich sogar ein weiteres vendanisches Problem lösen. Die Königin würde mehr als erfreut sein, wenn sie davon hörte. *Wünsch dir etwas, Kazi.* Wie es aussah, wurden für mich gleich mehrere Wünsche auf einmal wahr.

Die Brüder starrten mich gespannt an und warteten auf meine Entscheidung. Ich würde ihnen ein paar Minuten lang das Gefühl des Sieges geben, bis es wie ein Widerhaken festsaß … nur um es im letzten Moment wieder wegzuschnappen.

Also griff ich nach dem Brief und begann, ihn abzuschreiben.

»Ich muss ein paar Formulierungen ändern und Wren und Synové erwähnen, oder die Königin wird merken, dass das Schreiben nicht von mir stammt.«

»Nur kleine Änderungen«, bestimmte Gunner.

Sie lehnten sich näher wie Markthändler, die mir beim Jonglieren zuschauten, während ich sie übers Ohr haute. Ihre Blicke verfolgten jeden Buchstaben, den ich sorgfältig aufs Papier brachte, und ihre Erwartung stieg.

An Ihre Majestät, die Königin von Venda

Ich schreibe, um Euch mitzuteilen, dass unsere Untersuchungen gut vorangehen, aber zu überraschenden Ergebnissen geführt haben. Die Dynastie der Ballengers verwaltet erfolgreich und mit erstaunlichem Geschick einen großen Landstrich, der schwer zu befrieden ist.

Die Bevölkerung wird von vielen Gefahren bedroht, doch die Ballengers haben Erfahrung darin, ihre Bürger zu beschützen. Sie haben diese Aufgabe seit unzähligen Jahrhunderten wahrgenommen, lange bevor die anderen Königreiche gegründet wurden. Ihre Lebensweise mag sich von unserer unterscheiden, doch in diesem wilden, ungezähmten Gebiet greifen sie zu den Maßnahmen, die eben nötig sind. Die Bewohner von Höllenrachen sind ihnen dankbar für ihre Führung und ihren Schutz.

Wir empfehlen daher mit Nachdruck, dass Ihr nach Torsfeste kommt, um die Arbeit der Ballengers und ihre Regentschaft anzuerkennen. Wir selbst wohnen in der Festung und nehmen die vielen Eindrücke auf, die ihre Gastfreundschaft uns bietet. Wren, Synové und ich werden in Torsfeste bleiben, bis Ihr kommt. Wir lernen täglich mehr über …

Ich legte den Stift nieder.

»Wieso hörst du auf?«, fragte Jase.

Ich kaute an meinem Fingernagel, als müsse ich nachdenken. »Bevor ich zu Ende schreibe und unterzeichne, habe ich noch eine kleine Bedingung.«

Jase' Brust hob sich zu einem tiefen Atemzug. Ihm war schon klar, dass ich bestimmt nichts Kleines verlangen würde. »Und die wäre?«

»Keine Bedingungen«, widersprach Titus.

Gunner fielen fast die Augen aus dem Kopf. »Will sie jetzt etwa *uns* erpressen?«

Mason schnaubte ungläubig und knurrte. »Ich glaube, dass sie genau das vorhat.«

»Nur, wenn ihr mir *schlechte Absichten unterstellt*«, erwiderte ich lächelnd. »Ich nenne es lieber ein Honorar für meine Dienste. Einen schlichten Handel. Darauf versteht ihr Ballengers euch doch besonders gut, oder?«

Jase' Stimme wurde kühl. »Was verlangst du?«

»Eine Wiedergutmachung«, antwortete ich. »Ihr werdet alles zurückgeben, was den vendanischen Siedlern gestohlen wurde – *mit Zinsen* – und die zerstörten Häuser, Ställe und Zäune wiederaufbauen.«

Ihre hitzigen Temperamente explodierten regelrecht. Wütender Widerspruch umstürmte mich von allen Seiten. Jase sprang auf die Füße. »Hast du den Verstand verloren? War unsere Botschaft nicht klar genug? Wir *wollen*, dass die Siedler verschwinden.«

»Sie haben das Recht, hier zu sein. Venda hat Kosten und Mühe auf sich genommen, um ihr neues Zuhause aufzubauen. Der König von Eislandia persönlich hat den Ort bestimmt und abgesegnet.«

Jase knurrte. »Du meinst den König, der Höllenrachen nicht von seinem Arsch unterscheiden kann?«

Ich zuckte mit den Schultern. »Ohne Widergutmachung kein Brief.«

»Nein!« Jase begann eine wütende Tirade, tigerte im Raum herum, fuchtelte mit den Händen, stieß die Faust in die Luft und wiederholte seine Behauptung, dass die Ballengers nichts mit der Zerstörung zu tun hatten. Den Vendanern zu helfen, wäre geradeso, als würde die Familie ein Willkommensschild für jedermann aufstellen, in ihr Land einzufallen und sich frei zu bedienen. Seine Einwände wurden von den anderen mit zornigen Ausrufen unterstützt. Sie peitschten sich gegenseitig auf wie ein Rudel heulender Schakale. »Mit den Siedlern haben unsere Probleme erst angefangen! Wenn wir nur einem einzigen erlauben, sich an unserem Territorium zu vergreifen, denken alle anderen, wir seien schwach geworden, und wollen auch ein Stück vom Kuchen!«

Ich seufzte. »Hier geht es um sieben Familien. Fünfundzwanzig Leute insgesamt. Ihr benutzt das Land, auf dem sie wohnen, doch nicht einmal. Sind die Ballengers so kleinmütig, dass sie ein paar Familien als riesige Gefahr sehen? Könnt ihr sie nicht stattdessen als Gewinn betrachten? Schließlich vergrößern sie die Bevölkerung, über die eure Dynastie herrscht.«

Sie schauten mich an, als würde ich eine fremde Sprache sprechen.

Ich lehnte mich zurück und verschränkte die Arme. »So lauten meine Bedingungen.«

Die Brüder wechselten wortlose Blicke. Ich sah, wie ihre Frustration wuchs, Nasenflügel bebten und Kiefer hervortraten. Atemzüge beschleunigten sich in zorniger Empörung. Die Stille tickte.

»Wir können sie umsiedeln«, schlug Jase schließlich vor, »und ihre Gebäude an einem anderen Ort neu aufbauen.«

Ein hitziger Chor aus Grunzlauten ertönte. Die anderen hielten offenbar nichts von diesem Kompromiss.

»Gut, aber der Austausch muss fair sein«, antwortete ich. »Wasser, fruchtbarer Boden und nicht weiter als ein Tagesritt von der Stadt entfernt.«

»Versprochen.«

»Dann hätte ich noch eine Nebenklausel.«

Gunner warf die Hände in die Luft. »Kann ich ihr bitte den Hals umdrehen?«

»Die Ballengers werden die Arbeit selbst erledigen«, sagte ich. »Um genau zu sein, der *Patrei*. Du, Jase. Ich erwarte, dass du persönlich mit anpackst, um die Siedlung wiederaufzubauen. Das sollte nicht lange dauern. Höchstens ein paar Wochen. Sie hatten schließlich von Anfang an nicht viel. Ich werde hier in Torsfeste bleiben – freiwillig –, um sicherzustellen, dass die Arbeit erledigt wird. Dafür ziehst du die Wachen von meiner Tür ab und behandelst mich als echten Gast, genau wie der Brief so unglaubwürdig behauptet.«

Jase ballte die Hände zu Fäusten. »Unterzeichne das verdammte Papier.«

»Heißt das, wir haben eine Abmachung?«

Mit einem steifen Nicken gab er sein Einverständnis.

Titus stöhnte.

Ein giftiges Zischen drang durch Gunners Zähne.

Mason schüttelte den Kopf.

»Unterzeichne«, wiederholte Jase und schob mir den Brief vor die Nase.

Ich schaute ihn an und wusste, dass ich seinem Familienstolz einen kräftigen Dämpfer versetzt hatte. Aber ich glaubte noch etwas anderes über ihn zu wissen – oder hoffte es zumindest. Ich hatte es in seinen Augen gesehen, als er mir nachts Geschichten ins Ohr wisperte, als er einen Wunschhalm gegen die Blasen an meinem Fuß presste und als er Nash in die Arme nahm, um ihm die Tränen abzuwischen.

»Danke«, flüsterte ich. Dann tunkte ich die Feder in das Tintenfass und unterzeichnete schwungvoll.

Alles entwickelt sich bestens. Tatsächlich haben die Ballengers großzügig zugestimmt, den Siedlern zu helfen, nachdem einige Bauten von einem unglückseligen Brand zerstört wurden. Die Vendaner werden neue Häuser an einem Platz erhalten, wo der Boden noch mehr Ernte abwirft. Ich weiß, dass Ihr in letzter Zeit viel auf Reisen wart, hoffe aber dennoch, dass dieser Brief zu einem baldigen Besuch in Torsfeste führen wird. Bringt goldenen Thannis als Dankgeschenk mit, denn unsere Gastgeber verdienen eine solche Ehre. Wir freuen uns auf ein baldiges Wiedersehen.

Eure stets getreue Dienerin
Kazi aus Hellnebel

Jase nahm den Brief und suchte nach verräterischen Zeichen. »Thannis?«, fragte er.

»Eine Dornenranke. Du hast die Pflanze bestimmt auf meiner Weste gesehen, die von den Sklavenjägern gestohlen wurde. Sie ist auch auf dem vendanischen Wappen abgebildet. Es handelt sich um eine Wildpflanze, die nur in unserem Land vorkommt, und auf deren Eigenschaften wir sehr stolz sind. Sie dient als traditionelles Gastgeschenk, wenn wir Besucher empfangen – außer natürlich, ein Unkraut ist unter eurer Würde?«

»Ich kann mich an eine Pflanze auf ihrer Weste erinnern«, sagte Titus.

»Ein Gastgeschenk ist uns natürlich willkommen«, schob Gunner ein.

Jase nickte. »Wir werden zusehen, dass wir auch ein passendes Geschenk für die Königin haben.«

Nachdem der Brief unterschrieben war, kehrte ich in mein Zimmer zurück. Drake und Tiago eskortierten mich bis zur Tür, aber dann verschwanden sie, wie es meine Abmachung mit Jase verlangte. Als ich hineinging, entdeckte ich eine kleine Schale mit Obst auf der Frisierkommode. Apfelsinen. Drei perfekte Apfelsinen.

Hatte er im Voraus gewusst, dass ich den Brief unterschreiben würde? War das hier sein Dank?

Ich nahm eine Frucht und ritzte die Schale mit dem Fingernagel ein, sodass der Saft herausquoll. Dann hielt ich die Apfelsine an die Nase und atmete den köstlichen, magischen Duft ein.

Oder vielleicht hatte er sich im Nachhinein bedanken wollen, weil ich ihm den Siegelring zurückgegeben hatte?

Nein, entschied ich, während ich die Frucht pellte.

Das hier war einfach nur Jase, der wusste, wie sehr ich Apfelsinen liebte.

Kapitel 22

Jase

Obwohl beide Fenster offen standen, war die Luft heiß und stickig, als habe die Welt aufgehört zu atmen. Mein Rücken drückte sich feucht gegen die Laken. Ich konnte kaum glauben, dass ich heute Morgen beim Aufwachen in einem Bett aus Gras gelegen und Kazi sich an meine Brust geschmiegt hatte, während die Kette uns verband.

Inzwischen war es weit nach Mitternacht und ich hätte eigentlich vor Erschöpfung umfallen müssen. Stattdessen rollte ich entweder unruhig im Bett herum oder tigerte durchs Zimmer … und zwar durch eines der Gästezimmer. Von Oleez hatte ich diese Zumutung nicht erfahren. Sie hatte sich nicht getraut. Ich war endlich zurück in Torsfeste und aus meinen eigenen Räumen verbannt worden.

Natürlich hätte ich Kazi leicht umquartieren können, aber ich hatte noch genug andere Kämpfe mit ihr auszufechten. Dieser war die Anstrengung nicht wert. Seltsamerweise war ein Teil von mir sogar ganz zufrieden bei der Vorstellung, dass sie in meinem Zimmer schlief. Ich konnte nicht recht sagen, warum. Die Gästequartiere waren sowieso größer und bequemer, weil sie Besucher beeindrucken sollten. Mir war klar, dass Kazi inzwischen vermutlich jeden Gegenstand in meinem Zimmer inspiziert hatte. Was dachte sie wohl darüber? Hatte sie meine Bücher durchgeblättert und nach den Geschichten gesucht, die ich ihr erzählt hatte? Meine Kleidung begutachtet? Den Kleinkram durchstöbert, der ganz unten in meinem Schrank verstaut war? Soweit ich mich erinnern konnte, lagen dort mindestens drei Messer. Ich ging davon aus, dass sie sich bereits bewaffnet hatte. Aber das machte mir keine Sorgen. Hatte sie noch ein Bad genommen? Die Abscheu auf ihrem Gesicht war unübersehbar gewesen, als Titus die Ohren auf den Tisch geworfen hatte. Nachdem sie gegangen war, hatte ich meinen Bruder beim Kragen gepackt und gegen die Wand geschmettert. *Tu das nie wieder*, hatte ich ihn angeherrscht. *Wenn wir uns schon die Hände schmutzig machen müssen, braucht das nicht jeder zu sehen.* Besonders nicht Kazi. Man konnte ihr die Furcht vom Gesicht ablesen, als sie dachte, wir hätten ihren Freundinnen etwas angetan. Die beiden getötet. Die Panik in ihrem Blick hatte sich durch meinen Leib gesägt wie ein stumpfes Messer. Ihr Instinkt hatte ihr gesagt, was meine Miene – und die meiner Brüder – zu bedeuten hatte. Kazi erkannte den Tod, wenn sie ihn sah.

Um das Blut, das ich tatsächlich vergossen hatte, tat es mir nicht leid. Ich würde es wieder tun.

Foley war gekommen, um Bericht zu erstatten und mich zu holen.

Als ich mit Mason, Gunner und Titus das Lagerhaus betrat, hatten Lothar und Rancell sie schon auf die Knie gezwungen. Unsere *Straza* Tiago und Drake standen drohend im Hintergrund.

»Wir haben ihren Karren in einer Gasse entdeckt«, sagte Rancell. »Als wir die Plane hochgehoben haben, lag dort der Sohn des Braumeisters gefesselt und geknebelt. Die anderen Ketten waren noch leer. Anscheinend hatten sie ihre Ware noch nicht vollzählig beisammen.«

Ich trat näher an die drei Männer heran. Zwei von ihnen begannen heulend, um Gnade zu flehen. Der dritte sagte nichts, aber der Schweiß lief ihm über die Stirn. Sie waren eine noch erbärmlichere Truppe als die Sklavenjäger, die Kazi und mich verschleppt hatten. Ihre Lumpen stanken zum Himmel, und zwischen ihren Fingerknöcheln war der Dreck verkrustet. Aber ihre Geschichte lautete genau gleich. Man hatte sie im Voraus bezahlt. Sie kannten ihren Auftraggeber nicht. Der Mann, der sie mit seiner fetten Geldbörse angelockt hatte, trug einen breitrandigen Hut tief ins Gesicht gezogen. Sie konnten nicht einmal genau sagen, welche Haarfarbe er hatte.

»Wer von euch hat das Geld genommen?«, fragte ich.

»Er!«, riefen die beiden schniefenden Jammerlappen.

Ich starrte auf ihren schweigenden Kumpanen. Sein Schweißausbruch war das einzige Zeichen, dass er verstand, in welcher Lage er sich befand. Mein Hass auf Menschenhändler erreichte einen neuen Höhepunkt. Hier ging es um etwas Persönliches. Der Sohn des Braumeisters war erst vierzehn.

»Also bist du der Anführer?«

Er nickte.

»Habt ihr solche Aufträge schon früher erledigt?«

»Nicht hier. Anderswo. Dafür bekommt man gutes Geld. Aber er hat gesagt, diesmal müsste es Höllenrachen sein, und …«

»Weißt du, wem die Stadt gehört?«, fragte ich.

Er schluckte, und seine Miene wurde plötzlich diensteifrig. »Ihr bekommt einen Anteil«, sagte er. »Bestimmt können wir etwas aushandeln. Die Hälfte. Wollt ihr die Hälfte? Dafür müsst ihr keinen Finger rühren.«

»Weißt du, was mit dem Jungen passiert wäre, den ihr entführt habt?«

»Ein Bergwerk. Er wäre in einem Bergwerk gelandet, das ist alles. Gute harte Arbeit.«

Gut? In einer Mine zu verrecken … angekettet in einem Karren zu liegen und gewaltsam verschleppt zu werden? Der Kerl war anscheinend nicht einmal fähig, den Sohn des Braumeisters als einen Menschen zu sehen, der ein Leben und eine Zukunft hatte. Für ihn war der Junge nur eine profitable Ware. Ich zog meinen Dolch.

»Alles. Ihr könnt alles haben«, bettelte der Anführer. »Das Geld ist in meiner Weste. Nehmt es.«

»Alles?« Ich trat näher und kniete mich Auge in Auge vor ihn. »Das ist sehr großzügig, aber ich habe es eilig, also habe ich einen besseren Handel für dich. Ich werde deinen Tod kurz und schmerzlos machen, statt dich von meinen Hunden zerreißen zu lassen … wie du es verdient hättest.« Ich bezweifelte, dass meine Worte zu ihm durchdrangen, bevor ich ihm meine Klinge in die Kehle stieß. Blut sprühte über mein Hemd und mein Gesicht. Er war tot, noch ehe ich den Dolch wieder herausgezogen hatte.

Ich stand auf und wandte mich den beiden anderen zu. Sie versuchten heulend, auf den Knien fortzurutschen, aber Mason und Titus hatten sich hinter ihnen aufgebaut, sodass sie nicht weit kamen.

»Soll ich die beiden übernehmen?«, fragte Tiago.

Ich schlenderte auf sie zu, als würde ich sie prüfend in Augenschein nehmen »Eher nicht«, sagte ich. »Sie könnten uns als Boten nützlich sein. Was meint ihr? Wollt ihr lieber sterben oder eine Botschaft überbringen?«

»Die Botschaft!«, riefen sie einstimmig. »Bitte, die Botschaft! Wir bringen sie überallhin.«

Ich gab Mason und Titus ein Zeichen. Sie packten die beiden bei den Haaren, rissen ihre Köpfe zurück, und in Sekundenschnelle lag vor jedem der Männer ein abgetrenntes Ohr. Ihre Schreie hallten von den Wänden des Lagerhauses wider, aber als ich ihnen befahl zu schweigen, gehorchten sie. Schließlich hatten sie selbst gesehen, was ihnen sonst blühte.

»Schon besser. Hier kommt die Botschaft. Ihr verdrückt euch zurück in das Loch, aus dem ihr gekrochen seid, damit dort jedermann einen guten, langen Blick auf eure Ohren werfen kann, und erzählt allen, wer dafür verantwortlich ist: die Ballengers. Lasst sie wissen, dass keine Geldsumme den Ärger wert ist, den man sich in Höllenrachen einhandelt. Die Bürger unserer Stadt sind tabu. Wenn ich hier jemals einen von euch wiedersehe, sei es auch nur für einen Schluck Wasser am Brunnen, dann verliert ihr ein Körperteil, das euch sehr viel wertvoller ist als die Ohren. Das garantierte ich euch, und auf mein Wort ist Verlass. Verstanden?«

Sie nickten beide.

»Gut. Dann sind wir miteinander fertig.«

Ich schaute Lothar und Rancell an. »Lasst ihnen einen Verband anlegen. Ich will nicht, dass sie verbluten, bevor sie unsere Nachricht überbringen können.«

Auf dem Weg zurück zum Hauptgebäude betonte Gunner, nun sei es auch Zeit für unsere andere Nachricht, schließlich würde die ganze Familie hinter ihm stehen. Ich gab nach. Wir hatten dabei nichts zu verlieren … zumindest glaubte ich das.

Ich konnte immer noch nicht fassen, dass ich mich verpflichtet hatte, eine vendanische Siedlung wiederaufzubauen. So hielt ich also das letzte Versprechen an meinen Vater. Falls die Götter es ihm zu Ohren brachten, hämmerte er vermutlich auf die Gruftwände ein, damit sie ihn herausließen und er einen neuen *Patrei* ernennen konnte.

Ich rollte mich wieder aus dem Bett und ging zum Fenster. Draußen war es dunkel, und alle Arbeit im Innenhof ruhte. Ein schwaches bläuliches Licht im Turm der Torwache war das einzige Zeichen, dass noch jemand wach war. Doch dann sah ich einen Schatten, der sich durch die Schwärze bewegte. Zumindest glaubte ich das, denn genauso schnell war er wieder verschwunden. Vielleicht machte einer der Hunde seine Runde. Plötzliches Gebell brach aus, verstummte aber sogleich wieder. Ja, nur die Hunde.

Ich trat vom Fenster zurück, ging im Zimmer auf und ab und fragte mich, ob ihr das Einschlafen wohl genauso schwerfiel wie mir. In Gedanken sah ich wieder ihr Gesicht vor mir, als ich bei ihr im Zimmer stand. Zuerst weich und erfreut über meinen Besuch, dann plötzlich scharf und abweisend.

Worum geht es dir denn diesmal, Jase?

Ich wusste genau, worum es mir ging.

Und eigentlich wusste sie das auch.

Meine Hand schwebte unentschlossen vor der Tür. Sollte ich anklopfen? Es war spät. Mitten in der Nacht. Falls sie schlief, würde ich sie aufwecken.

Sie schläft nicht. Ich konnte es spüren, auch wenn das eigentlich unmöglich war. Ich fühlte, wie sie die Augen aufschlug und mit Blicken die Wände abtastete … wie sie die Bettvorhänge schloss und wieder öffnete, wachsam, unfähig, zur Ruhe zu kommen, weil sie eine Geschichte oder ein Rätsel brauchte, um ihr den Weg in die Traumwelt zu öffnen. Meine Hand lag bereits an der Tür. Ich wollte hineingehen, wider besseres Wissen.

Was ist das hier, Kazi?

Was fühlst du?

Sie hatte mir während unserer ganzen Wanderung keine Antwort geben können. Oder vielleicht wollte sie auch nicht. Vielleicht war es besser, wenn sie mich im Dunkeln ließ. Wo ihre Loyalität lag, war schließlich klar.

Das Gleiche galt für mich.

Ich stieß mich von der Tür ab und ging zurück in mein Gästequartier.

Kerzen in roten Glaskugeln hüllten die Apsis des Tempels in ein warmes Licht. Der schwere Duft von Ambra lag in der Luft. Ich war der einzige Mensch weit und breit. Die Priester schliefen in der Tempelpfarrei. Morgen früh würden sie meine Opfergabe finden. Ich zog meinen Dolch, ritzte mir den Daumen und drückte einige Blutstropfen heraus, die auf die Tellerplatte voller Münzen fielen. *Eine Münze für jedes Kind der Stadt. Das hier geht nur dich und die Götter an, Jase. Nicht die Priester. Niemanden sonst. Das hier ist dein Schwur, sie alle mit deinem Leben zu beschützen, genau wie Aaron sein Blut opferte, um die Gruppe von Verbliebenen zu retten. Gold mag die Menschen erfreuen, aber für die Götter ist Blut kostbarer. Denn am Ende ist unser Leben das Einzige, das wir ihnen geben können.*

Die Tropfen fielen auf die aufgehäuften Münzen, und einige verrutschten mit einem leisen metallischen Klingeln, das durch die Stille des Tempels hallte. Die letzten eindringlichen Worte meines Vaters fielen mir wieder ein. Er selbst hatte sie einst von seinem Vater gehört, so wie jeder *Patrei* vor ihm. Ich hatte sie in den Geschichtsbüchern gelesen und schon in jungen Jahren bei meinen Schreibübungen kopiert.

Das Kerzenlicht ließ den goldenen Siegelring aufglänzen. *Ich habe ihn dir zurückgegeben, als es wirklich drauf ankam.* Kazi hatte sich freiwillig entschieden, mir zu helfen, und anstatt ihr zu danken, hatte ich nur misstrauisch infrage gestellt, warum sie ihn so lange behalten hatte. Alles war jetzt komplizierter geworden, sogar eine so einfache Sache wie Dankbarkeit.

Hinter mir ertönten Schritte. »Bist du fertig?«

Mason hatte mich auf dem Weg nach draußen überrascht und darauf bestanden, mich zu begleiten. *Hast du den Verstand verloren? Ohne* Straza *die Festung zu verlassen?* Dann hatte er gelacht. *Ich klinge genau wie Mutter. Lass uns gehen.*

Er kam durch den Mittelgang auf mich zu und sagte leise: »Die Stadt wird bald erwachen. Wir sollten zurückkehren, solange es noch dunkel ist.«

Also gingen wir zusammen durch die stillen, finsteren Straßen. Auf halbem Weg fragte er mich nach Kazi. »Wie seid ihr beide euch so nahegekommen, dass ihr …«

Er wusste, dass zwischen uns etwas passiert war, zögerte aber mit der Formulierung. Als wüsste er nicht, wie er sich höflich ausdrücken sollte, oder könne die Wahrheit selbst nicht ganz glauben. Immerhin hatte er gesehen, wie sie mich gegen eine Häuserwand gerammt und gedroht hatte, mir die Kehle durchzuschneiden. Das war bei ihm genauso schlecht angekommen wie bei mir.

»Dort draußen war es anders«, sagte ich. »Sie war anders. Ich auch.«

»Und was ist jetzt?«

»Ich weiß es nicht.«

»Jase, ich habe dich noch nie so gesehen. Mir ist klar, dass du keine klugen Ratschläge hören willst, aber ich gebe sie dir trotzdem. Es mag ja angenehm gewesen sein, dort draußen mit einer Rahtan im Gebüsch zu liegen. Aber jetzt seid ihr hier, und sie ist keine Frau zum Wurzeln schlagen. Du kannst ihr nicht vertrauen.«

Mir gefielen seine Worte überhaupt nicht, trotzdem hatte er recht. Kazi hatte zu viele Geheimnisse. Wann immer wir redeten, tänzelte sie geschickt um die Wahrheit herum. Gestern Abend hatte ich echte Furcht in ihrem Blick gesehen, als sie dachte, wir hätten ihren Freundinnen etwas angetan. Aber genauso offensichtlich war für mich gewesen, wie sie hinterher mit uns spielte. Die Angst hatte sich verflüchtigt, und raffinierte Berechnung war an ihre Stelle getreten. Mit dem gleichen Blick hatte sie den Sklavenjäger auf dem Kutschbock gemustert. Man sah, wie in ihrem Kopf ein Plan entstand und sich Stein auf Stein fügte wie eine Festungsmauer. Mit ihrer Gerissenheit hatte sie eine Wiedergutmachung für die Vendaner herausgeschlagen, die wir ihnen nicht schuldig waren. Auch ihr Brief garantierte keineswegs, dass die Königin wirklich kommen würde, aber immerhin war er eine Hoffnung. So etwas brauchten wir, um kurzfristig die Wunden zu überdecken, die man uns geschlagen hatte. Ich würde daran festhalten, bis wir es nicht länger nötig hatten, um Respekt zu betteln wie um Brotkrumen von der königlichen Tafel. Schon sehr bald würde uns der Löwenanteil der Handelsmacht auf diesem Kontinent gehören, und dann würden die Monarchen bei uns Schlange stehen, um einen Platz an unserem Tisch zu bekommen.

Wir erreichten Torsfeste, doch bevor Mason zurück in sein Zimmer gehen und sich das bisschen Schlaf holen konnte, das in den Morgenstunden noch übrig war, sagte ich: »Wenn wir nachher in die Stadt gehen, zieh Garvin von der Mannschaft des Wachturms ab, damit er sie beschattet. Kazi kennt ihn nicht und er ist unauffällig. Am besten schicken wir auch noch Yurvan als Ablenkung mit.«

Mason hob die Augenbrauen. Ihr zusätzlich einen Lockvogel vorzusetzen, obwohl Garvins Talente normalerweise völlig ausreichten, zeigte deutlich, wie sehr ich an ihr zweifelte.

Ich hoffte, dass Mason mich zu Unrecht warnte … und dass ich zu Unrecht einen Verrat fürchtete. Auch wenn Kazi keine Frau zum Wurzeln schlagen war, missfiel mir der Gedanke, dass sie mich einfach absägen könnte.

Miandre ist unsere Märchenerzählerin. Von ihr hören wir Geschichten darüber, wie es früher war. Die Welt war voller Prinzessinnen und Monster, Burgen und Helden. Miandre hat die Geschichten von der Mutter ihrer Freundin gehört. Eines Tages werde ich auch welche erzählen, aber dann wird es um andere Monster gehen. Solche, die uns hier jeden Tag auflauern.

Gina, 8

Kapitel 23

Kazi

Im Bett um mich herum türmten sich Bücher. Geister lugten aus den Seiten, nur ein Wispern ab und zu: *Gebt nicht auf, ganz gleich, was ihr tun müsst.* Die Geister der Ballengers klangen so verzweifelt und entschlossen wie alle, die ich in Venda gehört hatte. *Überlebt, ganz gleich, wen ihr dafür töten müsst.* Vielleicht noch verzweifelter.

Ich verbrachte einen Großteil der Nacht damit, die Bücher aus Jase' Regalen zu lesen. Beim Durchblättern hatte ich festgestellt, dass die meisten mit der Hand geschrieben waren – und zwar fast immer von Jase. In einigen Büchern ganz oben aus dem Regalschrank war die Schrift krakelig und kindlich. Anscheinend hatte es zu seinem Unterricht gehört, die gesamte Familiengeschichte aufzuzeichnen. Das war wohl ein weiterer Grund, warum er all die Legenden so gut kannte. Viele der Geschichten und Eintragungen wirkten ungewöhnlich, weil sie so kurz waren. Die Bände enthielten kaum längere Erzählungen, sondern waren gefüllt mit Hunderten oder Tausenden von Notizen, die an Tagebücher erinnerten. Zum Teil waren es nur knappe Sätze, beginnend mit dem ersten Eintrag von Greyson Ballenger: *Schreib es nieder, schreib jedes Wort nieder, bevor die Wahrheit in Vergessenheit gerät.*

Eine ähnliche Methode hatte auch Pauline manchmal angewandt, um Wren, Synové und mir das Lesen und Schreiben beizubringen. Sie ließ uns einige der Legenden von Gaudrel kopieren. Allerdings hatte ich nicht annähernd ein Buch mit Worten gefüllt. Erst recht keine ganzen Regale voll. Bei dieser Bücherwand ging es nicht bloß um Schreibunterricht, sondern um den Kodex der Ballengers und ihre Passion, nie zu vergessen, wo sie ursprünglich hergekommen waren. Während manche von uns sich bemühten, genau das Gegenteil zu erreichen.

Ich merkte, dass ich mit dem Finger über die Worte fuhr und mir ausmalte, wie Jase sie geschrieben hatte. Ich versuchte ihn mir als Kind vorzustellen, nicht älter als Nash, wie er in diesem großen, mächtigen, engen Familienverband aufwuchs. Ich sah ihn vor mir, wie er konzentriert jedes Wort zu Papier brachte.

Irgendwann wurde ich von einem lauten Klopfen an der Tür aus dem Schlaf geschreckt. Meine Hand lag noch immer auf der Seite eines aufgeschlagenen Buchs. Ich fühlte mich, als sei ich gerade erst eingedöst. Kaum hatte ich die Bettdecke zurückgeschlagen, da kamen auch schon Vairlyn, Priya und Jalaine durch die Tür gestürmt. Vairlyn trug ein Tablett mit Frühstück, Priya einen Stapel gefalteter Kleidung, und Jalaine ließ ein Paar Reitstiefel auf den Boden plumpsen, dann machte sie es sich auf meinem Bettende bequem.

Die Frauen schneiten herein, als würden wir uns schon ewig kennen. Priya zog die Vorhänge auf und ließ Licht ins Zimmer fluten. Vairlyn stellte das Tablett auf den Beistelltisch beim Sessel und goss aus einer Zinnkanne ein heißes Getränk in eine Tasse. Alle schienen bester Laune zu sein, selbst die sonst so feindselige Priya. Sie schüttelte einen gefalteten Reitrock aus und maß seine Länge mit den Augen. »Ich glaube, der sollte passen. Ich bin größer als du, aber das hier ist mein kürzester Rock. Er reicht mir gerade über die Knie. Für dich dürfte er genau richtig sein. Ich weiß wirklich nicht, was Jase sich dabei gedacht hat, dich ausgerechnet in ein Kleid von Jalaine zu stecken.«

»Er hat eben nicht mit dem Kopf gedacht, sondern mit …«, begann Jalaine.

»Entschuldige, dass wir dich so früh geweckt haben«, sagte Vairlyn, »aber wir brechen bald auf.«

Sie reichte mir die volle Tasse und danach eine Schale, deren Inhalt wie eine Mischung aus Pudding und gestocktem Ei aussah.

Jalaine musterte währenddessen mit einem breiten Grinsen das Zimmer. »Du hast Jase einfach rausgeschmissen?« Sie war sichtlich amüsiert und sah Jase nur als ihren großen Bruder, nicht als den *Patrei*.

»So würde ich es nicht gerade …«

»Lass sie in Ruhe essen«, mahnte Vairlyn. »Es ist zu früh für neugierige Fragen.«

»Wohin reiten wir?«, erkundigte ich mich.

Sie erklärten, dass wir auf dem Weg nach Höllenrachen waren. Anscheinend wollte sich die ganze Familie dort blicken lassen, um mit Nachdruck an die Anwesenheit der Ballengers zu erinnern. Damit wollten sie nicht nur die Zweifel in der Bevölkerung zerstreuen, sondern auch gegenüber den Bündnisführern demonstrieren, dass der Machtwechsel sie nicht geschwächt hatte. Mich hatten sie bei diesem Auftritt gleich eingeplant: eine Elitesoldatin der vendanischen Königin ging Seite an Seite mit der Familie.

»Und Jase? Werde ich ihn auch zu sehen bekommen?«

Priya lachte und wechselte einen Seitenblick mit Jalaine. »Ich glaube, sie hat es immer noch nicht kapiert.«

»Oh ja«, antwortete Jalaine, »ich bin ganz sicher, dass ihr euch sehen werdet.«

Wir traten aus dem Hauptgebäude auf den Hof, und Priya stellte missmutig fest, dass unsere Pferde noch nicht gebracht worden waren. Also fragte ich, ob wir eine kleine Führung machen könnten, bevor wir losritten. Zu meiner Überraschung stimmte Vairlyn bereitwillig zu.

»Warum nicht?«, meinte sie. »Anscheinend haben wir ein paar Minuten Zeit, bis die Pferde fertig sind.«

Vielleicht würde es leichter werden, mir ein Bild von Torsfeste zu machen, als ich erwartete hatte. Schließlich war ich jetzt keine Außenseiterin mehr. Letzte Nacht hatte ich feststellen müssen, dass es unmöglich war, die Festung heimlich zu erkunden. Den Wachen auszuweichen, fiel mir nicht schwer, aber im Gegensatz zu einem gewissen hungrigen Tiger waren die Hunde darauf trainiert, kein Futter anzunehmen. Die Fleischstücke, die ich in der Küche hatte mitgehen lassen, um die Tiere zu besänftigen, erwiesen sich als reine Verschwendung. Ich hatte auch vergeblich *Vaster itza* gezischt. Offenbar wirkte der Befehl nur, wenn er von Jase kam. Aber ich war sicher, dass ich mit ein bisschen Geduld einen Weg finden würde, mich in ihre dunklen, bissigen Seelen einzuschleichen. Selbst die abgebrühtesten Quartierlords und Händler hatten eine Lücke in ihrem Panzer gehabt. »Wo sind die Hunde?«, fragte ich vorsichtig, als wir die Eingangsstufen hinuntergingen.

»Hast du sie letzte Nacht auch gehört?«, fragte Priya.

»Nur ein entferntes Knurren.«

»Wahrscheinlich haben sie ein Kaninchen gejagt«, bemerkte Jalaine.

Vairlyn tätschelte mir die Schulter. »Mach dir keine Sorgen. Die richtig scharfen Hunde sind tagsüber im Zwinger. Jetzt sind nur noch ein paar beim Tor, die sich vermutlich einen schattigen Platz zum Dösen gesucht haben. Die Tage werden wirklich heiß.« Sie strich sich eine Haarlocke zurück, und ich wurde wieder einmal davon überrascht, wie jung sie wirkte … obwohl sie schon Witwe war. »Hier entlang«, sagte sie und zeigte auf einen Pfad, der zwischen dem Haupthaus und einem anderen massigen Gebäude hindurchführte. Als wir daran vorbeigingen, erwähnte sie, dass jedes Haus auf dem Gelände einen eigenen Namen hatte. »Das hier nennen wir das Raehaus, weil so das erste Kind von Greyson und Miandre hieß. Dort befinden sich die Schreibstuben und die Verwaltung unserer Unternehmen. Priya ist dafür verantwortlich.«

»Wie viele Unternehmen haben die Ballengers denn?«

Priya stieß abschätzig die Luft aus. »Oh, Dutzende. Mehrere Bauerngehöfte. Ein Sägewerk mit Wassermühle. Das Wirtshaus Ballenger. Aber meine Hauptarbeit besteht darin, die Abgaben aus der Arena und Höllenrachen zu verwalten.«

Dutzende. Welche hatte sie wohl unerwähnt gelassen? Dafür interessierte ich mich besonders. Vor allem wollte ich wissen, was es den Ballengers einbrachte, einen kaltblütigen Mörder zu beherbergen. Was tat er hier? Soweit ich von der Königin wusste, besaß der frühere Wachhauptmann der Festung von Morrighan keine besonderen Talente. *Als Truppenkommandeur und Kämpfer war er durchschnittlich, aber dafür ist er ein fabelhafter Schwindler. Sein größter Vorteil ist seine langfristige Planung und Geduld.* Der Treuebruch gegenüber ihrer Familie verbitterte die Königin mindestens so sehr wie sein Verrat an den Königreichen. Sie würde niemals vergeben und vergessen. Wachhauptmann Illarion war nicht nur daran beteiligt gewesen, ihren Vater zu vergiften, sondern auch ihren ältesten Bruder in einem Massaker niederzumetzeln. Bei einer weiteren Attacke aus dem Hinterhalt verlor ihr jüngster Bruder sein Bein, und der mittlere wurde schwer verwundet. Er erholte sich nie davon und starb ein Jahr später.

Als die ganze Verschwörung aufgedeckt war, erfuhr die Königin, um welchen Einsatz der Wachhauptmann gespielt hatte. Der Komizar hatte ihm neben einem Vermögen auch eines der vielen Königreiche versprochen, dessen Eroberung er plante, nämlich Gastineux. Doch Illarion hatte seine Belohnung nie bekommen. Nun erwartete ihn höchstens eine Galgenschlinge, wenn er sich irgendwo blicken ließ. Aber vielleicht hoffte er auf eine neue Gelegenheit, die Reichtümer einzustreichen, die ihm durch die Finger geglitten waren. War das sein Ziel hier bei den Ballengers? Wollte er sich holen, was er an Geld und Macht verloren hatte? Doch warum sollten die Ballengers daran interessiert sein, ihm zu helfen? Vielleicht hatten sie selbst ehrgeizige Pläne, die zu seinen passten.

»Im Raehaus befinden sich alle Abrechnungen unserer verschiedenen Wirtschaftszweige. Priya hat ein Talent für Zahlen«, sagte Vairlyn mit deutlichem Stolz.

Priya zuckte die Achseln. »Zahlen lügen nicht. Sie sind verlässlicher als Menschen.«

»Wirklich?«, zweifelte ich. »Zahlen lassen sich manipulieren.«

Priya warf mir einen langen Seitenblick zu. »Nicht so leicht wie Menschen.«

Von Jalaine ertönte skeptisches Gemurmel. »Was Priya wirklich mag, ist, allein zu sein. Zahlen widersprechen ihr nicht. Sie kann in Ruhe und Frieden arbeiten, während *ich* mich mit den Schandmäulern in der Arena herumschlagen muss.«

»Und das, kleine Schwester, ist dein besonderes Talent … ein Schandmaul.«

Jalaine gab Priya einen freundschaftlichen Stoß in die Rippen, den ihre ältere Schwester ignorierte. Ihre Sticheleien waren so gutmütig wie Marktgeplänkel um einen bereits geschlossenen Handel. Ihre Zuneigung war so unverrückbar wie ein fester Preis.

»Hier musst du auf deinen Kopf aufpassen«, sagte Vairlyn zu mir und schob eine dornige Ranke zurück. »Die Büsche sollten eigentlich geschnitten werden, aber mir gefällt ihr Wildwuchs.«

Der Pfad war enger geworden, und wir bewegten uns durch eine lange, tunnelartige Laube aus gelben Kletterrosen. Der Boden unter uns war mit unzähligen Blütenblättern gesprenkelt. Dieser Laubenweg bildete einen scharfen Kontrast zu den Festungsmauern und Wehrtürmen auf beiden Seiten – das eine so einladend, das andere so abwehrend. Als wir den Rosenpfad verließen, standen wir auf der Rückseite des Haupthauses. Dort befand sich ein weitläufiger Garten mit geharkten Kieswegen, niedrigen Hecken und hohen Büschen. Ein großer Springbrunnen sprudelte im Zentrum. Hinter dem Garten erhoben sich drei weitere Steingebäude mit spitzen Zinnen. Wohnhäuser, wie Vairlyn sagte.

»Das hinterste heißt Riverbend«, erklärte Jalaine. »Dort wohnen die Angestellten. Daneben in der Mitte steht Greycastle, wo Teile unserer näheren Verwandtschaft leben.«

»Dazu gehören meine Schwester Dolise und ihre Familie sowie ein paar Basen und Vettern, die es gerne ruhig haben. Die meisten Familienmitglieder wohnen unten in Höllenrachen.«

»Insgesamt gibt es achtundsiebzig von uns Ballengers«, erläuterte Priya, »wenn man die Verwandtschaft dritten Grades nicht mitzählt.«

»Zum Beispiel Paxton?«, fragte ich.

Darauf folgte nur eisiges Schweigen von Priya.

»Genau«, antwortete Vairlyn an ihrer Stelle, »zum Beispiel Paxton.«

»Natürlich hoffen wir bald auf weitere kleine Ballengers«, stichelte Jalaine, und Priya stieß ihr den Ellbogen in die Seite.

Vairlyn meldete sich hastig zu Wort, um von Jalaines Anspielung abzulenken. »Und neben Greycastle steht das kleinere Dark Chalet.«

Das Gebäude mochte kleiner sein, aber es als Chalet zu betiteln, war eine deutliche Untertreibung. Es erhob sich zwei Stockwerke über unsere Köpfe und hatte auf jeder Ecke ein spiralförmiges Türmchen, das noch höher reichte. Die Wände bestanden aus glänzend schwarzem Granit.

»Wer wohnt dort?«, fragte ich.

»Im Moment steht es leer«, antwortete Vairlyn mit einem wehmütigen Blick. »Dort leben nur noch Erinnerungen und Geschichten. In seltenen Fällen bringen wir im Dark Chalet auch Gäste unter – und das war es auch schon mit der Rundführung. Jetzt fehlen nur noch ein paar Außengebäude und die Pferdeställe, die weiter unten am Weg liegen.«

»Was ist mit dem Tresorgewölbe? Darf ich es sehen?«

Priya hob die Augenbrauen. »Hinten im Tunnel? Du weißt darüber Bescheid?«

»Jase hat es erwähnt.«

»Das Gewölbe ist ziemlich feucht und verstaubt«, sagte Vairlyn zweifelnd.

»Trotzdem bin ich neugierig, nachdem er mir so viele Familiengeschichten erzählt hat.«

Jalaine und Priya wechselten ein vielsagendes Lächeln, als hätte ich gerade etwas Wichtiges durchblicken lassen.

»Ich sage Jase, dass er dir das Tresorgewölbe zeigen soll, wenn wir aus der Stadt zurückkommen«, versprach Vairlyn. »Inzwischen sind die Pferde bestimmt schon fertig, und die anderen warten auf uns.«

Für Jalaine und Priya waren ihre Worte das Signal zum Aufbruch. Sie machten sich auf den Rückweg, um endlich in die Stadt zu kommen. Nur Vairlyn selbst stand noch da und konnte ihren Blick nicht vom Dark Chalet losreißen. Ich wartete und war unsicher, ob ich gehen oder bleiben sollte. Als die beiden außer Hörweite waren, sagte Vairlyn: »Ich danke dir, dass du an die Königin geschrieben hast.«

»Dafür verdiene ich wohl keinen Dank, schließlich war der Brief von Gunner. Ich habe ihn nur abgeschrieben. Außerdem weißt du sicher, dass ich einen Preis dafür verlangt habe? Ich habe euch den Brief nicht zum Geschenk gemacht.«

»Die Siedler. Ja, darüber weiß ich Bescheid. Ich kenne mich mit Kompromissen aus. Manchmal muss man etwas geben, um etwas Wichtigeres zu bekommen. Ich denke, in diesem Fall haben beide Seiten gewonnen.«

»Ist der Besuch der Königin denn so wichtig?«

»Mein Mann hat ihn sich sehr gewünscht, also gilt das nun auch für mich. Außerdem ist es wichtig, Versprechen zu halten. Ängste zu beschwichtigen. Höllenrachen zu beschützen.«

Ja, dachte ich, *und meine Versprechen sind auch wichtig*.

Als wir zurück zur Rosenlaube gingen, blieb sie noch einmal stehen und berührte leicht meinen Arm. »Übrigens habe ich mich gefragt, ob Kazi die Kurzform von Kazimyrah ist?«

Ich konnte sie nur anstarren. Die schlichte Frage ließ mir den Atem stocken. Woher konnte sie das wissen? Hatte meine Unterschrift auf dem Brief etwa Verdacht erregt? »Du hast den Namen schon einmal gehört?«

»Ja, in Candora. Dort ist er bei den Pfeilmachern verbreitet, vor allem für erstgeborene Töchter. In ihrem alten Dialekt bedeutet das Wort ›treuer Pfeil‹, womit gemeint ist …«

Sie fuhr mit ihrer Erklärung fort, aber ich wusste bereits, was ein treuer Pfeil war. Der beste im Köcher. Einer unter Dutzenden, der weiter und genauer ins Ziel flog als der Rest, weil zur Meisterschaft des Pfeilmachers noch eine schwer fassbare

Qualität kam, die man als den Geist des Holzes bezeichnen konnte.

»Nein«, antwortete ich. »Mein Name ist einfach nur Kazi.«

Doch als wir zurück zum Eingangstor gingen, wirbelte dieses neue Wissen in meinem Kopf herum. Anscheinend hatte nicht einmal meine Mutter darüber Bescheid gewusst. War mein Vater ein Pfeilmacher aus Candora gewesen? Hatte er meinen Namen ausgesucht? Alte Wunden brachen wieder auf. Man hatte mir meine Vergangenheit gestohlen, als sei sie billiger Tand, der auf dem Marktplatz verhökert wurde. Die Ballengers konnten auf eine Jahrhunderte alte Familiengeschichte zurückschauen. Mir hatte man selbst das wenige entrissen, das ich besaß. Ich hatte unendlich viele Fragen, die ich meiner Mutter nie würde stellen können.

Als wir beim Tor ankamen, warteten die anderen schon. Eine kleine Armee aus Ballengers, *Straza* und Dienerschaft, die bald in die Stadt einfallen würde.

Nur Jase fehlte.

Alle Blicke richteten sich auf mich. Zwar befand ich mich innerhalb der Festungsmauern, aber ich war dennoch ein Fremdkörper. Wie ein Kiesel, der sich im Pferdehuf festgetreten hatte und nur zufällig in den inneren Kreis von Torsfeste mitgeschleppt wurde. Priya lächelte wissend. Sie hatte gesehen, wie meine Augen die Gruppe absuchten.

»Keine Sorge, er kommt schon noch«, sagte sie, um mir unter die Nase zu reiben, dass ihr so schnell nichts entging.

»Du kannst neben mir reiten!«, rief mir Nash entgegen.

»Nicht so schnell, junger Mann. Ich reite mit Kazi, und zwar an der Spitze.« Ich spürte ein Flattern unter meinen Rippen. Als ich mich umdrehte, sah ich Jase, der gerade auf einem Nebenweg zu uns stieß. Er führte zwei Pferde am Zügel. Eines war pechschwarz – *meins*. Ich rannte auf den Rappen zu und bestaunte das Zaumzeug, das nicht nur perfekt angelegt, sondern von Straßenstaub gereinigt und frisch geölt war. Das Fell glänzte und die Mähne war sorgfältig gestriegelt und geflochten worden.

Die anderen trabten durchs Tor und ließen Jase und mich für kurze Zeit allein zurück.

Ich drückte mein Gesicht an den Hals des Rappen und kraulte ihm die Stirnfransen. *»Mije, gutra hezo, Mije«*, flüsterte ich. Er blies mir einen kräftigen Schnauber entgegen, was bedeutete, dass er sich vor Aufregung kaum halten konnte und auf einen Galopp durch offenes Gelände hoffte. Seine Rasse war schnell und sprühte vor Energie, in Venda wurde sie speziell für die Rahtan gezüchtet. Mein Hengst war es nicht gewöhnt, lange in einem Stall eingesperrt zu sein.

»Er heißt Mije?«, fragte Jase.

Ich nickte, noch immer mit dem Gesicht an Mijes Hals, denn so brauchte ich Jase nicht anzusehen. Eine Welle unerwarteter Gefühle schnürte mir die Kehle zu. *Dummer Gaul*, dachte ich, *was machst du mit mir?* Aber ich konnte nicht leugnen, dass ich froh war, ihn zu sehen.

»Die geflochtene Mähne war Jalaines Idee. Ich hoffe, das stört dich nicht. Sie hat sich ein bisschen in dein Pferd verguckt.«

»So aufgeputzt ist er sonst selten, aber ich glaube nicht, dass es ihm etwas ausmacht. Vermutlich erwartet er von mir in Zukunft auch, dass ich ihn verwöhne.« Ich schaute hoch. Jase' Blick ruhte auf mir.

»Tiago hat ihn im Mietstall gefunden, als unsere Leute nach dir und den übrigen Rahtan gesucht haben.« Er richtete sich zu einer steifen Haltung auf und zog unbehaglich die Schultern zurück. »Wir haben die anderen nicht in Gewahrsam, Kazi. Hatten wir nie. Ich finde, das solltest du wissen.«

Also drehte sich das Gespräch nicht wirklich um Pferde. Hier ging es um Wren und Synové.

»Warum erzählst du mir das jetzt?«

»Wegen gestern Abend. Ich habe dein Gesicht gesehen. Wie viel Angst du um sie hattest. So sollst du nicht von mir denken. Ich würde deinen Freundinnen nie etwas antun. Das weißt du doch, oder?«

Ich dachte darüber nach, wie ich instinktiv reagiert hatte. Ja, ich hatte Angst gehabt. Ich hatte den Tod im Raum gespürt. Er war über meine Haut gestürmt wie die wilde Jagd einer Geisterarmee, und dann sah ich Jase. Der *Patrei* hatte jemanden getötet – ich wusste es mit Sicherheit –, und Panik hatte mich erfasst. Mein erster Gedanke hatte Wren und Synové gegolten. Schlagartig war mir klar geworden, dass all die Dinge, die ich über Jase wusste, nicht unbedingt für den *Patrei* galten. Er regierte über eine Welt, die wenig mit der gemeinsam hatte, durch die Jase und ich gestreift waren. Diese andere Person musste ich erst kennenlernen.

»Warum hast du überhaupt gelogen und behauptet, sie seien eure Gefangenen?«

»Die beiden sind untergetaucht und gleichzeitig fing der ganze Ärger in der Stadt an. Ich musste für alle Möglichkeiten offenbleiben.«

»Und du dachtest, wenn du mich unter Druck setzt, entschlüpft mir vielleicht ein Geständnis?«

Eine steile Falte bildete sich zwischen seinen Augenbrauen. »Ja.«

»Jase, aus Sicht der beiden bin ich spurlos verschwunden – gleichzeitig mit dir. Vielleicht hatten sie Angst, dass sie als Nächstes an der Reihe sind. Ist dir schon mal der Gedanke gekommen, dass sie bloß untergetaucht sind, um ihren Hals zu retten?«

»Natürlich. Aber wo stecken sie jetzt? Die ganze Stadt weiß, dass du hier und in Sicherheit bist.«

»Ich habe keine Ahnung, wo sie sind.«

»Kazi …«

»Ich weiß es nicht, Jase. Ehrenwort.«

Er musterte mich prüfend. Was immer er sah, eine Lüge konnte es nicht sein, denn ich hatte wirklich keine Ahnung, wo sich die beiden verbargen. Keine genaue jedenfalls. Ich nahm an, dass sie in Bewegung blieben und sich abwechselnd in verschiedenen Ruinen am Stadtrand verkrochen. Bestimmt würden sie bald Kontakt mit mir aufnehmen, aber auch dann war es besser, wenn sie für die Ballengers unsichtbar blieben. Ich befand mich bereits im Inneren von Torsfeste, da nützten die anderen mir mehr, wenn sie draußen waren und nicht unter Beobachtung standen.

Endlich ließ Jase das Thema fallen und sagte, wir sollten den Rest der Familie einholen. Er überprüfte meinen Sattelgurt und reichte mir die Zügel. Sein Blick blieb an meinen Stiefeln hängen, als müsse er sich an ihren Anblick gewöhnen. – Unsere lange gemeinsame Barfußwanderung war vorüber. »Gestern um diese Zeit …«

»Ja, ich weiß«, sagte ich. »Da waren wir noch zusammengekettet.«

»Ein einziger Tag kann alles ändern, nicht wahr?«

»Weniger als ein Tag«, gab ich zurück. »Eine Minute reicht schon. Sie kann uns in eine neue Richtung schleudern und unser Leben auf den Kopf stellen.«

Er trat einen Schritt näher. »Fühlt sich dein Leben im Moment so an, Kazi?«, fragte er. »Auf den Kopf gestellt?«

Vollständig, aber ich antwortete pflichtbewusst: »Überhaupt nicht. Ich bin eine Soldatin, die in einem sehr komfortablen Quartier zu Gast ist, und wir haben uns auf ein Abkommen geeinigt, das meinem Königreich dient ... falls du vorhast, dein Wort zu halten.«

In seinen Augen blitzte Unmut auf, als ich ihn an die Wiedergutmachung und die Umsiedlung der Vendaner erinnerte. »Ich halte mein Wort immer«, knurrte er und stieg auf sein Pferd.

»Ich kann nicht versprechen, ob und wann die Königin herkommen wird. Das ist dir doch klar, oder?«

Er nickte. »Ja, aber immerhin hast du einen ehrlichen Versuch unternommen. Mehr können wir nicht verlangen.«

Einen ehrlichen Versuch.

Ich schob meinen Fuß in Mijes Steigbügel, schwang mich in den Sattel und setzte den Rappen mit einem leichten Kniestoß in Bewegung. Die *Straza* hatten im Hintergrund auf uns gewartet und folgten uns nun. Kurz nachdem wir das Tor durchquert hatten, fragte Jase, wie ich letzte Nacht geschlafen hatte. Eine Höflichkeitsphrase. So etwas fragte man wohl, wenn man ein vornehmes Haus und Gäste hatte.

Obwohl ich fast überhaupt nicht geschlafen hatte, nahm ich an, dass eine genauso höfliche Antwort angebracht war. Ich konnte Jase schlecht gestehen, warum ich in seinem bequemen Zimmer keine Ruhe fand. Anscheinend reichte sogar eine kuschelige Höhle als Bett nicht ganz aus. Etwas fehlte. *Er fehlte.* Jase war furchtbar schnell zu einer schlechten Angewohnheit geworden. Ich erwartete das Gewicht seines Arms auf meinem Körper, seine Brust an meinem Rücken, seine flüsternde Stimme in meinem Ohr, während ich in den Schlaf driftete. *Erzähl mir noch ein Rätsel, Kazi ...* Ohne seine Bücher hätte ich vermutlich überhaupt kein Auge zugemacht.

»Sehr gut«, sagte ich, »und du?«

»Auch gut. Es war angenehm, endlich wieder auf einer weichen Matratze statt auf hartem Boden zu liegen.«

So hart war er uns beiden gar nicht vorgekommen. Ich erinnerte mich, wie er Bemerkungen über die Grasmatte und unser Nest aus raschelnden Blättern gemacht hatte. Da hatte es ihm noch gefallen. Bei seiner Antwort spürte ich eine seltsame Enttäuschung. Wir hatten alles so schnell hinter uns gelassen. Die Blätter. Das Gras. Uns beide. Andererseits konnte ich mich nicht beschweren, denn genau darauf hatte ich doch die ganze Zeit gehofft. Wieder und wieder hatte ich mir gesagt, dass alles bald vergessen sein würde, dass alles in Ordnung war, weil unsere Worte und Taten nur vorübergehend zählten. Wir machten eben das Beste aus unserer Lage. Doch nun waren meine eigenen Gefühle mir ein schmerzhaftes Rätsel geworden, auf das ich keine Antwort besaß.

Der Weg nach Höllenrachen war steil, also konnte ich Mije nicht in Galopp ausbrechen lassen, bis wir ebenen Boden erreicht hatten. Doch als ich endlich die Zügel lockerte, verwandelte sich mein Rappe in ein Schattengeschöpf ohne Verbindung zur Erde. So windschnell und sicher war sein Schritt, dass er wie eine schwarze Sturmfront die Straße entlangraste und mich mitfliegen ließ. Jase musste sich anstrengen hinterherzukommen, und ich fühlte mich wunderbar lebendig. Das laute Trommeln der Hufe, die gespannten Muskeln meiner Schenkel, wenn ich mich in den Steigbügeln erhob, mein hämmerndes Herz und das Vibrieren in den Knochen … Jetzt zählte nur der Moment, und wir ließen alle Fragen und Rätsel in einer Staubwolke hinter uns zurück.

Kapitel 24

Kazi

Kaum waren wir in Höllenrachen angekommen, wurde ich schon von einer Schar Ballengers davongewirbelt. Vairlyn, Priya, Jalaine, Nash und Lydia nahmen mich in die Mitte und führten mich zum Schneiderladen.

»Behaltet sie bloß nicht zu lange«, rief Jase uns mit genervter Miene nach. Offenbar hatte dieser Abstecher nicht zu seinem Plan gehört. In gewissen Punkten konnte also selbst der *Patrei* von seiner Mutter und seinen Schwestern überstimmt werden.

Vairlyn hatte festgelegt, dass der Besuch beim Schneiderladen an erster Stelle stand. So blieb den Näherinnen genug Zeit, Änderungen vorzunehmen. Wenn ich länger in Höllenrachen blieb, fand sie es wichtig, dass ich eigene Kleidung hatte statt nur geliehene. Ich gab ihr recht, besonders was meine Unterwäsche betraf. Mein Versprechen, ihr das Geld später zurückzuzahlen, wischte sie mit einer Handbewegung fort. Sie sagte, das sei ein geringer Dank dafür, dass ich ihrem Sohn bei der Flucht vor Sklavenjägern geholfen hatte.

Schuldgefühle nagten an mir. Sie hatte keine Ahnung, dass ich Jase nur aus Eigennutz geholfen hatte und ihn nun für meine Zwecke missbrauchte. Meine Ziele und Pflichten hatten sich nicht geändert. Seit dem Tag, als die Königin mich gebeten hatte, den flüchtigen Verräter zu finden, hatte ich mir vorgestellt, wie ich ihn triumphierend vor den Thron führte. *Es gibt Dinge, die du zum Guten wenden kannst.* Ich hatte mir den Augenblick ständig großartiger und farbiger ausgemalt. Er wurde zu einem leuchtenden Schimmer hinter meinen Augen, einem silbernen Faden, der alle meine Wunden schloss, einem goldenen Eckstein in einem Traumgebäude, das meine Fehler überdeckte. Ich brauchte die Hoffnung, dass selbst eine wertlose kleine Müllkrabbe wie ich in dieser Welt etwas erreichen und verändern konnte. Der Gedanke war wie ein Zwang, und ich begann, mich fieberhaft zu sorgen, dass der Wachhauptmann schon längst fort war. Oder vielleicht war er nie hier gewesen? Manchmal verschwanden Leute einfach, und so verzweifelt man sie auch finden wollte, tauchten sie trotzdem nie wieder auf.

Jetzt immer tiefer in den Kreis der Ballengerfamilie hineingezogen zu werden, beunruhigte mich. Dabei fiel es mir durchaus nicht schwer, harmlos zu plaudern – das gehörte schließlich zu meinem Beruf. Oft war ich gezwungen gewesen, die Händler mit Worten einzuwickeln, statt mich einfach mit meiner Beute davonzustehlen. Ich musste ihre Gedanken umlenken und ihre Aufmerksamkeit so sehr fesseln, dass sie alles andere ausblendeten. Genau wie bei dem Sklavenjäger, der bloß noch an die Lösung seines Rätsels denken konnte und dabei ganz vergaß, dass ein Schlüsselbund an seinem Gürtel hing.

Aber das hier war anders. Es fühlte sich viel persönlicher und vertraulicher an: das Geplauder, das Gelächter, die Sticheleien und beiläufigen Berührungen. Es kam mir falsch vor, dass sie mich einbezogen, und doch war ich so fasziniert, als würde ich versuchen, eine fremde Sprache zu entschlüsseln. Ich strengte mich an, die Zwischentöne aufzufangen. Sie hielten mir bunte Stoffe vor die Nase und fragten mich nach meiner Meinung. Ich hatte keine Ahnung. Die Entscheidung überließ ich ihnen.

Die Schneiderin nahm kurz meine Maße, dann wurden Farben und Materialien ausgesucht. Etwas Ähnliches hatte ich bisher nur einmal erlebt, nämlich als ich Rahtan wurde. Wir hatten keine einheitlichen Uniformen. Jeder wählte seine eigene Kleidung aus, und ich hatte mir damit viel Mühe gegeben. Ich vermisste meine Stiefel und die Bluse, die ich beim Knochenkanal hatte zerreißen müssen. Noch mehr tat es mir um die geschnürte Lederweste leid. Die Menschenhändler hatten sie mir abgenommen, während ich bewusstlos war. Der symbolische Wert war vielleicht weniger groß als bei Jase' Siegelring, aber die Weste bedeutete mir etwas. Das Leder hatte eine tiefe Bronzefarbe und trug eine Thannisranke aufgeprägt, die Wappenpflanze von Venda. Ein schöneres Kleidungsstück hatte ich in meinem ganzen Leben nicht besessen. Als Kind hatte ich mich notdürftig in Lumpen gehüllt und konnte froh sein, weil ich wenigstens das besaß. Vairlyn diskutierte eine Weile leise mit der Schneiderin. Währenddessen unterhielt ich Lydia und Nash mit einem Hütchenspiel, indem ich die herumliegenden Fingerhüte benutzte.

Wie versprochen, wurde ich bald wieder bei Jase abgeliefert, und wir konnten unseren Weg durch Höllenrachen fortsetzen. Er ging dicht neben mir, sodass seine Schulter mich ab und zu berührte oder er mir die Hand auf den Rücken legen konnte, um mich in eine weitere Baumallee zu dirigieren. Seine Nähe war Teil des Plans und ein unauffälliges Signal an alle Zuschauer, dass die Gerüchte der Wahrheit entsprachen. Nun konnte jeder deutlich sehen, dass die Rahtan aus Venda am Ende doch eingefangen worden war … gefesselt vom Charme des *Patrei*.

Mir fiel auf, wie selbstverständlich Jase mit den Bürgern plauderte. Er wusste über ihr Leben genauso gut Bescheid wie die Leute umgekehrt über seines. Eine alte Ladenbesitzerin kniff ihn in die Wange und erzählte mir, dass sie die Horde wilder Ballengerjungs früher ständig schelten und verjagen musste.

»Also warst du schon als Kind eine Plage?«, stichelte ich.

»Vermutlich weniger als du.«

Ich verriet ihm nicht, wie recht er hatte.

Jase ließ das ganze Wangenkneifen, scherzhafte Drohen mit dem Finger und Haarezausen über sich ergehen und zwang sich sogar ein Lächeln ab, obwohl er eindeutig zu alt für solche Gesten war. Trotz allem schwang immer ein merkbarer Respekt für seinen Titel mit. *Patrei, wie schön, dich zu sehen. Patrei, willst du meine gemahlenen Srynka probieren? Patrei, ich möchte dir meinen kleinen Sohn vorstellen*, und schon wurde Jase ein Baby in die Arme gedrückt. Dieser Teil seiner Rolle war ihm neu, und er wusste kaum, wie er die brüllenden Bündel halten sollte. Nach einem pflichtschuldigen Kuss auf die Stirn reichte er sie schnellstens wieder zurück. Ich erfuhr, dass es für den *Patrei* Brauch war, einen Schwur zu leisten, dass er jedes einzelne Kind der Stadt beschützen würde – genau wie Greyson Ballenger es damals als ihr erster Anführer getan hatte.

In Sanctumstadt hatte ich früher oft beobachtet, wie die Bürger und Händler den Komizar nervös umschmeichelten, wann immer er die engen Gassen betrat. Doch hier sah ich keinerlei Furcht … außer, wenn das Gespräch auf die aktuellen Probleme kam. Ein Ladengehilfe erwähnte die Serie von Bränden und fügte hinzu, dass es Gerüchte gab, mehrere Handelskarawanen seien überfallen worden. Er machte sich Sorgen, ob die Stadt genug Warennachschub bekommen würde. Jase versicherte ihm, dass es sich wirklich nur um Gerüchte und Falschmeldungen handelte. In Wahrheit sei alles ruhig und unter Kontrolle.

Aus reiner Gewohnheit studierte ich im Vorbeigehen jede Allee genau. Man wusste ja nie, ob man später eine davon als Fluchtroute brauchen würde. Außerdem hielt ich in den Schatten nach Wren und Synové Ausschau.

»Du könntest versuchen, hin und wieder zu lächeln«, meinte Jase und erwiderte das Nicken eines Passanten.

»Sicher«, gab ich zurück. »Aber ich fürchte, dass wird dich etwas kosten, Jase Ballenger. Alles hat seinen Preis, nicht wahr? Die vendanischen Siedler könnten noch ein paar Kurzhornrinder gebrauchen. Oder vielleicht einen Vorratskeller? Gräbst du gerne Löcher, *Patrei?*«

»Ich fürchte, wenn das alles vorbei ist, wirst du mich mehr kosten als einen zusätzlichen Keller.«

Ich lächelte breit und übertrieben. »Darauf kannst du wetten. Ich hoffe, du hast tiefe Taschen. Wenn ich will, kann ich mit meinem Lächeln nur so um mich werfen.«

Seine Hand glitt um meine Taille und zog mich näher. Als seine Lippen über mein Ohr strichen, kam mein Puls aus dem Takt und begann zu rasen. »Vorsicht«, flüsterte er. »Ich könnte dich auch etwas kosten.«

Mein Atem flatterte in der Brust. *Das hast du schon. Mehr, als du ahnst.*

In Wahrheit fiel mir das Lächeln hier leicht, und es zu unterdrücken, war viel anstrengender. Ich sog die Gerüche, Geräusche und wechselnden Bilder der Stadt in mich ein, als würde man mir süßen Nektar reichen. Vorhin bei dem schnellen Ritt hatte ich mich lebendig und schwerelos gefühlt, nun halfen mir die Straßen, mich zu erden. Ihr hektisches Treiben war mir vertraut.

Jase erzählte mir die Legende der Tembris. Die riesenhaften Bäume waren mit nichts zu vergleichen, was ich bisher gesehen hatte. Es hieß, sie seien aus einem zerschmetterten Stern entsprossen, der in den Tagen der Zerstörung auf die Erde gestürzt war. Die Sterne trugen die Magie ferner Welten in sich, deshalb griffen die Bäume hinauf zum Himmel, dem sie entstammten. Wie die meisten Geschichten der Ballengers klang auch diese übertrieben grandios und gleichzeitig so echt, dass ich sie fast glauben konnte. Jedenfalls liebte ich das schattige Labyrinth, in das die Riesenbäume die Stadt verwandelten, als sei Höllenrachen selbst von Magie erfüllt. Jede Straßenecke wirkte lebendig und wandelbar, ein atemberaubendes Wechselspiel aus Licht und Schatten. Auch diese Details prägte ich mir ins Gedächtnis ein. Solche Kleinigkeiten wahrzunehmen, war eine eigene Form von Magie, die mir geholfen hatte, in den Straßen von Venda zu überleben. Während ich nun durch Höllenrachen schlenderte, hörte ich den Geist meiner Mutter mahnen: *Schau genau hin, Chiadrah.*

Liebling.

Mein ein und alles.

Chiadrah war ein Kosename, den sie für mich genauso oft benutzt hatte wie Kazi. Ich war ihr ganzes Leben gewesen, ihre Welt. *Schau genau hin, und du wirst überall Magie finden.*

Das hatte sie mir beigebracht, nachdem ich die anderen Kinder von der besonderen Gabe sprechen hörte, mit der Madama Venda gesegnet gewesen war. Sie sagten, Venda habe das Volk mit ihrer Seherkraft gerettet, aber so etwas gäbe es heute nicht mehr. Die Götter hätten uns verlassen, und die Magie sei tot.

Meine Mutter hatte den Kopf geschüttelt und entrüstet widersprochen. *In allem steckt Magie, man muss nur die Augen offenhalten. Sie fällt nicht vom Himmel oder verbirgt sich in Sprüchen und Tränken. Man braucht keine spezielle Verbindung zu den Göttern. Die Magie ist überall um dich herum.*

Sie hatte meine vor Kälte zitternden Hände genommen und zwischen ihren gehalten.

Finde in dir selbst die Magie, die deine Haut im Winter wärmt, die dir das Unsichtbare zeigt, die machtvoll in deinem Inneren ruht und dich davon abhält, einfach aufzugeben, wenn die Tage kalt werden.

Dann hatte sie mich zur *Jehendra* geführt und mich aufgefordert, genau hinzusehen.

Lausche auf die unausgesprochenen Worte, Kazi. Kannst du es hören? Wie sie atmen, im Reden stocken, die Fäuste ballen, ins Leere starren, wie ihre Nerven zucken und Tränen fließen? Jeder Mensch kann hören, was laut gesagt wird, aber nur wenige hören die schlagenden Herzen hinter den Worten.

Genau wie bei den Wunschhalmen ließ meine Mutter nicht zu, dass ich den Glauben an die Magie verlor – und an die Hoffnung, die darin lag. Sie war diejenige, die mir beibrachte, instinktiv die Gefahren oder Chancen zu spüren, die nicht nur auf meinem Weg warteten, sondern auch weit darüber hinaus. Für uns beide war es fast ein Spiel. *Wo erkennst du Wut? Fühlst du die Luft? Wer kommt da?* Jeden Tag ließ sie mich tiefer blicken, als wüsste sie schon, dass sie bald nicht mehr für mich da sein würde. Sie schien zu ahnen, dass etwas so Kostbares wie ihre Liebe zu mir schließlich die Aufmerksamkeit der Götter erregen würde, die sie mir entrissen wie neidische Händler.

Denk dir einen Wunsch aus, Kazi. Einen für morgen, einen für den Tag danach und den Tag danach. Du wirst sehen, irgendeiner geht immer in Erfüllung.

Wenn ich an das Morgen und Übermorgen glaubte, hatte die Magie vielleicht genug Zeit, tatsächlich wahr zu werden. Oder noch besser, vielleicht würde ich sie dann gar nicht mehr brauchen.

»Hier entlang«, sagte Jase und führte mich in eine weitere Allee. Ich bemerkte, dass er ein paar Männer am anderen Ende misstrauisch beäugte. Seine Haltung veränderte sich, und seine Schritte wurden langsamer. Ich fragte, wer sie waren.

»Truko und Rybart. Sie herrschen über zwei andere Bündnisse.« Er erklärte, dass beide den Handel in einer mittelgroßen

Grenzstadt kontrollierten und sich nichts Besseres vorstellen konnten, als ähnlichen Gewinn auch aus Höllenrachen zu ziehen. Alle wollten einen größeren Anteil am Einflussgebiet der Ballengers … oder die Macht gleich ganz an sich reißen. Also gehörten die beiden zu den Verdächtigen, was die Brände und das Auftauchen der Sklavenjäger betraf. Andererseits waren sie aber auch Handelspartner in der Arena, was ein brüchiges Gemeinschaftsgefühl erzeugte. Zumindest, solange alle in Erinnerung behielten, wo ihr Platz war.

»Bündnisführer wie Paxton? Was ist eigentlich zwischen seinem Zweig der Familie und eurem vorgefallen?«

Jase stieß zischend den Atem aus und zog eine Grimasse. »Da gibt es schon so viele Vorfälle, dass man sie gar nicht mehr zählen kann.« Jase erklärte, dass alles vor drei Generationen angefangen hatte. Die Ballengers hatten im Laufe der Jahrhunderte mehrmals auf ihre Regentschaft über Höllenrachen verzichten müssen, aber nie für lange. Ihr aktueller Machtverlust stammte daher, dass Paxtons Urgroßvater die Stadt volltrunken bei einem Kartenspiel verschachert hatte. Er hatte sie für eine Handvoll Münzen und einige Gläser Schnaps an einen Bauer aus Parsuss verloren, der im Wirtshaus Ballenger übernachtete. Wie sich herausstellte, war dieser Bauer gleichzeitig der König von Eislandia. Da Höllenrachen damals noch kleiner und isolierter war, hatte der König kein echtes Interesse daran, abgesehen von den Steuereinnahmen. Die Grenzen seines Herrschaftsgebiets wurden neu gezogen, sodass sie sich nördlich bis nach Höllenrachen erstreckten, was die seltsame Tränenform seines Landes erklärte. Alle Angebote der Ballengers, die Stadt zurückzukaufen, wurden abgelehnt, aber der König überließ es ihnen weiterhin, für Recht und Ordnung zu sorgen. Danach übernahm Jase' Urgroßvater den Familienvorsitz und verbannte seinen älteren Bruder, der die

Stadt verspielt hatte. Der Bruder wanderte nach Süden aus und wurde stocknüchtern. Er und seine Brut versuchten seitdem, die Kontrolle über Torsfeste zurückzubekommen.

»Also könnten Gunner oder Titus dich auch aus dem Sattel heben?«

»Ja, wenn ich mich dämlich genug benehmen würde. Dasselbe gilt für Priya oder Jalaine. Und sogar für Nash und Lydia. Genauso sollte es auch sein. Hier geht es nicht um das Einzelinteresse des *Patrei*, sondern um die ganze Familie und die Menschen, denen wir Loyalität schulden. Wenn man schwört, die Bürger zu beschützen, verschachert man sie nicht für eine Runde Schnaps.«

»Ihr Ballengers seid ziemlich nachtragend. Vergebt und vergesst ihr nie, selbst nach so langer Zeit?«

»Die Götter haben uns Gnade gezeigt, also halten wir es genauso. *Einmal.* Wer uns ein zweites Mal zum Narren machen will, der bezahlt dafür.«

Ich nahm an, dass er nicht von einem Bußgeld sprach.

»Was ist mit der Arena, von der du erzählt hast? Gehört sie auch zum Hoheitsgebiet von Eislandia?«

»Nein«, antwortete er nachdrücklich. Er erklärte, dass die Arena sich unten am westlichen Hang des Festungshügels befand. Der Markt war schon vor Jahrhunderten in einem großen Ruinenkomplex entstanden, wo die Altvorderen einst Sportwettkämpfe abgehalten hatten. Im Laufe der Zeit hatte die Familie den Ort schrittweise instand gesetzt und erweitert. Durch die neuen Grenzverträge hatte der Handel sprunghaft zugenommen und die Arena war noch einmal gewachsen. Was als ein simpler Bauernmarkt begonnen hatte, war nun ein wichtiger Umschlagplatz für Waren aller Art und außerdem ein Verhandlungsort für zukünftige Geschäfte. Es gab Luxusunterkünfte für Botschafter und reiche Großbauern – kurz für jeden, der den Preis zahlen konnte. Vier der Geringeren Reiche unterhielten einen ständigen Wohnsitz, und weitere hatten Interesse angemeldet.

»Und was ist mit den beiden?«, fragte ich und nickte in Richtung von Truko und Rybart, die sich nun fast in Hörweite befanden.

»Keine dauerhaften Quartiere, aber sie haben einen festen Verkaufsplatz in der Arena wie andere Händler auch.«

Die beiden Bündnisführer beäugten uns kurz im Vorübergehen. Die meisten anderen politischen und wirtschaftlichen Führer, denen wir heute begegnet waren, hatten dem *Patrei* ihr Beileid ausgesprochen. Diese begnügten sich mit einem steifen, aber respektvollen Nicken, bevor sie weitergingen.

Wir bogen an einer Ecke ab und standen plötzlich auf dem großen Platz, der die Stadtmitte bildete. Auch wenn Jase demonstrativ nach allen Seiten lächelte, nickte und entspannt durch die Menge schlenderte, war die Nervosität hier doch deutlich zu spüren. Ich beobachtete, wie Pferdekarren ohne Vorwarnung angehalten wurden, um zu untersuchen, was sich unter der Plane befand. Die Bürger nahmen wohl an, dass nach Diebesgut gefahndet wurde. Zumindest war es den Ballengers gelungen, nichts von der Anwesenheit der Menschenhändler durchdringen zu lassen. Soweit ich wusste, war bisher auf keinem der Karren etwas Verdächtiges gefunden worden. Aber ich bemerkte, dass Jase' Blick sich verschärfte, wann immer ein solches Gefährt vorbeizockelte, als würde er sich jedes unbekannte Gesicht merken.

Außer den *Straza*, die vor und hinter uns marschierten, gab es zusätzlich Wachen auf den hohen Baumwegen zwischen den Tembris. Weitere Posten waren an den Straßenecken aufgestellt. Äußerlich unterschieden sie sich nicht von den übrigen Bürgern der Stadt, doch ich sah die wachsamen Blicke, die sie mit Jase wechselten, wann immer wir vorbeikamen. Sie wirkten, als würden sie auf einen Krieg warten … oder vielleicht sorgten sie mit ihren Späheraugen auch dafür, dass es gar nicht so weit kam.

Wir näherten uns dem Tempel, als Jase etwas Unverständliches knurrte. Paxton näherte sich. Hinter ihm marschierten mehrere bullige, gut bewaffnete Männer. Heute war Jase allerdings nicht wehrlos. Er trug einen Dolch an der einen Hüfte und ein Schwert an der anderen. Ich hatte noch keine Gelegenheit gehabt zu sehen, wie er damit umging; nur, wie seine Faust in der Kehle des Sklavenjägers gelandet war, was sich als tödlich erwiesen hatte. Also fragte ich mich, wie geübt er wohl mit diesen Waffen war.

Ich selbst trug nur das kleine gestohlene Messer im Stiefel, doch Natiya hatte mir beigebracht, dass es bei einem gut gezielten Dolchstoß ins Herz nicht auf die Größe der Klinge ankam. Je kleiner, desto besser ließ sie sich verbergen. Als sich die Blicke der beiden Vettern trafen, lag sofort eine tödliche Stimmung in der Luft. Ich musterte die Männer hinter Paxton und plante bereits, welchen ich als Ersten ausschalten würde, falls die Umstände es verlangten.

»Schön, dich mal wieder draußen zu sehen, Vetter«, rief Paxton.

»Oh, du bist noch in der Stadt?«, erwiderte Jase in einem Tonfall, als müsse er etwas Übelriechendes von seiner Schuhsohle kratzen, das hartnäckig festklebte.

Paxton kam vor uns zum Stehen. Obwohl seine Kleidung heute weniger auffällig war, sah er immer noch wie geleckt aus. Das weiße Hemd und die beige Hose waren faltenlos, das Gesicht glänzte frisch rasiert. »Eine Warenladung von mir befindet sich gerade auf dem Karawanenweg zur Arena«, sagte er. »Also dachte ich mir, ich könnte genauso gut bleiben und mich persönlich darum kümmern.«

»Du traust also deinem eigenen Handelsvertreter nicht?«

»Ich habe einen neuen eingestellt, den ich erst noch anlernen muss. Außerdem haben sich die Zeiten geändert.«

»Nicht so sehr, wie du vielleicht denkst, Vetter.«

Paxton wandte seine Aufmerksamkeit mir zu. »Sehr erfreut, dich wiederzusehen, aber – vergib mir den Fauxpas – ich habe gestern deinen Namen nicht richtig mitbekommen.«

Bei den ganzen Gerüchten, die durch die Stadt schwirrten, wusste er mit Sicherheit, wie ich hieß. Trotzdem spielte ich mit, damit wir dieses Scharmützel schnell hinter uns brachten. Ich hatte nämlich gerade etwas bemerkt, das mich viel mehr interessierte als Jase' flegelhafter Verwandter. Etwas, wonach ich den ganzen Morgen vergeblich Ausschau gehalten hatte: Wren und Synové. Sie blieben unauffällig im Schatten der Tembris, die auf der anderen Seite des Platzes standen, hatten ihre Rahtankleidung gegen etwas getauscht, das hier für Frauen üblicher war, und sich große Sonnenhüte ins Gesicht gezogen.

»Kazi aus Hellnebel«, antwortete ich.

Paxton streckte die Hand aus, um meine zu schütteln, und sowohl Jase als auch die *Straza* gingen fast unmerklich in Kampfstellung. Als ihre Hände sich automatisch den Waffen näherten, fragte ich mich erneut, was zwischen den Ballengers und Paxtons Zweig der Familie vorgefallen war. Das hier war mehr als ein alter Streit. Es sah eher nach einer Blutfehde aus. Worin hatten die *Vorfälle* bestanden, von denen Jase so vage gesprochen hatte? Ich fand es seltsam, dass die beiden trotzdem Handelspartner waren, aber vermutlich konnte man vieles ignorieren, wenn es um Profit ging. Paxton schüttelte mir die Hand und hob sie dann zu einem

Kuss an die Lippen. Diese Begrüßungssitte kam mir deutlich zu intim vor. Ich zog meine Hand weg.

»Willkommen in der Familie«, sagte er und warf einen Seitenblick auf Jase. »Sie ist wirklich ein hübsches Ding. Wie schade, dass ich die Hochzeit verpasst habe. Ich …«

»Wir sind nicht verheiratet«, korrigierte ich ihn.

»Was? Tatsächlich nicht? Gestern habe ich den Eindruck bekommen …« Er wedelte die Idee mit einer Handbewegung fort und fragte: »Nun, worauf wartet ihr noch? Der Tempel ist gleich hier.« Seine Theatralik war zum Verrücktwerden. Ich wünschte, er würde einfach auf den Punkt kommen, falls es überhaupt einen gab. Vielleicht ging es ihm nur darum, Jase auf die Nerven zu fallen. »Oh, ich verstehe. Ihr wartet auf die Königin, nicht wahr? Sie soll ja sehr bald ankommen.«

»Genau«, bestätigte ich. »Da ich der Königin meine Treue geschworen habe, brauche ich ihr Einverständnis und ihren Segen.«

Paxton grinste, während seine Augen genüsslich über meinen Körper wanderten. »Ich hoffe um deinetwillen, Jase, dass sich die Königin bald blicken lässt. Sonst könnte dir jemand dieses *Schmuckstück* wegschnappen.«

Seiner Stimme hörte man an, dass er eine vendanische Kriegerin keineswegs als großen Gewinn betrachtete. Jetzt verlor Jase doch die Geduld. »Zieh Leine, Paxton«, befahl er. »Wir sind hier fertig.«

Die Stimmung schlug auf der Stelle um, und Paxtons sorgloses Gehabe verschwand. Das war kein harmloser Appell an einen Verwandten gewesen, sondern ein Befehl des *Patrei* an einen Untergebenen. Jase' Stimme durchschnitt die Luft mit der Schärfe einer Schwertklinge. Ohne Frage würde er bei einem weiteren Wort seines Vetters zu härteren Maßnahmen greifen. Paxton versteifte sich und kämpfte mit seinem Ballengerstolz, aber er war nicht dumm. Er machte wortlos kehrt, ohne auch nur Lebewohl zu sagen, und seine Männer folgten ihm auf dem Fuße.

Jase ließ sie nicht aus den Augen, während die Truppe davonmarschierte. Eine Ader auf seiner Stirn war angeschwollen und pochte heißblütig.

»Gibt es eigentlich etwas, das du nicht stehlen würdest, Jase Ballenger?«

Er schaute mich verwirrt an.

»Zieh Leine?«, zitierte ich, um seinem Gedächtnis auf die Sprünge zu helfen. »Mein berühmter erster Satz an dich? Wenigstens hast du nicht damit gedroht, ihm seinen hübschen Hals aufzuschlitzen. Oder vielleicht hast du dich nur von einem nostalgischen Moment mitreißen lassen?«

Ein Funkeln erschien in seinen Augen und verdrängte den Zorn, den ich eben noch gesehen hatte. »Anscheinend passt dein Redestil zu mir. Wird es mich etwas kosten, wenn ich ihn mir ausleihe?«

Sein Blick schien mich an intimen Stellen zu berühren. Ich musste die Trennwand zwischen uns schnellstens wieder hochziehen, aber stattdessen erhitzte sich mein Blut, und mein Puls raste. Ich holte zittrig Luft. »Nicht dieses Mal«, sagte ich. »Betrachte es als Geschenk.«

Seine Lippen öffneten sich gerade zu einer Antwort, als seine Aufmerksamkeit von Priya und Mason abgelenkt wurde, die auf uns zugeschlendert kamen. Sie riefen ihm fröhlich etwas von der späten Mittagsstunde entgegen, von der Sonnenhitze, einer kühlen Schänke, einem kalten Bier, gebratenem Wild und … den Rest hörte ich nicht mehr. Für eine Diebin war nichts so wichtig wie der richtige Moment, und dieser war perfekt. Der Lärm schwoll an, die Schatten tanzten, Sonnenflecken huschten über den Boden, und die Stadt breitete ihre Arme aus, um mich mit der nächsten Brise wegzuzaubern.

Selbst die wachsamen Augen, die uns aus der Ferne beobachtet hatten, blinzelten nur verwirrt, als ich verschwand.

Wren bemühte sich, wütend zu sein. Ich las es in ihren Augen, doch als wir in einer verschwiegenen kleinen Gasse standen und niemand uns mehr sah, stieß sie nur erleichtert die Luft aus und zog mich in die Arme. Das tat Wren sonst eher nicht. Tatsächlich konnte ich mich nur an eine einzige Umarmung erinnern, als sie sich nach der Ermordung ihrer Familie an mich geklammert hatte.

»Bei den Göttern, wo hast du gesteckt?«, wollte sie von mir wissen. Ihr Gesicht war vor lauter Hitze ganz rot.

»Du hast doch nicht etwa das Vertrauen in meine Fähigkeiten verloren?«

Synovés Augen verengten sich unter dem Hutrand, ein eisblaues Glitzern, begleitet von einem frechen Grinsen. »Wen schert es, wo sie gesteckt hat? Was hat sie in der Zeit *gemacht?* Erzähl uns *alles*.«

Ich berichtete von den Sklavenjägern und unserer Flucht. Außerdem erwähnte ich die Kette, die uns zusammenhielt. Die Teile unserer Reise, auf die Synové hoffte, übersprang ich. »Aber das Beste ist, dass ich nun mitten in der Festung wohne und einen Grund habe, länger zu bleiben.« Ich erzählte vom Brief an die Königin und den Bedingungen, die ich daran geknüpft hatte. »Dieser kleine Handel mit dem *Patrei* gibt mir nicht nur die nötige Gelegenheit und Zeit, um Torsfeste zu durchsuchen, sondern nebenbei bekommen die Siedler auch noch eine Wiedergutmachung, die alles ersetzt, was sie verloren haben.« Die beiden starrten mich an und sahen weniger erfreut aus, als ich erwartet hatte. »Das Ganze hätte gar nicht besser laufen können«, fügte ich hinzu. »Hat Natiya sich schon blicken lassen?«

»Jetzt warte mal einen Moment«, bremste mich Synové. »Glaubst du wirklich, wir lassen dich das wichtigste Thema überspringen? Nämlich *ihn?* Das letzte Mal, als wir dich gesehen haben, wart ihr ganz wild darauf, die Klingen zu kreuzen. Und jetzt hätten die Funken zwischen euch mir fast die Haare versengt. Was läuft da?«

Ich warf Wren einen Hilfe suchenden Blick zu, doch sie zuckte nur mit den Schultern. »Sag es uns einfach. Du weißt doch, dass sie sonst nicht aufhört.«

Also gab ich widerwillig zu, dass es in der Wildnis ein oder zwei romantische Momente gegeben hatte, aber nun war die Sache aus und vorbei.

Synové schnaubte. »Manche Sachen sind nie vorbei. Habt ihr es getan? Du weißt schon, *es?*«

»Nein!«

»Sei doch nicht so empfindlich, Kazi. Was immer ihr angestellt habt, um euch die Zeit zu vertreiben, stört mich nicht im Geringsten. Außerdem sieht er in seiner Aufmachung sehr stattlich aus. Genau wie sein Begleiter. Ich habe eine Schwäche für große, dunkle Fremde. Weißt du zufällig seinen Namen?«

Ich schaute sie ungläubig an.

»Ach, ich ziehe dich nur auf«, sagte sie und knuffte meine Schulter. »Mehr oder weniger.« Sie lehnte sich gegen die Wand des Ladens, hinter dem wir ein Versteck gefunden hatten, und verschränkte die Arme. Zeit für ernstere Themen. »Von Natiya und Eben gibt es bis jetzt keine Spur. Wir haben in der Stadt nach ihnen Ausschau gehalten. Nichts.«

Das machte mir Sorgen. Es sah Natiya nicht ähnlich, zu spät zu kommen. Aber unser Zeitplan war flexibel, falls es unerwartete Schwierigkeiten gab wie ein lahmendes Pferd oder einen plötzlichen Wettersturz, der das Reisen erschwerte. Wir diskutierten über mögliche Gründe – sogar über Straßenräuber, obwohl alle denkbaren Angreifer bei Eben und Natiya garantiert den Kürzeren ziehen würden. Eben war zum nächsten Attentäter von Venda ausgebildet worden, auch wenn es diesen Titel nach dem Krieg nun nicht mehr gab. Die Königin hielt nichts von Auftragsmorden, besonders, da sie selbst nur knapp einem entkommen war. Aber das änderte nichts an Ebens Fähigkeiten. Besonders im Umgang mit dem Dolch hatte er es zu einer Meisterschaft gebracht, die mich mit Ehrfurcht erfüllte.

»Sie werden auf jeden Fall auftauchen«, sagte Wren. »Es gibt mit Sicherheit einen guten Grund für die Verspätung. Dadurch haben wir mehr Zeit, uns unauffällig umzuschauen, genau wie Natiya es befohlen hat.«

»Und du hast Gelegenheit, bei den Ballengers möglichst viel für die Siedler herauszuschlagen«, fügte Synové hinzu.

Ich grinste. »Ja, das ist ein Vorteil.«

Wren hob skeptisch die Augenbrauen. »Glaubst du wirklich, dass sie ihr Wort halten werden?«

Jase verabscheute schon den bloßen Gedanken. Seine Brüder waren stinkwütend. Aber ja, ich glaubte, dass sie ihr Wort halten würden. Etwas anderes ließ der Familienstolz nicht zu, schließlich hatten wir ein Abkommen, und der *Patrei* hatte dem Handel zugestimmt.

»Nicht nur das, sondern sie müssen selbst mitarbeiten. Darauf habe ich bestanden. Die *Ballengers* höchstpersönlich werden Zaunpfähle einbuddeln.«

Wren grinste. »Du bist bösartig«, sagte sie. »Ehrlich, du könntest einem Mann die Nase aus dem Gesicht stehlen, und er würde erst eine Woche später merken, dass sie weg ist.«

»Ein genialer Einfall, das muss ich zugeben«, bestätigte Synové. »Dafür hätte sogar Natiya ein zufriedenes Lächeln übrig. Hast du etwas über unsere Zielperson herausgefunden?«

Unsere Zielperson. Der Grund, warum wir überhaupt hier waren. Ich hörte die Anspannung in ihrer Stimme.

Bedauernd schüttelte ich den Kopf und erklärte, dass Torsfeste eine riesige, verwinkelte Anlage war. Manche Wohnhäuser und Geschäftsgebäude hatten die Ausmaße von Palästen. »Außerdem gibt es noch den Tunnel, obwohl ich bezweifle, dass er mich weit führt. Alles zu durchsuchen, wird dauern, ganz abgesehen von den vielen Leuten, die dort arbeiten und …«

»Und den Hunden!«, warf Wren ein. »Die Ballengers haben wahnsinnige, scharfe Hunde! Wusstest du das? Dutzende!«

Dutzende? Ich hatte nur zwei gesehen. Mich mit einem ganzen Rudel anzufreunden, war vermutlich eine größere Herausforderung, als ich gedacht hatte. Wren erzählte, dass sie versucht hatte, mich in Torsfeste zu finden, aber wegen der gefährlichen Tiere nicht einmal bis ins Innere der Festungsmauern vorgedrungen war.

»Ein paar Pfeile hätten das Problem erledigt«, meinte Synové.

Wren runzelte die Stirn. »Schon, aber vermutlich hätten ein Dutzend toter Wachhunde auch den Verdacht der Wachen erregt.«

Synové zuckte mit den Schultern. »Die lassen sich ebenso leicht abschießen.«

»Und vermutlich widerspricht es dem Befehl der Königin, jeden in Sichtweite umzubringen?«, erinnerte ich sie.

Das wusste Synové natürlich. Wir hatten die Anweisung, auf

der Jagd nach unserer Beute niemanden zu töten, außer unser eigenes Leben war in Gefahr. Venda wurde immer noch mit einem gewissen Misstrauen betrachtet. Es war wichtig, dass wir es den Siedlern, die in neue Gebiete zogen, nicht noch schwerer machten. *Schnappt ihn euch und verschwindet.* So lautete unser Auftrag. Schlicht und einfach, als würde man einen schimmeligen Apfel aus einer Obstkiste pflücken.

Ich erklärte den anderen, dass wir außerdem das Pech hatten, zeitlich mitten in einem Machtkampf zu landen, der durch den Tod von Karsen Ballenger ausgelöst worden war. Andere Gruppierungen wollten die Kontrolle über die Stadt Höllenrachen und ihre Reichtümer übernehmen. »Sie haben die Sklavenjäger hergeschickt und im Voraus bezahlt. Der Zweck war es, die Bürger zu verängstigen und Unfrieden zu stiften, damit sie selbst an die Macht gelangen können. Vielleicht waren es auch dieselben Leute, die in Wirklichkeit die vendanische Siedlung überfallen und niedergebrannt haben.«

»Nein«, widersprach Wren. »Caemus hat gesagt …«

»Caemus hat gesagt, dass die Ballengers ein Rind als Bezahlung mitgenommen haben. Mehr nicht.«

»Das reicht schließlich auch. Es ist reiner Diebstahl.«

»Da will ich dir gar nicht widersprechen. Aber es war zu dunkel, um zu sehen, wer die Siedlung in dieser Nacht tatsächlich angegriffen und geplündert hat. Vielleicht versucht jemand anders, den Zorn der vendanischen Königin auf die Ballengers zu lenken. Jase beteuert jedenfalls, dass seine Familie nicht beteiligt war.«

»Und das glaubst du ihm?«

Ich zuckte mit den Schultern. »Zumindest ist es möglich.«

Wren und Synové wechselten einen langen, vielsagenden Blick.

»Mir ist klar, was ihr denkt, aber …«

»Er hat dich übertölpelt, Kazi«, stöhnte Wren. »Ausgerechnet dich. Ich kann nicht glauben, dass du jemandem auf den Leim gegangen bist, der …«

»Ich bin niemandem auf den Leim gegangen, Wren. Ich wollte euch nur wissen lassen, dass es hier außer den Ballengers noch andere Risikofaktoren gibt und wir deshalb auf der Hut sein müssen. Außerdem hat jemand Häuser angezündet. Sechs Stück bisher. Habt ihr vielleicht etwas gesehen?«

»Einen der Brände haben wir gelegt«, antwortete Wren.

»Vielleicht auch zwei«, fügte Synové hinzu.

»Ihr habt was?«

»Ich hatte keine Wahl«, verteidigte sie sich. »Es war mitten in der Nacht, und wir haben uns immer noch von Ecke zu Ecke geschlichen, nur um aus der Stadt zu kommen. Ich habe einen brennenden Pfeil in eine Öllampe geschossen und einen zweiten in einen Holzstapel. Wir mussten eine Ablenkung schaffen, um die Pferde aus dem Stall zu holen. Weißt du schon, dass dieser Bastard von einem Stallmeister unsere Sättel und Ausrüstung gestohlen hat?«

Bei den Göttern, falls Jase herausfindet, dass sie auch nur für eines der Feuer verantwortlich sind …

»Habt ihr ein Haus niedergebrannt?«, fragte ich und hatte fast Angst vor der Antwort.

»Nur einen Holzstapel, Kazi. Und einen Heuwagen. Warum bist du deshalb so nervös?«

»Weil auch die Ballengers nervös sind. Sie sind entschlossen herauszufinden, wer die Stadt attackiert. Ich will nicht, dass ihr ins Zentrum dieses Kleinkriegs geratet.« Mir kamen ein paar abgeschnittene Ohren in den Sinn. »Sie würden es nicht verstehen, und die Konsequenzen könnten übel sein.«

»Niemand weiß, dass wir hier sind.«

Noch nicht. Jase hatte ein Gedächtnis für Einzelheiten. Ihre Verkleidung und Hüte würden sie nicht lange vor ihm verbergen. Ich musste für wirkungsvolleren, langfristigeren Schutz sorgen. Was die beiden brauchten, war das Ehrenwort von Jase.

Kapitel 25

Jase

»Wo steckt sie?«

Ich hatte ihr nur ein paar Sekunden lang den Rücken zugewandt. Bis dahin hatte sie direkt neben mir gestanden. Bei meiner Frage zuckten Drake und Tiago zusammen, und auf ihren Gesichtern zeichnete sich deutliche Verlegenheit ab. Ihre Augen spähten in alle Richtungen, huschten suchend über den Platz und die Gassen, weil es unmöglich schien, dass Kazi so schnell verschwunden sein konnte.

Aber sie war nirgends zu entdecken.

Ich konnte mir nicht vorstellen, dass jemand sie überwältigt und verschleppt hatte. Wenn sie fort war, dann aus eigenem Willen.

Ich überblickte den Platz und suchte nach Yurvan. Schließlich fand ich ihn vor einer Kneipe. Er zuckte mit den Schultern. Mit anderen Worten, er hatte sie ebenfalls verloren. Andererseits war Garvin nirgendwo zu sehen – was ich als gutes Omen betrachtete.

Wir gingen auf die Mitte des Platzes, hielten nach ihm Ausschau und warteten.

Dann ertönte ein weit hörbares Pfeifen.

Sein Signal.

»Hallo, Kazi.«

Sie kam gerade den Baumweg vor der Apotheke entlang, als ich sie abfing. »Wohin wolltest du denn so eilig?«

Sie geriet aus dem Tritt und blieb stehen. »Ich?«, antwortete sie unschuldig. »Nirgendwohin. Ich habe nur die Stadt bewundert. Da bin ich wohl aus Versehen von euch weggeschlendert.«

»Und hast Freunde getroffen?«

Sie wirbelte herum und entdeckte ihre Kampfgenossinnen am Ende des Baumwegs. Mason hielt die Frau mit den langen roten Zöpfen am Arm gepackt. Samuel und Aram flankierten die zweite. Der Rest unserer Truppe stand dahinter, Garvin eingeschlossen, der seine Aufgabe hervorragend erledigt hatte. Jetzt würden sie uns nicht mehr durch die Finger gleiten. Die Rahtan waren die ganze Zeit hier gewesen, und ich war sicher, dass Kazi darüber Bescheid gewusst hatte.

Sie schaute mich an, und ihre Augen verengten sich zu Schlitzen. Ihre Zunge wanderte über ihre Vorderzähne, dann schlenderte sie auf mich zu. »Schau, Jase«, sagte sie und klopfte gegen die Wand. »Genau der Ort, an dem wir uns zum ersten Mal begegnet sind. Ich schätze, das ist kein Zufall?«

Ich blickte überrascht zu dem Apothekenschild hoch, das über unseren Köpfen hing. »Doch, um ehrlich zu sein.«

Sie trat näher heran und ihre Hände glitten verführerisch um meinen Nacken. Ihr Gesicht kam näher, bis ihre Lippen nur Zentimeter von meinen entfernt waren. Der Augenblick war etwas seltsam für eine Umarmung. Obwohl ich so eine Reaktion nicht erwartet hatte, war ich auch nicht abgeneigt. Meine Arme wanderten um ihre Taille, und ich zog sie näher.

Ihre Wange berührte meine. »Falsch«, flüsterte sie mir ins Ohr. »Es ist kein Zufall. Ich habe dich hergeführt, um dir diesen großartigen symbolischen Moment zu schenken … *falls* du im Gegenzug das Richtige tust. Stell dir nur vor, die vorlaute Rahtan erliegt deinem Charme und deiner Anführerstärke, während alle Welt zuschaut. Spielt mit deinem Haar, lächelt und lacht, vielleicht küsst sie dich sogar. Was für eine perfekte Methode, die schockierende Szene aus dem Gedächtnis der Leute zu löschen, wie ich dich genau hier gegen die Wand gerammt und dir eine Klinge an die Kehle gehalten habe. Dann hätten alle ein neues Bild im Gedächtnis, über das sie flüstern können. Es würde deine Behauptung festigen, dass ich auf deiner Seite bin – und damit auch die Königin.«

Sie lächelte und spielte mit meinen Haaren, genau wie sie es beschrieben hatte. Ihre Finger zupften mir liebevoll eine Strähne über die Augen. »Lass die beiden frei«, befahl sie leise. »Sofort.«

Ohne Zweifel stellten sich alle unsere Zuschauer ein ganz anderes Gespräch vor, während wir uns wispernd unterhielten. »Wir haben doch eine Abmachung«, fuhr sie fort. »Also halte dein Wort. Erkläre Wren und Synové zu Gästen der Ballengers, die kommen und gehen können, wie sie wollen. Tatsächlich wäre es ihnen lieber, in der Stadt zu bleiben. Du kannst sie in einem eurer Gasthäuser unterbringen. Kostenlos. Ohne Verhör. Und sie behalten ihre Waffen.«

»Und wenn ich mich weigere?«

»Die zweite Möglichkeit wäre, dass ich dich noch einmal gegen diese Wand nagele und das Bild des *Patrei* auf seinen Knien für immer ins Gedächtnis der Leute einbrenne.« Sie zuckte mit den Schultern. »Ich nehme an, das würde dir ein paar zusätzliche Probleme einhandeln. Vielleicht landet es sogar in euren Geschichtsbüchern. Der tiefe Fall der Ballengers.«

»Also ist das eine weitere deiner Erpressungen?«

»Ein rein geschäftlicher Vorschlag.«

Ich lachte und verstärkte meinen Griff um ihren Rücken, sodass sie an meinen Körper gepresst wurde. »Du? Mich an die Wand nageln? Seit dem ersten Mal haben sich ein paar Dinge geändert.«

»Ach ja? Du kennst noch nicht mal die Hälfte meiner Tricks. Willst du das Risiko wirklich eingehen? Alle schauen uns zu. Ich glaube, ich habe da drüben sogar Paxton gesehen.«

»Warum machst du das?«

»Ich helfe dir, Jase. Indem ich dir die Chance gebe, das Richtige zu tun. Meine Freundinnen sind nicht Teil deines Problems. Lass sie frei.«

»Ich brauche keinen Rat von außen, um das Richtige zu tun – vor allem nicht von einer Vendanerin.«

»Vielleicht doch. Du hast mir versprochen, dass du ihnen kein Leid zufügen würdest. Dazu gehört doch wohl auch, dass du sie nicht gegen ihren Willen festhältst. Sie haben dir nichts getan. Ist dein Wort so wenig wert?«

Jetzt lächelte keiner von uns mehr.

»Heute Abend ist eine große Gartenfeier geplant, an der Familie und Freunde teilnehmen. Ich schlage vor, dass deine Kumpaninnen uns ohne Gegenwehr begleiten. Als unsere neuen Gäste wäre es nicht nur verdächtig, sondern auch beleidigend, wenn sie zu dem Essen nicht erscheinen.«

Sie verdrehte die Augen. »Gibt es etwas, das ihr Ballengers nicht beleidigend findet?«

»Eine Menge. Das Problem ist nur, dass ihr Vendaner so ein Talent für Beleidigungen habt.«

»Also gut. Die beiden werden zu eurer kleinen Festlichkeit kommen, aber sie dürfen frei wieder gehen, wenn die Feier zu Ende ist.«

Ihr Blick war unnachgiebig.

Rahtan als Gäste, noch dazu mit ihren Waffen – wozu auch

ein Köcher voller Pfeile gehörte –, obwohl wir noch immer nicht wussten, wer für die Brände verantwortlich war?

Kazi betrachtete mich weiter, ohne zu blinzeln und still wie eine Statue. Ihre Loyalität gegenüber den beiden war stark. Schließlich schaute ich fort und rief zu Samuel hinüber: »Bring unsere Ehrengäste ins Ballenger-Gasthaus. Sorge dafür, dass sie die besten Zimmer bekommen und auch sonst alles haben, was sie brauchen.«

Kazis Finger stupste mir sanft ans Kinn, damit ich ihr wieder meine Aufmerksamkeit zuwandte. »Noch ein letzter Punkt, *Patrei.* Keine weitere Beschattung. Zieh deine Männer von mir ab. Beide. Entweder bin ich dein Gast und wir haben ein Abkommen. Oder eben nicht.«

Wie hatte sie das gemerkt? Yurvan als Ablenkung verstand ich, aber Garvin war verdammt nah daran, unsichtbar zu werden, wenn er wollte.

»Keine weitere Beschattung«, stimmte ich zu. Dann presste ich meine Lippen auf ihre, bevor sie noch etwas sagen konnte. Ich hatte genug von Bedingungen.

Eigentlich hatte ich gedacht, dass der Kuss verkrampft und angestrengt sein würde, aber sie wurde butterweich in meinen Armen und bot unseren Zuschauern die Vorstellung, die sie versprochen hatte. Ich presste sie gegen die Wand – das Bild, das sich in jedermanns Gedächtnis einbrennen und das vorige überdecken würde –, aber danach war Schluss mit der Verstellung, jedenfalls für mich. Ich spürte ihre Zunge auf meiner, die Wärme ihrer Lippen, atmete den Duft ihrer Haut und ihrer Haare ein, und schon waren wir zurück in der Wildnis, wo nichts anderes zählte.

Wir saßen in einer dunklen Ecke der Taverne und nippten an einem kühlen Bier. Priya fächelte sich mit einer abgegriffenen Speisekarte Luft zu, und Mason ließ geistesabwesend einen Löffel auf dem Tisch kreiseln. Kazi hatte zuerst zugesehen, dass Wren und Synové tatsächlich zum Gasthof eskortiert wurden, dann war sie mit Jalaine und meiner Mutter nach Torsfeste zurückgekehrt.

»Du bist aufgeflogen«, sagte ich.

Garvin stürzte die letzten Tropfen seines Bieres hinunter. »Nein, bin ich nicht. Sie hat kein einziges Mal in meine Richtung geschaut«, gab er zurück. »Aber als du sie vor der Apotheke angehalten hast, bin ich ihr in der Menge aufgefallen.«

»Sie kennt dich?«

Er biss sich seitlich auf die Lippe, als würde er an einer vagen Erinnerung herumkauen. »Als Mason sie mir zuerst gezeigt hat, konnte ich sie nicht einordnen. Sie war zu weit entfernt. Aber jetzt habe ich sie aus der Nähe gesehen. Ich kenne sie, nur bin ich nicht sicher, von wo oder wann.« Er erzählte mir, dass er in seiner Zeit als fahrender Händler manchmal Lieferungen nach Venda gebracht hatte, meistens für den Komizar oder Kaufleute der *Jehendra*. Sein letzter Besuch dort war allerdings schon sieben Jahre her. »Wie alt ist sie?«

»Siebzehn.«

Er rieb sich das stoppelige Kinn, während er sich zu erinnern versuchte, woher er sie kannte. »Dann war sie noch ein Kind, als ich sie gesehen habe. Wie lautet ihr Name?«

»Sie hat nur einen Vornamen. Kazi. Aber sie nennt sich Kazi aus Hellnebel. Anscheinend ist das …«

»Eines der ärmsten Viertel von Sanctumstadt. Na ja, eigentlich sind sie alle arm, aber Hellnebel ist besonders schlimm. Lass dich nicht von dem Namen täuschen. Der ist nämlich das einzig

Hübsche dort. Ich war nie in dem Viertel, um etwas zu verkaufen. Keiner, der da wohnt, hat auch nur zwei Münzen im Beutel. Ihr Name sagt mir jedenfalls nichts.«

»Es muss in Hellnebel auch ein paar wohlhabende Familien geben. Sie hat erzählt, ihr Vater sei Gouverneur einer Provinz und ihre Mutter eine Generalin.«

Er hob zweifelnd die Achseln. »Schon möglich.«

Ich fragte, warum ihm eine Zehnjährige zwischen Tausenden von Leuten besonders auffallen sollte. Er schüttelte den Kopf. »Keine Ahnung. Aber es wird mir irgendwann einfallen. Ich habe ein gutes Gedächtnis für Gesichter – auch wenn sie damals noch ein Kind war.«

»Sieben Jahre, siebzig Zentimeter und …«, Priya deutete mit den Händen ihre Brustform an, »… jede Menge neuer Kurven können ein Mädchen schon verändern.«

Garvin nickte zustimmend. »Aber die Augen … daran ändert sich nichts. Ihre bleiben im Gedächtnis. Das Feuer darin. An diesem Mädchen haben sich schon viele die Finger verbrannt.« Er schob seinen Stuhl vom Tisch zurück. »Bis heute Abend. Vielleicht fällt es mir bis dahin wieder ein.« Er tippte sich grüßend an den Hutrand und ging.

Priya gab dem Schankwirt mit kreiselndem Finger das Zeichen, noch eine Runde Bier zu bringen. Dann lehnte sie sich zu Mason vor, funkelte ihn warnend an und brachte den Löffel zum Stillstand, indem sie die Hand daraufhieb. Anschließend wandte sie sich mir zu. »Bis zu ihrem kleinen Unsichtbarkeitstrick hat sie gut mitgespielt. Wir sind euch auf gleichem Weg hinterhergegangen und haben mit den Leuten geredet. Alle haben etwas über sie zu erzählen. Anscheinend hat sie der Tochter des Bäckers eine Münze aus dem Ohr gezaubert? Sie waren beide beeindruckt.«

Ich lachte. »Ja, ich auch. Das Mädchen ist gestolpert und hatte sich das Knie aufgeschlagen. Kazi hat sie mit einem Silberling abgelenkt, der sich auf magische Art in ihrem Ohr versteckt hatte. Die Tränen waren sofort vergessen.« Ich erinnerte mich, dass Kazi keinen Moment gezögert hatte. Sie hatte ihre harte Schale abgestreift und sich auf Augenhöhe des Mädchens niedergekniet. Obwohl Kazi es nie zugeben würde, war sie instinktiv freundlich zu Menschen, besonders zu Kindern.

»Also, in den Augen von Nash und Lydia ist sie jedenfalls besser als Sonntagspudding. Heute Morgen habe ich von ihnen nichts weiter gehört als Kazi dies und Kazi das. Bei unserem Abstecher zur Schneiderei hat sie für die beiden mit Fingerhüten jongliert und ihnen beigebracht, wie sie es nachahmen können. Bereite dich also auf einen Haufen zerbrochener Teller vor, wenn wir wieder zu Hause sind.« Plötzlich weiteten sich ihre Augen. »Wo ich gerade von Tellern spreche, hast du wirklich eine Köchin eingestellt? Was hast du dir dabei gedacht? Tante Dolise hat den ganzen Morgen geschmollt. Die Küche ist ihr Reich, das weißt du doch.«

»Also kann der *Patrei* nicht einmal eine Köchin anheuern? Wir brauchen eine zusätzliche Kraft. Schließlich grummelt Tante Dolise genauso über die viele Arbeit. In der Festung gibt es eine Menge Leute abzufüttern, nicht nur die Familie. Ich war zufällig da, als die Torwachen gerade eine Köchin abgewiesen haben – eine Vagabundin, die nach Arbeit suchte, zusammen mit ihrem Ehemann. Sie fangen morgen in der Küche von Riverbend an. Tante Dolise hat dann weiter ihr eigenes Reich, aber wenn sie zusätzliche Hilfe braucht, ist jemand da.« Ich verschwieg Priya allerdings, dass ich die Frau zuerst gefragt hatte, ob sie Salbeikuchen backen konnte; die Vagabundenspeise, von der Kazi gesagt hatte, sie sei zum Niederknien lecker. Als die Frau antwortete, das sei ihre Spezialität, nahm ich sie auf der Stelle in Dienst. Ihren Ehemann auch. Sie sagte, er würde ihr in der Küche nützlich sein, weil er hervorragend mit dem Messer umgehen konnte.

»Gut, aber du hättest Tante Dolise wenigstens fragen sollen«, beschwerte sich Priya. »Bloß weil du der *Patrei* bist, bekommst du von ihr keine Pluspunkte. Und es gibt zwei Sorten von Leuten, die man nie verärgern sollte: solche, die deinen Rücken schützen, und solche, die deinen Magen füllen.«

»Ich werde die Tante schon wieder freundlich stimmen.«

Priya warf mir ein verschmitztes Grinsen zu. »Ohne Zweifel.« Meine Schwester wusste, dass Tante Dolise wie Butter in der Sonne schmolz, wann immer einer von uns Jungs in die Küche gewandert kam und Ausschau nach etwas Essbarem hielt.

»Die Schneiderin war übrigens auch von Kazi beeindruckt«, sagte Priya. »Was immer du angestellt hast, um deine Rahtan an der kurzen Leine zu halten, hat funktioniert. Gut gemacht.«

Ich runzelte die Stirn. »Sie ist kein dressierter Hund, Priya. Kazi springt nicht gleich, nur weil ich es sage.«

»Jeder in der Stadt springt, wenn du es sagst, Jase. Gewöhn dich dran. Die Hauptsache ist jedenfalls, dass die Leute sie ganz zahm an deiner Seite haben spazieren sehen. Jetzt denken alle, denen wir begegnet sind, dass wir bei Venda neuerdings Oberwasser haben.«

»Vielleicht nicht alle«, entgegnete ich.

»Du bist Rybart und Truko über den Weg gelaufen?«, fragte Mason.

Ich nickte. »Und es hat mir gar nicht gefallen, dass sie zusammen durch die Straßen flaniert sind.«

»Ich habe sie außerdem mit Paxton reden sehen«, sagte Priya. »Seit wann sind die drei so dicke Freunde?«

Die Frage war rhetorisch, denn wir alle kannten die Antwort:

Das waren sie seit dem Tag, an dem unser Vater gestorben war. So sehr sie sich am Ende auch hassen mochten, würden sie im Augenblick doch mit absolut jedem paktieren, um die Ballengers aus dem Sattel zu heben.

»Mir gefällt es nicht, dass sie immer noch hier sind«, fügte Priya hinzu. »Kondolenzbesuch hin oder her. Müssen sie sich nicht um ihre Geschäfte kümmern?«

»Ich glaube, genau das tun sie gerade«, antwortete ich. »Ihr Hauptgeschäft besteht neuerdings darin, uns loszuwerden.«

»Wenigstens haben wir die Rahtan in Gewahrsam. Dann müssen wir uns um sie keine Sorgen mehr machen«, sagte Mason.

»Wir haben sie nicht in Gewahrsam«, erinnerte ich ihn. »Jedenfalls nicht offiziell. Sie sind unsere Gäste. Denk daran.«

Mason hob eine zweifelnde Augenbraue. Ich hatte ihm befohlen, Wachen auf den Baumwegen über dem Gasthaus patrouillieren zu lassen. Sie sollten die Frauen nicht direkt beschatten, aber Ausschau nach verdächtigen Aktivitäten halten. Solange Wren und Synové nichts Zweifelhaftes taten, hatte ich kein Problem mit ihnen.

»Was hältst du von den beiden?«, fragte ich. Mason hatte sie zum Gasthaus eskortiert und unterwegs ausgefragt.

Mason schnaubte. »Ein seltsames Paar. Wren, die Dürre, hatte nicht viel zu sagen, aber Samuel und Aram hatten nur Augen für ihre finstere Kämpfermiene. Die Jungs sollten öfter aus dem Haus gehen. Und die andere …« Mason schüttelte den Kopf. »Sie hört gar nicht wieder auf zu reden, aber nichts davon ist auch nur annähernd wichtig, selbst wenn ich ihr direkte Fragen gestellt habe.« Er lehnte sich vor, und auf seinem Gesicht stand immer noch ein verwirrter Ausdruck. »Am längsten hat sie über mein *Hemd* geredet. Sie wusste alles darüber, wie der Stoff gewebt wird und woher die Knöpfe stammen … Den Rest des Weges hat sie ein Spiel daraus gemacht, über meine Körpermaße zu spekulieren. Ich glaube, sie wollte mich zum Lachen bringen. Mir hat nichts davon gefallen. Wie gesagt, ein seltsames Paar, aber ich bezweifle, dass sie etwas mit den Bränden zu tun hatten. Vermutlich haben sie sich nur versteckt, weil Kazi verschwunden war. Und jetzt wollen sie selbstverständlich gerne bleiben und sehen, wie wir die Siedlung neu aufbauen. Das weiß ich ebenfalls von der Rothaarigen mit den langen Zöpfen. Sie hat es ausführlich erwähnt. Mehrfach.«

Priya schnaubte missbilligend. »Hast du wirklich vor, das zu machen, Jase?«

»Wir haben unser Wort gegeben«, sagte ich. »Und ich habe schon das nötige Material bestellt.«

»Aber das ist …«

»… ein Kompromiss, Priya. Außerdem kostet es uns sehr wenig, könnte aber eine Menge einbringen. Ich hatte bestimmt nicht vor, eine einzige Kupfermünze für diese Grenzverletzer auszugeben – bis Gunner seine große Klappe nicht halten konnte und behauptet hat, die Königin würde herkommen. Was für eine Wahl hatte ich denn? Wenigstens ist seine Behauptung jetzt zu einem kleinen Teil wahr. Durch den Brief, den Kazi geschrieben hat, kommt die Königin vielleicht wirklich. Das hat unser Vater sich doch gewünscht. Wenn wir dafür außerhalb unseres Gebiets ein paar Bretterbuden hochziehen müssen, dann schlucke ich diese Kröte eben. Genau wie du und die anderen.«

»Aber welches Recht haben wir, sie umzusiedeln, Jase? Der König hat dabei wohl auch ein Wörtchen mitzureden.«

»Der König kann mir gestohlen bleiben«, gab ich zurück. »Soll er doch bei seinen Hühnern rumglucken. Er wird sowieso nie erfahren, dass die Siedler anderswo leben als geplant, und wir haben dann unser Land zurück.«

Kazi hatte recht, als sie sagte, dass unsere Grenzen nicht klar gezogen waren. Leuten von außerhalb konnte man das schlecht erklären. Es ging darum, bei welchem Abstand wir uns wohlfühlten oder wann etwas aufdringlich nah wirkte. *So weit das Auge reicht.* Natürlich war uns klar, dass unser Landbesitz sich nicht bis zum Horizont erstreckte.

»Und was war das vorhin mit eurem Kuss? Ich schätze, nach dieser Vorstellung muss sich sogar Paxton den Kiefer wieder einrenken lassen. Dabei hat Kazi gesagt, dass du dich einen feuchten Rattendreck um sie scherst.«

Mein Griff um das Bierglas verstärkte sich. »Wann hat sie dir das erzählt?«

»Gestern Abend.«

Ich hatte sie über das Ziel unserer Wanderung angelogen, dann gedroht, sie von meinem Pferd zu werfen, und sie glauben lassen, dass ihre Freundinnen gefangen und in Gefahr waren. Das waren vermutlich genug Gründe anzunehmen, dass ich mich nicht um sie scherte. Und ich hatte kläglich darin versagt, sie wissen zu lassen, was ich wirklich fühlte. Vielleicht hatte ich auch gehofft, dass die Gefühle einfach verschwinden würden. Stattdessen wuchsen sie immer weiter.

Priya schaute auf die Tischplatte und schüttelte den Kopf. »Oh, verdammt, Jase. Sie hat dich am Wickel.«

»Ich bin der *Patrei*, wenn ich dich erinnern darf«, antwortete ich und versuchte selbstbewusster zu klingen, als ich mich fühlte. »Niemand hat mich an irgendwas.«

Meine Schwester wirkte nicht überzeugt.

Der Schankwirt kam und stellte die neue Runde auf den Tisch, die Priya bestellt hatte.

Als er gegangen war, streckte sie die Hand aus und drückte meine. »Du bist mein Bruder, und ich liebe dich. Du weißt, dass ich hinter dir stehe, was auch immer du tust. Aber bitte sei vorsichtig.«

Mason räusperte sich und klopfte mit dem Löffel auf den Tisch. Priya schnappte sich seine Hand und drückte sie ebenfalls, allerdings entschieden schmerzhafter als meine. »Ich liebe dich auch, Bruder«, sagte sie zu ihm. »Aber wenn du noch einmal mit diesem Löffel klapperst, nehme ich ihn und steche dir damit beide Augen aus.«

Mason ließ den Löffel bewusst auf den Boden fallen, um sie zu ärgern, und die beiden begannen, sich zu balgen, als seien sie wieder zwölf Jahre alt. Unsere Biergläser wurden die ersten Opfer ihres Scharmützels und stürzten vom Tisch. Manches änderte sich eben nie, und darüber war ich froh. Am Ende gab Mason sich geschlagen, als Priya ihm ihre Fingernägel ins Ohr bohrte.

»Das reicht, mehr Spaß halte ich nicht aus«, sagte sie und ließ Mason los. Für das Bier auf dem Boden hatte sie nur einen beiläufigen Blick übrig. »Wir sollten sowieso nach Hause reiten. Heute Abend gibt es eine Gartenfeier mit unseren neuen Ehrengästen. Wir wollen doch mal sehen, ob Vendanerinnen tanzen können.«

Ich wusste es bereits.

Kazi war eine fantastische Tänzerin … allerdings nicht auf die Art, die Priya meinte.

Mason rieb sich das Ohr und erhob sich. »Dann nehme ich die beiden gleich mit zur Festung. Da können sie warten und ihr Temperament abkühlen, bis die Feier beginnt. Ich habe nicht vor, in ein paar Stunden schon wieder in die Stadt zu reiten.«

»Vorsicht, Mason. Als ich das letzte Mal das Temperament einer Rahtan zügeln wollte, hat es mich mehr gekostet als erwartet.«

»Die beiden? Machen mir keine Sorgen«, gab Mason zur Antwort.

Ja, das hatte ich damals auch gesagt.

»Kommt ihr?«, fragte Priya und raffte ein paar Pakete mit Einkäufen zusammen.

»Später. Ich habe noch einen Abendtermin in der Arena.«

Priya verdrehte die Augen. »Der Botschafter?«

Ich nickte.

»Mach ihm die Hölle heiß, Jase. Ich habe diesen Mistkerl mehr als satt.«

Leider war besagter Mistkerl für einen großen Teil unseres Umsatzes verantwortlich. Ich lächelte. »Soll ich ihn lieb von dir grüßen?«

»Sei vor allem vorsichtig«, sagte sie und warf ein paar Münzen als Bezahlung auf den Tisch. »Die Leute aus Candora sind doch alle verrückt.«

Mach ihm die Hölle heiß, aber vorsichtig.

Ein Tanz auf Messers Schneide.

Das fasste meine Rolle als *Patrei* sehr gut zusammen.

Der Winter ist gekommen. Die Wände sind vereist.

Die Böden sind gefroren.

Die Betten ebenfalls.

Wir haben kein Holz mehr. Und auch kein Öl. Also verbrennen wir die Bücher und Akten.

Wenn davon nichts mehr übrig ist, muss ich nach draußen, wo die Plünderer warten.

Greyson Ballenger, 14

Kapitel 26

Kazi

»Lieber Himmel, Kazi. Wir müssen sofort einen Heiler rufen. *Fikatande dragnos!*«

In Wrens Stimme lag nicht nur Überraschung, sondern echte Angst.

»Nein. Ich komme schon klar.« Wren und Synové halfen mir zur Wanne, damit nicht noch mehr von meinem Blut auf den Boden tropfte. »Helft mir einfach, das Bein neu zu verbinden.«

»Erst wenn die Wunde gesäubert ist«, widersprach Synové. Anscheinend erinnerte sie sich daran aus unserer Ausbildung. Tatsächlich war keine von uns jemals ernsthaft verletzt worden, denn wir waren verdammt gut in allem, was wir taten. Wenn es Blessuren gab, dann auf der Gegenseite. Das Problem war, dass keine von uns sicher war, wie man eine Wunde säuberte. Ich bezweifelte, dass ich es ausprobieren wollte. Die Schmerzen waren jetzt schon so groß, dass mir die Sicht schwand. Ich brauchte meine ganze Selbstbeherrschung, um meine Hände vom Zittern abzuhalten, was keinen Sinn ergab, schließlich waren sie ja unverletzt. Krampfhaft ballte ich die Finger zu Fäusten, damit sie still blieben.

Wren schaute sich die Wunde näher an und brach in eine weitere Kette von Flüchen gegen die ›bissigen schwarzen Höllenbiester‹ aus.

Ich war gerade erst zurück in mein Wohnquartier gehumpelt,

als Wren und Synové auch schon zur Feier auftauchten. Mason hatte sie frühzeitig an meiner Tür abgeliefert, damit sie hier auf den Abend warten konnten. Glücklicherweise hatte er mich nicht gesehen. Ich rief ihnen aus der Badekammer zu, sie sollten hereinkommen.

Ich stieß die Luft aus, als ich den Fuß in die Wanne setzte. Es wäre klüger gewesen, meine Stiefel zu tragen, nur waren die Stoffschuhe eben leiser.

Das Tier hatte vor allem meinen Knöchel erwischt, aber die Bisse reichten bis auf den Knochen. Die Zahnspuren brannten, als würde man mir heiße Schüreisen ins Fleisch stoßen, und innen an meiner Wade befand sich ein zentimeterlanger Riss. Von dort kam das meiste Blut.

»Was ist, wenn der Hund eine Ader durchtrennt hat?«, rief Synové dramatisch. »Du könntest verbluten!«

»Rede leiser«, warnte ich sie. »Wenn er etwas Lebenswichtiges erwischt hätte, wäre ich jetzt schon tot. Der Weg vom Tunnel bis hier war lang genug.« Meine größte Sorge war, dass ich vielleicht eine Blutspur hinterlassen hatte, die bewies, wo ich gewesen war.

Mir war der Zeitpunkt ideal vorgekommen, um ein bisschen herumzuschnüffeln. Jase und die anderen waren noch nicht zurück, und die scharfen Wachhunde für die Nacht steckten im Zwinger. Zuerst durchsuchte ich das Dark Chalet. Dieser Teil meiner Aufgabe war leicht gewesen, denn das Gebäude stand ganz offensichtlich leer: nichts in der Speisekammer, der Ofen kalt, keine persönlichen Gegenstände in den Zimmern.

Auch durch das Riverbend-Haus hatte ich mich problemlos bewegen können. Bei der ganzen hektischen Aktivität in den Gärten, wo alles für die Feier vorbereitet wurde, waren die Wohnräume der Angestellten fast menschenleer. Also blieb nur noch Greycastle übrig. Dort wäre ich fast entdeckt worden, als ich einen Flur entlangschlich und in die Zimmer spähte. Doch ich hörte die Holzdielen knarren, bevor Onkel Cazwin um die Ecke bog. Schnell schlüpfte ich in einen Erker, an dem er vorbeiging, ohne misstrauisch zu werden. Wachhauptmann Illarion fand ich auch in diesen Räumen nicht.

Mein nächstes Ziel war Greysons Tunnel. Ich hatte keine Mühe, ihn ungesehen zu durchqueren. Im Vergleich zu meinem ersten Besuch befanden sich nur wenige Arbeiter dort. Vielleicht waren sie ebenfalls in die Gärten abberufen worden, um bei den Vorbereitungen zu helfen. Schatten gab es immer noch genug, und jeder vorbeirumpelnde Karren machte es mir leichter, meine Schritte zu verbergen. In wenigen Minuten hatte ich den Seitentunnel erreicht, der mit dem verwitterten Wappen der Ballengers markiert war. Ich stellte fest, dass von ihm noch drei weitere Tunnel abzweigten, die stetig kleiner und enger wurden. Nach kurzem Überlegen wählte ich den hintersten und folgte ihm bis zu seinem Ende. Die Logik war die gleiche wie beim Durchsuchen einer Kiste mit Wertsachen: das Beste lag immer unten am Boden versteckt.

Abgesehen vom geisterhaften Geräusch tropfenden Wassers wirkte alles ganz still. Dann war ich um eine Ecke gebogen. Ich hatte zuerst hineingespäht, um sicherzugehen, dass wirklich niemand dort war. Der enge, dunkle Gang war höchstens sechs Meter lang und sah leer aus. Am Ende wurde er von einer großen, zweiflügligen Metalltür verschlossen. Durch die Ritze am Boden fiel schwaches Licht. Ich ging darauf zu, um es mir näher anzusehen und auszuprobieren, wie haltbar das Schloss war. Was ich nicht gesehen hatte, waren die schwarzen Hunde, die in Nischen zu beiden Seiten der Tür angekettet hockten.

Aber sie sahen mich.

Die Viecher waren verschlagene Teufel, die genau wussten,

was sie taten. Sie blieben still und warteten, bis ich in Reichweite kam, erst dann schnellten sie vor. Ich konnte sie mit ein paar Fußtritten abschütteln, aber da war der Schaden schon angerichtet. Vermutlich hatte ich Glück, dass sie nur eines meiner Beine erwischt hatten. Sobald sie mich nicht mehr erreichen konnten, riss ich meine Bluse entzwei, verband mir die Wade und wischte sorgfältig die Blutstropfen vom Boden, während die Tiere sich geifernd gegen ihre Ketten warfen. Falls jemand auf den Lärm aufmerksam wurde, blieben mir nur Sekunden. In diesen ersten hektischen Momenten fühlte ich keinen Schmerz, wusste aber bereits, dass die Wunde schlimm war. Mir war klar, dass ich in Schwierigkeiten steckte. Meine Fingerkuppen kribbelten wie von kleinen Nadelstichen. Doch in diesem Augenblick des Schocks konnte ich nur daran denken, dass ich zurück in mein Zimmer musste, bevor mich jemand entdeckte.

Synové schüttete Wasser über meinen Knöchel, um ihn so sauber wie möglich zu bekommen. Ich stieß zwischen zusammengebissenen Zähnen ein Stöhnen hervor. »Tut mir leid, Kazi«, beteuerte sie, während sie an den Wunden herumtupfte. »Verdammt, hier hinten ist noch eine aufgeschlitzte Stelle, die du nicht gesehen hast.«

Ich konnte auch gut darauf verzichten. Immerhin zogen sich schon ein Dutzend Löcher um meinen Knöchel, die aussahen wie ein makabrer Seidenstrumpf mit Spitzenverzierung.

»Der Verband«, stieß ich zwischen den Zähnen hervor. »Nun wickel ihn schon um. Das ist sauber genug.«

Beide versuchten, mich noch einmal zu überzeugen, dass ich einen Heiler brauchte. »Und wie soll ich die Wunden erklären? Soll ich Jase erzählen, dass ich mich nur mal kurz umschauen wollte?« Ich holte tief Atem und sagte Wren, sie solle nach unten zur Küche gehen.

Ihr Blick war starr auf das blutrote Wasser in der Wanne gerichtet. »Ich kenne den Weg doch gar nicht!«

»Keine Sorge, du wirst nicht weit kommen, bevor dich jemand anhält. Sag einfach, du hast schlimme Kopfschmerzen und brauchst ein Mittel dagegen. Frag nach Schlangenklau oder Paprikapulver mit Capsaicin – irgendwas. Ich muss wieder auf den Füßen sein, bevor die Feier anfängt.« Falls der Wachhauptmann sich tatsächlich in Torsfeste eingenistet hatte, hofften wir, dass er sich unter den Gästen befinden würde.

»Noch etwas«, sagte ich und packte Wren am Arm, bevor sie das Zimmer verließ. »Der Mann, der mich heute beschattet hat? Er hat nicht immer für die Ballengers gearbeitet. Früher war er ein Previzi-Händler.«

Wren schüttelte den Kopf. »Bist du dir sicher? Ich habe ihn nicht erkannt.«

»Ja, ich bin sicher«, sagte ich und erklärte, dass er genau jener Händler war, der damals vor vielen Jahren den Tiger auf die *Jehendra* gebracht hatte. »Ich glaube, er hat mich auch erkannt.«

»Unmöglich«, erwiderte Synové. »Abgesehen davon weiß niemand, dass du den Tiger gestohlen hast.«

Wren stieß besorgt die Luft aus. »Kazi war berüchtigt. Sie hat automatisch zu den Hauptverdächtigen gehört.«

»Schon, aber jetzt hat sie Brüste! Runde Hüften! Sie sieht der Kazi von damals nicht einmal ähnlich.«

Damit versuchte ich mich auch zu beruhigen. Ich hatte mich verändert. Jetzt hatte ich Fleisch auf den Knochen. Meine Wangen waren nicht mehr vom Hunger ausgehöhlt. Ich war kaum noch derselbe Mensch. Doch seine Augen hatten sich in meine gebohrt und in diesem kurzen Moment sah ich eine Erinnerung darin aufblitzen. »Wenn er heute Abend in Torsfeste und bei der Feier ist, weicht ihm aus. Falls er nach mir fragt, sagt am besten, dass ich eine Karrenläuferin für den Sanctumsaal war. Lenkt seine Gedanken in diese Richtung. Alles andere streitet ihr ab.«

Wren nickte und ging. Während sie zur Küche unterwegs war, wickelte Synové vorsichtig einen Verband um mein Bein. Schon der Druck des Stoffs gegen die Wunden verschlimmerte das Pochen darin.

»Die aufgerissenen Stellen müssen genäht werden, Kazi«, sagte Synové entschuldigend. Ich gab keine Antwort. Das kam nun einmal nicht infrage. Ein paar Zentimeter würden auch so verheilen. Tränen traten ihr in die Augen. »Letzte Nacht habe ich geträumt, dass du für immer verschwindest. Du bist ins Wasser gestürzt und ertrunken, aber das hier habe ich nicht vorhergesehen. Diese verdammten Träume! Sie haben überhaupt keinen Wert.« Wütend rieb sie sich über die feuchten Wimpern.

Ich griff nach ihrer Hand. »Aber ich bin tatsächlich ins Wasser gestürzt und wäre fast ertrunken, Synové. Deine Träume hatten recht.«

Ihre Augenbrauen schossen in die Höhe. »Hat *er* dich gerettet?«

»Ja. Mehr als einmal. Er hat mich vor einem Bären beschützt und mich über brennend heißen Sand getragen. Hattest du noch andere Träume?«

Sie biss sich auf die Lippe und zögerte. »Ich habe dich in einer Gefängniszelle angekettet gesehen.«

»Nicht sehr überraschend. Das war ich schon öfter. Manchmal sind Träume einfach nur Träume. Du hast dir eben Sorgen um mich gemacht.«

»Aber in diesem Traum warst du blutüberströmt. Ich war nicht einmal sicher, ob du noch lebst.«

»Ich verspreche, dass ich nicht vorhabe, jemals wieder in einer

Zelle zu landen. Das war einfach nur ein Traum.« Das hoffte ich jedenfalls.

Wren kehrte mit einer winzigen Flasche zurück, deren Inhalt aus einem kristallinen Pulver bestand. Für mich sah es wie normales Salz aus. Ich schnupperte skeptisch daran, aber es besaß keinen Geruch. Sie erzählte, Mason habe sie am Ende des Korridors aufgehalten, genau wie ich vorausgesagt hatte. Er hatte sie zur Küche geführt und in einem Vorratsraum nach dem Pulver gesucht. Aus einem großen Behälter hatte er diese Portion für sie abgefüllt. »Er nannte es Birkenflug und hat gesagt, man müsse es mit Wasser vermischen und trinken, um Schmerzen zu lindern.«

Synové schnaubte. »Mason? Schade, dass ich nicht losgegangen bin, um Medizin zu holen.«

»Wie viel muss ich davon nehmen?«, fragte ich.

»Keine Ahnung«, antwortete Wren. »Die Hälfte? Oder vielleicht nur einen Löffel?« Ihre Miene verzog sich sorgenvoll. »Ich glaube, darüber hat er nichts gesagt.«

Inzwischen war ich an einem Punkt angelangt, wo es mir egal war. Ich wollte einfach nur, dass die Schmerzen aufhörten. Synové schüttelte ein Viertel des Pulvers in ein Glas Wasser. Es zitterte in meiner Hand, als ich die Mischung herunterstürzte. Sie schien keinen besonderen Geschmack zu haben. Die beiden halfen mir ins Bett und legten meinen Fuß erhöht auf ein Kissen. Wren strich mir das Haar aus der Stirn und kuschelte sich neben mich. Synové krabbelte ans Bettende, rieb meinen unverletzten Fuß und begann, Bemerkungen über mein Quartier zu machen, um die Stille zu füllen. Ich musste lächeln, als sie die schweren blauen Vorhänge kommentierte, die Jase' Bett umschlossen. *Oh, ich wette, die könnten eine Menge Geschichten erzählen …*

Wie sie mir hinterher sagten, schlief ich ganze zwei Stunden tief und fest.

Als ich mich aufsetzte, war mein Bein steif und fühlte sich seltsam taub und schwer an, als würde es gar nicht zu mir gehören. Aber die Schmerzen waren verschwunden. Ich spürte nur ein harmloses Pochen, als ich den Fuß über die Bettkante schwang und mein Gewicht darauf verlagerte. Tief beeindruckt hielt ich das Fläschchen voll Birkenflug in die Höhe. »Den Rest nehme ich auf jeden Fall mit, falls ich heute Abend noch mehr brauche.«

»Kommt nicht infrage«, sagte Wren und schnappte es mir aus den Fingern. »Das Zeug hat dich zwei Stunden lang umgehauen.« Ich musterte die trügerisch harmlose Flasche in Wrens Hand. Ein Pulver mit so starker Wirkung konnte auch auf andere Weise nützlich sein. »Außer natürlich«, fügte Wren hinzu, »du möchtest, dass dieser Ballengerbengel dich zurück in dein Zimmer trägt?«

Synové blinzelte mir zu. »Natürlich möchte sie das.« Sie drehte sich um und wedelte mit der Hand zu einer Seite. »Schau mal, was gekommen ist, während du weggetreten warst.«

Über den Sessel gebreitet lagen drei Kleider.

»Das Gelbe ist für mich«, strahlte Synové. »Ich habe es schon anprobiert. Es sitzt perfekt an allen strategischen Stellen … Du weißt, was ich meine.«

Oh ja, das wusste ich. Synové hatte eine Menge strategischer Stellen und war sich dessen auch bewusst. Sie wurde grundsätzlich älter eingeschätzt, als sie war.

»Mein Kompliment an Madama Ballenger«, fügte sie hinzu. »Sie hat eine gute Beobachtungsgabe, wenn man bedenkt, wie schnell alles ging. In der Stadt hat sie mich ja nur flüchtig gesehen. Das Violette ist für dich.«

Damit blieb das mittlere Kleid für Wren übrig. Sie starrte darauf, als hätte es Kiemen und Klauen. »Dieses *Ding* ziehe ich nicht an. Ich weiß nicht mal, was für eine Farbe das sein soll.«

»Rosarot«, entgegnete ich.

»Wie eine Zunge?«

Synové plinkerte. »Genau. Eine kühle rosa Zunge. Wer würde das nicht gerne auf seiner Haut fühlen?«

Ich warf ihr einen warnenden Blick zu. Manchmal musste ich die Talente aus meinen Diebesjahren auch bei meinen Freundinnen einsetzen, und jetzt war so ein Augenblick. Man hatte Wren ihr Selbstbewusstsein gestohlen, und sie brauchte es zurück. Seit unserer Ankunft lief nichts wie geplant, dabei erwartete sie immer, dass die Ereignisse einen strikt vorgegebenen Weg nahmen. Sie wollte perfekt vorbereitet sein und verlangte von ihren Strategien, dass sie funktionierten wie … nun ja, wie *geplant*. Als Diebin wäre sie eine Katastrophe gewesen. Dass ich noch alle meine Finger besaß, lag das nur daran, dass ich immer bereit war, mit einer schnellen Pirouette kehrtzumachen. Mir genügte ein Wimpernschlag, um meine Taktik vollständig zu ändern. Solche Pirouetten zu drehen, gehörte zu meinen Überlebensstrategien. Ja, unsere Mission war aus dem Ruder gelaufen. Mein neuestes Missgeschick und das Blut überall auf den Fußbodenkacheln hatten bei Wren Erinnerungen geweckt, die sie vermutlich nie abschütteln würde. Und zu unserem sorgfältig geschmiedeten Plan hatte bestimmt nicht gehört, dass sie in einem rosafarbenen Kleid auf ein Gartenfest der Ballengers ging. Ihre vorgesehene Rolle bestand darin, Vorräte für die Rückreise anzulegen, mir alles zu besorgen, was ich brauchte, mit scharfem Auge und noch schärferen *Ziethes* auf das Signal zu warten und erst dann aktiv einzugreifen. Ich beobachtete sie, während sie auf das Kleid starrte. Mit Sicherheit fragte sie sich gerade, wo sie die Krummsäbel unterbringen sollte.

Aber heute hatten wir nun einmal die Aufgabe, uns auf einer Feier zu vergnügen. Es war wichtig, dass wir so entspannt und sorglos wie echte Gäste wirkten – damit die Ballengers sich ebenfalls entspannten. Nicht zu vergessen ein gewisser anderer Gast, der vielleicht dabei war.

Ich trat versuchsweise mit dem Fuß auf, und als er stabil blieb, durchquerte ich den Raum, um Wrens Kleid zu berühren. Ich wusste genau, wie ich sie ködern konnte. »Oh, das hatte ich nicht erwartet«, sagte ich, nahm das Kleid in die Hand und strich mit dem Rocksaum leicht über meine Wange.

»Was denn?«, fragte sie.

»Der Stoff. Ich glaube, so etwas wunderbar Weiches habe ich noch nie gespürt. Als wäre er aus Wolken gewebt. Sieh selbst«, sagte ich und hielt ihr das Kleid entgegen.

Sie schüttelte widerspenstig den Kopf, sodass ihre Locken flogen, aber trotzdem trat sie näher und ließ die Fingerkuppen kurz darübergleiten.

Wren hatte einen messerscharfen Verstand, und ihr entging nie, was ich tat. Sie durchschaute meine Motive auf einer tiefen, instinktiven Ebene. *Vertrau mir, Wren*. So zäh sie auch war, kannte sie ihre eigenen Schwächen gut … und wusste, was sie brauchte, um sich sicher und geborgen zu fühlen. Ich hatte nie herausgefunden, warum alles Weiche sie so unwiderstehlich anzog, aber ich erinnerte mich an das Lammfell, das ich auf der *Jehendra* für sie gestohlen hatte, und das daunige Entenküken, das sie an einem Teich in ihren hohlen Händen gehalten hatte und gar nicht mehr loslassen wollte. Mit Sicherheit lagen die Wurzeln in ihrer Vergangenheit, so wie alles, über das wir nicht redeten. Jede von uns besaß Geheimnisse, die sie ganz tief in einem dunkeln, zerbrochenen Teil ihrer Seele verbarg. Vielleicht verstand Wren die Gründe nicht einmal selbst. Der Auslöser konnte eine ganz schlichte Erinnerung sein. Vielleicht die Wange ihrer Mutter, die über ihre eigene strich.

»Ja, der Stoff ist weich«, gab sie zu und klang noch nicht überzeugt. »Aber hast du die Farbe gesehen?«

»Vielleicht passt dir das Violette. Wir könnten tauschen.«

Sie riss mir das rosarote Kleid aus der Hand, schließlich kannte sie die vielen Gründe, warum sie es tragen und dabei ein Lächeln aufsetzen musste. Alle sollten überzeugt sein, dass wir an der Feier teilnahmen, weil wir Ehrengäste der Ballengers waren und keine anderen Motive hatten.

»Gut, aber dazu trage ich meine *Ziethe*«, entschied sie.

KAPITEL 27

Jase

DER BAUCH DES BOTSCHAFTERS quoll über den Rand des niedrigen Tisches wie ein aufgehender Brotteig. Seine Schnallen, Gürtel und Metallketten mit Edelsteinen rasselten gegen das Holz, wann immer er hüstelte oder keuchend einatmete. Er nahm einen weiteren langen Zug aus seiner Wasserpfeife. Der widerlich süße Duft des Tabakrauchs hing in der verbrauchten Luft.

Das Quartier bei der Arena, das die Ballengers ihm zur Verfügung stellten – gegen einen angemessenen Preis – war im Stil von Candora umdekoriert worden. Schwere Wandteppiche verdunkelten den Raum, und Fellteppiche bedeckten den Boden. Die Fensterläden waren geschlossen, sodass das einzige Licht von einer bronzenen Öllampe stammte, die auf dem Tisch zwischen uns stand. Die flackernde Flamme ließ Schatten über die Leibwächter in seinem Rücken tanzen, riesenhafte Männer mit glänzenden Säbeln an den Gürteln. Das war alles nur Theater. Unsere *Straza* standen genau aus demselben Grund hinter uns.

Die Oberlippe des Botschafters verzog sich missmutig. »Du bist wahrhaftig nicht der Sohn deines Vaters. Er hätte sich gleich letzte Woche mit mir getroffen. Schließlich wusste er …«

»Jetzt bin ich hier«, schnitt ich ihm das Wort ab. »Worum geht es? Ich habe noch andere Termine.«

In Wirklichkeit gab es heute keine weiteren Treffen, aber

meine barsche Antwort war Teil des Spiels. Bevor wir den Raum betreten hatten, hatte ich Gunner gewarnt, diesmal den Mund zu halten. Er hatte keine Geduld für lange Gesprächspausen. Damit meinte ich die Art von Stille, die nun zwischen uns herrschte. Ich setzte ein kühles, ruhiges Lächeln auf und lehnte mich auf meinem Stuhl zurück, aber innerlich war ich genauso angespannt wie Gunner und Titus.

Der Botschafter starrte mich an, und seine aufgedunsenen rosa Lippen arbeiteten. In seinem Mundwinkel glänzte es feucht vor Spucke. Ich starrte zurück.

»Es gibt andere Handelsplätze als diesen«, sagte er.

»Aber keiner ist so profitabel. In unserer Arena streicht ihr ein Vermögen ein, das wissen wir doch beide. Schließlich laufen die Bestellungen durch unsere Schreibstuben.«

»Profit ist nur etwas wert, wenn die Verluste nicht zu hoch werden. Dein Vater hat uns Schutz versprochen, aber bisher warten wir vergeblich darauf. Wir haben Augen und Ohren in der Gegend. Also wissen wir, was hier vorgeht. Welche unserer Karawanen wird als nächste überfallen? Wir könnten stattdessen die Handelsplätze von Shiramar oder Ráj Nivad nutzen. Sollen wir unsere Geschäfte lieber dort machen? Die Steuern sind niedriger, und der Weg dorthin ist weniger gefährlich.« Er nahm einen langen, entspannten Zug aus seiner Wasserpfeife. »Und wenn wir die Arena verlassen, dann werden andere folgen.«

Gunners Hände ballten sich zu Fäusten. Ich stieß ihn unter dem Tisch mit dem Fuß an.

»Mein Vater hat sein Wort gegeben, und dazu stehen wir«, sagte ich. »Die neuen Waffen, die zurzeit in der Entwicklungsphase sind …«

»Entwicklungsphase!«, spuckte er hervor, und seine Oberlippe kräuselte sich verächtlich. »Was soll das denn bedeuten?«

»Es heißt, dass eure Waren in Zukunft auf dem gesamten Weg beschützt werden, von Tür zu Tür. Mehr braucht ihr nicht zu wissen.«

»Das ist ein imposantes Versprechen für jemanden, der …«

»Imposant!«, antwortete ich mit dem gleichen Maß an Verachtung, die er mir ins Gesicht gespuckt hatte. »Was soll das denn bedeuten? Eine zu große Idee für dein kleines candoranisches Hirn?«

Seine buschigen Augenbrauen zuckten, und in seinen schwarzen Knopfaugen glitzerte ein Lächeln. »Wenn wir uns früher gedulden mussten, hat dein Vater uns das Warten immer versüßt.«

Ich zögerte, obwohl ich mir im Vorhinein überlegt hatte, was ich ihm anbieten sollte. Wenn ich zu schnell nachgab, würde er einen Rückzieher machen und noch mehr verlangen. Ich wollte dieses Zimmer so bald wie möglich verlassen, aber dazu musste ich erst bekommen, was wir brauchten – und zwar, dass die Candoraner ihre Anwesenheit bei uns verlängerten. Sie waren unsere wichtigsten Handelspartner und ihre Beschwerden berechtigt.

Unsere Leute patrouillierten an den Hauptrouten und schreckten mit Waffengewalt alle ab, die nur so taten, als wollten sie zur Arena. Manche Händler versuchten, mit ihrer Karawane dicht außerhalb zu bleiben und bloß einen Repräsentanten zum Markt zu schicken, damit er Kontakte knüpfte und Käufer abwarb. Sie boten niedrigere Preise dafür, dass die Leute zu ihnen nach draußen kamen und sie keine Abgaben an die Ballengers zu zahlen brauchten. Aber niemand benutzte uns als bequemes Ladenschild, ohne die Miete zu entrichten.

Die Patrouillen vertraten nicht nur unsere Interessen, sie boten ehrlichen Händlern auch ein gewisses Maß an Schutz. Wir hatten jedoch nicht genug Leute, um jede Karawane über unsere Grenzen hinweg zu begleiten. Und genau dort waren die Händler aus Candora überfallen worden. Hundert Meilen außerhalb. Obwohl sie von eigenen Wachen begleitet wurden, hatte es sie Menschenleben und Waren gekostet. Schon allein das Gerücht, dass sie die Arena deshalb verlassen wollten, konnte unseren Geschäften schaden. Genau darauf zählten die anderen Bündnisführer. Aber bald würde sich die Lage ändern. Schon bald würde ein einziger Wachmann reichen, um eine ganze Karawane abzusichern. Den Ballengers war es immer gelungen, ihre Leute zu beschützen. Nun würden wir diese Tradition auch über unsere Grenzen hinaus ausdehnen.

»Kein Angebot?«, hakte der Botschafter nach, was verriet, wie dringend er weiter mit uns zusammenarbeiten wollte. Unser Handelsplatz lag zentraler und der Aufenthalt war bei Weitem bequemer … Dafür sorgten wir schon. Shiramar war ein heißes Drecksloch und Ráj Nivad viel zu abgelegen. Im Übrigen drückten wir beide Augen zu, wenn der Botschafter ein paar kleine Nebengeschäfte betrieb, von denen sein König nichts wusste. Natürlich strichen wir dabei auch unseren Zehnten ein.

»Wir verzichten auf die Miete für dieses Quartier, bis wir unser Versprechen eingelöst haben. Ist das versüßt genug?«

Der Boschafter nickte und seine Wurstfinger trommelten einen fröhlichen Rhythmus auf seine Brust. »Ich habe mich geirrt. Du bist doch der Sohn deines Vaters.«

Ich stand auf. Gunner und Titus erhoben sich ebenfalls.

»Die Ballengers halten ihr Wort«, sagte ich. »Und raube mir in Zukunft nicht die Zeit mit weiteren Forderungen.«

Er kam schnaufend auf die Füße, und ein öliges Lächeln warf Falten auf sein Gesicht. »*Patrei.* Es ist immer eine Freude, mit euch Geschäfte zu machen.«

Als wir das Quartier verlassen hatten, flüsterte Titus: »Ihn umsonst im Luxus wohnen zu lassen, wird uns ein Vermögen kosten. Und falls die anderen Mieter Wind davon bekommen, was wir mit ihm ausgehandelt haben …«

»Es wird uns nur dann ein Vermögen kosten, wenn wir unser Wort nicht halten.«

Also gingen wir von der Arena geradewegs zu Beaufort, um ihn unter Druck zu setzen. Damit wir unser Versprechen halten konnten, musste unser Waffenlieferant dasselbe tun, und wir hatten das Warten satt. Seine vielen Beteuerungen hatten sich abgenutzt. Doch kaum waren wir durch das Tor gekommen, begrüßte er uns, als hätte er unseren Besuch schon erwartet, und führte uns direkt zum Schießstand. Wie er sagte, hatten sie ein Haupthindernis überwunden. »Das Problem war nur die Übersetzung«, erklärte er und gab uns dann eine Demonstration der Waffen, die er uns zugesagt hatte. Obwohl ihre Durchschlagkraft nur halb so groß war, wie sie am Ende sein sollte, beeindruckte uns das Ergebnis. Anscheinend würden seine Experimente uns liefern, worauf wir gehofft hatten – und mehr.

»Nur noch ein paar Wochen. Höchstens einen Monat für die Feinheiten«, versprach er. »Aber wir brauchen Nachschub an Material.«

Gunner und Titus starrten mit offenem Mund auf die zerstörte Zielscheibe, die sich über hundert Meter entfernt befand, dann brachen sie in lautes Gejohle aus. »Ihr bekommt alles, was ihr braucht«, versprach Gunner. »Wir schicken Handelsmeister Zane sofort damit rüber.«

»Und das Medikament, um das Fieber zu kurieren?«, fragte ich.

Beaufort zog die Brauen zusammen und schüttelte den Kopf. »Leider lässt sich die Arbeit daran nicht so einfach beschleunigen. Phineas testet es. Keine Sorge, er kommt dem Ziel jeden Tag näher.«

Näher. Diese Nachricht brachte ich meiner Mutter seit Monaten. Doch schon der Hoffnungsschimmer schien sie zu beruhigen, und im Augenblick ging es mir genauso. Die Waffen hingegen brauchten wir sofort, und nun hatte ich endlich einen handfesten Beweis für den Erfolg der Experimente.

Zurück in meinem Zimmer, wusch ich mich, um den betäubenden Geruch aus dem Quartier des Botschafters loszuwerden. Ich blickte hoffnungsvoll in die Zukunft, während ich mich anzog und an die Waffen dachte. Es hatte auch keine weiteren Brände gegeben, weder gestern noch heute, und keinen neuen Hinweis auf Sklavenjäger. Alles schien zur Normalität zurückzukehren. Ich hoffte, dass der Botschafter sich unnötig Sorgen um seine Karawanen machte, aber falls es weitere Überfälle gab, hatten unsere Patrouillen den Befehl, mit aller Härte vorzugehen. Sie würden die Schuldigen zur Strecke bringen – koste es, was es wolle – und herausfinden, wer hinter den Anschlägen steckte.

Gunner pfiff leise durch die Zähne. »Also, das ist ein Anblick, den man nicht alle Tage sieht.«

Wren, Kazi und Synové kamen aus der Rosenlaube. Sie gingen Schulter an Schulter.

Ich starrte Kazi an. Sie hatte mich noch nicht entdeckt. Ihr schwarzes Haar war geflochten und zu einer eleganten Krone rund um ihren Kopf aufgesteckt. Ohne Zweifel war das eine Kreation von Jalaine. Gelbe Blütenblätter waren in der Laube auf sie herabgeregnet und sprenkelten ihr Haar. Ihr violettes Kleid umschwebte sie in leichten Wellen und reichte bis zum Boden.

Die Schultern waren fast nackt, nur von hauchdünnen Ärmeln bedeckt. Sie ließ ihren Blick suchend über einen anderen Teil des Gartens wandern, und unwillkürlich fragte ich mich – oder hoffte vielleicht –, ob sie nach mir Ausschau hielt.

Titus stieß mir den Ellbogen in die Rippen. »Klapp den Mund zu, *Patrei*. Du siehst viel zu lüstern aus.«

War ich auch.

»Was ist denn mit ihrer Freundin in Rosa los?«, fragte Gunner.

»Das ist Wren«, sagten Aram und Samuel wie aus einem Munde.

Sie hatte sich ebenfalls verwandelt und kaum noch Ähnlichkeit mit der mordlustigen Kriegerin, der wir früher am Tag in der Gasse begegnet waren – abgesehen von dem Krummsäbel an ihrer Seite.

»Hat ihr niemand gesagt, dass sie das Ding zu Hause lassen kann?«, kommentierte Gunner.

Meine Aufmerksamkeit wanderte wieder zu Kazi. Zusammenhanglose Worte drifteten durch meinen Kopf und ich hörte die warnende Stimme meines Vaters: *Wähle deine Worte sorgfältig, selbst wenn du sie nur denkst. Sie sind wie Samenkörner und können zu etwas anwachsen, das den Lauf der Geschichte ändert.*

Gewisse Ausdrücke hatte ich nicht einmal zu denken gewagt, seit ich Kazi traf. Als meine Mutter sich nach ihr erkundigte, sagte ich nur, sie sei tüchtig und einfallsreich – sichere Worte ohne Sprengkraft. Aber nun durchfluteten mich andere, und ich erlaubte ihnen tollkühn, sich in meinem Kopf festzusetzen. Ich wollte, dass sie in mir Wurzeln schlugen, wuchsen und den Lauf der Geschichte änderten – meiner Geschichte. *Klug, trickreich, abgebrüht, zielstrebig, mutig, listig, loyal, hilfsbereit.* Sie wandte sich um, ihr Blick wanderte über die Köpfe der Menschenmenge, die Brise ließ einige lose Haarsträhnen an ihrem Nacken flattern, und in meinem Kopf tauchte ein weiteres Wort auf: *wunderschön*. Es verdrängte alle anderen, bis aus dem gleichen Samen noch ein anderes aufblühte: *Zukunft*. Ich fragte mich, ob dieser Gedanke zu gefährlich war, um ihn auch nur in Betracht zu ziehen. Aber da spürte ich schon, wie er sich in mir einnistete.

Mehr Gäste kamen durch die Laube geströmt und schwemmten Kazi mit ihren Freundinnen aus unserem Blickfeld. Sofort sausten Aram und Samuel in Wrens Richtung davon. Mason hatte recht, sie waren ein bisschen zu begeistert von ihr. Insbesondere, da die Rahtan ihnen vermutlich beiden gleichzeitig das Genick brechen konnte, ohne mit dem Lächeln aufzuhören. Ich würde mit ihnen reden müssen.

Gestern Abend hatte sich nur die engere Familie zum Essen versammelt, aber heute war die gesamte Verwandtschaft eingeladen, um den neuen *Patrei* zu feiern, gemeinsam mit engen Freunden und Arbeitspartnern. Auch unsere Priesterin, die Seherin und die Heilerin, die sich gemeinsam um meinen totkranken Vater gekümmert hatten, würden hier sein.

Beaufort hatte gehofft, dass er ebenfalls kommen könnte, solange er sich im Schatten hielt, aber ich hatte abgelehnt. Er hatte sich nun so viele Jahre versteckt, dass er wohl kribbelig wurde – und vielleicht auch ein bisschen übermutig, da er den Königreichen so lange entwischt war. Aber solange ich ein Auge auf ihn hatte, würde er keine Gefangenschaft riskieren. Zumindest nicht, bevor er die fertige Erfindung abgeliefert hatte. Dafür hatten wir zu viel in ihn investiert. In der Vergangenheit hatte er manchmal an Familienessen teilgenommen, aber heute waren mehr Außenstehende dabei … vor allem Kazi und ihre Mitstreiterinnen. Auch wenn er beteuerte, sein Aussehen habe sich in den Jahren verändert und man könne ihn kaum erkennen, war mir das Risiko zu groß. Schließlich wurde er immer noch von mehreren Königreichen gesucht. Im Laufe der Zeit waren immer wieder Händler mit Fahndungsplakaten in der Arena aufgetaucht. Sie kümmerten uns kaum. Die Unterschriften stammten von Leuten, die wir vermutlich nie treffen würden, im Gegensatz zu Beaufort selbst. Er war ganz offen auf uns zugekommen, mit dem Steckbrief in der Hand, und hatte nicht versucht zu verschleiern, wer er war. Wie er sagte, hatte er genug davon, ständig auf der Flucht zu sein. Der wirkliche Grund, warum alle nach ihm suchten, waren die wertvollen Informationen, mit denen er entkommen war. Er sagte, dass er sie lieber mit uns teilen würde als mit Leuten, denen er nicht über den Weg traute.

Wie wir von ihm erfuhren, hatte er als Offizier im Krieg zwischen den Großkönigreichen gedient, und nun gab es böses Blut zwischen ihm und dem Herrscher von Morrighan. Beaufort hatte Korruptionsvorwürfe gegen den König erhoben und war daraufhin als Verräter abgestempelt worden, weil er die Seiten gewechselt hatte. Nach dem Krieg hatten die Königreiche neue Verträge miteinander geschlossen, weshalb er nun von allen gesucht wurde. Wir hatten unsere Zweifel, ob alles davon stimmte, aber andererseits waren uns die politischen Absprachen und Streitigkeiten entfernter Reiche auch herzlich egal, solange sie Torsfeste nicht betrafen. Aus Vorsicht hatte mein Vater trotzdem eine diskrete Anfrage an den königlichen Richter in Parsuss geschickt, in der er von einem Steckbrief sprach, der in der Arena die Runde machte. Er wollte Beauforts Geschichte überprüfen, aber der Richter kannte auch keine Einzelheiten und konnte weder bestätigen noch verneinen, was auf dem Haftbefehl stand.

Vielleicht tun wir den Königreichen sogar einen Gefallen, indem wir Beaufort aus weiterem Ärger heraushalten, hatte mein Vater gesagt. Aber vor allem hatte sein Versprechen, ein Heilmittel gegen das Fieber zu liefern, uns dazu gebracht, beide Augen zuzudrücken. Die Waffen waren eine willkommene Zugabe, die uns den Pakt mit Beaufort versüßte. Wir wollten unsere Familie beschützen, was alle Bürger von Höllenrachen einschloss. Das war das Einzige, was zählte.

»Patrei.«

Ich drehte mich zu der tiefen, heiseren Frauenstimme um. Die Seherin stand vor mir. Ich hatte sie nicht bemerkt, bis sie sich plötzlich an meiner Seite befand. Ihre azurblauen Augen bohrten sich in meine und ein schiefes Lächeln verzerrte ihre Lippen. Sie hatte die Kapuze zurückgeschoben, was selten vorkam. Trotz ihres Alters umrahmten wilde schwarze Locken ihr Gesicht und hüllten ihre Züge in Schatten. Sie küsste meine Hand und hielt einen Moment inne, als sie den Ring sah. Mit einem traurigen Kopfschütteln murmelte sie in ihrem typischen Singsang: »Sie haben dich also doch gefunden, *Patrei*. Es tut mir leid.«

Zum ersten Mal kam mir der Gedanken, dass ihre frühere Warnung sich auf die Sklavenjäger bezogen hatte und nicht auf die Bündnisführer.

»Hast du Neuigkeiten?«, fragte ich.

»Ich schmecke frisches Blut. Sie ziehen ihre Kreise enger.«

»Wir haben die Gefahr beseitigt. Die Leute, die hinter mir her waren, sind tot.«

In ihren Augen glomm Unruhe auf. »Nicht sie«, wisperte die Seherin. *»Andere*. Schütze dein Herz, *Patrei*. Ich sehe einen Dolch, der nur darauf wartet, es herauszuschneiden.«

Ich lächelte. »Mach dir keine Sorgen. Ich behalte die *Straza* immer in meiner Nähe. Nun geh und genieße Speis und Trank. Meine Mutter hat einen Ehrenplatz für dich vorbereitet. Titus wird dich hinführen.« Ich zog Titus am Hemdkragen aus einer Gesprächsrunde und sagte ihm, er solle der Seherin ein Getränk besorgen und sie zu ihrem Platz geleiten. Manchmal fragte ich mich, ob ihre Warnungen eher die Sorgen meiner Mutter widerspiegelten. Die beiden sprachen im Tempel täglich miteinander, und meine Mutter sorgte großzügig für ihren Unterhalt. In Höllenrachen war die Gabe selten. Den Gerüchten nach hatte die vendanische Königin ein sehr starkes Talent, und ich machte mir auch meine Gedanken über Kazi. Wenn sie sich so unbemerkt davonstahl, wirkte es fast wie Magie. In den geschichtlichen Aufzeichnungen unserer Familie wurde die Gabe erwähnt, aber anscheinend war sie im Laufe der Generationen verkümmert.

Titus verschwand mit der Seherin, und ich bemühte mich, einen Blick durch das Gedränge zu werfen. Zuerst entdeckte ich Garvin. Er stand allein und starrte in eine Richtung. Als ich seinem Blick folgte, sah ich Kazi.

Hellnebel. Eines der ärmsten Viertel. Lass dich nicht von dem Namen täuschen. Der ist nämlich das einzig Hübsche dort.

Garvin irrte sich.

Hellnebel hatte etwas noch viel Hübscheres zu bieten.

Kapitel 28

Kazi

Wir passten nicht hierher, spielten unsere Rollen wie Hochstapler und stolzierten in unseren teuren Kleidern herum, als hätten wir das schon hundertmal getan. Dabei waren wir noch nie im Leben so angezogen gewesen. Kein einziges Mal.

Wren zog immer wieder die Schultern hoch, als würde ihr das Ding jeden Moment vom Körper rutschen. Sie beschwerte sich darüber, dass ein so fragiles Kleidungsstück überhaupt keinen Sinn ergab, doch gleichzeitig zogen ihre Finger unbewusst kleine Kreise auf ihrem Bauch, um immer wieder zu spüren, wie weich das rosafarbene Gewebe war. Synové hielt einen Trinkpokal vor sich, um ihr Spiegelbild darin zu erhaschen, und gelber Stoff tanzte vor ihren Augen über das Kristall. Sie glitt mit einer Hand über ihre seidigen Kurven und presste sich das Kleid an den Leib, als könnte es jeden Augenblick verschwinden. Ich selbst benahm mich nicht viel anders. Bisher hatte ich meine Weste für ein extravagantes Kleidungsstück gehalten, dabei hatte sie immerhin einen Nutzen erfüllt. Die versteckten Taschen enthielten Waffen und Landkarten, das kräftige Leder schützte mich vor der Witterung. Im Vergleich dazu diente das Kleid, das ich nun trug, überhaupt keinem Zweck, außer sich hübsch zu fühlen. Es passte nicht zu mir. Ich war mir in meinem ganzen Leben noch nie hübsch vorgekommen. Nach meiner Erfahrung war ich nur die schmutzige Straßengöre, die niemand gerne kommen sah.

Und dann war da noch das Essen.

»Riechst du das?«, flüsterte Synové.

Wie konnte ich nicht? Der Duft von mariniertem Braten umwaberte unsere Köpfe, ließ den Gaumen anschwellen und brachte unsere Mägen zum Singen. Schon der erste Gang aus verschiedenem Käse, leckeren Brotsorten und anderen Köstlichkeiten ließ die Tische fast überquellen. In unser Staunen mischte sich ein schlechtes Gewissen. In Venda waren Lebensmittel immer noch knapp, genau deshalb waren die neuen Siedlungen so überlebenswichtig. Es fühlte sich wie Verrat an, hier an einer Delikatesse nach der anderen zu knabbern.

Aber wir spielten unsere Rollen. Wir aßen. Wir lächelten. Wir waren Rahtan, und wenn nötig konnten wir Eisskulpturen in der Hölle schnitzen, ohne uns ein Unbehagen anmerken zu lassen.

Ich hielt Ausschau nach Jase. Da ich ihn nirgends sah, nahm ich an, dass er mit anderen Gästen beschäftigt war. Davon gab es atemberaubend viele – ungefähr zweihundert.

Lydia und Nash rannten mit ihren jüngeren Verwandten zwischen Tischen und Büschen herum und spielten lachend Fangen. Falls der Wachhauptmann tatsächlich in Torsfeste war, hätte er doch sicher unter den Gästen sein müssen, auch wenn er sich vermutlich mit einem falschen Namen tarnte. Vielleicht wussten die Ballengers nicht einmal, dass sich ein gesuchter Verbrecher in ihrer Mitte befand? War das möglich? Der Gedanke kam mir ganz plötzlich und ließ neue Hoffnung in mir aufkeimen.

Und dann suchten meine Augen gegen meinen Willen wieder das fahle, blutleere Gesicht von früher, doch stattdessen blieben sie an einer anderen Person hängen, dem Wachmann, der mir heute gefolgt war. Ich machte Wren und Synové auf ihn aufmerksam. Er beschattete mich offenbar nicht mehr, aber wieso starrte er mich so intensiv an?

»Er lässt dich immer noch nicht aus den Augen«, flüsterte Wren mir ein paar Minuten später zu.

»Also weiß er, wer ich bin«, sagte ich.

»Wenn er das wüsste, könnte er mit dem Starren aufhören«, widersprach Synové. »Nein, er wartet auf einen Geistesblitz. Aber selbst dann kannst du einfach alles abstreiten. Du hast keine Ähnlichkeit mehr mit dem Mädchen von damals.«

»Bis auf ihren Namen«, erwiderte Wren.

»Kein Previzi-Händler hätte sich jemals den Namen einer Straßengöre gemerkt.«

»Ich meine nicht Kazi, sondern ihren anderen Namen. Zehn. Den kannte jeder.«

»Dann streitet sie den eben auch ab.«

Mein Spitzname konnte mir wichtige Türen vor der Nase zuknallen. Jeder erhöhte seine Wachsamkeit in Gegenwart einer professionellen Diebin.

Ich drehte mich um, schaute den Mann direkt an und schenkte ihm ein überraschtes Lächeln, als sich unsere Blicke kreuzten. Er nickte mir zu und ging.

»Das hier musst du probieren«, schwärmte Synové und drückte mir eine kleine Scheibe Röstbrot mit einer dicken Schicht würzig-saurer Creme in die Hand. Theatralisch verdrehte sie die Augen, als würde sie den Nektar der Götter kosten.

Ich stöhnte genüsslich, und Wren leckte sich jeden einzelnen Krümel von den Fingern.

Grinsend stemmte Synové die Hände in die Hüften. »Schaut uns nur an. Bekleidet und verköstigt wie königliche Hoheiten.«

Wren schnalzte mit den Lippen. »Genieß es, solange du kannst.«

Uns allen war klar, dass dieses Luxusleben von kurzer Dauer sein würde.

»Oh, glaub mir«, sagte Synové, »das habe ich vor. Allerdings nicht so sehr wie Kazi.« Ihre Augen wurden schmal, und mir war klar, worauf sie anspielte. Ich erwartete eine Predigt, aber stattdessen sah sie bekümmert aus, was mich überraschte. »Ich mag ihn ja auch«, sagte sie. »Aber du weißt doch genau, dass bald Schluss sein wird. Spätestens, wenn …«

Sie hob vielsagend die Brauen und überließ es mir, den Satz in Gedanken zu vollenden. Spätestens, wenn wir ihm seinen geheimen Gast unter der Nase wegstahlen? Spätestens, wenn er herausfand, wer ich wirklich war?

»Ich erwarte gar nicht, dass es von Dauer ist«, erwiderte ich wegwerfend. »Das gehört nur zu meiner Rolle. Ich erfülle meine Pflicht, so gut ich kann.«

»Bewundernswert«, meinte Wren und wechselte einen ungläubigen Blick mit Synové.

Eine Frage gab mir immer noch Rätsel auf: Warum? Was hatte ein verräterischer Offizier auf der Flucht den Ballengers zu bieten? Er kommandierte keine Armee mehr. Er war dem Schlachtfeld nur mit Mühe und Not entkommen, mit nichts als den Kleidern am Leib. Er hatte die versprochene Belohnung des Komizars nie einstreichen können. Dennoch musste er etwas besitzen, was das Risiko rechtfertigte. *Falls* er sich bei den Ballengers befand. Die Königin war jedenfalls überzeugt davon, dass man sich auf ihren Informanten verlassen konnte. Sonst hätte sie uns nicht hergeschickt.

Während wir an weiteren Köstlichkeiten knabberten, erklärte ich den anderen, wie die Festung aufgebaut war, und ließ meine Augen zu den verschiedenen Gebäuden huschen. »Hinter Greycastle und Riverbend liegen nur noch die Stallungen und ähnliche Nutzgebäude. Das Dark Chalet steht leer, also ist er dort nicht abgestiegen.«

Musik begann zu spielen, und eine Gruppe Frauen fing zu tanzen an, unter anderem Vairlyn.

Wren verzog das Gesicht. »Wie geht es deinem Fuß?«

»Er pocht ziemlich«, antwortete ich. »Die Wirkung des Birkenflugs lässt nach. Ihr beide werdet doppelt so viel tanzen müssen, um mich zu decken. Die Ballengers sind schnell beleidigt, und wenn sich alle von uns weigern …«

Wrens Augenbrauen zogen sich alarmiert zusammen. »Ich habe keinen blassen Schimmer vom Tanzen.«

»Hast du doch«, widersprach Synové und knuffte sie mit dem Ellbogen. »Wir haben oft genug bei den Flötenspielern auf der *Jehendra* getanzt, wenn Markttage waren.«

»Du meinst, wir haben uns so lange im Kreis gedreht, bis wir auf den Hintern gefallen sind, und dann haben wir uns kaputtgelacht.«

Synové zuckte mit den Schultern. »Ist doch fast dasselbe. Zwischendurch wiegst du dich noch in den Hüften. Schau einfach zu, was alle anderen machen. Himmel, solange du dieses Kleid trägst, wird sowieso niemand auf deine Füße achten. Wir …«

Lydia kam mit wildem Blick auf uns zugerannt und kreischte: »Helft mir! Versteckt mich! Schnell!«

Automatisch fuhr Wrens Hand zu ihrer *Ziethe*.

Ich griff danach und hielt sie fest. »Nur ein Spiel, Wren«, murmelte ich. »Das ist nur ein Spiel.« Trotzdem raste mein Herz ebenfalls in einem panischen Galopp.

Helft mir. Bitte. Versteckt mich.

Die flehenden Schreie klangen mir noch genauso schneidend in den Ohren wie an dem Tag, als die Menge vom Blackstone-Platz beim Sanctum floh. Die Leute hämmerten verzweifelt an Türen und versuchten, sich in dunkle Ecken zu quetschen, um dem Massaker zu entkommen. *Versteckt mich.* Damals war es kein Spiel gewesen. Wir waren erst elf Jahre alt. Ich brachte drei Leute in meinen Unterschlupf, aber es gab keine Tür zum Verschließen. Als Waffe hatte ich nur den lächerlichen Stock, den meine Mutter bei ihrer Entführung nicht rechtzeitig erreicht hatte. Gegen die Schwerter und Hellebarden der Wachen war er nutzlos. Niemand fand uns, doch wir hörten die dröhnenden Schritte der Soldaten, die Jagd auf Flüchtende machten. Wir hörten die Schreie. Die Clans hatten den Fehler begangen, der Prinzessin zuzujubeln, als sie dem Komizar eine Klinge in die Brust rammte. Sie hatte ihn attackiert, weil er vor ihren Augen ein Kind niedermetzelte – Aster, eine Karrenläuferin aus dem Sanctumsaal. Doch seine Verwundung war leider nicht tödlich gewesen, und er rächte sich schon bald an den treulosen Clans.

»Schnell!«, wiederholte Lydia.

Ich schob sie hinter uns, und dann stellten Wren, Synové und ich uns Schulter an Schulter auf, wie eine Schutzmauer aus Seide und Spitze. Lydia kicherte in unserem Rücken, als Nash angerannt kam und fragte, ob wir sie gesehen hätten.

»Wen denn?«, fragte Wren. Ihr Atem ging immer noch etwas zu schnell.

»Wir haben niemanden gesehen«, bestätigte Synové.

Lydia schoss mit einem Kreischen zwischen uns hervor und sauste an Nash vorbei. Er jagte ihr nach und wir alle starrten den beiden hinterher. Dabei standen wir immer noch Schulter an Schulter.

»Nur ein Spiel«, wiederholte Synové. Sie hatte zu den dreien gehört, die ich in meinem Unterschlupf versteckt hatte.

Torsfeste war eine andere Welt.

Sogar die Spiele waren anders.

»Wir haben zuletzt vom Tanzen geredet«, versuchte ich unsere Gedanken wieder in die richtige Richtung zu lenken.

»Ja, in Ordnung«, meinte Synové, und ihre Brust hob sich unter der gelben Seide zu einem tiefen, reinigenden Atemzug. Sie stellte sich auf die Zehenspitzen, und ihr Blick huschte suchend bis zum entfernten Ende des Gartens. »Ich kümmere mich darum. Dazu muss ich nur erst meinen Tanzpartner finden. Ich denke an einen großen, dunklen Fremden, der …« Sie brach ab und eilte davon. Wir hatten wenig Zweifel, auf wessen Spur sie sich setzte. Mason hatte Eben als ihren Schwarm abgelöst, zumindest zeitweilig.

Als mein Blick nach rechts schwenkte, sah ich die Zwillingsbrüder auf uns zukommen. Ihre Blicke waren entschlossen auf Wren gerichtet. Ich knuffte sie mit dem Ellbogen. »Da kommen Aram und Samuel«, flüsterte ich. »Die jüngere Ballengerbrüder. Ich glaube, sie haben ein Auge auf dich geworfen. Sei nett zu ihnen.«

»Denkst du etwa, ich wüsste nicht, wie man nett ist?«, knurrte sie und zog die Schultern hoch. Sie zupfte ihren rosafarbenen Rüschenärmel zurecht und rang sich ein Lächeln ab. »Siehst du? Also, wer von den beiden ist wer?«, flüsterte sie.

»Das wirst du schon selbst herausfinden müssen … aber bitte ohne bleibende Schäden.«

»Du bist überhaupt nicht witzig«, sagte sie und marschierte den beiden entgegen.

Das war meine Gelegenheit, ungesehen ins Raehaus zu schlüpfen. Ich hatte es als Einziges noch nicht durchsucht. Jetzt waren die Schreibstuben geschlossen, und Priya befand sich bestimmt beim Fest. Die Eingangstür lag im Schatten und war nicht einmal abgeschlossen, wie ich feststellte. Wegen der Feier gab es heute auch keine herumstreunenden Hunde, nur menschliche Wachen, an denen ich leicht vorbeikam. Das schwache Licht der Lampions fiel durch die Fenster, sodass ich genug sehen konnte, um zurechtzukommen. Die Schreibstuben waren sparsam ausgestattet, im ersten Stock gab es außerdem eine Reihe von Zimmern mit Sitzmöbeln, in denen vielleicht Treffen mit Handelspartnern stattfanden. Insgesamt hatte das Gebäude drei Stockwerke, doch das meiste davon wurde als Lager genutzt. Im oberen Bereich gab es anscheinend nur einen einzigen Verwaltungsraum, der Priya gehörte.

Das erklärte Jalaines spitze Bemerkung über Ruhe und Frieden. Der Raum nahm den größten Teil des zweiten Stocks ein und war das genaue Gegenteil vom Rest des Hauses. Hier mochte es wenig menschliche Gesellschaft geben, dafür jedoch umso mehr Zimmerschmuck. Das Büro war zwar sauber und zwanghaft ordentlich, quoll jedoch vor Farben und Dekoration geradezu über, als hätte Priya alles, was ihr dreiundzwanzigjähriges Leben ausmachte, in diesen Raum gestopft. Wenn ich früher in die Wohnung eines Quartierlords oder Händlers eingebrochen war, hatte ich mir immer ein paar Minuten Zeit gelassen, um ihre Habseligkeiten zu studieren. Womit sie ihre Häuser füllten, sagte viel über sie aus. Metallbänder mit scharfen Spitzen unter den Fenstern, Käfigratten mit abgehackten Schwänzen, Seidenunterwäsche in grellen Farben … und immer ein Messer unterm Kopfkissen. Diese Leute trauten niemandem.

In Priyas Zimmer gab es natürlich Bücher und Akten, Schreibfedern und Tinte, Landkarten und Papierstapel, die auf Bearbeitung warteten, doch was mein Interesse erregte, war eine Sammlung kleiner, glatt polierter Kiesel, die am oberen Rand ihres Tisches zu einer geraden Linie angeordnet waren und das Licht einfingen. Darunter lag eine gefleckte Wachtelfeder genau in der Mitte ihrer Schreibkladde. Auf einigen Papierblättern am Tischrand befanden sich Skizzen von Schmetterlingen. Sie waren mit Kohlestift gezeichnet und bewiesen, dass Priya einen weichen Kern besaß, den sie sich sonst eher nicht anmerken ließ.

Auf der anderen Seite der Tischplatte fiel mir eine Notiz ins Auge.

Nachschubliste für WB
Genehmigung von Jase?

WB? Vielleicht war das Wirtshaus Ballenger gemeint.

Ich überflog die Liste: Wein aus Morrighan, Oliven aus Gitos, Fischeier aus Gastineux, Tabak aus Cruvas, große Mengen Kohle und mehrere Pulver, von denen ich noch nie gehört hatte. Gewürze?

Am Ende befand sich Jase' Unterschrift. Die Liste war also abgesegnet worden. Soweit ich sehen konnte, war das die einzige Bestellung auf dem Tisch, die vom *Patrei* unterzeichnet werden musste, aber schließlich war sie auch besonders teuer.

Ich hörte das Klicken einer Tür, und dann glomm unten im Treppenhaus ein Licht auf. Doch bevor Priya ihr Zimmer erreichen konnte, war ich bereits hinausgeschlüpft und hatte mich über eine Hintertreppe davongestohlen. Vielleicht war ihr noch etwas Geschäftliches eingefallen, das nicht bis morgen warten konnte. Oder sie hatte eine Feierpause und eine Dosis Ruhe und Frieden gebraucht. Davon gab es in diesem Gebäude genug. Der Wachhauptmann war jedenfalls auch nicht im Raehaus untergebracht.

Als ich zum Fest zurückkehrte, konnte ich endlich einen Blick auf Jase erhaschen. Er stand am hinteren Gartenende beim Dark Chalet und war in ein Gespräch mit zwei älteren Männern vertieft. Seine schwarze Bluse ließ das blonde Haar noch heller strahlen, und seine Wangenknochen hatten einen warmen Bronzeton von unserem langen Marsch durch die Sonne. Ich beobachtete ihn, während ich mich näherte, und wie schon früher in der Stadt fiel mir auf, dass er sofort alle Aufmerksamkeit auf sich zog. Das lag nicht nur an seinem Titel. Er besaß eine Präsenz und Intensität, die faszinierte und gleichzeitig zur Vorsicht gemahnte. Seine breiten Schultern und schiere Körpergröße trugen dazu bei, aber das allein konnte den Effekt auf die Umstehenden nicht erklären. Es war eher die Neigung des Kopfes, wenn er jemanden anschaute, das gehobene Kinn, die wachen Augen, hinter denen man die Gedanken arbeiten sah, als würde er Maß nehmen, bevor er mit der Präzision eines Herrenschneiders den ersten Schnitt setzte. Sein Blick besaß die Schärfe einer Diamantklinge.

Ich brauche keinen Rat von außen, um das Richtige zu tun, vor allem nicht von einer Vendanerin.

Er wandte den Kopf, als würde er spüren, dass ihn jemand beobachtete. Unsere Blicke trafen sich von den verschiedenen Enden des Gartens, und Schmetterlinge flatterten durch meinen Bauch. Er lächelte nicht – seine Miene war vollkommen ausdruckslos –, aber seine Augen blieben an mir hängen, und dann ließ er die Männer mit ein paar kurzen Worten stehen, um stattdessen zu mir zu kommen.

Ein Zittern durchlief meine Rippen. Ich war immer noch unsicher, wie wir nach der heutigen Szene zueinander standen. Jase war sehr abrupt gegangen. Mein Kuss war völlig außer Kontrolle geraten und hatte sich überhaupt nicht wie Theater angefühlt.

»Jase«, sagte ich, als er vor mir stand.

Er starrte mich an. Seine Kiefermuskeln waren gespannt, und eine Ader trat auf seiner Stirn hervor. Dann streckte er die Hand aus und griff nach meiner. »Wir müssen reden. Allein.«

Er zog mich hinter sich her, in fieberhaftem Tempo, und ich

spürte den wachsenden Druck auf meinen Fußknöchel, während ich mich bemühte, Schritt zu halten. Hatte er etwas über mich herausgefunden? Waren die Blutstropfen im Tunnel entdeckt worden? Wir eilten an der Längsseite des Dark Chalet entlang, die in tiefem Schatten lag.

»Jase, was …«

Aber dann zog er mich plötzlich unter das Dach eines dunklen Alkovens. Er schwang herum und stemmte die Arme rechts und links neben mir gegen die Wand.

»Was ist denn los?«, fragte ich.

Obwohl uns Dunkelheit umhüllte, sah ich Schweißtropfen auf seinen Brauen glitzern. In seinen Augen wütete ein Sturm, den ich nicht verstand. Er schluckte und lehnte sich näher. »Ich will dich küssen, Kazi«, presste er schließlich mit Flüsterstimme hervor. »Und ich will, dass du mich zurückküsst. Diesmal nicht bloß, um das Beste aus unserer Situation zu machen oder anderen etwas vorzuspielen. Ohne Bedingungen. Ich möchte, dass du mich küsst, einfach weil du es willst. Weil du es wirklich von ganzem Herzen willst. Niemand schaut uns zu. Du kannst weggehen, und ich werde kein Wort darüber verlieren. Versprochen. Ich werde das hier nie wieder erwähnen.«

Mir stockte der Atem in der Brust. Er wusste, dass mein Kuss vorhin freiwillig gewesen war, aber Bedingungen hatte es trotzdem gegeben. Alles, was uns betraf, war so verwirrend. Eigentlich ging es ihm nicht um einen Kuss, egal wie ehrlich er war oder ob er von Herzen kam. Er wünschte sich eine Klarheit, die es zwischen uns einfach nicht geben konnte. »Jase, ich bin Soldatin der vendanischen Armee und …«

»Ich erwarte auch gar nicht, dass du etwas anderes bist.«

»In ein paar Wochen werde ich nicht mehr hier sein. Sobald die neue Siedlung …«

»Vielleicht dauert der Wiederaufbau mehr als ein paar Wochen. Ich könnte sogar dafür sorgen, dass er sich sehr lange hinzieht.«

Sein Blick bohrte sich in meinen und suchte nach etwas, das sicher und einfach war. Den Wiederaufbau zu verzögern, würde ihm auch nicht helfen.

Was ist das hier, Kazi? Was ist das zwischen uns?

Die Frage hatte sich nicht geändert, aber ihr Drängen war lauter geworden. Statt Schmetterlingen hatte ich nun glühende Kohlen im Bauch. Ich hatte immer noch keine Antwort darauf gefunden – wollte es vielleicht auch gar nicht. »Ich muss zurück, Jase. Uns bleibt nur wenig Zeit …«

»In ein paar Wochen kann eine Menge geschehen. Pläne können sich ändern. Garantien gibt es nie. Wir könnten bis dahin alle tot sein.«

Ich hatte am eigenen Leib erfahren, wie ein Leben gewaltsam aus der Spur gerissen und auf den Kopf gestellt werden konnte. Ich kannte das Gefühl, auf unerwartete Pfade geschleudert zu werden. Aber Jase … tot? Er doch nicht! Dazu war seine Gegenwart zu … stark und überwältigend. Ich schüttelte den Kopf und schob den Gedanken von mir. Ihn bedrückte nur der unerwartete Tod seines Vaters.

Jase zog die Schultern zurück, seine Hände glitten von der Wand und gaben mich frei, als habe er seine Antwort bekommen. Eine Ader an seinem Hals pulsierte wütend.

Ich habe doch keine Antworten, Jase!, schrie ich innerlich. *Nicht für das hier!*

Er wollte sich abwenden, aber ich hakte einen Finger in seinen Gürtel und hielt ihn auf.

Er wartete zögernd, die Nasenflügel gebläht wie ein scheuendes Pferd.

»Durch einen Kuss verschwindet die Kluft zwischen uns nicht, Jase. Damit wird …«

»Das erwarte ich doch gar nicht!«, zischte er. »Ich bitte dich nur, bei dieser einen Sache ehrlich zu sein! Könntest du endlich aufhören, darüber nachzudenken, was morgen oder in tausend Tagen geschieht? Jetzt und hier, was *willst* du, verdammt!«

Ich schaute ihn an und war unfähig, ein Wort herauszubringen.

Mein Herz hämmerte wild. *Rückzug! Ruhig bleiben! Nie zuerst blinzeln!* Meine Überlebensregeln befanden sich im freien Fall und taumelten ins Nichts. Ich spürte, wie Jase sich wieder von mir lösen wollte, und brachte ihn mit einem heftigen Ruck an seinem Gürtel zum Stehen. Unsere Blicke trafen sich, und alles in mir zersplitterte in verschiedene Richtungen. »Ja, ich will dich küssen, Jase Ballenger. Nicht als Täuschungsmanöver oder um das Beste daraus zu machen. Ich will *dich*, jeden Teil von dir, auch wenn du mich manchmal so rasend machst, dass mir die Worte fehlen. Du bist ein süßes Gift, von dem ich nicht genesen will. Du umschlingst meine Brust wie eine Viper, und ich lasse mir gerne den Atem rauben, denn ich brauche dich mehr als die Luft zum Atmen. Ja, Jase, ich *will* dich küssen, einfach so. Aber ich kann dir kein Morgen versprechen.«

Er starrte mich an, und ich sah jedes meiner Worte in seinen Augen widergespiegelt, während er sie analysierte, von allen Seiten betrachtete, zuerst zurückwies und sich dann einverleibte. Seine Schultern sackten kaum merklich nach unten.

»Ein süßes Gift?«, wiederholte er und seine Mundwinkel verzogen sich zu einem Grinsen. »Gut, dann infiziere ich dich jetzt ein bisschen mehr.«

War es möglich, zwei Leben nebeneinander zu führen? Zwei Bestimmungen zu folgen, die am Ende gewaltsam aufeinanderprallen mussten? Mit der einen Hand ein Netz aus Lügen zu weben, das die andere wieder entflocht?

Zuerst hatte seine Freundlichkeit mich verführt, nun faszinierte mich auch alles andere an ihm. Ich spielte mit dem Feuer und konnte nur hoffen, mich nicht zu verbrennen.

Wir kehrten zum Fest zurück und hielten uns an den Händen. Sofort wirkte die Musik lebendiger und das Essen sogar noch köstlicher, als hätten wir unsichtbare Wunschhalme in den Taschen stecken. *Ich bitte dich, bei dieser einen Sache ehrlich zu sein.* Das war ich nun.

Das Festmahl zog sich entspannt immer weiter hin. Ständig wurde neues Fleisch aus den Räuchergruben aufgetischt, und weitere Gerichte erschienen auf den langen Tafeln, während die Nacht verging. Jase stellte mich fast allen seinen Gästen einzeln vor. Mehr als einer von ihnen erwähnte, wie dankbar sie waren, dass die Königin zu Besuch kommen und die Stadt besichtigen wollte. Die Geschichte hatte sich bereits verselbstständigt.

Als wir endlich einen Moment allein waren, zog Jase mich zur Seite. Seine Lippen pressten sich auf meine, ganz natürlich, und Wärme durchflutete meine Brust. »Hast du gesehen, mit wem deine Freundin tanzt?«, fragte er.

Ich schaute über die Schulter und entdeckte Mason. Er wirkte nicht allzu glücklich mit der Situation. Der einfache, weit verbreitete Volkstanz erforderte eigentlich nicht viel Körperkontakt, aber Synovés Schritte gingen oft absichtlich daneben. Außerdem hatte die Version der Ballengers noch ein paar zusätzliche Hüpfer und Heber. Als die beiden sich umkreisten, knuffte Synové ihren Tanzpartner spielerisch in die Rippen. Mason reagierte mit einem höflichen, wenn auch gequälten Lächeln und benahm sich wie ein vorbildlicher Gastgeber, vermutlich weil Jase es ihm befohlen hatte. Synové dagegen war eine strahlende Erscheinung mit ihren glühenden Wangen und flatternden Haaren. Ihre Locken schimmerten kupfern im Laternenlicht, während sie sich im Rhythmus der *Zitarae* und Flöten wiegte. Manchmal wünschte ich mir, so sein zu können wie sie. Synové gab sich immer ganz dem Moment hin, und ihre Fröhlichkeit überdeckte die Dunkelheit, die tief in ihr lauerte.

Ich entdeckte auch Wren in der Menge. »An deiner Stelle würde ich mir eher Sorgen um Aram und Samuel machen«, entgegnete ich. Sie tanzten etwas weiter weg, hatten Wren in die Mitte genommen und versuchten, ihrer *Ziethe* auszuweichen, wenn sie sich drehte.

»Sind die beiden bei ihr denn nicht sicher?«, fragte Jase.

»Natürlich nicht, aber vermutlich hätten sie sonst nur halb so viel Spaß.«

Jase lächelte und nickte zustimmend.

»Was ist mit uns?«, fragte er. »Sollten wir uns dazugesellen? Wir haben bisher noch gar nicht getanzt.«

Ich war einer ähnlichen Frage schon zweimal ausgewichen. Jetzt erneut abzulehnen, wäre zu auffällig gewesen. Ich konnte auch nicht so tun, als würde ich grundsätzlich lieber verzichten. Schließlich wussten wir beide, wie ich eines Nachts in der Mitte der Jessop-Ebene meine Hände um seinen Hals gelegt und unter dem mondhellen Himmel mit ihm getanzt hatte, während das Gras um unsere Knöchel strich und Grillenzirpen das Lied untermalte, das Jase mir ins Ohr summte. Damals hatte ich ihm zugeflüstert, dass die Nacht nie zu Ende gehen sollte.

Leider fühlte es sich an, als würde stattdessen *diese* Nacht niemals enden. Der Schmerz in meiner Wade wurde ständig schlimmer. Der Knöchel war so steif und heiß, dass er dick angeschwollen sein musste, aber ich wagte nicht, einen Blick unter den Rocksaum zu werfen. Die Wirkung des Schmerzmittels war abgeklungen, und nun fühlte es sich an, als habe man mein Bein in Eisen gelegt und bei jeder Bewegung würden mir spitze Stacheln ins Fleisch dringen. Inzwischen reichte das Brennen bis zum Oberschenkel hinauf. An meinem Haaransatz sammelte sich eine dünne Linie aus Schweißperlen. Als Jase angemerkt hatte, wie feucht mein Rücken war, hatte ich mich auf die warme Abendluft herausgeredet.

»Nun gut«, sagte ich also, »gehen wir zu den beiden.« Ein kurzer Tanz war vermutlich auszuhalten, damit Jase das Thema fallen ließ. Keine Hüpfer, nur Wiegeschritte.

Wir waren erst ein paar Schritte in Richtung des Tanzplatzes gegangen, der von Laternen hell erleuchtet war, als Jase anhielt. »Stimmt etwas nicht?«

»Ich weiß nicht, was du meinst«, wehrte ich ab.

»Du hinkst.«

Ich schaute ihn an und wischte mir ein paar feuchte Haarsträhnen aus den Augen. Dann zwang ich mich zu einem Lächeln. »Das liegt nur an diesen Schuhen. Sie sitzen nicht richtig …«

»Zieh sie einfach aus. Hier, ich helfe dir.« Er beugte sich hinab.

»Nein!«, entfuhr es mir viel zu laut. Schweiß rann meinen Rücken hinunter, Schmerz presste meinen Schädel zusammen, und mir kam der Gedanke, dass die Hunde vielleicht irgendwie verseucht waren. Was, wenn …

»Kazi.« Sein Blick war ernst und nüchtern. Er wusste Bescheid.

Pirouette, Kazi. Sonst durchschaut er deine Lügen.

Mein Fuß gab unter mir nach, und ich stolperte nach vorne, doch Jase fing mich am Arm auf, bevor ich zu Boden stürzen konnte. Er murmelte etwas Unverständliches, während er mich aufsammelte … und dann entdeckte er die Bandage.

Ich starrte erschrocken darauf. Sie war rot durchtränkt.

Die Wunden bluteten immer noch.

»Was zur Hölle …«

»Jase, bitte …«

Eine fiebrige Hitzewelle rötete meine Wangen, und Jase rief nach Tiago und Drake. Er trug mich einen dämmrigen Gartenpfad entlang, fort von den anderen Gästen, und befahl Drake, nach der Heilerin und Oleez zu suchen. Türen flogen krachend auf, und ein langer Korridor schwankte um mich herum. Jase legte mich auf ein Sofa und fand ein Kissen, das er mir unter den Kopf stopfen konnte.

»Was ist passiert?«, wollte er wissen. Er hatte schon begonnen, die Bandage von meinem Bein zu wickeln.

Ich entschied mich für die Wahrheit … oder zumindest für eine Variante davon. Plötzlich wurde ich von einem Kälteschauer geschüttelt, und mein Magen verkrampfte sich so schlagartig, dass ich mich zusammenkrümmte. Verseucht. Bestimmt waren die Hunde verseucht gewesen.

Vairlyn, Jalaine und zwei andere Frauen kamen direkt hinter Drake durch die Tür gerannt, und dann füllte sich der Raum mit einem stürmischen Durcheinander aus Fragen.

»Die Hunde haben mich gebissen«, antwortete ich. »Ich habe mich nicht getraut, es dir zu sagen. Tut mir leid.«

»Was für Hunde?«

»Senke deine Stimme, Jase!«, befahl Vairlyn.

»In den Tunneln«, sagte ich. »Da war …«

»Was hast du in den Tunneln gemacht?«

Jalaine stieß ihn gegen die Schulter. »Mutter hat gesagt, du sollst nicht so schreien!«

»Das ist meine Schuld«, meinte Vairlyn. »Ich hatte ihr versprochen, dass wir heute Nachmittag das Tresorgewölbe besuchen.«

»Nein, dich trifft keine Schuld. Sondern Jase«, ging Jalaine dazwischen. »Ich habe ihm gesagt, dass sie sich eine Besichtigung wünscht.«

»Verschwinde aus dem Zimmer, Jalaine!«, brüllte Jase sie an. »Hier sind schon genug Leute, ohne dass du …«

»Ich gehe nirgendwo…«

»Aus dem Weg. Ich brauche Platz.« Eine dünne, hoch gewachsene Frau benutzte ihre Ellbogen, um zu mir zu gelangen. Sie schob mein Kleid höher und studierte mein Bein. »Ja, sie ist ganz offensichtlich von den *Ashti* gebissen worden. Man sieht es an dem Muster, das sich ihren Schenkel hinaufzieht. Wie ein Spinnennetz. Ein Dienstbote bringt gleich meine Tasche.«

Jase' Aufmerksamkeit wechselte schlagartig wieder von der Heilerin zu mir. »Die *Ashti* sind weit hinten angekettet, nicht mal in der Nähe des Tresorgewölbes. Was hattest du da zu suchen?«

»Ich habe mich verlaufen. Ich …«

»In den Tunneln gibt es schließlich keine Schilder, auf denen ›Tresorgewölbe‹ steht!«, unterbrach ihn Jalaine. »Woher sollte sie den Weg kennen?«

Ein weiterer Krampfanfall durchzuckte meinen Bauch, und Jase begann wieder herumzubrüllen, allerdings nahm er sich diesmal die Heilerin vor. Glaubte ich jedenfalls. Ich war nicht sicher. Seine Lippen bewegten sich nicht mehr im Takt mit den Geräuschen, die ich hörte. Durch meinen Kopf echoten nur verdrehte Lautfolgen.

Ich wand mich vor Schmerzen und krallte die Finger in meinen Bauch. Dann sah ich, wie sich der Tod in das Gedränge des Zimmers mischte, und sich grinsend in einer Ecke aufstellte, um zu warten. Sein Knochenfinger zeigte auf mich: *Du, du bist als Nächste dran*.

»Nein!«, schrie ich. *»Nicht heute, nicht jetzt!«*

Der Krampfanfall ging schließlich vorüber, und ich sah eine Hand durch die Luft schneiden und auf Jase' Wange landen. Seine Mutter. »Du hast sie doch gehört! Geh zur Seite! Die Heilerin braucht Platz zum Arbeiten.«

Die Heilerin hob ein Trinkglas an meine Lippen und ermunterte mich, an einer bitteren blauen Flüssigkeit zu nippen. Ich würgte, als ich das Zeug schluckte.

»Glaub mir, es hilft. Komm schon, nicht ausspucken. Nur noch einen Schluck. So ist es gut.«

Sie benutzte eine größere Portion blaues Pulver, um daraus eine Salbe herzustellen, die sie auf die Wunden an meinem Bein strich. Ich hörte sie unwillig aufstöhnen. »Die hier muss genäht werden. Und hier ist gleich noch eine. Was hast du dir bloß dabei gedacht, Mädchen? Hier, nimm auch einen Schluck davon. Es lässt dich einschlafen, während ich die Wunden nähe. Das Gegengift sollte bald wirken. Morgen früh geht es dir wieder gut.«

»Gegengift?«

»Die Wachhunde, von denen du gebissen wurdest, haben giftige Fänge«, erklärte Jase. »Ohne das Gegenmittel wärest du spätestens Ende der Woche gestorben. Auf langsame, schmerzhafte Weise.«

Giftige Hunde?

Der Gedanke verschwamm in einer Nebelwolke, während meine Lider schwerer wurden. Das Letzte, was ich sah, war ein Glitzern auf dünnem Stahl und ein Faden, der durchs Öhr gezogen wurde.

KAPITEL 29

Jase

KAZIS KOPF LEHNTE an meiner Brust, während ich sie im Tiefschlaf zurück in ihr Zimmer trug, doch fiebrige Wortfetzen drangen über ihre Lippen. *Tu mir nicht weh … Ich habe doch nichts … bitte … nicht.* Ähnliche Sätze hatte sie auch im Salon gemurmelt, während die Heilerin ihre Wunden nähte. *Bitte, tu mir nicht weh.* Ihre Worte hatten das Zimmer schlagartig in Stille gehüllt.

»*Schsch*«, flüsterte ich, als wir in den letzten Flur einbogen. »Niemand wird dir etwas zuleide tun.« Als wir ihr Zimmer erreichten, hatte sie sich endlich entspannt und schlief so tief und ruhig, dass sie nichts mehr bemerkte. Ich konnte mir immer noch nicht vorstellen, wie es ihr gelungen war, die Wunden eine halbe Nacht vor mir zu verbergen. Die Bisse allein hätten schon unerträglich sein müssen, und dazu das Gift …

Meine Mutter war mir vorausgeeilt und öffnete die Tür zum Schlafzimmer. Ich trug Kazi hinein und legte sie auf das Bett. Sie zuckte nicht einmal mit der Wimper. Ich suchte nach dem Puls an ihrem Hals. Nur so ließ sich feststellen, ob sie überhaupt noch lebte.

»Das liegt nur am Schlaftrunk«, sagte meine Mutter, als habe sie meine Gedanken gelesen.

Wir standen beide einige lange, stille Minuten vor dem Bett und starrten auf Kazi hinunter.

Ich wusste ebenfalls, woran meine Mutter gerade dachte. *Sylvey.*

Die beiden ähnelten sich eigentlich nicht sehr, weder die Haare noch die Augenfarbe, aber im Tiefschlaf erinnerte Kazi trotzdem an meine kleine Schwester. Zierlich und zerbrechlich lag sie im Federbett und wurde von den zerknüllten Kissen fast verschluckt. Sylvey war elf gewesen, als ihr Leben endete. Ich hatte sie gerade von der Wanne voller Eiswasser zurück ins Bett getragen. Sie starb in meinen Armen.

Halt meine Hand, Jase. Versprich mir, dass du nicht loslässt, hatte sie mit letzter Kraft gefleht. *Ich habe Angst. Lass nicht zu, dass sie mich in die Gruft legen.* Ich war sicher, dass sie nur im Fieberwahn sprach.

Hör auf, so zu reden, kleine Schwester. Bald geht es dir wieder gut.

Versprich es mir, Jase. Nicht die Gruft. Da will ich nicht bleiben. Bitte, versprich es mir.

Aber ich hatte es ihr nicht versprochen. Ihre Lippen waren fahl und aufgerissen, die Augen eingesunken, die Haut klamm und die Stimme geisterhaft schwach. Alles Zeichen dafür, dass sie auf dem Weg war, unsere Welt zu verlassen. Dennoch hatte ich mich geweigert, es zu sehen. Ich wollte nicht akzeptieren, dass ein Ballenger einfach so sterben konnte. Vor allem nicht Sylvey.

Schlaf ein, Schwester. Schlaf. Morgen geht es dir wieder besser.

Da war sie in meinen Armen ganz schlaff geworden. Ich dachte, sie würde tatsächlich schlafen. Meine Mutter hatte das Krankenzimmer nur für ein paar Minuten verlassen, um nach meinen anderen Geschwistern zu sehen, die ebenfalls fieberten. Als sie zurückkam, lag Sylvey tot in meinen Armen.

Nun wischte sie mit einem Tuch den Schweiß von Kazis Braue. »Du warst harsch zu ihr«, sagte sie.

»Ich habe nur versucht, Antworten zu bekommen.«

»Das weiß ich.« Sie zog sich einen Hocker ans Bett. »Und außerdem hattest du Angst. Ich bleibe die Nacht über bei ihr. Geh und schau, ob du deine Antworten findest.«

Die Luft hier unten war nasskalt, als ob die eisigen Atemzüge der Toten noch immer in der Dunkelheit hingen und keinen Weg nach draußen fanden. Die Tunnel waren ein sicherer Ort, aber gleichzeitig ein Gefängnis. Ihre dumpfe Atmosphäre erinnerte an die Familiengruft, vor der ich Sylvey hatte retten sollen. Ich lauschte in die Stille, die nur vom Geräusch meiner Stiefel auf dem Pflaster unterbrochen wurde, und stellte mir vor, wie Kazi unbemerkt denselben Weg entlangschlich. Im Augenblick war der Tunnel verlassen, abgesehen von den Wachen am Eingang, aber sie war tagsüber hier durchgekommen. Bestimmt waren Dutzende von Arbeitern unterwegs gewesen … und keiner hatte sie angehalten?

Ich betrachtete die Karren, die an den Wänden aufgereiht standen, die Transportpaletten, die Schatten. Es gab genug Verstecke, wenn man vorsichtig war. Vom Arbeitsbereich aus gelangte man in relativ wenigen Schritten zu der Weggabelung, wo verschiedene weitere Tunnelsysteme abzweigten. Ich blieb an dem verwitterten Wappen stehen, das den Eingang markierte und vom Laternenlicht nur schwach erleuchtet wurde. Es war das einzige Zeichen, wo sich das Tresorgewölbe befand.

Du warst harsch zu ihr.

Ich erinnerte mich nur undeutlich, wie ich herumgebrüllt hatte. Alles war außer Kontrolle geraten. Gerade noch hatte ich nur ans Tanzen gedacht, und in der nächsten Minute wickelte ich ein blutiges Stück Stoff von ihrem Bein, und sie brach vor Schmerzen zusammen. Wieder war direkt vor meiner Nase etwas passiert, das ich nicht gesehen hatte. *Ich habe mich nicht getraut, es dir zu sagen.* Hatte ich auch diesmal bewusst die Augen verschlossen? Ich dachte an ihren feuchten Rücken und an die Linie aus Schweißperlen an ihrem Haaransatz, die mir aufgefallen waren. *Das liegt nur an der warmen Abendluft.* So warm war es nun auch wieder nicht. Es gab sogar eine leichte Brise. Trotzdem hatte ich ihre Erklärung geschluckt und mich von anderen Details ablenken lassen.

Ich ging an der Tür zum Tresorgewölbe vorbei und ganz bis ans Ende des Ganges, genau wie Kazi. Eine ziemlich weite Strecke. An der letzten Ecke rief ich den unsichtbar lauernden Hunden einen Befehl zu. Sie kamen aus ihren Nischen hervor, um mich winselnd und schwanzwedelnd zu begrüßen. Offenbar hofften sie, dass ich sie hinter den Ohren kraulte. Die *Ashti* sahen wie ganz normale Hunde aus, allerdings hatten sie fast die Größe von Timberwölfen und waren besonders klug und verschlagen. Sie hätten Kazi töten können. Es wäre nicht das erste Mal gewesen, dass sie einen Eindringling umbrachten. Kazis Reflexe mussten enorm schnell sein, sonst wäre sie nicht entkommen.

Unsere Wachhunde schreckten die meisten Leute erfolgreich ab. Ihre Giftzähne verbreiteten noch größere Furcht als die Vorstellung, von ihnen zerrissen zu werden. Da kaum jemand das Gegengift besaß, bedeutete ein einziger Biss einen qualvollen Tod. Sowohl die Hunde als auch das blaue Pulver stammten aus dem fernen Norden. Kbaaki-Händler hatten uns beides vor mehreren Generationen zum Geschenk gemacht, als wir sie vor einem verspäteten Schneesturm retteten und ihnen Unterschlupf gewährten. Das Gegengift wurde aus dem milchigen Saft einer Pflanze hergestellt, die hier nicht wuchs. Noch immer pilgerten die Kbaaki einmal pro Jahr nach Torsfeste, um uns Nachschub zu bringen.

Ich beugte mich nieder und hielt meine Fackel dichter an den Boden. Dort war ein verschmierter Fleck zu sehen. Kazi hatte sich die Zeit genommen, das Blut so gut wie möglich zu entfernen und ihre Spuren zu verwischen. Warum?

Masons Worte stachen und traktieren mich wie eine Wespe, die sich einfach nicht totschlagen lässt.

Du kannst ihr nicht vertrauen.

Ich ging zu der Tür und überprüfte das Schloss. Es war nicht angerührt worden und noch immer sicher. Danach wandte ich mich zum Gehen und kraulte beide Hunde zum Abschied hinter den Ohren. Sie winselten vor Wonne.

Natürlich hatte Jalaine recht: Der Eingang zum Gewölbe war nicht gekennzeichnet. Man musste die richtigen Abzweigungen kennen. Aber was hatte Kazi dazu gebracht, die beiden ersten Seitentunnel auszulassen und hierherzukommen? Reine Neugier? Ich hatte ihr gleich in unseren ersten gemeinsamen Tagen von dem Gewölbe erzählt. Sie war fasziniert von der Vorstellung gewesen, dass die Altvorderen einen Schutzraum mitten in einen massiven Granitberg gebaut hatten. Die Familienlegenden, die dort begannen, hatten ihr Übriges getan. Mir war klar, dass Kazi vieles von unserem geschichtlichen Hintergrund nicht glaubte, aber ich hatte mich trotzdem über ihr ehrliches Interesse gefreut. Also war es nicht überraschend, dass sie den Ort besuchen und sich selbst überzeugen wollte. Ich hätte inzwischen wissen sollen, dass Kazi nicht erst auf meine Erlaubnis warten würde. Das tat sie schließlich nie.

Denk daran, dir Zeit zu nehmen und sie herumzuführen, Jase. Kazi will sich unbedingt das Gewölbe anschauen. Jalaine hatte sich um einen beiläufigen Tonfall bemüht, aber man hörte ihr den Stolz an. Eine vendanische Rahtan, eine Besucherin von außen, wollte unser Tresorgewölbe sehen. Das war ein Zeichen des Respekts für unsere Vergangenheit und Tradition. Jalaine machte sich wohl Hoffnungen, dass Kazi dadurch noch weiter in den inneren Kreis hineingezogen wurde, denn das Gewölbe war für uns der Anfang von allem. Hier, direkt an der Quelle, begann unsere Schulung in der Familiengeschichte.

Ohne das Tresorgewölbe wäre niemand von uns hier. Inzwischen war es allerdings nur noch ein staubiges, größtenteils verlassenes Überbleibsel aus alter Zeit. Nur Nash und Lydia besuchten es häufiger, um die Texte abzuschreiben und zu übersetzen, genau wie wir alle in ihrem Alter. Ich selbst hatte das Gewölbe seit Monaten nicht mehr betreten. Sein Inhalt bestand größtenteils aus verrotteten Möbelresten. Trotzdem war der Bau immer noch bemerkenswert, besaß Frischluft und fließendes Wasser, die durch den Berg gefiltert wurden. Bewohnbar war das Gewölbe trotzdem nicht mehr, was teilweise Absicht war. Wir ließen alles unberührt und erinnerten uns daran, wie es einst ausgesehen hatte.

Dich trifft keine Schuld. Sondern Jase.

Ich kehrte zum Haupthaus zurück. Bedienstete waren immer noch damit beschäftigt, die Gärten nach der Feier aufzuräumen. Die Gäste waren entweder gegangen oder übernachteten in Greycastle. Wren und Synové hatten mir Kazi fast mit Gewalt aus den Armen gerissen, als sie in den Salon gestürmt kamen und ihren Zustand sahen. Zwischen uns gab es keinen Funken Vertrauen, und sie gingen erst einmal vom Schlimmsten aus, bis sie die Heilerin und Kazis genähte Wunden entdeckten. Daraufhin hatten ihre Mienen kurz ein schlechtes Gewissen verraten. Also hatten sie ebenfalls gewusst, dass Kazi gebissen worden war, und nichts gesagt. Natürlich konnten sie nicht ahnen, wie tödlich das Gift der *Ashti* war. Erst als die Heilerin ihnen versichert hatte, dass Kazi sich erholen würde, ließen sich die beiden zurück zum Gasthaus eskortieren.

Ich öffnete die Tür zu Kazis Zimmer. Meine Mutter saß immer noch auf dem Hocker, und Oleez hatte sich einen Stuhl auf die andere Bettseite gezogen. Ich stellte fest, dass Kazi nicht mehr ihr Festkleid, sondern ein Nachthemd trug. Auch die Flechtfrisur war gelöst und ihr Haar fiel in offenen Wellen über das Kissen.

»Ich bleibe jetzt bei ihr«, sagte ich. »Ihr beide könnt schlafen gehen.«

Nachdem sie fort waren, stellte ich mich ans Bett und schaute auf Kazi hinab, die sich immer noch vom Trank betäubt im Reich der Träume befand. Ihre Brust hob sich beruhigend bei jedem leichten Atemzug.

Du hast meine Brust beobachtet?

Ich erinnerte mich daran, wie sie mich mit ihrer Frage überrumpelt hatte. Ich hatte eine Erklärung gestottert wie ein linkischer Zwölfjähriger. Damals gab es zwischen uns nur Misstrauen. Mir kam es vor, als läge dieser Tag schon hundert Jahre zurück.

Ich streifte meine Stiefel ab, legte mich vorsichtig neben sie aufs Bett und zog sie an meinen Körper. Sie schmiegte sich mit einem leisen Murmeln an mich und erwiderte meine Umarmung.

Du bist ein süßes Gift, von dem ich nicht genesen will.

Ich lag dort neben ihr, und trotz der beruhigenden Worte der Heilerin legte ich meine Finger auf ihren Puls, um den Herzschlag zu spüren.

Ich kann dir kein Morgen versprechen.

Dabei war das alles, was ich wollte.

Kapitel 30

Kazi

Als ich in den frühen Morgenstunden aus dem Schlaf hochdämmerte, umfing mich immer noch eine Erinnerung, ein Duft, ein Gefühl. *Jase*. Er küsste meinen Hals, wir tanzten im Mondlicht, er drückte einen Wunschhalm auf meinen Knöchel, er flüsterte Worte wie Zukunft und morgen. Doch als ich die Augen öffnete und nach ihm tastete, war er nicht da, und stattdessen flutete der Albtraum des gestrigen Abends zurück in mein Bewusstsein. Hatte ich mir alles nur eingebildet?

Die schrecklichen Schmerzen und Krämpfe hatten aufgehört, aber als ich meine Zehen bewegte, fühlten sie sich steif und empfindlich an. Ich erinnerte mich an Jase' wütende Fragen und Anklagen, und als er einige Minuten später mit einem Frühstückstablett durch die Tür kam, bereitete ich mich innerlich auf das Schlimmste vor. Stattdessen setzte er das Essen auf einem Beistelltisch ab, ohne ein Wort über das dramatische Ende der Nacht zu verlieren. Wie schwer es ihm fiel, sich zurückzuhalten, merkte man höchstens an seiner steifen Haltung.

»Jase, wegen gestern Abend …«

»Es tut mir leid, dass ich dich angeschrien habe«, sagte er. »Erst recht, weil du gleichzeitig solche Schmerzen hattest. Ich hätte dich besser vor den Hunden warnen sollen. Vielleicht wärest du dann nicht auf die Idee gekommen, dich an den Wachen vorbeizuschleichen.«

Ah, genau wie gedacht. Eine als Entschuldigung getarnte Anklage. »Ich bin nicht geschlichen, Jase. Ich bin ganz normal an ihnen vorbeigegangen, und sie haben mich nicht aufgehalten. Vermutlich bin ich ihnen bei dem ganzen Durcheinander nicht aufgefallen. Mir war nicht klar, dass ich eine Extraerlaubnis brauche, um mir das Gewölbe anzusehen. Brauche ich eine?«

In seinen Augen sah ich Hunderte von Fragen herumwirbeln. Er senkte den Blick auf das Tablett und goss mir heißen Tee ein. »Am liebsten würde ich dich jetzt sofort hinbringen. Fühlst du dich gut genug?«

Jetzt? Die Antwort war natürlich Ja. Hastig schlang ich mein Frühstück herunter, und dann waren wir auch schon auf dem Weg. Ich hinkte immer noch, doch es sah schlimmer aus, als es sich anfühlte. Jase ging langsamer, damit ich Schritt halten konnte.

Wir nahmen den ersten Seitentunnel und blieben nach ungefähr zwanzig Metern vor einer riesigen Stahltür stehen. Jase drehte ein Rad in der Mitte, und es schien eine Ewigkeit zu dauern, bevor ein lautes *Klong*, *Klick* und *Wusch* ertönte, das sich anhörte, als seien mindestens hundert Riegel aufgeschnappt.

»Geh einen Schritt zurück«, riet er mir.

Die Tür sah viel zu massig aus, um sie alleine aufzuziehen – sie war doppelt so hoch wie Jase und breit genug, um zwei Karren gleichzeitig hindurchzufahren –, aber sie bewegte sich so leicht, dass er sie kaum zu berühren brauchte. Die Öffnung klaffte größer und größer auf, wie das Riesenmaul eines hungrigen Raubtiers, und enthüllte eine dunkle Höhle dahinter. Die modrige Atmosphäre einer uralten Welt schlug mir entgegen und zog mich in ihren Bann. Falls die Geister der Altvorderen auf Erden wandelten, dann hier.

»Warte kurz«, sagte Jase und trat ein. Ich hörte ein raschelndes Geräusch, dann flackerte ein winziger Lichtschein auf, und gleich darauf explodierte der Raum geradezu vor Helligkeit. Die ganze Höhle war in einen geisterhaften, gelblichen Schimmer gehüllt.

Jase winkte mich herein und erklärte, dass die Beleuchtung durch Tausende von Spiegeln erzeugt wurde. Mit einer einzigen Glaslaterne konnte man die Höhle vollständig erleuchten.

Vor uns lag ein hoher Korridor, der grob in den Granitberg geschlagen war und zu beiden Seiten von leeren Stahlregalen gesäumt wurde. Mindestens die Hälfte davon war zusammengebrochen und lag als Schrotthaufen am Boden. Rostige Metallträger ragten heraus wie zersplitterte Knochen.

»Die Wohnräume sind in besserem Zustand. Hier entlang«, sagte er.

»Wohin kommt man da?«, fragte ich und zeigte auf eine weitere Stahltür.

»Wir nennen es das Gewächshaus«, erklärte er. »Heutzutage ist es nur eine weitere Höhle. In ungefähr dreißig Metern Höhe gibt es einen zweiten Zugang, ein Loch in der Decke. Dort kommen genug Wasser und Sonnenlicht herein, um die Halle zu begrünen.« Er erzählte, dass sie inzwischen ganz überwuchert war und sich einige Tiere wie Schlangen, Dachse und Eichhörnchen angesiedelt hatten, die durch das Loch gefallen waren und überlebt hatten. Einmal war Jase sogar einem verletzten Candokbären begegnet. Die ersten Ballengers hatten dort ihre Vorräte geholt und sogar ein wenig Landwirtschaft betrieben, um zu überleben. »Das zeige ich dir ein anderes Mal. Wenn wir hineingehen, bewaffnen wir uns vorher immer mit Speeren und Fangnetzen.«

Wir bogen in einen neuen Korridor ab und gelangten an eine

kleinere, gewöhnliche Tür. Jase öffnete sie und entzündete eine weitere Glaslaterne.

Das Tresorgewölbe war ganz anders, als ich es erwartet hatte. Ein kalter Schauer rieselte mir das Rückgrat hinab. Hunderte Bettgestelle waren in Reihen aufgestellt und erinnerten an eine Armeebaracke. Einige waren zusammengebrochen, aber die meisten standen immer noch ordentlich in Habachtstellung, als würde der Raum auf Bewohner warten. Die Matratzen waren schon lange vom Zahn der Zeit zernagt worden, sodass nur noch spinnendünne Gewebe von den Gestellen hingen wie gespenstische Röcke. Die Wände waren glatt und bestanden aus einem unnatürlichen, grau gesprenkelten Material. »Was ist das für ein Ort?«, fragte ich schließlich.

»Hier hat alles angefangen«, antwortete Jase. »Es war ein Schutzraum. Eigentlich war er für Hunderte gedacht. Nur dreiundzwanzig haben es bis hierher geschafft.«

»Aber woher kommt die ganze Schrift?«, fragte ich, während ich den Gang zwischen den Betten hindurchging. An den Wänden war jeder Zentimeter mit Worten bedeckt. Tausende von Worten in einer Sprache, die ich nicht kannte. Jase sagte, es sei die Urform des Landischen, das sich über Jahrhunderte immer mehr verändert habe. Aber ich erkannte Namen – die gab es immer noch. Als Erstes fielen mir Miandre und Greyson auf. Dann weitere: Leesha, Reyn, Cameron, James, Theo, Fujiko, Gina, Razim.

»Der letzte Befehl von Aaron Ballenger lautete, alles aufzuschreiben, so gut sie sich erinnern konnten. Also haben sie das getan. Da es kein Papier gab, haben sie die Wände benutzt. Es geht noch weiter. Hier entlang.«

Er führte mich in den nächsten Raum und den übernächsten. Eine Küche, ein Arbeitszimmer, eine Krankenstube, und alle waren mit Worten bedeckt. Es schien kein System zu geben, wo oder wie etwas niedergeschrieben wurde. Manche Sätze erstreckten sich in Großbuchstaben über eine ganze Wandlänge. Andere waren so zusammengedrängt und winzig, dass man sie kaum lesen konnte.

»Es gab diese ganzen Räume und Vorräte … aber kein Papier?«

»Sie mussten es verbrennen, um Feuer zu haben.« Jase deutete auf die leeren Regale des Arbeitszimmers. »Wahrscheinlich stand hier alles voller Bücher. Aber weil die Plünderer draußen warteten, waren sie sehr lange eingeschlossen.«

»Du kannst das alles lesen?«

Er nickte und schaute auf eine Wortgruppe an der Wand neben sich. »Das hier ist eines meiner Lieblingszitate.« Er übersetzte den Text für mich.

> Ich hasse Greyson. Er schaut mir über die Schulter, während ich das hier schreibe. Gut. Er kann es gerne wissen. Mein Hass brennt wie tausend feurige Kohlen. Er ist ein grausamer Wilder und verdient den Tod.
>
> *Miandre, 13*

»Aber haben sich die beiden nicht …«

Jase grinste. »Ja, einige Jahre später. Ich schätze, sie hat ihre Meinung geändert.«

»Trotzdem wirft es kein sehr gutes Licht auf euren bewunderten Anführer.«

»Er war vierzehn. Und hat sie alle am Leben erhalten. Das sagt doch wohl genug.«

»Warum haben sie nach jedem Eintrag ihr Alter notiert?«, fragte ich.

»Das wird vermutlich hier erklärt.« Jase durchquerte den Raum und kniete sich bei der gegenüberliegenden Wand nieder, um eine Stelle dicht über dem Fußboden vorzulesen.

Heute hat Fujiko Geburtstag. Miandre hat aus unserem Vorrat an Maismehl einen Kuchen gebacken. Sie meint, früher hat man Geburtstage gefeiert und wir sollten dasselbe tun, schließlich wissen wir nicht, wie viele wir noch vor uns haben. Jedes Jahr ist wie ein Sieg, sagt sie.

Nachdem wir den Kuchen gegessen haben, schreibe ich unser Alter hinter alle Einträge, die es bisher gibt.

Eines Tages wird dort 20, 30 oder 40 stehen, sage ich zu den anderen.

Bis dahin haben wir gar keinen Platz mehr an den Wänden, spöttelt Miandre.

Bis dahin haben wir neue Wände, halte ich dagegen.

Zum ersten Mal stelle ich mir eine Zukunft in der Welt draußen vor. Bisher ging es immer nur darum, was uns und den Menschen vorher passiert ist. Torsfeste ist unser Danach. Unser neuer Anfang.

Greyson Ballenger, 15

»Findest du es nicht merkwürdig, dass sie ihre Gedanken so offen an die Wände gekritzelt haben, wo jeder sie sehen konnte?«

»Ich glaube, alles an ihrem Leben war merkwürdig. Jahre in diesem Schutzraum zu verbringen, war merkwürdig. Wenn man gemeinsam ums Überleben kämpft, hat man vielleicht das Bedürfnis, Dinge zu teilen … selbst seine tiefsten Geheimnisse.«

»Vielleicht«, sagte ich.

»Wir können nicht immer unsere eigenen Maßstäbe anlegen,

wenn wir die Welt von anderen betrachten. Ich versuche, das alles mit ihren Augen zu sehen, nicht mit meinen.«

Er ging zur nächsten Wand und las mir weitere Stellen vor. Nur sechs von den Menschen, die hier gelebt hatten, waren dabei gewesen, als die Sterne fielen. Die anderen waren später geboren. Von den sechs konnte sich bloß ein Teil – Greyson, Miandre, Leesha und Razim – an die Welt der Altvorderen erinnern. Sie kannten die Ruinen, bevor sie zu Ruinen wurden. Sie lebten in glitzernden Türmen, die bis in den Himmel reichten, flogen in geflügelten Wagen und hatten die ganze Magie erlebt, die unsere Vorfahren mit einem Fingerschnippen herbeirufen konnten: Licht, körperlose Stimmen, eine Macht jenseits der Naturgesetze, die sie nicht länger an die Erde band. Eines war jedenfalls offensichtlich: Hier sprachen Kinder, die andere Kinder beschützten, anleiteten und gegen Feinde von außen verteidigten.

Das sagte eine Menge über die Ballengers aus.

Es brachte mich auch dazu, in Betracht zu ziehen, dass sie mit ihrer Behauptung recht haben könnten, das erste Königreich zu sein. Anscheinend begann die Geschichte von Torsfeste weniger als ein Jahrzehnt nach den Tagen der Zerstörung. Morrighan war erst sechzig Jahre später gegründet worden und die anderen Königreiche folgten Jahrhunderte danach. Als Pauline uns das erste Mal andere Geschichtsverläufe erzählt hatte, die sich von der vendanischen Version unterschieden, waren wir ebenfalls alle skeptisch gewesen.

Jase ging im Raum herum und las weitere Einträge auf den Wänden vor.

Sie haben uns versprochen, dass sie uns in Ruhe lassen, wenn wir ihnen Vorräte geben. Stattdessen haben sie Razim angegriffen und versucht, sich noch mehr zu nehmen. Wir wissen nicht, ob er

den Dolchstoß überlebt. Alle weinen um ihn. Ich halte das nicht mehr aus. Im Schutzraum gibt es keine Waffen, dafür jede Menge Betten. Ich habe mir Werkzeug geholt, eines davon in Stücke zerlegt, das Metall in Form gebogen und probeweise mit erhobenem Arm geschwenkt. Mit scharfer Spitze würde daraus ein guter Speer werden, und Hunderte von Betten könnten uns Hunderte von Speeren liefern.

Greyson, 15

Razim hat sich erholt. Aber jetzt ist er ein wütender und harter Razim. Er spitzt den ganzen Tag Speere an. Ich helfe ihm. Wir werden nie genug herstellen, weil es immer noch mehr Plünderer gibt.

Fujiko, 12

Mein Großvater war ein großartiger Mann, der ein großartiges Land regiert hat. Jetzt ist er seit einem Jahr tot. Wenn wir jemals hier herauskommen, werde ich an den Ort zurückkehren, wo er gestorben ist, und ihm ein anständiges Begräbnis geben. Ich werde ein hohes Grabmal aus Stein für ihn aufschichten. Miandre nennt mich einen grausamen Wilden, aber das bin ich nicht. Manchmal bin ich nur gezwungen, grausame Entscheidungen zu treffen. Das ist etwas ganz anderes.

Greyson, 15

Ich schaute auf und bemerkte, dass Jase mich aufmerksam musterte. Er las die Texte nicht vor, sondern rezitierte sie aus dem Gedächtnis. Seine Haltung war stolz, die Schultern gerade, das Kinn gehoben, unerschütterlich wie diese Wände.

»Warum zeigst du mir das alles, Jase?«

»Ich möchte, dass du unsere Geschichte kennst und uns ein bisschen besser verstehst, bevor wir aufbrechen.«

»Aufbrechen? Was meinst du damit?«

Er fasste kurz seine Pläne zusammen: Die Vorräte und das Baumaterial für die Siedlung waren angekommen, also würden wir noch heute Morgen losreiten. Der Augenblick war günstig. Im Moment wirkte in der Stadt alles ruhig, aber trotzdem konnte er es sich nicht erlauben, länger als einen Tag fort zu sein.

»Warte, du hast doch gesagt …«

»Höchstens einen Tag, Kazi. Ich habe mich verpflichtet zu helfen, und das werde ich auch tun. Einen Zaunpfahl oder zwei stelle ich gerne persönlich auf und sorge dafür, dass anschließend alles nach Plan läuft, aber morgen früh muss ich zurück. Ich habe die Verantwortung für Torsfeste. Schließlich war ich schon viel zu lange fort, da kann ich nicht einfach kehrtmachen und wieder mehrere Tage verschwinden.«

»Und wer überwacht, ob die Arbeit tatsächlich getan wird?«

»Einer meiner Brüder oder jemand, dem ich vertraue, wird die ganze Zeit dort sein und sich um alles kümmern.«

Ich verdrehte die Augen. »Nicht ausgerechnet Gunner, hoffe ich.«

»Er wird tun, was ich ihm befehle.«

»Ach, stimmt ja. Du bist der *Patrei*. Nur damit du es weißt, Vendaner lassen sich von Titeln nicht beeindrucken.«

»Dann haben wir etwas gemeinsam.«

Als wir das Tresorgewölbe verließen, zögerte ich und schaute in die entgegengesetzte Richtung. Irgendwo am Ende eines langen, dunklen Tunnels befand sich eine verschlossene Tür mit tödlichen Wachhunden, die vielleicht ein noch tödlicheres Geheimnis schützten.

»Mach schon«, forderte Jase mich auf, »frag mich.«

»Was ist hinter der schwer bewachten Tür?«

»Nur wir, Kazi. Wir sind hinter der Tür. Auf der anderen Seite befindet sich nichts. Bloß ein weiterer Zugang zur Burg. In jeder guten Festung gibt es mehr als einen Weg nach draußen, sonst würde man zu leicht in der Falle sitzen. Von der Tür aus kommt man zu einem Pfad, der auf der Rückseite von Torsfeste nach unten führt. Er ist schmal und gefährlich, trotzdem kann man darauf nach draußen gelangen … oder nach drinnen. Also müssen wir dafür sorgen, dass die Tür gut bewacht ist.«

Ein Ausgang? Ich hatte mir etwas entschieden Dramatischeres auf der anderen Seite vorgestellt, beispielsweise einen großen dunklen Raum, in dessen Mitte Illarion thronte und sich vor der Welt versteckte. Meine Gedanken wanderten zu dem Botschafter, den ich verwechselt und mit meinem Dolch angefallen hatte, und zu dem Gesicht aus meiner Vergangenheit, das ich überall suchte, ohne es je zu finden. Ich fragte mich, ob der Wachhauptmann sich ebenfalls als ungreifbarer Schatten herausstellen würde. Statt sich hier hinter irgendwelchen Türen zu verstecken, war er der Welt der Ballengers vielleicht genauso fern wie das Gesicht, das mich verfolgte.

Der dünne Lichtstreif, den ich gesehen hatte, war vielleicht nur Sonnenschein gewesen. Außerdem hatte ich einen Luftzug gespürt, der unten durch den Spalt drang. Das schien also zu passen. Möglich, dass es sich bloß um einen simplen Zugang handelte, der genauso von Hunden bewacht wurde wie das Haupttor.

»Ich zeige es dir, wenn wir von der Siedlung zurückkommen. Jetzt haben wir keine Zeit dafür.«

Ich nickte. Hartnäckig zu bleiben, hätte Jase nur verraten, dass ich etwas Bestimmtes gesucht hatte, anstatt mich einfach zu verlaufen. Da er so offen anbot, mich später hinzuführen, hatte er wohl nichts zu verbergen.

Doch als wir den Haupttunnel erreichten, bemerkte ich an der Abzweigung einen Wachmann, der dort vorher nicht gestanden hatte.

»Eine neue Wache?«, fragte ich.

»Nein, hier war schon immer jemand stationiert. Als du gestern vorbeigekommen bist, war er wohl zufällig kurz weg.«

Mit jeder Meile, die wir zurücklegten, wurde die Stimmung angespannter. Jase ritt mit seinen Brüdern an der Spitze. Ein ganzer Tross folgte uns: *Straza* und die Kutscher der leeren Holzfällerwagen, mit denen die Vendaner und ihre Habseligkeiten zum neuen Siedlungsplatz gebracht werden sollten. Jalaine und Priya hatten sich ebenfalls anschließen wollen, aber Jase hatte gesagt, dass sie ihre Energie lieber in die Überwachung der Arena und der Handelsbücher stecken sollten als in den Bau von Hühnerställen und Weidezäunen.

Selbst Aram und Samuel, die von der Brüderschar sonst am geselligsten waren, saßen steif und stumm auf ihren Pferden. Sie hatten Wren nur ein einziges Mal über die Schulter angeschaut. Mir war schnell klar, was Jase mir demonstrieren wollte. Die Ballengers würden zwar ihren Teil der Abmachung erfüllen, aber nicht so tun, als wären sie glücklich darüber.

»Ich freue mich schon darauf, heute das Abendessen auf den Tisch zu stellen. Wird bestimmt lustig«, spöttelte Synové. Jase hatte darauf bestanden, dass meine Kameradinnen uns begleiteten und als zusätzlicher Puffer zwischen den Ballengers und den Siedlern dienten.

Wir konnten uns während des Rittes kaum offen unterhalten. Ein kräftiger Wind im Rücken trug unsere Worte nach vorne.

»Sieht so aus, als hättest du deine beiden Anbeter verloren«, flüsterte ich.

Wren schnaubte nur unwirsch.

»Hast du irgendwann herausgefunden, wer von beiden wer ist?«, fragte ich.

»Das war leicht«, gab sie zur Antwort. »Samuel hat längere Wimpern als Aram. Von hinten unterscheiden sich die Haarwirbel.« Sie deutete in Richtung der beiden jungen Männer, die Mason flankierten. »Samuel rechts, Aram links.«

Beide hatten absolut glatte Haare.

Synové und ich schauten uns an, sprachlos und perplex, dann lachten wir.

Die schlechte Laune der Ballengers machte Synové durch besondere Lebhaftigkeit wieder wett. Ihr war es egal, wie weit ihre Stimme trug. Im Gegenteil, sie legte es manchmal sogar darauf an. Sie redete laut von der schwachsinnigen Idee, Hunde mit Giftzähnen zu halten, von der Überlegenheit vendanischen Stahls und davon, wie wunderbar das Kleid gestern an ihrem Körper gesessen hatte, so butterweich auf der Haut. Die meisten ihrer Provokationen zielten auf Mason ab. Er ignorierte sie vollständig, aber man konnte den Grad seines Unbehagens trotzdem daran erkennen, wie er den Kopf hielt – als müsse er gegen einen lästigen Krampf im Nacken ankämpfen. Sie redete über seine Tanzkünste, die bestimmt exzellent wären, wenn er nicht so ungewöhnlich große Füße hätte, die sich außerdem ständig in den Weg gerieten; fast als hätte er gleich vier davon.

»Und schaut nur«, fügte sie laut hinzu. »Jemand sollte ihn dazu bringen aufzuhören. Der Mann kann die Augen nicht von mir lassen!«

Mason schüttelte in stummer Frustration den Kopf, wie erwartet. Er zählte vermutlich die Meilen, bis wir endlich die Siedlung erreichten. Wir alle brachen in unterdrücktes Kichern aus.

Als wir uns spätmorgens unserem Ziel näherten, kam Jase zu mir zurückgaloppiert. Wir hatten uns geeinigt, dass ich ihn begleiten sollte, wenn er das erste Mal auf die Siedler traf. Seine Brüder und die anderen würden zurückbleiben und sich im Hintergrund halten. Das galt besonders für die *Straza*, schließlich wollten wir nicht wie eine feindliche Armee aussehen, die sich auf die Siedlung stürzte.

»Es ist so weit. Wir sind gleich da«, sagte er, und ich kam an seine Seite geritten.

Sein Kiefer mahlte. Dieser Moment widersprach allem, woran er glaubte. Aus seiner Sicht belohnte er Leute, die widerrechtlich sein Land benutzten.

»Denk dran, Jase, dieses Gebiet gehört euch offiziell gar nicht. Es ist ein Teil der Cam Lanteux, und der König von Eislandia hat es ihnen zugeteilt. Sie haben auch Grund, wütend zu sein.«

Mir war klar, dass ich damit einen wunden Punkt berührte, trotzdem musste es gesagt werden. Genau wie er heute Morgen versucht hatte, mir die Denkweise seiner Familie verständlich zu machen, musste ich dafür sorgen, dass er die Sicht von Caemus und den anderen begriff. Sie würden ihn nicht mit offenen Armen und dankbaren Worten empfangen.

Jase schwieg, und sein Blick blieb starr auf die niedrigen Hügel gerichtet, während er darauf wartete, dass die Siedlung hinter einem davon ins Blickfeld kam.

»Wie geht es deinem Bein?«, fragte er schließlich.

»Vermutlich besser als deinem Kiefer.«

Er drehte sich zu mir um. »Was?«

»Hör auf, mit den Zähnen zu knirschen.«

Er warf mir einen frostigen Blick zu, und sein Kiefer blieb so angespannt wie vorher.

Endlich kam die Siedlung in Sicht. Unsere lange Kette von Pferden und Wagen war sicherlich ein einschüchternder Anblick. Einer nach dem anderen versammelten sich die Siedler vor ihren Wohnhütten, und alle hielten Gartenhacken, Schaufeln oder Spieße in den Händen. Wir waren ein gutes Stück entfernt, als Jase die Hand hob, damit die Reihe hinter uns zum Stehen kam und wartete.

Als wir uns näherten, blieb sein Blick an der Scheune hängen, die bis auf die Stützbalken abgebrannt war und einem geduckten Skelett ähnelte, das jeder Windstoß umwehen konnte. Dann wanderten seine Augen über die verkohlten Schuppen und die Viehkoppeln, die sichtbar leer waren. Nur ein paar Hühner pickten und scharrten in der Nähe eines Wassertrogs. Das verbrannte Gras reichte bis an die Wohngebäude. Es gab weit und breit kein Grün mehr, bis auf den kleinen Gemüsegarten, in dem Caemus bei unserem letzten Besuch gearbeitet hatte. Die Siedler sahen aus, als wären sie bereit, ihn bis zum letzten Blutstropfen zu verteidigen.

»*Watavo, kadravés!*«, rief ich. »*Sava Kazi. Le ne porchio kege Patrei Jase Ballenger ashea te terrema. Oso tor …*«

Caemus warf einen giftigen Blick auf Jase. »*Riz liet fikatande chaba vi daka renad!*«

Ich schaute zu Jase, wagte aber keine Übersetzung. »Er ist erfreut, dich zu sehen«, sagte ich stattdessen.

Jase verzog das Gesicht, glitt von seinem Pferd und überging meinen Vermittlungsversuch. »Verstehst du Landisch?«, fragte er Caemus.

»Wir verstehen«, gab Caemus zur Antwort.

»Gut. Und ich kenne genug vendanische Worte, um zu wissen,

wann mich jemand einen Pferdearsch nennt. Reden wir Klartext, Caemus. Ich werde dir ein Angebot machen, und zwar ein verdammt gutes. Aber es gilt nur hier und jetzt. Ich werde es nicht wiederholen, denn nach dem heutigen Tag kommt ihr mir hoffentlich nie wieder unter die Augen. Die Ballengers werden euch umsiedeln. Alles, was ihr besitzt. Wir werden euch ein Stück Land überlassen, das fruchtbar und möglichst weit weg von uns ist.« Jase spuckte die Einzelheiten und Bedingungen hervor, dann musterte er die verbrannten Gebäude mit einem weiteren langen, prüfenden Blick. »Wir haben von euch nur ein Rind als Strafzahlung genommen, mit dem Rest haben wir nichts zu schaffen und wissen nicht, wer es war. Wir werden unser Bestes tun, damit so etwas nicht wieder passiert. Aber wenn ihr uns jemals wieder zu Unrecht anklagt, dann werdet ihr mehr verlieren als einen Heuschober. Also, nimmst du an oder nicht?«

Bevor Caemus antworten konnte, kam ein kleiner Junge, der hinter ihm gestanden hatte, mit einem Stock hervorgestürzt und hieb ihn Jase gegen das Knie, sodass es laut klatschte.

Jase bückte sich, zuckte zusammen, fluchte, hielt sein Knie mit einer Hand und fasste mit der anderen den Jungen beim Kragen. »Du kleiner …«

»Tu ihm nichts!«, rief Caemus und trat einen Schritt vor.

Jase wirkte von diesem Kommando verwirrt. Aber seine Aufmerksamkeit blieb auf den Jungen gerichtet. »Wie heißt du?«, knurrte er.

Der Junge war schmächtiger als Nash, und obwohl ihn ein wütender Erwachsener am Kragen hielt, blitzte Herausforderung in seinen großen braunen Augen. »Kerry aus Fogswallow!«, gab er bissig zurück.

»Gut, Kerry aus Fogswallow, du wirst mir höchstpersönlich helfen, Zaunpfosten einzugraben. Eine Menge davon. Verstanden?«

»Ich habe keine Angst vor dir!«

Jase Augen verengten sich. »Dann muss ich mich wohl mehr anstrengen.«

Die Augen des Jungen wurden noch ein Stück größer. Jase gab ihn frei, und der Junge verschwand blitzartig wieder hinter Caemus.

»Wir akzeptieren«, beschloss Caemus.

Ich stieß einen unterdrückten Seufzer aus. Wie Synové sagen würde: Das fing ja fabelhaft an.

Die nächste Stunde verbrachten wir damit, das Gelände abzugehen, Bestandslisten aufzunehmen und zu beurteilen, was sich noch retten ließ. Dann wurden alles aufgeladen: Gerätschaften und Hühner, Kornsäcke und Kisten, Geschirr und Leute. Man merkte den Brüdern an, dass ihnen unangenehm bewusst wurde, in wie kurzer Zeit sich der gesamte weltliche Besitz der Vendaner verstauen ließ. Ein paarmal erwischte ich Jase dabei, wie er einfach nur starrte, als könnte er kaum begreifen, was sie hier eigentlich machten. Sein Blick blieb auch an den Knochen hängen, die von den Hüften der Vendaner baumelten. Meine Landsleute vermieden es, sie zu tragen, wenn sie in die Stadt fuhren, weil dieser Brauch zu viel Aufmerksamkeit erregte, aber nun klapperten die Opferknochen als Mahnung an ihren Gürteln.

Wren, Synové und ich halfen ein paar Frauen, die mit schneller Hand die reifen Bohnen aus dem Garten pflückten, Wurzelgemüse ausgruben und Fässer mit Stroh auspolsterten, um alles in Schichten darin zu verstauen. Wir holten Kräuter mitsamt Wurzelballen aus der Erde und setzten sie in Kisten, um sie später neu pflanzen zu können. Nichts, was sich mitnehmen ließ, würde hierbleiben. Während wir arbeiteten, sah ich Jase, Gunner und Mason einen Hügel ganz in der Nähe hochsteigen. Es kam mir seltsam vor, denn dort befand sich nichts – keine Außengebäude oder verstreutes Vieh. Ich stellte fest, dass sie Steinbrocken in den Händen trugen. Als sie die Spitze erreicht hatten, legten sie die Steine oben auf eine Aufschüttung, die ich vorher nicht bemerkt hatte.

Ich fragte Jase danach, sobald er zurückkam. Er erklärte, dass sich hier das Grabmal befand, das Greyson Ballenger für seinen toten Großvater angelegt hatte. An diesem Platz hatte er die Leiche mit Steinen bedeckt, damit die wilden Tiere sie nicht wegzerren konnten.

Der neue Siedlungsplatz befand sich fünfzehn Meilen weiter südlich. Mit den vielen Wagen, Vorräten und Packpferden brauchten wir den ganzen Nachmittag, um dorthin zu gelangen. Während der langen Stunden ritten Jase und ich an der Karawanenspitze nebeneinander her. Er war die meiste Zeit still und schien immer noch über etwas zu brüten.

»Also kannst du doch ein bisschen Vendanisch sprechen?«, fragte ich.

Er schüttelte den Kopf und grinste. »Nein, aber manche Worte brauchen keine Übersetzung. Die versteht man schon am Tonfall.«

»Tja, du warst erstaunlich nah dran. Ich schätze, ein Knüppelschlag gegen das Knie lässt sich ebenfalls schwer missverstehen. Was macht die Beule?«

»Sie ist ordentlich angeschwollen. Ich hatte Glück, dass der kleine Teufel mir nicht die Kniescheibe gebrochen hat.«

»Ich schätze, er hat noch mehr Glück, dass er zur Strafe damit davonkommt, ein paar Zaunlöcher zu buddeln.«

»Das wird ihm guttun. Aber erst gibt es Essen für alle. Mit

leerem Magen kann man nicht arbeiten.« Er griff nach hinten und kramte in seiner Satteltasche. »Das hätte ich fast vergessen. Ich wollte es dir eigentlich schon früher geben.« Er überreichte mir einen zierlichen Korb mit Deckel. »Los, mach ihn auf.«

Ich nahm den Deckel herunter und starrte mit offenem Mund auf das kleine Quadrat darin. »Ist das wirklich, wofür ich es halte …?« Ich hielt es an die Nase und schnupperte andächtig.

»Salbeikuchen«, bestätigte Jase.

»Du hast dich erinnert!« Ich brach eine Ecke ab, schob sie mir in den Mund und stöhnte genüsslich. Der Kuchen war genauso himmlisch, wie ich ihn in Erinnerung hatte. Ich leckte mir die Krümel von den Fingern. »Hier«, sagte ich, lehnte mich zur Seite und steckte Jase ein Stück in den Mund. Er nickte anerkennend beim Schlucken, war aber offensichtlich weniger hingerissen als ich. »Wie bist du …?«, fragte ich. »Hat Dolise …?«

»Nein. Ich habe eine Köchin eingestellt. Du kannst dich persönlich bedanken, wenn wir nach Torsfeste zurückkommen.«

Wir erreichten ein breites, sanftes Tal. Auf der einen Seite lagen kleine bewaldete Hügel, auf der anderen schlängelte sich ein Fluss entlang. Ein üppiger Grasteppich wiegte sich im Wind, dunkelgrün und noch kein bisschen vertrocknet von der Sommerhitze. Ich sah die Vorratswagen in einiger Entfernung und verstand, dass wir unser Ziel erreicht hatten. Inzwischen ritt Caemus neben uns, und wir hielten alle drei an, um den Blick in uns aufzunehmen. Die Landschaft war atemberaubend. Caemus stieg von seinem Pferd und holte sich einen Spaten von einem der Wagen. Er stieß ihn in die Erde, drehte die Schaufel um, und ein Brocken dunkler, reichhaltiger Mutterboden wurde sichtbar.

Die Erde ließ sich leicht zerbröckeln, als Caemus prüfend dagegenstieß. Ich sah ihn wieder vor mir, wie er mit seiner Hacke den harten Lehmboden des ursprünglichen Siedlungsplatzes bearbeitet hatte.

Er blickte zu Jase auf, die Miene ernst und streng. »Guter Boden.«

»Ich weiß«, sagte Jase.

Die übrigen Vendaner kamen von den Wagen heruntergeströmt, um das letzte Stück zu Fuß zu gehen. Ich sah zu, wie sie sich hinhockten, den Boden befühlten und mit den Händen über das Gras strichen. Die Luft war frisch und voller Versprechungen.

Ich stieg ebenfalls von meinem Pferd und spazierte im Kreis herum, um alles in mich aufzunehmen. Es gab einen Wald, der Feuerholz und Jagdbeute versprach. Eine sprudelnde Quelle ganz in der Nähe. Guten Boden und ebene Flächen. Einige stattliche Eichen in der Mitte des Tals, die Schatten spendeten. Ich schaute zu Jase zurück, der immer noch im Sattel saß, und meine Kehle verengte sich. Caemus und ich hatten beide an ihm gezweifelt.

»Es ist perfekt, Jase. Einfach perfekt.«

»Das würde ich zwar nicht sagen, aber zumindest dürfte der Boden mehr Ernte abwerfen. Und das Tal liegt so versteckt, dass sie hier niemand belästigen wird.«

Im Gegensatz zu ihrem letzten Siedlungsplatz. Inzwischen glaubte ich Jase, und das galt wohl auch für Caemus. Die Ballengers hatten sie wirklich nicht überfallen. Wer immer der Schuldige war, hatte es bloß so aussehen lassen.

Ich schaute zu, wie die Vendaner weiter in das Tal hineinwanderten, und sah die Ungläubigkeit in jedem ihrer Schritte. Dabei beschlich mich eine ganz andere Art von Unglauben: Der neue

Siedlungsplatz war dem alten weit überlegen. War der König von Eislandia wirklich so unfähig und schlecht informiert über das nördliche Grenzland, dass er den Ort willkürlich ausgesucht hatte? Konnte es Zufall sein, dass die Siedlung so nah bei Torsfeste und in Sichtweite des Grabmals angesetzt worden war? Oder handelte es sich um eine bewusste Entscheidung, die für Unruhe sorgen sollte? Ein Stachel im Fleisch der Familie? Vielleicht war es die Rache dafür, dass die Ballengers einen Teil der Steuereinnahmen für sich selbst beanspruchten.

Jase musterte das Tal, und sein Blick verriet, dass er bereits detaillierte Pläne schmiedete. Er war längst nicht so unbeteiligt, wie er sich gab. Das Gefühl, das mir vorher die Kehle zugeschnürt hatte, breitete sich nun in meiner Brust aus.

Was ist das hier zwischen uns?

Die Antwort lag mir auf den Lippen, drängender als je zuvor.

»Wir sollten zu den anderen aufschließen«, meinte Jase. »Uns bleiben nur noch ein paar Stunden Tageslicht, die wir nutzen können, und ich will vorher mit Caemus den größten Teil der Baupläne absprechen. Ich habe ein paar Vorschläge, wo man den Heuschober am besten aufstellen könnte. Außerdem habe ich dir einen Zaunpfahl versprochen. Ich will zumindest das Loch fertig graben, bevor ich morgen früh verschwinde.«

»Du hast ja nun Kerry als zusätzliche Hilfe.«

Er rieb sich das Knie und sein Mund verzog sich zu einem fiesen Grinsen. »O ja, den Bengel werde ich anständig beschäftigen.«

Kapitel 31

Jase

Als wir das erste Mal bei der Siedlung aufgetaucht waren, hatte ich kaum einen Blick dafür übrig gehabt. Wir hatten die Kurzhornrinder auf einer der äußeren Weiden zusammengetrieben, und mein Vater hatte gebrüllt: »Allerletzte Warnung: Das ist unser Land, unser Wasser, unsere Luft. Wer sich daran bedient, muss bezahlen! Wenn ihr nicht verschwindet, kommen wir zurück und holen uns den Rest.«

Wir waren nicht zurückgekommen. Selbst wenn, hätten wir nur ein weiteres Rind abgeholt. Aber jemand war dort aufgetaucht und hatte den Rest tatsächlich mitgenommen. Alles, was diese Leute besaßen.

»Wer war das? Finde es heraus!«, hatte ich Mason angeblafft. Er hatte die Aufsicht über die Stadtvögte. Einer von ihnen musste doch etwas gesehen oder gehört haben.

Unsere Familie wurde aus allen möglichen Ecken gleichzeitig attackiert. Zwar hatte ich wenig für die Vendaner übrig, aber dieser Kampf sollte trotzdem nicht ihr Problem sein. Sie wussten ja nicht einmal, wofür sie benutzt wurden.

Als wir das Ausmaß der Zerstörung sahen, hatte es uns erst einmal die Sprache verschlagen, aber dann kochte der Zorn in uns hoch. Wir stiegen den Hügel zum Grabmal hinauf, wo wir außer Hörweite waren, und alle begannen, wild zu spekulieren, wer die Leute so brutal überfallen hatte.

»Rybart und Truko«, meinte Mason. »Die beiden würden einem Baby die Windel vom Hintern stehlen. Das hier sieht ihnen ähnlich.«

»Es wurden auch vier Ravianer mitgenommen«, ergänzte Gunner. »Also müssen wir nur in ihren Ställen nachschauen.«

Titus schüttelte den Kopf. »Nein, sie hätten die Pferde doch längst verkauft. Ich kann bei den Previzi nachfragen, wenn wir zurückkommen, und feststellen, ob es fragwürdige Geschäfte gab.«

»Die meisten ihrer Geschäfte sind fragwürdig«, erinnerte ich ihn. Die Previzi kümmerten sich um den Teil des Warenhandels, der nicht zurückverfolgt werden sollte ... wie die Nebengeschäfte des Botschafters von Candora. Oder den Valsprey, der sich in unserem Besitz befand. Wie alle anderen zogen auch wir unseren Nutzen daraus, was die Previzi zu bieten hatten. *Für manche Waren braucht man Leute, die beim Kauf und Verkauf diskret sein können*, hatte mein Vater mir erklärt, als ich zwölf war und wissen wollte, warum wir sie bei uns duldeten. *Und manche Fragen sollte man besser nicht stellen*, fügte er hinzu.

»Was ist mit den zwölf Kurzhornrindern?«, fragte Gunner. »Es dürfte nicht leicht gewesen sein, die Herde zusammenzuhalten, besonders bei einem mitternächtlichen Überfall. Wo haben sie die Tiere hingebracht?«

»Wahrscheinlich sind sie irgendwo tot in eine Schlucht geworfen worden«, antwortete ich. »Genau wie die Ravianer. Nicht weit von hier liegt die Starling-Klamm. Ein gutes Versteck mitten im Wald. Bei dem Überfall ging es nicht darum, Reichtümer zu sammeln, sondern eine Botschaft zu hinterlassen.«

»Damit wir einen schlechten Ruf bekommen.«

Die Brände und Sklavenjäger hatten den Zweck, die Stadtbürger in Angst und Schrecken zu versetzen, und die Überfälle auf die Karawanen sollten unseren Geschäften schaden und die Händler von der Arena fernhalten. Aber der Angriff auf die Siedler konnte den größten Schaden anrichten. Er sollte die Großkönigreiche zu unseren Feinden machen.

Als wir später den letzten Rest der mageren Besitztümer aufluden, die den Vendanern geblieben waren, fühlten wir uns wie ausgelaugt. Unsere vielen Fragen blieben uns erneut im Hals stecken. Kazis Bemerkung stichelte unaufhörlich, als würde sie mir einen spitzen Ellbogen in die Rippen stoßen. *Die Siedlung wieder aufzubauen, wird nicht lange dauern. Die Vendaner hatten schließlich von Anfang an nicht viel.*

Ich bekam ihre Worte auch dann nicht aus dem Kopf, als Caemus und ich das Tal abschritten und Markierungspfähle in den Boden hämmerten, um die Gebäudeumrisse festzulegen. Nach unserem unschönen ersten Zusammentreffen hatte sich die Stimmung zwischen ihm und mir nur wenig verbessert. Er war ein sturer Ochsenschädel. *Guter Boden?* Der Boden war verdammt noch mal der beste weit und breit! Aber vielleicht musste man ein bockiger, sauertöpfischer Sturkopf sein, um einen Haufen Siedler hier draußen im Nirgendwo anzuführen.

Dass der Boden gut war, wusste ich selbst. Ich hatte schon viele Male mit meinem Vater und meinen älteren Geschwistern in diesem Tal die Zelte aufgeschlagen. Noch immer erhob sich die turmhohe Eiche in der Mitte des Tals, von der ein Schaukeltau mit einem stabilen Ast zum Sitzen schwang. Davon war ich öfter heruntergefallen, als ich zählen konnte.

Mit neun hatte ich meinem Vater verkündet, dass ich hier eines Tages ein Haus bauen wollte, um für immer zu bleiben. Er sagte, nein, Torsfeste sei mein Zuhause und meine Bestimmung. Das Tal würde auf jemand anderen warten. Ich hatte mich immer gefragt, wer das wohl sein könnte.

Kindergeschrei ließ unsere Köpfe herumfahren. Anscheinend hatten sie das Seil entdeckt. Jetzt schwangen sie abwechselnd unter dem Baum hin und her.

»Hier könnte ein weiteres Haus stehen«, schlug ich vor.

»Wir haben schon vier markiert. Mehr hatten wir vorher auch nicht. Einige von uns haben geteilt.«

Da ich von Kazi wusste, dass es sieben Familien gab, hatten wir genug Bauholz für sieben Wohngebäude mitgebracht.

»Vielleicht bleibt Holz übrig, wer weiß. Wenn ihr mehr Häuser bauen könntet, wo sollten sie stehen?« Ich war vorsichtig und überließ die letzten Entscheidungen immer ihm. So konnte mir später niemand vorwerfen, ich hätte die Siedlung sabotiert.

Caemus musterte mich misstrauisch. Er argwöhnte immer noch, dass ich ihn austricksen wollte.

Zur Hölle mit der Vorsicht.

Ich war müde und hungrig. Die letzten drei Grundrisse markierte ich selbst.

Kerry arbeitete wortlos und ohne sich zu beklagen, rammte aber seinen kleinen Spaten in die Erde, als hätte er meine Kniescheibe vor sich.

»Wie alt bist du?«, fragte ich.

»Alt genug, dass ich dich nicht leiden kann.«

»Also vier«, sagte ich. »Ich schätze, du musst ungefähr vier sein.«

In seinen Augen blitze es empört.

»Sieben!«, rief er.

»Dann müsstest du eigentlich wissen, wie man ein Loch für einen Zaunpfahl gräbt.«

»Was soll falsch an …«

»Komm her. Ich zeige es dir.«

Widerwillig marschierte er zu mir herüber und schleifte den Spaten hinter sich her. Ich kratzte einen Kreis in den Boden und wir begannen, gemeinsam zu graben. Er zog eine finstere Grimasse, folgte meinen Anweisungen jedoch.

»Hast du Schulunterricht?«, fragte ich.

»Jurga bringt mir die Buchstaben bei. Aber sie kennt nicht alle.«

»Ist Jurga deine Mutter?«

»So was in der Art. Sie hat mich aufgenommen.«

Ich erfuhr, dass es in der Siedlung acht Kinder gab. Drei davon waren Straßenwaisen. Kerry gehörte zu ihnen. An seine Eltern konnte er sich nur schemenhaft erinnern. Sie waren bei einem Brand in Venda umgekommen, was die rosa vernarbten Stellen an seinem Arm erklärte.

»Würdest du gerne alle Buchstaben lernen?«

Er zuckte mit den Schultern. »Vielleicht. Weiß nicht recht, was mir das nützen soll.«

»Magst du Geschichten?«

Seine Augen leuchteten auf, bis er sich daran erinnerte, dass er finster blicken wollte und seine Brauen sich wieder zusammenzogen. »Manche.«

»Wenn du alle Buchstaben kennst, kannst du selbst Geschichten lesen.«

»Nützt trotzdem nichts. Gibt keine Bücher.«

Ich sah die Habseligkeiten vor mir, die wir aus den Wohngebäuden geholt und auf die Wagen geladen hatten. Es gab Tongeschirr, Fässer mit Trockenvorräten, Töpfe und Pfannen, Werkzeuge, Kleidung, einige einfache Möbel … und sonst nichts.

»Das Loch ist fertig«, sagte ich. »Damit reicht es für heute. Geh los und hol dir dein Abendbrot.«

Ich zog mir das Hemd über den Kopf und wusch mich am Flussufer. Einige Vendaner taten dasselbe. Ich spürte ihre neugierigen Blicke, die über die Tätowierung an meiner Schulter und Brust glitten und versuchten sie zu enträtseln. Oder eher mich zu enträtseln.

Hinter mir kamen laute Schritte angestampft. »Das Zeltdach steht«, sagte Mason und hockte sich neben mich, um sich ebenfalls zu waschen. Ich hatte befohlen, mehrere große Planen mitzubringen, damit die Leute einen Schutz vor der Sonne oder vielleicht auch vor Regen hatten, bis die Häuser fertig waren. Er lehnte sich näher. »Freundlicher Haufen, was?«

»Zumindest eine von ihnen.«

Er wusste natürlich, worauf ich anspielte, und runzelte die Stirn. »Das Weibsstück hat mich ständig im Visier. Keine Ahnung, warum.«

»Vielleicht weil du derjenige warst, der ihr in Höllenrachen die Waffen abgenommen hat.«

»Ich habe sie ihr ja zurückgegeben … Was ich übrigens immer noch für einen Riesenfehler halte.«

»So lautete meine Abmachung mit Kazi. Ich glaube nicht, dass du Angst haben musst, von Synové aufgespießt zu werden.«

»Stimmt, weil sie nämlich eine perfekte Bogenschützin ist. Wusstest du das?«

»Die meisten Leute, die für uns auf Patrouille gehen, sind gut mit dem Bogen. Sie ist eine Rahtan, also bin ich nicht überrascht.«

»Nein, mit perfekt meine ich *perfekt*. Sie könnte auf hundert Schritt Entfernung den Schatten einer Fliege treffen.«

Ich erfuhr, was geschehen war, nachdem er ihr auf meinen Befehl hin die Waffen wiedergegeben hatte. Sie hatte ganz beiläufig einen Pfeil gezückt und ein lose baumelndes Kettenglied an einem vorbeifahrenden Wagen festgenagelt, weil ihr *das Klirren auf die Nerven ging*.

»Ich glaube, sie wollte dich eher beeindrucken als einschüchtern. Nervös?«

Er schüttelte den Kopf. »Wenn ich etwas nicht überlebe, dann ihr Mundwerk.«

»Wo wir gerade davon sprechen, benimmt sich Gunner ausnahmsweise höflich?«

»Was immer du zu ihm gesagt hast, muss gewirkt haben. Er hat noch kein einziges Wort von sich gegeben.« Ich hatte das Gefühl, dass Gunner sein Temperament auch ohne weitere Ermahnungen zügeln würde. Seit wir den alten Siedlungsplatz verlassen hatten, war er auffällig still gewesen. Vermutlich dachte er das Gleiche wie der Rest von uns. Die Vendaner waren zwischen die Fronten geraten, obwohl sie mit dem eigentlichen Kampf nichts zu tun hatten.

Ein Schatten fiel auf uns, und ich schaute hoch. Es war Caemus. Wortlos fing er neben uns an, sich zu waschen. Das Flussufer war lang, und er hätte sich einen anderen Fleck aussuchen können, der weiter entfernt lag. Scheinbar hatte er etwas auf dem Herzen.

Er fischte eine Handvoll Sand aus dem Flussbett und rieb sich damit die Fingernägel, um den festsitzenden Dreck abzuscheuern. »Wie stellt sich Kerry an?«, fragte er schließlich.

»Er lernt schnell.«

Nachdem er mit den Händen fertig war, schrubbte er sich

auch das Gesicht, dann stand er auf und wischte sich die Finger an der Hose trocken. Er schaute auf mich herunter. Auf seinem vom Wetter gegerbten Gesicht glitzerte die Feuchtigkeit.

»Ich wusste nicht, dass eure Ahnen dort begraben sind.«

Einen Moment lang sagte ich gar nichts, während die alte Wut wieder in mir aufstieg. Ich musste mich nicht dafür rechtfertigen oder Gründe liefern, warum wir sie von unserem Land vertreiben wollten.

»Sind sie nicht«, antwortete ich schließlich. »Der Steinhügel erinnert nur an die Stelle, wo ein Vorfahre gestorben ist.« Ich erhob mich, damit wir Augen in Auge standen. »Wir wissen nicht einmal genau, ob es wirklich dort passiert ist. Aber der Platz ist über Generationen zur Tradition geworden. Für uns Ballengers ist Tradition eine wichtige Sache.«

Caemus neigte den Kopf schräg und senkte in einem kurzen Nicken das Kinn. »Wir haben auch Traditionen.«

Ich schaute auf die Knochenschnüre, die von seinem Gürtel baumelten. »Gehört das dazu?«

Er nickte wieder. »Wenn ihr eine Minute übrighabt, erkläre ich es euch.«

Also setzte ich mich ans Ufer und zog Mason neben mir nieder.

»Wir haben eine Minute.«

Kapitel 32

Kazi

Die Schüsseln wurden mit einem deftigen Eintopf gefüllt und eine dicke Scheibe schwarzes Roggenbrot obendrauf gelegt. Jase hatte ein paar Feldköche aus den Holzfällerlagern der Ballengers mitgebracht. Wenn man Wren, Synové und mich mitzählte, gab es nun eine ähnliche Anzahl Vendaner und Ballengers. Ungefähr dreißig von ihnen und dreißig von uns … und alle gingen, sobald sie ihr Essen erhalten hatten, schnurstracks zu ihrer eigenen Gruppe.

Die Leute der Ballengers saßen auf der einen Seite der Eiche und die Vendaner auf der anderen. So konnten sich keine Gespräche entwickeln, aber wahrscheinlich war das der Sinn der Sache. Der Abend würde lang werden und an den Nerven zehren. Vielleicht würden sogar Feindseligkeiten ausbrechen, falls jemand ein scharfes Wort zu persönlich nahm. In der Mitte war eine kleine, runde Feuerstelle angelegt worden, um die Dunkelheit fernzuhalten, da nun der Abend hereinbrach. Zu den Besitztümern der Vendaner gehörten auch einige Bänke und Stühle, aber nicht genug für alle. Die Siedler hockten auf den Seiten der leeren Wagen oder auf Stapeln aus Bauholz, um zu essen.

Jase kam als Letzter zum Wagen des Kochs. Während ihm die Suppe aufgefüllt wurde, rief Titus herüber, dass noch ein Sitzplatz auf der Kiste neben ihm frei sei. Natürlich auf der Seite der Ballengers. Jase warf nicht einmal einen Blick in meine

Richtung, und ich fragte mich, ob meine Begegnung mit den Wachhunden im Tunnel eine dauerhafte Distanz zwischen uns geschaffen hatte.

Mir fiel auf, dass die Vendaner ihn immer noch genau beobachteten. Beim Abladen der Wagen hatte ich gehört, wie sie über ihn sprachen. Die Gefühle schwankten zwischen Ungläubigkeit und fortgesetztem Misstrauen, aber immer mischte sich auch vorsichtige Dankbarkeit hinein. Vor allem waren sie von der neuen Entwicklung verwirrt. Während sie ihre Besitztümer abluden und zu dem vorgesehenen Lagerplatz unter einer aufgespannten Zeltplane brachten, glitzerten Tränen in den Augen der meisten. Ohne Frage war dieser Siedlungsplatz vielversprechender als der vorige. Eine Frau hatte ganz offen geweint, aber jetzt beim Essen hielten sie ihre Gefühle zurück und sprachen nur gedämpft, wie Vendaner es in der Gegenwart von Fremden gelernt hatten.

Trotzdem gab es auch Neugier – auf beiden Seiten. Ich bemerkte die verstohlenen Blicke. Sogar der Feldkoch hatte die Siedler mit einer Mischung aus Nervosität und Mitleid betrachtet und ihnen großzügige Portionen ausgegeben.

»Nun schau dir das an«, bemerkte Synové. Wir folgten ihrem Blick zu Gunner auf der anderen Seite. »Der Bissige Ballenger schaut ständig zu Jurga.«

Sie war diejenige, die vorhin in Tränen ausgebrochen war.

»Wie kannst du sicher sein, dass er ausgerechnet sie anschaut?«, fragte ich, denn einige andere Frauen saßen eng mit ihr zusammen.

»Weil sie zurückschaut.«

Ich beobachtete die Szene genauer, und es stimmte. Allerdings war Jurga vorsichtig und warf ihm nur Seitenblicke unter gesenkten Wimpern zu, wann immer er nicht hinsah.

Vielleicht war der Abstand zwischen den Gruppen nicht so groß, wie ich gedacht hatte. Wenn es sogar dem Bissigen gelang, die Blicke der sanften Jurga auf sich zu ziehen, musste man eventuell nur ein bisschen nachhelfen, um die Kluft zu verringern.

»Ich bin gleich zurück«, sagte ich und schlenderte über das leere Stück Wiese. Eine Reihe von Augenpaaren folgte mir, als sei ich ein Pflug, der die Erde des Niemandslands zwischen uns aufriss. Gunner konnte mich nicht leiden. Das hatte er sehr deutlich gemacht, aber da die Abneigung gegenseitig war, verübelte ich es ihm nicht. Nachdem ich den Brief an die Königin unterzeichnet hatte, war mein Zweck erfüllt, und er behandelte mich wie Luft. Als ich nun vor ihm stehen blieb, schaute er mich an, als sei ein Fliegenschwarm in sein Blickfeld geraten. »Sie beißt nicht. Du könntest einfach rübergehen und Hallo sagen.«

»Ich esse hier einfach nur meine Suppe. Keine Ahnung, wovon du redest.«

»Deine Schüssel ist leer, Gunner. Die Suppe ist alle. Wäre es denn das Ende der Welt, wenn du ein paar von den Leuten kennenlernen würdest, denen du ein Dach über dem Kopf baust?«

Ich griff nach der Schüssel in seinem Schoß und stellte sie beiseite, dann nahm ich seine Hand und zog ihn auf die Füße. »Ihr Name ist Jurga. Hast du sie vorhin weinen sehen? Sie hat es aus Dankbarkeit getan, weil ihr Ballengers den Siedlern helft.«

Er riss seine Hand los. »Ich weiß nicht, wovon du sprichst. Lass mich in Ruhe zu Ende essen.«

Wir beide schauten auf seine leere Schüssel.

»Hallo.«

Jurga war unbemerkt hinter uns aufgetaucht.

Vielleicht hatte sie gesehen, wie ich mit Gunner sprach, und dadurch den Mut gefasst, das Gleiche zu tun. Ich war nicht sicher, aber auf jeden Fall beruhigte sich Gunner augenblicklich und trat verlegen von einem Fuß auf den anderen. Ich spazierte davon und überließ es den beiden, sich einander näher vorzustellen.

Stattdessen wandte ich meine Aufmerksamkeit den anderen Ballengers zu.

Ich ging zu einem der älteren Brüder, der gerade eine Melodie auf der Flöte anstimmte, und fragte ihn, ob er das Lied »Wolfsmond« kannte. Es war in den Marschlanden verbreitet und Synové summte es manchmal vor sich hin. Er kannte es tatsächlich. Als die ersten, noch etwas unsicheren Takte ertönten, schlenderte ich zu Jase weiter, der immer noch in sein Gespräch mit Mason und Titus vertieft war. Ich machte einen Knicks vor ihm, was schnell ihre Blicke auf mich lenkte. »Wir sind gestern Abend nicht zum Tanzen gekommen, *Patrei*. Vielleicht wäre jetzt eine gute Gelegenheit?«

Er schaute mich unsicher an. »Was ist mit deinem Bein?«

»Ich habe stundenlang im Sattel gesessen, genug Rüben und Kartoffeln für ein ganzes Vorratsfass ausgegraben und geholfen, zwei Wagen zu entladen ... und jetzt machst du dir Sorgen um mein Bein? Vielleicht sind ja *deine* zarten Füße zu müde? Versuchst du, dich vor dem Tanz zu drücken, *Patrei?* Dann sag es einfach, und ich suche mir jemand anderen, um ...«

Schon war Jase aufgesprungen, legte den Arm um mich und zog mich in die Mitte der Ballenger-Vendaner-Kluft. Tatsächlich war mein Bein noch immer empfindlich. Trotz meines Protests schien Jase das zu merken und beschränkte den Tanz darauf, uns sanft hin und her zu wiegen.

»Ich finde, das ist das Mindeste, was wir tun können, um die frostige Atmosphäre zwischen den Lagern etwas aufzuwärmen«, sagte ich.

»Also ist wieder alles nur Theater?«

»Tja, was denkst du?«

»Ich denke, dass es mir inzwischen ganz egal ist, solange ich dich nur in den Armen halten kann.«

Die Melodie war langsam und verträumt, die Noten schwebten durch die Luft wie Singvögel, die in der Abenddämmerung zu ihren Nestern heimkehrten. Jase zog mich näher, seine Lippen ruhten an meiner Stirn.

»Alle schauen uns zu«, flüsterte er.

»Das war ja auch der ganze Sinn der Sache.«

»Nein, nicht der ganze.« Sein Mund wanderte auf meine Lippen zu.

Alles Theater wurde weggefegt und war vergessen. Zwar mochte es noch immer Geheimnisse zwischen uns geben, aber so viel war ehrlich und wahr: Ich wollte in seinen Armen liegen und er in meinen.

Möglicherweise war das genug.

Möglicherweise konnte man von der Welt nicht mehr Ehrlichkeit erwarten als Momente wie diesen. Falls es so war, hielt ich mich daran fest.

»Als wir das letzte Mal getanzt haben, waren wir knietief im Gras«, sagte ich.

»Und jetzt haben wir nicht einmal eine Fußfessel zwischen uns«, flüsterte Jase.

»Vielleicht brauchen wir keine mehr.« Wir waren wieder in der Wildnis, und es fühlte sich leicht und natürlich an, uns durch das altbekannte Loch in der Realität fallen zu lassen.

Ich merkte unbewusst, dass andere sich zu uns gesellten, aber mein Blick ruhte nur auf Jase, und ihm ging es umgekehrt genauso. Als ich um uns herum die scharrenden Schritte von immer mehr Tänzern hörte, fragte ich mich, ob sie in derselben

Spiegelwelt gelandet waren wie wir … und ob es uns diesmal gelingen würde, daraus etwas Bleibendes zu machen.

Erzähl mir ein Rätsel, Kazi.

Jase hatte mich ruhelos herumwandern sehen, als ich Vorräte sortierte, die längst ordentlich an Ort und Stelle waren. Alle anderen schliefen auf ihren Decken. Er erschien hinter mir und seine Hände umfassten meine Taille. »Ich kann auch nicht schlafen«, meinte er. Seine Lippen strichen über meinen Hals, und er flüsterte: »Erzähl mir ein Rätsel, Kazi.«

Fern von den anderen breiteten wir eine Decke aus, begleitet vom Licht der Sterne. Der Streitwagen der Hetisha, das Adlernest und das Diebesgold erleuchteten uns den Weg.

Ich kuschelte mich neben ihn, legte meinen Kopf auf seine Schulter, und er schlang den Arm um mich und zog mich näher.

»Hör genau zu, Jase Ballenger. Ich werde mich nicht wiederholen.«

»Ich bin ein guter Zuhörer.«

Das weiß ich. Schon seit unserer ersten gemeinsamen Nacht. Genau dieses Talent macht dich so gefährlich. Du bringst mich dazu, dass ich dir alles anvertrauen will. Ich räusperte mich zum Zeichen, dass ich nun beginnen würde.

»Als Farbe wäre ich rot wie die Rosen
und lasse dein Blut mal kribbeln, mal tosen.
Oft bedeute ich Ärger, doch schmeck ich so lecker
wie Honig und Frühling und Kuchen vom Bäcker,
bring die Vögel zum Singen, die Sterne zum Tanzen,
bin mal kurz, mal lang, doch stets himmlisch im Ganzen.

Lass dir nur Zeit und schenk mich nicht allen,
denn so werde ich dir am besten gefallen.«

»Hmm …«, brummte er, als hätte mein Rätsel ihn überfordert. »Lass mich nachdenken …« Er rollte sich herum, stützte sich auf einen Ellbogen und schaute auf mich herab. Sternenlicht überstäubte seine Wangen. »Honig?« Er küsste meine Stirn. »Frühling?« Er küsste mein Kinn. »*Du* bringst eine gute Portion Ärger mit, Kazi aus Hellnebel.«

»Ich tue mein Bestes.«

»Anscheinend brauche ich wirklich Zeit …« Seine Hand wanderte langsam von meiner Taille über meine Rippen zu meinem Hals, bis sie meine Wange umschmeichelte. Mein Puls beschleunigte sich kribbelnd, die Sterne verschwammen. »Sehr viel Zeit … um das alles zu enträtseln.« Dann pressten sich seine Lippen warm und fordernd auf meine. Ich hoffte, dass er noch eine Ewigkeit brauchen würde, bis er auf die Lösung kam.

Wren, Synové und ich saßen auf einem Holzstapel und fächelten uns im Schatten kühle Luft zu. Nachdem wir die Bodenfläche für ein ganzes Haus geebnet hatten, gönnten wir uns eine Pause. Es war noch früher Morgen, aber bereits hochsommerlich heiß.

Ich hatte angenommen, dass Jase um diese Zeit längst fort sein würde. Außerdem war ich davon ausgegangen, dass wir drei und seine Familie ihn zurückbegleiten sollten. Aber Jase hatte sich in eine Diskussion mit Caemus verstrickt, was den Heuschober betraf, und dann mit dem Vorarbeiter Lothar, der die Handwerker überwachen sollte, und dann hatte er gesehen, wie die Steinmetze das Fundament für einen Schuppen auslegten und entschieden, dass es noch ein bisschen größer werden musste. Zum Schluss hatte er kurz innegehalten und seine Augen über das Tal und die schaukelnden Kinder an der Eiche schweifen lassen, bis sein Blick wieder auf den zukünftigen Schuppen fiel. Er wandte sich zu Mason um und sagte: »Ich glaube, sie brauchen auch noch einen Vorratskeller. Was nützt ein größerer Garten, wenn man keinen Platz hat, um die Ernte kühl zu lagern? Wenn wir uns anstrengen, brauchen wir nur ein paar Stunden, um ihn auszuheben.«

Ein Vorratskeller?

Ich konnte kaum glauben, was ich hörte.

Die Arbeit entwickelte sich zu einem Wettstreit zwischen Jase, Mason und Samuel auf der einen Seite der Grube und Aram, Gunner und Titus auf der anderen. Ein recht langsamer Wettstreit. Die Hitze machte ihnen ebenfalls zu schaffen. Sie hatten ihre Oberteile schon frühzeitig abgeworfen, und ihre Rücken glänzten vor Schweiß. Immer öfter hielten sie inne, um sich die Stirn zu wischen und kräftige Schlucke aus den Wassereimern zu nehmen, die vom Fluss herangebracht wurden. Manchmal schütteten sie sich das kühle Nass einfach über die Köpfe.

Synové war ungewöhnlich schweigsam, schaute mit großen Augen zu und vergaß fast zu blinzeln. »Ehrenwort, in meinem ganzen Leben habe ich noch nie so viel Haut mit fantastischer Tintendekoration gesehen.«

»Vermutlich sollten wir auch weiterarbeiten«, schlug ich vor.

»Zur Hölle damit«, entschied sie. »Ich bin sicher, dass wir dringend noch mehr Erholung brauchen.«

Sie musste uns beide nicht lange überreden. Keine von uns rührte sich.

Wren trank einen langen Schluck. »Von hier sieht es aus, als würde ein Schwarm hübscher, muskulöser Vögel mit den Flügeln schlagen, um gleich loszufliegen.«

Die Tätowierungen waren alle verschieden – auf der Brust, den Schultern, dem Rücken oder den Armen –, aber sie enthielten immer Teile des Ballengerwappens, sodass vor unseren Augen ein Dutzend Adlerschwingen durch die Luft wirbelten. Ich starrte auf Jase' Schulter und war von der Zeichnung genauso fasziniert wie beim ersten Mal, als ich sie gesehen hatte. Synové hatte recht, es war eine fantastische Dekoration, ein echtes Kunstwerk, das ich mit Vergnügen noch länger betrachtete.

Jase schaute auf und bemerkte meinen Blick. Er lächelte, und Flammen schossen durch meinen Unterleib. »Schon halbwegs fertig«, rief er mir zu.

Halbwegs.

Das war ein gutes Wort dafür, wie ich mich fühlte. Auf halbem Weg zwischen zwei Welten, während ich versuchte mir eine Geschichte zusammenzufantasieren, die zu beiden passte. Nachdem der Vorratskeller gegraben war, machte Jase mit dem Heuschober weiter, dann nahm er sich das Wasserrad und den Schleusenkanal vor, der vom Fluss dorthin führen sollte. Ein Tag verging, ein weiterer folgte. Vier Tage, vier Nächte. Das Tal war erfüllt mit dem lebendigen Klang von Hämmern, Klopfen und Sägen. Gunner kehrte nach Torsfeste zurück. Titus ebenfalls. Aram und Drake folgten. Schließlich gab es Geschäfte, um die sich die Familie kümmern musste. Aber Jase blieb. Er schenkte mir das Morgen, das er sich eigentlich nicht leisten konnte und das ich ihm nie hatte versprechen können.

Ich begann, mich zu fragen, ob ich mich in allem geirrt hatte. Darüber, wie die Ballengers über Höllenrachen herrschten, über ihren historischen Platz zwischen den anderen Königreichen und ihr Recht, das Land zu regieren. Die Arbeit, die sie hier leisteten, wirkte nicht wie der widerwillige Preis, den sie für unser Abkommen zahlten. Es fühlte sich weitaus wichtiger an. Wie ein

Wunschhalm auf einer verbrannten Fußsohle, wie leise Worte unter einem mitternächtlichen Mond, um mich in den Schlaf zu wiegen.

Wir beide standen zusammen in der Schlange, die sich vor dem Wagen des Kochs gebildet hatte, und warteten auf unser Essen. Jase befand sich so dicht hinter mir, dass seine Hüften meine streiften und mich ständig an ihn erinnerten. Plötzlich hatte ich Appetit auf etwas ganz anderes als Braten.

»Zehn?«

Ein ungläubiges Flüstern.

Meine Schultern versteiften sich. Die Stimme kam von hinten, aber ich wagte es nicht, mich umzudrehen. Damit hätte ich mich nur verraten. Doch die Frage wurde wiederholt, lauter und drängender.

»Zehn?«

Ein Mädchen umging die Schlange und baute sich vor mir auf. »Tut mir leid, aber du bist doch Zehn, oder? Ich versuche schon seit dem ersten Tag, mich zu erinnern, woher ich dich kenne. Jetzt ist es mir eingefallen. Meine Familie war erst ein Jahr in der Stadt, als …«

Ich schüttelte den Kopf. »Ich muss dich enttäuschen. Du verwechselst mich mit jemandem.«

»Aber …«

»Ich heiße Kazi«, sagte ich fest. *»Bogeve ya.«* Geh weg.

Ihr Blick huschte zu Jase und dann schnell zu Boden, als hätte sie ihren Fehler begriffen. »Natürlich. Tut mir leid. Ich wollte dich nicht belästigen.«

»Du hast mich nicht belästigt.«

»Zehn?«, fragte Jase, als sie davonging. »Was soll denn das für ein Name sein?«

Ich zuckte mit den Schultern. »Soweit ich weiß, stammt er aus dem Hochland. Eine Kurzform von Zehnaschta.«

»Ich bin überrascht, dass sie nicht längst weiß, wie du heißt.«

»Im Moment gibt es viele neue Namen zu lernen. Wahrscheinlich ist sie durcheinandergekommen.«

Ich war dankbar, dass Jase' Aufmerksamkeit wieder auf das Essen gelenkt wurde, weil der Koch gerade ein Stück Wildbret für uns abschnitt. Plötzlich hatte ich gar nichts mehr dagegen, dass wir morgen früh endgültig nach Torsfeste zurückreiten würden. Denn kurz vor der Abenddämmerung war Aleksi mit einer Nachricht herangaloppiert gekommen, die unsere Rückkehr beschleunigte. Sie stammte von Gunner. *Komm nach Hause. Wir haben einen Brief aus Venda erhalten. Die Königin ist auf dem Weg.*

Kapitel 33

Jase

Mije schnaubte. Die Zöpfe, die ihm Jalaine in die Mähne geflochten hatte, waren von Kazi ausgestriegelt worden, was ihm deutlich besser stand. Da waren der Rappe und ich wohl gleicher Meinung. Er war ein herrliches Tier, muskulös und doch anmutig, mit glänzendem schwarzem Fell. Die Vendaner verstanden etwas von Pferdezucht. Kazi striegelte ihn fertig und warf ihm die Satteldecke über den hohen Widerrist. Ich hob den Sattel hoch.

»Das kann ich schon machen«, sagte Kazi und griff danach. Sie war ruhelos und gereizt. Die ungesagten Worte zwischen uns brodelten dichter an der Oberfläche als zuvor, wahrscheinlich weil wir nach Torsfeste zurückkehrten.

Ich ließ nicht locker. »Bitte, lass mich helfen, Kazi. Außerdem glaube ich, dein Pferd mag mich.«

Sie verdrehte die Augen. »Das liegt daran, dass du ihm Leckereien gibst. Bilde dir bloß nicht ein, ich hätte nichts davon gemerkt.«

Ich zuckte mit den Schultern und hob Mije den Sattel auf den Rücken. »Nur ein paar Erbsen.«

»Und Pastinaken.«

Mije, der Verräter, knuffte mit der Schnauze auffordernd meinen Arm.

»Siehst du? Er ist ganz verwöhnt.« Sie klopfte ihm die Flanke. »Und er setzt in der Mitte schon Fett an.«

Tat er nicht, und außerdem wusste ich, dass sie ihm die Leckereien gönnte. Sie griff nach unten und rückte den Sattelgurt zurecht. »Wir drei werden euch schnell einholen«, sagte sie.

»Unsere Pferde kommen bestimmt nur langsam vom Fleck«, sagte ich und rieb Mije den Hals. »Lass dir Zeit.«

Sie bemerkte die Stelle, an der ich mir heute Morgen in den Daumen geschnitten hatte. »Was ist passiert?«

Das ging bloß die Götter und mich etwas an. Einen Bluteid konnte man nicht nur im Tempel schwören, sondern auch auf einer Wiese. »Nichts«, erwiderte ich. »Nur ein Kratzer.« Ich wandte mich wieder dem Wagen zu, den ich fahren würde, und überprüfte noch einmal die Zugstange und danach das Zaumzeug meiner Pferde.

Mason, Samuel und ich brachten jeweils ein Pferdegespann zurück zur Arena. Tiago würde uns zur Sicherheit begleiten. Die lang gezogenen Holzfällerwagen, mit denen wir die Vorräte herbeigeschafft hatten, eigneten sich besonders gut für schwere Lasten, aber sie wurden nun wieder für ihren eigentlichen Zweck gebraucht. Die Transportflächen waren leer bis auf ein paar Felsbrocken, die verhindern sollten, dass die Wagen zu sehr federten. Die Arbeiter, von denen sie hergefahren worden waren, würden im Tal bleiben und weiter beim Errichten der Siedlung helfen.

Ich hatte vorgehabt, nicht länger als eine Nacht hier zu sein. Zu Hause wartete eine Menge Arbeit auf mich, aber dann waren jeden Morgen neue Wagen mit Baumaterial aufgetaucht … und brachten Nachricht, dass es in der Festung und der Arena keine Probleme gab. Gunner hatte alles unter Kontrolle. Wir waren beim Bau der Siedlung gerade so gut in Schwung, da schien es mir wichtig weiterzumachen. Die Umzäunungen der Viehweiden waren fertig, und für den Heuschober hatten wir nur einen Tag gebraucht. Aber nun waren für einige Zeit hauptsächlich die

Steinmetze und Maurer an der Reihe. Sie mussten die Wände des Vorratskellers auskleiden, die Herdstellen fertig bauen und für Fundamente sorgen, bevor die Häuser errichtet werden konnten. Vielleicht hatte ich auch noch andere Gründe zu bleiben. Hier draußen war zwischen Kazi und mir alles anders. Ein Teil von mir wollte nie wieder zurück.

Kazi schnallte die Satteltasche fest und drehte sich zu mir um. »Ich habe mich gefragt, was der König wohl anstellen wird, wenn er erfährt, dass du die Vendaner einfach umgesiedelt hast?«

»Er wird es nie erfahren, und falls doch, kann es ihm egal sein. Die Gegend hier oben bedeutet ihm überhaupt nichts. Soweit es ihn betrifft, ist ein Stück Land so gut wie das andere.«

»Bist du sicher, Jase? Kann es nicht sein, dass er den ersten Platz bewusst ausgewählt hat, um euch zu reizen? In Sichtweite des Grabmals …?«

»Darüber kann er nicht Bescheid wissen. Für ihn und alle anderen ist das nur ein Haufen Steine. Außerdem war er nie in der Gegend. Als der Siedlungsplatz ausgesucht wurde, hat er Kundschafter hergeschickt.«

»Was ist mit den Steuergeldern, die ihr zurückhaltet? Könnte er darüber verärgert sein?«

»Wir behalten nur die Hälfte, und wer, glaubst du, bezahlt die Vögte, Patrouillen und Lehrer? Wer repariert die Wasserzisternen und Baumwege? Eine Stadt am Laufen zu halten, ist nicht billig. Der König hatte von den Steuergeldern nie auch nur eine einzige Münze für Höllenrachen übrig, bevor wir angefangen haben, unseren Anteil zurückzuhalten. Ja, die Ballengers haben einen großen Fehler begangen, als sie die Stadt für eine Runde Getränke verscherbelt haben. Das heißt nicht, dass die Bürger dafür bezahlen sollten. Was wir einbehalten, reicht nicht einmal, um die Ausgaben zu decken. Das weiß er genau. Den Rest zahlen wir aus eigener Tasche. Also macht er ein gutes Geschäft … Und selbst diese Witzfigur von König ist nicht dumm genug, daran zu rütteln.«

Sie nickte, auch wenn sie nicht ganz überzeugt wirkte. Doch dann wurde sie von den Kindern abgelenkt, die unter der Eiche spielten. Wir hatten ein neues Seil aufgehängt, weil das alte schon ganz abgenutzt war.

»Caemus sagt, ihr wollt einen Lehrer herschicken. Das können sich die Siedler nicht leisten, Jase. Sie haben ja kaum …«

»Du hast eine Wiedergutmachung mit Zinsen gefordert. Das sind die Zinsen. Der Lehrer wird von uns finanziert. Vielleicht hat Kerry bei meinem nächsten Besuch dann andere Interessen, als mir die Kniescheiben einzuschlagen.«

»Bei deinem nächsten Besuch?«

»Ja, wenn wir zurückkommen, um uns die fertige Siedlung anzusehen. Vielleicht ist das sogar schon nächste Woche. Die Arbeit kommt schnell voran.«

»Also hast du entschieden, es doch nicht weiter hinauszuzögern?«

»Ich will keine Spielchen mit dir spielen, Kazi. Du kennst meine Gefühle und weißt, was ich will. Aber manchmal bekommen wir nun einmal nicht, was wir uns wünschen.«

»Was wird zwischen uns passieren, wenn wir zurück in Torsfeste sind?«

»Ich schätze, sobald die Siedlung fertig gebaut ist und die Königin abreist, liegt die Entscheidung ganz bei dir.«

Der Pfad war breit, und wir fuhren in einer auseinandergezogenen Kette, um uns nicht gegenseitig in Staub zu hüllen. Ganz allein auf dem Kutschbock hatte ich Zeit, über die Siedlung nachzudenken. Mir ging etwas nicht aus dem Kopf, was ich letzte Nacht beobachtet hatte. Es war schon spät, und ich durchquerte den Eichenwald, um mich mit Kazi zu treffen. Dabei versuchte ich, möglichst leise zu sein. Mondlicht fiel durch die Äste, und ich entdeckte Mason, der sich vornübergebeugt an einen Baumstamm lehnte. Zuerst dachte ich, ihm sei schlecht. Ich hörte ein Stöhnen. Dann sah ich, dass sich etwas zwischen ihm und dem Baum befand.

Synové.

Sie hatte mich entdeckt und winkte mich stumm weiter. Ihr Handwedeln sah eher aus wie ein barsches: *Los, zieh Leine!*

Und das tat ich, so schnell und lautlos ich konnte.

Mason und Synové? Nach all seinen lautstarken Protesten?

Entweder hatte er schließlich vor ihren Annäherungsversuchen kapituliert oder er war schon die ganze Zeit ihrem Charme erlegen und hatte es mir gegenüber bloß nicht zugeben wollen. Immerhin war er es gewesen, der mich davor gewarnt hatte, Kazi zu vertrauen. Ich fragte mich, ob er jetzt noch genauso darüber dachte.

Wir kamen nur langsam voran, und während die Pferde dahinzockelten, erstellte ich in Gedanken eine Liste mit allem, was die Siedler sonst noch brauchen konnten. *Schafe*, dachte ich. *Wir sollten ihnen auch ein paar Schafe schicken*. Eine der Frauen hatte gesagt, dass sie früher in Venda oft Wolle gesponnen hatte. Was sie davon nicht selbst brauchten, konnten sie verkaufen. Garn war immer gefragt. Außerdem brauchten sie mehr Laternen. Öl. Papier. Schreibgeräte.

Obstbäume.

Früchte würden in dem Tal sicher gut wachsen. Die Idee kam von Kerry.

Ich hatte jeden Tag zusammen mit ihm gearbeitet, Löcher gegraben, den Schleusenkanal befestigt oder ihm gezeigt, wie man die Schneide einer Axt schärfte. Er bemühte sich nach Kräften, die ganze Zeit über nicht zu lächeln. Nur als er eines Tages Kazi vorübergehen sah, bahnte sich ein Grinsen den Weg. Ich musste also annehmen, dass ich in ihm einen Konkurrenten hatte.

»Wieso das freundliche Gesicht?«, fragte ich.

»Weil ich sie lieber mag als dich.«

Das konnte ich ihm nicht einmal verübeln. »Aus einem bestimmten Grund?«, wollte ich wissen.

»Sie hat uns heimlich Apfelsinen in den Beutel gesteckt. Wir haben das erst gemerkt, als wir zu Hause waren.«

Da hatte ich mich umgedreht und Kazi gesehen, wie sie einer Vendanerin half, einen Wasserbottich zu heben. Ich dachte an das erste Mal zurück, als sie mir ins Auge gefallen war.

Ich habe die Apfelsinen bezahlt. Du und dein Schlägertrupp wart nur zu betrunken und selbstverliebt, um weiter als bis zu euren Säufernasen zu schauen.

Vielleicht hatte sie wirklich dafür bezahlt. Oder auch nicht. Denn es stimmte, ich war damals zu wirr im Kopf gewesen, um mit Sicherheit sagen zu können, was ich gesehen hatte. Aber ich hatte nie aufgehört, mich zu fragen, wo die Apfelsinen abgeblieben waren.

Das Tal eignete sich bestimmt auch gut für Apfelsinenbäume.

Denn wenn der Drache zuschlägt,
Geschieht es ohne Gnade,
Und seine Zähne versenkt er
Mit hungriger Freude.

Vendas Lied

Kapitel 34

Kazi

»Nun beeil dich schon, Synové!«

Sie war immer noch dabei, sich das Gesicht und die Haare im Fluss abzuschrubben. Es hatte einen unglücklichen Zwischenfall mit Pferdeäpfeln gegeben. Genauer gesagt war sie gestolpert und mit dem Gesicht voran in einen großen warmen Haufen gefallen. Ihre spitzen Schreie hatte man durch das ganze Lager gehört. Auch wenn sie uns leidtat, waren Wren und ich zum Aufbruch bereit, und ein ungeschriebenes Gesetz der Rahtan lautete, immer pünktlich zu sein. Ausnahmslos. Eben und Natiya hatten uns jedes Mal teuer bezahlen lassen, wenn wir uns zum militärischen Drill verspäteten. Eigentlich war geplant gewesen, dass wir im Morgengrauen zusammen mit den anderen aufbrechen sollten. Ich kam mir wie Griz vor, wenn er ungeduldig mit den Füßen scharrte.

»Das nächste Mal solltest du hinschauen, wohin du gehst, anstatt Kunstwerke zu bewundern«, sagte Wren. Wir wussten nicht mit Sicherheit, was Synové abgelenkt hatte – sie weigerte sich, darüber zu sprechen, aber wir konnte es uns gut vorstellen.

Synové kam aus dem Fluss gestampft, nur in tropfendes Wasser und eine Zorneswolke gehüllt, ansonsten war sie nackt. Sie war weit darüber hinaus, sich um Zuschauer zu scheren, die vielleicht ihre Kurven bewunderten. Unwirsch warf sie sich die Kleidung über, wobei der Stoff an ihrer nassen Haut klebte, und konzentrierte sich dann darauf, ihr langes Haar zu bürsten und zu einem festen Zopf zu flechten. Dabei untersuchte sie jede einzelne Strähne, ob wirklich keine Spur von Pferdedung mehr daran klebte.

Als wir uns endlich auf den Weg machten, betrug der Abstand zu Jase und den anderen mehr als eine halbe Stunde. Beim Reiten unterhielten wir uns über den überraschenden Fortschritt beim Aufbau der Siedlung.

»Caemus hat mir erzählt, dass Jase einen Lehrer schicken will«, sagte Wren. »Er hat ihm sogar schon das nötige Geld gegeben. Einen großen Beutel voller Goldmünzen, aber an einigen klebte Blut. Also hat Caemus sich gefragt …«

Synové rümpfte die Nase. »Blut?«

»Jase hat sich heute Morgen in den Finger geschnitten«, sagte ich. »Vielleicht hat er immer noch geblutet, als er die Münzen gezählt hat.«

Die Ballengers hatten vieles getan, was uns überraschte, doch von ihren großzügigen Gesten – dem Vorratskeller, den zusätzlichen Häusern und Materialien – war der Lehrer für uns besonders verwunderlich. Wir selbst hatten erst spät Unterricht bekommen, nämlich als wir ins Sanctum gebracht wurden. Da waren wir elf. Vorher konnte keine von uns ein Wort lesen. Das galt für die meisten Vendaner. In den sechs Jahren unserer Ausbildung war uns dann beigebracht worden, gleich zwei Sprachen zu lesen und zu schreiben: Vendanisch und Morrighesisch. Das war uns nicht leichtgefallen. Wir hatten mindestens so viel Zeit mit Stiften und Büchern verbracht wie mit dem Schwert. Manchmal hatten wir dagegen rebelliert. Pauline und der Königliche Gelehrte verlangten uns viel ab, doch schließlich hatte die Königin persönlich bestimmt, dass man ohne diese Kenntnisse keine Rahtan werden konnte … und wir alle waren entschlossen, in ihre Ehrengarde zu kommen. Ich hatte mich mit dem Lernen besonders herumschlagen müssen, und meine Frustration war oft gewaltsam übergekocht. Ich verstand nicht, wozu das alles gut sein sollte, auch wenn ich die Stille und die vertrackte Welt der Worte schließlich schätzen lernte. Wie sinnvoll unsere Studien gewesen waren, wurde mir erst richtig klar, als ich den Brief an die Königin formulierte und Gunners vorgefertigte Worte unauffällig verfälschte, sodass sie eine ganz andere Botschaft nach Venda sandten: Nehmt diese Einladung nicht an!

Ich weiß, dass Ihr in letzter Zeit viel auf Reisen wart.

Die Königin hatte die Stadt seit Monaten nicht verlassen. In ihrem Zustand *konnte* sie gar nicht reisen und wusste, dass ich bestimmt keinen Besuch von ihr erwartete.

Bringt goldenen Thannis als Dankgeschenk mit.

Das traditionelle Geschenk war der bittere Purpurthannis. Wenn die Pflanze golden aussah, schmeckte sie süß, war aber tödlich. Ein daraus hergestelltes Gift hatte ihren Vater fast umgebracht.

Unsere Gastgeber verdienen eine solche Ehre.

Womit ich noch einmal betonte, dass man den Ballengers nicht trauen konnte.

Wir selbst wohnen in der Festung und nehmen die vielen Eindrücke auf, die ihre Gastfreundschaft uns bietet.

Wir haben Torsfeste erfolgreich unterwandert und begonnen, die Festung zu durchsuchen.

Eure stets getreue Dienerin Kazi aus Hellnebel

Die Königin rief mich grundsätzlich nur bei meinem vollen Namen: Kazimyrah. Die Unterschrift *Kazi* würde bei ihr genug Alarmglocken läuten lassen, um Tote zu wecken.

Also wusste ich genau, dass die Königin nicht herkommen

würde. Der Brief, den sie zurückgeschickt hatte, musste ebenfalls versteckte Botschaften enthalten, die für mich bestimmt waren. Gunner dagegen sah bloß die Worte, die er sehen sollte.

»Schau, da vorne«, sagte Wren. »Anscheinend haben wir sie schneller eingeholt, als wir dachten.«

In der Ferne erhob sich eine Staubwolke hinter einem Wagen.

»Vielleicht kann ich Mason überreden, mir eines Tages beizubringen, wie man ein Pferdegespann führt«, überlegte Synové laut. »Falls wir jemals zurückkommen.«

Wren schüttelte den Kopf. »Erstens: Dazu müsstest du Mason überzeugen, überhaupt mit dir zu sprechen. Zweitens: Ich bezweifle sehr, dass sie sich über unsere Rückkehr freuen würden.«

Synové zuckte mit den Schultern. »Wer weiß. Kazi hat das ganze Gelände durchsucht und bisher keinen Hinweis auf Wachhauptmann Illarion gefunden. Vielleicht versteckt er sich gar nicht mehr hier. Dann können wir uns ganz freundschaftlich verabschieden.«

Freundschaftlich? Synové entwarf ein Bild der Zukunft, das ich noch gar nicht in Betracht gezogen hatte.

»Möglich, dass der Feigling sich längst aus dem Staub gemacht hat«, stimmte Wren zu. »Er ist schließlich auch vom Schlachtfeld geflohen. Danach ist er immer wieder abgehauen. Sich unauffällig zu verdrücken, ist seine Spezialität.«

Was natürlich stimmte. In gewisser Weise war Illarion ein Feigling, andererseits hatte er keine Angst davor, in großem Maßstab zu töten. Ich sah Wren die Besorgnis an, als sie auf einem Winkel ihrer Lippe kaute. Der Gedanke belastete uns alle. Wo auch immer der Wachhauptmann steckte, er blieb auf jeden Fall eine Gefahr. Es fühlte sich an, als wäre man mit einer entflohenen Giftschlange in einem dunklen Raum eingesperrt. Jeder

Schritt konnte tödlich sein. Der Hinweis, den die Königin erhalten hatte, schien wenigstens ein bisschen Licht darauf zu werfen, in welcher Ecke die Gefahr lauerte.

Synové stieß einen dramatischen Seufzer aus und klimperte mit den Wimpern. »Falls er doch in Torsfeste auftaucht, können wir wenigstens unsere Monsterjagd beenden … und der arme Mason wird lernen müssen, ohne mich zu leben.«

Wren gluckste. »Du meinst, so wie Eben?«

Synové warf ihr einen finsteren Blick zu, dann schaute sie mich fragend an. »Was ist mir dir, Kazi? Wird es dir schwerfallen zu gehen?«

Mir war schon klar gewesen, dass sie irgendwann in diese Richtung nachbohren würde. »Teilweise«, gab ich zu und versuchte, mich um das Thema herumzuschleichen. Ich hatte die törichte Hoffnung, dass sie auf weitere Nachfragen verzichten würde. »Ich bin ganz verliebt in jede Ecke von Höllenrachen. So eine Stadt habe ich noch nie gesehen. Die Tembris und Baumwege sind wirklich …«

»Du weißt genau, wovon ich rede«, unterbrach mich Synové. »Nämlich die andere Attraktion, in die du verliebt bist.«

Ich schwieg einen langen Moment. »Nein«, erwiderte ich dann. »Es wird mir nicht schwerfallen zu gehen.« Schließlich hatte ich von Anfang an keine Alternative gehabt.

Ich beobachtete die Wagenreihe vor uns, die zu beiden Seiten dichten Staub aufwirbelte, als etwas anderes meinen Blick auf sich zog. »Was ist das? Da ganz hinten?« Mein Magen zog sich erschrocken zusammen.

»Reiter«, bestätigte Wren.

Eine große Anzahl – und mein Instinkt sagte mir, dass sie keine freundlichen Absichten hatten.

»Sie belauern die Wagen«, sagte Synové.

»Wie ein Rudel Wölfe«, fügte Wren hinzu.

Ich brauchte Mije nicht erst anzufeuern. Ein leichter Kniestoß und die Gewichtsverlagerung, als ich mich in den Steigbügeln erhob, reichten schon aus, um ihn in einen fliegenden Galopp zu versetzen. Wir verschmolzen zu einem sturmschwarzen Wind, der über die Landschaft fegte.

Meine Gedanken rasten im gleichen Tempo dahin, und irgendwo in meinem Kopf hörte ich Worte, die zu verzweifelt klangen, um meine eigenen zu sein. *Ja, ich will ein Morgen mit dir, Jase. Mehr als das, ich will ein ganzes Leben.*

Kapitel 35

Jase

»Seht ihr das?«, rief ich und trieb mein Pferdegespann näher an Samuels heran. Tiago saß neben ihm.

Samuel nickte. »Ich habe sie schon eine Weile im Auge.«

Genau wie ich. Sie waren recht weit entfernt, ritten aber die ganze Zeit parallel neben uns her, seit sie vor einer Viertelmeile hinter einer Baumgruppe aufgetaucht waren. Wir befanden uns auf einem wenig befahrenen Pfad und hatten nicht erwartet, hier anderen Menschen zu begegnen. Mason war ein gutes Stück voraus und außer Hörweite. Die Reiter bewegten sich absichtlich nicht in seine Blickrichtung. Ich war sicher, dass er sie bisher nicht bemerkt hatte, sonst wäre er langsamer gefahren, um sich mit uns zusammenzuschließen.

»Ich zähle zehn«, sagte Samuel.

»Elf«, verbesserte Tiago.

Ihre genaue Zahl zu bestimmen, war nicht einfach. Sie ritten weit entfernt und hielten sich eng zusammen. Aber es spielte auch keine Rolle. Auf jeden Fall waren es zu viele, um ohne Vorratskarren auf Reisen zu gehen, und eine Viehherde trieben sie auch nicht. Dementsprechend hatten sie hier draußen nichts zu suchen, und ich beobachtete misstrauisch, was für einen dichten Klüngel sie bildeten. Als würden sie beratschlagen. Pläne schmieden.

Also Wegelagerer.

Ich holte tief Luft, steckte mir zwei Finger zwischen die Lippen und stieß einen schrillen Pfiff aus, um Mason aufmerksam zu machen. Er hörte mich nicht. Der Wind blies in die falsche Richtung und trieb das Geräusch zu uns zurück.

»Sie werden zuerst ihn angreifen!«, rief ich Samuel zu. Das schwächste Glied absondern und erlegen. Danach den Rest der Herde attackieren. Wir befanden uns zwar näher bei Mason als sie, aber Zugpferde mit Wagen waren natürlich langsamer als einzelne Reiter. »Rechts von Mason einschwenken«, befahl ich. »Bereit?«

»Los!«, rief Samuel zurück.

»Hüh!« Wir ließen die Zügel schnappen. *»Hüh!«* Doch sobald unsere Gespanne losrasten, taten die Reiter das Gleiche und steuerten direkt auf Mason zu.

»Hüh!«, schrie ich wieder und wieder. Die Hufe unserer Gespanne dröhnten über die Ebene, die Wagen hüpften und schlingerten, die schweren Felsbrocken auf den Transportflächen fielen hinunter. Samuel brüllte ebenfalls aus vollem Hals. Aber wir hatten Gegenwind, und bei dem Lärm von Masons eigenem Wagengespann hörte er uns immer noch nicht. Selbst wenn er sich jetzt umgedreht und uns entdeckt hätte, wäre er ein Mann gegen zehn gewesen. Oder elf.

Und dann flog ein schwarzer Schatten an meiner Seite vorbei. Ich zog meinen Dolch, doch da war er schon zu einem verwischten Fleck irgendwo vor mir geworden. Zwei weitere Schatten folgten, und zuerst rechnete ich mit einem Hinterhalt von allen Seiten – bis ich Kazi, Wren und Synové erkannte. Sie rasten auf die Angreifer zu, um sie von Mason abzulenken. Als sie sich den Banditen näherten, spaltete sich die Gruppe, und ungefähr die Hälfte nahm uns ins Visier.

Wir trieben unsere Wagen weiter zu donnerndem Galopp an,

und innerhalb von Sekunden warfen sich die Angreifer auf uns. Zwei ritten von vorne auf mich zu, einer kam von hinten. Er sprang auf den Wagen und wollte mich vom Kutschbock holen. Ich hatte keine andere Wahl, als die Zügel fallen zu lassen und mein Schwert zu ziehen. Schnell sprang ich hinten auf das Fuhrwerk, mit einer Klinge in jeder Hand, während der Wagen weiterraste. Wir wurden hin und her geworfen, als die Räder über Spurrinnen pflügten, und konnten die Waffen kaum gezielt einsetzen. Trotzdem traf Stahl auf Stahl, und die Schneiden unserer Klingen schlitterten aneinander entlang. Das Klirren vermischte sich mit dem übrigen Lärm und Geschrei um uns herum. Seine Schwertstreiche waren kraftvoll und geübt. Mein Gegner war gut ausgebildet und entschlossen, mich um jeden Preis niederzuringen.

Ich erhaschte Blicke auf Samuel und Tiago, die ebenfalls kämpften. Sie waren umzingelt und schienen von der Übermacht an Reitern regelrecht überrannt zu werden. Ein Stoß der Räder schleuderte mich auf die Knie, und dann erzitterte der ganze Wagen, als ein weiterer Angreifer aufsprang. Nun war ich zwischen zwei Gegnern gefangen. Ich wirbelte herum und parierte ihre Schläge, bis ein dritter sich näherte. Gegen drei Männer auf einmal hatte ich keine Chance. Ich warf mich nach vorne, um den ersten Banditen aus der Balance zu bringen, gleichzeitig schwang ich die andere Hand nach vorne und stieß meinen Dolch in einen Oberschenkel. Mit einem Schrei fiel der Mann vom fahrenden Wagen. Sofort wirbelte ich wieder herum, um mich den restlichen Gegnern zuzuwenden. Der dritte befand sich inzwischen oben auf dem Kutschbock und versuchte, die scheuenden Pferde zum Halten zu bringen.

Der zweite Mann sprang vorwärts, bevor ich wieder sicher auf den Füßen stand. Ich konnte ihm das Schwert aus der Hand schlagen, aber er nutzte seinen Schwung, um mich nach hinten zu werfen und sein Knie in meine Rippen zu rammen. Mein Kopf hing über die Seite des Wagens, gefährlich nah an dem sich drehenden Rad. Staub wirbelte mir in die Augen, unsere Armmuskeln spannten sich bebend und rüttelnd, während er versuchte, seinen Dolch in Richtung meiner Brust zu pressen. Die Messerspitze ritzte wieder und wieder meine Haut, wann immer der Wagen auf dem Gelände holperte. Mir tränten die Augen von den Staubwolken, sodass ich kaum sehen konnte. Trotzdem erkannte ich verschwommen einen weiteren Mann, der hinter uns auftauchte, und dann noch einen Schemen …

Ich blinzelte, um klarere Sicht zu haben. Die Gestalt war Kazi. Als sie auf den Wagen sprang, drehte sich der Mann um und griff sie an. Ihre Schwerter klirrten zusammen, doch er war fast doppelt so groß wie sie, sodass sie von seinem Gewicht zurückgeworfen wurde. Ich riss mein Bein nach oben, damit er hoffentlich ins Stolpern kam und ich Kazi beistehen konnte. Stattdessen geriet er zwar ins Taumeln, doch ich wurde mit ihm von der Rückseite des Wagens geschleudert, und wir rollten in den Dreck. Als ich endlich zum Stoppen kam, entdeckte ich seinen Dolch zwischen uns auf dem Boden. Wir warfen uns gleichzeitig darauf. Da er näher war, erwischte er die Waffe als Erster, aber dafür lag er ausgestreckt auf dem Bauch und ich nicht. Er rollte sich herum, doch meine Faust sauste bereits auf ihn zu und schlug ihn bewusstlos. Dann prügelte ich wieder und wieder auf ihn ein, bis sein Gesicht zerschmettert und nur noch eine blutige Masse war. Der Dolch in seiner Hand half ihm jetzt auch nicht mehr. Ich nahm ihm die Waffe ab und rannte auf eines der herrenlosen Pferde zu.

Der Wagen war währenddessen weitergerast und weit voraus. Selbst vom Pferd aus konnte ich weder Kazi noch den übrig gebliebenen Angreifer darauf erkennen. Ich galoppierte dem Wagen hinterher und erhaschte im Vorbeireiten verschwommene Blicke auf die anderen. Wren kämpfte an Samuels Seite, ihre *Ziethes* blitzten, Blut spritzte aus dem Hals eines Angreifers, Tiago und Samuel attackierten die anderen Männer. Weiter vorne umkreisten Reiter den Wagen von Mason, während Synové einen Pfeilhagel auf sie losließ. Ich sah, wie erst ein Reiter und dann ein zweiter stürzten, während Mason sich einen dritten vornahm. Mein eigener Wagen war schließlich auch in Sichtweite gekommen. Er stand still und die Pferde tänzelten nervös, aber weder Kazi noch der Angreifer befanden sich darauf. Ich rieb mir die Augen, da sie immer noch vom Staub tränten. Meine Lungen brannten, und dann stockte mir der Atem schmerzhaft, als ich Kazi auf dem Boden sah. Sie war regelrecht unter dem Angreifer begraben. Ich sprang vom Pferd, den Dolch fest mit der Faust umklammert, und sandte ein Stoßgebet zu den Göttern, dass ich nicht zu spät kam. Unzählige Bittgebete schienen mir in panischen Sekunden gleichzeitig durch den Kopf zu schießen: *Nicht sie, bitte, nur nicht sie!* Ich hob die Klinge, um dem Mann die Kehle durchzuschneiden, da hörte ich Kazis Stimme: »Er ist schon tot. Hol ihn von mir runter.«

Ich fiel auf die Knie und stieß den Leichnam beiseite. Kazi war blutüberströmt und meine Finger tasteten wie von selbst nach Wunden.

»Sein Blut. Nicht meins.« Ich sah das Messer, das sie umklammert hielt. Sie rang keuchend nach Luft und konnte kaum sprechen. Ihre Lungen waren so leer gepumpt wie meine. Ich presste meine Lippen auf ihre Haut, ihre Stirn, ihre Wange, während erstickte Geräusche aus meiner Kehle drangen. »Mit dir ist alles gut?«

Sie nickte. »Die anderen?«

»Haben gewonnen. Wir haben sie alle erwischt.«

Insgesamt waren es zwölf. Kazi und Wren hatten jeweils zwei getötet, Synové sogar drei. Mason, Samuel, Tiago und ich hatten die übrigen fünf erledigt. Wir waren alle von Kopf bis Fuß mit Blut besudelt und hatten überall Schrammen, Kratzer und blaue Flecken, aber nur Samuel hatte eine ernsthafte Verletzung davongetragen, nämlich einen tiefen Schnitt in der Handfläche. Wenn wir nach Hause kamen, musste die Wunde genäht werden. Im Moment wurde sie von Wren versorgt, die Samuels Hemd als Bandage benutzte. Ein Wurfmesser hatte Synové am Kopf gestreift, und obwohl der Schnitt nicht sehr tief war, blutete er doch stark, sodass sie einen Verband brauchte. Kazi riss den Rest von Samuels Hemd in Streifen. Mein eigenes hatte einen Blutfleck genau über dem Herzen, wo der Dolch des Angreifers mich geritzt hatte. Ich musste an die Warnung der Seherin denken. *Schütze dein Herz*, Patrei. *Ich sehe einen Dolch, der nur darauf wartet, es herauszuschneiden.*

Das wäre ihm fast gelungen.

Während Mason und ich tote Körper auf einen der Wagen luden, schauten wir uns an und konnte es kaum glauben. Etwas Vergleichbares hatten wir noch nie gesehen. Unsere Gegner waren uns durch den Überraschungsangriff und ihre Zahl überlegen gewesen, aber wir hatten Rahtan auf unserer Seite gehabt.

»Ohne die drei wäre ich jetzt tot«, stellte Mason fest.

»Das gilt vermutlich für uns alle. Ich wette, jetzt bist du froh, dass du Synové ihre Waffen zurückgegeben hast. Du hattest übrigens recht. Sie könnte wirklich den Schatten einer Fliege treffen.«

Er warf einen Seitenblick auf Synové, die sich einen Stofffetzen an den Kopf presste. »Aber sie muss noch lernen, sich zu ducken.«

Dann erzählte er mir, dass Kazi einen Mann getötet hatte, der ihm gerade mit einer Streitaxt den Schädel spalten wollte. »Was ihr an Körpergröße fehlt, macht sie durch Geschwindigkeit wieder wett. Sie ist unglaublich schnell.«

Das hatte ich schon am eigenen Leib erfahren, als ich ihr zum ersten Mal begegnet war.

Alle drei waren wie der Wind ins Tal gejagt gekommen, ohne Rücksicht auf Verluste, und hatten sich wie wütende Dämonen auf die Männer gestürzt. Ich hatte gewusst, dass Rahtan gut ausgebildete, disziplinierte Soldaten waren, aber erst im Nachhinein, in Anbetracht der Leichen, wurde mir klar, wie ungewöhnlich ihre Fähigkeiten waren.

Ob ich jemanden getötet habe?

Erst zwei. Ich versuche, es zu vermeiden, wenn möglich.

Jetzt war die Zahl auf vier gewachsen. Das Töten hatte sich heute nicht umgehen lassen. Die Angreifer waren keine bunt zusammengewürfelte Gruppe von Wegelagerern gewesen, wie ich anfangs gedacht hatte. Sie waren eine Kämpfertruppe mit einer klaren Mission. Wir hatten bereits ihre Pferde zusammengetrieben und die Satteltaschen nach Hinweisen durchsucht, um herauszufinden, wer sie waren. Alles darin war verdächtig unpersönlich. Selbst die Satteldecken ließen nicht erkennen, woher sie stammten.

Kazi kam zu uns herüber. Die Blutergüsse an ihrem Hals begannen, sich dunkel zu verfärben. Der letzte Angreifer hatte sie gewürgt, bevor sie ihn erstechen konnte. Sie nahm sich einen

Wasserbeutel, um ihn zu Samuel zu bringen, dessen Wunde von Wren weiter gesäubert wurde. »Du solltest besser deine Augen ausspülen«, riet sie mir. »Sie sind immer noch ganz rot.«

»Mache ich. Sobald ich hier fertig bin.«

Sie blieb stehen und betrachtete die Leichen, die wir stapelten. »Warum sollten diese Kerle denn leere Wagen überfallen? Da ist doch nichts zu holen.«

»Manchmal sind leere Wagen das beste Ziel überhaupt«, antwortete Mason. »Sie sind auf dem Weg zu einem Markt, um mit Waren beladen zu werden, also müssen die Händler fette Geldbörsen dabei haben.«

Als sie zu Samuel und Wren zurückging, sprach Tiago aus, was wir alle dachten. »Oder sie hatten den Auftrag, eine weitere Karawane zu überfallen, um dem Ruf der Ballengers zu schaden.«

Gut möglich.

Während wir die Leichen aufluden, nahmen wir uns die Zeit, jedes Gesicht genau anzuschauen. Vielleicht erkannten wir jemanden, der für die Bündnisführer arbeitete. Es gab noch eine dritte Erklärung für den Angriff. Entweder waren wir zufällig Banditen zum Opfer gefallen oder der Überfall sollte Karawanen abschrecken … oder jemand hatte ganz gezielt den *Patrei* und seine Brüder töten wollen.

Egal wie das Motiv aussah, wir mussten die Leichen verschwinden lassen und in eine Schlucht werfen. Wir wollten nicht, dass andere Händler, die diesen Weg nahmen, das Blutbad sahen. Sonst würde sich die Neuigkeit in der Arena verbreiten wie ein Flächenbrand. Natürlich wollten Händler vor allem Profit machen, aber genau wie dem Botschafter von Candora war ihnen ihr Leben wichtiger, und sie würden nicht riskieren, ins Zentrum eines Machtkampfes zu geraten.

Mason schüttelte den Kopf. »Etwas an ihnen kommt mir seltsam vor«, meinte er. »Ich weiß bloß nicht genau …«

»Sie sind rasiert und frisch gewaschen«, sagte ich. »Ihre Kleidung stinkt nicht. Diese Leute haben nicht tagelang am Handelspfad darauf gelauert, ob Beute vorbeikommt. Sie sind speziell aus diesem Grund hergekommen. Was bedeutet, sie wussten, dass wir hier sein würden.«

Aber woher? Und wer hatte sie geschickt?

Wir ließen den Wagen ein Stück nach vorne fahren, um den letzten Toten aufzusammeln, nämlich den Mann, den ich von Kazi heruntergeschoben hatte. Er lag mit dem Gesicht nach unten. Mason und Tiago packten ihn und warfen ihn auf den Wagen. Die Leiche rollte herum und der Kopf knickte zur Seite. Die Augen standen immer noch offen.

Wir drei erkannten ihn sofort.

Tiago stieß ein Zischen zwischen den Zähnen aus.

»Verdammt noch mal«, fluchte Mason.

Der Tote war niemand anderes als Verrtig … Jalaines Verehrer.

Wir warfen die Leiche von Verrtig als erste in die Schlucht. Sie verschwand in dem felsigen Abgrund. Niemand würde sie je entdecken. Ich befahl Mason und Tiago, den anderen nicht zu erzählen, was wir entdeckt hatten. Nicht einmal Samuel.

Soweit wir wussten, arbeitete Verrtig für keinen der Bündnisführer. Er war ein Pferdeknecht und bei einem Stall der Arena angestellt. Tiago sagte, dass Verrtig eine Schwäche für den Spieltisch und das Würfeln hatte. Vielleicht hatte jemand das ausgenutzt und ihn dafür bezahlt, dass er sich umhorchte. Hatte er sich nur deshalb die ganze Zeit für Jalaine interessiert? Sie verwaltete alle Angelegenheiten der Arena und war normalerweise diskret, aber eine bessere Informationsquelle als meine Schwester ließ sich kaum finden.

Wir setzten die Puzzleteile zusammen. Anscheinend hatte Jalaine mit dem Antwortbrief der Königin geprahlt und erwähnt, dass Gunner uns nach Hause zurückgerufen hatte.

Daher wussten Verrtig und seine Kumpanen, dass wir hier durchkommen würden.

Jalaine hatte es ihm verraten.

Seltsamerweise mischte sich in meinen Zorn auch ein Gefühl von Erleichterung und gewann fast die Oberhand. Ich hatte gewusst, dass es Verschwörer gab, aber nun hatten wir wenigstens einen konkreten Anhaltspunkt. Und gewöhnlich führte ein Hinweis zum nächsten. Wer Dreck am Stecken hatte, hinterließ Spuren. Wir mussten ihnen nur folgen.

Kapitel 36

Kazi

Diesmal ist es so weit, dachte ich.

Diesmal werde ich sterben.

Ich hatte meinen Dolch verloren, als wir gemeinsam vom Wagen taumelten.

Sein Gewicht hatte mich fast erdrückt, seine Hände schlossen sich wie Stahlklammern um meinen Hals. Meine Fingernägel kratzten vergeblich über seine Haut, sein Gesicht, seine Arme. Alle Geräusche verschwammen. Mir ging die Luft aus, die Ränder der Welt zerfaserten und verschwanden ins Nichts, meine Finger vollführten einen letzten verzweifelten Tanz.

Ich sah den Tod hinter ihm stehen und grinsen.

Du bist als Nächste dran.

Meine Finger suchten nach einem schwachen Punkt.

Wünsch dir etwas, Kazi.

Keine Luft.

Einen Wunsch für morgen, einen für den Tag danach und den Tag danach.

Kein Atem.

Du wirst sehen, einer geht immer in Erfüllung.

Und dann stieß meine Hand gegen etwas Hartes. Seinen Dolch. Er hatte seinen Dolch immer noch in der Scheide stecken.

Nun saß ich auf dem Kutschbock neben Jase, der den Arm um mich gelegt hatte, und alles schien so einfach, richtig und himmlisch friedlich. Meine Kleidung war immer noch blutdurchtränkt, und Jase' zerschrammte Fingerknöchel waren geschwollen. Mije hatten wir hinten angebunden, und er folgte dem Wagen. Die Pferde der Verschwörer waren ebenfalls angebunden. Ich saß an Jase gelehnt und ließ zu, dass mir immer wieder die Augen zufielen. Manchmal träumte ich. Manchmal spürte ich seine Lippen über meine Stirn streichen.

Morgen.

Ein Wunsch für den Tag danach und den Tag danach.

Die Geister gehen nie ganz fort. Sie rufen dich in überraschenden Momenten.

Wenn du an das Morgen und Übermorgen glaubst, hat die Magie vielleicht genug Zeit, tatsächlich wahr zu werden.

Früher hatte ich mich manchmal gefragt, ob mein Leben nur ein Traum war. Ein Albtraum. Vielleicht hatte es meine Mutter nie gegeben. Vielleicht war ich selbst nie etwas anderes gewesen als ein halb verhungerter Schatten in den Straßen von Venda. Ihr Gesicht verblasste, ihre Berührungen verblassten, genau wie man einen Traum nicht festhalten kann. Nur die Stimme meiner Mutter blieb so klar, als hätte sie mich nie verlassen. Die Erinnerung war bittersüß und meine Rettung. Auch wenn meine Mutter sich selbst nicht hatte retten können.

Du wirst überall Magie finden, Chiadrah.

Ich schmiegte mich näher an Jase.

Vielleicht hatte ich das schon.

Vielleicht gab es wirklich ein Morgen.

Der Gedanke kam mir nicht mehr so gefährlich vor.

Das Haupthaus explodierte fast vor Aktivität. Wir hatten die Stadt umgangen und den Weg durch Greysons Tunnel genommen, denn der Anblick unserer Verletzungen und der bluttriefenden Kleidung hätte Panik ausgelöst. Stattdessen hatte sich die Nachricht wie ein Lauffeuer durch den Tunnel verbreitet, und als wir die Eingangsstufen des Haupthauses erreichten, stand Vairlyn bereits dort und schrie Befehle in alle Richtungen. *Bringt die Heilerin her! Holt Gunner und Jalaine nach Hause! Wir brauchen mehr Verbände aus dem Vorratsraum! Bringt alles Nötige zum Speisesaal! Holt Eiskübel aus dem Kühlkeller!* Sie marschierte nacheinander zu Tiago, Samuel und Wren, um die Wunden in Augenschein zu nehmen, und drehte ihre Köpfe am Kinn nach rechts und links. *Gut, jetzt ab nach drinnen! In den Speisesaal!* Als Nächstes versuchte Synové ihrem mütterlichen Griff zu entkommen, aber alles Zucken half nichts, während Vairlyn ihren blutigen, bandagierten Kopf untersuchte. Weitere Befehle folgten. *Badewasser in die Wannen! Bereitet Gästezimmer vor!* Es war offensichtlich, dass Vairlyn schon oft in dieser Situation gewesen war. Wahrscheinlich zu oft.

Am Fuße der Treppe zog Jase mich noch einmal beiseite, bevor seine Mutter sich auch auf uns stürzen konnte.

Seine Finger tasteten sanft über den Bluterguss an meinem Hals, und er schüttelte den Kopf. »Ich will ja nicht sagen, dass du lieber weggeblieben wärest … ohne dich und die anderen …«

»Du kannst dir den Dank sparen, Jase Ballenger. Ich habe dir aus reinem Egoismus geholfen.«

Seine Brauen hoben sich. »Ach ja?«

»Du schuldest mir immer noch ein Rätsel. Ein *gutes*.«

Er lächelte. »Ich halte immer mein Wort, Kazi aus Hellnebel. Du bekommst dein Rätsel.« Er beugte sich vor, um mich zu küssen, aber da schob ihn plötzlich eine Hand beiseite.

»Für so etwas ist später Zeit«, sagte Vairlyn und musterte meinen Hals. »Lieber Himmel. Ich hoffe doch sehr, dass die Bestie tot ist, die dich an der Gurgel hatte.« Sie tastete vorsichtig die Schwellungen ab. »Eis wird helfen. Ab nach drinnen!«

Bei Jase warf sie zuerst einen Blick auf die zerschnittene Wange, dann nahm sie seine Hand und prüfte die Köchel. »Gebrochen.«

Jase zog die Hand fort. »Sind sie nicht.«

»Ich erkenne doch wohl einen Bruch, wenn ich ihn sehe. Geh mit den anderen in den Speisesaal.«

»Nicht jetzt«, sagte Jase fest, und sein Tonfall veränderte sich von einer Sekunde zur nächsten. »Zuerst muss ich mit Jalaine reden. Schick sie ins Arbeitszimmer, sobald sie zu Hause ist.«

Vairlyn verlangsamte ihre Bewegungen und musterte ihn. Ein wortloses Gespräch schien zwischen den beiden stattzufinden, dann nickte sie. »Komm in den Speisesaal, wenn du fertig bist.« Erst da verstand ich. Sie sprach nicht länger mit ihrem Sohn. Sondern mit dem *Patrei*.

Der Speisesaal war erfüllt von medizinischen Geräuschen: Stoffbandagen wurden zurechtgeschnitten, Lappen mit heißem Wasser ausgewrungen, die Patienten stöhnten und zuckten, als Schnitte, Schürfungen und Wunden gereinigt wurden. Obwohl Tiago bullig wie ein Stier war, klagte er am lautesten, während Vairlyn ihm mit einer Pinzette einzelne Holzsplitter aus dem Arm zog. Sein Gejaule erinnerte an eine streunende Katze.

Am anderen Ende der langen Speisetafel tupfte Oleez eine Tinktur auf Wrens Ellbogen, der blutig aufgeschürft war, weil sie sich auf dem Boden abgerollt hatte. Danach reinigte und untersuchte die Dienerin meinen Hals. Sie gab mir einen Eisbeutel, den ich auf die Schwellungen drücken sollte. Während Priya etwas unsanft einen Balsam auf Masons aufgeplatzte Lippe tupfte, schaute er zu, wie Synové sich unter den Händen der Heilerin wand, die ihre Kopfwunde untersuchte. Die Verletzung hatte aufgehört zu bluten, aber ihre Haare waren nun eine verklebte Masse. Die Heilerin gab ihr eine Salbe und einen neuen Verband, den sie anlegen sollte, nachdem sie gebadet hatte. Dann erlaubte sie uns zu gehen.

Während wir den Raum verließen, warf Wren noch einen Blick auf Samuel. Sein Arm war so angespannt, dass die Muskeln und Adern hervortraten, und er hielt die Augen fest zugedrückt, als die Heilerin anfing, seine Handfläche zu nähen. Er gab keinen Ton von sich, aber man konnte an der Bewegung seiner Brust sehen, wie sorgfältig er seine Atemzüge kontrollierte. »Er wird eine Narbe zurückbehalten«, meinte Wren. »Dann bin ich nicht mehr die Einzige, die ihn von Aram unterscheiden kann.«

Wir beeilten uns, in unsere Zimmer zu kommen, wo ein Bad und frische Kleidung auf uns warteten. Als wir sie fast erreicht hatten, kam uns eine atemlose Dienerin nachgestürzt. Sie hielt uns einen Teller entgegen, der mit einer zarten Serviette abgedeckt war. »Von der neuen Köchin«, sagte das Mädchen. »Sie wollte gerne, dass ihr es bekommt.«

Ich nahm ihr den Teller ab, und schon war sie wieder davongeeilt, denn die Dienerschaft des Hauses hatte durch die Extraarbeit mehr als gewöhnlich zu tun. Schon bevor ich die Stoffbedeckung abnahm, umhüllte uns ein köstlicher Duft. Salbei. Drei kleine Kuchen lagen in der Mitte des Tellers beieinander. Dazwischen steckte ein Zettel.

Der Patrei *hat mir gesagt, wie sehr ihr Salbeikuchen liebt. Ich habe noch andere Spezialitäten der Vagabunden vorbereitet. Vielleicht möchtet ihr in die Küche kommen, um sie zu probieren? Ich werde den ganzen Abend dort sein, denn die übliche Köchin ist plötzlich krank geworden. Wenn ihr mögt, kann ich euch sogar etwas Thannistee anbieten.*

»Thannis?«, quiekte Synové.

»Bei allen Dämonen«, flüsterte Wren, »glaubt ihr ...« Aber sie wagte nicht, den Gedanken laut zu vollenden.

Sofort drehten wir um und marschierten die Treppe hinunter. Wir knabberten an unseren Kuchen, nickten Dienern und *Straza* zu, aber niemand machte sich länger Gedanken, wohin wir gingen. Wir hatten schließlich Seite an Seite mit dem *Patrei* und seinen Brüdern gekämpft. Wir waren verwundet und bandagiert, unsere fleckige Kleidung trug die Beweisspuren des Kampfes. Somit waren wir über jeden Verdacht erhaben.

Als wir um eine Ecke bogen, strömten uns weitere wunderbare Düfte entgegen. Vagabundenküche. Tante Dolise war sicherlich eine exzellente Köchin, aber diese Gerüche waren altvertraut: Knoblauch, Dill, Rosmarin, Thymian und natürlich Salbei.

»Auf dem Weg zur Köchin?«, fragte eine Dienerin, die mit einem Tellerstapel durch die Schwingtür kam. »Sie war sicher, dass ihr auftauchen würdet. Die Leckereien stehen schon auf dem Tisch. Sie und ihr Mann sind drinnen.«

Wir waren möglichst beiläufig hierherspaziert, aber jetzt quetschten wir uns alle auf einmal durch die Tür und kamen stolpernd in der Mitte des Raums zum Stehen. Die Köchin wandte sich von einem dampfenden Topf auf dem Herd ab, sah uns mit strengem Gesicht an und stützte die Hände in die Hüften. Ihr Partner kam aus dem Vorratsraum, und die Köchin machte eine Handbewegung zur Tür. Er schob sie einen kleinen Spalt auf. »Niemand zu sehen.«

Ich erwartete keine überschwängliche Umarmung von ihr.

Erst recht nicht von ihm. Stattdessen verbarg sie ihre Gefühle hinter einer steinernen Miene, scheiterte jedoch kläglich. Ich sah die Erleichterung, die in Natiyas Augen schimmerte. Vielleicht sogar in denen von Eben.

»Köche?«, fragte ich ungläubig. »Ihr habt es als *Köche* in die Festung geschafft?«

»Zweifelst du etwa an meinen Talenten?« Natiya wischte sich die Hände an ihrer Schürze ab. »Ich habe schließlich immer noch Vagabundenblut, und da gehört Kochen einfach dazu. Aber ich glaube, wir sind nur durchs Tor gelassen worden, weil der *Patrei* ausgerechnet *dir* eine Freude machen wollte. Es ging um Salbeikuchen?« Sie hob vielsagend eine Braue. »Das solltest du mir erklären.«

Ich fasste kurz zusammen, wie wir mehrere Tage zusammengekettet verbracht hatten und was danach passiert war. Sie hörte stumm zu, aber ihre Augen funkelten amüsiert, als ich zu der Stelle kam, als ich die Ballengers erpresst hatte.

»Gut gemacht«, sagte sie. »Was ist mit unserer Rattenjagd? Irgendwelche Spuren von ihm?«

Ich schüttelte den Kopf. »Inzwischen habe ich alles abgesucht, bis auf die Ställe und ein paar Schuppen. Nichts.«

»Wir haben bisher nur das Innere der Küche zu sehen bekommen«, murmelte Eben.

»Die Ballengers sind ein misstrauischer Haufen«, erklärte Natiya. »Jeder unserer Schritte wird überwacht.«

»Andererseits können wir uns auch nicht in Luft auflösen wie das berüchtigte Schattenmädchen«, fügte Eben hinzu, der immer noch an der Tür Wache hielt.

Wobei mir dieses Talent bisher wenig genützt hatte. Aus den geheimen Ecken von Torsfeste war ich ebenfalls mit leeren Händen gekommen.

»Er muss irgendwo stecken. Was ist mit der Arena?«, fragte Natiya. »Habt ihr dort schon gesucht?«

Nach allem, was Jase mir erzählt hatte, wimmelte es in der Arena von Leuten. Ein unwahrscheinlicher Ort, um sich zu verbergen. Aber es konnte zumindest nicht schaden, dort nachzusehen. »Jase will morgen zur Arena reiten. Ich werde fragen, ob ich ihn begleiten kann, und …«

»Da kommt jemand!«, flüsterte Eben.

Natiya zeigte zum Tresen, wo wir uns alle hastig eine der Köstlichkeiten schnappten, die auf den Tellern bereitlagen. Als die Dienerin wieder durch die Tür kam, plauderten wir begeistert über das Essen. Das Mädchen holte ein paar Zinnkrüge aus einem Schrank.

»Himmlisch!«, schwärmte Synové. »Probier das hier, Kazi.«

»Köstlich!«

»Wunderbar!«

»Kann ich noch eins haben?«

Natiya setzte ein breites Lächeln auf, aber sobald die Dienerin gegangen war, verschwand es, und wir wandten uns wieder weniger kulinarischen Themen zu.

»Und wie habt ihr euch …«, sie wies mit einem Handwedeln auf unsere blutige Kleidung, »*das hier* eingehandelt? Keine bleibenden Schäden, hoffe ich?«, setzte sie hinzu und lugte unter Synovés Verband.

»Uns geht es bestens«, antwortete ich. »In Torsfeste gibt es Probleme, die nichts mit uns zu tun haben. Da Jase gerade erst zum neuen *Patrei* geworden ist, sind wir mitten in einen Machtkampf geraten.«

»Davon habe ich gehört. Und ich habe auch gehört, dass die Ballengers einen Brief aus Venda bekommen haben. Sie glauben wirklich, dass die Königin herkommt?«

»Allerdings. Das gehörte zu unserer Abmachung … als Gegenleistung für den Neuaufbau der Siedlung, der schon in vollem Gange ist.«

»Gute Arbeit, *kadravés*«, sagte Eben zu uns allen, doch sein Blick ruhte auf mir, und er nickte. Er kannte sich mit schmerzhaften Kompromissen aus und wusste, wie schwer es war, etwas endgültig loszulassen.

»Was ist mit Dolise?«, fragte ich. »Was habt ihr beide mit ihr angestellt?«

Natiya rümpfte die Nase. »Nichts, nur eine kleine Portion Korallenkraut. Sie wird ein paar Tage in der Nähe ihres Nachttopfes verbringen.«

»Wir mussten schließlich irgendwie in die Küche des Haupthauses kommen, um mit euch zu sprechen«, fügte Eben hinzu, während er die Tür wieder einen Spalt aufschob. »Sie wird sich schon erholen.«

»Es geht nichts über einen gesunden Einlauf, hat meine Tante Reena immer gesagt«, kommentierte Natiya und hielt uns noch einen Teller mit Leckereien entgegen. »Jetzt verschwindet. Macht euch sauber. Ruht euch aus. Wir sehen uns heute Abend beim Essen.«

»Was, wenn er sich auch nicht in der Arena versteckt?«, fragte Wren.

Natiya runzelte bei diesem Gedanken die Stirn. »Wenn es sein muss, setzen wir die Suche eben anderswo fort. Bis wir ihn finden.«

Anderswo.

So hatte der Auftrag der Königin nicht gelautet. Wir sollten uns bloß Torsfeste vornehmen und dann nach Hause zurückkehren. Es war unmöglich, einen ganzen Kontinent nach einer Person abzusuchen, von der es keine Spur gab. Das wusste ich besser als die meisten. Vielleicht klammerte sich Natiya an eine trügerische Hoffnung, wenn sie entschlossen war, den Drahtzieher hinter den unzähligen Kriegstoten zu finden, bevor er noch mehr Blut vergießen konnte.

Ich nahm den Teller entgegen. »Deine Salbeikuchen sind übrigens perfekt.«

»Sogar noch besser als die von ihrer Tante Reena«, stimmte Eben zu.

Natiya grinste. »Sag das besser nicht in ihrer Gegenwart.«

Eben lächelte sie an. »Ich bin ja nicht verrückt.« Sein Blick blieb auf Natiya gerichtet, als habe er für einen Moment vergessen, dass wir anderen noch da waren.

Wir schnappten uns einen weiteren Teller mit Vagabundenköstlichkeiten, um sie in unsere Zimmer mitzunehmen, dann kehrten Eben und Natiya zu ihrer Arbeit zurück. Sie mussten ihre Tarnung als Köche aufrechterhalten und das Abendessen zubereiten. Als wir die Tür erreichten und gerade gehen wollten, drehte sich Synové noch einmal um. »Nur um sicherzugehen, dass wir eurer Geschichte nicht widersprechen: Ihr beide gebt euch als Ehepaar aus?«

Eben setzte den Topf mit Wasser ab, den er gerade gefüllt hatte, und Natiya hörte auf, Schalotten klein zu schneiden. Die Stille war lang und bedeutungsschwer.

»Nein«, erwiderte Eben. »Wir geben uns nicht dafür aus.« Und dann machte er mit seiner Arbeit weiter.

Kapitel 37

Jase

Das arbeitszimmer meines Vaters gehörte nun mir. Aber ich hatte es nicht betreten, seit er gestorben war. Der Raum war für ungestörte Privatsphäre gedacht, für Ruhe und Frieden … und Standpauken. Wenn Vater mit einem von uns allein sprechen wollte, wurden wir hierher bestellt. Zwei dick gepolsterte Ledersessel standen sich in einer dunklen Ecke gegenüber.

Nun saß Jalaine in einem davon, zitternd, aufbrausend, noch immer uneinsichtig.

Ich sprang auf die Füße. »Schau mich an, Jalaine! Ich triefe vor Blut! Und ich bin noch gut davongekommen! Samuel kann seine Hand vielleicht nie wieder benutzen!«

»Aber Jase …«

»Es reicht! Meine Entscheidung steht fest! Ich lasse dich nicht mehr in der Arena arbeiten!«

»Es war doch nur ein einziges Mal! Ein einziger Fehler …«

»Aber ein riesiger! Fast hätten sie uns alle umgebracht!«

»Wie kannst du sicher sein, dass es nicht *dein* Fehler war?«, schrie sie. »Hast du ihn wenigstens gefragt, bevor du ihn umgebracht hast?«

»Wann hätte ich das tun sollen? Als er mit seinem Schwert auf mich losgegangen ist? Oder als er Kazi würgte?«

»Ich war ja nicht die Einzige! Gunner hat auch allen erzählt, dass die Königin kommt!«

»Aber er hat nicht herumposaunt, dass er mir eine Nachricht geschickt hat, um mich nach Hause zu holen, oder welchen Pfad ich entlangreiten würde! Sie wussten genau, wann und wo sie uns abfangen konnten!«

Plötzlich kam mir ein neuer Gedanke: War vielleicht dieselbe Gruppe für den Überfall auf die Vendaner verantwortlich, der uns Ballengers anschwärzen sollte?

»Was ist mit dem Kurzhornrind? Hast du Verrtig erzählt, dass wir zu den Siedlern geritten sind und ein Rind als Bezahlung mitgenommen haben?«

Ihre Augen wurden kugelrund und dann brach sie in Schluchzen aus. »Ich wusste es nicht, Jase. Er hat mich geliebt. Das hat er mir geschworen.«

Ich konnte nur die Hände über dem Kopf zusammenschlagen. »Seit wann bist du so ein leichtgläubiges Dummchen, Jalaine?«

Sie stürzte sich auf mich, bearbeitete mich mit den Fäusten und erwischte mein Kinn mit den Fingernägeln. Ich packte sie und zog sie eng an meine Brust, bis ihre Arme an den Seiten fixiert waren. Ihr ganzer Körper bebte.

Als sie sich schließlich beruhigte, flüsterte ich: »Wusstest du, dass er gerne zum Würfelspiel ging?«

Sie nickte.

»Dann schreibst du mir jetzt eine Liste, auf der steht, mit wem er geredet hat. Und zwar jeden. Meinetwegen auch sein Pferd, falls er da gesprächig war. Ich will alle Einzelheiten wissen.«

Während sie am Schreibtisch saß und Personen auflistete, stand ich hinter ihr und schaute zu. Ihre Tränen fielen auf das Papier. Sobald sie fertig war, las ich den Zettel durch, faltete ihn und steckte ihn ein.

»Heute Abend wirst du zum Essen kommen«, befahl ich, »und kein Wort sagen. Du wirst mit uns am Tisch sitzen und dir jeden in der Familie ausgiebig anschauen. Jeden Kratzer, jede Wunde, jeden Verband. Auch die Gesichter der Menschen, die vielleicht als Nächstes in Gefahr geraten wären, wie Nash und Lydia. Denk über alles nach, was wir beinahe verloren hätten, nur weil du geplaudert hast, ohne nachzudenken.«

Wir erinnern uns nur noch an Bruchstücke des Vorher. Und sie ergeben nie ein sinnvolles Ganzes. Ich erzähle Geschichten darüber, obwohl das Vorher jetzt egal ist. Wenn die Kinder weinen, reichen diese Reste, damit sie sich beruhigen.

Es war einmal …

Gaudrels Mutter erzählte mir die Geschichten, weil meine eigene schon tot war. Manchmal hatte ich zu viel Angst, um zuzuhören. Ich wünschte, sie wäre hier. Jetzt fülle ich die Leerstellen mit meinen eigenen Worten.

Auf einem Hügel stand eine gewaltige Burg …

Die Plünderer hämmern laut gegen das Tor und verlangen, dass wir sie hereinlassen. Sie sagen, sonst werden sie uns umbringen, verstümmeln, foltern, aber wir öffnen nicht. Greyson zieht einen Hebel, und wir hören Schreie. Seine Falle aus angespitzten Spießen hat ganze Arbeit geleistet.

Ich schaue über das Tor und gebe ihm ein Signal, als die übrigen Plünderer weglaufen. Er zieht an einem weiteren Hebel, und neue Schreie ertönen. Die wenigen Überlebenden werden uns nicht wieder belästigen. Jetzt sind wir in der Überzahl.

Miandre, 16

KAPITEL 38

Kazi

Ich hockte mit angezogenen Beinen im Fenstererker von Synovés Zimmer und presste einen Eisbeutel gegen meinen Hals, wie es die Heilerin angeordnet hatte. Von hier aus hatte ich einen guten Blick auf die Gärten und die massigen Gebäude, die dahinter thronten wie schwerfällige Könige, deren Zackenkronen in einen pfirsichfarbenen Himmel ragten.

Orange getönte, hauchzarte Wolkenstreifen schwebten darüber hinweg und ließen die Festung weniger wie ein abschreckendes Kriegerdenkmal aus Stein wirken. Im Moment glich sie eher einer warmen Zuflucht. Ich war müde. Ich hatte Schmerzen. Eine Zuflucht war alles, was ich in diesem Gemäuer sehen wollte.

Die Schönheit bekam etwas geradezu Magisches, als plötzlich eine Wolke dunkler Flügelschläge über den Himmel strömte. Fledermäuse. Tausende, vielleicht Hunderttausende in einer breiten Linie, deren Form sich schlängelte und kräuselte, während alle derselben Richtung zustrebten. Das Abendlicht schillerte auf ihren Flügeln wie Feuerfunken in einem Wirbelsturm. Jase hatte mir erzählt, dass die Moroberge von Höhlen durchzogen waren. Einige sollten so groß sein, dass sie die ganze Festung hätten beherbergen können. Jetzt wusste ich, dass sie auch Fledermäusen ein Zuhause boten.

Komm und schau dir das an, wollte ich sagen. Doch Wren saß eingekuschelt auf einem Stuhl und hatte die Augen geschlossen. Ihre Finger strichen rhythmisch über den weichen Stoff des Kleides, das sie trug. Synové genoss noch immer die Wanne und staunte über das heiße Wasser, das man durch das einfache Umlegen eines Hebels bekam.

»Wie, glaubst du, funktioniert das?«, fragte sie.

Ich erzählte ihr, was ich von Oleez gehört hatte. Torsfeste hatte geheizte Zisternen auf dem Dach. Durch die Berge, die sich hinter der Festung erhoben, gab es genug Wasser und auch Wasserdruck. Synové lehnte sich vor, ließ heißes Wasser nachlaufen und stieß bei diesem Luxus gurrende Geräusche der Begeisterung aus, bevor sie sich wieder zurücklehnte.

Ich betrachtete sie und wunderte mich darüber, wie wenig sie sagte. Sie hatte die Arme hinter dem Kopf gefaltet, und ihr Zeh spielte mit einem Wassertropfen, der am Kran hing. Seltsam, dass sie Eben noch nicht erwähnt hatte. Nicht ein einziges Mal. Seine Abschiedsworte, als wir die Küche verlassen hatten, wären normalerweise für stundenlange Spekulationen gut gewesen. Erst vor ein paar Wochen hatte sie ihn angeschmachtet, und jetzt schien sie faszinierter von ihrem heißen Bad als von der überraschenden Neuigkeit: Eben und Natiya gaben sich nicht als Ehepaar aus. Sie waren tatsächlich verheiratet.

Während ich über Synové nachgrübelte, platzte stattdessen Wren mit einer unerwarteten Bemerkung in meine Gedanken. »Ich verstehe, warum Natiya den Wachhauptmann so hasst und verachtet. In gewisser Weise war er doch ein noch schlimmeres Monster als der Komizar.«

»Ach ja?« Ich persönlich konnte mir nicht vorstellen, jemanden noch tiefer zu verachten als den ehemaligen Herrscher von Venda.

»Der Komizar ist arm aufgewachsen wie wir und wusste, was

es hieß, gar nichts zu haben. Aber der Wachhauptmann … Er hatte alles: eine angesehene Stellung in Morrighan, einen Sitz im Königlichen Rat, Reichtum, Macht, und trotzdem hat ihm das nicht genügt. Und obendrein war er auch noch grausam. Als die Königin verwundet wurde …«

»Nein«, sagte Synové.

Unsere Köpfe ruckten herum. Wir waren überrascht und wussten nicht genau, was sie meinte. Sie lag immer noch in ihrer Wanne und starrte mit abwesendem Blick an die Decke. Ich war nicht einmal sicher, ob sie uns richtig zugehört hatte.

»Die Statthalter und Wachen, die uns auf dem Blackstone-Platz niedergemetzelt haben«, fuhr sie fort. »Noch verachtenswerter ist niemand.« Ihr Blick schien auf eine ferne Erinnerung gerichtet zu sein. Dann blinzelte sie, als sei sie überrascht, dass sie die Worte laut ausgesprochen hatte. Wir alle hatten entsetzliche Momente in unserer Vergangenheit erlebt, redeten aber nie darüber. Manchmal streiften wir die äußeren Ränder, heilten die Risse in unserer Fassade, halfen uns über Abgründe hinweg, doch wir berührten nie den Kern.

Sie blinzelte noch einmal und setzte ihr typisches Lächeln auf, als könnte sie damit die letzten Sekunden in unserem Gedächtnis übertünchen, dann richtete sie sich in der Wanne auf. »Also keine von euch will anfangen, über Eben und Natiya zu reden?«

Wren stolperte über ihre Worte. »Wir … Ich wusste ja nicht …«

»Es hat uns alle überrascht«, sprang ich ein.

Synové stieß spöttisch den Atem aus. »Oh, ich habe es meilenweit kommen sehen. Ihr etwa nicht? Aber jetzt kennen wir wenigstens die Antwort darauf, ob sie *es* getan haben, stimmt's?«

Vermutlich.

Wren seufzte. »Gut, dann brauchen wir das Thema nicht wieder anzuschneiden.«

Synové stand auf, stieg aus der Wanne und wickelte sich in ein Handtuch. Sie ging zum Schrank und schaute die frische Kleidung durch, die Vairlyn ihr geschickt hatte. Dabei gab sie zu jedem Stück einen Kommentar ab und überlegte laut, ob wir alle zusammen im Speisesaal essen würden, vielleicht sogar mit Mason, was es zu essen geben würde, wie seltsam die riesige Ballengerfamilie war, und ob es uns etwas ausmachen würde, wenn sie sich das letzte Ziegenkäsebällchen schnappte. Mit anderen Worten, Synové war wieder Synové.

»Vairlyn hat sich übrigens bei mir bedankt. Weil ich ihrem Sohn geholfen habe. Natürlich habe ich das richtiggestellt. Ich habe Mason nicht nur geholfen, sondern ihm den Arsch gerettet. Aber …«

»Salbe«, sagte ich und zeigte auf den Tiegel, den die Heilerin uns für Synovés Kopfwunde mitgegeben hatte.

Wren stand auf und nahm den Tiegel vom Tisch. »Ich übernehme das.«

Also lehnte ich mich wieder zurück an die Erkerwand und ließ mich von der Schönheit des Abendlichts hypnotisieren, das die Gärten zum Leuchten brachte. Ich hörte zu, wie Wren mit Synové zankte und ihr befahl, endlich stillzuhalten. Ihr Geplänkel brachte mich zum Lächeln. Ich war dankbar, dass wir alle noch am Leben waren. Und dass Jase noch am Leben war. Als ich heute auf Mije vorwärtsgestürmt war, hatte ich nur daran denken können, dass jede Sekunde zählte. Ein Wimpernschlag genügte, um alles zu verändern. Ein einziger Moment konnte dazu führen, dass ein Pfad in die Zukunft verschwand und man auf einen ganz anderen geschleudert wurde.

»Was ist denn das?«, fragte Synové und betastete die Rückseite ihres Schädels.

»Gar nichts«, antwortete Wren und schlug ihre Hand beiseite.

Nichts, außer einer kahlen Stelle. Keine von uns hatte Synové aufgeklärt, dass ein paar ihrer wunderhübschen kupferroten Locken dem Wurfmesser zum Opfer gefallen waren, als es über ihre Kopfhaut strich. Die Stelle ließ sich durch sorgfältiges Kämmen überdecken, bis die Haare nachgewachsen waren, und Wren schien das bestens im Griff zu haben.

Meine Augenlider wurden schwer, als ich den sprudelnden Springbrunnen in der Mitte des Gartens betrachtete … Aber dann störte etwas meine träumerische Ruhe. Eine hastige Bewegung, die ich aus dem Augenwinkel wahrnahm. Ich drehte den Kopf, und mein Blick erhaschte gerade noch die Gestalt eines Mannes, der die Treppe zum Dark Chalet hocheilte und nach drinnen verschwand. Hellwach setzte ich mich auf. Ich war nicht ganz sicher, was ich gerade gesehen hatte. Alles ging so schnell.

Er war breitschultrig und hochgewachsen, aber zu weit weg, um weitere Einzelheiten zu erkennen. Eigentlich war er mir nur durch seine hastigen Bewegungen aufgefallen. Die Art, wie er sich noch einmal umschaute, bevor er ins Gebäude schlüpfte, machte mich misstrauisch. Vielleicht war er nervös, weil die Wachhunde bald in die Gärten gelassen wurden. Oder aber er hatte einen ganz anderen Grund, nervös zu sein.

»Was ist denn?«, fragte Wren, die meine leichte Bewegung sofort bemerkt hatte.

»Gerade ist jemand ins Dark Chalet gegangen«, antwortete ich.

»Vielleicht ein Angestellter?«

»Kann sein. Er war breitschultrig und hochgewachsen.« Genau mit diesen Worten hatte die Königin den Wachhauptmann beschrieben.

Synové sprang vom Stuhl auf und warf einen Blick aus dem Fenster. »Welche Haarfarbe hatte er?«

»Weiß, glaube ich, aber das ließ sich nicht richtig erkennen. Das Abendlicht färbt alles orange.«

»Illarion hat schwarze Haare«, sagte sie.

Wren stellte sich zu uns ans Fenster und durchforschte das Gelände mit scharfen Augen. »Das war vor sechs Jahren. Haarfarben können sich ändern.«

Als ich die Stufen zum Dark Chalet hinaufeilte, flatterte mir das Herz in der Brust wie ein gefangener Vogel. Die Wolken am Himmel hatten sich zusammengezogen und wirkten bedrohlicher. Ich hatte nicht viel Zeit, bevor die Nacht anbrach und die Hunde losgelassen wurden. Vorsichtig lauschte ich an der Tür, bevor ich sie einen Spalt öffnete. Drinnen herrschte völlige Stille, doch ich fing einen Geruch auf. Einen markanten Duft.

Vielleicht ein Hauch von Wein? Schweiß? Oder es war doch nur die stickige Luft eines verlassenen Hauses.

Aber ich war sicher, dass diese Geruchsnote bei meinem letzten Besuch gefehlt hatte.

Ein dünner Lichtstrahl fiel durch den Vorhangspalt eines Fensters. Das bisschen Helligkeit musste mir genügen, während ich mich durchs Haus bewegte. Ich hielt mich am Rand des Holzfußbodens, damit er nicht knirschte und mich verriet. So huschte ich von einem Raum zum anderen, durch die Küche, die Speisekammer, den Salon, den Keller und die vielen Zimmer der oberen Etagen, die ich auch schon letztes Mal durchsucht hatte. Wieder waren sie leer und unverändert. Ich entdeckte niemanden.

Als Nächstes öffnete ich die Hintertür und schaute mich prüfend um. Draußen war ebenfalls alles leer. Die Landschaft war in die Stille der Abenddämmerung gehüllt. Durch Hecken und Bäume konnte ich gerade eben die Pferdeställe erkennen. War er vielleicht dorthin gegangen? Aber wozu der Umweg durchs Dark Chalet? Zu den Pferden konnte man direkter gelangen. Ich schloss die Tür wieder. Langsam wurde es spät. Ich musste mich beeilen zurückzukommen.

Doch als ich mich umdrehte, strich ein Frösteln über meine Haut. *Geh*, kribbelte eine Stimme mein Rückgrat hinauf – *Sofort* – ein Finger hob mein Kinn und wandte meinen Kopf – *Beeil dich* – und dann gab es nur noch einen chaotischen Schwall von Stimmen, Händen, Gesichtern, die durch den Flur rannten – *Schschsch, hier entlang, lauf. Bleib jetzt ganz still, Chiadrah.* Der Tod marschierte mit langen Schritten zwischen ihnen, und sein Blick fiel auf mich, doch diesmal grinste er nicht. Er weinte. Seine Arme waren so voll, dass er keinen mehr tragen konnte.

Als ich ins Haupthaus zurückkehrte, war die Tür meines Zimmers nur angelehnt. Ich öffnete sie vorsichtig und entdeckte Jase, der meinen Schrank durchsuchte, Schubladen öffnete und in ihnen herumwühlte. Er trug nur eine Hose – kein Hemd, keine Schuhe, die Haare nass vom Bad – als sei er überstürzt hergekommen, um meine Sachen zu durchkämmen.

Ich schloss die Tür fest hinter mir.

Er drehte sich erschrocken herum. »Tut mir leid. Ich habe geklopft, aber es kam keine Antwort. Als ich mich zum Essen fertig machen wollte, ist mir klar geworden, dass ich keine frischen Hemden mehr habe. Und Socken. In mein Gästezimmer hatte ich nur ein paar mitgenommen, und die stecken jetzt verdreckt in meiner Satteltasche.«

Meine Schultern entspannten sich. Er hatte *seinen* Schrank durchsucht. Nicht meinen.

Mir war kaum noch bewusst gewesen, dass ich mir Jase' Zimmer unter den Nagel gerissen hatte.

»Ich habe deine Sachen ganz nach unten gepackt«, sagte ich.

»Lass dir Zeit. Ich genieße solange die Aussicht.« Er bot wirklich einen hübschen Anblick.

Jase hob die Hand mit den bandagierten Fingern. Ein Grinsen ließ sein Gesicht aufstrahlen. »Ich bin verwundet. Vielleicht könntest du mir assistieren?«

Ich verdrehte die Augen. »Mein armes Baby. Anscheinend brauchst du deine Finger nicht, um wie eine Spinne ein Netz zu weben, das mich einfangen soll.«

»Aber eine sehr attraktive Spinne.«

»Tja, das letzte Urteil ist noch nicht gefallen.«

Ich schlenderte auf ihn zu, er zog mich in seine Arme und hauchte mir einen kaum spürbaren Kuss auf die Lippen, als habe er Angst, mir wehzutun. »Meinem Hals geht es prima«, sagte ich. »Nur ein Bluterguss, keine bleibenden Schäden. Aber deine Fingerknöchel …« Ich trat zurück und hob seine Hand, um die zwei bandagierten Finger zu studieren. »Hatte deine Mutter recht? Gebrochen?«

Er hob verlegen die Schultern, als wolle er es nicht zugeben. »Vielleicht ein bisschen angeknackst. Sagt die Heilerin.«

»Du solltest auf deine Mutter hören.«

»Das predigt sie mir auch immer.«

Ich kniete mich hin, um unten im Schrank nach einem Hemd für ihn zu suchen. »Weiß? Grau?«

»Wie steht es mit dir, Kazi?«, fragte er. »Bist du ein Mädchen, das auf seine Mutter hört?«

Ich stockte, umklammerte die Socken in meiner Hand und

knetete sie zwischen den Fingern. »Das lässt sich nicht vergleichen, Jase. Ich habe dir schon gesagt, wie unterschiedlich wir aufgewachsen sind. Sie ist Generalin und hat viele Pflichten. Wir sehen uns nicht oft.«

»Aber bestimmt macht sie sich trotzdem Sorgen um dich. Und heute …« Ich hörte ihn seufzen. Ich hörte die Schuldgefühle in seiner Stimme. »Du solltest nicht in unsere Kämpfe hineingezogen werden. Zuerst die Sklavenjäger und jetzt das. Weiß deine Mutter überhaupt, dass du hier bist?«

Ja, weiß sie es? Der Verlust drückte mir die Kehle zu. Er hatte mich heute wieder überfallen, ganz frisch, neu und brutal, an meinem Herzen gezehrt und mich daran erinnert, was ich verloren hatte. Vairlyns Betroffenheit, als sie die Würgemale an meinem Hals sah und mich ins Haus scheuchte wie eines ihrer eigenen Kinder, damit meine Verletzungen behandelt wurden … Da wurde mir wieder einmal klar, welche Momente ich mit meiner Mutter nie haben würde. So viele Chancen auf Erinnerungsbilder, die ich für immer verpasst hatte. Auch das hatte der Previzi mir gestohlen. Uns beiden waren nur sechs kurze Jahre geblieben. Die Abwesenheit meiner Mutter traf mich mit neuer, bitterer Stärke. Manchmal versteht man erst, was einem fehlt, wenn man bei anderen sieht, wie es stattdessen hätte sein können.

Ich wühlte mich durch eine weitere Schublade. »Vielleicht hellbeige?«

»Kazi …«

Ich stand auf und wandte mich ihm zu. »Hör auf. Du musst dich nicht schuldig fühlen. Meine Mutter hat mich von sehr frühem Alter an dazu erzogen, eine Kämpferin zu sein. Und offenbar bin ich gut darin. Ich hätte jetzt gerne meine Belohnung.«

Entschlossen zog ich seinen Mund zu meinem herunter und

küsste ihn, lang und hart, um eine Erinnerung zu schaffen, an der ich mich stattdessen festhalten konnte. Als er sich schließlich löste, begann ich, ihm das Hemd zuzuknöpfen. Seine Brust hob und senkte sich in tiefen, bebenden Atemzügen. »Ich schätze, bandagierte Finger haben auch ihre Vorteile.«

»Ich schätze, deine Socken kannst du dir selbst anziehen. Schließlich muss ich mich auch fertig machen.« Ich schubste ihn in den Sessel und warf ihm drei Paar zu, zwischen denen er sich entscheiden konnte. »Wie war dein Gespräch mit Jalaine?«

Er zögerte, als müsse er darüber nachdenken. »Hilfreich«, erwiderte er schließlich. »Jetzt bin ich bei allem auf dem Laufenden, was in der Arena passiert ist.«

»Gibt es da nach wenigen Tagen schon so viel nachzuholen?«

»Die Arena ist ein betriebsamer Ort. In kurzer Zeit kann sich eine Menge ereignen.«

Ich fragte, ob ich am nächsten Tag mitkommen könne, und er wirkte erfreut, warnte mich aber, dass er einen vollen Terminkalender hatte und mich ab und zu allein lassen müsste. Sein Zeitmangel kam mir gelegen. So konnte ich mich in Ruhe umschauen … um am Ende vielleicht wieder mit nichts dazustehen. Hoffte ich das vielleicht sogar? Nichts zu finden? Ich war mir nicht mehr sicher. Monatelang hatte ich mir eingebildet, dass ich bloß Wachhauptmann Illarion aufzuspüren brauchte, damit endgültig eine Tür zufiel, die zu meiner Vergangenheit führte. Oder auch viele Türen. Ich würde eine aktuelle Gefahr beseitigen und damit gleichzeitig frühere Fehler ausmerzen. Ich würde Ebens Rat befolgen und Dinge zum Guten wenden. Illarions viele Opfer würden die Gerechtigkeit bekommen, die mir selbst nicht vergönnt war.

Jase bemerkte, dass ich ihn anstarrte. »Was ist denn?«

Geheimnisse, die ich dir immer noch nicht anvertrauen kann.

Schwüre, die ich nicht brechen werde. Wahrheiten, die ich gerne mit dir teilen würde, aber nicht kann.

Was ist das hier zwischen uns? Inzwischen kannte ich die Antwort so genau und sicher wie den Farbton von Jase' braunen Augen. »Dreh dich um«, sagte ich, »damit ich mir was anderes anziehen kann.«

Sein Mund verzog sich zu einem frechen Grinsen. »Du hast wohl vergessen, dass ich dich schon oft halb nackt gesehen habe?«

In der Wildnis zusammengekettet zu sein, war eine intime Angelegenheit, und meine durchnässte dünne Bluse hatte wenig der Fantasie überlassen. »Aber eben nur *halb* nackt. Dreh dich um.«

Während er sich die Socken überzog, warf ich mir frische Kleidung über und fing an, meine Haare durchzubürsten. Dabei fragte ich beiläufig: »Werden heute noch andere Gäste beim Abendessen sein?«

»Nein, nur die Familie.«

»Was ist mit dem Besuch, der im Dark Chalet wohnt? Als ich in Synovés Zimmer war, habe ich gesehen, wie jemand ins Haus gegangen ist.«

Er zog einen Stiefel über, und ein verwirrter Ausdruck trat auf sein Gesicht. Ohne jede verdächtige Pause antwortete er: »Da gibt es keinen Besuch. Wahrscheinlich hat nur einer der Hausverwalter überprüft, ob die Fenster alle geschlossen sind. Es sieht aus, als würde ein Sturm heraufziehen.«

Ein Sturm. Das klang einleuchtend. Ich hatte selbst gesehen, wie sich die Wolken zusammenzogen. Im Haupthaus waren jetzt auch alle Fenster und Fensterläden sicher verschlossen.

»Ein Mann mit weißen Haaren«, fügte ich hinzu.

Jase stand auf und überlegte kurz. »Groß?«

Ich nickte.

»Ja, das war bestimmt Erdsaff. Guter Mann. Arbeitet schon seit Jahren für uns. Sommerstürme sind oft die schlimmsten.«

Ich musste daran denken, wie plötzlich und heftig das Wetter umgeschlagen war, als wir den Knochenkanal durchquert hatten, und genau in diesem Moment erhellte ein Blitz mein Zimmer, und ein Donnerschlag ließ die Fenster zittern … als wollte das Wetter bestätigen, dass ich nur den Hausverwalter gesehen hatte.

Jase ergriff meine Hand und wir gingen Seite an Seite durch die Flure. Der Gleichklang unserer Schritte verkündete, dass wir *zusammen* waren, ein kraftvoller Rhythmus, unaufhaltsam und schicksalhaft. Unausweichlich. Wir ließen uns Zeit, hielten an, küssten uns, als würde die Welt nicht auf uns warten, als seien die Geheimnisse zwischen uns gleichgültig, als würde das ganze Haus nur uns allein gehören, jede Mauer, jede Nische, jeder Treppenabsatz. Heute waren wir knapp dem Tod entkommen und hatten eine zweite Chance erhalten.

»Du bedeutest Ärger, Kazi«, sagte er und presste mich gegen die Wand der Eingangshalle. »Eine gute Portion Ärger. Genau die Art, die ich …« In seinen Augen brannten weitere Worte, die ihm auf der Zunge lagen, doch er schluckte sie herunter. So lautete unsere unausgesprochene Abmachung. Ich spürte seine Schenkel hart an meinen, und jeder Atemzug tobte in meiner Brust wie ein unerwarteter Sturmwind. Sein Daumen zeichnete leicht meine Unterlippe nach. »Wir könnten das Abendessen ausfallen lassen«, raunte er mit heiserer Stimme. Er hatte mich nie zu mehr gedrängt, aber ich wusste genau, was in seinem Kopf vorging. Schließlich dachte ich das Gleiche.

»Wir gehen essen, Goldjunge«, murmelte ich gegen sein Kinn. »Deine Familie wartet.«

Als wir im Speisesaal ankamen, saßen alle anderen schon an ihren Plätzen. Bis auf Tante Dolise und ihre Familie, die sichtbar fehlten.

»Wie nett, dass ihr euch auch dazugesellt«, sagte Mason.

»Fürchtet den Zorn der Götter … ihr habt das Tischgebet verpasst«, fügte Titus hinzu.

Priya schnalzte mit der Zunge. »Wenigstens kann unsere kalte Suppe nicht noch kälter werden.«

Ihre Begrüßung war spöttisch, doch dahinter verbarg sich bei allen ein Lächeln. Sie waren froh, ihren Bruder zu sehen. Und vielleicht sogar mich.

»Tut mir leid, dass wir uns verspätet haben«, sagte ich. »Uns ist die Zeit weggelaufen. Wir …«

»Kein Grund, sich zu entschuldigen«, erwiderte Vairlyn. »Schließlich hatten wir alle einen aufregenden Tag.«

An den Plätzen standen bereits volle Teller mit kalter Minzsuppe. Vairlyn und Gunner thronten am einen Ende der langen Tafel, die zwei Plätze am anderen Ende waren noch leer. Jase zog den Stuhl für mich zurück und setzte sich daneben.

»Hmm«, machte Priya leise, als sie bemerkte, wo ich platziert worden war.

Wren und Synové befanden sich in der Mitte, und ich stellte fest, dass Mason neben meiner Freundin saß. Wie hatte Synové das nun wieder in die Wege geleitet? Samuel hatte den Platz gegenüber von Wren. Seine rechte Hand war dick bandagiert, und der Arm hing in einer Schlinge. Seine Verletzung, Synovés

Kopfverband, die Schnitte und Kratzer bei Wren, Mason, Jase und mir ergaben zusammen einen recht erbärmlichen Anblick, allerdings deutlich weniger blutig als noch vor Kurzem.

»Hast du ihn gesehen?«

»Ja, hast du ihn gesehen?«

Lydia und Nash hopsten auf ihren Stühlen herum und überboten sich gegenseitig an Aufregung.

»Mach ihn auf! Lies ihn vor!«, rief Lydia.

Neben meinem Suppenteller lag der Brief der Königin. Das Siegel war bereits gebrochen worden. Ich schaute an das andere Tischende, und Gunner zuckte mit den Schultern. »Ihr wart nicht hier. Es hätte eilig sein können.«

Ich entfaltete den Brief und sah sofort, dass er auf Morrighesisch und nicht Vendanisch verfasst war. Wie erwartet wollte die Königin, dass die Ballengers ihn ohne Übersetzung verstanden. Ich las den Text laut vor, auch wenn ich davon ausging, dass die meisten am Tisch ihn schon kannten.

»An Kazi, getreue Rahtan und Dienerin der Krone.«

Wren verschluckte sich an ihrem Wasser, und ich warf ihr einen warnenden Blick zu. Die Königin schrieb normalerweise in Alltagssprache. Sie hielt nicht viel von Pomp, und die förmliche Anrede machte bereits deutlich, dass keines der folgenden Worte ernst zu nehmen war. Also hatte sie meine Botschaft bestens verstanden.

»Mit Vergnügen habe ich deinen Brief empfangen und bin der Ballengerfamilie dankbar für die warme Gastfreundschaft, mit der sie drei Mitglieder meiner Ehrengarde aufgenommen hat.«

Mit Vergnügen bedeutete, dass sie und der ganze vendanische Rat sich über meinen Text köstlich amüsiert hatten.

»Eure Entdeckungen und Enthüllungen sind in der Tat erstaunlich.«

Ich glaube kein Wort.

»Dieses wilde, ungezähmte Reich, das du beschreibst, klingt faszinierend. Ich nehme an, dass du deine Zeit klug nutzt, um alles darüber zu erfahren.«

Sie hoffte, dass ich unseren Flüchtling inzwischen aufgespürt hatte.

»Lord Falgriz …«

Diesmal musste ich ein Schnauben unterdrücken. Griz war ganz bestimmt kein Lord und hasste den scherzhaften Titel, bei dem die Königin ihn manchmal rief.

»Lord Falgriz …«, fuhr ich fort, *»eskortiert zurzeit meinen Bruder zum Palast in Merencia, wo ich mich mit ihm treffen werde.«*

Griz wartet am verabredeten Treffpunkt und bringt Truppen mit.

»Aber ich kann meinen Zeitplan verschieben und einen kurzen Abstecher nach Höllenrachen unternehmen.«

Ihre augenblicklichen Zeitpläne zu verschieben, lag allerdings nicht einmal in der Macht der Königin.

»Ich nehme die Einladung der Ballengers an und freue mich darauf, euch alle Ende des Monats wiederzusehen.«

Falls ihr Illarion bis dahin nicht gefunden habt, ist er fort. Kommt nach Hause.

»Deine treuen Dienste sind für mich und die Königreiche ein wertvolles Geschenk. Wir werden es nie vergessen.«

Sie hatte mit ihren vier Vornamen unterschrieben, die sie sonst nie benutzte.

Der ganze Brief enthielt für mich keine Überraschung, bis auf die letzte Zeile. Sie sollte mich daran erinnern, was die Königin mir zum Abschied gesagt hatte: *Ich glaube an dich.*

Rund um den Tisch erhob sich freudige Zustimmung. Da Wren, Synové und ich anwesend waren, klang alles sehr höflich, aber ich hörte doch einen scharfen, herrischen Unterton heraus. Die Ballengers waren der Meinung, dass sie eine königliche Audienz mehr als verdient hatten und der Besuch eher zu spät kam. Mir fiel allerdings auch auf, dass Jase überhaupt nichts sagte und stattdessen Jalaine im Blick behielt. Seit ihrer Ankunft hatte sie kein Wort fallen lassen. Sie saß steif an den Stuhlrücken gelehnt und hielt den Blick auf ihren Schoß gesenkt.

Ohne sie aus den Augen zu lassen, fragte Jase: »Samuel, wie geht es deiner Hand?«

Die fröhliche Atmosphäre im Raum wurde merklich gedämpft.

Samuel bemühte sich, den Löffel mit der linken Hand zu führen, und die grüne Suppe schwappte bei seinen kantigen Bewegungen über den Rand hinweg. »Ich werd's überleben«, antwortete er.

»Jalaine, schau hoch«, befahl Jase. »Sieh dich um. Möchtest du vielleicht etwas hinzufügen?«

»Jase«, sagte Priya in warnendem Tonfall.

Er warf ihr einen eisigen Blick zu, der sie zum Schweigen brachte.

Jalaine schaute von ihrem Schoß auf. Man sah, dass ihre Augenränder rot geschwollen waren. Ihr Blick wanderte einmal rund um die Speisetafel, als würde sie alle zum ersten Mal sehen, und landete wieder bei Jase. »Nein, Bruder. Kein einziges Wort.«

Verwirrte Blicke wurden um den Tisch herum gewechselt. Zu meiner Überraschung war es der bissige Ballenger, der sich als Erstes bemühte, die Stimmung wieder aufzuhellen. »Ich habe noch andere gute Nachrichten«, sagte Gunner. »Während ihr fort wart, hat ein weiteres Königreich bei uns Unterkünfte für die Arena gemietet. Cruvas wird uns in Zukunft als Handelsposten nutzen. Und die Lieferung, die wir dem Botschafter von

Candora versprochen haben? Ich habe die feste Zusage, dass sie in zwei Wochen fertig sein wird.«

Sofort hatte Gunner die volle Aufmerksamkeit von Jase. »Zwei Wochen? Das sind fantastische Neuigkeiten.« Er lehnte sich begierig vor, um das Thema weiter zu besprechen, aber dann zögerte er und ließ sich wieder zurücksinken. »Wir reden später über die Einzelheiten.«

Vairlyns Blick huschte nervös über den Tisch. »Genug mit den Geschäftsberichten«, entschied sie. »Genießen wir lieber unsere Suppe.«

Während alle zu löffeln begannen, setzte das lebhafte Geplauder wieder ein. Nash stellte Wren eine neugierige Frage nach der anderen, vor allem über ihre *Ziethes*, obwohl ich meine Freundin überredet hatte, ihre Lieblingswaffen heute Abend im Zimmer zu lassen. Einen Dolch trug sie trotzdem. Ich war überrascht zu sehen, dass Mason sich leise mit Synové unterhielt, sie nach ihrer Kopfwunde fragte und noch etwas anderes flüsterte, was ich nicht hören konnte. Priya wollte von Samuel alles über die neue Siedlung erfahren. Nur Jalaine blieb auffallend still.

»Stimmt etwas nicht mit deiner Schwester?«, flüsterte ich Jase zu.

»Erkläre ich dir später«, antwortete er, legte die Hand unter den Tisch und drückte mein Bein. Seine Miene war angespannt und wirkte, als wäre die Familientafel im Moment der letzte Ort, wo er sich befinden wollte.

Ein lautes Klirren unterbrach die Gespräche, und alle Blicke richteten sich auf Samuel. Ihm war der Löffel aus den Fingern gerutscht, und grüne Suppenspritzer verzierten den Tisch. »Tut mir leid«, sagte er. »Ich brauche wohl noch eine Weile, um Linkshänder zu werden.«

Er tupfte die grünen Kleckse mit seiner Serviette auf. Wren

schob ihren Stuhl zurück und umrundete den Tisch, bis sie bei ihm angekommen war. Auf dem Weg nahm sie sich einen Becher vom Wandregal, stellte ihn vor Samuel und schüttete die restliche Suppe aus seinem Teller hinein. »Da«, sagte sie. »Trink. Problem gelöst.« Sie kehrte an ihren Platz zurück.

Samuel lächelte und hob den Becher an die Lippen, aber Jalaine kniff bei diesem Anblick entsetzt die Augen zusammen. Sie stieß ihren Stuhl zurück und flüchtete aus dem Saal.

»Was stimmt nicht mit ihr?«, fragte Lydia.

Nash schaut Wren an. »Darf ich meine Suppe auch aus dem Becher trinken?«

»Sollte ihr nicht jemand hinterhergehen?«, fragte Aram.

»Jalaine erholt sich schon wieder«, sagte Jase bestimmt. »Sie ist bloß erschöpft. Ich habe entschieden, dass sie eine Pause braucht und erst einmal nicht in der Arena arbeitet.«

Gunner lehnte sich zurück und stöhnte. »Wieso solltest du …«

»Gunner«, sagte Jase und ließ ihn mit einem scharfen Blick mitten im Satz abbrechen. Wieder einmal stellte ich fest, wie schnell Jase sich in zwei verschiedene Personen verwandeln konnte, den Bruder und den *Patrei*. Deshalb hatte seine Miene vorhin wohl so angespannt gewirkt. Der Titel war eine Last, die ihn niederdrückte.

Seine Aufmerksamkeit wandte sich Lydia und Nash zu, und ich sah, wie sorgfältig er seine nächsten Worte abwägte. Er stand auf, ging zum Wandregal und holte zwei Becher heraus, die er vor die Kinder setzte. Dann schüttete er die Suppe aus ihren Tellern hinein, während er sagte: »Einer von der Truppe, die heute mit uns zusammengetroffen ist, war mit Jalaine befreundet.«

Priya fiel die Kinnlade herunter. Titus rückte auf seinem Stuhl nach vorne. Vairlyn presste fest die Lippen zusammen.

Alle außer Nash und Lydia wussten, dass die ganze Truppe

nach diesem »Zusammentreffen« tot auf dem Grund einer Schlucht lag.

»Wer denn?«, fragte Aram.

Jase seufzte. »Verrtig.«

Betretenes Schweigen folgte, während Lydia gleichzeitig rief: »Ich kenne Verrtig! Er ist in Jalaine verliebt!«

Sie und Nash begannen mit Begeisterung, die Suppe aus den Bechern zu schlürfen.

Jase ging um den Tisch herum und kehrte zu seinem Platz zurück. »Das ist noch nicht alles. Jalaine hat Verrtig gegenüber erwähnt, dass Gunner uns mit einer Nachricht nach Hause geholt hat. Dadurch wussten sie, wo wir zu finden waren.«

Vairlyn beugte sich vor und drückte die Finger gegen ihre Schläfen.

»Verrtig?«, wiederholte Priya, als könne sie es noch immer nicht ganz glauben.

»Warum hast du nichts gesagt, als wir noch da draußen waren?«, fragte Samuel.

»Zuerst wollte ich mehr Informationen von Jalaine bekommen.«

»Welcher war es denn?«, erkundigte ich mich.

Jase warf einen Blick auf meinen Hals, der meine Frage beantwortete.

Verrtig war der Mann, der mich erwürgen wollte … und den ich getötet hatte.

Kapitel 39

Jase

Der heutige Tag war genauso höllisch, wie mein Vater es manchmal beschrieben hatte. Ich stolperte von einem Brandherd zum nächsten. Ein Überfall. Ein Verrat. Kazi unter dem Körper eines Angreifers begraben, in einer Pfütze aus Blut. Die Erinnerung traf mich immer wieder wie ein Schlag in den Magen. Und jetzt folgten weitere Pflichten, um die ich mich kümmern musste.

Es wird Zeiten geben, in denen du nicht zum Schlafen kommst, Jase.

Zeiten, in denen dir sogar das Essen zu viel ist.

Manchmal werden sich hundert Entscheidungen vor dir auftürmen, obwohl dir schon für eine einzige die Zeit fehlt. Einige Entscheidungen werden sich anfühlen, als würde man dir die Haut von den Knochen schälen. Man wird dich dafür hassen. Du selbst wirst dich dafür hassen.

Das Amt wird dich in hundert Richtungen gleichzeitig zerren. Du wirst alles infrage stellen, was du tust, und nicht wissen, wem du noch trauen kannst. Aber bei alldem darfst du nie vergessen, dass es deine Pflicht ist, die Familie, ihre Geschichte und ihre Stadt zu beschützen. Diese Bürde ist unser Vermächtnis. Wenn das Amt des Patrei *einfach wäre, hätte ich jemand anderen dafür gewählt.*

Inzwischen verstand ich, warum mein Vater sich auf dem Totenbett so gequält hatte, als er mir seine Pflichten aufbürden musste. Der Titel war eine Ehre, aber auch eine schwere Last.

Ich platzte in die Wohnstube von Cave's End hinein, und mein geheimer Gast sprang von seinem Divan auf, um mich willkommen zu heißen. Er hatte einen vollen Weinpokal in der einen Hand und eine Flasche in der anderen.

»Was zum Teufel hast du dir dabei gedacht, Beaufort?«, fragte ich.

»Also, das ist nicht die Begrüßung, die ich erwartet hatte. Vor allem, nachdem …«

»Wir sind übereingekommen, dass du dich versteckt hältst. Eine der Rahtan, die bei uns wohnt, hat dich gesehen, als du ins Dark Chalet gegangen bist. Ich musste mir eine Geschichte ausdenken, damit sie dich für einen Hausverwalter hält.«

Beaufort fletschte die Zähne. »Warum sind sie überhaupt noch hier? Ich fühle mich wie ein Tier im Käfig! Habe ich dir nicht gesagt, du sollst sie loswerden?«

Ich musterte ihn. Schaute durch einen Türbogen auf den Rest seiner Leute, die in diesem *Käfig* herumlungerten, wie er es nannte. Sie schlemmten sich durch edle Weine, Tabak, lächerliche Mengen von Oliven aus Gitos und Fischeiern aus Gastineux, und nun wollte *er* dem *Patrei* Befehle erteilen? Ich sah bereits vor mir, wie ich den ganzen Haufen mitten in der Nacht aus dem Tor der Festung warf, neue Waffen hin oder her.

Er bemerkte seinen Fehler. »*Patrei, Patrei,* ich habe mich für einen Moment vergessen, verzeiht. Kommt doch herein. Wie wäre es mit einem Glas Wein?«

Er erklärte, dass es in Torsfeste sehr ruhig gewesen war, während sich der Großteil der Familie woanders befand, sodass er es für gefahrlos gehalten hatte, ins Raehaus zu gehen und mit Priya über weiteren Nachschub zu sprechen. Aber dann kam unsere Wagenkarawane durch Greysons Tunnel gerollt, und plötzlich war die ganze Festung in Aufruhr. Er hatte bis zur Abenddämmerung gewartet, damit sich der Trubel beruhigen und er nach Cave's End zurückkehren konnte.

Weiterer Nachschub? »Wir haben euch gerade erst eine riesige Lieferung gebracht.«

»Ich fürchte, beim Experimentieren wird immer viel verschwendet. Aber jetzt haben wir die Formel und den Herstellungsprozess perfektioniert und können mit der Produktion beginnen.«

Ich konnte nicht leugnen, dass ich froh war, diese Nachricht endlich zu hören. Wer auch immer hinter Verrtig und seiner Bande stecken mochte, würde sich bald winselnd in sein Loch verkriechen und Höllenrachen nie wieder belästigen.

»Und die Fiebermedizin?«

Er zuckte mit den Schultern. »Wir arbeiten daran.«

Die gleiche Antwort wie immer. Letzten Winter waren in Höllenrachen drei Kinder am Fieber gestorben. Drei zu viel. Beaufort hatte mir die Stapel von Notizen gezeigt, die seine Gelehrten angehäuft hatten, dazu die seltsam geformten Flaschen und Glasschalen, mit denen sie ihre Experimente durchführten, aber die ganzen Ziffern und Symbole sagten mir nichts.

»Ich will Ergebnisse sehen«, forderte ich. »Noch vor dem nächsten Winter.«

»Natürlich«, antwortete Beaufort. »Bis dahin sind wir sicher fertig.«

Er setzte den Trinkpokal ab und brüllte in den Nachbarraum: »Sarva! Kardos! Bahr! Ihr alle! Kommt gefälligst rüber, damit wir dem *Patrei* zeigen können, was sein Geld ihm eingebracht hat!« Er legte einen Arm um meine Schultern, und der Rest des zweifelhaften Haufens folgte uns, inklusive der Gelehrten Torback und Phineas. »Hier entlang«, sagte er. »Werfen wir gemeinsam einen Blick auf das fertige Produkt.«

Wir standen draußen im Schutz des Himmelshelms, wie wir den Teil der Höhlendecke nannten, die sich über das Gebäude und einen guten Teil des zugehörigen Geländes erstreckte. Aber der Wind war so stark, dass trotzdem Regen auf uns niederprasselte. Wenigstens würden Sturm und Donner alle lauten Geräusche übertönen.

»So richtig?«, fragte ich und wuchtete das Abschussrohr gegen meine Schulter, wie Kardos es mir gezeigt hatte. Er, Bahr und Sarva waren ehemalige Soldaten. Außerdem hatte Sarva früher als Schmied gearbeitet und war dafür zuständig gewesen, die Waffe nach den Entwürfen der Gelehrten herzustellen.

»Halte es eng am Körper«, warnte mich Bahr. »Die Schulterstütze hilft gegen den Rückstoß, aber alles schluckt sie nicht. Man muss das Ziel anvisieren, als würde man einen Pfeil abschießen. Halte die Waffe ruhig und zieh den Fingerhebel zurück.«

Ein lautes Krachen ertönte, und die Waffe flammte an der Mündung auf, rammte in meine Schulter und warf mich einen Schritt zurück. Aber der Lärm war nichts gegen die Explosion, als das Ziel in zweihundert Metern Entfernung getroffen wurde. Der Widerhall brachte die umliegenden Bergwände zum Zittern.

Rundherum brach Jubel aus.

»Das reicht wohl, um eure Probleme zu lösen, was?«, fragte Bahr.

»Ja«, antwortete ich, »mehr als das.« Ich konnte es gar nicht erwarten, dem Botschafter von Candora die Waffe vorzuführen und seine Reaktion zu sehen. Garantiert würde er nicht länger an der Produktionszeit herummäkeln. Niemand würde es je wieder wagen, eine Arena-Karawane anzurühren.

»Man kann vier Schüsse nacheinander abfeuern«, erklärte

Sarva. »Allerdings würde ich sagen, dass nach dem ersten nicht mehr viel übrig bleibt, worauf man zielen könnte.«

»Die Baupläne sind vollständig?«, fragte ich. »Alles ist sorgfältig dokumentiert?«

»Natürlich«, antwortete Beaufort.

»Was ist mit der Lagerung?«, fragte ich. »Kann das gefährlich werden? Wir sind hier nah an den Wohngebäuden der Familie.«

»Kein Problem«, meinte Kardos. »Solange du keine Geschosse in den Küchenofen schmeißt.« Sie alle lachten, als würden sie einen Schuljungen belehren, sich nicht die Finger zu verbrennen.

»Über solchen Kleinkram musst du dir nicht den Kopf zerbrechen«, sagte Sarva. »Das erklären wir dir alles genau, wenn wir unsere erste große Lieferung fertig haben.«

Ich lächelte, als würde das Zauberwort *große Lieferung* genügen, damit ich zufrieden abzog. »In zwei Wochen?«

Beaufort nickte. »Genau.«

»Gut«, sagte ich und drehte die Waffe in den Händen, um sie noch einmal zu inspizieren. »Dann behalte ich die hier schon mal.« Ich schob mir den Trageriemen über die Schulter.

»Moment mal«, sagte Sarva in Befehlston. »Das kannst du nicht einfach mitnehmen.« Er hielt mir die Hand entgegen, damit ich die Waffe zurückgab.

Ich starrte ihn an. Obwohl ich diese Reaktion schon fast erwartet hatte, war ich trotzdem überrascht. »Wieso nicht, Sarva? Die Waffe gehört mir, falls du dich erinnerst. Ich habe dafür bezahlt. Seit fast einem vollen Jahr. Und wie mir gerade bestätigt wurde, habt ihr die Baupläne, um mehr herzustellen.«

Er und Kardos wechselten einen Blick und wirkten unsicher, wie sie reagieren sollten.

Beaufort trat lächelnd vor und stieß ein gezwungenes kleines Lachen aus, um die Spannung zu lösen. »Ja, natürlich, aber …«

»Dann gibt es ja kein Problem. Ich will einige Leute aus den Holzfällerlagern anlernen, damit sie auch als Eskorte für die Karawanen arbeiten können. Im Winter haben sie sonst wenig zu tun.« Ich streckte die Hand aus und packte den Stapel Geschosse vom Tisch in eine große Umhängetasche. »Die nehme ich auch gleich mit.«

Sarva stand der Mund offen, als würde er gerne noch eine Menge mehr sagen, als ich mich abwandte. Ich wollte gerade gehen, da kam Handelsmeister Zane aus den Wohnräumen in den Eingangsflur geschlendert. Er kaute an einem Hühnerbein. Offenbar war er so überrascht, mich zu sehen, wie umgekehrt. »Was tust du denn hier?«, fragte ich. »Für eine Lieferung ist es doch wohl zu spät.«

Er stieß frustriert die Luft aus und schüttelte den Kopf. »Ganz meine Meinung. Ich bin hier hochgekommen, um ein Paket zu bringen.« Er verdrehte die Augen. »Noch mehr Wein und Oliven. Dann ging der Sturm los, und jetzt sitze ich hier fest.«

»Wir können dich in Riverbend beherbergen, wenn dir das lieber ist.«

»Nicht nötig. Ich habe meine Sachen schon hier verstaut, und der Sturm ist morgen früh hoffentlich vorbei.« Er musterte die Waffe, die ich geschultert hatte. »Willst du die mitnehmen?«

»Allerdings.«

Er zuckte mit den Achseln. »Soll ich sie irgendwo für dich abliefern? Da ich zufällig gerade hier bin? Ich könnte …« Er hob die Hand, um mir die Waffe abzunehmen.

»Nein«, sagte ich und marschierte davon. »Ich komme schon zurecht.«

Meine Hand lag an der Tür, wie schon vor wenigen Tagen, während ich stumm mit mir rang, ob ich klopfen sollte. Ich war nass bis auf die Haut, und aus meinen Haaren tropfte Regenwasser auf den Fußboden. *Kazi.* Ich verstand immer noch nicht genau, wie das alles zugegangen war. Wenn wir zwei allein waren und uns die Welt nicht über die Schulter schaute, fühlte es sich so leicht an. Dann wollte ich nichts anderes, als bei ihr sein, sie in den Armen halten, ihre Stimme und ihr Lachen hören. *Du kennst noch nicht mal die Hälfte meiner Tricks.* Ich wollte sie alle kennenlernen. Auch wenn Kazi mir kein Morgen versprechen mochte, wusste ich doch, dass sie sich genauso danach sehnte wie ich. Aber jetzt war es spät, vermutlich nicht mehr die richtige Zeit für …

Die Tür schwang auf, als habe Kazi gespürt, dass ich davorstand.

»Schau dich nur an! Du bist ja tropfnass!«, rief sie und zog mich an der Hand nach drinnen. »Als Erstes brauchst du ein trockenes Hemd und …«

»Ich brauche nur dich, Kazi. Sonst nichts.«

Kapitel 40

Kazi

Der weg glänzte feucht, und schmale Rinnsale zogen darauf ihre Bahnen. Das ganze Wasser vom Gewitter der letzten Nacht musste erst noch von den Berghängen abfließen. Ein strahlend blauer Himmel blinzelte mir aus Pfützen und Spurrillen zu. Scharen von vorwitzigen Braunhähern keckerten aus den Ästen, als wir vorüberritten.

Auf der Rückseite von Torsfeste war alles grün und voller massiger Bäume. Mannshohe Flechten in verschiedenen Farben zierten die uralten Ruinen, die unseren Weg säumten wie bunt gekleidete Zuschauer. In diesem Teil der Welt wuchs anscheinend alles zu überdimensionaler Größe.

Wir nahmen den hinteren Pfad, den Jase erwähnt hatte, um zur Arena zu gelangen. Priya, Titus, Gunner und mehrere *Straza* begleiteten uns.

Jase wirkte heute mehr wie er selbst. Sein Blick war fokussiert und schon mit der Arbeit beschäftigt, die vor ihm lag. Letzte Nacht, als er zu mir gekommen war, hatte ich eine andere Seite von ihm gesehen. Er hielt mich so fest, dass ich selbst bis auf die Haut nass wurde. *Ich brauche nur dich, Kazi.* Dabei hatte er nach dem Familienessen gesagt, dass er nur schnell ein paar geschäftliche Angelegenheiten erledigen musste.

»Geschäftliche Angelegenheiten im Sturzregen?«, hatte ich zweifelnd gefragt. Der Sturm wütete über uns, und die Fenster ratterten bei jedem Donnerschlag so laut, dass ich schon fürchtete, sie könnten bersten. Seine Antwort lautete, dass er eine Besprechung in Greysons Tunnel gehabt hatte und erst bei der Rückkehr in den Regenguss geraten war. Ich wollte ihn nach Jalaine fragen. Mir war klar, dass sie auch zu seinen geschäftlichen Angelegenheiten gehörte. Aber er wirkte so ausgebrannt, dass ich nichts sagte.

Wir hatten uns trockene Kleidung angezogen und uns auf einen dicken Fellteppich vor das Kaminfeuer gelegt. *Erzähl mir eine Geschichte, Jase*, sagte ich. Diesmal kam es mir so vor, als sei er derjenige, den ich vom Grübeln abhalten müsste, wie er es umgekehrt immer für mich getan hatte. Seine Schultern entspannten sich, sein Blick wurde weich und verschmolz mit einem Teil von mir, der immer noch mehr wollte. Mehr von Jase, mehr von uns. Er erzählte mir vom Morowald und einem legendären Fabelwesen, das dort hauste. Sein Kopf ruhte auf meinem Schoß, das Feuer knisterte, und meine Finger kämmten durch seine Haare, bis seine Lider schwer wurden und zufielen. Die Geschichte blieb unvollendet, doch sein Gesicht war friedlich. *Chiadrah*, flüsterte ich unhörbar tief in mir, dann schmiegte ich mich an ihn und schlief die ganze Nacht an seiner Seite.

Jetzt ritten wir durch eine enge Kehre, und gleichzeitig flatterten ein paar lärmende Braunhäher über unsere Köpfe hinweg. »Ruhig, Mije«, sagte ich und rieb meinem Hengst den Hals, damit er nicht scheute.

Jase musterte die Mähne und runzelte die Stirn. Jemand hatte sie wieder geflochten. Ich nahm an, dass Jalaine letzte Nacht zu den Ställen geflüchtet war und Mije ihre geheimen Gedanken anvertraut hatte, die sie sonst mit niemandem teilen konnte.

Jase ritt nach vorne, um etwas mit Gunner zu besprechen, und Priya ließ sich zurückfallen, bis sie sich neben mir befand.

»Wie geht es deinem Hals?«, fragte sie.

Ich hatte ein Oberteil mit hohem Stehkragen angezogen und ließ mein Haar offen über die Schultern fallen, um die blauen Flecken zu verbergen.

»Bestens«, sagte ich.

Sie stieß ein amüsiertes Schnauben aus. »Dich bringt so schnell nichts aus der Fassung, oder?«

Ich fragte mich, ob sie wusste, dass ich für Verrtigs Tod verantwortlich war … und ob Jalaine es wusste.

»Hast du deine Schwester heute Morgen schon gesehen? Wie geht es ihr?«

Priya schüttelte den Kopf. »Sie hat sich in ihrem Zimmer verschanzt und weigert sich herauszukommen.«

Ich musste immer wieder an ihre rot geweinten Augen denken. An ihr Schweigen. »Hat sie ihn geliebt?«, fragte ich.

»Das spielt jetzt keine Rolle mehr«, antwortete Priya. »Verrtig war seit dem Moment für uns gestorben, als er Ränke gegen die Familie geschmiedet hat.«

»Aber …«

»Jalaine wird darüber hinwegkommen. Sie weiß, wie man hier für Verrat bezahlt. Hätte sie Bescheid gewusst, dann hätte sie ihm selbst eine Klinge in den Leib gerammt. Schließlich hatte Verrtig geplant, ihre Brüder zu töten. Vielleicht auch den ganzen Rest von uns. In unserer Geschichte wäre es nicht das erste Mal, dass der *Patrei* und seine sämtlichen Angehörigen abgeschlachtet wurden.«

»Wie bitte?«

Sie grinste. »Das ist wohl eine Geschichte, die dir Jase nicht erzählt hat. Aber ich kann dir versichern, dass Jalaine sie bestens kennt. Vor einigen Jahrhunderten wurden der *Patrei* und seine ganze Familie umgebracht, als sie …«

»Ich dachte, der Stammbaum der Ballengers würde ungebrochen bis zu den Altvorderen zurückreichen.«

»Alle wurden umgebracht … bis auf eine Tochter im Babyalter.« Priya erzählte mir, dass ein Onkel den Verführungen einer Liebhaberin erlegen war und ihr in tiefster Nacht einen verriegelten Eingang zur Festung geöffnet hatte. Hinter ihr folgte eine Flut bewaffneter Eindringlinge. Die Familienmitglieder versuchten zu fliehen, wurden aber von den Soldaten eines Konkurrenten niedergemetzelt. Eine Dienerin hob das Baby aus der Wiege und gelangte auf einem Nebenweg bis ins Tresorgewölbe. Irgendwann entkam sie durch einen Höhlentunnel nach draußen, brachte das Mädchen zu Verwandten in den Bergen und zog es dort auf. Als die Ballengererbin zwanzig wurde, kehrte sie gemeinsam mit dieser Verwandtenschar zurück, und in Torsfeste gab es ein weiteres Blutbad. Aber diesmal siegte die Tochter, rächte den Mord an ihrer Familie und begann eine neue Ära der Ballengerherrschaft. »Manche Leute schwören, dass sie noch immer die Geister der Toten hören können, wie sie durch die Räume fliehen. Deshalb bleiben viele unserer Gäste dort nicht gerne.«

»Dort?«

»Im Dark Chalet. Ursprünglich war es das Haupthaus der Festung.« Sie zuckte mit den Schultern. »Allerdings habe ich selbst nie etwas gehört.«

Ich schon.

»Hast du Angst vor ruhelosen Geistern?«, fragte sie.

Hatte ich das? Ich überlegte. Manchmal riefen sie dich in überraschenden Momenten, überschritten die Grenze zwischen Leben und Tod und berührten dich mit kalten Fingern. Manchmal flüsterten sie Warnungen, aber das war auch alles.

»Nein«, antwortete ich. »Die Toten können niemandem mehr

schaden. Wenn überhaupt, dann habe ich Angst vor den Lebenden.«

Priya warf mir einen langen Blick von der Seite zu. »Ich habe anfangs an dir gezweifelt, als du herkamst, und dachte, dass du uns nur eine Menge Ärger einbringen würdest. Aber jetzt muss ich zugeben, dass ich unrecht hatte … auch wenn du mich angeschwindelt hast.«

»Ich weiß nicht genau, was du meinst.«

»Du hast nie bloß Theater gespielt. In Wirklichkeit hattest du immer Gefühle für meinen Bruder. Ich weiß nur nicht, warum du das so krampfhaft verstecken wolltest. Ist es gegen das vendanische Gesetz, dass eine Rahtan sich verl…«

»Nein«, unterbrach ich sie mitten in dem Wort, das ich bisher immer vermieden hatte. Von *Liebe* zu sprechen, kam mir gefährlich vor. Dadurch wurde es zu greifbar, zu leicht zu fassen und zu zerbrechen. Oder vielleicht hatte ich Angst, dass die Götter aufmerksam wurden und mir mein Glück wieder raubten.

»Die Ballengers werden nie vergessen, was du für meinen Bruder getan hast.«

Doch, das werdet ihr, dachte ich. *Auch du, falls du jemals herausfindest, warum ich wirklich hergekommen bin, dass ich jeden Raum deines Hauses abgesucht und deine Privatsachen durchwühlt habe, dass ich in den Papieren auf deinem Schreibtisch geblättert und deine ordentlich aufgereihte Steinsammlung angefasst habe, dass ich keine Verbündete, sondern ein Eindringling war … Dann wirst du mich nur noch so in Erinnerung behalten.*

Wir ritten schweigend nebeneinander her, und meine Gedanken kehrten zu Priyas Geschichte zurück. Was für eine schreckliche Vorstellung, dass eine ganze Generation abgeschlachtet worden war. Kein Wunder, dass die Ballengers solche Schutzinstinkte hatten und ihren Kindern die Familiengeschichte eintrichterten. Aber etwas an Priyas Wortwahl ließ mir keine Ruhe. *Eine Dienerin hob das Baby aus der Wiege und gelangte auf einem Nebenweg bis ins Tresorgewölbe.*

Was für ein Nebenweg?

Es gab keine direkte Verbindung zwischen Dark Chalet und dem Tresorgewölbe. Die Dienerin hätte durch offenes Gelände und einen Innenhof voller Arbeitsgeräte laufen müssen. Sie wäre dadurch zu einem leichten Ziel geworden. Andererseits hatte der Angriff nachts stattgefunden. Falls das Baby nicht schrie, konnte sie sich vermutlich im Schatten verbergen und bis ins Gewölbe gelangen. *Falls* das Baby nicht schrie. Ich erinnerte mich noch gut, was ich alles hatte tun müssen, um den Tiger ruhig zu halten, während ich ihn aus der Stadt schmuggelte. Dabei war bei mir alles genau geplant gewesen und ließ sich kaum mit einer panischen Flucht vergleichen.

»Nur noch eine Meile«, rief Jase und schwenkte zurück, um wieder an meiner Seite zu reiten. Anscheinend war seine Besprechung mit Gunner erledigt. Priya preschte voraus und machte ihm Platz.

»Ich kann dir einen kurzen Überblick geben, wenn wir ankommen, aber dann muss ich mich um Pachtverträge und Ähnliches kümmern. Den Rest der Arena kannst du auf eigene Faust erkunden.«

»Ähnliches? Meinst du damit Verrtig?«

»Ja, das auch. Wer immer hinter der Verschwörung steckt, hat einen ganz schönen Schlag abbekommen. Schließlich liegen jetzt zwölf seiner Männer tot am Grund einer Schlucht. Das dürfte zu einigem Gemurre beim Rest führen.«

»Die zwölf waren hervorragend ausgebildet, Jase. Da gibt es kein Gemurre. Ich habe gesehen, wie perfekt sie zusammengearbeitet haben. Ihre Signale und Manöver waren präzise wie ein

Uhrwerk. Wren, Synové und ich sind bisher noch nie im Kampf verwundet worden. Glaub mir, das waren keine einfachen Wegelagerer, sondern eiskalte Auftragsmörder – sogar Verrtig. Sein Blick war völlig gefühllos, während er mich erwürgen wollte, und als ich ihn stattdessen mit dem Dolch erwischt habe … da hat er gelächelt.«

Jase schwieg ernüchtert und ließ sich meine Beobachtungen durch den Kopf gehen.

»Wen verdächtigst du am allerwenigsten?«, fragte ich. »Genau das ist der Schuldige.«

»Ich verdächtige jeden«, antwortete er. Wie er mir erklärte, gab es fünf Bündnisführer, von denen Rybart, Truko und Paxton die mächtigsten waren. Doch die anderen hatten früher auch schon Karawanen überfallen und Unruhe gestiftet. »Zwölf Tote dürften ausreichen, um ihre Pläne für eine Weile zu vereiteln. Ein Dutzend Mann wären sogar für unseren Großbetrieb ein schmerzhafter Verlust. Für die anderen ist das ein vernichtender Schlag. Trotzdem will ich immer noch wissen, wer hinter allem steckt.«

Damit sie noch teurer bezahlen. Man konnte die ungesagten Worte an seinem Blick ablesen.

Wir erreichten eine weitere Kehre, und Jase zeigte voraus. »Schau, dort unten.« Durch eine Öffnung zwischen den Bäumen erhaschte ich den ersten Blick auf die Arena. Sie wirkte wie eine ganze Stadt für sich. Das Oval aus zerklüfteten Mauern erhob sich sechs Stockwerke in den Himmel. Acht Türme ragten rundherum in die Höhe und erweckten den Eindruck, ein scharfzahniges Raubtier würde mit gefletschten Fängen aus der Erde hervorbrechen. Sein Maul war weit aufgerissen und wimmelte vor lebendiger Betriebsamkeit. Hinter der Arena befanden sich weitere Bauten: Lagerhäuser, Scheunen, Silos und eingezäuntes Weideland.

Jase erzählte mir von den Händlern, die ihre Waren dort entweder direkt verkauften oder nur Proben davon zur Schau stellten, um Lieferverträge abzuschließen. Die Stände befanden sich ebenerdig. In der Mitte des Ovals gab es vor allem Einheimische mit Garküchen und Kleinkram, am Außenrand die Großhändler.

»Reux Lau liefert exotische Lederwaren, die es sonst nirgendwo auf dem Kontinent gibt, und aus Azentil kommt Honig in allen denkbaren Geschmacksrichtungen.«

Ich hatte nicht einmal gewusst, dass es mehr als eine Sorte gab.

»Für die feine Quiassé-Spitze aus Civica muss man unglaubliche Preise zahlen, und trotzdem gibt es immer zu wenig davon und zu viele Interessenten.«

Anscheinend erstreckte sich dort draußen eine Welt, die entschieden reicher war als alles, was ich bisher kannte.

»Und ihr bekommt einen Anteil an sämtlichen Verkäufen?«

»Zu fairen Bedingungen, die wir einzeln aushandeln. Ohne die Arena könnten die Händler nur einen Bruchteil davon verkaufen, was sie hier losschlagen. Sie machen ebenfalls glänzende Geschäfte. Deshalb kommen sie ja her.«

Kein Wunder, dass die Bündnisführer so danach gierten, die Kontrolle über diesen Handelsposten zu erlangen, selbst wenn sie dafür den *Patrei* umbringen mussten. Ich hatte schon erlebt, dass Menschen für weit weniger zu Mördern wurden.

Was ich von Weitem nur für Türme (oder Reißzähne) gehalten hatte, waren lange Rampen, die sich zu den oberen Etagen und Wohnräumen hinaufwanden. Die Gemächer der Ballengerfamilie überraschten mich. Sie waren entschieden eleganter und luxuriöser als Torsfeste. Hier wurden Botschafter, reiche Händler und manchmal auch gekrönte Häupter empfangen und Verträge ausgehandelt. Die Räume reichten tief ins Gebäude hinein, waren dunkel und auf drei Seiten fensterlos. Nur aus der Arena fiel Licht hinein, weshalb sie zusätzlich mit glitzernden, prunkvollen Kronleuchtern erhellt wurden.

»Wen *empfängst* du sonst noch hier?«, spöttelte ich, als ich durch eine Tür lugte und einen Blick auf ein pompöses Schlafgemach erhaschte.

»Dich, wenn ich Glück habe«, meinte Jase, der leise hinter mich getreten war. Er strich meine Haare zur Seite und knabberte an meinem Nacken, während seine Arme meine Taille umfingen.

»*Patrei*«, rief Gunner ungeduldig aus dem Vorraum.

Jase knurrte. »Ich habe einen Termin mit Candora. In einer Stunde schaue ich, wo ich dich finde.«

Ich drehte mich zu ihm um. »Und wie willst du mich in diesem riesigen Labyrinth suchen?«

»Du bist nicht die Einzige mit geheimen Tricks im Ärmel.«

Er küsste mich und wandte sich zum Gehen, doch bevor er in den Vorraum trat, drehte er sich noch einmal um. »Auf der unteren Ebene gibt es auch Apfelsinen. Gerüchten zufolge bekommt man sie besonders billig, wenn man den *Patrei* kennt – vielleicht gibt es sogar eine Kostprobe umsonst.«

»Wirklich?«, fragte ich und runzelte skeptisch die Stirn. »Ich habe das genaue Gegenteil gehört. Es heißt, wenn man den *Patrei* kennt, riskiert man eine gute Portion Ärger.«

Er grinste. »Das auch. Also leb gefährlich und versuch dein Glück.«

Er ließ mich allein in der luxuriösen Wohnung zurück und gab mir Gelegenheit, die ganze Arena zu durchstreifen. Das wirkte nicht so, als hätte er etwas zu verbergen. Trotzdem durchkämmte ich pflichtbewusst die Zimmer, ohne etwas Verdächtiges zu finden. Eine Sorge verpuffte, doch eine andere trat an ihre Stelle. *Anderswo*. Natiyas Stimme hallte in meinem Kopf nach, aber ich verdrängte den Gedanken. Ich ging hinaus, um meine Aufgabe zu erledigen: alle versteckten Ecken dieser Welt zu durchstöbern.

Mir kribbelten die Finger, als ich den Arenaboden betrat. Der Lärm, das Gedränge, die Rufe der Händler … mir kam es vor, als sei ich wieder auf der *Jehendra*, um mir meine nächste Mahlzeit unter den Nagel zu reißen. Ich musste mich immer wieder daran erinnern, dass ich einen vollen Magen und einen vollen Geldbeutel hatte. Andererseits konnte ein bisschen Geplänkel mit den Händlern wohl nicht schaden, solange es zum Spaß geschah.

Hier am Außenrand des Ovals sah ich einige Großhändler und Waren, die Jase beschrieben hatte: Teppiche mit Blumenmustern aus Cortenai, Cruvasleinen, Honigsorten aus Azentil. Und noch viel mehr. Was immer sich kaufen und verkaufen ließ, wurde hier feilgeboten. Möbel, Edelsteine, Metallarbeiten, Weizen und Gerste, Gewürze, Zuchtvieh, Bauholz, feines Schreibpapier, Erze, komplizierte Messgeräte und Gewichte, Kristalle … Die kostbarsten Waren von einem Dutzend Königreichen verwoben sich zu einem unwiderstehlichen Flickenteppich aus Geräuschen, Farben und Gerüchen. Ich atmete den Rauch von Holzfeuern ein, der sich in appetitlichen Fäden durch die Luft kräuselte. Stimmengewirr, Warenscheppern und eine entfernte, zarte Flötenmelodie vermischten sich zu einem verlockenden Willkommen. Ab und zu gelang es einem der lebenden Verkaufsobjekte auszubrechen. Ein ganzer Schwarm Viehtreiber rannte hinter einem wuscheligen Lama her, das seinem Lasso entschlüpft war. Es galoppierte im Zickzack durch die Stände und war ihnen immer einen Schritt voraus. Ich bewunderte seine Fluchttechnik.

Von den meisten Verkäufern hielt ich mich fern und schaute mir die Waren nur aus der Distanz an, aber dann blieb ich doch an einem Stand im Mittelteil der Arena stehen, wo ein Einheimischer kleine Schmuckstücke anbot. Mein Blick war an einem Goldring hängen geblieben, der mich an zu Hause erinnerte, denn eine zarte Silberranke wand sich darum. An den Heiligen Tagen hatte meine Mutter mir immer die Haare zu einer Krone geflochten und Pflanzenranken hineingewoben. Der Händler bemerkte mich sofort, und aus reiner Gewohnheit machte ich mich auf eine Schimpftirade gefasst. *Hau ab! Dreckiges Ungeziefer! Fort mit dir!* In Gedanken spulte ich schon meine üblichen Tricks ab – ein Rätsel, eine kleine Zauberei –, um seinen Zorn zu beschwichtigen, aber stattdessen begann er, mich als Kundin zu umschmeicheln. Ich kannte solche Marktschreierei mehr als gut, aber bisher war sie immer nur an die *anderen* gerichtet gewesen. Äußerlich gehörte ich nun anscheinend auch zu diesen anderen. Im Inneren würde ich immer die fluchtbereite Gassengöre bleiben.

»Ah, eine Dame mit Geschmack und scharfem Blick!«, lobte er und wedelte dabei enthusiastisch mit den Händen herum. »Dieser Ring ist ein Fund von rarem Wert! Ein kostbares, kleidsames Kleinod! Reinstes Gold und edelstes Silber!«

Ich bezweifelte sehr, dass sich echtes Silber und Gold darin befanden.

»Wer hätte solch einen Schatz wohl mehr verdient? Glitzerglanz für glänzenden Geschmack!«, fuhr er im selben blumigen Stil fort und begeisterte sich an seinen eigenen Zungendrehern. »Nur hier und heute gebe ich ihn dir zum halben Preis. Zehn Gralos!«

Ich schüttelte lächelnd den Kopf. »Nein, heute nicht …«

»Warte doch!«, rief er und ergriff meine Hand. »Erst solltest du ihn anprobieren! Er ist wie geschaffen für eine exquisite Hand wie deine!« Der Händler war ein kleiner, stämmiger Kerl mit fröhlichem Gesicht, runden Wangen und Lachfältchen um die Augen.

»Und du hast eine goldene Zunge, aber trotz aller verlockender Worte kann ich es mir nicht leisten, meine Münzen für solchen Tand auszugeben.«

Er streifte mir den Ring über den Finger. »Hier! Er gehört bereits dir! Sicherlich kannst du mir etwas im Austausch bieten?«

Seine Methode unterschied sich jedenfalls spektakulär von denen der Händler, die ich von der *Jehendra* kannte. Er schien sich fast mehr dafür zu begeistern, seine Kundinnen in den Bann zu ziehen, als etwas zu verkaufen. Ich lächelte und dachte einen Moment nach. »Das Einzige, was ich anbieten kann, um einem solchen Meister der Überzeugungskunst gerecht zu werden, ist … ein Rätsel. Ausschließlich für dich gereimt.«

Seine Augen leuchteten auf, und seine buschigen Brauen zuckten vor Vergnügen. Erwartungsvoll übte er sich in Geduld, bis ich fertig war. Zu seinen Ehren fügte ich eine große Dosis Theatralik hinzu.

Ohne Finger kann ich jeden zerpflücken,
und ohne Heilkunst ein Herz wieder flicken.
Ich bringe die Menschen zum Lachen und Schweigen,
kann Staunen erregen und Lügen verkleiden.
Kein Schwert ward geschmiedet, um mich zu besiegen,
ich kann Neues erschaffen und Altes verbiegen,
Kampfesmut wecken, zur Liebe verlocken,
kann Fallen stellen, witzeln und zocken.

Für den König der Händler bin ich reines Gold,
deshalb habe ich dir …«, ich hielt ihm den Ring wieder entgegen, »… hiermit Beifall gezollt.«

Bei meinem Abschlusssatz klatschte er begeistert in die Hände. »Worte?«, gackerte er vor Vergnügen. »Ja, genau. Worte!«, trompetete er die Antwort noch einmal hinaus. »Die größte Freude meines Handwerks!« Er schloss meine Finger wieder um den Ring auf meiner Handfläche. »Ein faires Geschäft, ehrlich bezahlt und gekauft.«

Je mehr ich widersprach, desto energischer bestand er auf den Handel, bis ich ihm schließlich für seine Großzügigkeit dankte und weiterschlenderte. Ich kam allerdings nicht weit, bevor jemand neben mir auftauchte, der mir ungefähr so willkommen war wie ein Floh auf dem Scheitel.

»Ich habe den alten Querkopf noch nie so vernarrt gesehen, außer natürlich in seine eigenen Waren.«

Paxton.

»Er ist ein Logophiler.«

Paxton schnalzte mit der Zunge und rümpfte die Nase. »Das klingt unappetitlich.«

Ich war erfreut, dass ich dank meiner Ausbildung beim Königlichen Gelehrten ein Wort kannte, das dem noblen Paxton nicht geläufig war.

»Was willst du?«, fragte ich und hoffte, ihn so schnell wie möglich wieder loszuwerden.

Er versuchte sich bei mir unterzuhaken.

»Ah, Vorsicht. Du könntest ein Körperteil verlieren«, sagte ich und beäugte seinen Arm.

Er warf einen Blick auf den Dolch in meinem Gürtel und grinste. »Wir sind doch praktisch schon verwandt. Da hielt ich es für eine gute Idee, uns näher kennenzulernen. Freunde zu werden.«

»Ich würde sagen, ich kenne dich gut genug. Bei unserem ersten Treffen hast du mir eine ausreichende Schau geliefert.«

»Bei dem Begräbnis? Da sind die Gefühle mit uns allen durchgegangen. Das haben wir Ballengers eben im Blut.«

»Jase nicht.«

Paxton schob den Kopf nach vorne und musterte die blauen Flecken an meiner Kehle. »Jase vielleicht ganz besonders.«

Ich strich mir die Haare über die Schultern, um mich vor seinen Blicken abzuschirmen. Er drehte sich um und spähte nach oben zu den Türmen über uns. Mit einem spöttischen Kopfschütteln sagte er: »Ohne Zweifel hat er bereits mitbekommen, dass ich hier an deiner Seite flaniere. Also wird es Zeit, mich zu verabschieden. Ich wollte dir nur ins Gedächtnis rufen, dass ich ebenfalls zu den Ballengers gehöre und meistens gar keine so schlechte Gesellschaft bin. Ich habe mir sogar abgewöhnt, am Esstisch zu rülpsen.« Als ich keine Miene verzog, nahm er meine Hand – auf die Gefahr hin, seine eigene zu verlieren – und drückte sie sanft. »Falls du jemals Hilfe brauchst, bin ich für dich da. Sieh dich lieber gut vor. Und denk immer daran: Nicht jeder ist, was er zu sein scheint. Komm nicht der falschen Person in die Quere, sonst handelst du dir vielleicht mehr Ärger ein als erwartet.«

Sollte das eine versteckte Drohung sein? »Ein guter Rat, um den ich nicht gebeten habe«, erwiderte ich. »Keine Sorge, ich werde mich daran erinnern, wenn …«

»Paxton?«, rief eine Stimme. »Ich dachte mir doch, dass du es bist!«

Ein Mann in verstaubter, zerknitterter Kleidung schlug ihm zur Begrüßung auf die Schulter. Er fuhr herum, und seine Fassade bröckelte für einen Moment, aber dann nahm er sich schnell wieder zusammen. Seine nervöse Miene verwandelte sich in ein breites Lächeln. »Was für ein unerwartetes Vergnügen!«

Der Mann war groß und mager mit scharfen Wangenknochen. Als er seine Aufmerksamkeit mir zuwandte, schwappten seine zerzausten Haare vorne zur Seite wie eine schwarze Woge. Er sah aus, als sei er gerade vom Pferd gestiegen und habe sich nicht die Mühe gemacht, seine Frisur auch nur mit den Fingern durchzukämmen.

»Und wer ist dieses bezaubernde Geschöpf?«, wollte er wissen. »Du vergisst deine Manieren, Paxton.« Der Mann grinste, und seine Fingerspitzen tippten gegeneinander wie bei einem erwartungsfrohen Kind.

»Äh, ja, natürlich«, murmelte Paxton und warf noch einen Blick hoch zu den Türmen. »Eure Majestät, das hier ist Kazi aus Hellnebel, eine Soldatin der vendanischen Königin, die zu einem offiziellen Besuch hergeschickt wurde.«

Ich starrte den Mann an, und mein Blick wanderte von seiner verrutschten Ponymähne zu seinen verdreckten Stiefeln und dem idiotischen Grinsen. »Eure Majestät?«

»König Monte von Eislandia«, erklärte Paxton.

Der Monarch verschränkte die Hände, seine Brauen und Schultern hoben sich abwartend. »Bekomme ich nicht wenigstens eine kleine Verbeugung?«

Eine Witzfigur, genau wie Jase gesagt hatte. Noch dazu mit einem beträchtlichen Maß an Selbstgefälligkeit. »Ja, natürlich. Eure Majestät.« Ich verbeugte mich tief, und als ich mich wieder erhob, funkelten seine Augen amüsiert und … da war noch etwas anderes … vielleicht fordernd? Hoffte er auf ein bisschen Katzbuckeln? »Verzeiht mir meine Unachtsamkeit. Ich wollte nicht respektlos wirken«, sagte ich, »aber ich hatte einfach nicht erwartet, hier einen König zu treffen. Das ist eine große Ehre für mich.«

Sein Grinsen geriet ins Wanken. »Ja, das ist es wohl.«

Ich schaute auf seine Hände. Sie hatten keine Schwielen, und die Nägel waren sorgfältig manikürt. Nach einem anpackenden Hofbesitzer sah das nicht aus. Für einen stillen Moment ruhte sein Blick auf mir, kaum länger als ein Herzschlag, und doch hatte ich Zeit genug, die Unsicherheit hinter seiner jovialen Fassade zu sehen. »Was zieht einen Monarchen hierher in die Arena?«, fragte ich.

»Lamas. Die Sorte mit Suriwolle, um genau zu sein«, gab er zur Antwort. »So sieht das Leben eines Bauernkönigs aus – man muss sich abmühen, um über die Runden zu kommen. Wie ich gehört habe, bietet Candora gerade hervorragende Zuchttiere an. Nun ja, *falls* ich sie mir leisten kann.« Er gluckste und zuckte wieder mit den Schultern, als sei alles nur ein Scherz. »Und wie läuft eure Untersuchung der Grenzverletzungen?«, fragte er. Anscheinend war ihm erst jetzt klar geworden, dass meine Anwesenheit durch Natiyas Staatsbesuch bei ihm erklärt wurde.

»Recht gut, Eure Majestät.« Ich hatte nicht vor, ihm zu erzählen, dass die Vendaner umgesiedelt worden waren. Je weniger er darüber wusste, desto besser.

Paxton starrte mich an und wartete gierig auf Einzelheiten, doch ich blieb bei meiner kurzen, vagen Antwort.

»Tatsächlich?«, fragte der König. »Wie schön zu hören.« Er wandte sich Paxton zu. Das Thema langweilte ihn offenbar bereits. »Komm, begleite mich zu den Viehställen der Candoraner. Wir wollen demnächst unseren Bestand an Pflügen und landwirtschaftlichen Geräten vergrößern, und ich habe ein paar Fragen zu deiner nächsten Lieferung von Roheisen. Ein anderer Anbieter behauptet, er könne uns einen besseren Preis bieten.« Sie verabschiedeten sich von mir, und ich schaute ihnen nach, während sie davongingen. Dicht hinter ihnen folgten *Straza* und die kleine Begleitschar des Königs, aber zwischen den ganzen Körpern erhaschte ich einen Blick auf Monte, der sich erst zu Paxton umwandte und dann über die Schulter sah. Sein tölpelhaftes Grinsen war verschwunden, und seine Augen wirkten scharf und aufmerksam. Kurz blockierte ein *Straza* meinen Blick, und als er wieder zur Seite trat, sah ich den König in seiner Westentasche herumfingern. Hatte Paxton ihm etwas überreicht? Oder wollte der König ihm etwas geben?

Ich griff nach meinem neu erworbenen Ring und steckte ihn auf den kleinen Finger, wo er nur lose saß. Dann nahm ich eine Abkürzung mitten durch die Stände bis zur anderen Seite der Arena. Dort folgte ich dem Halbrund des Hauptwegs und schaute beim Gehen nach unten, als würde ich meinen Ring bewundern. Trotzdem wich ich geschickt den Entgegenkommenden aus, bis verdreckte Stiefel in meinem beschränkten Sichtfeld auftauchten. Ich rannte geradewegs in ihren Besitzer hinein, sodass wir beide fast zu Boden gingen. Der König fing mich auf, und ich hielt mich mit den Händen an seinen Seiten fest.

Dann erst schaute ich auf. »Oh, Eure Majestät! Es tut mir schrecklich leid. Wie tölpelhaft von mir! Ich habe nicht aufgepasst. Mein neuer Ring …«

Seine Hände blieben etwas zu lange auf meinen Armen ruhen, und er zog mich unnötig nah heran, als müsse er mich noch immer stützen. Dabei lächelte er wieder – diesmal kein hirnloses Grinsen, sondern ein deutlich interessiertes. »So schnell treffen wir uns also wieder. Kein Grund zur Sorge«, erwiderte er, plötzlich galant. »Da, ich sehe deinen Ring. Du erlaubst doch?« Er beugte sich nieder, hob ihn auf und blies den Straßenstaub fort, bevor er ihn mir in die Hand legte.

»Vielen Dank«, sagte ich mit einem verschämten Lächeln.

In Paxtons Augen loderte Misstrauen. »Pass besser auf, wohin du gehst«, warnte er. »Das nächste Mal rennst du vielleicht in etwas hinein, das wirklich gefährlich ist.«

Wir reißen die Seiten heraus und verbrennen noch ein Buch. Miandre weint, als sie ihre zitternden Hände über das Feuer hält. Sie will lieber nach draußen gehen und Holz sammeln, aber Greyson lässt sie nicht. Wir alle können das Raubtiergeheul hören. Niemand weiß, ob es Wölfe sind oder Monster oder Menschen.

Fujiko, 11

Kapitel 41

Kazi

Mein puls raste immer noch vor Aufregung. Einen König zu bestehlen, war selbst für mich ein erstes Mal, vor allem mit einer ganzen Truppe Wachen und *Straza* in nächster Nähe. Noch dazu erwies sich meine Beute als weniger beeindruckend, als ich erwartet hatte. Nur ein Stück Papier mit einem hingekritzelten Namen: Devereux 72. Vielleicht der Konkurrent, der einen besseren Verkaufspreis für Roheisen bot? Oder Paxton hatte dem König den Namen seines neuen Handelsvertreters gegeben, der das Geschäft abschließen sollte? Ich wusste selbst nicht genau, was mich dazu getrieben hatte, es zu stehlen. Vielleicht der hastige, scharfe Blick über die Schulter, als habe der König sehr viel Wichtigeres im Sinn, als auf Surilamas zu bieten.

Möglich war auch, dass mich nur seine Verbindung zu Paxton misstrauisch gemacht hatte. An Jase' Vetter schien mir einfach alles verdächtig … und seine arrogante Warnung, *Sieh dich lieber vor*, weckte auch nicht gerade Vertrauen.

»Na, vergnügst du dich?«

Ein weiterer Arenabesucher tauchte neben mir auf, allerdings war dieser mir willkommen.

»Auf jeden Fall«, antwortete ich. »Inzwischen sind es zwei Stunden. Ich habe mir jedes Stockwerk angeschaut, mindestens ein Dutzend Apfelsinen gegessen und außerdem ein Auge auf ein sehr hübsches, gerissenes Lama geworfen.«

»Also habe ich Konkurrenz bekommen?«, fragte Jase. »Ich weiß ja, wie sehr du Hälse magst, und seiner ist besonders lang.«

Ich lachte. »Nicht zu vergessen die seelenvollen Augen. Du solltest dir Sorgen machen. Was hat dich aufgehalten?«

»Die Treffen haben länger gedauert als erwartet. Und du hast also den König kennengelernt?«

Ich blieb stehen und drehte mich zu ihm um. »Woher weißt du das?«

Er grinste verwegen und zuckte mit den Schultern. »Wie gesagt, ich habe auch meine Tricks.« Aber dann schaute er zu den Türmen hinauf und erklärte: »In jedem davon sitzen Wachen und alle haben Fernrohre. Das hilft, die Probleme in der Arena auf ein Minimum zu reduzieren.«

Also war ich beobachtet worden? Wie viel hatten die Wachen gesehen? Jedenfalls wirkte Jase nicht misstrauisch, weder seine Miene noch sein Tonfall.

»Was denn für Probleme?«, hakte ich nach.

»Taschendiebe und Ähnliches. Manchmal bricht auch ein Streit aus, bei dem Fäuste fliegen.«

»Dann nehme ich an, dass sich alle Besucher hier sehr sicher fühlen.«

»Das ist der Sinn der Sache. Wenn die Leute entspannt sind, geben sie eher Geld aus. Was hältst du vom König?«, wollte er wissen.

»Ein Windbeutel, genau wie du gesagt hast. Und als Landwirt taugt er auch nicht viel. Seine Hände sehen aus, als habe er sich noch nie mit etwas herumgeschlagen, das widerspenstiger war als eine Teetasse. Wusstest du, dass er hier sein würde?«

Jase nickte. »Gunner hat mir gesagt, dass er heute Morgen gesichtet wurde, als er in die Arena gekommen ist. Diesmal wohl wegen Surizuchtvieh. Immer wieder was Neues. Der Mann hat keine Ahnung, wie man einen Landbetrieb leitet, ganz zu schweigen von einem Königreich.«

»Vielleicht braucht er nur mehr Übung. Wie lange ist er jetzt König?«

»Drei oder vier Jahre. Das sollte reichen, um sich das meiste anzueignen.« Er erzählte, dass Montegue mit zwanzig Jahren die Herrschaft übernommen hatte, als sein Vater von einem Zugpferd gegen eine Mauer geschmettert worden war. »Was war denn mit Paxton? Wollte er etwas Bestimmtes?« Jedes Mal, wenn Jase seinen Namen aussprach, bekam seine Stimme einen Anflug von tödlicher Schärfe.

»Er wollte, dass wir *Freunde* werden«, antwortete ich. »Außerdem hat er mich davor gewarnt, mich mit gewissen Leuten einzulassen. Wen er damit wohl gemeint haben könnte?«

Eine Ader pulste in Jase' Hals. »Wenn er dir noch einmal zu nahe kommt …«

»Dann werde ich mich wieder selbst um ihn kümmern, Goldjunge. Entspann dich.«

»Nein, *ich* werde mich um ihn kümmern, Kazi«, zischte Jase bestimmt. »Ich habe genug von seinen spitzen Anspielungen. Beim nächsten Mal schluckt er seine Zähne.«

Ich verschränkte unsere Finger, spürte die Schwielen, die vom Äxteschwingen und Kellergraben kamen, und war dankbar für seine rauen Hände. »Genug von Paxton. Zeig mir den Rest der Arena.«

Wir steuerten auf den hinteren Ausgang zu, der zu den ausgedehnten Lagerhäusern und Viehpferchen jenseits der Arena führte – und zu einem Mietstall. Dort hatte Verrtig gearbeitet, also wollte Jase ein paar Fragen stellen. Beim Gehen hellte sich seine Laune auf. Händler grüßten ihn lächelnd und riefen ihm gutmütige Scherze zu. Die meisten Bemerkungen drehten sich um das hinreißende Juwel, das seinen reizlosen Männerarm schmückte. Jase war erfreut zu sehen, dass es Gunner in seiner Abwesenheit gelungen war, alles reibungslos am Laufen zu halten – was mich ebenfalls beruhigte. Ich wollte nicht, dass Jase es bereute, so viel Zeit in den Neubau der Siedlung gesteckt zu haben. Während unseres Spaziergangs sah ich die Erleichterung und auch den Stolz in seinem Blick. Die Ballengers hatten das alles über viele Jahrhunderte aufgebaut, und nun galt es, dieses Vermächtnis zu bewahren, das Jase erst seit so kurzer Zeit aufgebürdet worden war. Eifrig zeigte er mir jedes Detail und zog mich immer tiefer in seine Welt. In diesen Teil ließ ich mich bereitwillig hineinfallen.

Wir hatten den Gebäudetunnel nach draußen zur Hälfte durchquert, als ein kalter Hauch über meine Arme strich. Es war kein einfacher Windstoß. Ich fühlte, wie er mich umkreiste und kühle Finger meine Schultern berührten. Mein Nacken kribbelte. Dann flüsterte eine Stimme: *Geh nicht weiter*. Warnend und kaum hörbar, doch andere stimmten drängend mit ein. *Halt. Geh nicht weiter.* Lichtfunken breiteten sich als eine Linie am Ende des Tunnels aus. Sie wirkten wie verschränkte Hände, die uns den Weg blockierten. *Nicht hier durch.*

»Was ist denn?«, fragte Jase. Mir war gar nicht bewusst gewesen, dass ich angehalten hatte. Menschen strömten an uns vorbei und setzten ihren Weg zum Ausgang fort.

Ein Luftstoß ließ meine Haare flattern. *Nicht hier durch.*

»Kazi?«

Ich tastete nach dem Dolch an meinem Gürtel, obwohl die Stimmen nun verstummt waren. Um mich herum drängten sich Jahrhunderte voller geschichtlicher Ereignisse. Natürlich fing ich etwas davon auf. Der Tod musste hier schon viele Male entlanggeschritten sein. »Nichts«, sagte ich, und wir gingen weiter.

Der Durchgang endete und wir kamen auf einem großen Platz heraus. Die Sonne schien mir wieder warm auf die Haut, Pinienduft lag in der Luft, und alles wirkte so ruhig und geordnet, wie man im Arenatrubel eben erwarten konnte. Hohe Bäume warfen Schattenstreifen auf einen viereckigen Platz, der von großen Lagerhäusern und Getreidescheunen eingefasst war. Vor uns sah ich bereits den Mietstall, doch als wir darauf zugingen, blieb mein Blick an einem dunklen, im Schatten versteckten Winkel hängen. In einem Lagerhaus wurden Wagen beladen und mit Planen bedeckt. Etwas an diesem Bild …

Ich blieb stehen. »Was ist das, Jase?«

Er warf kaum einen Blick darauf. »Nur eines der Lagerhäuser«, antwortete er und ergriff meinen Ellbogen, damit ich weiterging.

Ich riss mich los. »Was für ein Lagerhaus genau?« Ohne auf seine Antwort zu warten, ging ich darauf zu und blieb gleich hinter dem klaffenden Eingangstor stehen. Drinnen war es dunkel. Kalt. Mein Magen schien mir bis in die Brust zu rutschen, in meinem Inneren war eine lichte, luftlose Leere, als würde etwas von mir Besitz ergreifen und meine konfusen Schritte lenken. Ich war wie betäubt, und ein Teil von mir schien schwerelos über allem zu schweben und zuzuschauen. Drei Wagen wurden beladen. Seile wurden über die Planen gespannt. Die Planen hatten schwarze Streifen. Der Anblick dieses Musters ließ mich endgültig erstarren, kratzte wie scharfe Fingernägel über meine Kehle.

»Previzi«, sagte Jase und stellte sich neben mich. »Dieses Lagerhaus ist ihre Basis.«

Das Gebäude war riesig. Ich konnte ganze Reihen leerer Wagen sehen, die zu beiden Seiten standen und darauf warteten, beladen zu werden. Inzwischen hatten uns einige der arbeitenden

Männer im Toreingang bemerkt. Ich musterte ihre Gesichter, aber keines war das, wonach ich suchte.

Meine Haut, meine Augen, schwerelos. Kein Teil von mir. Meine Stimme fremd wie von einem Menschen, den ich nicht kannte. Jung, dünn, zerbrechlich. Ein kleines Mädchen, zu verängstigt, um fortzulaufen.

»Aber die Previzi sind illegal«, sagte ich. »Schon seit Jahren. Ihre Händler dürfen die Großkönigreiche nicht betreten.« Meine Stimme noch immer hauchdünn. Verloren.

Jase hatte sich neben mir aufgebaut, in seiner eigenen Welt, stark und selbstsicher. »Vielleicht offiziell, aber glaub mir, in jedem Königreich sind ihre Waren sehr willkommen. Was sie anbieten …«

Ich wirbelte herum und wurde lauter. »Was sie anbieten, ist Diebesgut!«

»Nun ja, manche ihrer Waren sind vielleicht … wie soll ich sagen …«

»Was hast du mit ›Basis‹ gemeint?«, fragte ich.

Er schaute mich verwirrt an, und endlich schien ihm aufzugehen, dass etwas überhaupt nicht stimmte. »Das Lagerhaus ist ihr Stützpunkt. Hier starten ihre Karawanen.«

Stützpunkt? »Wie lange schon? Seit wie vielen Jahren haben sie bei euch ihre Basis?«

»Kazi, was für einen Unterschied …«

»Wie lange?« Jetzt war meine Stimme ein gellender Schrei. Die Luft zersplitterte in Scherben, und jedes Geräusch schnitt laut in meine Trommelfelle.

»Ich bin nicht sicher.«

»Elf Jahre, Jase? Sind sie schon elf Jahre hier?«

Er nickte. »Mindestens.«

Die Schwerelosigkeit in mir schmolz zu glühender Hitze,

explodierte in meinem Kopf, verbrannte meine Haut. »Sie sind Diebe! Ihr beschützt eine Diebesbande! Ihre Waren sind nichts als …«

»Kazi, senk deine Stimme«, befahl Jase zwischen zusammengebissenen Zähnen. Die Männer hatten aufgehört, ihre Wagen zu beladen, und sich uns zugewandt. Vor dem Tor hatte sich eine Menge versammelt und beobachtete das Schauspiel. Jase lehnte sich näher. »Die Previzi-Händler sind …«

»Aasfresser!«, schrie ich. »Abschaum! Und ich werde meine Stimme ganz bestimmt nicht senken! Wie kannst du einfach die Augen verschließen und …«

»Hör auf!«, befahl Jase, ergriff meinen Arm und wollte mich fortziehen. Ich befreite mich, und mein anderer Arm schwang nach vorne, um ihn zielsicher am Kinn zu treffen. Jase taumelte zurück, den Blick ungläubig auf mich gerichtet, und dann rannte ich. Ich war ein kleines Mädchen auf der Flucht durch die *Jehendra*, durch Stände, Schatten, Schlamm und Albträume, ziellos und ohne Versteck.

Kapitel 42

Jase

Ich machte ein paar Schritte, sah sie davonrennen, schmeckte Blut in meinem Mund. Vorsichtig berührte ich mein Kinn.

»Sollen wir ihr folgen?«, fragte Titus. Er und Gunner waren in der Nähe gewesen, als der Lärm losging.

Ich schüttelte den Kopf. »Nein, lasst sie in Ruhe.« Meine Leute würden sie sowieso nicht finden, wenn sie nicht gefunden werden wollte. Ich versuchte immer noch zu verstehen, was passiert war. Mein Blick schweifte über die Menschen, die stehen geblieben waren, um zuzuschauen. Sie alle waren Zeuge geworden, wie der *Patrei* fast durch einen Kinnhaken zu Boden gegangen wäre, dem ihm eine halb so große vendanische Soldatin verpasst hatte.

Und dann ertönte eine Stimme hinter mir.

Die absolut falsche.

Ein Zungenschnalzen. Ein übertriebenes Seufzen. »Oh, gab es einen Streit unter Liebenden? Gefühle sind immer so flüchtig, nicht wahr?«

Als ich mich umdrehte, machte Paxton unwillkürlich einen Schritt zurück und seine *Straza* einen Schritt vorwärts. Anscheinend lag es an meinem Gesichtsausdruck.

Die Vorsicht nützte ihnen nichts. Meine Faust schoss vor und schickte Paxton schnurstracks zu Boden.

»Wenn sie vorher nicht gebrochen waren, dann spätestens jetzt«, sagte Mason. Ich zuckte zusammen, als er prüfend an meinen Fingern zog und meine Knöchel neu bandagierte.

Gunner hatte Eis für mein Kinn gebracht. Mein Mund schmerzte innen, wo meine Zähne ins Fleisch geschnitten hatten.

»Sie hat einen harten linken Haken«, stellte Titus bewundernd fest und ignorierte die Tatsache, dass mein Gesicht das Ziel gewesen war.

»Was ist denn hier los?«, fragte Priya, als sie in den Vorraum unserer Arenawohnung kam.

»Offenbar mag Jase' vendanische Lieblingssoldatin keine Previzi«, antwortete Mason. »Sie hat ihm vor aller Welt lauthals die Leviten gelesen.«

»Und dich geschlagen?«

»Kazi war nicht sie selbst«, entgegnete ich. Aber wer war sie in diesem Moment? Ich hatte das Gefühl, dass meine Worte höchstens zur Hälfte bei ihr angekommen waren. Kaum hatte sie das Lagerhaus der Previzi gesehen, war sie wie verwandelt gewesen. Zugegeben, die Karawanen beförderten auch fragwürdige Güter … Aber verdammt noch mal, jedes Königreich machte Geschäfte mit ihnen. Konnte sein, dass wir ein Auge zukniffen. Das galt aber auch für alle anderen. Sie beschafften den Leuten eben die Waren, die sie wollten. Und in der Arena waren sie auch als Käufer beliebt und trieben eine Menge fairen Handel.

Priyas Augenbrauen schossen in die Höhe. »Also sind Vendaner plötzlich treue Hüter des Gesetzes?«

Nein. Dafür brach Kazi sonst zu viele Regeln oder umschiffte sie zumindest. Hier ging es um etwas anderes. Sie hatte sich seltsam benommen, seit wir den Durchgang betreten hatten. Ihre Augen waren ganz glasig geworden.

»Gut, das Wichtigste ist jetzt Schadensbegrenzung in der Arena«, meinte Priya. »Wir kümmern uns darum. Am besten erzählen wir, dass ihr beide schon wieder turtelt und über die ganze Sache lacht. Nur ein kleines Scharmützel unter Liebenden. Genug Leute haben heute gesehen, wie ihr geschnäbelt und Händchen gehalten habt, also werden sie uns die Geschichte abkaufen.« Sie machte eine Pause und stützte die Hände in die Hüften. »Und das stimmt doch wohl auch, oder, Jase? Nur ein kleines Scharmützel?«

Ich nickte. Vielleicht. Im Kopf ging ich immer noch alles durch, was wir gesagt und getan hatten.

»Also?«, knurrte Gunner zum Abschied, als er, Priya und Titus durch die Tür verschwanden. »Nun geh schon und such sie, damit ihr wirklich wieder turteln könnt. Schließlich ist ihre Königin auf dem Weg hierher.«

Mason blieb als Einziger zurück. Er knotete den Verband fest und wartete, bis die Tür zugefallen war. Dann sagte er: »Ich wollte das nicht vor allen erwähnen, aber du solltest es wohl wissen. Nur eine Kleinigkeit, die mir merkwürdig vorkommt.«

Ich tastete mit der Zunge über die geschwollene Stelle in meinem Mund. »Gut, raus damit.«

Er erzählte, dass der Apotheker ihn angesprochen hatte, um zu erfahren, wann die nächste Lieferung Birkenflug hereinkommen würde. Sein Vorrat sei aufgebraucht und nun habe eine Kundin danach gefragt.

»Du weißt doch selbst, wie selten das Zeug geliefert wird, Mason. Einmal im Jahr, mit Glück vielleicht zweimal.« Das Pulver wurde aus einem Baumpilz hergestellt, der hoch im Norden an Birkenstämmen wuchs und dessen Form an Flügel erinnerte. »Der Apotheker wird sich eben gedulden müssen, bis …«

»Es geht mir nicht um den Apotheker, sondern um seine Kundin. Rate mal, wer nach Birkenflug gefragt hat? Wren. Und mit der Menge, die sie haben wollte, könnte man die halbe Stadt betäuben.«

»Vielleicht hat sie die Dosierung nicht verstanden.«

Er schüttelte den Kopf. »Am Abend der Gartenfeier habe ich ihr ein kleines Fläschchen voll gegeben. Weil sie gesagt hat, dass sie ein Mittel gegen Kopfschmerzen braucht. Ich habe ihr erklärt, dass die Menge für mindestens vier Leute reicht.«

Mir fiel ein, dass ich das halb leere Fläschchen selbst gesehen hatte, als ich an Kazis Schrank gegangen war, um nach einem Hemd zu suchen.

»Kannst du dir vorstellen, wozu sie eine so große Menge braucht?«, fragte Mason.

Ich zuckte mit den Schultern. »Keine Ahnung. Vielleicht will sie einen Vorrat mit nach Venda nehmen. Kann sein, dass sie dort nichts Vergleichbares haben.« Ich stand auf. Jetzt musste ich erst einmal Kazi finden. Wahrscheinlich war sie inzwischen zurück in Torsfeste. »Am besten behältst du unseren Vorratsraum im Auge. Stell sicher, dass er verriegelt bleibt.«

Gerade als ich aus der Tür trat, lief mir Garvin über den Weg. Ich winkte ihn fort und sagte, dass ich keine Zeit hätte. Wir würden später reden müssen.

»Ich glaube, das willst du lieber gleich hören«, sagte er. »Es geht um die Kleine aus Hellnebel.«

Mein Puls beschleunigte sich. »Gut, dann erzähl.«

»Mir ist endlich klar geworden, woher ich sie kenne. Ich war im Turm, habe Wache geschoben und ein Auge auf sie gehalten. Da ist es passiert. Ich habe gesehen, wie sie in den König reingestolpert ist … mit Absicht. Ziemlich sicher, dass sie ihn beklaut hat.«

»Sie hat den *König* bestohlen?«

»Ganz sicher bin ich nicht«, antwortete er. »Dazu war ich im Turm zu weit weg. Das Mädel ist richtig gut, die Sache lief wie am Schnürchen. Auf jeden Fall ist sie mit Absicht in ihn reingerannt. Ich habe gesehen, wie sie zwischen den Ständen durch ist und eine Kurve geschlagen hat, damit sie ihm direkt in die Quere gerät. Beim Zusammenstoß hatte sie ihre Hände überall.«

Ich kämmte mir mit den Fingern durchs Haar und stieß frustriert die Luft aus. Sie hatte mit keinem Wort erwähnt, dass sie dem König etwas abgenommen hatte. Ich wandte meinen Blick wieder Garvin zu. »Du hast gesagt, dadurch ist dir etwas klar geworden?«

»Ihr Spitzname. Zehn. In Venda war sie eine Straßendiebin. Vermutlich die beste der Stadt.«

Kapitel 43

Kazi

Ich atmete keuchend. Ebens Arme umfingen mich wie ein Schraubstock.

»Tief durchatmen, Kazi. Langsam und ruhig«, murmelte er mir ins Ohr.

In einem Kessel dampfte Wasser. Brotscheiben brutzelten auf einem Rost. Stimmen ertönten, doch sie gehörten nur zu diesen zusammenhanglosen Einzelheiten wie das Brot, der Dampf und der Schmerz in meiner Kehle; Splitter einer Welt, die um mich herum explodierte. Eben hatte mich durch den Flur stürmen sehen und in die Küche gezogen. In meinem Blickfeld tauchten Natiyas besorgte Augen auf und verschwanden wieder. Wren kaute an den Nägeln. Synové zerrte an ihrem Zopf. Ich ließ meine Lider zufallen.

Während ich auf Mije den Berg hochgeprescht war, konnte ich nichts weiter denken als: *elf Jahre*. Seit elf Jahren war der Previzi-Händler, den ich suchte, in der Arena aus- und eingegangen, und zwar mit dem Segen der Ballengers. Er war die ganze Zeit in Reichweite gewesen. Hier begannen seine Beutezüge, hier schlief er, kochte Essen, badete, führte sein Leben weiter, während meines abrupt geendet hatte.

»Geht es wieder?«

Tat es das? Ich hatte einen Eid geschworen. Also hatte ich keine andere Wahl. Es musste gehen.

Aber mein Inneres blutete.

Tropfte rot durch meine Poren.

Alles in mir war leer.

Ich erinnerte mich wieder. An das Gefühl, gebrochen zu sein.

An den Hunger.

Die Jahre schienen von mir abzufallen, und ich kauerte wieder unter dem Bett.

Wo ist das Balg? Wo steckt sie?

Im Lagerhaus hatte ich nach meinem Dolch gegriffen und war bereit gewesen, alle umzubringen. Genau wie damals, als ich den Botschafter angegriffen hatte. Erst als das Bild vor mir aufblitzte, wie unser ganzer Trupp deswegen im Kerker gelandet war, hatte ich mich zügeln können.

Der Mann, der mir meine Mutter gestohlen hatte, war hier. Irgendwo. Falls nicht heute, dann würde er morgen oder übermorgen mit seinem Wagen in die Arena gerollt kommen … Und ich wusste, dass ich jeden in diesem Raum in tödliche Gefahr bringen würde, weil er mir wichtiger war als hundert Täler voller Kriegsleichen. Ich wollte Gerechtigkeit für mich. Nicht für die anderen.

Wir brauchen dich, Kazimyrah. Ich glaube an dich.

Ich befand mich im schwerelosen Fall zwischen den Welten, zwischen Eidesschwüren und blinder Furcht, zwischen Treue und Gerechtigkeit – zwischen Liebe und Verachtung.

»Trink das«, befahl Natiya.

Eben lockerte seinen Griff, und ich nahm das Wasser, das Natiya mir entgegenhielt. Nachdem ich das Glas geleert hatte, bat ich um mehr. Ich drehte mich fort, stützte mich am Küchentresen ab und hüllte mich in eiserne Selbstbeherrschung. Genau wie früher, wenn meine nächste Mahlzeit davon abhing. Eine Rüstung aus tausend Tricks, eine Schicht über der anderen, um sogar mich selbst zu täuschen und mir einzureden, dass ich einfach alles schaffen konnte. Ich bohrte mir die Fingernägel in die Handballen, bis der oberflächliche Schmerz den tieferen übertönte, den ich nicht ertrug.

Nachdem ich das zweite Glas Wasser heruntergestürzt hatte, wandte ich mich wieder den anderen zu. Ich erzählte ihnen vom Lagerhaus der Previzi.

Wrens Miene wurde kantig vor Zorn. »Previzi? Sie haben *hier* ihre Basis?«

»Die Ballengers heißen sie mit offenen Armen willkommen«, bestätigte ich. »Außerdem ist noch etwas passiert. Ich habe dem *Patrei* einen Kinnhaken verpasst.«

Stille breitete sich in der Küche aus.

»Hast du ihm ein paar Zähne ausgeschlagen?«, fragte Synové schließlich, doch ihr Lächeln und Blinzeln wirkte etwas verkrampft.

»Kann schon sein, aber jedenfalls nicht genug.«

Natiya seufzte. »Du wirst die Wogen glätten müssen, bis wir von hier verschwinden können. Eine Entschuldigung wäre …«

Ich würde mich nicht entschuldigen. Nie im Leben. »Wir reiten morgen fort«, sagte ich.

»Aber …«

»*Mit* unserer Beute«, fügte ich hinzu. »Ich weiß, wo Illarion steckt. Zumindest vermute ich es.«

Dann erzählte ich ihnen von meiner Idee. Jase persönlich hatte mir den Gedanken eingegeben. Und Priya. Und mein lang vergessener Wunsch, einen zweiten Ausgang aus unserem Unterschlupf zu haben, durch den meine Mutter und ich hätten entkommen können.

Als ich Hals über Kopf aus der Arena geflüchtet war, als Mije sein Bestes für mich gab und im vollen Galopp den Pfad zur

Rückseite von Torsfeste hochpreschte, hörte ich wieder Priyas Worte: *Sie floh auf einem Nebenweg bis ins Tresorgewölbe.* Und dann Jase: *In jeder guten Festung gibt es mehr als einen Weg nach draußen. Sonst würde man zu leicht in der Falle sitzen.*

Mehr als einen Weg nach draußen.

Wren und Synové begleiteten mich.

»Vielleicht wirst du dort Stimmen hören«, warnte ich Synové. »Aber sie sind harmlos. Dir passiert nichts. Halt dich am besten nah bei mir.«

Wir spazierten im Schlenderschritt durch die Gärten und lächelten viel, falls jemand uns beobachtete. Wir zeigten einander nicht vorhandene Schmetterlinge, drehten uns um die eigene Achse … Und erst, als jede von uns das Gelände in Augenschein genommen hatte und niemand in den Fenstern zu entdecken war, bogen wir auf den Pfad ab, der zum Hintereingang des Dark Chalet führte. Unauffällig schlüpften wir durch die Tür und öffneten einen Fensterladen in der Küche nur einen winzigen Spalt breit, um Licht zu haben. Wir verständigten uns ausschließlich durch Handzeichen. Ich deutete auf die Treppe, die in den Keller führte, und ging als Erste hinunter. Dort war alles leer, also winkte ich den anderen, mir zu folgen. Bis auf einen schwachen Lichtkreis am Treppenanfang lag der Raum in völliger Dunkelheit.

Ich hatte die anderen schon vorher instruiert, dass sie die Wand nach Hebeln, Griffen, losen Steinen oder anderen beweglichen Teilen abtasten sollten. Auch ein verräterischer Lichtschein oder Luftzug aus einer Mauerritze konnte uns helfen. Wir bewegten uns still vorwärts und vermieden jedes Geräusch, das uns verraten konnte. Der Keller war groß und in der Schwärze kamen wir nur langsam voran. Ich erreichte das Ende einer Mauer und wandte mich der nächsten zu. In der Mitte traf ich mit Synové zusammen. Kein Erfolg. Und doch war ich mir sicher …

Da klopfte Wren ein leises Signal, das in dem alten Gebäude nicht weiter auffiel, da es hier überall knarrte und knackte. Sie hatte gefunden, was wir suchten. In der Mauer unter der Treppe drang ein Luftzug durch die Wandverkleidung. Wir horchten, und als wir sicher waren, dass sich nichts und niemand direkt dahinter verbarg, drückte ich gegen die Stelle. Die Wand öffnete sich einen Spalt und wir standen im Eingang zu einem sehr langen Tunnel. Am anderen Ende erkannten wir eine Tür, unter der ein schmaler Lichtstreif hindurchfiel. Sobald wir uns im Tunnel befanden, hatten wir keine Deckung mehr. Wir würden ein einfaches Ziel abgeben, falls jemand von der anderen Seite kam. Bewaffnet waren wir nur mit unseren Dolchen. Mit Pfeil und Bogen durch die Gärten zu flanieren, wäre etwas zu auffällig gewesen.

»Alle bereit?«, flüsterte ich.

Sie nickten. Wir schlichen durch den Tunnel, und als einziges Geräusch hörte ich den hämmernden Pulsschlag in meinen Ohren, während wir uns der Tür näherten. Ich hob die Hand, damit die anderen warteten, und wagte mich zentimeterweise vor, um sicherzugehen, dass es hier keine Erker mit bissigen Hunden gab. Doch der Weg war frei, und nachdem ich mein Ohr an die Tür gepresst hatte, drückte ich vorsichtig den Riegel herunter. Wir hielten den Atem an, als ein leises *Klick* ertönte. Ich schob die Tür langsam Stück für Stück auf, und kühle Luft strömte herein, ein lebendiger Duft von Erde und Gras. Auf der anderen Seite sah die Tür wie grober Fels aus und war unmöglich vom Rest der Wände zu unterscheiden, außer man wusste, wo sie sich befand. Ich lugte durch den Spalt und sah einen großen leeren Vorplatz, in den mehrere Torgewölbe einmündeten. Dahinter befand sich eine menschenleere, hügelige Wiese, schwach vom Licht der Dämmerung beleuchtet. Am anderen Ende des Geländes fiel mir etwas auf: eine halbrunde, zweiflügelige Metalltür war in die dortige Steinwand eingelassen. Sie kam mir seltsam bekannt vor.

Bleibt hier und steht Wache, signalisierte ich Wren und Synové. Ich selbst trat auf den Vorplatz hinaus und schob mich im Schutz des Schattens an den Wänden entlang. Vom Rand des Platzes starrte ich über die Wiese bis zur Tür, und mir wurde klar, dass ich sie wirklich schon einmal gesehen hatte – allerdings nicht von dieser Seite. Jase hatte behauptet, sie sei nur ein Fluchtweg. *Dahinter gibt es gar nichts.*

Bis auf das alles hier.

Eine kalte Faust schien mein Rückgrat zu packen.

Das alles hier.

Ich starrte zu einer Höhlendecke hinauf, die den Himmel zu berühren schien. Sie überspannte die Hälfte des Geländes wie eine sich aufbäumende Woge. Wurzeln und Ranken hingen davon herab. Unter dem natürlichen Dach, eng an die hintere Wand geschmiegt, stand ein Haus. Es war lang gezogen, aber nicht sehr tief, eine Art Terrassenbau mit mehreren gestaffelten Ebenen. Ein paar Schritte entfernt gab es noch ein Nebengebäude. Die Höhlenwand ging nahtlos in die Burgmauern von Torsfeste über, sodass die ganze Anlage vor neugierigen Blicken verborgen war. Vor mir lag eine geheime Enklave mitten in der Festung.

Raubtierhaft schlich ich an der Außenwand des Gebäudes entlang. Ich wurde zu einem der vielen Schatten, die über die Terrassen krochen, verschwand hinter Pfeilern, lugte durch Fenster.

Ich kam an einer langen Reihe von Räumen vorbei, alles Schlaf- und Wohnzimmer für Gäste.

Und dann hörte ich gedämpftes Stimmengemurmel. Ich erstarrte, und kalter Schweiß brach mir aus den Poren. Was würde ich gleich entdecken? Ich war begierig es herauszufinden und hatte gleichzeitig Angst davor. Obwohl ich angestrengt lauschte, konnte ich kein Wort verstehen, also bewegte ich mich weiter auf die Geräusche zu. Dann duckte ich mich schnell hinter einen Pfeiler, denn jemand durchquerte den Raum neben mir, und die Terrassentüren standen zum Rasenplatz hin offen.

»He, lass mir was übrig. Wir haben fast nichts mehr.«

Eine andere Stimme: »Morgen kommt Nachschub.«

»Aber morgen ist nicht jetzt.«

Und eine weitere Stimme: »Ein Jammer, dass die guten Zeiten bald zu Ende sind.«

»Sind sie nicht, den Ballengers sei Dank. Bald werden wir bloß noch reicher sein.«

Gelächter brach aus.

»Die Große Schlacht wird dagegen wie ein Picknick aussehen.«

»Bald können wir sämtliche Königreiche unterwerfen. Dann brauchen wie nur mit den Fingern zu schnippen und alle springen.«

»Besonders die Schlampe aus Venda.«

»Sie wird eine ganz schöne Überraschung erleben, wenn sie ankommt. Wir bereiten ihr einen königlichen Empfang.«

»Dann bekommt sie endlich, was sie verdient.«

»Nämlich einen Galgenstrick.«

Die anderen Stimmen murmelten ihre Zustimmung.

»Trotzdem gefällt es mir nicht, dass er sich unsere einzige fertige Waffe unter den Nagel gerissen hat.«

»In weniger als einer Woche haben wir ein ganzes Arsenal.

Da spielt eine einzige Waffe keine Rolle mehr. Wahrscheinlich hat er die Geschosse schon verbraucht, indem er geübt hat, auf Bäume zu zielen.«

Eine Runde johlendes Gelächter folgte.

Ein Galgenstrick? Ein Waffenarsenal?

»Ich werde mehr Material für die Produktion brauchen.«

»Keine Sorge. Die Ballengers sind großzügig. Sie geben uns alles, was wir wollen. Schließlich warten sie genauso ungeduldig wie wir.«

Mehr Gelächter.

Warten? Worauf? Was hatten Jase und seine Familie vor? Sämtliche Königreiche unterwerfen? War die Einladung an die Königin nur eine Falle gewesen?

»Ein Hoch auf die Ballengers, unsere großzügigen Förderer.«

Ich hörte das Klirren von Gläsern, die aneinandergestoßen wurden, ein glucksendes Lachen und dann einen dröhnenden Rülpser. Jemand geriet fluchend ins Stolpern und jaulte auf, als sein Schienbein oder Knie mit etwas Hartem zusammenstieß. Diesen Moment nutzte ich, um hinter meinem Pfeiler hervorzuspähen.

Das Erste, was ich aus nächster Nähe sah, war eine Narbe in Form einer Mondsichel, die sich deutlich von einer breiten Stirn abhob. Mein Blick huschte weiter zu der tiefen Furche in seinem stoppeligen Kinn und seinem berüchtigten Gesicht. Der Mann hatte weiße Haare. Sein Name war nicht Erdsaff, sondern Wachhauptmann Illarion.

Jase hatte mich nicht nur einmal manipuliert. Er hatte mich mit einer Lüge nach der anderen gefüttert.

Dann traten Illarion und zwei andere, mir unbekannte Männer beiseite, und mein Mund wurde ganz trocken.

Hinter ihnen saß Statthalter Sarva von Balwood auf einem

Divan. Er hatte das Gemetzel an den Clans auf dem Blackstone-Platz angeführt. Nach der Großen Schlacht hatte man von ihm nur noch ein Stück verkohlten Brustpanzer mit dem Wappen von Balwood gefunden. Also hielten ihn alle für tot. Neben ihm fläzte Chievdar Kardos und stürzte einen Krug Bier herunter. Er hatte ebenfalls zum Rat des Komizars gehört und war nach dem Krieg für vermisst und tot erklärt worden. An einem Tisch in der Nähe saß Sanctumwächter Bahr vor einem gefüllten Fleischteller und leckte sich die Finger, mit denen er damals so brutal gegen die Clans …

Hastig zog ich mich hinter den Pfeiler zurück und drückte den Rücken dagegen.

Wie sollte ich das Synové erklären?

Plötzlich war alles noch komplizierter geworden. Diese Männer waren ebensolcher Abschaum wie Illarion; verhasste Kriegsverbrecher aus Venda. Meine Gedanken überschlugen sich. Jase gewährte ihnen allen Unterschlupf. Ein saurer Geschmack stieg mir in die Kehle. *Dieses Raubtier wird nicht zögern, dich zu töten*, hatte die Königin gewarnt. Jetzt hatten wir es gleich mit mehreren Raubtieren auf einmal zu tun.

Sollten wir sie alle zurück nach Venda schaffen? Uns blieb nichts anderes übrig. Aber war das überhaupt möglich?

Vielleicht, dachte ich. Vielleicht gab es einen Weg.

Ich würde eine Heukarre brauchen.

Als wir alle sicher zurück im Dark Chalet angelangt waren, erzählte ich es ihnen.

»Ja, Wachhauptmann Illarion ist dort. Er war der Mann mit den weißen Haaren, genau wie ich dachte.«

Wren stieß einen langen Atemzug aus. Es war uns gelungen. Wir hatten ihn gefunden.

»Aber das ist noch nicht alles«, begann ich zögernd. »Dort verstecken sich noch fünf andere.« Ich schaute Synové in die Augen und drückte ihre Schultern gegen die Kellerwand, um ihre erwartete Reaktion zu dämpfen. »Einer davon ist Bahr.«

Synové schüttelte den Kopf. »Aber er ist tot. In der Schlacht … er …«

»Nein«, sagte ich.

Ihr Mund klaffte auf, und ich presste die Hand dagegen, bevor sie schreien konnte. Unterdrückte Laute drangen durch meine Finger. Wren half mir, sie zurückzuhalten, und wir mussten beide unsere ganze Kraft anstrengen, damit sie an Ort und Stelle blieb. Tränen strömten über ihre Wangen.

»Wir bringen ihn zurück«, flüsterte ich. »Ihn und die anderen.«

Sie widersprach mit einem gedämpften Stöhnen.

»Er wird dafür bezahlen«, versprach Wren. »Aber dafür muss er in Venda vor Gericht gestellt werden, so wie die Königin es wollte. Der lange Ritt in den Tod ist Folter genug.« Der Chievdar, der Wrens Eltern ermordet hatte, war tatsächlich im Kampf gefallen, aber sie konnte Synovés Schmerz nur allzu gut mitfühlen, sodass ihre Lippen zitterten und in ihren Augen ebenfalls Tränen schwammen.

So standen wir angespannt und eng umschlungen, klammerten uns aneinander fest, und das einzige Geräusch im Keller waren Synovés heftige Atemzüge. Schließlich wurden ihre Schultern unter unseren Händen schlaff. Ihr Atem beruhigte sich und sie nickte. Synové hatte einen Eid geschworen und kannte ihre Pflichten.

Nun brach die Dunkelheit schnell herein. Wir kehrten zum

Haupthaus zurück, die Köpfe voller halbgarer Pläne und meine Hände noch salzig von Synovés Tränen. Gerade waren wir nach drinnen geschlüpft, da hörte ich, wie die Wachhunde losgelassen wurden.

Auf den letzten Stufen zurück zu meinem Zimmer taten mir die Beine weh, als hätte man ihnen alle Kraft ausgesogen. Mein eigener Schmerz war schon schwer genug zu ertragen und Synovés Qualen hatten ihn noch vertieft.

Mir graute vor dem Abendessen. Mir graute davor, Jase zu begegnen. Wie sollte ich ihm gegenüber so tun, als wüsste ich nicht Bescheid?

Wie hatte er das alles vor mir verbergen können? Wachhunde mit giftigen Fängen vor einer Tür, die angeblich nirgendwohin führte? Eine Einladung an die Königin, die sich als Falle herausstellte? Ein Hausverwalter, der in Wirklichkeit ein entflohener Massenmörder war? Ein Waffenarsenal, mit dem man sämtliche Königreiche unterwerfen konnte?«

Die kleine Enklave im Herzen von Torsfeste war in Wahrheit die Höhle des Drachen.

Ich bin dir auf den Leim gegangen, Jase Ballenger.

Meine Gedanken schwirrten ziellos umher, und meine eigenen Worte schienen mich zu verspotten. *Als Trickbetrügerin weiß man, dass alle Leute den Kopf voller Lügen haben. Sie haben eine Geschichte über sich selbst erfunden, an die sie unbedingt glauben wollen, und deshalb schlucken sie alles.*

Aber diesmal hatte ich mich wie der rundmäulige Fisch benommen, der einer Spur aus Brotkrumen folgt. Einen nach dem anderen hatte ich geschluckt.

Ich war leichte Beute gewesen und zum Opfer meines eigenen Spiels geworden.

Jase hatte mich meisterhaft ausgetrickst.

KAPITEL 44

Kazi

»WO BIST DU GEWESEN, KAZI?«

Mit einem Keuchen wirbelte ich zu der Stimme herum.

Jase saß auf dem Lehnstuhl in der Ecke meines Zimmers. In der Dunkelheit.

»Ah, lass mich dir helfen.« Er drehte das Rädchen an der Glaslaterne neben dem Bett gerade so weit, dass ich ihn sehen konnte, doch der Rest des Zimmers lag noch immer im Schatten.

Sein Gesicht und seine Stimme wirkten beängstigend leer und emotionslos. »Du hast mir nicht geantwortet«, sagte er. »Ich warte hier schon eine ziemliche Weile. Wo bist du gewesen?«

Du wirst die Wogen glätten müssen.

Entschuldige dich.

Fang an zu jonglieren, Kazi, wie du es immer tust.

»Das geht dich nichts an«, erwiderte ich. »Verschwinde.«

Ich hatte keine Tricks mehr übrig. Nicht in diesem Moment. Nicht für ihn.

Seine Miene verzog sich kaum merklich. Nur ein winziges Heben des Kinns. Kalt. Abweisend.

Er stand auf.

»Ich denke, ich verstehe das Problem. Vermutlich habe ich dich nicht richtig angeredet. Entschuldige. Schließlich ist dein Name *Zehn*.«

Jase trat einen Schritt näher und reckte die Schultern. Er wusste Bescheid. Mein Magen zog sich zusammen. »Ich …«

»*Nicht*«, warnte er, und sein Blick wurde rasiermesserscharf, als die kühle Fassade verschwand. »Versuch gar nicht erst, es zu leugnen. Jetzt ist alles so offensichtlich: wie du den Schlüsselbund und meinen Ring eingesackt hast und direkt unter unserer Nase verschwinden konntest. Oder in der Siedlung, als die Vendanerin dich *Zehn* genannt hat und du sie dazu gebracht hast, den Mund zu halten.« Seine Nasenflügel bebten. »Ironisch, findest du nicht? Als wir in der Wildnis waren, hast du mir ständig deine selbstgerechte Verachtung entgegengeschleudert, weil *ich* ein diebischer Ballenger bin. Zum Lachen, oder? Ja, ich sollte wohl darüber lachen.«

Er strengte sich an, seinen Zorn unter Kontrolle zu halten, aber selbst in dem schwachen Licht sah ich, dass seine Schläfen feuerrot brannten. »Und dann dein Auftritt heute?« Er rieb sich den blauen Fleck am Kinn, wo mein Faustschlag ihn getroffen hatte. »In der Arena hast du mich *vor allen Leuten* angeschrien und mir eine Predigt über die Previzi gehalten, obwohl du selbst nur eine gewöhnliche Straßendiebin bist! Hasst du sie deshalb so sehr? Weil sie dich daran erinnern, was hinter deiner Maske steckt?«

Meine Hände zitterten. Ich schluckte und versuchte, mich zu beherrschen. »Verschwinde aus meinem Zimmer, Jase, bevor ich dir wehtue.«

Stattdessen trat er auf mich zu. »Ich erwarte Antworten, verdammt!«

»Du meinst, du befiehlst es mir, *Patrei*«, spuckte ich hervor. »Weil du immer bekommst, was du willst, richtig? Du nimmst dir, was du willst! Du tust, was du willst!«

Seine Augen glitzerten vor Zorn, sezierten und verurteilten

mich. Der Bluterguss an seinem Gesicht brannte puterrot. »Ich verschwinde ganz bestimmt nicht«, knurrte er. »Erst wenn ich eine Antwort bekomme.«

Meine Fingernägel bohrten sich in die Handflächen.

Er blinzelte nicht einmal. Wenn es sein musste, würde er hier bis zum nächsten Morgen stehen. Meine eigene Wut erreichte plötzlich einen Punkt, den ich schon kannte, und meine Selbstbeherrschung ging schlagartig zu Bruch. Säume barsten, Nähte rissen, und alles quoll befreit nach draußen. »Hier hast du deine Antwort, Jase!«, schrie ich ihn an. »Ja, ich war eine Diebin! Aber ganz sicher keine gewöhnliche!«

Ich hielt ihm herausfordernd meine Hände vors Gesicht. »Schau dir meine Finger an, Jase! Jeden einzelnen, schön lange und genau, denn mir fehlt keiner davon. *Das* hat mir meinen Namen eingebracht. Und ich bin stolz darauf! Bevor die Königin nach Venda kam, hat der Komizar jeden Diebstahl damit bestraft, eine Fingerkuppe abzuhacken – auch bei Kindern! Auch wenn man nur einen Bissen Brot gestohlen hat! Ich musste mich auf der Straße durchschlagen, seit ich sechs Jahre alt war. Allein. Niemand hat sich darum gekümmert, ob ich überlebte oder krepierte. Kannst du dir das auch nur vorstellen, Jase Ballenger? Ich bin nicht aufgewachsen wie *du*.«

Ich hörte selbst, wie meine Stimme immer lauter wurde, giftiger, wütender, unkontrollierter. Gleichzeitig rührte ich mich nicht vom Fleck. Ich stand unbeweglich wie ein Fels. Festgewurzelt auf dem Boden. »Durchs Stehlen konnte ich überleben! Ich hatte keine Familie! Keinen Speisesaal, an dem man sich hübsches Geschirr herumreicht. Keine dicken Teppiche und Kronleuchter. Keine Diener, die Essen herbeischleppen. Keine Gartenfeiern. Ich musste mir jede vergammelte Handvoll zusammenkratzen. Du hast geschneiderte Wintermäntel, ich hatte

Schichten aus Lumpen, um mich warm zu halten. Mein Zimmer war ein freigeschaufeltes Loch in den Ruinen. Keine Heizungsrohre gegen die Kälte! Keine warmen Bäder! Keine Seife! Wenn ich mich überhaupt säubern konnte, dann im eisigen Wasser von öffentlichen Waschtrögen. Manchmal habe ich mir mit einer Messerklinge die Haare abrasiert, weil so viel Ungeziefer darin hockte, dass ich meine Kopfhaut nicht mehr spüren konnte!«

Ich marschierte auf sein Bücherregal zu und fegte eine Armladung zu Boden. »Keine Lehrer, keine Bücher, weder Stifte noch Papier! Was man nicht essen konnte, hatte für mich keinen Wert. Mein ganzes Leben drehte sich nur um die nächste Mahlzeit und wie ich sie bekommen konnte. Ich war jeden Tag am Rande des Verhungerns, bis ich endlich gelernt hatte, eine erstklassige Diebin zu sein, und dafür werde ich mich nicht entschuldigen!«

Seine Miene hatte sich verändert, und die Härte darin war verschwunden. Vermutlich versuchte er sich das dreckige Gossenbalg vorzustellen, das ich einst gewesen war. »Was ist mit deinen Eltern?«, fragte er.

Das Gift in meinen Adern gefror schlagartig zu Eis. Ich schüttelte den Kopf. »Meinen Vater habe ich nie kennengelernt. Ich weiß nicht, ob er lebt, tot ist oder ein Königreich auf dem Mond hat. Ist mir auch egal!«

Ich starrte zu Boden. Mir war klar, was als Nächstes kommen würde. Die Frage, die immer zwischen uns gestanden hatte. Alle anderen Antworten hingen letztendlich davon ab, wie eine Tür, die den Weg zu tausend weiteren öffnete.

»Und deine Mutter? Was ist mit ihr passiert?«

Ich hatte nie jemandem davon erzählt. Scham und Furcht lauerten angespannt wie eine Sprungfeder in meinen Eingeweiden, und mein Kiefer schmerzte von den eingeschlossenen Worten. Ich wandte mich ab und ging auf die Tür zu.

»Gut, was soll's!«, rief er. »Dann renn eben weg! Kapsel dich vor mir ab wie immer! Bleib in dem verdammten Kerker, den du dir selbst geschaffen hast!«

Ich blieb an der Tür stehen, zitternd vor Wut. *Der Kerker, den ich mir geschaffen hatte?* Ich starrte geradeaus, doch eine brodelnde Wolke aus Zorn vernebelte mir den Blick. Abrupt fuhr ich wieder herum und schaute ihm ins Gesicht. Sein Blick hing fordernd an meinem.

»Erzähl es mir, Kazi.«

Kälte kroch über meine Haut, bis mein Körper sich fiebrig klamm anfühlte. Dunkle Erinnerungen stiegen auf, und ich musste mich an die Tür lehnen, um mich zu stützen. Ich spürte, wie etwas tief in mir in zwei Hälften riss, sodass die eine Kazi noch immer unter dem Bett kauerte, während die andere aus weiter Ferne zuschaute wie eine scheue Beobachterin. »Ich war sechs, als meine Mutter entführt wurde«, sagte ich. »Es war mitten in der Nacht, und wir lagen zusammen in unserem Unterschlupf auf einer zusammengezimmerten Pritsche. Ich wurde aus dem Schlaf gerissen, als sie ihren Finger auf meine Lippen drückte und flüsterte: *Schsch, Kazi, bleib jetzt ganz still.* Das waren die letzten Worte, die ich von ihr gehört habe. Sie hat mich auf den Boden geschoben, damit ich mich hinter dem Bett versteckte. Und dann …«

Ich schaute zur Decke empor, und meine Augen brannten.

»Und was dann, Kazi?«

Meine Schultern zuckten. Alles in mir schien zu schrumpfen und sich gegen die Worte zu wehren. »Ich habe zugesehen. Unter dem Bett habe ich zugesehen, wie der Mann in unser Zuhause eindrang. Wir hatten keine Waffen, nur einen Knüppel, der in einer Ecke lehnte. Meine Mutter hat versucht, danach zu greifen. Sie war nicht schnell genug. Ich wollte zu ihr rennen, aber wir hatten Signale ausgemacht, und sie befahl mir, still zu bleiben und mich nicht zu bewegen. Das habe ich getan. Ich lag einfach da, unter das Bett gekauert, während der Mann meine Mutter betäubte und fortschleppte. Er hat gesagt, sie würde einen guten Preis einbringen. Für ihn war sie nur Ware. Mich wollte er auch, konnte mich aber nicht finden. *Komm raus, Kleine*, brüllte er. Ich habe mich nicht gerührt. Meine Mutter hat ihn angelogen und behauptet, dass ich nicht da sei.«

Mein Blick verschwamm, und ich sah Jase nur noch undeutlich. »Zwei Tage lang lag ich in meinem eigenen Dreck unter dem Bett, zitternd, weinend und wie erstarrt vor Furcht. Ich hatte solche Angst, dass er zurückkommen würde. Du hast einmal gefragt, warum ich mich vor dem offenen Himmel fürchte, Jase. Weil er mir kein Versteck bietet. Das sind die Kerkermauern, in denen ich seit elf Jahren lebe, aber glaub mir, ich habe sie nicht selbst geschaffen.«

Ich blinzelte, damit mein Blick wieder klar wurde, und sah an seinem Gesicht, dass ihm ein Licht aufging. »Elf Jahre. Deshalb wolltest du wissen, wie lange …«

»Ganz recht, Jase. Er war ein Previzi. Während ich auf den Straßen von Venda gehungert, gefroren und gestohlen habe – und nur die Götter wissen, wo meine Mutter abgeblieben ist –, hat er unter eurem Schutz gelebt, warm und satt. Wie schön für ihn.«

»Das ist elf Jahre her. Wie kannst du überhaupt sicher sein, dass er ein Previzi war? Deine Erinnerungen …«

»*Nein!* Wag es jetzt *nicht*, meine Erinnerungen infrage zu stellen!«, knurrte ich. »Ich habe ein gutes Auge für Einzelheiten, und mit diesen Bildern habe ich jeden Tag leben müssen, seit ich sechs war! An manchen Tagen habe ich die Götter angefleht, dass sie mich vergessen lassen. Ich habe ihn am selben Morgen mit seinem Wagen ankommen sehen – auf der Plane waren vier schwarze Streifen!«

Jase wusste sehr genau, dass man die Previzi dadurch schon von Weitem erkennen konnte.

»Aber du warst sechs Jahre alt! Es war mitten in der Nacht! Vielleicht war es nicht einmal derselbe Mann. Kann doch sein …«

»Ein großer Mann, Jase – wie du! Aber dürr und knochig. Die Haut war fahlweiß wie bei einer Leiche. Seine dunklen Haare waren lang und fettig, sodass sie ihm strähnig ins Gesicht hingen. Die Augen waren wie stumpfe, onyxschwarze Kiesel. Hast du den Ehemann der neuen Köchin gesehen? Bis auf die Augen sind sie sich verblüffend ähnlich. Ich schätze, inzwischen muss er ungefähr fünfunddreißig sein. Und seine Hände – als er meiner Mutter ein Schlafmittel in den Hals geschüttet hat, konnte ich die schwarzen Haare auf seinen Knöcheln und eine große Warze am rechten Handgelenk sehen. Reichen dir diese Einzelheiten?«

Er gab keine Antwort, als würde er bereits seine eigenen Erinnerungsbilder aus elf Jahren durchforsten.

»Damals warst du auch noch ein Kind, aber inzwischen kennst du sie alle!«, sagte ich. »Gibt es einen Previzi-Händler, auf den meine Beschreibung passt?«

»Nein!«, rief er und warf die Hände in die Luft. Er drehte sich um und lief im Raum auf und ab. »So einen Previzi gibt es nicht!«

»Wie kannst du …«

Jemand klopfte an die Tür.

Ich verschluckte den Rest meiner Worte und wandte den Kopf um. Wir starrten beide zur Tür. Ein weiteres schüchternes Klopfen ertönte. Ich ging durchs Zimmer und öffnete.

Lydia und Nash standen Seite an Seite davor und schauten uns mit großen, besorgten Augen an.

»Nash. Lydia.« Ich wusste nicht, was ich sonst sagen sollte.

»Habt ihr euch gestritten?«, fragte Nash mit einer Stimme, die leise und zerbrechlich klang. Die Unschuld seiner Frage versetzte mir einen Stich. Ich starrte in seine beunruhigten Augen. Er sah aus, als habe man ihm einen Schlag in den Magen versetzt. Ich verabscheute den Gedanken, wie leicht solche Unschuld geraubt werden konnte. Es bedurfte so wenig, damit ein Kind, das eben noch Wunschhalme am Teich gepflückt hatte, stattdessen gestohlenes Brot unter seinem Mantel umklammerte.

Ich kniete mich hin, sodass wir auf Augenhöhe waren. »Nein, natürlich nicht.« Mir gelang es, ein Lächeln aufzusetzen. »Wir haben nur diskutiert und sind etwas laut geworden.«

»Aber … du hast geweint.« Lydia streckte die Hand aus und wischte eine Stelle unter meinem Auge trocken.

»Ach, das.« Hastig fuhr ich mir mit beiden Händen über die Wangen. »Ich bin eine lange Strecke galoppiert, da ist mir Staub in die Augen geraten. Aber – was ist das denn?« Ich griff hinter die Ohren der beiden und runzelte die Stirn. »Habt ihr etwa vergessen, euch zu waschen?«

Die beiden grinsten hingerissen, als ich jedem von ihnen eine Münze hinter dem Ohr hervorzauberte und dabei in gespielter Empörung mit der Zunge schnalzte. Ich drückte ihnen die Münzen in die Hände.

»Was wolltet ihr denn?«, fragte Jase.

»Mama hat gesagt, Kazi soll bitte früher in den Speisesaal kommen. Sie will übers Essen reden.«

»Darüber, was die Königin am liebsten mag!«, fügte Lydia hinzu.

Jase sagte, wir würden bald kommen. Ich schaute ihnen nach, als sie lachend den Flur entlangrannten. Unsere erhobenen Stimmen und die Tränen hatten sie bereits vergessen. Ich wünschte nur, alle Erinnerungen würden sich so einfach fortwischen lassen.

Kapitel 45

Jase

Nash verrührte seinen pürierten Kürbis in der Sahnesoße. Ich schaute auf seine kleinen Finger, die den Löffel umklammerten, während er genauso mit dem Essen spielte wie ich selbst mit sechs. Lydia formte aus den Fleischstücken auf dem Teller, die Mutter für sie in Streifen geschnitten hatte, eine Sonne.

Ich musste mich auf der Straße durchschlagen, seit ich sechs Jahre alt war.

Vergeblich versuchte ich mir vorzustellen, wie Nash oder Lydia ohne Hilfe zurechtkommen sollten. Ganz allein und voll schrecklicher Angst. Ich glaubte nicht, dass sie lange überleben würden.

Schau dir meine Finger an, Jase! Jeden einzelnen, denn mir fehlt keiner davon.

Immer wieder sah ich Kazis lange, wunderschöne Finger ohne Kuppen vor mir. Warum hatte sie mir das alles nicht schon viel früher erzählt? Die vielen Male, die ich Kazi in der Wildnis nach ihrem Leben gefragt hatte …

Ich bin nicht aufgewachsen wie du.

Nie zuvor hatte ich Kazi eine Träne vergießen sehen. Nicht einmal, als sie über brennenden Sand laufen musste, bis ihre Füße voller Blasen waren. Oder als ein Sklavenjäger ihr ins Gesicht schlug. Oder als sie fast zu Tode gewürgt wurde. Aber das hier, eine elf Jahre alte Erinnerung, hatte sie völlig aufgelöst. Ich sah, wie sie dagegen ankämpfte und versuchte ihre Gefühle abzutrennen, während sie die Tatsachen schilderte.

Doch dann waren Lydia und Nash an unsere Tür gekommen. Kazi hatte sich schlagartig zusammengerissen und war jemand anders geworden. *Wie machst du das?*, hatte ich gefragt, als wir zum Essen gingen. *Wie kannst du so sichtbar leiden und dann plötzlich Münzen hinter Kinderohren hervorzaubern?*

Reine Übung, Jase. Als Diebin lernt man so etwas.

Ich hörte den Sarkasmus in ihrer Stimme. Offenbar glaubte sie, ich wollte unterstellen, dass auch ihre Tränen nur ein oberflächliches Schauspiel waren. Dabei hatte ich genau das Gegenteil gemeint. Ich hatte zusehen müssen, wie sie für Lydia und Nash einen Teil von sich aufopferte, als würde sie einen blutenden Armstumpf hinter dem Rücken verbergen und ihnen vorspielen, dass es nicht wehtat.

»Jase, du stocherst schon die ganze Zeit in deinem Essen herum«, sagte Priya nun und fuchtelte mit der Gabel in meine Richtung. »Hast du keinen Hunger?«

Ich schaute auf meinen unberührten Teller.

Keine Diener, die Essen herbeischleppen.

Keine Gartenfeiern.

Schichten aus Lumpen, um mich warm zu halten.

Mir kam in den Sinn, wie Kazi in der Wildnis bereit gewesen war, Fische roh in den Mund zu stecken, bevor wir sie braten konnten. *Ich musste mir jede vergammelte Handvoll zusammenkratzen.* Jetzt kannte ich den Grund dafür. Es gab Schlimmeres als rohen Fisch, und sie hatte es trotzdem essen müssen.

Mutter musterte meinen vollen Teller. »Ich kann Natiya bitten, dir etwas anderes zu kochen, wenn du möchtest?«

»Nein«, antwortete ich, »ist schon in Ordnung.« Ich spießte ein Stück Fleisch auf und kaute.

Anschließend strengte ich mich mehr an, den verschiedenen Gesprächen am Tisch zu folgen. Sie wirkten lauter und aufgekratzter als gewöhnlich. Vielleicht weil sich alle bemühten, ein peinliches Schweigen zu vermeiden. Sonst wäre aufgefallen, dass Jalaine fehlte, oder sie hätten Kazis wütenden Ausbruch in der Arena und mein blaues Kinn nicht länger ignorieren können. Lydia hatte mich gefragt, was passiert war. »Ich habe nicht aufgepasst«, hatte ich geantwortet, was sogar stimmte. Garvin hatte ich befohlen, seine Entdeckung für sich zu behalten. Immerhin wusste niemand am Tisch, dass sie früher eine Straßendiebin gewesen war.

Anscheinend war sie das – bei gewissen Gelegenheiten – auch heute noch.

Sie hatte den König bestohlen.

Was hatte sie ihm abgenommen? Und warum?

Es gab immer noch so viele Fragen, die ich ihr nicht gestellt hatte. Dinge, die ich wissen wollte. Wie war eine elternlose Straßendiebin in die Ehrengarde der Königin aufgerückt? Wo hatte sie in den Stunden gesteckt, als ich sie nirgends finden konnte? Aber nachdem sie Lydia und Nash abgewimmelt hatte, war sie ins Bad verschwunden und hatte die Tür hinter sich geschlossen. Ich hörte, wie sie sich das Gesicht wusch. Als sie wieder herauskam, waren ihre Augen nicht mehr gerötet, aber ich hatte das Gefühl, als stünde sie immer noch am Rande eines Abgrunds. Aus Furcht, sie hineinzustoßen, hielt ich meine Fragen zurück. Zumindest für eine Weile.

»Mehr Bier, *Patrei?*« Natiya war neben mir aufgetaucht und hielt abwartend einen Krug über mein leeres Glas.

Ich nickte. »Ja, danke.«

Anscheinend hatte ich mehr Durst als Hunger.

Wie üblich plauderte Synové die ganze Zeit, aber heute war

sie noch gesprächiger als sonst und brachte kaum einen Satz zu Ende, bevor sie schon den nächsten begann. Sogar die stille Wren, die normalerweise nur stechende Blicke verschoss und mich damit immer ein bisschen nervös machte, redete mehr als gewöhnlich. Aram und Samuel hingen an ihren Lippen, während sie die Geschichte der *Ziethe*-Klingen erzählte. Offenbar waren sie die bevorzugten Waffen des Meurasi-Clans, aus dem sie stammte.

Kazi unterhielt sich angeregt mit meiner Mutter über die Lieblingsspeisen der Königin, als hätten wir uns nicht gerade eben in ihrem Zimmer angeschrien. Keine Spur von ihrem Zusammenbruch und ihren Tränen. Man hätte denken können, nichts davon sei je passiert.

»Vielleicht sollten wir uns morgen früh mit der Köchin zusammensetzen«, meinte Kazi, »damit sie uns Rezeptvorschläge machen kann. Ich weiß, dass die Königin eine Vorliebe für Vagabundenkost hat.«

Irgendetwas an der ganzen Sache stimmte nicht recht.

Es fühlte sich falsch an.

Die Köchin und ihr Mann waren mehrmals hereingekommen, um Speisen nachzulegen oder leere Teller mitzunehmen. Jedes Mal starrte ich ihn an. Er war kühl und reserviert, ganz im Gegensatz zu seiner Frau. Seit sie bei uns waren, hatte sich die Köchin schon mehrmals bei mir bedankt, weil ich ihnen eine Anstellung gegeben hatte. Am ersten Tag hatte sie sich den Bauch getätschelt und mir anvertraut, dass ihre Familie sich bald vergrößern würde. Deshalb war sie mir ganz besonders dankbar. Er blieb dagegen völlig emotionslos, arbeitete weiter in der Küche vor sich hin und zerkleinerte mit blitzschnellen, geübten Bewegungen das Gemüse. In einem Punkt hatte sie jedenfalls recht: Er konnte hervorragend mit einem Messer umgehen.

Und auch Kazi hatte in einem Punkt recht, nämlich was sein

Aussehen betraf. Nach ihren Enthüllungen drehte sich mir jedes Mal, wenn er durch die Küchentür kam, der Magen um.

Ich hatte Kazi die Wahrheit gesagt. Es gab keinen Previzi-Händler, der ihm ähnelte.

Aber früher schon.

Jetzt war er kein Previzi mehr, sondern arbeitete für uns.

Mein Vater hatte ihn vor einem Jahr eingestellt.

Sie fühlt sich ganz elend vor Schuld, Jase. Ich habe versucht, mit ihr zu reden. Jetzt bist du an der Reihe.

Meine Mutter hatte mich nach dem Essen abgefangen und beiseitegezogen. *Sprich mit ihr.*

Ich sah Kazi in Richtung ihres Zimmers gehen – unseres Zimmers. Am liebsten wäre ich ihr nachgeeilt, aber die Besorgnis in Mutters Augen hielt mich zurück.

Ich klopfte leise an Jalaines Tür und rief nach ihr.

Keine Antwort.

Ich klopfte lauter.

»Jalaine, mach auf. Ich muss mit dir reden.«

Der Patrei *entschuldigt sich nie für eine Entscheidung, sobald er sie einmal getroffen hat.* Daran hatte mein Vater sich eisern gehalten. Er hatte mir diese Anweisung auf dem Totenbett gegeben, gleich nachdem er mich vorgewarnt hatte, dass manchmal hundert Pflichten gleichzeitig auf mich einstürmen würden. Ich bereute nicht, dass ich Jalaine von ihrem Posten in der Arena abgezogen hatte. Ich bereute auch nicht, wie ich sie im Arbeitszimmer zusammengestaucht hatte. Aber danach beim Abendessen war meine Wut noch zu heiß und frisch gewesen. Bei dem Anblick, wie Kazi in einer Blutlache unter Verrtig lag, war ein hässliches, brutales Gefühl in mir explodiert. Ich wollte etwas in Stücke reißen … oder jemanden. Also hatte ich Jalaine vor der gesamten Familie bloßgestellt.

Sie war erst sechzehn. Ja, sie hatte einen Fehler begangen. Einen schwerwiegenden, der uns fast das Leben gekostet hätte, aber schließlich war sie immer noch meine Schwester. Meine Familie. Und auch *Patreis* machten Fehler.

»Ich hätte dich nicht am Familientisch beschämen sollen«, flüsterte ich durch die Tür. »Es tut mir leid.«

Sie antwortete nicht.

Wenn das Amt des Patrei *einfach wäre, hätte ich jemand anderen dafür gewählt.*

Manchmal wünschte ich, er hätte es getan. Jetzt musste ich nicht nur mit meinen eigenen schlechten Entscheidungen leben, sondern auch mit seinen. Manche davon waren am Anfang richtig erschienen, aber nun stellten sie sich als völlig falsch heraus … als hätte die Zeit sie verderben lassen wie Hühnereier, die vergessen in der Vorratskammer faulten.

Ich ging mit leisen Schritten durch den Flur, um niemanden zu wecken. Inzwischen verstand ich meinen Vater auf ganz andere Weise als früher. Gegen manche seiner Entscheidungen hatte ich mich mit allen Kräften gewehrt. Andere hatten mich lautstark wüten lassen, gerade weil er sie *nicht* getroffen hatte. Doch bei vielen hatte ich nicht einmal mit der Wimper gezuckt. Das galt zum Beispiel dafür, einen Previzi-Händler in unsere Dienste zu nehmen.

Wie kannst du einfach die Augen verschließen?

Jetzt konnte ich es nicht mehr. Kazi hatte Handelsmeister

Zane beschrieben, der für die eingehenden Waren in der Arena zuständig war und den wir damit betraut hatten, Beaufort diskret mit allem zu beliefern, was er brauchte. So wollten wir vermeiden, dass seine Anwesenheit und die seiner Männer allgemein bekannt wurden. Zane war dreiunddreißig und sah wie eine ältere Ausgabe vom Ehemann der Köchin aus.

»Mason«, flüsterte ich und rüttelte an seiner Schulter, um ihn zu wecken.

Er fuhr aus dem Schlaf hoch und streckte mich zu Boden. Ein Dolch blitzte in seiner Hand.

Dann blinzelte er und verstand, wer ich war. »Bist du verrückt geworden?«, fragte er mit wildem Blick, noch immer nicht ganz wach. »Ich hätte dich umbringen können.«

Es war wirklich nicht klug gewesen, ihn auf diese Art zu wecken. Mason schlief immer mit einem Dolch unter dem Kopfkissen. Er war zwar zu jung, um sich an Einzelheiten der Nacht zu erinnern, in der seine Eltern ermordet worden waren, aber vage Bilder spukten weiter durch sein Gedächtnis. Man hatte sie im Schlaf getötet – ein rivalisierendes Bündnis, das nun nicht mehr existierte, war dafür verantwortlich gewesen. Mein Vater hatte jeden Einzelnen von ihnen ausgelöscht.

Masons Vater war sein engster Freund gewesen. Damals war er Teil unserer Familie geworden.

»Es ist mitten in der Nacht«, stöhnte er, noch immer verärgert. »Was willst du?« Er kletterte von mir herunter und hielt mir eine Hand entgegen, um mir aufzuhelfen.

»Ich habe Hunger.«

»Hunger?«

»Lass uns in die Küche gehen und etwas zu essen holen.«

Er zischte etwas Unverständliches, schnappte sich aber ein Hemd, das am Bettende hing, und zog es über den Kopf.

In der Küche entzündete ich eine Öllampe und ging in die Vorratskammer, um mit einem Milchkrug und zwei dicken Stücken Johannisbeerkuchen wieder herauszukommen.

»Das haben wir schon eine Weile nicht mehr gemacht«, sagte Mason mit einem fragenden Unterton. Mitternächtliche Ausflüge in die Küche waren bisher dafür reserviert gewesen, jugendliche Eskapaden zu planen oder ihr katastrophales Ergebnis abzuwettern. Ein paar glimmende Kohlen leuchteten noch durch den Grillrost des Ofens. Die Küche wirkte tief in der Nacht sogar stiller als der Rest des Hauses. Vielleicht weil dieser Ort sonst von ständigem Lärm erfüllt war, wie bei einer großen Familie zu erwarten. Es wurde mit Geschirr geklappert, Brotteig geknetet, Fleisch gehackt, gerührt, geschnitten, geschüttet, geplaudert, und immer wieder kam jemand hereinspaziert, um einen Bissen zu probieren. Einen behaglicheren Raum gab es in der ganzen Festung nicht. Hier wurde jeder gehegt und gepäppelt. Vielleicht hatte ich ihn mir deshalb ausgesucht, um mit Mason zu reden.

Er schaute mich abwartend an. »Du hättest beim Abendessen besser zulangen sollen.« Er wusste, dass mein Hunger nur ein Vorwand war.

»Kennst du Zane?«, fragte ich.

Er holte Kuchengabeln aus der Schublade einer Anrichte. »Was für eine Frage soll das denn sein? Natürlich kenne ich Zane.«

Ich stellte die Teller auf den Küchentisch, wir zogen uns Stühle heran und setzten uns. »Ich meine, kennst du ihn genauer? Weißt du zum Beispiel, auf welchen Verkaufsrouten er als Previzi unterwegs war? Und noch wichtiger, kannst du dich vielleicht erinnern … also, hat er eine Warze auf dem Handgelenk?«

Mason zog die Brauen zusammen. »Worum geht es hier überhaupt?«

Ich erklärte, warum Kazi in der Arena so extrem auf die Previzi reagiert hatte, und dass sie mir eine genaue Beschreibung von Zane geliefert hatte, bis hin zu seinen fettigen schwarzen Haaren.

Mason stieß zischend die Luft aus und versuchte, das alles zu verarbeiten. »Sie hat alleine gelebt, seit sie sechs war?«

Ich nickte, erzählte ihm aber nicht, zu welchen Mitteln sie als verwaistes Straßenkind gegriffen hatte.

Er säbelte mit der Gabelseite ein Stück Kuchen ab. »Über seine Routen weiß ich nichts. Kann schon sein, dass er auch Venda angefahren hat. Aber an sein Handgelenk erinnere ich mich bestens.« Er schaute zu mir auf und seufzte. »Ja, da hat er eine große Warze.«

Falls Kazis Erinnerungen stimmten, war uns beiden klar, was das bedeutete. Zane hatte früher mit Menschenhändlern paktiert. Was vermutlich bedeutete, dass er es heute immer noch tat. Damit war er nicht nur Kazis Problem, sondern auch unseres.

Wir waren uns schnell einig, dass wir ihn befragen mussten, aber unauffällig, damit er keinen Verdacht schöpfte. Previzi waren wie hungrige Wölfe, konnten Ärger schon von Weitem riechen und waren genauso gut darin, spurlos zu verschwinden. Wenn er das Gefühl bekam, dass wir ihn mit den Sklavenjägern in Verbindung brachten, die in Höllenschlund aufgetaucht waren, dann würden wir ihn nie wieder zu sehen bekommen. Und falls er wirklich in die Sache verwickelt war, mussten wir wissen, für wen er arbeitete – vielleicht für dieselben Auftraggeber, die auch hinter Verrtigs Truppe steckten. Vermutlich hatte der Verlust von zwölf Mann ihre Pläne zunichtegemacht, aber ich wollte sie trotzdem nicht davonkommen lassen. Sie sollten für alles bezahlen, was sie zu verantworten hatten: Samuels Hand, die zerstörte Vendanersiedlung, niedergebrannte Häuser in Höllenrachen, Menschenraub auf offener Straße, Überfälle auf Karawanen und nicht zuletzt, dass Kazi fast erwürgt worden wäre. Diese Leute schuldeten uns eine Menge.

»Ich kann mir nur schwer vorstellen, dass Zane darin verwickelt ist«, sagte Mason. »Er arbeitet hart. Ein zuverlässiger Mann.«

»Wir werden es bald wissen. Ich muss das wieder in Ordnung bringen.«

»Tut mir leid, Bruder, aber es gibt Dinge, die man nicht in Ordnung bringen kann.«

»Wenigstens kann ich dafür sorgen, dass es nicht länger direkt unter unserer Nase geschieht.« Ich sagte ihm, dass ich morgen früh als Erstes ein Familientreffen einberufen würde. Alle anderen Pläne mussten warten, bis wir besprochen hatten, wie wir die Previzi entweder loswerden oder sie zwingen konnten, sich an neue Regeln zu halten.

Ich rieb mir über den Kopf. »Da ist noch etwas«, sagte ich und kam auf meine zweite Sorge zu sprechen, die in gewisser Weise noch beängstigender war, weil ich sie nicht festnageln konnte. Ich wusste nur, dass etwas sich verkehrt anfühlte. »Ist dir heute beim Abendessen aufgefallen, wie merkwürdig die Stimmung war?«

Er schaute mich überrascht an. »Ja ... jetzt, wo du es erwähnst. Synové hat die ganze Zeit geredet, sogar noch mehr als normal. Sie hat wieder angefangen, meine Größe zu schätzen und Gespräche von früher abzuspulen, als wäre sie abgelenkt oder wir hätten uns gerade erst kennengelernt ...«

»Als wären deine Hände nicht schon über jeden Zentimeter ihres Körpers gewandert?«

Mason ließ die Gabel voll Kuchen sinken, die er sich gerade in den Mund stecken wollte.

»Ja, ich weiß Bescheid über euch beide. Wieso hast du es vor mir verheimlicht?«

Er lehnte sich mit einem Stöhnen auf seinem Stuhl zurück. »Ich weiß auch nicht. Vermutlich war es mir peinlich. Erst warne ich dich, dass du lieber die Finger von Kazi lassen sollst, und dann …« Er schüttelte den Kopf. »Ich verstehe selbst nicht, wie ich an Synové geraten bin, aber sie bringt mich zum Lachen. Und sie ist einfach so verflixt …«

Er brauchte den Satz nicht zu beenden. Wie attraktiv er sie fand, konnte man ihm deutlich ansehen.

»Was ist mir dir und Kazi?«, fragte er. »Ich hatte erwartet, dass die Familie so langsam eine Einladung in den Tempel bekommt. Was hält euch zurück?«

Ich senkte den Blick und zermanschte die Krümel auf meinem Teller mit der Gabel. »Sie sagt, es sei ihre Pflicht, nach Venda zurückzukehren. Wir vermeiden es, über die Zukunft zu reden. Ich musste ihr versprechen, das Thema nicht wieder anzuschneiden.«

»Aber du …« Er zögerte, das Wort in den Mund zu nehmen, aber schließlich sprach er es dennoch aus. »Du liebst sie?«

Ich schaute zu ihm hoch. Liebe? Dieser Begriff umfasste nicht annähernd, was ich für sie empfand. Er kam mir viel zu klein, zu abgenutzt und einfach vor. Dagegen waren meine Gefühle für Kazi einzigartig und kompliziert, größer als die ganze Welt. Ich nickte.

Anscheinend konnte er mir den Rest vom Gesicht ablesen. »Sie liebt dich auch, Bruder, mach dir keine Sorgen. Da bin ich mir ganz sicher. So gut kann niemand schauspielern.«

Das glaubte ich auch. Aber heute Abend hatte ich echten Hass in ihrem Blick gesehen. Sogar durch die Tränen brannte das Gefühl so hell und heiß wie geschmolzenes Glas. Kazi und ich hatten das Wort *Liebe* kein einziges Mal ausgesprochen, als hätten wir eine seltsame Übereinkunft. Ich wusste nicht einmal genau, warum. Vielleicht hatte es in der Wildnis angefangen, während alles noch so flüchtig war. Doch mein Gefühl hatte mir schon damals gesagt, dass etwas zwischen uns wuchs. *Was ist das hier, Kazi?* Von Anfang war klar, dass mehr daraus werden konnte, etwas Stabiles und Bleibendes. Ich wusste, dass sie das Gleiche fühlte. Aber zwischen uns hatten so viele Geheimnisse gestanden. Ich hatte sie angelogen, als ich über die Siedlung sprach. Sie hatte mich angelogen, als …

So gut kann niemand schauspielern. Ich schaute Mason an. »Du hast ihr nicht getraut, als du ihr zum ersten Mal begegnet bist. Traust du ihr jetzt?«

Er steckte sich die letzte Portion Kuchen in den Mund und spülte sie mit dem Rest seiner Milch hinunter. »Es ist schwer, ihnen zu misstrauen, nachdem sie ihr Leben für uns riskiert haben. Das gilt für alle drei.« Er stand auf, sammelte sein Geschirr zusammen und stellte es in die Spüle. »Vielleicht hat sich das Abendessen nur so merkwürdig angefühlt, weil Kazi noch immer über die Previzi verstört war und Synové und Wren versucht haben, das mit Gerede zu überdecken. Wenn Synové angespannt ist, benimmt sie sich nun mal so. Die drei sind eine eingeschworene Truppe.«

Da hatte er recht. Das waren sie wirklich. Und heute Abend, als ich Kazi nicht finden konnte, waren die beiden ebenfalls verschwunden. Auf der Suche nach ihr hatte ich auch bei den Zimmern ihrer Freundinnen geklopft.

Ich stand auf und brachte mein Geschirr ebenfalls zur Spüle. »Geh ins Bett, ich übernehme den Abwasch. Morgen früh besprechen wir weiter, wie wir mit Zane umgehen wollen.«

Mason verschwand und ich drehte den Hahn auf. Warmes Wasser plätscherte in das Becken. Mein Großvater hatte dafür gesorgt, dass wir auf Torsfeste fließendes Heißwasser bekamen. Darüber hatte ich bisher nie wirklich nachgedacht. *Keine Heizungsrohre. Keine warmen Bäder. Keine Seife.* Jetzt sah ich alles durch ihre Augen. Ich hatte gewusst, dass Venda nicht reich war, und Garvin hatte erwähnt, dass Hellnebel zu den ärmsten Vierteln gehörte. Mir war klar gewesen, dass Kazi eine schwierige Kindheit hatte. Aber in meiner wildesten Fantasie hätte ich mir nicht ausmalen können, durch welche Hölle sie sich einsam und alleine kämpfen musste. *Niemand hat sich darum gekümmert, ob ich überlebte oder krepierte.*

Vielleicht fühlte sich deshalb alles verkehrt an. Es lag an mir. Jedes ihrer Worte fraß sich durch meinen Kopf wie ein hungriger Wurm. Ich verfolgte unsere Schritte in der Wildnis zurück und sah plötzlich alles mit anderen Augen: ihre fieberhafte Konzentration, wann immer wir eine offene Ebene überquerten, und ihren ersten Blick in den Sternenhimmel, der sie schwindeln und ins Taumeln geraten ließ.

Wenn Zane dafür verantwortlich war, würde er es bereuen.

Nachdem ich das Geschirr zurückgestellt hatte, zögerte ich. Mein Blick wanderte zu der Vorratskammer, in der unsere Medizin aufbewahrt wurde. Ich schloss auf und trat hinein. Flaschen und Phiolen, Säckchen und getrocknete Kräuter waren sorgfältig auf den Regalen angeordnet. In Torsfeste gab es so viele Menschen – Familie und Angestellte –, dass wir immer einen großen Vorrat bereithielten. Ich fand einen Glaskanister mit der Aufschrift *Birkenflug*. Danach hatte Wren beim Apotheker gefragt. Der Behälter war voll, und das Pulver darin reichte, um die halbe Stadtbevölkerung in Schlaf zu versetzen. Ich musste an Masons Frage denken: *Wozu braucht sie eine so große Menge?* Meine Antwort, dass sie vielleicht einen Vorrat nach Venda mitnehmen wollte, erschien mir immer noch einleuchtend. In der Arena kamen exotische Waren vom ganzen Kontinent an. Höllenrachen hatte den dreien bestimmt viele Wunder zu bieten, die sie gerne mit nach Hause bringen würden, und Birkenflug war nur eines davon.

Als ich ging, überprüfte ich das Schloss an der Tür. Es würde eine gewöhnliche Diebin keine fünf Minuten aufhalten.

Das galt erst recht für eine außergewöhnliche.

KAPITEL 46

Kazi

DER MORGEN WAR schon eine Weile angebrochen, und der frische, süße Duft von Heu lag in der Luft. Der Pferdeknecht pfiff bei der Arbeit vor sich hin, und Schwalben huschten durch die Dachbalken, um ihren lärmenden Küken das Frühstück zu bringen. Auf den ersten Blick wirkte der Morgen so trügerisch perfekt, als hätte ein Maler ihn farbenfroh angepinselt. Aber als ich näher hinsah, entdeckte ich das zerschlissene Zaumzeug am Wandnagel, den verrotteten Holzpfeiler am ersten Pferch und den Schwanz einer Ratte, die im Holzstapel verschwand. Ich fragte mich, ob es immer Dinge gab, die wir übersahen, weil wir nicht allzu genau hinschauen wollten. Der gestrige Tag hatte sich in meinem Kopf wieder und wieder abgespielt.

Die angehäuften Lügen.

Die Geheimnisse.

Jase' zorniges Gesicht, als er mich *Zehn* nannte.

Aber etwas anderes hatte mich gestern Nacht aus dem Schlaf gerissen. *Das Gelächter*. Ich hörte Illarion und den Rest in lautes Johlen ausbrechen. Dazu das Klirren von Gläsern. Etwas an dieser Erinnerung stichelte unangenehm, aber ich verstand nicht genau, warum. Vielleicht war es nur der Schock, sie alle zusammen zu sehen. – Da hatten wir uns deutlich mehr eingehandelt als erwartet.

Als der Pferdeknecht das letzte Heu in den Pferch geworfen hatte, spazierte ich hinüber und warf einen näheren Blick auf den leeren Karren. Er war klein, was vorteilhaft war. Sechs verschnürte Personen sollten darauf Platz haben, und trotzdem konnte man ihn leicht an der Hinterseite von Torsfeste entlangmanövrieren und zu dem Pfad gelangen, der aus Greysons Tunnel kam. Dort würden wir am wenigsten auffallen. Wir konnten mit unserer Beute schlecht quer durch die Stadt holpern. Aber wenn wir diesen Weg nahmen, konnten wir im Schutz der Nacht verschwinden. Vermutlich würden uns trotzdem nur ein paar Stunden Vorsprung bleiben.

Mehrere Pferde anzuspannen, würde allerdings Lärm machen. Ich schaute in Richtung des kleinen Häuschens am hinteren Ende der Ställe, wo der Pferdeknecht wohnte. Seine Mahlzeiten kamen von Eben und ließen sich leicht mit Birkenflug versetzen. Das galt für alle Stallarbeiter, auch den Aufseher der benachbarten Hundezwinger. Wenn er bewusstlos war, konnte er die Wachhunde nicht loslassen. Eine ausreichende Menge Birkenflug würde außerdem unsere sechs Gefangenen ruhigstellen, solange wir uns auf dem Weg befanden.

Ich hatte mich spätnachts in den Vorratsraum der Küche geschlichen. Das Schloss war ein Kinderspiel gewesen. Zwar hatte ich immer noch das Fläschchen Birkenflug, das Wren mir vor dem Gartenfest besorgt hatte. Die zwei Portionen wären für den Pferdeknecht und den Hundeführer ausreichend gewesen, aber ich brauchte mehr. Der volle Kanister löste alle meine Probleme. Ich musste nur dafür sorgen, dass mein Diebstahl nicht auffiel … oder zumindest erst, wenn wir schon lange fort waren. Also hatte ich das Pulver in einen Lederbeutel gefüllt und ihn durch Speisesalz ersetzt. Auf den ersten Blick konnte man keinen Unterschied erkennen. Nur bei Kopfschmerzen würde das Salz wenig nützen.

Wren und Synové kamen herbeigeritten, saßen ab und führten ihre Pferde in den Stall. Sie waren in der Stadt gewesen, um die nötigen Vorräte zu besorgen: ein paar feste, aufgerollte Seile, zusätzliche Trinkschläuche mit Wasser, getrocknete Essensrationen. Falls jemand Verdacht schöpfte, kauften sie angeblich für unsere Rückreise nach Hause ein. Zwar konnte Synové uns problemlos mit frischem Wild versorgen, aber wir würden aus Sicherheitsgründen eine Weile kein Lagerfeuer anzünden können. Erst wenn wir Griz und seine Truppen erreicht hatten.

»Hast du mit Jase geredet?«, fragte Wren.

Ich schüttelte den Kopf. Letzte Nacht hatte ich stundenlang wach gelegen und darauf gewartet, dass ein Klopfen an meiner Tür ertönte … oder wenigstens auf das Knirschen von Holz und das untrügliche Gefühl, er würde sich auf der anderen Seite dagegenlehnen. Nichts davon passierte. Ich machte die Tür sogar zweimal auf, weil ich mir einbildete, er sei dort. War er aber nicht. Jase blieb die ganze Nacht fort. Ich hatte mir ein Dutzend Ausreden bereitgelegt, um ihn wieder wegzuschicken, und nun brauchte ich keine einzige davon.

»Kommst du zurecht?«, fragte Synové mit zusammengezogenen Brauen. In ihren Augen las ich Besorgnis, aber auch eine verbissene Wut. Seit sie wusste, dass Bahr zu den Flüchtigen gehörte, war unsere Mission für sie zu einem persönlichen Rachefeldzug geworden. Nur Wrens Versprechen, dass der lange Ritt in den Tod eine echte Folter sein würde, schien sie etwas ruhiger zu stimmen.

»Natürlich kommt sie zurecht«, erwiderte Wren und warf mir einen Blick zu, damit ich ihre Einschätzung bestätigte.

»Ja, natürlich«, antwortete ich. Was auch stimmte. Ich war nicht sicher, ob ich Erleichterung empfand, als Jase sagte, es gäbe hier keinen Previzi-Händler wie den beschriebenen. Aber zumindest musste ich nicht fürchten, dass ich um eine Ecke bog und dem Mann plötzlich gegenüberstand. Nicht mitten in unserer Mission, wenn eine unbeherrschte Handlung alles gefährden konnte. Ich durfte mir keinen Zusammenbruch erlauben wie Synové letzte Nacht, als Wren und ich sie nur mit Mühe zurückhalten konnten. Dafür stand zu viel auf dem Spiel. Seit ich wusste, dass er nicht hier war, konnte ich den Drang unterdrücken, zum Lagerhaus der Previzi zurückzukehren, und mich stattdessen auf meine Pflichten konzentrieren.

Ich musste an Jase' Frage denken: *Wie kannst du so sichtbar leiden und dann plötzlich Münzen hinter Kinderohren hervorzaubern?* Ich hatte ihm eine schnippische Antwort gegeben, aber die Wahrheit lautete, dass die Ablenkung durch Nash und Lydia hilfreich gewesen war. Es hatte sich angefühlt, als würde ich einen kleinen Teil der alten Kazi zurückgewinnen. Genau das Gleiche tat ich jetzt. Ich klammerte mich an den Teil von mir, der immer noch glaubte, Dinge zum Guten wenden zu können. Etwas anderes blieb mir auch gar nicht übrig.

»Guten Morgen, meine Damen!« Natiya kam um die Ecke und hielt eine Schüssel mit Küchenabfällen auf die Hüfte gestützt. »Ein kleines Geschenk für die Sau«, sagte sie laut, falls der Pferdeknecht sich wunderte, was sie hier wollte.

Natiya gesellte sich zu uns, und wir plauderten und lachten, aber unser Gespräch drehte sich nicht um Kartoffelschalen für den Schweinestall. Das meiste hatten wir letzte Nacht schon besprochen. Ich hatte den anderen alles darüber erzählt, welche Kriegsverbrecher sich noch über Illarion hinaus hier befanden, und warum die Ballengers ihnen Unterschlupf gewährten: Waffen, Macht, Unterwerfung und eine Falle für die Königin. Eben ging davon aus, dass die beiden mir unbekannten Männer zu den Gelehrten aus Morrighan gehörten, die vom Komizar zum Verrat überredet worden waren. Er sagte, man habe nie herausfinden können, wie viele von ihnen sich in den Katakomben unter der Stadt herumgetrieben hatten, um die Geheimnisse der Altvorderen an sich zu reißen. Genauso wenig wusste man, was sie auf der Flucht hatten mitgehen lassen. Anscheinend hatte Wachhauptmann Illarion einen Teil seiner alten Verschwörertruppe um sich geschart, und nun hofften sie auf eine zweite Chance, an die Reichtümer zu kommen, die ihnen damals durch die Finger geglitten waren.

Wir machten uns an die Umsetzung unseres Plans und feilten an den Details, da wir nun plötzlich mit fünf weiteren Gefangenen rechnen mussten.

»Kommt nicht zu spät zum Abendessen. Der Zeitplan ist ausschlaggebend«, befahl Natiya. Sie sagte, dass sie Eben eine Stunde vor Sonnenuntergang mit dem Essen für die Stallarbeiter losschicken würde, um sicherzugehen, dass die Wachhunde nicht losgelassen wurden. Das Familienessen musste unbedingt gleichzeitig stattfinden. »Vielleicht bleibt uns insgesamt mehr Zeit, aber wir können mit Sicherheit nur von zwei Stunden ausgehen. Was ist mit dem *Patrei?* Er hat sich mitschuldig gemacht. Bringen wir ihn auch nach Venda?«

Alle schauten mich abwartend an. Sie wussten, wie wichtig es war, dass ich keine inneren Vorbehalte hatte. Da ich die Mission anführte, überließ Natiya mir die endgültige Entscheidung. Aber etwas nagte immer noch an mir. Vielleicht lag es daran, wie enthusiastisch Vairlyn mit mir über einen Speiseplan für die Königin geredet hatte. War sie von Jase ebenfalls getäuscht worden? Seine eigene Mutter? Oder bestand die ganze Familie aus meisterhaften Betrügern? Vielleicht wollte ich die Hoffnung einfach nicht aufgeben, dass doch stimmte, was ich in Jase gesehen hatte: seine Freundlichkeit und seinen Wunsch, das Richtige zu tun.

Ich schaute Natiya an. Ihr Blick blieb stetig und abwartend. Ja, Jase war mitschuldig, aber unser Auftrag war gewesen, einen einzigen Gefangenen zurückzubringen, und nun hatten wir sechs, was bereits an der Grenze des Machbaren war. »Nicht dieses Mal«, antwortete ich. »Wir haben schon eine übervolle Ladung. Glaubt mir, Jase wird Höllenrachen nicht verlassen. Hier ist sein Zuhause – wir brauchen nicht zu fürchten, dass er verschwindet. Mit der Schuld des *Patrei* können wir uns später beschäftigen.«

»Was ist mit Jalaine?«, fragte Wren. »Sie könnte ein Problem werden, wenn sie wieder nicht zum Abendessen kommt.«

»Ich werde mit ihr reden«, sagte ich, »und dafür sorgen, dass sie …«

»Kazi, da bist du ja endlich!«

»Oh, Schlangendreck, da kommt der bissige Ballenger«, knurrte Synové leise.

Gunner marschierte auf uns zu. »Ich habe nach dir gesucht.« Er wurde langsamer, als ihm Natiya ins Auge fiel. »Was treibt ihr denn alle hier draußen?«

»Guten Morgen, mein Herr!«, flötete Natiya und neigte den Kopf. »Und was für ein herrlicher Morgen es ist, nicht wahr? Ich bin gerade auf dem Weg, unserer Sau den Futternapf zu füllen. Sie sollte bald werfen.« Natiya nickte in Richtung der Küchenabfälle in ihrer Schüssel. »Ein bisschen Planung im Voraus bringt oft großen Gewinn – und feiste Ferkel. Noch einen schönen Tag, meine Damen!« Sie hüpfte fröhlich davon und Gunners Aufmerksamkeit wandte sich wieder mir zu.

»Ich habe Mije nach dem Morgenritt gestriegelt«, sagte ich. »Was kann ich für dich tun, Gunner?«

»Jase will dich sehen.«

»Er konnte nicht selbst kommen?«

»Nein, er ist im Moment beschäftigt, aber er möchte dich in

zehn Minuten beim Springbrunnen im Garten treffen. Es ist wichtig.«

Beim Springbrunnen? Das kam mir mehr als seltsam vor, aber ich wollte Gunner nicht unnötig aufregen. Seine Laune kippte so schnell wie ein Apfelhaufen auf einer Schubkarre, und schließlich würden wir nur noch ein paar Stunden in Torsfeste sein.

»In Ordnung«, antwortete ich. »Weißt du, worum es geht?«

Er hob die Achseln zu einem unbeholfenen Schulterzucken. »Hat wohl irgendwas mit dem Besuch der Königin zu tun.« Seine Schwindelei war erbärmlich und zeichnete sich deutlich auf seinem Gesicht ab. Er hatte offensichtlich nicht das gleiche Talent zum Lügen wie sein Bruder.

»Natürlich. Wir sind gleich da.«

»Nein«, sagte er entschieden. »Bloß du.«

KAPITEL 47

Jase

WIR HATTEN ALLES so geplant, dass es nach reinem Zufall aussah. Zane schloss gerade das Hintertor auf, das er für Lieferungen nach Cave's End benutzte, als ich den Pfad von den Stallungen entlanggeritten kam.

»*Patrei!*«, rief er. »Wohin des Weges?«

»Eine unerwartete Geschäftsangelegenheit, für die ich schnell ein paar Antworten brauche. Also nichts Neues, stimmt's?« Ich hielt mein Pferd an, als würde ich innerlich abwägen. »Eigentlich wollte ich Garvin fragen, aber vielleicht kannst du mir auch helfen, und ich spare mir den Weg. Es geht um Venda. Lag das früher auf deiner Wagenroute?«

»Ja, sicher. Aber das ist Jahre her. Worum geht es?«

»In Sanctumstadt haben sie etwas namens Jen-der oder Ja…«

»Die *Jehendra?* So heißt ihr Marktplatz.«

»Hast du auch dorthin Waren geliefert?«

»Viele Male. Was immer der Komizar nicht wollte, konnten wir stattdessen dort abladen. Der Platz ist sehr groß, aber an die Arena kommt er nicht heran.«

Ich stieg von meinem Pferd. »Warte, ich helfe dir«, sagte ich und öffnete das Tor, damit er seinen Karren hindurchfahren konnte. Dann erklärte ich, dass ich Besuch von einer Händlerin der *Jehendra* bekommen hatte. Ihr Angebot wirkte auf mich zu gut, um wahr zu sein. Ich war skeptisch, aber trotzdem interessiert. Vielleicht war das für uns ein erster Schritt, Handelsbeziehungen mit Venda aufzubauen, und ihre Konditionen waren so günstig, dass ich sie wenigstens prüfen wollte. »Sie behauptet, dass sie den größten Stoffladen auf der *Jehendra* leitet …«

Zane nickte. »Dann kenne ich sie vielleicht. Bei meinen Lieferungen waren immer Stoffe dabei. Der Komizar hatte Vergnügen daran, gewisse Freundinnen hübsch anzuziehen.«

»Gut. Ich würde mich sicherer fühlen, wenn du sie für mich in Augenschein nehmen könntest. Unauffällig. Um mir zu bestätigen, dass sie wirklich ist, wer sie zu sein vorgibt.«

Ich führte ihn durch den Tunnel, der zum Dark Chalet führte, und sagte, bei meinem Aufbruch habe sie gerade mit Gunner einen Spaziergang durch den Garten gemacht. Vielleicht war sie immer noch da. Ich beobachtete ihn, wie er vor mir die Kellertreppe hinaufstieg. Seine Schritte waren sicher und selbstbewusst, nicht wie die eines Mannes, der etwas zu verbergen hatte, und er ließ die Arme schwingen. Aber eigentlich hatte ich nur Augen für das Detail, das ich vorher hundertmal ignoriert hatte: die Warze auf seinem Handgelenk. Als wir den Empfangsraum am Eingang erreichten, öffnete ich die Fensterläden und schaute hinaus. »Da sind sie«, sagte ich. »Drüben beim Springbrunnen.«

Sie hatte uns den Rücken zugewandt, aber das Öffnen der Fensterläden signalisierte Gunner, dass wir hier waren, und er brachte Kazi dazu, sich umzudrehen. Durch die Entfernung und die Spiegelung der Scheiben waren wir vor ihr verborgen. Meine Aufmerksamkeit galt nun nicht länger Kazi, sondern nur noch Zane. Wenn er wirklich der Mann war, den sie damals gesehen hatte, würde er sie nach all den Jahren wohl trotzdem nicht erkennen – aber ihre Mutter war eine andere Sache. Ich setzte auf die Chance, dass Kazi ihr ähnlich genug sah, um bei ihm einen Erinnerungsfunken auszulösen.

Er starrte Kazi an und neigte den Kopf verwirrt zur Seite. Eine Weile musterte er sie, und dann wurde sein Gesicht ganz leer, als habe er ein Gespenst gesehen. Mit offenem Mund drehte er sich zu mir um, die Pupillen klein wie Stecknadeln. Er spürte, dass er in eine Falle tappte. »Nein, ich kenne sie nicht.«

Aber es war bereits zu spät. »Du verfluchter Hurensohn!« Ich packte ihn und rammte ihn gegen die Wand. Kazi hatte ihn perfekt beschrieben, bis hin zu seinen onyxschwarzen Augen. Nun sah ich blanke Panik darin. *Mich wollte er auch, konnte mich aber nicht finden.* Der Raum schien sich um mich zu drehen wie ein wilder dunkler Strudel. Zane wehrte sich und wollte mich wegstoßen, doch ich schleuderte ihn wieder zurück. »Du dreckiger Fleischkrämer!«, schrie ich und holte aus. Meine Faust rammte sein Kinn, sodass er über einen Tisch stürzte. Er sprang schnell wieder auf die Füße und zog ein Messer aus dem Stiefel, doch dann sah er Mason, Titus, Drake und Tiago in den Raum kommen. Die Klinge fiel ihm aus der Hand. Er wusste, dass sie ihm nichts nützen würde. Seine Augen waren weit aufgerissen, und Blut rann ihm aus der Nase.

»Ehrenwort! Ich kenne sie nicht!«

Ich schubste ihn auf Drake und Tiago zu. »Jetzt muss ich erst einmal zu Kazi. Sie wartet auf mich. Bringt ihn in unser Lagerhaus, wenn der Weg frei ist.«

Von dort drinnen konnte man keine Schreie hören.

Zane würde uns Antworten liefern, ganz gleich wie viele Fingernägel – oder Fingerkuppen – es ihn kostete.

KAPITEL 48

Kazi

GUNNER WAR HEUTE eine richtige Plaudertasche. Der Mann wirkte wie ausgewechselt. Er entschuldigte sich wortreich dafür, dass sich Jase verspätete, doch er wirkte abgelenkt, als würde er am liebsten ganz woanders sein. Nervös zappelte er herum und umkreiste den Springbrunnen, bis wir auf der anderen Seite standen. Ich wandte mich ihm zu.

»Inzwischen ist wohl klar, dass Jase nicht kommt«, sagte ich. »Wir können auch später reden.«

»Gib ihm noch fünf Minuten«, antwortete er. Kurz darauf ging er selbst, um angeblich nach Jase zu suchen.

Es war nicht so, dass es Jase und mir an Gesprächsstoff gemangelt hätte. Aber es kam mir seltsam vor, dass er sich diesen Fleck im Garten ausgesucht hatte, wo erhobene Stimmen leicht gehört werden konnten. *Du solltest die Wogen glätten*. Mir blieben nur noch ein paar Stunden, und Natiyas Ratschlag war vernünftig, aber Jase war eben kein oberflächlicher Bekannter, den ich mit einem Schulterzucken abtun konnte wie Gunner. Jase war …

Ich wusste es selbst nicht genau.

Grübelnd starrte ich auf den plätschernden Springbrunnen.

Eine Falle für die Königin? Ein Waffenarsenal, um die anderen Reiche zu unterwerfen? Das klang einfach nicht nach Jase. Mir fiel es immer noch schwer, beides in Gedanken zu vereinen. Jase liebte seine Stadt. Höllenrachen war seine ganze Welt.

Hier hatte er seine Wurzeln. Er wollte nichts anderes, als sie zu beschützen. Aber die Beweise sprachen deutlich gegen ihn. Seine Lügen, das Versteck für Kriegsverbrecher, eine geheime Enklave mit giftigen Wachhunden, die Waffen. Ging es in den Papierstapeln, die ich gesehen hatte, vielleicht darum? Pläne für Waffen? Berechnungen? Und gab es auch Werkstätten mit dem nötigen Material? Ich erinnerte mich an die Liste seltsamer Bestellungen, die auf Priyas Schreibtisch gelegen hatte und von Jase persönlich abgesegnet werden musste. *Nachschubliste für WB*. Das war keine Abkürzung für das Wirtshaus Ballenger, sondern für Wachhauptmann *Beaufort* Illarion. An was für Waffen arbeiteten sie, die ausreichten, um sämtliche Königreiche zu unterwerfen?

Ich schaute mich wieder suchend um. Wo steckte er?

Zwar graute mir vor dem Gespräch, aber gleichzeitig hielt ich unwillkürlich nach ihm Ausschau. Ich suchte die Wege zwischen den Gebäuden nach einem Aufschimmern seiner dunkelblonden Haare ab, da ich nicht wusste, aus welcher Richtung er kommen würde. Meine Anspannung wuchs, bis ich mich schließlich abwandte, innerlich brodelnd vor Frustration. Ich hatte schon halb die lange Rosenlaube durchquert, als ich Schritte hörte. Laufschritte. Ich blieb stehen und drehte mich um.

Jase.

Er war gerade am Ende der Laube angekommen. Als er mich sah, verlangsamte er sein Tempo. Er war außer Atem, als sei er eine weite Strecke gerannt. Ich rührte mich nicht, während er näher kam, und wappnete mich innerlich dafür, was immer er mir zu sagen hatte. Seine Haare waren ungekämmt, und Strähnen fielen ihm ins Gesicht. Er strich sie zurück, als er bei mir anhielt. Sein Blick traf mich wie eine Flutwelle, die jeden Winkel meines Bewusstseins überschwemmte.

Die Stille dehnte sich aus, und ich hörte das Klirren einer Metallkette, die nicht mehr da war. Ich spürte, wie Jase mich in seinen Armen durch einen Fluss manövrierte und meinen Kopf über Wasser hielt. Wozu? Der pulsierende Schmerz in meiner Brust wurde stärker. Wäre er damals am Anfang grausam zu mir gewesen, würden seine Lügen jetzt weniger schmerzen.

»Kazi …«

Seine Stimme war mehr, als ich ertragen konnte. Ich begann, mich abzuwenden, aber er hielt mich zurück und drehte mich sanft wieder zu sich um.

»Bitte, Kazi, hör mir zu. Wir müssen über so vieles reden. Es tut mir leid, dass ich gestern die Beherrschung verloren habe. Und es tut mir leid, was du alles durchmachen musstest. Meine Familie hat Fehler begangen, das weiß ich, und ich werde versuchen, sie wiedergutzumachen. Aber zuerst gibt es etwas anderes, das endlich ausgesprochen werden muss: Mir ist klar, dass du diese Worte nie hören wolltest, doch nach gestern Abend muss ich sie einfach sagen …« Er zögerte und schluckte, als habe er selbst Angst davor. »Ich liebe dich. Ich liebe dich mit jedem Atemzug, mit jedem meiner Gedanken. Ich liebe dich seit unserem ersten Kuss unter dem Sternenhimmel. Und sogar schon länger.«

Ich schüttelte den Kopf und versuchte, mich loszumachen. »Jase, nein …« Doch er zog mich unaufhaltsam näher.

»Als ich dich gefragte habe: *Was ist das zwischen uns?*, wusste ich es schon längst. Ich war mir sicher, was ich für dich fühle, und auch was du für mich fühlst. Ich hatte nur Angst, es auszusprechen, weil alles so neu war. Zu schnell, zu unglaublich. Trotzdem kam es mir völlig richtig vor. Mehr noch, es fühlte sich wie eine seltene, zerbrechliche Kostbarkeit an, die ich auf keinen Fall durch Ungeschick zerstören wollte. Wie eine Chance, die man nur einmal im Leben erhält.«

Er hob mein Kinn, sodass ich ihn anschauen musste.

Tu mir das nicht an, Jase. Es ist zu spät. Schmerz durchschnitt mich messerscharf und riss mich innerlich in Stücke. Ich wollte nichts anderes, als seine Worte glauben, seine Lügen vergessen und meine Fantasie mit Brotkrumen füttern. Mein Herz warf tausend Wunschhalme ins Universum und sehnte sich danach, weit fort auf einer sternenbedeckten Anhöhe zu stehen, allein mit ihm.

»Ich will dich nicht verlieren, Kazi. Du musst mir nichts versprechen. Ich erwarte nicht einmal eine Antwort, aber ich möchte, dass du wenigstens darüber nachdenkst, hier bei mir zu bleiben. Für immer.«

Er hielt mein Gesicht in beiden Händen. »So, jetzt habe ich es ausgesprochen und werde es nicht zurücknehmen. Ich liebe dich, Kazi aus Hellnebel, und werde nie damit aufhören, nicht heute, nicht morgen oder in tausend Tagen.«

Behutsam senkte er seinen Mund auf meinen, und statt mich abzuwenden, küsste ich ihn zurück. Beim süßen Geschmack seiner Zunge erhob sich die Wildnis wieder um uns herum, hohes Gras wiegte sich um unsere Knöchel, Wunschhalme füllten unsere Taschen. Ich wiederholte meinen ersten, wunderbaren Fehler von damals wieder und wieder. Diesmal redete ich mir ein, dass ich nur die Wogen glätten wollte.

Jalaine war nicht in ihrem Zimmer. Von Oleez bekam ich den Tipp, im Wintergarten nachzuschauen, der sich im Dachgeschoss des Gebäudes befand. Im Sommer war selten jemand hier. Selbst wenn alle Fenster offenstanden, konnte es erdrückend stickig werden. Da heute nicht das kleinste Lüftchen wehte, flammte die Hitze mir schon entgegen, als ich die letzten Treppenstufen hinaufstieg.

Die großen Flügeltüren waren weit aufgerissen. Vor mir lag ein ausgedehnter Raum mit hohem Kuppeldach, in dem schlichte Holzmöbel standen. Ich nahm an, dass sie während des Winters mit farbenfrohen Decken und Kissen versehen waren. Der Duft von frisch geschnittenem Grün hing in der dumpfen Luft. Jalaine befand sich in einer Ecke mit dem Rücken zu mir und beschäftigte sich mit einer großen Kübelpflanze, die ich nicht kannte. Im Moment stand sie allerdings nur da und starrte gedankenverloren ins Nichts. Eine Gartenschere baumelte vergessen in ihrer Hand. Um ihre Füße herum lagen abgeschnittene Blätter.

»Komm entweder rein oder geh weg«, rief sie mir zu, ohne sich umzudrehen.

Also doch nicht so gedankenverloren, wie ich geglaubt hatte. Mir wurde klar, dass sie mein Spiegelbild in einem der vielen offen stehenden Fenster sehen konnte. Ich trat ein, und sie fuhr damit fort, die kleinen Blätter der Pflanze in Form zu scheren. Das dünne weiße Kleid klebte ihr schweißfeucht am Körper. Ich beäugte die Schere in ihrer Hand. Bisher hatte ich nicht herausgefunden, ob sie wusste, dass ich für den Tod von Verrtig verantwortlich war.

»Wir haben dich beim Essen vermisst«, sagte ich.

Ihre ganze Konzentration galt dem eingetopften Busch. Das schnelle, wütende Schnipsen ihrer Schere durchschnitt die Luft. »Das bezweifle ich.«

Ich entschied, dass es das Beste war, direkt zur Sache zu kommen. »Es tut mir leid wegen Verrtig.«

Sie drehte sich um und schaute mich an. Die kleinen Blätter raschelten unter ihren Füßen. »Wieso sollte es dir leidtun? Er hätte dich fast umgebracht.« Sie musterte meinen Hals, an dem die Würgemale heute in einer neuen Schattierung von Purpur prangten.

»Es tut mir leid, weil du Gefühle für ihn hattest.«

»Für Verrtig?« Sie verzog verächtlich die Lippen. »Ich war nicht in ihn verliebt. Hast du das geglaubt? Du bist hergekommen, weil du mich wegen Verrtig trösten wolltest?«

Ihr Mund presste sich zu einem jämmerlichen Lächeln zusammen. »Seine Aufmerksamkeiten haben mir geschmeichelt. Das war alles. Ich fand sie angenehm.« Die tiefe Bitterkeit in ihrer Stimme zu hören, war seltsam. Dadurch wirkte sie viel älter. »Ein harmloses Geplänkel, dachte ich. Er war amüsant. Ich habe mich sogar gefragt, ob daraus etwas Ernsteres werden könnte. Irgendwann. Ich habe die Sache hinausgezogen und mit ihm gespielt, weil er eine Abwechslung von der langweiligen Routine in der Arena war.«

Sie warf die Schere auf einen Tisch und starrte darauf. Ihr Blick verlor sich wieder in fernen Welten. »Aber wie sich dann herausstellte, hat er mit *mir* gespielt. Mich benutzt. Er hat beteuert, dass er mich liebt, und ich habe es ihm abgekauft. Was für eine leichtgläubige Närrin ich war.«

Ich schluckte. »Jeder kann irgendwann übertölpelt werden. Dafür gibt dir niemand die Schuld.«

»Doch. Jase. Deshalb hat er mich aus der Arena abgezogen. Und er hat recht. Ich selbst gebe mir die Schuld. Ich habe die Familie verraten.«

»Uns allen passieren Fehler, Jalaine. Dann muss man loslassen und weitermachen. Komm heute zum Abendessen. Bitte. Deine Familie ist immer noch deine Familie. Sie wollen dich dabeihaben.«

Ihr Blick war gebrochen, als sie mich anschaute. Ich sah den

Wunsch nach Vergebung, obwohl sie sich selbst nicht verzeihen konnte. Ihr Schmerz durchbohrte mein Inneres, weil er nur allzu vertraut war.

»Ich werde darüber nachdenken«, sagte sie ohne Überzeugung in der Stimme und wandte sich ab. Sie nahm sich einen Besen, der an der Wand lehnte, und begann, das abgeschnittene Grün zu einem Haufen zusammenzufegen.

Als ich ging, hallte mir das rhythmische Kratzen der Besenborsten nach, während Jalaine vor sich hin fegte, gefangen in einer Welt aus ihrer eigenen Scham. Ich konnte mir nicht sicher sein, ob sie zum Essen kommen würde und unser Problem damit gelöst war.

Die stickige Treppe schien sich unendlich in die Länge zu ziehen, immer rund und rund, bis ich das Gefühl hatte, nie wieder frei atmen zu können. *Ich habe die Familie verraten.*

Die letzten Stufen rannte ich regelrecht, wischte mir den Schweiß von der Stirn und erreichte endlich den kühlen Flur am Ende der Treppe. *Ihre Familie ist nicht meine*, sagte ich mir.

KAPITEL 49

Jase

»ICH SCHWÖRE EUCH, mit Menschen habe ich nie gehandelt! Nie!«

Erst nach einer Stunde Verhör und einer offenen Gartenschere an seinem Finger gab er zu, Kazis Mutter entführt zu haben. »Sie war eine Bettlerin! Halb verhungert! Durch mich hat sie ein besseres Leben bekommen!«

So versuchten sich Fleischhändler immer zu rechtfertigen.

»Deshalb musstest du sie also mit Gewalt betäuben? Und wolltest auch ihr Kind?«

Seine Miene erstarrte. Ihm wurde endlich klar, wen er im Garten gesehen hatte. Keinen Geist, sondern die Tochter der geraubten Frau. Sein Blick huschte im Lagerhaus hin und her, als suche er nach einem Ausweg, den er bisher übersehen hatte. Es gab keinen. Er war an einen Stuhl gefesselt und von fünf Ballengers umstellt. Schließlich schaute er wieder mich an. »Nur ein Mal. Ich habe es nur ein einziges Mal getan.«

Ich hörte seiner Stimme an, wie er sich wand und nach Strohhalmen griff, um sich zu retten. Mit Sicherheit hatte er Dutzende von Sklavenverkäufen hinter sich, aber selbst einmal war zu viel. Es hatte gereicht, um das Schicksal von Kazi und ihrer Mutter für immer zu bestimmen.

»Und wo hat sie dieses bessere Leben bekommen? An wen hast du sie verkauft?«

Er riss die Augen weit auf, und ich konnte darin lesen, wie er an seiner nächsten Lüge bastelte. »Ich konnte sie gar nicht verkaufen. Sie ist auf dem Weg gestorben. Wie gesagt war sie halb verhungert und schwach.« Anscheinend hatte er noch mehr Angst vor jemand anderem als vor mir. Das würde sich ändern.

Inzwischen war ich sicher, dass er mit den Menschenhändlern unter einer Decke steckte, die in Höllenrachen eingefallen waren. Er ließ noch immer seine alten Beziehungen spielen.

Ich lehnte mich vor, stützte meine Hände auf die Armlehnen seines Stuhls, und mein Gesicht war alles, was er sehen konnte. »Sag mir, Zane, kennst du vielleicht einen gewissen Verrtig?«

Er nickte.

»Tja, er ist tot. Zusammen mit allen seinen Kumpanen. Sie kommen nicht zurück. Deine Auftraggeber, wer auch immer sie sind, mussten gerade einen schweren Rückschlag einstecken, und ich will sie ganz aus dem Verkehr ziehen. Wenn du mir sagst, wer sie sind, können wir beide vielleicht etwas aushandeln.«

Er schüttelte den Kopf. »Ich weiß gar nichts!«

Mit einem Schulterzucken trat ich zurück und schaute Tiago an. »Die Familie wartet auf mich. Ich muss zum Abendessen. Wenn ihm bei meiner Rückkehr alle zehn Fingerkuppen fehlen, soll mir das recht sein. Danach können wir uns die Zehen vornehmen. Sorg bloß dafür, dass er nicht verblutet. Wir müssen ihn am Leben erhalten, bis wir unsere Antworten haben.«

Ich drehte mich um und ging auf die Tür zu. Tiago griff nach der Gartenschere.

»Warte!«, rief Zane und kämpfte gegen seine Fesseln, sodass der Stuhl ins Wanken kam. »Ich habe eine Satteltasche voller Münzen von einem Mann namens Devereux bekommen! Er hat mir gesagt, ich soll Sklavenjäger anheuern! Das war in einer dunklen Kneipengasse. Ich habe sein Gesicht nicht gesehen.

Mehr weiß ich nicht! Das schwöre ich! Er hat mir nicht gesagt, für wen er arbeitet!«

Ich blieb an der Tür stehen, ohne zurückzuschauen. Zane war schuld, dass der Schmied tot war. Er hatte zahllosen anderen Menschen ihr Leben geraubt. Kazi und ich wären fast gestorben. »Das ist doch ein Anfang. Wir reden morgen weiter, wenn ich zurück bin. Tiago, du kannst zum Essen mitkommen. Er soll seine Fingerkuppen noch eine Weile behalten.«

In ein paar Stunden würde Zane erschöpft, hungrig und halb verrückt vor Angst sein. In der Zwischenzeit konnte er sich überlegen, was ihm wichtiger war: seine Finger oder die Leute, die er schützte. Dabei würde ihm das Lügen schon vergehen. Ich war sicher, dass er sich bei meiner Rückkehr an weitere Namen erinnern würde.

Ich rubbelte mir die Haare mit einem Handtuch trocken und hielt einen Moment vor dem Spiegel inne. Mein Blick wanderte über die Tätowierung, als sähe ich sie zum ersten Mal. Ich hatte gerade gebadet, um das schleimige Gefühl loszuwerden, das meine Verachtung für Zane hinterlassen hatte. Nun fuhr ich mit der Hand über meine Schulter, die Brust, die Federschwingen, die Worte und ein Vogelauge, das mich kritisch musterte. Manchmal stumpfen wir gegenüber alltäglichen Dingen so ab, dass wir sie gar nicht mehr wahrnehmen. Ich war nicht sicher, wann ich die Tätowierung zum letzten Mal wirklich betrachtet hatte. *Beschützen und verteidigen.*

Mein Vater hatte danebengestanden, während mir jede Feder, jede Klaue, jeder Buchstabe in die Haut geritzt worden war. *Beschützen und verteidigen*, hatte er gesagt, *ist der Kern von allem, was du bist. Es hat dir schon immer im Blut gelegen, Jase. Nun trägst du es auch auf dem Herzen.*

Greyson Ballenger hatte eine Gruppe von zweiundzwanzig Menschen gehabt, die er beschützen musste, und nur das Tresorgewölbe zu verteidigen. Seitdem war Torsfeste gewachsen. Inzwischen standen Hunderte oder Tausende unter unserem Schutz. Unsere Verteidigung galt einer ganzen Stadt. Und durch die Arena dehnte sich unsere Welt immer noch weiter aus. Ich hatte einen Blutschwur geleistet, die neue Siedlung der Vendaner zu beschützen. Und manchmal kam es mir so vor, als müsste ich mich auch schützend vor Menschen stellen, die ich noch nie gesehen hatte, die auf der anderen Seite des Kontinents lebten oder die ich nie kennenlernen würde – Menschen wie Kazi und ihre Mutter.

Inzwischen machte ich mir auch Gedanken um Garvin. Wir hatten ihm keine Fragen über seine Vergangenheit gestellt, obwohl wir es hätten tun sollen. Das alles hatte sich heute Morgen bei der Familienversammlung zugespitzt. Ich traf auf lautstarken Widerstand, als ich vorschlug, die Previzi an neue Regeln zu binden oder sie ganz fortzuschicken. Unsere Profite konnten stark darunter leiden, und wir würden vermutlich langjährige Kunden verärgern, die gerne mit Waren ohne Lieferschein handelten. Ich hielt dagegen, dass wir die ethischen Grenzen schärfer ziehen mussten, oder wir luden dazu ein, andere ebenfalls zu übertreten. Dann erklärte ich ihnen, welchen Verdacht ich gegen Zane hegte. Das brachte die Gegenargumente zum Verstummen.

Wenn wir erst die nötigen Informationen aus Zane herausgeholt hatten, würde ich Kazi von ihm erzählen müssen. Allerdings hatte ich keine Ahnung, wie ich das anstellen sollte.

Vielleicht hatte ich ihr deshalb heute so überstürzt meine

Liebe gestanden und sie gebeten zu bleiben. Ich hatte Angst. Ich musste wenigstens sicher sein, dass sie über meine Gefühle Bescheid wusste – bevor ich ihr beichtete, dass der Entführer ihrer Mutter für uns arbeitete.

Kapitel 50

Kazi

Wir gingen zum Speisesaal und versuchten so zu tun, als sei es ein Abend wie jeder andere. Unsere Waffen hatten wir griffbereit in unsere Zimmer gepackt, lederne Reitkleidung und Stiefel lagen bereit, alle übrigen Vorräte waren schon in den Satteltaschen verstaut. Ich lauschte dem leisen Tapsen unserer Haussandalen auf den Holzböden, der Stille, während mein Herz wie eine in Spinnweben gefangene Motte flatterte. Das passte alles nicht. So war ich sonst nie. Wenn ich ein Schaffell stibitzte, ein Ei mitgehen ließ, eine Feige in meine Tasche jonglierte und sogar, als ich einen Tiger stahl, überkam mich im letzten Moment immer eine große Ruhe, als würde jede Einzelheit nur mir gehören und sich meinem Willen fügen. Für ein paar Minuten war ich die Herrin eines kleinen Universums. Mir war klar, warum die Ruhe sich dieses Mal nicht einstellen wollte. Jase. Mein Universum taumelte auf seiner Achse, und zwar nur seinetwegen.

»Da sind sie ja«, sagte Mason. Seine Augen leuchteten auf, als er Synové sah.

Gleich darauf traf mich Jase' Blick, durchdringend und forschend. Dann lächelte er, und mein Magen reagierte ganz gegen meinen Willen darauf.

Bisher hatte sich noch niemand gesetzt. Die Ballengers hatten am anderen Ende des Raumes zusammengestanden und sich leise unterhalten. Jetzt schlenderten alle auf ihre Plätze zu. Jase zog den Stuhl für mich zurück und gab mir einen Kuss auf die Wange. »Alles in Ordnung mit dir?«, flüsterte er.

»Ja, natürlich.« Mir war klar, dass ich mich mehr anstrengen musste, damit mein Verhalten normal wirkte, obwohl ich kaum noch wusste, was normal war. Seine Finger wanderten unter dem Tisch zu meinem Oberschenkel, und ich gesellte meine Hand dazu, um sie in seine zu legen.

»Was ist das denn?«, fragte er und hob meine Hand, um sie zu betrachten. Er musterte den Ring an meinem Finger.

»Den habe ich gestern in der Arena bekommen«, erklärte ich.

Er verbiss sich die Frage, aber man konnte sie von seinen Augen ablesen: *Hast du ihn bezahlt?*

»Ein Händler hat ihn mir geschenkt«, sagte ich.

Sein Mundwinkel verzog sich leicht. *Ja, sicher.*

»Hübsch«, rang er sich als Antwort ab und ließ unsere Hände wieder unter den Tisch rutschen.

Wie üblich brach der fröhliche Lärm eines Familienessens los, Gespräche vermischten sich quer über den Tisch, Krüge mit Wasser und Bier wurden herumgereicht, Weinpokale klirrten, während sie neu gefüllt wurden. Natiya brachte Körbe voller Kleebrötchen herein und stellte sorgfältig einen Vorspeisenteller auf jeden Platz. Alle bewunderten die kunstvollen Zucchiniröllchen, die elegant in Rosenform ausgelegt waren. Schwarze Bohnenpaste war zwischen die dünnen Blätter gestrichen. »Du verwöhnst uns, Natiya«, sagte Vairlyn.

»Ich hoffe, es schmeckt, Madama.« Natiya hatte heute Abend die doppelte Arbeit. Sie musste auch noch für Eben einspringen, der das Spezialessen zu den Torwachen brachte und danach andere Aufgaben zu erledigen hatte.

Gerade wollte Vairlyn das Dankgebet sprechen, als Jalaine in der Tür erschien und plötzliche Stille eintrat. Zögernd blieb sie am Eingang stehen. »Tut mir leid, dass ich zu spät bin.«

Jase wirkte überrascht von ihrem Erscheinen. Er sprang auf, ging zu ihrem Platz und zog ihr den Stuhl heraus. »Nie zu spät, Schwester«, sagte er.

Als sie ihn erreichte, zog Jase sie in die Arme und hielt sie ganz fest. Das war mehr als eine Umarmung zwischen Bruder und Schwester, sondern der *Patrei* nahm sie im Namen der ganzen Familie wieder in ihren Kreis auf. Er flüsterte Jalaine etwas ins Ohr. Verzeihung? Oder eine Entschuldigung? Vairlyn blinzelte überrascht, und der Hauch eines Lächelns erschien auf ihren Lippen.

Nachdem sich beide gesetzt hatten, neigte Vairlyn den Kopf und dankte den Göttern für das Mahl. Am Ende sagten Lydia und Nash wie jeden Abend, seit ich ihnen die Worte beigebracht hatte: *»Le'en chokabrez. Kez lo mati!«*

Die beiden schauten mich fragend an, und ich nickte. »Ja, ich auch.« Wie schnell sie mich in die kleinen Alltagsroutinen ihres Lebens einbezogen hatten. Ein Kloß bildete sich in meinem Hals.

Wren, Synové und ich stürzten uns sofort auf das Essen und hofften, dass wir die anderen damit ansteckten.

»Das ist meine Lieblingsspeise bei den Vagabunden«, sagte Synové. »Was hältst du davon, Mason?«

Er kaute und schluckte die erste Gabel voll. »Lecker«, stimmte er zu. »Sehr gut.«

Jase zögerte nach seinem ersten Bissen, als würde es ihm nicht zusagen, aber dann schluckte er ebenfalls. »Nicht dein Geschmack?«, fragte ich leise. Ich hielt den Atem an. Die Ballengers waren bei ihren Mahlzeiten nicht sehr wählerisch, und dieses Gericht gehörte zu den unwiderstehlichsten der Vagabundenküche. Aram und Samuel hatten ihre Portionen bereits verputzt.

»Nein, nein«, gab er zur Antwort. »Es ist köstlich. Nur ein etwas ungewöhnlicher Geschmack.« Obwohl er den Rest aß, wirkte er, als wolle er nur höflich sein.

Nachdem auch das letzte Rosenröllchen verspeist war, deckten Priya und Titus den Tisch ab und stellten die Teller auf eine Wandkommode. Bald darauf erschien Natiya mit Platten voller gerösteter Wildhühner und Karotten. Vairlyn füllte uns auf und reichte die Teller herum.

Wren und Synové versuchten beide, mit wenigstens ein bisschen Appetit zu essen. Mir fiel auf, dass Samuel eine finstere Miene zog, während er eine Möhre aufspießte. Normalerweise war er immer der Fröhlichste in der ganzen Ballengerrunde. Vielleicht verlor er langsam die Geduld mit seiner bandagierten Hand. Obwohl Wren sich bemühte, ihn in ein Gespräch zu verwickeln, starrte er meistens nur auf seinen Teller und gab einsilbige Antworten. Jalaine war ebenfalls still, aber wenigstens war sie gekommen.

Jase verkündete, er habe heute Morgen die Botschaft erhalten, dass nun alle Häuser der Siedlung fertig seien. Wren, Synové und ich machten zustimmende Geräusche. »Vielleicht können wir nächste Woche zusammen hinreiten und schauen, wie sie vorangekommen sind«, schlug er vor. Er sah mich gespannt an und wartete auf meine Antwort. Unsere wenigen Tage in der Siedlung waren für uns beide wie ein Neuanfang gewesen. Vielleicht hoffte er, dass der gleiche Effekt wieder eintreten würde.

»Das klingt wundervoll«, antwortete ich mit genau dem richtigen Lächeln, dem richtigen Augenkontakt, dem richtigen Maß an Jonglierkunst. Jahrelange Übung verbarg den Sturm, der in mir tobte.

»Heute ist auch die Lehrerin zur Siedlung abgereist«, meldete sich Gunner zu Wort. »Ich habe ihr gesagt, sie soll sich Hilfe bei Jurga holen. Schließlich wird sie nicht nur die Kinder, sondern auch die Erwachsenen unterrichten müssen.« Seine Augen leuchteten auf, als er Jurga erwähnte.

Wren und ich wechselten einen Blick. Offenbar war ihr dieses Thema so unbehaglich wie mir. Ich war dankbar, als Titus stattdessen auf eine Zuchtstute aus Gastineux zu sprechen kam, die sie neu erworben hatten. Dennoch dehnte sich jede Minute wie eine Stunde in die Länge.

Und dann bemerkte ich endlich das erste Gähnen.

Vairlyn rieb sich die Augen und schüttelte den Kopf. »Tut mir leid, aber ich werde mich heute vorzeitig verabschieden müssen. Der Tag war lang, und anscheinend bin ich erschöpft.« Sie schob Lydia und Nash vor sich her, obwohl die beiden protestierten, dass sie kein bisschen müde seien, und verschwand aus der Tür. Priya und Jalaine stimmten mit ein, blinzelnd und gähnend, und verließen ebenfalls den Raum. Minute um Minute wurde der Speisesaal leerer und ruhiger, als die Ballengers nacheinander von Müdigkeit überwältigt wurden und gingen. Alle, bis auf Jase.

Schließlich sagte ich, dass ich ebenfalls erschöpft sei und ins Bett wolle. »Ich begleite dich«, bot Jase an, aber beim Aufstehen taumelte er leicht. Mit einem Grinsen sagte er: »Dabei hatte ich nur ein einziges Bier. Ehrenwort.« Er versuchte, die Müdigkeit abzuschütteln, doch als wir die Treppe hinaufstiegen, taumelte er wieder.

»Ich glaube, Titus hat dir zweimal nachgefüllt«, sagte ich. »Vielleicht hast du mehr getrunken, als du dachtest. Wir sollten dich besser schnurstracks in dein Zimmer bringen.«

Er lehnte sich schwer an mich, und als wir sein Zimmer erreicht hatten, ließ er sich gegen die Tür fallen. »Ich weiß nicht, was mit mir …«

»Schon gut, Jase. Wir haben es fast geschafft.« Ich öffnete die Tür, und er stolperte hinein. Als er zu Boden fiel, fing ich ihn auf. Ich kniete mich neben ihn und sah, wie er noch kurz versuchte, den Blick auf mich zu fokussieren. Dann fielen ihm die Augen zu.

Ich strich sein Haar zurück und starrte auf ihn herunter, berührte den fast verheilten Schnitt am Wangenknochen und den blauen Fleck am Kinn, den ich ihm gestern verpasst hatte. Ich spürte seine warme Haut unter meinen Fingerkuppen und den Schmerz in meiner Brust, weil er uns die Zukunft gestohlen hatte. Wieso hatte er mich erst dazu gebracht, an ein Morgen zu glauben? *Du hast mich angelogen, Jase. Wieder und wieder. Du hast dich mit geflohenen Verbrechern gegen sämtliche Königreiche verschworen.* Aber während ich versuchte meinen Zorn anzuheizen, stiegen gleichzeitig andere verräterische Gefühle empor, die ich nicht abschütteln konnte, sosehr sie mir auch widerstrebten. Ein süßes Gift, von dem ich nicht genesen konnte. Meine Kehle schnürte sich zusammen.

Ich stand auf und schaute noch ein letztes Mal auf ihn hinab, bevor ich ging. »Verdammt sollst du sein, Jase Ballenger«, flüsterte ich. *»Le pavi ena.«*

Und ich fürchte, das Gefühl bleibt für immer und ewig.

Wir schlichen durch den Tunnel des Dark Chalet. Synové, Natiya und Eben hatten ihre Bögen gespannt und bildeten unsere Vor- und Nachhut. Wir alle trugen Messergurte, in denen eine Reihe von Wurfdolchen steckten – handlich, geräuschlos und tödlich. Doch das war nur ein letzter Ausweg. Wir wollten unsere Beute lebend fangen. Schwerter waren zu riskant, weil ihr lautes Klirren Aufmerksamkeit erregen könnte, aber Wren trug ihre *Ziethes*, und wir Übrigen hatten Langdolche an den Gürteln hängen. In der Hand trug ich eine kleinere Ausgabe davon und ein Beutel voll Birkenflug baumelte an meiner Hüfte. Der Rest unserer Habseligkeiten war schon auf dem Heuwagen verstaut. Natiya hatte einen Zeitmesser dabei und gab uns alle zehn Minuten ein Signal. Seit wir den Speisesaal verlassen hatten, waren bereits zwanzig Minuten verstrichen.

Ich schob die Tür am Ende des Tunnels einen Spaltbreit auf. Als ich sah, dass die Luft rein war, schlüpfte ich hindurch und verbarg mich auf der Terrasse hinter einem Pfeiler. Dort blieb ich einen Moment lang stehen und sondierte jeden Schatten, jedes Geräusch und jede Bewegung. Ich signalisierte den anderen nacheinander, wann sie sicher herauskommen konnten, und zeigte auf die Positionen, die sie einnehmen sollten.

Die Terrassen des Langhauses waren in Dunkelheit gehüllt, doch aus einigen Räumen fiel schwaches Licht. Wegen der Sommerhitze waren die meisten Türen weit geöffnet, um jede Brise einzufangen. Ich arbeitete mich zur nächsthöheren Terrasse vor. Als auch dort alles ruhig war, winkte ich die anderen hinterher. Lauschend drehte ich den Kopf und hörte das schwache Geräusch von Männerstimmen. Ich zeigte auf das Zimmer, aus dem sie kamen, und machte den anderen Zeichen zu warten, während ich mich näher schlich, um sie zu zählen. Der Raum war von Kerzen hell erleuchtet. Sarva und Wachhauptmann Illarion saßen über einen Tisch gebeugt und waren mit einem Brettspiel beschäftigt. Kardos, Bahr und einer der Gelehrten fläzten auf dick gepolsterten Sesseln vor einem ausgegangenen Kamin, tranken Wein und warfen Olivenkerne in die graue Asche. Lachend wetteiferten sie darum, ein Ziel zwischen den Kohlen zu treffen. Keiner von ihnen war bewaffnet. Nur einer der Gelehrten, der jüngere, fehlte in der Runde. Ich hob meine Hand und zeigte den anderen die Zahl Fünf an. Dann suchte ich nach dem fehlenden Gelehrten, schaute durch die Fenster des nächsten und übernächsten Raums. Ich fand ihn im Zimmer dahinter, wo er über einen Schreibtisch gebeugt saß, Papiere studierte und Notizen in ein Buch schrieb. Mit einer Handbewegung rief ich Eben zu mir. Als der Zeitpunkt richtig erschien, gab er ein leises Winseln von sich, das täuschend echt nach einem Wolf klang. Der Gelehrte schreckte auf. Er erhob sich, um nachzuschauen und vermutlich die Terrassentür zu schließen. Doch dann stutzte er bei dem unerwarteten Bild, das sich ihm bot. Ich kniete auf der Terrasse, als würde ich mir den Stiefel zubinden. Verwirrt trat er einen Schritt nach draußen, und da packte Eben ihn von hinten, presste eine Hand auf seinen Mund und hielt ihm mit der anderen ein Messer an die Kehle.

Ich stand auf. »Wenn du auch nur einen Laut von dir gibst«, flüsterte ich, »dann ist es dein letzter. Verstanden?«

Man konnte in der Dunkelheit das Weiß seiner Augäpfel sehen, und er nickte so deutlich, wie er sich traute. Eben nahm gerade lange genug die Hand von seinem Mund, um seinen Namen zu erfahren. Phineas.

Ich durchsuchte ihn nach verborgenen Waffen, aber wie erwartet fand ich keine. Die Männer lebten im Schutz einer abgeschotteten Enklave – sie hatten nichts zu fürchten, außer vielleicht, betrunken die Treppen hinunterzufallen.

»Nach drinnen«, flüsterte ich Eben zu. Er verschwand im Haus, den Gelehrten noch immer fest im Griff, und ich kehrte zu den anderen zurück.

Wir nahmen unsere Positionen ein und warteten. Das alles

wirkte fast zu einfach. Unbewaffnete, halbtrunkene Männer, die keine Gefahr ahnten. Meine größte Sorge galt Synové und dem entscheidenden Moment, wenn sie Bahr von Angesicht zu Angesicht begegnete. Aber sie hatte mir versichert, dass der erste Schock vorbei sei. Anscheinend hielt sie sich an dem Gedanken fest, wie sie ihn während der langen Heimreise leiden lassen konnte. Als ich Ebens Schatten im Korridor auftauchen sah, gab ich Wren ein Zeichen, und sie flötete die sechstönige Melodie einer Nachtdrossel. Eben stürzte von hinten in den Raum und stieß den Gelehrten in die Mitte seiner Kumpanen, während wir gleichzeitig von draußen kamen. Synové, Natiya und Eben hielten die Pfeile auf ihren Bögen gespannt und nahmen mit kalten Augen ihre Ziele ins Visier. Wren hatte beide *Ziethes* gezückt. Ich hielt ein Bündel Seile in der einen Hand und einen Dolch in der anderen.

Einen Moment lang brach Verwirrung aus. Die Männer sprangen ungläubig auf die Füße, ohne richtig zu begreifen, was vor sich ging. Illarion beschwerte sich lauthals über unser Eindringen, als seien wir seine Bediensteten und hätten bloß vergessen anzuklopfen. Doch selbst bei all dem Chaos schien für den Bruchteil einer Sekunde die Zeit stillzustehen, und ich spürte nichts als Erfüllung. Der Drache befand sich in unseren Händen.

Zuerst dämmerte Chievdar Kardos die ganze Wahrheit. Er erkannte Rahtan, wenn er sie sah. »*An ade fikatad.*«

»Im Namen der Königin von Venda, der Herrscherin von Morrighan und der Verbündeten Königreiche, steht ihr alle unter Arrest und werdet euch vor Gericht für Hochverrat und Mord verantworten«, verkündete ich wie vorgeschrieben. »Und jetzt, meine Herren, tut ihr am besten genau das, was wir euch befehlen, denn wir sind nicht verpflichtet, euch lebend zurückzubringen.«

Synovés Pfeil war direkt auf Bahrs Kopf gerichtet und sein Blick direkt auf sie. Er wusste, dass bei der ersten plötzlichen Bewegung die Sehne losschnellen würde.

Der Wachhauptmann versuchte immer noch sich herauszureden. »Ich fürchte, ihr begeht einen schrecklichen Fehler. Wir sind nicht …«

»Kein Fehler, Wachhauptmann Illarion.« Ich zeigte zu Boden. »Ihr alle, runter auf eure Bäuche. Sofort. Wir müssen uns hier noch ein bisschen um den Haushalt kümmern, und dann unternehmen wir einen kleinen Spazierritt.«

Keiner rührte sich, bis Synové ihren Pfeil fliegen ließ, und das *Wuuusch* allen die Luft aus den Lungen sog. Der Pfeil streifte Bahrs Ohr, er heulte auf und presste die Hand über das blutende Fleisch.

»Das hat dir wohl das Wachs aus dem Gehörgang geholt«, sagte Synové. »Ihr hattet den Befehl, euch hinzulegen. Auf die Bäuche!«

Alle gehorchten.

Wren und ich fesselten ihnen die Hände hinter den Rücken, während Statthalter Sarva uns zu überzeugen versuchte, dass wir damit nicht durchkommen würden. »Wir erkennen die Regentschaft der Königin nicht an!«

»Aber das Volk von Venda sehr wohl, genau wie jedes Königreich auf dem Kontinent«, sagte Eben und zog ihn zurück auf die Füße. »Jetzt halt den Mund.«

Ich mischte das Birkenflugpulver in einen Krug Wasser und schüttete jedem ein Glas ein. Dann befahl ich ihnen, es leer zu trinken. »Das wird den Ritt angenehmer machen.«

Der ältere Gelehrte, Torback, weigerte sich mit lautem Geheul, weil er den Trank für Gift hielt. Synové richtete den nächsten Pfeil auf seine Brust, und er trank. Ich erklärte ihnen, dass sie sich bald in tiefem Schlaf befinden würden. Für die Zwischenzeit mussten wir sie knebeln, damit sie keinen Lärm machten. Wir erinnerten sie, dass wir sie auch anders zum Schweigen bringen konnten, und notfalls nicht zögern würden, auf dieses Mittel zurückzugreifen.

Bahr spuckte aus und murmelte: »Dreckige Rahtan.«

Ich warf einen Blick auf Synové, deren Hand über ihrem Dolch schwebte. Ihre Augenlider zitterten wie Espenlaub – die Sorte, aus der man Ruten schneiden konnte – und ich fragte mich, ob es Bahr nicht besser ergehen würde, wenn wir ihn mit durchschnittener Kehle hier liegen ließen, anstatt ihn der Rache zu überlassen, die sie für ihn plante.

»Vierzig Minuten«, sagte Natiya. Wir waren unserem Zeitplan voraus. Von dem Terrassenweg unter dem Felsendach war es nur eine kurze Fußstrecke bis zum hinteren Tor, wo der Heuwagen und die Pferde warteten. Ich zog Phineas den Knebel aus dem Mund.

»Die Waffenpläne, wo habt ihr sie?«

Der Wachhauptmann stöhnte durch den Knebel und schüttelte wild den Kopf. Sarva und die anderen reagierten ähnlich und versuchten immer noch, ihre zukünftigen Reichtümer zu retten. Phineas zögerte bei ihrem vereinten Aufjaulen. Ich zuckte mit den Schultern. »Auf wen solltest du wohl besser hören? Auf sie oder uns?« Unsere sämtlichen Waffen waren nun auf ihn gerichtet.

»Das zweite Außengebäude beim Tor. Dort haben wir unsere Werkstatt. Die Berechnungen sind alle da.«

Also direkt auf unserem Weg. Die Götter meinten es gut mit uns.

Bevor ich auf die Terrasse hinaustrat, zeigte ich auf die Wurfdolche an unseren Brustgurten, falls einem von ihnen der dumme

Gedanke kommen sollte, im Schutz der Dunkelheit wegzulaufen. »An eurer Stelle würde ich nicht versuchen, mich davonzumachen. Sag ihnen, was *Rahtan* übersetzt bedeutet, Kardos.«

Er murmelte etwas durch den Knebel.

»Genau. *Versage niemals.* Ist das angekommen, Illarion?«

Er nickte, und eine Ader pulsierte wütend unter der Halbmondnarbe auf seiner Stirn.

Ich trat auf die Terrasse hinaus. Das Gelände dahinter war in dieser mondlosen Nacht pechschwarz. Falls uns ein Wächter entgangen war und sich nicht im Birkenflugschlaf befand, würden wir trotzdem unbemerkt bleiben. Die Luft war still, nicht der Hauch einer Brise, und das einzige Geräusch war das Lied einer Nachtdrossel, die auf Wrens Ruf antwortete.

Wir schritten die Stufen hinunter zu der Grasfläche, die zwischen uns und dem Tor lag. Die sechs Männer schlurften zwischen den anderen entlang, still und furchtsam, während ich voranging und den Weg auskundschaftete. Wir hatten die halbe Strecke zum Tor hinter uns, als ich ein Rascheln hörte. Für Handsignale war es zu dunkel, also pfiff ich eine leise Tonfolge, damit die anderen stoppten.

Noch ein Rascheln.

Und dann wurde der ganze Himmel hell, als sei gerade die Sonne aufgegangen.

Kapitel 51

Kazi

»Kampfposition!«, rief ich.

In kaum einer Sekunde hatten sie sämtliche Gefangenen auf die Knie gestoßen. Synové, Eben und Natiya standen mit gespannten Bögen hinter ihnen und Wrens Sichelklinge umfasste die Kehle des Wachhauptmanns. Ich befand mich ein Dutzend Schritte weiter vorne, einen Dolch wurfbereit in der Hand.

Der Gestank von Schwefel hing in der Luft, und meine Augen gewöhnten sich nur allmählich an die plötzlich blendenden Flammen, mit denen Hunderte von Fackeln die Nacht erhellten.

Dann sah ich Jase.

Er stand genau vor mir, nur ein paar Schritte entfernt, und versperrte mir den Weg.

Seine Familie hatte sich hinter ihm aufgebaut: Vairlyn, Priya, Gunner, Titus, Mason, Aram, Samuel … sogar Jalaine. Jedes ihrer Gesichter verurteilte mich, brennend vor Schmerz und Wut. Das ganze Gelände quoll über vor Wachen mit gespannten Bögen und *Straza* mit gezückten Schwertern.

Jase' Augen glitzerten, er schüttelte zuckend den Kopf und sah aus, als hätte man ihm einen Tritt in den Magen versetzt. Er öffnete den Mund, schien aber zuerst kaum Worte zu finden. »Das hier …?«, fragte er schließlich und hielt einen Glasbehälter mit weißem Kristallpulver hoch. »Wolltest du das hier haben?«

Er hat den Birkenflug ausgetauscht? Seine ganze Familie hatte mitgespielt, sogar Jalaine. Darum war es gegangen, als er ihr in letzter Minute etwas ins Ohr geflüstert hatte.

»Du wusstest Bescheid«, sagte ich.

»Nicht mit Sicherheit. Ich wollte es nicht glauben.« Er warf den Behälter fort, sodass er irgendwo in der Dunkelheit zersplitterte. Dann musterte er Eben und Natiya, die Köchin und ihren Mann, die sich nun ebenfalls als Rahtan entpuppt hatten.

»Du hast das die ganze Zeit geplant.« Sein anklagender Blick schnitt durch mich hindurch. »Also ist es dir bei allem nur darum gegangen?«

Mit der Umschreibung *bei allem* meinte er natürlich uns beide. Mein eigener Zorn flammte auf. Er hatte gewissenlose Mörder beschützt, sich mit ihnen verbündet, darüber gelogen und mich benutzt, um die Königin herzulocken. Jase hatte mich verraten, nicht umgekehrt. Er hatte kein Recht, mir etwas vorzuwerfen.

Meine nächsten Worte waren so scharf, als könnte ich ihn damit aus meinem Leben schneiden. »Ganz genau. Darum ging es mir *bei allem*. Diese Männer stehen unter Arrest wegen Mordes und Hochverrats, und du bist mitschuldig, weil du ihnen Unterschlupf gewährt hast. Jetzt geh zur Seite, bevor wir dich auch festnehmen.«

Er stieß ungläubig die Luft aus. »Hast du den Verstand verloren? Schau dich doch einmal um! Ihr seid umzingelt. Lasst die Waffen fallen. Sofort!«, befahl er.

Keiner von uns rührte sich. Auf beiden Seiten wurden Bogensehnen straffer gespannt, Armmuskeln zitterten vor Angriffsbereitschaft.

Die Anspannung stieg mit jeder Sekunde, die verging. Dann ging das Geschrei los.

»Ihr bringt diese Leute nirgendwohin!«, brüllte Titus. »Das hier ist Ballengerterritorium, und ihr seid Eindringlinge!«

»Dafür werdet ihr bezahlen«, spuckte Aram hervor.

»Wir sind ein eigenständiges Reich«, rief Priya. »Eure Königin hat keine Gerichtsgewalt in Torsfeste, und das gilt erst recht für euch!«

»Jetzt seid *ihr* verhaftet! Lasst die Waffen fallen!«, schrie Mason mit gezücktem Schwert.

Unsere Gefangenen brüllten durch die Knebel.

Du musst die Situation retten, Kazi. Lass dir etwas einfallen.

»Geh zur Seite, Jase. Jetzt.« *Bitte. Ich will dich nicht verletzen.* Kaum trat ich einen Schritt nach vorne, fuhren weitere Schwerter aus der Scheide.

Jase schaute sich in den Reihen um, wo die Nervosität gefährlich zunahm. »Niemand greift an!«, schrie er und hielt mir warnend die offene Handfläche entgegen, um mich zu stoppen. »Rühr dich nicht, Kazi. Sonst bringst du dich noch um. Dich und deine Freunde.«

»Lass die Vendaner doch schießen, Jase!«, brüllte Titus. »Wir sind in der Überzahl.«

Das waren sie wirklich. Bei Weitem.

»Halt den Mund!«, schrie Jase über die Schulter zurück und wandte sich wieder zu mir um. »Leg die Waffen nieder, Kazi. Du kannst nirgendwohin. Wir brauchen diese Männer. Durch unser Abkommen mit ihnen können wir …«

»Ich werde sie dir nicht aushändigen, Jase, um keinen Preis. Keinen. Wenn wir sterben müssen, dann sterben sie mit uns … und zwar die Gelehrten zuerst.« Ich stand für die meisten unserer Gegner mitten in der Schusslinie. Mich würde es als Erste erwischen, aber die anderen würden genug Zeit haben, unseren Gefangenen die Kehlen durchzuschneiden.

Die Gelehrten stöhnten durch ihre Knebel.

Jase' Blick bohrte sich in meinen. Für uns beide gab es kein

Zurück mehr, und doch sah ich etwas Flehendes in seinen Augen. Bat er etwa um das Leben dieser Männer? Er bewegte sich kaum merklich vorwärts, als würde ich es nicht bemerken.

»Gib mir deinen Dolch«, forderte er.

»Ich sage es zum letzten Mal, *geh mir aus dem Weg.*«

»Das kann ich nicht, Kazi. Alles, was meine Familie gesagt hat, ist wahr. Hier sind wir das Gesetz, nicht du oder deine Königin.« Er trat einen weiteren Schritt vor, die Hand noch immer ausgestreckt. »Um euch herum stehen dreißig Wachen mit gespannten Bögen und eine Menge nervöser *Straza*. Bald wird jemand einen tödlichen Fehler begehen und einer deiner Leute ...«

Und dann ertönte ein Ruf aus der Dunkelheit. Von Gunner. »Das hier ist, was du wirklich willst, stimmt's?«, schrie er. »Dann lass uns tauschen.«

Gunner trat ins Licht und hatte seine Armbeuge um den Hals eines Mannes gelegt, der sich in seinem Griff wand. Unsere Blicke trafen sich. Onyxschwarze Augen starrten in meine.

In meiner Brust begann es zu brennen.

Alle Luft verschwand daraus.

Der Dolch bebte in meiner Hand.

Ich hörte Jase brüllen: *Gunner, nicht!*

Danach weiteres Geschrei. Aber es wirkte alles so weit weg.

Kazi.

Kazi!

Wo steckt das Balg?

Die Zeit wirbelte um mich herum. Schweiß tropfte meinen Rücken herunter.

Fackeln flackerten, und ich sah nur noch goldenes Licht, das von Wänden widerschien. Und meine Mutter, die vergeblich nach ihrem Knüppel griff.

Komm gefälligst raus, Mädchen!

Hier.

Er war hier.

Wie war das überhaupt möglich?

Es war, als sei keine Zeit vergangen. Er sah genauso aus wie damals.

Furcht ließ meine Kehle zuschwellen. Meine Knie wurden weich wie warme Butter.

Du bist jetzt kein machtloses Kind mehr.

Er gehörte mir. Dazu brauchte es nur einen einfachen Handel. Ihn gegen den nichtsnutzigen Wachhauptmann und seine Kumpanen.

Sei dir immer bewusst, was auf dem Spiel steht. Ich brauche dich, Kazimyrah.

Gerechtigkeit für Tausende oder Gerechtigkeit für mich. Meine Füße wandelten auf zwei verschiedenen Zukunftspfaden, und mein Inneres zerriss in blutige Hälften.

Der Previzi sah den Dolch in meiner Hand und kämpfte darum fortzukommen. Ich hörte, wie Mason ihn Zane rief. Die Ballengers kannten ihn. Er hatte einen Namen. Zane. Nun hielten Mason und Gunner ihn beide gepackt. Er hatte die Mordlust in meinen Augen gesehen. Seine Angst heizte mein Verlangen weiter an. Ich hungerte, dürstete, gierte danach, sein Blut zu vergießen, einen Tropfen nach dem anderen. »Was ist mit ihr passiert?«, rief ich. »Was hast du mit meiner Mutter gemacht?« Die Fragen kamen in einer zerbrechlichen, stockenden Stimme heraus, die mich verwirrte. Ihr Klang ließ meine Eingeweide zu Eis erstarren. Ich hörte die Stimme des Kindes, das ich einmal gewesen war. Der Mann namens Zane sah mich an, als wüsste er bereits, dass er keine Chance hatte.

Er öffnete den Mund zu einer Antwort, aber Gunner presste seine Hand darüber und stieß ihn rückwärts in die Arme eines anderen. »Zuerst unser Handel. Dann bekommst du deine Antworten.«

Ich starrte Gunner an und wünschte, er würde tot umfallen. Mein Zorn war so brennend, dass ich ihn am liebsten mit bloßen Händen in Stücke gerissen hätte, aber gleichzeitig war ich wie erstarrt. Es fühlte sich an, als habe man mir eine Schwertklinge in die Seele gestoßen. Der Mann, dessen Gesicht mich mein Leben lang verfolgt hatte, war hier. *Und Jase wusste Bescheid. Er kannte seinen Namen.*

Er hatte die ganze Zeit Bescheid gewusst.

Ich schaute ihn an.

Worte waren unnötig. Ich wusste, dass er es in meinen Augen lesen konnte.

Das auch? Darüber hast du auch gelogen?

Er trat auf mich zu. »Kazi, ich war …«

Triff deine Wahl, Kazi. Aber in Wirklichkeit blieb mir nur eine Möglichkeit. Ich musste das eine aufgeben, um das andere zu bekommen.

Jase warf sich auf mich, doch damit hatte ich gerechnet. Es gab immer noch Dinge, die ich wusste und er nicht. Wie den typischen Moment, wenn ein Trickbetrüger die Falle zuschnappen lässt. Dazu wartete er immer, bis seine Beute am schwächsten war.

Ich stieß ihn mit dem Fuß zu Boden und zog an seinen Haaren, um seinen Kopf zurückzureißen und mein Messer eng an seine Kehle zu pressen. Ein schneller Handstreich, ein tänzerisches Ablenkungsmanöver, eine einzige geübte Bewegung … das hatte mich jahrelang am Leben erhalten und schien wie für diesen Moment gemacht zu sein.

»Ich habe dir eine Chance gegeben«, presste ich zwischen zusammengebissenen Zähnen hervor. Ich lehnte mich näher an sein Ohr. »Ich habe dir jede mögliche Chance gegeben.« Ich zog noch etwas brutaler an seinen Haaren und drückte das Messer etwas tiefer. »Jetzt sag ihnen, sie sollen Platz machen.«

»Geht zurück«, befahl Jase sehr vorsichtig. Selbst das Sprechen war ein Risiko, so dicht grub sich meine Klinge in seine Haut. »Sie wird es wirklich tun«, warnte er. »Sie schneidet mir die Kehle durch.«

»Ihr habt ihn gehört!«, rief ich. »Der *Patrei* kommt mit uns.«

Jetzt brüllten alle durcheinander, schrien mich an, ich solle ihn loslassen, und drohten mit der schrecklichen Rache, die sie nehmen würden. Ich wusste nicht, ob Zane sich immer noch zwischen ihnen befand. *Mein Wurfmesser. Warum hatte ich es nicht benutzt, als ich noch die Chance hatte?*

Weil zu viel auf dem Spiel stand. Die ganzen Leute um ihn herum … Ein leichter Fehlwurf und alles wäre außer Kontrolle geraten. Meine Logik kämpfte gegen meinen Blutdurst.

Ich hatte mich dagegen entschieden, das Messer zu benutzen, weil Zane nicht meine Mission war, im Gegensatz zu den flüchtigen Verbrechern, die ich zur Königin bringen sollte.

»Steh auf«, befahl ich und rückte die Messerspitze an seinen obersten Halswirbel. »Ich kenne jeden verwundbaren Punkt an deinem Körper. Keine Tricks mehr. Verschränk die Hände hinter dem Kopf. Langsam.«

Er folgte meinen Anweisungen, und ich begann, ihn auf das Tor zuzuführen. Der Rest meiner Truppe kam dicht hinterher. Jase' Familie, die *Straza* und Wachen mit weiterhin gespannten Bogen folgten am Seitenrand und warteten auf eine Gelegenheit.

»Damit wirst du nicht durchkommen, Kazi«, zischte Jase, während wir gingen. »Wie lange kannst du mir ein Messer an den Hals drücken? Sowie du deine Hand sinken lässt, bringen sie dich um.«

»Elf Jahre, Jase. Ich halte elf Jahre lang durch, wenn es sein muss.«

»Wir können uns immer noch einigen.«

»Halt den Mund. Spar dir deine Geschichten für Zane.«

Als wir an dem kleinen Nebengebäude vorbeikamen, befahl ich Synové, einen Feuerpfeil durchs Fenster zu schießen. Er traf die hintere Wand und erhellte das Innere. Papierstapel lagen verstreut auf einem Arbeitstisch.

Der Wachhauptmann kämpfte gegen Wrens Griff an und versuchte stöhnend, den Knebel aus dem Mund zu schieben.

»Was tust du da?«, schrie Gunner.

»Kazi, nicht!«, bat Jase. »Wir haben zu viel investiert, um …«

»Noch einen«, befahl ich.

Synové schoss einen zweiten Feuerpfeil ab, der die Kerosinlampe auf dem Tisch zerschmetterte, sodass nun der ganze Raum in Flammen aufging. Ich hörte das Stöhnen und die Flüche, die uns alle zur Hölle wünschten. Ich sah die tödliche Wut in Illarions Augen. Ich fühlte den Zorn, der von Jase zu mir brandete.

»Öffnet das Tor«, sagte ich zu Drake und Tiago.

Sie warteten auf eine Bekräftigung von Jase. Er nickte.

Der Heuwagen und die Pferde waren immer noch dort. Man hatte sie nicht zum Stall zurückgebracht. Anscheinend hatten die Ballengers nicht erwartet, dass wir so weit kommen würden.

Natiya und Eben arbeiteten methodisch und ketteten alle Gefangenen an die Geländerstange des Wagens. Weitere Befehle wurden gerufen, diesmal von Mason. Er verlangte nach zusätzlichen Pferden aus dem Stall. Die Ballengers beabsichtigten, uns zu folgen.

Hinten auf dem Wagen gab es zu wenig Platz für Jase und

mich gleichzeitig, aber ich konnte es mir nicht leisten, ihn aus meiner Nähe zu lassen. Mein Messer an seiner Kehle war der einzige Grund, warum wir noch lebten. Ich befahl ihm, auf den Kutschbock zu klettern. »Fahr los, *Patrei*. Wir werden zusammen die Königin besuchen.«

Kapitel 52

Jase

Die Farbe des Horizonts wandelte sich von Schwarz zu Nebeligblau. Die Sterne vom Streitwagen der Hetisha verblassten. Die Sonne kam hervor. »Die Pferde brauchen eine Pause«, sagte ich.

»Wann die Pferde eine Pause brauchen, entscheide ich.«

»Na gut, dann drücke ich es anders aus. *Ich* brauche eine Pause.« Was auch stimmte. Mir tat alles weh – die Schultern, der Rücken, der Kopf, die Augen. Ich war nicht sicher, wie lange ich die Lider noch offen halten konnte.

»Sag deiner Familie, sie soll nach Hause gehen, dann können wir alle eine Pause machen.«

Wir hatten während der Nacht nur eine Stunde angehalten, damit die Pferde trinken konnten, aber zur Ruhe waren wir nicht gekommen. Meine Familie, die *Straza* und Wachen hatten uns mit lodernden Fackeln umkreist und nur darauf gewartet, dass Kazi einknickte, einen Fehler machte, entweder ihrer Erschöpfung oder den stichelnden Zurufen nachgab.

Hatte sie aber nicht.

Selbst dann nicht, als Sarva und die anderen mit einstimmten. Kaum waren ihnen die Knebel abgenommen worden, damit sie trinken konnten, hackten sie gnadenlos auf Kazi ein. Ich verstand, was sie taten. Die Gefangenen versuchten, sie zu provozieren, damit sie sich nicht mehr auf mich konzentrierte, sondern sich ihnen zuwandte und ich sie entwaffnen konnte. Aber dabei gingen sie eindeutig zu weit.

»Ich wette, Zane hatte eine verdammt gute Zeit mit deiner Mutter«, spöttelte Bahr.

Danach begann Sarva zu beschreiben, was er mit ihr getan hätte. »Halt das Maul, Sarva«, brüllte ich. Er sagte Dinge, die ich nicht einmal in den Mund genommen hätte, um mein Leben zu retten. Ich spürte, wie Kazis Arm an meinem Rücken bebte, aber sie hielt die Klinge unverändert über meiner Schulter, und ihr Blick blieb starr auf den dunklen Pfad vor uns gerichtet.

Eigentlich hatte ich gedacht, dass ihre Entschlossenheit inzwischen wanken und sie erschöpft einknicken würde … oder zumindest, dass sie kurz wegdöste, während der Wagen endlose strapaziöse Meilen durch die Dunkelheit rollte. Sie wollte mir nicht sagen, was unser Ziel war. Ihre Begleiter, die in unserer Nähe ritten, verrieten es mir ebenso wenig. Im Moment waren wir in südlicher Richtung unterwegs, aber ich ging davon aus, dass wir bald nach Osten abschwenken würden.

»Wollt ihr den ganzen Weg nach Venda in einem Stück zurücklegen?«

»Das braucht dich nicht zu kümmern.«

Sie hatte kaum ein Wort mit mir gesprochen, und wenn doch, dann feindselig. Ich wusste, dass sie genauso erschöpft sein musste wie ich. Sie saß zusammengesackt neben mir, doch ihr Messer blieb immer in tödlicher Nähe meiner Kehle. Ich blinzelte und versuchte, die Müdigkeit abzuschütteln. Hinter uns hörte ich Schnarchen. Anscheinend bekam hier wenigstens einer seinen Schlaf.

Ich zog scharf an den Zügeln. »Brrr!«

Kazi richtete sich kerzengerade auf. »Was tust du da?«

»Ich sage den anderen, sie sollen nach Hause gehen.«

Wren, Synové, Eben und Natiya umkreisten abwehrend den Wagen, als Mason, Gunner und der Rest näher ritten.

»Kehr nach Hause zurück, Gunner!«, rief ich. »Nimm alle mit. Du musst über die Stadt wachen, bis ich wiederkomme.«

Mason trieb sein Pferd näher an Synovés heran und versuchte sie einzuschüchtern. Seine Augen waren dunkel vor Wut. »Wir gehen nicht ohne dich«, rief er zurück.

»Doch, das werdet ihr.« Ich erklärte, dass vor uns mit Sicherheit ein Militärtrupp wartete, und ich konnte es mir nicht leisten, dass meine Familie ebenfalls in Gefangenschaft geriet. Sonst setzten wir die Arena und alles andere aufs Spiel. Mutter, Nash und Lydia konnten sich nicht alleine darum kümmern. Sie brauchten den Rest der Familie, um alles am Laufen zu halten, bis ich zurückkam.

Ich redete, als sei meine Rückkehr gesichert, aber ihre Blicke stellten das deutlich infrage.

Gunner schnitt eine Grimasse, doch am Ende nickte er. Schließlich wusste er, dass ich recht hatte. »Wir kümmern uns um alles.« Er signalisierte den anderen, ihm zu folgen, und drehte in Richtung Torsfeste um.

Priya ritt todesmutig bis an den Wagen heran. Zwar ging Wren dazwischen und schnitt ihr den Weg ab, doch meine Schwester kam immerhin auf Blickkontakt mit Kazi heran. »Ich habe dich gewarnt, dass du es bereuen wirst, wenn du meinem Bruder wehtust. Und das wirst du auch. Ich werde das hier nie vergessen. Nicht in alle Ewigkeit. Du wirst dafür bezahlen.«

Kazi reagierte nicht. Sie begegnete Priyas eisigem Blick nur mit gleichgültiger Miene. Dann wanderten Priyas Augen zu mir, und Besorgnis erfüllte ihr Gesicht. »Pass gut auf dich auf, Bruder.«

»Werde ich«, gab ich zur Antwort. Danach wandte sie sich ab und ritt davon.

Als alle weit genug entfernt waren, ließ Kazi das Messer sinken und stieg vom Wagen. Ich folgte ihr und ließ mich kraftlos zu Boden fallen. Mein Rücken drückte gegen die unebene Erde, und meine Muskeln zuckten.

Kazi und ihre Truppe versorgten die Pferde und danach die Gefangenen hinten auf dem Karren, dann wechselten sie sich dabei ab, Wache zu halten und zu schlafen. Wir waren alle erschöpft, bis auf Beaufort und seine Leute, die ich in der Nacht hatte schnarchen hören. Ich döste kurz ein, schreckte aber immer wieder auf und fragte mich, in welches Fegefeuer ich geraten war, da man mich nun schon zum zweiten Mal seit dem Tod meines Vaters gefangen genommen und gewaltsam verschleppt hatte.

Wir bekamen jeder eine Wasserration und getrocknetes Fleisch. Als Bahr losgebunden wurde, damit er sich erleichtern konnte, höhnte Synové, dass er versuchen sollte abzuhauen, solange er die Gelegenheit hatte. Ich hatte das Gefühl, dass er es sogar einen Moment lang in Erwägung zog. Aber er hatte keine Waffen und keinen Ort, wohin er fliehen konnte. Inzwischen war die Landschaft fast völlig eben und nur ein paar entfernte Baumgruppen hätten vielleicht Deckung geboten.

Ich lehnte mich gegen das Wagenrad, kaute auf meinem Streifen Trockenfleisch herum und starrte Kazi an. Was ging wohl in ihrem Kopf vor? Sie bemerkte meinen Blick und schaute weg. Mir fiel ein, was die Seherin zu mir gesagt hatte: *Schütze dein Herz,* Patrei. *Ich sehe einen Dolch, der nur darauf wartet, es herauszuschneiden.*

Nun wurde mir klar, dass sie damit nicht den Überfall durch Verrtigs Leute gemeint hatte. Sie hatte mich vor Kazi gewarnt.

Plötzlich fuhr sie herum und funkelte mich an. »Hör auf damit!«, befahl sie. »Hör auf, mich anzusehen!«

»Oder was?«, gab ich zurück. »Was willst du sonst tun? Ist noch etwas übrig, das du mir nicht angetan hast, Kazi?«

Weil hinten auf dem Wagen kein Platz für mich war, kutschierte ich ihn weiter, aber Kazi ritt nun auf Mije neben mir her. Anscheinend fand sie mich zu abstoßend, um auch nur mit mir auf dem Kutschbock zu sitzen. Ohne meine Familie als Bedrohung konnte sie mich genauso gut aus der Distanz bewachen. Selbst das dauerte nicht lange. Sie tauschte ihren Platz mit Wren und ließ sich zu Eben und Natiya zurückfallen … unseren sogenannten Köchen, die nun meine Gefangenenwärter waren.

Ich schüttelte den Kopf und musste an die Geschichte des Dark Chalet denken: an die mörderische Geliebte, die mitten in der Nacht von einem Ballenger in die Festung gelassen worden war. *Seit wann bist du so ein leichtgläubiges Dummchen, Jalaine?* Meine eigenen Worte fielen nun auf mich zurück, trafen wie ein gut gezielter Faustschlag.

Ich habe dir eine Chance gegeben. Ich habe dir jede mögliche Chance gegeben.

Das hatte sie wirklich. Warum war ich nicht beiseitegetreten und hatte sie einfach gehen lassen?

Der Grund war nicht nur, dass ich unsere Investitionen schützen wollte. In diesem Moment war die Anspannung so groß gewesen, die Gemüter so erhitzt, dass leicht alles hätte außer Kontrolle geraten können. Ich hatte Angst gehabt. Angst davor, dass jemand sie tötete.

Seit wann bist du so ein leichtgläubiges Dummchen, Jase?

Sie hatte sich in mein Zuhause und meine Familie eingeschlichen.

Mit jeder weiteren Meile der Reise wuchs mein Zorn, nicht nur auf Kazi und ihren Trupp, sondern auch auf die Königin, die Elitesoldaten in *mein* Herrschaftsgebiet geschickt hatte, auf mein Land und hinter meine Festungsmauern. In Wirklichkeit hatte sie die Grenzverletzung begangen. Sie war in mein Territorium eingedrungen. Hätte ich etwas Ähnliches getan, wäre das als Kriegserklärung betrachtet worden und mir würde der Galgen drohen.

»Du warst vorhin ziemlich langsam auf den Füßen, was?

Ich schaute Wren an. Sie starrte mit ihrem üblichen tödlichen Blick zurück. »Wenn du in Wunden herumstochern willst, such dir jemand anderen aus.«

Zu meiner Überraschung ließ sie mich in Ruhe und ritt nach vorne zu Synové. Ich ging davon aus, dass sie als Nächstes an der Reihe war, ein Auge auf mich zu haben. An Flucht war sowieso nicht zu denken. Mein Pferdegespann war nicht schnell genug, um ihnen zu entkommen. Außerdem hätte mein Rücken bei dem Versuch eine fantastische Zielscheibe für Synovés Pfeile geboten.

»Wir können sie niedermachen«, sagte Beaufort, als er feststellte, dass keine von ihnen in Hörweite war.

Ich schaute über die Schulter. »Nein«, erwiderte ich. »Sie sind bewaffnet und außerdem Rahtan.«

Sarva verzog zähnefletschend die Lippen. »Aber ihre Schädel sind auch nicht härter als andere.«

Bahr hob die Arme mit den Handschellen. »Wenn sie uns das nächste Mal losmachen, damit wir unsere Schwänze rausholen und pissen können, schnappen wir uns einen Stein und zertrümmern ihnen die Köp…«

»Hier werden keine Köpfe zertrümmert«, schnitt ich ihm das Wort ab.

»Du hast leicht reden«, höhnte Kardos. »Du kennst ja ihre Königin nicht. *Unsere* Köpfe werden auf Spießen stecken, bevor wir auch nur Hallo sagen können – das gilt übrigens auch für deinen.«

»Er hat recht«, stimmte Beaufort zu. »Das Weib hat eine sadistische Ader und führt Rachefeldzüge gegen jeden, der sich ihr einmal in den Weg gestellt hat.«

»Ihr habt allesamt gegen sie gekämpft?«

»Bis auf die Gelehrten«, antwortete Sarva. Wie üblich blieben die beiden stumm. Sie wirkten starr vor Angst.

»Der Rest von uns hat an der Seite des Komizars gekämpft«, sagte Bahr. »Also, der Mann war ein richtiger Anführer.«

Ein Mann, der Kindern die Finger abhackte?

Ich hatte schon vorher Gerüchte über ihn gehört. Angeblich war er ein Riese von zwölf Fuß gewesen. Mit einem aus Drachenzähnen geschmiedeten Schwert. Oder einer der Altvorderen, der die Jahrhunderte überlebt hatte. Zudem sei er nicht wirklich tot, schließlich konnte ein Halbgott nicht einfach ermordet werden. Die Geschichten über ihn waren so fantastisch ausgeschmückt wie die Legenden der Sternbilder am Himmel. Bis Informationen bei uns in Höllenrachen ankamen, konnte man die Mythen kaum noch von den Fakten trennen. Sogar Bahrs Schilderung aus erster Hand kam mir eher wie eine Legende als die Wahrheit vor. *Niemand hat sich jemals seinen Befehlen widersetzt. Er konnte selbst den Teufel mit einem Flüstern zum Schweigen bringen.*

Die einzige Geschichte, die sich für mich nicht übertrieben anhörte, war seine brutale Bestrafung von Kindern. Ich erinnerte mich an Kazis Blick, als sie mir ihre Hände vors Gesicht gehalten hatte. *Schau dir meine Finger an, Jase! Jeden einzelnen, denn mir fehlt keiner davon.* In diesem Moment hatten ihre Augen mir genug gesagt. Ich sah darin den verzweifelten Kampf ums Überleben, den sie hatte führen müssen.

Synové hatte eine kleine Antilope erlegt, und der ausgeweidete Körper brutzelte nun auf einem Spieß. Wir hatten unser Lager in einem Wäldchen aufgeschlagen, das zwischen Ruinen gewachsen war. Bahr hielt keine großen Reden über zertrümmerte Schädel mehr. Sein Kopf fuhr bei jedem Rascheln herum, und ich bezweifelte, dass er sich allein ins Dunkel gewagt hätte, um überhaupt irgendwas mit seinem Schwanz anzustellen.

Ich war an einen Baum gekettet. Wie wir alle. Einmal mehr hatte ich eine Eisenschelle um den Fuß.

Kazi kümmerte sich um Mije. Sie hatte es geschafft, mir den gesamten Tag auszuweichen, was nicht ganz einfach war, da wir nun einmal dieselbe Richtung nahmen.

Natiya griff über die Flammen und brach den Brustkorb der Antilope in zwei Hälften, damit sie schneller gar wurde.

»Hungrig?«, fragte ich. »Du musst wohl immer noch für zwei essen? Oder vielleicht sind es inzwischen acht? Deine Lügen scheinen sich jedenfalls zu vermehren wie Maden im Speck.«

»Hüte lieber deine Zunge, *Patrei*«, warnte Eben und zog seinen Dolch. Zumindest dieser Teil von Natiyas Geschichte war die Wahrheit: Er konnte hervorragend mit einem Messer umgehen.

»Nein, ich esse nur für mich«, antwortete sie und tätschelte sich vergnügt den flachen Bauch.

»Eure Königin hatte nie vor, nach Höllenrachen zu kommen, oder? Sie fällt nicht nur in fremde Länder ein, sondern lügt auch noch wie gedruckt.«

»Ich habe gesagt, du sollst deine Zunge hüten!«, herrschte Eben mich an.

»Ihr Brief an uns war eine Farce«, zischte ich.

»Nein, mein Brief an sie war eine Farce«, antwortete Kazi. Alle Köpfe fuhren zu ihr herum. Sie trat aus den Schatten ins Licht des Feuers. »Und das wusste die Königin auch. Ich habe ihr genug Hinweise gegeben, die du und deine Brüder nicht entschlüsseln konntet. Goldener Thannis? Das ist eine Giftpflanze. Ich habe ihr empfohlen, dir ein giftiges Geschenk mitzubringen.« Ihr Tonfall triefte vor Sarkasmus. »Nie im Leben hätte ich ihr geraten, nach Torsfeste zu kommen.«

Der letzte Satz klang verächtlich, als wäre mein Zuhause weit unter der Würde ihrer Königin. Ich starrte sie an. Also war von Anfang an alles nur eine Lüge gewesen. »Gibt es überhaupt etwas an dir, das wahr ist?«

Sie begegnete meinem Blick. »Du wirst mir keine Vorträge über Wahrheit und Lüge halten. Nicht ausgerechnet du.«

»Ich war schließlich nicht verpflichtet, dich in unsere Familiengeschäfte einzuweihen.«

»Geschäfte? So nennst du das also, wenn ihr ein ganzes Waffenarsenal hortet?«

»Ja! Das gehört zu unseren Geschäften! Und wir haben jedes Recht …«

»Sämtliche Königreiche zu unterwerfen? Und der Königin einen Strick um den Hals zu legen?«

»Da geht es wieder los mit deinen vendanischen Übertreibungen!«

»Du hast gesuchte Verbrecher versteckt!«

»Und du hast …«

»Zurück! Das gilt für euch beide.« Eben ging dazwischen und schob uns auseinander. Wir standen uns heftig atmend gegenüber. Ich hatte gar nicht gemerkt, dass ich aufgestanden war oder wie nah Kazi mir gekommen war. Wir schrien uns aus wenigen Zentimetern Entfernung ins Gesicht.

Sie funkelte mich an und atmete immer noch keuchend. »Die Königin ist keine Lügnerin. Sie konnte deinem kaum verhüllten Kommando, in Torsfeste aufzutauchen, überhaupt nicht nachkommen, weil sie ans Bett gefesselt ist. Sie *kann* nicht reisen. Ansonsten kann ich dir versichern, dass sie persönlich hier wäre, um diesen Abschaum der Gerechtigkeit zuzuführen!«

Ihre Augen glitzerten feucht. »Sprich in meiner Gegenwart nie wieder über Wahrheit.« Ihre Stimme klang gebrochen, zittrig. Sie drehte sich auf dem Absatz um und verschwand zurück in den Schatten.

Kapitel 53

Kazi

Ich hockte am Bachrand und füllte den letzten Trinkschlauch. Zerbröckelte Steinmauern ragten rund herum aus der Landschaft empor. Letzte Nacht war ich dankbar für die Ruinen gewesen, in denen ich eine dunkle Höhle gefunden hatte, um mich zum Schlafen zurückzuziehen. Vermutlich würden wir jetzt eine ganze Weile kein Dach mehr über dem Kopf haben.

Ich verkorkte den vollen Trinkschlauch, und als ich aufstand und mich umdrehte, entdeckte ich, dass Eben mich beobachtete.

»Lass mich dabei helfen«, sagte er und nahm fünf Schläuche auf einmal in die Arme. Er zögerte und schaute mich an. »Alles in Ordnung?«

Es passte überhaupt nicht zu Eben, solche Fragen zu stellen. Man hatte gefälligst in Ordnung zu sein, und zwar jederzeit. »Wovon redest du?«

Er betrachtete mich unschlüssig. »Da in Torsfeste … das war er?«

Er. Das Blut pumpte schneller durch meine Adern. Jetzt verstand ich, worauf Eben hinauswollte. Jase hatte viele Geheimnisse, aber wie konnte er mir ausgerechnet dieses verschweigen? Er wusste, was Zane mir angetan hatte. »Ja«, antwortete ich, »das war er.«

Eben kräuselte verächtlich die Lippen. »Der miese Bastard. Aber du hast das Richtige getan, Kazi. Ich weiß, dass es dir nicht leichtgefallen ist, ihn zurückzulassen. Bestimmt gibt es eine andere Chance. Später kehren wir zurück.«

Ich schüttelte den Kopf. »Nein, Eben. Wir wissen doch beide, dass er nicht mehr da sein wird. In der Zwischenzeit ist er über alle Berge und verkriecht sich im nächsten abgelegenen Loch. Ich kann nicht weitere elf Jahre damit verbringen, nach ihm zu suchen.«

»Tut mir leid.«

»Das muss es nicht«, sagte ich und versuchte, meine Stimme unbeschwert klingen zu lassen. Stattdessen kamen die Worte hölzern heraus. »Schau nur, welche miesen Bastarde wir stattdessen gefangen haben. Nicht nur den einen, hinter dem wir her waren, sondern noch fünf andere als Dreingabe.«

»Sechs«, verbesserte er zögernd. »Was ist mit dem *Patrei?*«

Ich schluckte. »Ja. Sechs. Den *Patrei* natürlich auch.«

Aber es gab noch etwas, das ich ihm erzählen musste.

Etwas, das ich ihnen allen erzählen musste, Jase eingeschlossen.

Es ging um das Gelächter.

Etwas an der Erinnerung stichelte unangenehm – schon von Anfang an – und durchfuhr mich immer wieder.

Gelächter ist genauso verräterisch wie ein Seufzen oder ein Seitenblick. Eine unfreiwillige Sprache. Besorgnis, Furcht und Verrat verbergen sich am ehesten im Ungesagten.

Etwas an dem Gelächter damals, als ich den Wachhauptmann und die anderen belauscht hatte, war mir nicht richtig vorgekommen. Aber dieses Gefühl war überdeckt worden, weil ihre Worte mich so schockiert hatten.

Letzte Nacht, als ich nach dem Streit am Lagerfeuer in die Schatten abgetaucht war, hörte ich es wieder. Sie alle lachten darüber, dass Jase in ihren Augen den Wortwechsel gewonnen und mich vertrieben hatte.

Das Geräusch klang nicht fröhlich. Es triefte vor Selbstgefälligkeit und Spott. Genauso hatten sich früher in Venda die Händler angehört, wenn sie einen Kunden ausgetrickst und ihm mehr Geld abgenommen hatten, als die Ware wert war. Aber erst, wenn der arme Trottel außer Hörweite war.

Ein ähnliches Gejohle hatten der Wachhauptmann und seine Kumpanen in jener Nacht angestimmt, als sie über die Ballengers redeten. Nicht ausgelassen, sondern spöttisch. Sie hatten die Ballengers *aus*gelacht.

Trieb Illarion ein doppeltes Spiel?

Verriet er beide Seiten gleichzeitig?

Bald werden wir noch reicher, den Ballengers sei Dank.

Vielleicht benutzte Illarion sie nur?

Die Königin hatte gesagt, er sei als Truppenkommandeur und Kämpfer durchschnittlich gewesen, *aber dafür ein fabelhafter Schwindler. Sein größter Vorteil ist seine Geduld.*

In Morrighan hatte er geschickt zwei Rollen gespielt. Galt das auch für Torsfeste? Zeigte er Jase' Familie nur, was sie sehen sollte, während er gleichzeitig geheime Pläne zum eigenen Vorteil schmiedete? Inzwischen war ich fast sicher, dass er die Ballengers übers Ohr gehauen hatte.

»Jetzt mal ehrlich, Kazi«, sagte Natiya, als ich die anderen am Bachufer versammelte und ihnen von meinem Verdacht erzählte. »Meinst du nicht, dass du dich nur aus Wunschdenken blind stellst, weil du immer noch Gefühle für Jase hast?«

»Das ist vorbei«, erwiderte ich. »Es gibt Vertrauensbrüche, die einfach zu tief gehen.« Seine Lüge über Zane war eine offene

Wunde, und umgekehrt hatte ich die Bitterkeit in seinem Blick gesehen, als er mich in der Enklave stellte. Der gegenseitige Verrat hatte alles zerstört, was davor zwischen uns gewesen war. Ich schüttelte den Kopf. »Hier geht es nicht um Jase und mich, sondern darum, die Wahrheit zu kennen. Jase soll der Königin eine Falle gestellt haben? Sein schneller Protest gegen meine Anklage war echt. So viel weiß ich immerhin über ihn.«

»Du dachtest auch, dass andere Dinge an ihm echt wären«, gab Wren zu bedenken.

Ich setzte mich auf die zerbröckelte Mauer am Rand des Baches und versuchte, in Gedanken zu sortieren, was wahr und was falsch war. Ich wusste, was ich von Illarion gehört hatte, und der Rachedurst in seiner Stimme war klar und deutlich gewesen. Jase hätte dadurch nichts zu gewinnen. »Der Königin einen Strick um den Hals zu legen, war Illarions Plan«, sagte ich. »Für ihn geht es ebenso sehr um Rache wie um Reichtum. Als er sich mit dem Komizar zusammengeschlossen hatte, wollte er ein vermögender Mann werden, stattdessen wurde er durch die Königin ein Vogelfreier. Und die Unterwerfung aller Königreiche? Jase' ganze Welt ist Höllenrachen, Torsfeste, die Arena und sonst nichts. Mehr will er gar nicht.« Ich blickte Wren und Synové auffordernd an. »Das wisst ihr beide genauso gut.«

Sie nickten.

»Selbst wenn Illarion ein doppeltes Spiel treibt, entschuldigt das die Ballengers nicht«, hielt Natiya dagegen.

Eben stimmte zu. »Sie haben flüchtige Verbrecher versteckt und waren überzeugt, dass sie es für ihre eigenen Zwecke tun. Nämlich Waffen.«

Das war tatsächlich der Haken an der Sache, den wir nicht ignorieren konnten.

»Um genau zu sein, haben die Ballengers nur *einen* flüchtigen

Verbrecher beherbergt«, berichtigte Wren ihn. »Sogar wir wussten ja nicht, dass die anderen noch am Leben sind, also gab es keine Haftbefehle gegen sie.«

»Schon einen einzigen Mann zu decken, nach dem gefahndet wird, reicht für eine Anklage aus«, sagte Natiya. »Diesen Standpunkt vertreten die verbündeten Königreiche sehr deutlich. Es steht in den Verträgen. Wir werden es der Königin überlassen müssen, über sein Schicksal zu entscheiden.«

Eben und Natiya gingen, um die Gefangenen wieder auf den Karren zu verfrachten. Heute würden wir mit Griz und seinen Truppen zusammentreffen, die uns den Rest des Weges eskortieren sollten.

»Wann willst du Jase davon erzählen?«, fragte Wren.

»Bevor wir losfahren. Er soll es wissen, ehe wir das Tal der Schildwacht erreichen.«

Synové runzelte die Stirn und ließ ihre nackten Füße im flachen Wasser hin- und herschwingen. »Du kannst ihn nicht auf dem Kutschbock lassen, wenn er Bescheid weiß. Möglich, dass er sonst den ganzen Haufen Mistkerle in einen Abgrund fährt. So soll Bahr nicht über die Klinge springen.«

Wren und ich musterten sie misstrauisch. Ich hatte durchaus bemerkt, wie sie Bahr mit hungriger Miene beäugte. Sie hatte ihm schon mehr als einmal spöttisch angespornt, einen Fluchtversuch zu unternehmen. »Wie *wird* er denn über die Klinge springen, Synové?«, fragte ich.

Sie kam aus dem Wasser gehüpft. »Genauso wie die Königin es bestimmt, natürlich«, gab sie zur Antwort. Dann schlenderte sie davon und sagte, sie würde bei den Gefangenen helfen.

»Sie hat recht, was das Kutschieren betrifft«, meinte Wren. »Er wird garantiert etwas versuchen. Die Ballengers können mit Verrat nicht besonders gut umgehen.«

Das wusste ich selbst am besten. Priya hatte mir bereits Rache geschworen. Vermutlich stand ich in Höllenrachen inzwischen ganz oben auf der Liste gesuchter Krimineller.

»Wir werden seinen Fuß an den Kutschbock ketten«, sagte ich. »Jase nimmt seine Rolle als *Patrei* zu ernst, um sein Leben wegzuwerfen.« Außerdem würde er auf diese Weise auch nicht hinten in den Wagen springen und die Gefangenen angreifen können. Ich hatte gesehen, wozu seine Faust fähig war.

»Er müsste gar nicht hier sein. Nicht, wenn er zur Seite gegangen wäre, wie du verlangt hast. Und dann hat er sich mehr oder weniger freiwillig von dir ausschalten lassen, damit du ihn als lebenden Schild benutzen konntest. Ich bin nicht sicher, ob wir sonst aus Torsfeste rausgekommen wären. Den ganzen Ballengers stand die Blutgier ins Gesicht geschrieben.«

»Was? Das ist doch verrückt. Ich habe ihn überrumpelt.«

»Er kennt deine Tricks inzwischen. Ich glaube nicht, dass er sehr überrumpelt war. Und in der Siedlung habe ich gesehen, wie er mit seinen Brüdern aus Spaß gerungen hat. Jase ist schnell.«

»Kann sein, aber ich weiß am besten, was passiert ist. Du hast hinter mir gestanden und konntest das alles viel schlechter sehen.«

Sie zuckte mit den Schultern. »Vielleicht. Aber manchmal sieht man Dinge besser, wenn man Abstand hat.«

Kapitel 54

Jase

»Ist das der Moment, in dem ich um mein Leben betteln soll?«

Während Eben und Natiya die übrigen Gefangenen auf den Karren luden, führten Wren und Synové mich in den Wald und fesselten mich dann wieder an einen Baum.

»Kann schon sein«, entgegnete Wren. »Sei einfach still und hör zu.«

Zuhören? Wem denn?

Sie drehten sich um und gingen. Ich fragte mich, ob ihr Plan war, dass ich hier verrottete … oder von einem Candok gefressen wurde. Ein paar Minuten später hörte ich hinter mir ein Rascheln und menschliche Schritte. Also kein Candok. Ich war mir nicht sicher, ob das nun besser oder schlechter für mich war.

Kazi kam ins Blickfeld. Sie stellte sich vor mich und verkündete, dass ich zuhören und kein Wort sagen sollte. Weil es Dinge gab, die ich erfahren musste. Wenn nötig, würde sie mich knebeln.

»Bitte, erspar mir eine weitere Predigt über unsere angeblichen Diebereien …«

»Ich habe gesagt *kein einziges Wort.*«

In mir brodelte der Zorn. Ich zerrte an dem Seil, das mich festhielt. »Nimmst du dein Publikum immer so gefangen?«, spöttelte ich.

Danach verbiss ich mir jede weitere Bemerkung. Kazi tigerte

vor mir auf und ab, während sie sprach, und versuchte mich zu überzeugen, dass ich von Beaufort getäuscht worden war. Ihre Stimme war emotionslos, ihre Augen kühl und unbeteiligt.

»Lass mich im Detail aufzählen, was seine Verbrechen sind.« Ich erfuhr, dass Beaufort ein geachtetes Mitglied des Königlichen Rats in Morrighan gewesen war – ein reicher, angesehener Mann –, aber er wollte noch mehr und zettelte deshalb eine Verschwörung mit dem Komizar an. Kazi ging sehr in die Einzelheiten. Seine Verbrechen reichten offenbar von der Unterwanderung der morrighesischen Hauptstadt durch feindliche Soldaten bis zur Vergiftung des Königs und einem geplanten Überfall, bei dem der Kronprinz getötet wurde.

Ich klopfte in Gedanken alles ab, was sie mir hinwarf, und verglich ihre Version mit der von Beaufort. Zwei Schilderungen, zwei Lügengeschichten oder mögliche Wahrheiten. Kazi marschierte weiter auf und ab, ohne eine Regung zu zeigen … bis auf ihre Hände, die einen nervösen Rhythmus gegen ihre Schenkel klopften.

»Habe ich schon die zweiunddreißig jungen Soldaten erwähnt, die zusammen mit dem Kronprinzen massakriert wurden, wie er es geplant hatte? Aber das war für ihn nur eine Aufwärmübung. Seine Bluttaten fingen damit erst an. Du wirst bald sehen, was ich meine.

Mir ist klar, dass du über die anderen Männer nichts wissen konntest«, fuhr sie fort. »Die Gelehrten Torback und Phineas stammen ebenfalls aus Morrighan. Ihre besondere Fähigkeit ist es, die Geheimnisse der Altvorderen zu enträtseln und zu neuem Leben zu erwecken. Sie sind ebenfalls Verräter. Obwohl sie geschworen haben, den Göttern zu dienen, wollten sie nur sich selbst bereichern.«

Sie erklärte, dass Sarva, Kardos und Bahr aus Venda kamen.

»Alle dachten, sie seien auf dem Schlachtfeld gestorben. Es gab so viele verkohlte Leichen, dass man sie nur schwer identifizieren konnte. Aber ein paar ihrer persönlichen Habseligkeiten wurden gefunden. Offenbar haben sie ihren Tod nur vorgetäuscht und sich dann aus dem Staub gemacht.« Sie sagte, Kardos sei ein General in der Armee des Komizars gewesen, der Kinder im Alter von Lydia und Nash an die vorderste Front geschickt hatte. Mit dieser Taktik wollte er die gegnerischen Soldaten demoralisieren, bevor er die Reiter ins Gefecht warf.

»Sarva hat als Statthalter über eine Provinz geherrscht, und Bahr war einer der Sanctumwächter.« Sie sagte, die beiden hätten einen Angriff gegen unbewaffnete Zivilisten angeführt und die Leute auf offener Straße niedergemetzelt. Ganze Familien wurden abgeschlachtet. Kinder, Eltern, Großeltern. Wrens Familie gehörte dazu. Sie hielt ihren Vater in den Armen, während er starb. »Und Synové musste zuschauen, wie Bahr ihren Eltern die Köpfe abgeschlagen hat. Sie hatte keine andere Wahl als zu fliehen, weil er es anschließend auf sie abgesehen hatte. Damals war sie zehn Jahre alt.«

Sie wandte sich zu mir um. »Solchen Leuten hast du Schutz gewährt, weil sie dir Waffen versprachen. Was wolltest du damit anfangen, Jase? Die Stadt beschützen? Die Arena? Ich kann dir versichern, dass Illarion und seine Leute sehr viel größere Pläne hatten. Du wirst heute noch selbst sehen, wie groß. Ich habe sie belauscht, als sie sich an der Vorstellung weideten, bald alle Königreiche zu unterwerfen. Sie haben gesagt, die Große Schlacht würde dagegen wie ein Picknick aussehen. Wachhauptmann Illarion wollte schon immer absolute Macht. Die Ballengers waren für ihn glücklich platzierte Trittsteine auf dem Weg nach oben. Nur ein Mittel zum Zweck.

Sie haben darüber gelacht. Sich über euch lustig gemacht. Ich nehme an, dass sie deine ganze Familie umbringen wollten, nachdem sie von euch bekommen hatten, was sie brauchten … also offenbar Baumaterial für Waffen. Wie könnte man auch besser an Rohstoffe herankommen, als einen reichen Familienclan auszunutzen, der Zugriff auf alle Handelswaren der Arena hat? Ich habe sie darüber lachen hören, welches Arsenal sie bald zur Verfügung haben würden. *Sie*, nicht du. Wachhauptmann Illarion benutzt so eine Taktik nicht zum ersten Mal – aber schließlich wusstet ihr, dass ihr ein Risiko eingeht, als ihr flüchtige Verbrecher für eure Zwecke eingespannt habt.«

Sie hörte auf, nervös auf- und abzulaufen, und starrte mich an, als würde sie auf etwas warten. »Nun?«

»Oh? Habe ich jetzt wieder die Erlaubnis zu reden?«

Sie nickte.

Mein Blick bohrte sich in ihren, und ich sprach langsam, damit jedes Wort genug Zeit hatte zu wirken. »Mal sehen, ob ich das richtig verstanden habe: Du sagst also, dass sie sich unter einem falschen Vorwand in Torsfeste eingeschlichen haben. Sie haben das Vertrauen meiner Familie missbraucht. Uns einem hohen Risiko ausgesetzt. Unser Essen geteilt. In unseren Betten geschlafen. Uns benutzt. Sie haben Versprechungen gemacht, die sie nie halten wollten. Sie haben uns verraten.«

Kazi schluckte. Die Botschaft war angekommen.

»Also, sag mir doch bitte, wie sie sich von euch unterscheiden?«

Sie sah mich an, als hätte ich ihr ins Gesicht geschlagen. »Ich hätte dich nicht umgebracht, Jase. Ich würde deine Familie nicht einfach abschlachten. Kannst du das Gleiche auch von deinen anderen Gästen behaupten?«

»Du hattest vor, meine Familie zu vergiften! Schließlich dachtest du, dass du uns Birkenflug ins Essen streust!«

»Birkenflug ist kein Gift, das weißt du genau! Nur ein Schlafmittel.«

»Nash und Lydia sind noch Kinder!«

»In ihre Portion haben wir nichts davon gemischt!«

»Wie auch immer, jedenfalls haben Beaufort und seine Männer uns wesentlich weniger getan.«

»Ja. Noch.«

»Wir sind ein unabhängiges Reich, das *allererste*, und ihr habt unsere Souveränität verletzt. Wem soll ich jetzt wohl glauben? Einer Rahtan, die das Vertrauen meiner Familie mit Füßen getreten hat? Deren Worte immer nur Hohn waren? Einer Königin, die ich nicht kenne und die sich *unser* Land unter den Nagel gerissen hat?«

»Ihr habt keine Grenzen, Jase. Das Landstück liegt in den Cam Lanteux. Sie hat es nach den Informationen ausgesucht, die sie von eurem König bekam. Da konnte sie es wohl kaum besser wissen.«

»Also gilt diese Entschuldigung für sie, aber nicht für mich? Ich wusste schließlich auch nicht, was Beaufort verbrochen hat, bis auf einen zerfledderten Steckbrief, den er als bloße Verleumdung abtat.«

»Ihr hättet nur nachfragen müssen.«

»Haben wir! Mein Vater hat an den Königlichen Richter geschrieben und zur Antwort erhalten, es gäbe über Beaufort keine Informationen.«

»Dann hättet ihr eben die Königin fragen sollen!«

»Die Königin, von der wir keine Antwort auf unsere Briefe bekamen? Die anscheinend kaum weiß, dass wir existieren?«

»Du hast ihn vor allen versteckt, Jase. Das sagt doch wohl genug.« Sie machte eine Kunstpause und bohrte ihren Blick in meinen. »Du hast eine Menge versteckt.«

»Für welche Tat bin ich wirklich hier, Kazi? Weil ich Beaufort versteckt habe … oder Zane?«

Ihre Lippe bebte. Sie wandte sich ab und ging davon. Über die Schulter sagte sie noch: »Wren und Synové kommen gleich, um dich zu holen.« Ich zerrte an dem Seil, während mir verrückte Gedanken durch den Kopf schossen, die überhaupt keinen Sinn ergaben.

»Kazi, warte!«, rief ich.

Sie blieb stehen und starrte einige Sekunden zu Boden.

»Ich hatte vor, dir von Zane zu erzählen«, sagte ich. »Darauf gebe ich dir mein Wort.«

Sie wirbelte herum und trat wieder näher. »Wann denn, Jase? Ich habe deinen Ring gestohlen und ihn dir zurückgegeben, als es darauf ankam. Nämlich als du ihn brauchtest. Um zu retten, was dir wichtig war. Du hattest jede Gelegenheit, mir von Zane zu erzählen – als es für mich wichtig war! Das hast du aber nicht getan.«

Mit diesen Worten ging sie. Ich wünschte nur, ich hätte wenigstens Wut in ihrer Stimme gehört oder Schmerz in ihren Augen gesehen. *Irgendetwas.* Stattdessen fand ich nichts, eine leere Ebene. Das traf mich mehr, als hätte sie mir noch einmal die Faust gegen das Kinn gerammt.

Der Wind, die Zeit,
Dreht sich im Kreis, wiederholt sich
Und lehrt uns, stets wachsam zu sein,
Denn Freiheiten gewinnt man nie
Ein für alle Mal.
Man muss immer wieder darum kämpfen.

Jezelias Lied

Kapitel 55

Kazi

Schaut hin. Schaut genau hin und erinnert euch an die Leben, die hier gelassen wurden. Echte Menschen, die jemand geliebt hat. Bevor ihr den Auftrag beginnt, den ich euch gegeben habe, schaut auf die Zerstörung und erinnert euch, was hier passiert ist. Und was wieder geschehen könnte. Ihr sollt wissen, was auf dem Spiel steht. Schlafende Drachen erwachen früher oder später und kommen aus ihren dunklen Höhlen gekrochen.

Vor uns lag der Eingang zum Tal der Schildwacht, und ich wusste, dass ich wenigstens eine Sache richtig gemacht hatte. Gerechtigkeit konnte Narben nicht auslöschen, aber sie war ein Versprechen an die Lebenden, dass böse Taten nicht ungestraft blieben. Und vielleicht lag darin auch die Hoffnung, das Böse für immer aufhalten zu können.

Dieses Versprechen blühte nun rund um mich herum auf, verschmolz mit dem Himmel, dem Boden, dem Wind. Die Geister flüsterten mir zu. Meine Mutter flüsterte mir zu. *Schsch, Kazi. Lausche auf die unausgesprochenen Worte. Jeder kann hören, was laut gesagt wird, aber nur wenige hören die schlagenden Herzen dahinter.*

Nun hörte ich das Herz des Tals und den Puls, der noch immer darin schlug.

»Nein«, schrie Bahr. »Ich gehe da nicht runter! Nein!« Kaum hatte er unser Ziel erkannt, begann er, gegen seine Ketten anzukämpfen.

Sarva und Kardos protestierten ähnlich laut. Manche Soldaten glaubten, dass Fahnenflüchtige bei lebendigem Leib in die Unterwelt gezogen werden konnten. Die Toten erkannten sie an ihren Schritten und streckten ihre Knochenhände aus der Erde, um sie in die Tiefe zu zerren.

»Oh doch, und du wirst die ganze Strecke zu Fuß gehen – wenn du so weit kommst«, sagte Synové, um ihn noch etwas mehr zu quälen. Dadurch würden wir zwar langsamer vorankommen, aber wir hatten Synové versprochen, dass die Heimreise für Bahr eine Tortur werden würde, und er hatte es auf jeden Fall verdient.

Selbst Wachhauptmann Illarion, der den vendanischen Aberglauben nicht kannte, wurde bei dem Gedanken blass, an den Ort zurückkehren zu müssen, wo er die berüchtigte Schlacht eingefädelt hatte. Phineas krümmte sich zusammen und übergab sich, dabei hatte er das Tal vorher noch nie gesehen.

Nur Jase schaute sich voller Neugier um. Sein Blick wanderte über die steilen Felswände, auf denen Ruinen standen, und die seltsam geformten grünen Hügel, die sich in der Entfernung aus dem Gras erhoben.

Eben kutschierte den leeren Karren hinter uns her. Natiya und Wren ritten daneben und warteten nur darauf, jeden mit einem Pfeil oder Wurfdolch zu durchbohren, der eine falsche Bewegung machte. Synové und ich waren abgestiegen und marschierten zu beiden Seiten der Gefangenen.

Mindestens eine Meile lang sprach niemand ein Wort. Für einige von uns war das Tal ein Ort der Andacht, und andere – wie Bahr – fürchteten wahrscheinlich, dass schon das kleinste Geräusch die Toten wecken könnte. Ein Schatten fiel über uns, Bahr warf sich zu Boden, und die Nerven gingen mit ihm durch. Panisch starrte er nach oben. Hoch über uns zogen zwei Racaa ihre Kreise und wünschten sich vermutlich, wir wären eine

Herde Antilopen. Synové lächelte bei ihrem Anblick. »Los, weiter«, befahl sie und wedelte mit ihrem Schwert. Kardos musterte die verrotteten Überreste eines Wagens und schien verzweifelt nach etwas zu suchen, das er losreißen und als Waffe benutzen konnte. Vielleicht hörte er die Stimmen oder spürte, wie die Toten an seinen Füßen zerrten.

Der Wind raschelte, und das Gras bewegte sich in Wellen, als würde eine Nachricht weitergereicht. *Sie kommen.*

Jase blieb beim Gerippe eines Brezalots stehen. Gigantische, von der Sonne gebleichte Rippen ragten wie Speere in den Himmel. »Was ist denn das?«, fragte er.

Die Brezalots kamen in diesem Teil des Kontinents eigentlich nicht vor. »Sie sehen ähnlich wie Pferde aus«, erklärte ich. »Riesige Kreaturen, majestätisch und wild. Wenn sie losgaloppieren, lassen sie sich kaum aufhalten. Aber dem Komizar ist es gelungen, ihre Schönheit für seine Zwecke zu missbrauchen und sie als Waffen einzusetzen. Hunderte von ihnen haben hier ebenfalls den Tod gefunden.«

Auf halbem Weg durch das Tal kamen wir an einem Steinhügel vorbei, auf dessen Spitze ein zerfleddertes weißes Hemd wehte. Ich sah, wie Jase alles in sich aufnahm: Massengräber und verstreute menschliche Knochen, von Aasfressern ausgegraben. Herrenlose Waffen rosteten von Gras überwuchert vor sich hin. Ab und zu grinste ein Schädel zu den Steilwänden hinauf. Jase' Augen waren dunkel bewölkt, während sie von einer Seite zur anderen wanderten. »Wie viele sind hier gestorben?«, fragte er.

»Zwanzigtausend. An einem einzigen Tag. Aber laut Sarva ist das ja nur ein Picknick im Vergleich zu dem, was sie noch geplant haben.«

Er sagte nichts, doch sein Kiefer spannte sich, und er warf einen langen Blick über die Schulter auf Sarva. Die Härte und der

Blutdurst in seinem Blick erinnerten an Synové, wann immer sie Bahr anschaute.

Plötzlich stieß Kardos einen Schrei aus, als sein Bein bis zum Knie in der Erde verschwand. Auf allen vieren krabbelte er fort und schaute zurück. Ein Grabhügel war in sich zusammengefallen. Sie alle, sogar Illarion, starrten mit blankem Entsetzen auf das Loch, das vermutlich nur eine Kaninchenhöhle war, und warteten darauf, dass eine Knochenhand herauskam. Sie machten sich den Weg selbst zur Hölle.

Als wir uns dem Ende des Tals näherten, sahen wir Reiter auf uns zukommen. Ich bemerkte, dass sich Illarions Miene erhellte, doch dann fluchte er. Morrighesische Reiter. Ein kaum merkliches Beben lief durch Torbacks Körper.

»Alles fing mit den Sternen an«, brach es plötzlich aus Phineas heraus. Ich drehte mich um und schaute ihn an. Sein Blick war glasig, sein Gesichtsausdruck verloren und wie entrückt. »Der Tembris hat uns den Weg gewiesen. Was die Sterne mit sich brachten, war …«

»Halt den Mund!«, befahl Illarion.

»Warum?«, fragte Phineas. »Was für eine Rolle spielt es denn noch? Wir werden sowieso alle sterben.«

»Was soll das heißen: *Alles fing mit den Sternen an?*«, wollte ich wissen.

»Schweig!«, kreischte Torback.

»Wir werden nicht sterben!«, knurrte Bahr. »Noch ist Zeit!«

»Nein, es ist zu spät«, sagte Phineas. »Zu spät für uns alle.« Er schaute Jase an. »Es tut mir so leid. Ein Mittel gegen das Fieber gibt es nicht. Er wusste, wie er euch zum Zuhören bringen konnte. Ich habe versucht …«

»Dämlicher Bastard …« Sarva warf sich auf ihn. Ein warnender Pfeil zischte durch die Luft, aber gleichzeitig griff auch

Bahr den jungen Gelehrten an und rammte ihm die Faust in den Magen. Wren, Synové und ich griffen sofort ein, schleuderten Bahr und Sarva mit dem Bauch auf die Erde und pressten unsere Schwerter gegen ihre Rücken. Eben und Natiya spannten ihre Bögen und befahlen Jase, Torback, Kardos und dem Wachhauptmann, sich hinzuknien.

Phineas stand wie festgefroren mit weit geöffnetem Mund da. Seine Augen waren aufgerissen, als hätte das plötzliche Chaos ihn in Angst und Schrecken versetzt. Doch dann sah ich Blut durch die Vorderseite seines Hemds träufeln. Er brach in die Knie, noch immer unfähig zu reden. Ich ließ Bahr mit dem Gesicht nach unten liegen und befahl ihm, sich nicht zu rühren. Gerade als ich bei Phineas ankam, sackte er vornüber. Eine Brezalotrippe ragte aus seinem Rücken. Mein Blick wanderte zu Illarion, der direkt hinter Phineas gestanden hatte, und nun mit einem selbstzufriedenen, gewissenlosen Grinsen zusah.

Wir waren darauf vorbereitet gewesen, dass sie uns attackierten, aber nicht sich gegenseitig.

Ich drehte Phineas auf die Seite und zog ihn in meine Arme. Sein Gesicht war von Tränen ganz verquollen. »Tut mir so leid«, keuchte er und musste um jedes Wort ringen. »Die Oliven. Die Weinfässer.« Er hustete, und Blut lief ihm aus dem Mundwinkel. »Das Zimmer. Wo du mich gefunden hast. Die Papiere.« Er stieß einen langen, röchelnden Atemzug aus.

»Was ist mit den Papieren?«, fragte ich.

»Vernichten. Du musst verhindern …«

Seine Lippen verstummten. Seine Lungen verstummten. Aber sein Blick haftete immer noch an meinem, voller Angst.

Jetzt sah Illarion nicht mehr selbstzufrieden aus. Schweißperlen standen auf seiner Oberlippe, als der König näher kam. Wir hatten das Lager am südlichen Ende der Schlucht erreicht. Bryn, der Bruder unserer Königin, war neu gekrönter Herrscher von Morrighan, seit sein Vater letztes Jahr gestorben war. Als er auf uns zukam, stützte er sich schwer auf einen Stock. Er war ein junger Mann, gesund und robust, aber bei dem Anschlag auf sein Leben hatte er den unteren Teil seines rechten Beins verloren. Für ihn war jeder schwerfällige Schritt eine Erinnerung an Illarions Verrat. Wir hatten die Gefangenen nebeneinander aufgereiht, damit er sie in Augenschein nehmen konnte, doch der König kam zuerst auf mich zu.

»Eure Majestät«, sagte ich und verbeugte mich. Wren und Synové taten es mir gleich. Er unterbrach unsere Ehrenbezeugung, indem er die Hand auf meine Schulter legte.

»Nein«, sagte er. »Eher sollte ich vor euch allen das Knie beugen. Das würde ich sogar, aber dann könnte ich vermutlich nicht mehr aufstehen.« Er legte genauso wenig Wert auf Förmlichkeiten wie seine Schwester.

Bryn lächelte. Anscheinend wollte er sich nicht anmerken lassen, wie viel ihm dieser Moment wirklich bedeutete. Er war ein gut aussehender Mann, doch wirkte er vorzeitig gealtert. Die Königin hatte erzählt, dass er früher immer der humorvollste von ihren Brüdern gewesen war. Als Kinder hatten seine Streiche ihnen beiden oft Ärger eingebracht. Jetzt war der Schalk aus seinen Augen verschwunden. Man hatte seine Familie regelrecht niedergemäht.

Er erklärte, dass er eine Eskorte aus zwanzig Soldaten abstellen würde, um uns zu unterstützen. Dann marschierte er mit mir die Reihe der Gefangenen ab und schaute jedem ins Gesicht, während ich ihm berichtete, wer sie waren und was sie getan hatten. Zuerst Kardos, Sarva und Bahr, dann kamen wir zu Torback. Tatsächlich war er einer von Bryns Privatlehrern gewesen, als der Prinz noch ein Kind war.

»Da habt ihr ja ein ganzes Schlangennest ausgehoben. Von seinem Verrat wussten wir gar nichts.« Er starrte Torback eine ganze Weile an, und als der Gelehrte unter der Schärfe dieses Blicks zusammenbrach und stammelnd um sein Leben flehte, brachte der König ihn zum Schweigen.

»Eigentlich war noch ein zweiter Gelehrter dabei«, erklärte ich. »Der Wachhauptmann hat ihn auf dem Weg hierher umgebracht.«

»Das hat man mir schon berichtet«, sagte er. »Phineas war selbst fast noch ein Junge, als er aus Morrighan verschwand. Die Verschwörung war von sehr langer Hand geplant.« Er trat vor den Wachhauptmann, und sein Blick war schneidend. »Wie du wohl am besten weißt, Illarion. Du hast meine Brüder und Tausende anderer aus Habgier geopfert. Aber das Einzige, was du nun bekommen wirst – im Gegensatz zu ihnen –, ist Gerechtigkeit. Da du mit dem Komizar verbündet warst, wird man dich nach vendanischem Recht verurteilen. Meine Schwester hat schon das Strafgericht einberufen.«

Illarion starrte zurück und schwieg. Vielleicht sah er den jungen Prinzen vor sich, den er verraten hatte, vielleicht verfolgte er zurück, welche anderen Wege er in seinem Leben hätte einschlagen können. Ich sah den Tod hinter ihm stehen und warten. Am Ende holte er uns alle, die Guten, die Unschuldigen und auch die zutiefst Verdorbenen. Jetzt war Illarion an der Reihe. Vielleicht nicht hier und heute, wohl eher auf einem windigen Turm des Sanctums, wo er nach vendanischem Recht sein öffentliches Ende finden würde. Wenn dort sein Halswirbel brach, war es Zeit, sich dem göttlichen Gericht zu stellen.

»Und wen haben wir hier?«, fragte der König und trat vor Jase.

»Den *Patrei* von Höllenrachen«, antwortete Jase und blitzte den König wütend an, »der verlangt, dass man ihn freilässt.«

Der König wandte sich mir zu. »Ah, und er steht hier aus welchem Grund?«

»Sag es ihm, Kazi«, forderte Jase. »Erklär dem König, warum ich hier bin und nicht zu Hause, um meine Familie und mein Reich zu beschützen.«

Ich schluckte. Die Antwort steckte mir in der Kehle fest.

Griz trat vor und sprach an meiner Stelle. »Er hat die Flüchtigen bei sich versteckt und ihnen das Material beschafft, um Waffen zu bauen.«

»Dann wartet auf ihn ebenfalls ein Galgenstrick.«

Kapitel 56

Jase

Während wir durch das Tal marschierten, dachte ich immer und immer wieder: *Dafür waren unsere Waffen nicht vorgesehen. Nicht für so etwas. Niemals.* Ich starrte Sarva an und erinnerte mich, wie er mir das erste Exemplar abnehmen wollte. Ich erinnerte mich an ihre ganzen Versprechungen: *Bald haben wir ein Heilmittel, sehr bald.* Sie hatten meinem Vater die Formelbücher der Altvorderen gezeigt, Zeichen und Symbole voller heilender Magie, die wir nicht verstanden, aber die ihre Gelehrten angeblich entziffern konnten. Das alles hatten wir ihnen abgekauft. Monatelang gab es einen falschen Forschungsdurchbruch nach dem anderen. Wann immer unsere Geduld sich dem Ende näherte, wurde uns ein neuer Fortschritt verkündet.

Sarva und Beaufort zeigten sich für meinen Geschmack viel zu forsch, als gäbe es immer noch eine Chance zu entkommen. Dabei eskortierten uns zwanzig morrighesische Soldaten nach Venda – ganz zu schweigen von dem Hünen namens Griz, der wie drei Männer auf einmal wirkte. Zwischen ihm und den vendanischen Gefangenen hatte es wohl böses Blut gegeben, denn er ließ sie nie aus den Augen. Wir würden keine Gelegenheit bekommen, uns fortzustehlen, auch wenn der Gedanke weiter an mir nagte. Ich musste nach Hause. Welche Bündnisführer uns auch immer aus Höllenrachen verdrängen wollten, sie würden nicht lange brauchen, um ihre Kräfte neu zu sammeln und uns wieder anzugreifen. Hatte Beaufort etwa gemeinsame Sache mit einem von ihnen gemacht? Unwahrscheinlich. Er hatte fast ein Jahr abgekapselt und ohne Außenkontakte in Torsfeste verbracht. Abgesehen von Zane natürlich. Er war Beauforts einziger Mittelsmann zur Außenwelt gewesen.

Tief im Inneren hatte ich immer gewusst, dass man ihnen nicht trauen konnte. Das galt genauso für meinen Vater. Deshalb hatte er schließlich einen Brief an den Königlichen Richter geschickt. Aber dann hatte er diese Leute trotz der vagen Antwort in unsere Festung gelassen.

Es tut mir so leid. Ein Mittel gegen das Fieber gibt es nicht. Er wusste, wie er euch zum Zuhören bringen konnte.

Aber woher? Woher konnte ein Verbrecher auf der Flucht vom Tod meiner Geschwister wissen? Sylvey und Micah waren vor vier Jahren gestorben, lange bevor Beaufort nach Torsfeste kam. Da sprach in der Stadt schon seit einer Weile niemand mehr davon. Also hatte er irgendwie nachgeforscht. Er hatte die Schwachstelle in unserer Abwehr gefunden – den einzigen Grund, einem Fremden unser Tor und unsere Geldbörse zu öffnen. Für uns war ihr Tod immer noch eine blutende Wunde.

Ich war der erste von Vaters Söhnen gewesen, der zustimmte. Meine Schuldgefühle wegen Sylvey hatten nie nachgelassen. Auch für das, was ich hinterher getan hatte. Ihre flehenden Bitten verfolgten mich. Ich hörte noch immer ihre Angst davor, in der kalten dunklen Gruft eingeschlossen zu sein, und wie sie mir im Sterben ein simples Versprechen abnehmen wollte, das ich ihr verweigerte. Zwei Tage nach dem Begräbnis hatte ich ihre Leiche gestohlen. Ich tat das Undenkbare, schlich mich in tiefster Nacht zur Gruft und entweihte ihr Grab. Niemand hatte je davon erfahren. Alle dachten, ich hätte mich aus Trauer zurückgezogen, dabei brachte ich ihren Körper in seinem Leichentuch bis hoch in die Moroberge. Ich begrub sie an dem schönsten Ort, den ich finden konnte, an einem Platz, den sie geliebt hätte. Nun ruhte sie am Fuße von Bredas Tränen, direkt vor dem siebten Wasserfall, wo üppige Farne und Blumen sprossen, wo tagsüber die Sonne und nachts das Mondlicht auf sie fiel. Ich markierte das Grab mit einem einzigen Stein, und meine eigenen Tränen vermischten sich mit denen von Breda.

Beauforts falsche Versprechungen hatten ihr Ziel mit beeindruckender Genauigkeit getroffen. Mir wurde ganz übel bei dem Gedanken, wie erfolgreich er uns umgarnt hatte und wie perfekt er eine Verzögerung nach der anderen erklärte. Die anderen hatten ihm den Rücken gestärkt und sich immer ernst und dienstbeflissen gezeigt – bis ganz zum Schluss. Als sie kurz davor waren, ihr Ziel zu erreichen, war ihre Arroganz erstmals zum Vorschein gekommen.

Ich schaute zu ihnen hinüber, wie sie zusammenhockten. Zorn stieg in mir hoch. Unsere Hände waren selbst beim Essen gefesselt, und wir bekamen nur einen Holzteller mit einem Stück Brot und Fleisch – kein Besteck, kein Tongeschirr oder anderes, was sich als Waffe gegeneinander verwenden ließe. Unsere Wärter wollten nicht, dass noch mehr Gefangene auf dem Weg starben.

Von welchen Enthüllungen hatten sie Phineas wohl abgehalten? Seine wenigen Worte hatten wie reines Gestammel geklungen. Sterne? Tembris, der den Weg weist? Die krassen Überreste von Tod und Zerstörung im Tal hatten ihn erschüttert. Mich ebenfalls. Aber noch etwas anderes hatte an ihm genagt. *Die Schlacht war nur ein Picknick im Vergleich zu dem, was sie noch geplant haben.*

Was hatte Illarion vor? Kazi hatte erwähnt, dass sie von der Unterwerfung aller Königreiche sprachen. Zuerst war es mir absurd vorgekommen, aber nun wirkte die Vorstellung weniger unglaublich. *Ich nehme an, dass sie deine ganze Familie umbringen wollten, nachdem sie von euch bekommen hatten, was sie brauchten.*

Ich musterte Sarva, der sich gerade den letzten Rest seiner Mahlzeit in den Mund stopfte. *Das kannst du nicht einfach mitnehmen*, hatte er damals protestiert. Er wollte nicht, dass ich bewaffnet war. Wieso? Weil ich dadurch eine Chance hatte, ihn zu stoppen, wenn er meine Familie abschlachten wollte? Nachdem ich ein ganzes Tal gesehen hatte, das bis zum Bersten mit Leichen gefüllt war, wusste ich, dass ein einziger Familienclan ihm nichts bedeutete. Er leckte sich die Finger und schaute zu mir hoch. Ein Grinsen huschte über seine Lippen: *Schwachkopf.* Und mehr brauchte es nicht.

Ich flog geradezu über die Lichtung, packte ihn mit meinen gefesselten Händen und warf ihn zu Boden. Er kullerte durch den Dreck, sprang auf die Füße, und schon hatte ich mich wieder auf ihn geworfen. Meine zusammengeketteten Fäuste schwangen in seinen Magen und ließen ihn zusammenknicken. Ich hörte Geschrei und wie jemand sagte: *Lass sie doch kämpfen.* Uns hätte jetzt sowieso niemand mehr aufhalten können. Sarva erwiderte meine Faustschläge, und die Handschellen verminderten ihre Wucht nicht gerade, als sie meinen Bauch trafen. Ein weiterer kräftiger Hieb gegen die Schulter ließ mich zu Boden gehen. Aber es waren die Worte, die er mir zuzischte, während wir miteinander rangen – beißender Spott über meinen Vater, meine Familie, und was er gerne mit ihnen anstellen würde –, die mich blind vor Zorn werden ließen. Ich konnte nicht fassen, dass wir dieses Monster in unser Zuhause gelassen hatten.

Gleichzeitig rammte ich meinen Ellbogen in seine Taille und den Unterarm in sein Gesicht. Als er zur Seite taumelte, stülpte ich ihm die zusammengefesselten Hände über den Kopf und zog die Kette eng um seinen Hals zusammen. Er röchelte und keuchte, seine Finger zerrten an dem Metall. »Und jetzt werde ich dir erzählen, was ich gleich mit *dir* anstelle, Sarva …«

Ich spürte eine Schwertspitze in meinem Rücken. »Das reicht, *Patrei*. Er gehört der vendanischen Justiz, nicht dir.« Eben befahl mir, ihn loszulassen. Ich zögerte, und er drückte fester mit dem Schwert zu. »Sofort.« Ich lockerte meinen Griff und zog die Kette weg. Sarva fiel japsend zu Boden.

Mein Blick wanderte zu Beaufort und die Botschaft darin war deutlich: *Du bist als Nächster dran*. Dann zog eine der Wachen mich fort.

Die verlorenen Pferde der Hetisha durcheilten den Himmel auf der endlosen Suche nach ihrer Herrin. Normalerweise sah ich in ihnen ein Zeichen für Entschlossenheit und Loyalität, aber jetzt weckten sie in mir nur ein Gefühl von Sinnlosigkeit. Ihre Suche würde nie zu einem guten Ende führen. Ich musste an meinen Vater und seinen letzten Wunsch denken: *Bring sie dazu herzukommen*. Was für eine Ironie. Nun würde ich die Königin tatsächlich treffen, aber auf ganz andere Weise, als er es sich vorgestellt hatte.

Man hatte mich am Rande des Lagers festgekettet, fern von Sarva und den anderen. Diesmal war mein Bein am Stamm eines umgefallenen Baums befestigt, damit ich an Ort und Stelle blieb. Natiya war vorbeigekommen und hatte meinen Arm verbunden, den das Metall von Sarvas Handschellen an einer Stelle aufgeschnitten hatte. Ich saß auf dem Baumstamm, zupfte am zerfransten Ende der Bandage herum und schaute zum Himmel hinauf. Ob die Götter wohl zurückschauten?

Alles fing mit den Sternen an, hatte Phineas gesagt. Denselben Satz hatte Greyson Ballenger in einer seiner Aufzeichnungen benutzt. Alles fing mit den Sternen an, sogar …

Ich versuchte, den Gedanken aus meinem Kopf zu schieben, aber es gelang mir nicht.

Sogar die Sache zwischen Kazi und mir hatte mit den Sternen angefangen.

Auf einem Felsplateau mitten im Nirgendwo hatten wir zusammen die Sterne gezählt und uns zum ersten Mal geküsst.

Wir wurden Teil von etwas, das so groß erschien wie der Nachthimmel, und ich hatte geglaubt, dass unsere Gefühle genauso ewig dauern könnten. Selbst als ich ihren Verrat entdeckte, klammerte ich mich noch an einen kleinen Funken Hoffnung. Sie hatte mich geliebt, da war ich mir sicher, auch wenn sie die Worte nie aussprechen mochte. Ich wollte daran glauben, dass es für alles eine Erklärung gab und unsere Beziehung sich noch retten ließ. Trotz allem war ich damals nicht bereit gewesen loszulassen.

Aber das Ende war so eindeutig wie der Anfang … nämlich der Moment, als sie Zane sah. Das war der Todesstoß. Als ihr Blick sich von Zane zu mir gewandt hatte, sah ich in ihren Augen etwas – nein, keinen Hass. Ich sah etwas sterben. Uns.

Ich habe dir den Ring zurückgegeben, als es darauf ankam.

Sie würde mir nie wieder ein Wort glauben. Wenn Wahrheit zu spät kam, war sie so nutzlos wie eine Mahlzeit für einen Toten.

»Sieht aus, als könnte ich dich keine Minute aus den Augen lassen. Wie ich höre, hast du dich schon wieder in Schwierigkeiten gebracht?«

Ihre Stimme ließ mich überrascht zusammenzucken, aber ich hielt die Augen starr auf den Horizont gerichtet. Kazi stand irgendwo dicht hinter mir. Ich gab keine Antwort und hoffte, dass ihre Neugier befriedigt war und sie wieder gehen würde. In ihrer Nähe traute ich mir selbst nicht über den Weg.

Mein Schweigen schreckte sie nicht ab. »Ich war gerade im Zelt des Königs«, erklärte sie. »Wir haben zusammen gegessen, also habe ich den ganzen Krawall nicht gehört.«

»Ein Essen mit dem König? Du arbeitest dich hoch. Kaum zu glauben, dass du vor ein paar Abenden noch mit Leuten wie mir speisen musstest.«

Die Bitterkeit in meiner Stimme verriet, dass es mir sehr wohl etwas ausmachte, und ich bereute meine Bemerkung sofort. »Tut mir leid. Ich bin über eine Menge wütend, aber nicht, weil du mit dem König zu Tisch warst.«

Sie machte einen Schritt über den Baumstamm und stellte sich vor mich, sodass ich sie ansehen musste.

Widerstreitende Gefühle durchtobten mein Inneres: Wut, Verbitterung, Schuld und ein erstaunliches Maß an Verlangen. Ich musste gegen den Impuls ankämpfen, sie in die Arme zu ziehen, meine Lippen auf ihre zu pressen, ihr ins Ohr zu flüstern und die letzten Tage auszulöschen. Ich wollte ihr alles erklären, was ich schon lange hätte offenlegen sollen, und ihr von Zane berichten, obwohl sie mich dadurch nur noch mehr hassen würde. Nach allem, was sie in ihrem Leben durchgemacht hatte, verdiente sie die Wahrheit. Aber in diese Gedanken mischten sich andere, und in meinen Schläfen pulsierte der Zorn darüber, dass ich überhaupt hier war, dass Kazi sich wie eine Betrügerin in Torsfeste und in mein Leben eingeschlichen hatte … dass sie mich auf ganzer Linie reingelegt hatte.

Ihr Blick war ungefähr so warm wie Frost. »Was für einen Grund hast du denn, wütend zu sein?«

Ich lachte. »Ehrlich? Ist das nicht offensichtlich?«, sagte ich und ließ die Kette an meinem Fuß rasseln. »Ich bin von so ziemlich jedem verraten worden, dem ich vertraut und auf den ich gezählt habe … bis hin zu der Köchin, die ich eingestellt habe.« Ich stand auf, sodass ich auf sie herunterschaute. »Der Köchin, die ich *für dich* eingestellt habe.« Die Worte sollten sie treffen, aber stattdessen trafen sie mich. Kazi hatte mir nie ein Morgen versprochen, und jetzt wusste ich, warum.

Endlich blinzelte sie, und das Eis brach. Wieder durchströmte mich eine Welle von Gefühlen, denen ich nicht trauen konnte. »Du solltest gehen.«

Sie regte sich nicht. »Was meinte er mit dem Fiebermittel?«, fragte sie.

»Nur eine weitere Sache, die nie existiert hat. Bitte, Kazi, du solltest jetzt wirklich gehen.«

»Phineas hat gesagt: ›Er wusste, wie er euch zum Zuhören bringen konnte.‹ Was hat er damit gemeint?«

Ich seufzte und setzte mich wieder auf den Baumstamm. »Meine kleinen Geschwister, von denen ich dir erzählt habe, Micah und Sylvey …« Ich musste schlucken. »Sie sind am Fieber gestorben. Beaufort hat sich das zunutze gemacht. Er hat unsere Schwachstelle gefunden und sich damit bei meiner Familie eingeschmeichelt. Angeblich wusste er von einem Heilmittel. Mehr brauchte er nicht, damit Mutter ihn mit offenen Armen empfing. Mein Vater auch.« Ich warf ihr einen scharfen Blick zu. »Ja, uns waren auch die Waffen wichtig. Ja, wir haben ihnen das Material geliefert. Ja, wir haben beide Augen zugedrückt, um unsere Wünsche erfüllt zu bekommen. Ist es das, was du hören wolltest? Wir wussten, dass er Ärger bedeutet, auch wenn wir keine Ahnung hatten, in welchem Ausmaß.« Ich fuhr mir mit beiden Händen durch die Haare und wünschte immer noch, sie würde einfach gehen. Stattdessen setzte sie sich neben mich.

»Nein, das ist nicht, was ich hören wollte«, sagte sie leise.

Ich lehnte mich vor und schüttelte den Kopf. »Warum habt ihr uns nicht einfach über eure Jagd auf Beaufort informiert, als ihr in die Stadt kamt?«

»Wir wussten nicht einmal sicher, ob er sich überhaupt dort befindet. Falls doch, war es klar, dass die Ballengers ihn willkommen geheißen haben. Wenn ich dir alles erzählt hätte, Jase, was hättest du dann getan? Sei ehrlich. Ihn gewarnt? Ihn zur Rede gestellt, sodass er wieder abtauchen konnte? Alles abgestritten? Genau das hast du doch getan, als ich ihn vor dem Eingang des Dark Chalet entdeckt habe, oder nicht? Du hast behauptet, er sei ein Hausverwalter. Du hast mich angelogen und seine wahre Identität verschleiert. Aber heute hast du das Ausmaß der Zerstörung gesehen und gehört, woran sie noch schuldig sind. Diese Männer verdienen es, dass man sie zur Rechenschaft zieht. Ich habe der Königin und den Göttern einen Schwur geleistet, dass ich Illarion zurückbringen werde. Deshalb konnte ich es nicht riskieren, dir alles zu erzählen.«

»Wir hatten nie vor, die Waffen für *so etwas* zu benutzen«, sagte ich und wies in Richtung des Tals. »Wenn du mich auch nur ein bisschen kennst, dann weißt du zumindest das.«

Ich nickte. »Jetzt liegt alles in den Händen der Königin.«

Es war spät in der Nacht. Alle im Lager schliefen, bis auf die wachhabenden Soldaten – und Kazi. Ich hatte sie auf- und abmarschieren sehen. Sie behielt die Gefangenen im Auge, als könne sie diese Aufgabe niemand anderem überlassen. *Ich habe der Königin und den Göttern einen Schwur geleistet.* So unterschiedlich wir auch aufgewachsen waren, gab es doch vieles, in dem wir uns ähnelten.

Endlich begab sie sich zur Ruhe und lehnte sich an einen dünnen, blätterlosen Baum, starrte aber immer noch in die Dunkelheit.

Du hast einmal gefragt, warum ich mich vor dem offenen Himmel fürchte, Jase. Weil er mir kein Versteck bietet.

Ich dachte an all die Geschichten, die ich ihr erzählt hatte, als wir in der Wildnis aneinandergekettet waren, und welche ich ihr jetzt gerne erzählen würde, damit sie einschlafen konnte. Ich dachte an das Rätsel, das ich ihr versprochen hatte, und dessen Worte immer noch in meinem Kopf herumkreisten. Auch wenn ich es jetzt nie für sie aufsagen würde. Schließlich rollte ich mich auf die andere Seite, damit ich sie nicht ansehen musste, und versuchte mich daran zu erinnern, dass es mich nicht mehr kümmern sollte.

Kapitel 57

Kazi

»Und manchmal schneidet sie zuerst die Augenlider ab, damit die Verurteilten sie anschauen müssen. Das kommt ganz auf ihre Stimmung an …«

Ich machte mich davon, als Synové sich eine weitere Todesstrafe aus den Fingern sog und sie in blutigen Details schilderte, um Bahr und die anderen Gefangenen damit zu quälen. Vor allem Bahr. In den letzten Wochen schien sie immer neue Quellen der Kreativität zu finden, aus denen sie schöpfen konnte. Sie ging sicher, dass er sich in Hörweite befand, und dann begann sie, laut darüber zu spekulieren, welche Strafe die Königin wohl für ihn erfinden würde. Ich sah, wie es an ihm nagte. Er bedachte sie nicht mehr mit Flüchen, sondern hörte in grimmigem Schweigen zu.

Mije und die anderen Pferde standen mitten im Wildbach der Misoula-Schlucht, um zu trinken und sich abzukühlen. Die Sonne brannte vom Himmel, der Sommer nahm noch einen letzten Anlauf, bevor er sich verabschieden musste. Wir hatten die Pause alle nötig. Obwohl wir nun Truppen zur Verstärkung hatten, entfernte ich mich selten von den Gefangenen und behielt sie im Auge. Ich hatte Angst, dass sie mir im letzten Moment durch die Finger schlüpften, bevor ich sie bei der Königin abliefern konnte. Wachhauptmann Illarion war aalglatt, das bewies seine Geschichte. Aber dieses breite, öde Sandsteintal mit hohen Klippenwänden war schon fast selbst ein Gefängnis. Hier würde er nirgendwohin verschwinden.

Ich blieb an einer seichten, sonnenhellen Stelle stehen, wo Katzengold im klaren Wasser funkelte, und beugte mich nieder, um mein Gesicht anzufeuchten. Unsere Kolonne hatte sich entlang des Bachlaufs verteilt, aber mein Blick landete auf Jase. Man hatte ihm während der Rast die Handschellen abgenommen, und er wusch gerade sein Hemd aus. Er war in eine weitere Schlägerei geraten, diesmal mit Sarva und Bahr gleichzeitig. Eine Bemerkung der beiden hatte ihn explodieren lassen, aber er rückte nicht damit heraus, was sie gesagt hatten. Diesmal war Synové dazwischengegangen und hatte den Kampf beendet, mit der Bemerkung, dass sie Bahr lange genug am Leben erhalten wollte, damit er das Urteil bekam, das er verdient hatte.

Jase hatte von der Prügelei eine blutige Nase davongetragen und sein Hemd benutzt, um sich das Gesicht abzuwischen. Als er es nun auswusch, bemerkte ich eine Gruppe Soldaten, die seine Tätowierung anstarrten. Sie fragten sich wahrscheinlich, was das Bild bedeutete, hatten aber keine Ahnung von der Geschichte dahinter und dass Jase es sich schon mit fünfzehn Jahren hatte stechen lassen. Sie wussten nichts über den Mann, der es trug, genauso wenig wie ich damals, als ich ihn zum ersten Mal gesehen hatte. Ich stellte fest, dass ich den Soldaten am liebsten alles über die lange Geschichte von Torsfeste erzählt hätte, über die neue Siedlung, an der Jase mitgebaut hatte, über den Schleusenkanal, den Vorratskeller und den kleinen vendanischen Jungen, dem er beigebracht hatte, wie man Zaunpfähle eingrub. Ich wollte ihnen von den ewigen Machtkämpfen erzählen, mit denen Konkurrenten sein Zuhause bedrohten. Wie er die Stadt beschützte und sich gegen unbekannte Gegner zur Wehr setzte, die ihm alles nehmen wollten. Wie seine Familie mich mit Kleidung versorgt und an ihrem Tisch willkommen geheißen hatte. Jase war mehr als ein Gefangener, den man neugierig anstarrte. Er war ein *Patrei*, und die Tätowierung auf seiner Brust enthielt das jahrhundertealte Versprechen, sein Reich zu beschützen. Das lag ihm im Blut. Seine Welt war nicht unsere Welt.

Dabei hätte ich es mir gewünscht.

Jetzt, da unsere gemeinsamen Tage sich ihrem Ende näherten, wurde mir etwas klar: Trotz allem, was ich von ihm wusste, gab es noch viel mehr, was mir an Wissen fehlte. Vermutlich weil ich mich nicht bemüht hatte, es herauszufinden. Sylvey zum Beispiel. Ich hatte gehört, wie seine Stimme brach, als er ihren Namen sagte.

Ich hatte vor, dir von Zane zu erzählen. Darauf gebe ich dir mein Wort.

Manchmal kam es mir vor, als hätte sich die ganze Welt gegen uns verschworen. Unsere guten Vorsätze kamen entweder zu früh oder zu spät, das Leben blendete uns mit seinem Trubel, und erst wenn sich der Staub wieder legte, konnten wir sehen, wo wir uns verrannt hatten. Ich hätte ihm den Ring früher zurückgeben und ihm eine Menge Sorgen ersparen können. Aber das hätte zu Fragen geführt, die ich lieber umgehen wollte … und genauso war Jase auch mir ausgewichen.

»Hör mit dem Starren auf, und genieß die Pause, solange du kannst«, sagte Wren. Ich hatte sie gar nicht kommen gehört.

»Ist immer noch jemand bei ihnen?«, fragte ich und streckte den Hals, um zwischen den Soldaten und Pferden hindurch nach Beaufort und seinen Leuten zu spähen. Wren verstand, was ich mit ›jemand‹ meinte. Nämlich Rahtan. Es war nicht so, dass ich den morrighesischen Soldaten misstraute, aber unseren Leuten traute ich mehr. Wir waren unserem Ziel zu nah, um Risiken einzugehen. Ich hatte mich zwischen Zane und diesen Männern entscheiden müssen – also würde ich sie ganz bestimmt nicht mehr verlieren.

»Entspann dich. Eben und Synové sind bei ihnen.«

Mein Blick wanderte wieder zu Jase. Nach zwei Kämpfen hielten wir ihn jetzt von den übrigen Gefangenen fern.

»Du musst aufhören, dir selbst ein schlechtes Gewissen zu machen, Kazi«, sagte Wren. »Schließlich hast du ihm die Chance gegeben, freiwillig beiseitezutreten. Und laut Griz hatte er das nicht im Geringsten verdient.«

»Mir ist klar, wie das alles für Griz aussieht, aber reine Fakten erzählen nicht immer die ganze Wahrheit. In Wirklichkeit habe ich ihm nämlich überhaupt keine Chance gegeben. Ein Ballenger geht nicht zur Seite, sondern hält die Stellung. Ein *Patrei* beschützt, was ihm gehört, um jeden Preis. Das wusste ich genau.«

Wren schüttelte den Kopf. »Das liegt nur an ihrem sturen Stolz.«

»Nein, dahinter steckt mehr. Ihre Geschichte. Sonst wären sie nicht, wer sie sind.«

Wir setzten uns zusammen ans Ufer und kühlten unsere Füße im Wasser. »Ich mache mir immer noch Sorgen darüber, was Bahr zu Phineas gesagt hat.«

»Du meinst ›Noch ist Zeit‹?«

Ich nickte. Wir hatten alle Gefangenen einzeln befragt, aber niemand ließ sich ein Wort darüber entlocken, nicht einmal mit der Hoffnung, einen Handel abschließen und ihr Leben retten zu können. Als würde dort draußen eine Hoffnung warten, die noch größer war. »Sie benehmen sich, als würden sie weiter mit einer Rettungsaktion rechnen, was bedeutet, dass sie nicht allein gearbeitet haben.«

»Vielleicht meinte er nur, dass sie immer noch eine Chance auf Flucht haben. Schließlich ist ihnen das früher auch gelungen.«

Ja, vielleicht. Ich hatte gesehen, wie sie Ausschau nach einer günstigen Gelegenheit hielten. Aufmerksam musterten sie unsere Waffen und jedes Waldstück, in dem sie verschwinden konnten. »Aber da war noch etwas. Als Illarion einen Militärtrupp auf uns zureiten sah, hat sein Gesicht aufgeleuchtet, als hätte er mit jemand anderem gerechnet.«

Wren dachte einen Moment darüber nach. »Kann sein, dass sie mit einem rivalisierenden Bündnis zusammengearbeitet haben. Vielleicht mit dem von Paxton?«

»Ja. Oder mit einem anderen.« Die schlechteste Möglichkeit war, dass sich mehrere zusammengeschlossen hatten.

»Selbst wenn sie mit einem Bündnisführer paktiert haben, um die Ballengers zu stürzen, ist doch das Wichtigste, dass es das geplante Waffenarsenal laut ihrer eigenen Aussage noch nicht gibt. Wir sind rechtzeitig eingeschritten und haben die Baupläne vernichtet. Die Papiere sind vor unseren Augen in Flammen aufgegangen. Noch dazu haben wir die Leute in Gewahrsam, die an den Waffen gebaut haben. Wie immer ihre Pläne aussahen, nun ist es vorbei. Das Leben in Torsfeste kann weitergehen wie gewohnt.«

Ich dachte an die Reaktion des Wachhauptmanns, als wir die Pläne zerstört hatten – an die Stapel von Dokumenten, die für ihn der Schlüssel zum Reichtum waren. Seine ohnmächtige Wut über ihren Verlust war echt gewesen. Das Gleiche galt für Torback, dessen ganze Forschungsarbeit in Flammen aufging. Durch ihre Reaktionen war ich sicher, dass wir die Pläne vollständig verbrannt hatten. Aber welche Papiere hatte Phineas dann gemeint, die ich vernichten sollte? Noch dazu hatte er in seinen letzten Atemzügen von Oliven geredet. *Oliven?* Vielleicht war er bereits verwirrt gewesen, als er kurz vor dem Tod um Worte rang. Vielleicht waren die Papiere gemeint, die wir bereits zerstört hatten.

»Schluss mit der Pause!«, rief Griz. »Alle Mann weiter!«

Wren tunkte ihr Taschentuch ins Wasser und band es sich zur Kühlung um die Stirn. »Ich gehe lieber zurück, bevor Synové mit der nächsten schaurigen Todesart anfängt. Dann kriegen wir sie nie zum Weiterreiten.« Aber keine von uns nahm es ihr übel, dass sie Bahr in Angst und Schrecken versetzen wollte. Er hatte es verdient. Synové und viele andere würden sich ihr Leben lang mit den Albträumen herumschlagen müssen, die sie ihm zu verdanken hatten.

Beim Ruf zum Aufbruch zogen die Soldaten ihre Stiefel an und begannen, die Pferde zu satteln. Jase wrang sein Hemd aus und schlang sich den zusammengedrehten Stoff um die Schultern. Mit seinen Stiefeln in der Hand kam er durch den Bach zurückgewatet. Sein Pferd war nah bei meinem angebunden. Vor über einer Woche war eine Achse des Heukarrens gebrochen und so hatten wir die Gefangenen stattdessen auf Pferde setzen müssen. Zwar kamen wir nun schneller voran, aber dafür war der Ritt nervenaufreibender. Wir hatten die Hände der Gefangenen vor ihnen gefesselt, und ihre Pferde waren in Paaren zusammengebunden. Trotzdem mussten wir sie ständig überwachen.

Ich wartete am Bachufer, bis Jase mich erreichte. Meine Zehen bohrten sich nervös in den Sand. Wir hatten seit Tagen nicht mehr richtig miteinander gesprochen. Bei meinem letzten Versuch hatte er gesagt, ich solle lieber gehen. Natürlich hatte er keine Lust, mit mir zu reden. Das verstand ich gut.

Er blieb vor mir stehen. »Oh, bekomme ich eine Eskorte zurück zu meinem Pferd?«, fragte er.

Ich schaute auf seine nackte Brust, wo die tätowierte Vogelschwinge mich nun fortzuscheuchen schien. Inzwischen war ich wieder eine Fremde, ein Eindringling. Ich erinnerte mich, wie mein Fingernagel früher den Zackenrand der Federn abgefahren war. »Du solltest besser dein Hemd wieder überziehen. Sonst verbrennst du dir noch den Rücken.«

Er stand knöcheltief im Wasser, stocksteif, gereizt, mit schräg gelegtem Kopf, während der nasse Stoff ihm über die Schultern tropfte. »Was willst du wirklich, Kazi?« Ganz ähnlich hatte er damals ausgesehen, als wir den Sklavenjägern entkommen waren und uns ans Flussufer gerettet hatten. Er hatte mich angeschaut, als wolle er mir am liebsten den Schädel einschlagen, und ich hatte geglaubt, dass die Kette meine einzige Rettung sei. Das alles schien Jahre her zu sein. Jase verlagerte das Gewicht auf den anderen Fuß, eine ungeduldige Geste.

»Ich habe mich heute Morgen mit Wren und Synové unterhalten«, sagte ich. »Sie haben Angst, dass deine Familie sich an der vendanischen Siedlung rächen wird. Das ist mir auch schon durch den Kopf gegangen. Würden sie so etwas tun?«

»Und erst recht den Zorn der Königin riskieren? Nein, darüber musst du dir keine Sorgen machen.« Er wollte weitergehen.

»Jase …«

Er wirbelte herum. »Ich habe einen Blutschwur geleistet, sie zu beschützen, Kazi. Und ein Eid des *Patrei* gilt für die ganze Familie. Wir brechen unser Wort nicht. Nenn es den Ballengerstolz, über den du dich so gerne lustig machst. Sonst noch etwas?«

Seine Miene wirkte verbissen, als könne er es kaum ertragen, neben mir zu stehen. Ich hatte gedacht, ich könnte innerlich nicht noch mehr in Scherben gehen, aber da hatte ich mich geirrt. Seine Verachtung war unerträglich. »Nein. Nichts.«

Ich wollte gerade fortgehen, als er sich auf mich warf und mit mir zu Boden rollte. Mir fehlte die Zeit, einen Schrei auszustoßen oder überhaupt zu reagieren. Er lehnte über mir, sodass ich seinen Herzschlag an meiner Brust fühlte, und sein Gesichtsausdruck war unmöglich zu deuten. »Ein Skorpion«, erklärte er. »Du wärst fast daraufgetreten.« Er schaute mich noch eine Sekunde länger an, und ich fragte mich, ob er das Gleiche dachte wie ich. *Was ist bloß mit uns passiert? Wie sind wir an diesem Punkt angekommen?* Aber die Antwort war klar. Einmal mehr hatte das Schicksal uns auf einen unerwarteten Pfad gestoßen, und nun gab es kein Zurück mehr. Sosehr wir uns auch sträubten, wir konnten nicht wieder auf den Weg gelangen, den wir vorher eingeschlagen hatten. Durch eine einfache Eisenkette, die wir beide zu Anfang verflucht hatten, war das Unmögliche passiert: Sie hatte uns gezwungen, die Welt durch die Augen des anderen zu sehen. Doch jetzt mussten wir diese Welten wieder vergessen. Oder vielleicht würden wir für immer von der Erinnerung verfolgt werden.

Sein Griff um meinen Arm verstärkte sich einen Moment, und ein Atemzug bebte durch seine Brust, doch dann ließ er mich los und stand auf. Er griff nach einem der heruntergefallenen Stiefel und schmetterte ihn zu Boden. »Jetzt ist er tot. Du solltest besser deine Stiefel wieder überziehen.«

Ich erhob mich und schaute auf die Überreste des Skorpions. Ein Schwarzer Ringschwanz. Sein Gift tötete innerhalb von Sekunden. Ich schaute Jase nach, als er davonmarschierte, und fragte mich, ob er selbst wusste, wie sehr ihm das Beschützen im Blut lag.

Als wir dorthin kamen, wo unsere Pferde angebunden waren, gerieten wir in einen kleinen Aufruhr. Bahr hatte seine Stute bestiegen, bevor ihm die Hände gefesselt und das Pferd an ein zweites gebunden werden konnte. Mehrere Soldaten hatten ihre Bögen gespannt und befahlen ihm abzusteigen, aber Synové schrie über sie hinweg: »Waffen runter! Ich habe das unter Kontrolle. Waffen runter, habe ich gesagt!«

Griz gab den Soldaten ein Zeichen, und sie senkten ihre Bögen. Er wusste, wie perfekt Synovés Pfeile ihr Ziel trafen und dass sie Bahr leicht alleine in Schach halten konnte. Aber das tat sie nicht. Ganz im Gegenteil. Sie feuerte ihn spöttisch zur Flucht an, genau wie schon mehrmals zuvor. Sein Blick wirkte halb irre, und seine Lippen waren verzerrt. Vielleicht waren Synovés Schauergeschichten endgültig zu viel für ihn geworden. »Keine Sorge«, sagte sie zu ihm. »Ich gebe dir mein Wort, dass ich dir keinen Pfeil durch den Schädel jagen werde. Aber du bist ein Feigling, Bahr. Ein flennender, feiger Schwächling, der sich hinter einem Schwert versteckt. Ich wette, ganz allein da draußen überlebst du keinen Tag. Wenn du jetzt abhaust, können wir uns einen guten Strick sparen. Hier! Ich gebe dir sogar Starthilfe.« Sie warf ihm ihren Wasserschlauch zu und er schlang ihn sich über die Schulter. »Na, los«, befahl sie. *»Los!«*

Er starrte sie an und wusste nicht, was er tun sollte. Die Freiheit war in unmittelbarer Reichweite. Seine Knöchel wurden weiß, so krampfhaft umklammerte er die Zügel.

»Ich werde dich nicht töten«, sagte Synové trügerisch sanft. »Ehrenwort.«

Griz' Pupillen waren zu kleinen Perlen geschrumpft. Er schaute Synové an, als hätte sie den Verstand verloren.

Das ganze Lager war totenstill, und alle warteten mit angehaltenem Atem.

Und dann floh Bahr. Er riss sein Pferd herum und raste davon, als seien ihm Dämonen auf den Fersen.

Griz funkelte Synové an. »Tu etwas, oder ich nehme das selbst in die Hand!«

Synové lächelte. Sie schlenderte zu ihrem Köcher und zog einen stumpfen Pfeil heraus. Ihre Bewegungen waren langsam, elegant und durchdacht. Sie hob das Kinn, drehte den Kopf hin und her und schätzte die leichte Brise ab.

Bahr galoppierte währenddessen weiter und weiter davon. Ein stumpfer Pfeil würde ihn nicht mehr aufhalten. Synové musterte den Horizont, wartete, zupfte den makellosen Lederhandschuh zurecht, den ihr die Königin geschenkt hatte, dann legte sie den Pfeil auf die Sehne. Sie hob den Bogen und spannte ihn langsam, mit stoischer Ruhe, als würde jeder Atemzug und jeder Windstoß zu einer geplanten Choreografie gehören. Sekunden vergingen, dann ließ sie den Pfeil endlich fliegen.

Was tat sie da?

Er würde Bahr nicht töten. Auf diese Entfernung würde der Pfeil ihn vermutlich nicht einmal behindern. Inzwischen war er mindestens zweihundert Meter entfernt.

Im hellen Sonnenhimmel verlor ich den Pfeil aus dem Blick, aber dann explodierte plötzlich der Wasserschlauch auf Bahrs Rücken und eine dunkle Flüssigkeit ergoss sich daraus.

»Was zur Hölle ist das?«, brüllte Griz.

Ein Schauer lief mir über den Rücken, als Synové grinste. Ich wusste es schon.

»Blut«, erwiderte sie. »Dickes, süßes Antilopenblut.«

Es dauerte nur ein paar Sekunden, bis sich am Horizont ein dunkler Schatten herabstürzte. Er jagte dicht am ausgedörrten Talboden entlang als würde ein geflügelter Reiter auf uns zurasen … und auf Bahr, der immer noch vor uns galoppierte. Dann geschah alles ganz schnell: Die Vogelklauen packten zu, und gleich darauf flog der Schatten über uns hinweg, mit einem brüllenden, sich windenden Bahr in den Krallen. Genauso schnell waren sie beide verschwunden und das Rauschen der riesigen Raacaschwingen übertönte die letzten Schreie.

Synové schaute mit schmalen Augen in den Himmel, noch immer ein Grinsen auf den Lippen. »Anscheinend habe ich mich geirrt. Er war da draußen doch nicht ganz allein.«

Kapitel 58

Jase

Ich konnte nicht behaupten, dass es mir leidtat, Bahr dahinscheiden zu sehen. Aber hinterher kam mir der Gedanke, dass die Königin ihren Zorn hoffentlich weniger kreativ ausleben würde als Synové, sonst steckte ich in echten Schwierigkeiten. Andererseits hatte ich aufgeschnappt, dass die Königin bettlägrig war, und das gab mir vielleicht eine Chance. Ich war für jeden Lichtblick dankbar.

Warum war sie wohl ans Bett gefesselt? War sie in der Großen Schlacht verwundet worden? Den Gerüchten zufolge war sie eine starke Frau, der es sogar gelungen war, den fünf Meter großen Halbgott niederzuringen, der sich Komizar nannte. Vielleicht hatte sie wie ihr Bruder eine Verletzung davongetragen, von der sie sich nie wieder erholen konnte.

Griz stauchte Synové zusammen, nachdem Bahr nicht mehr unter uns weilte, und sie ließ es stoisch über sich ergehen. Anscheinend hatte sie gegen irgendeine Rahtanregel verstoßen, oder vielleicht wollte Griz auch bloß nicht mit leeren Händen auf der Türschwelle seiner Königin stehen, weil man ihm einen Gefangenen nach dem anderen entrissen hatte. Zwei waren schon tot. Ich stellte fest, dass die Übrigen sich viel ruhiger verhielten. Sie wollten wohl auf keinen Fall Synovés Aufmerksamkeit auf sich ziehen. Gestern Abend beim Essen war das einzige Geräusch aus ihrer Richtung ein Rülpsen gewesen. In gewisser Weise tat es mir leid, dass Griz Synové zur Ordnung gerufen hatte. Ich hätte nichts dagegen gehabt, wenn sie eine ähnliche Aktion noch einmal wiederholt hätte … und zwar mit Beaufort.

Gestern Abend beim Aufschlagen des Lagers hatte Kazi ihre Freundin mit forschendem Blick gemustert, und ich fragte mich, was sie wohl dachte. Wünschte sie, Zane hätte vor ihren Augen einen ähnlich grausamen Tod gefunden wie Bahr? Aber diese Gelegenheit war vorbei. Elf Jahre lang hatte sie nach ihm gesucht, und dann war er ihr durch meine Schuld aus den Händen geglitten. Ich hatte nie den richtigen Moment gefunden, ihr von Zane zu erzählen.

Heute Morgen hatte ich von Kazi erfahren, dass unser Ziel nicht Venda, sondern ein Ort namens Marabella war. Wir würden heute noch dort ankommen. Ich hatte damit gerechnet, dass mir mehr Zeit bleiben würde. Die Nachricht überrumpelte mich, und vielleicht war das der Sinn der Sache gewesen – die Gefangenen möglichst im Dunkeln zu halten. Ich ging davon aus, dass die anderen immer noch nichts wussten. Kazi hatte gesagt, dass Marabella früher ein Vorposten des Königreichs Dalbreck gewesen war, aber nun hatte man es einem anderen Zweck zugeführt und ausgebaut. Der Ort diente inzwischen beiden Reichen als Regierungssitz. Als der König von Dalbreck und die Königin von Venda geheiratet hatten, waren sie übereingekommen, ihre Zeit gerecht zwischen beiden Ländern aufzuteilen. Dabei half ihnen der auf halbem Wege liegende Stützpunkt.

Kazi ritt zusammen mit den Rahtan voran. Sie hatten die anderen Gefangenen in die Mitte genommen und bewachten die Männer aufs Schärfste. Ich hatte Kazis angespannte Miene heute Morgen gesehen, während sie Mije sattelte, als könnte ihr die Beute noch in den letzten Stunden entwischen. Immer häufiger säumten Ruinen unseren Weg, und vielleicht erhöhte das die

Anspannung – hier gab es mehr Plätze, an denen sich Wegelagerer verstecken konnten. Ich selbst war am Ende unseres Trupps gelandet, wo ich zwischen Griz und einem morrighesischen Soldaten ritt. Anscheinend spielte es keine so große Rolle, wenn ich vor dem Ziel von Banditen erledigt wurde.

Als wir über eine Anhöhe kamen, rief jemand: »Dort ist es!« Der Stützpunkt war noch weit weg, aber ich erhaschte einen ersten Blick auf Marabella. Die hohen weißen Wände leuchteten uns aus der Ferne entgegen, und rundherum hatte sich eine Stadt ausgebreitet. Natiya hatte mir erklärt, dass hier die allererste vendanische Siedlung angelegt worden war. Wir würden vermutlich weniger als eine Stunde brauchen, bis wir ankamen.

»Ich muss mit Kazi reden«, sagte ich.

Griz schnaubte. Meine Wünsche interessierten ihn nicht im Geringsten. »Nein.«

»Es ist wichtig.«

Er zog die Augen zu schmalen Schlitzen. »Worüber denn?«

»Das geht nur sie und mich etwas an, du Bastard, nun hol sie schon!« Seine Augen blitzten auf, seine Finger zuckten, und mir war klar, dass ich gleich seine Faust zwischen den Zähnen haben würde. Da er dreimal so groß war wie ich, fügte ich hinzu: »Bitte.«

Kazi kam nach hinten geritten. Ihr Gesicht glänzte vor Schweiß, und zwischen ihren Brauen stand eine steile, angespannte Falte. »Worum geht es?«, fragte sie. »Ich muss bei den anderen Gefangenen bleiben. Sie sind nervös.«

Das war sie ebenfalls. Kazi schaute mich an und wartete ungeduldig. Mir wurde klar, dass alles, was ich hatte sagen wollen, eigentlich keine Rolle mehr spielte.

»*Jase*«, drängte sie.

Also dachte ich mir schnell etwas anderes aus. »Werde ich eine Chance bekommen zu sprechen?«

»Ja«, antwortete sie. »Wenn du als Angeklagter vor der Königin stehst. Sie wird dir zuhören.«

»An ihrem Krankenbett? Liegt sie im Sterben?«

»Was?«

»Du hast gesagt, dass sie nicht reisen kann und ans Bett gefesselt ist. Da dachte ich, vielleicht …«

»Nein, nichts dergleichen. Ihr Arzt hat ihr das Reisen verboten. Sie hatte bei ihrer ersten Schwangerschaft eine Fehlgeburt und jetzt erwartet sie wieder ein Kind.«

Kapitel 59

Kazi

Kundschafter waren uns vorausgeritten, daher hatten sich die Neuigkeiten schon lange vor unserer Ankunft verbreitet. Als wir uns dem Tor von Marabella näherten, hatte sich eine riesige Anzahl Menschen versammelt. Soldaten säumten die Straßen, um die Leute zurückzuhalten, aber größtenteils verhielt sich die Menge ruhig und war überraschend wortkarg. Eine tödliche Stille hatte sich ausgebreitet, als würden Geister an unserer Seite reiten. Diese Gefangenen hatten sie nicht erwartet. Münder standen offen. Augen glitzerten feucht. Ein Mann, der so groß wie Griz war, brach in Tränen aus. Vielleicht wussten sie nicht, wer Beaufort und Torback waren, aber sie erkannten Statthalter Sarva und Chievdar Kardos. Ich sah, wie sich die ungläubigen Mienen zuerst mit nackter Angst und dann mit Hass füllten. Ohne Zweifel hatten viele von ihnen Tote zu beklagen, die durch die Hände dieser Männer umgekommen waren, oder kannten zumindest trauernde Angehörige. Sarva und Kardos schauten starr geradeaus, ohne den Blicken zu begegnen.

Beaufort begann, sich hektisch umzuschauen. Er streckte den Hals und blickte über die Schulter.

»Du wartest wohl immer noch auf Rettung?«, spöttelte ich.

Er schaute mich an, und das erste Mal sah ich Panik in seinem Blick. Offenbar hatte er nicht erwartet, die Königin jemals wiederzusehen – zumindest nicht zu ihren Bedingungen. Er hatte geglaubt, seine Geduld würde sich wieder einmal auszahlen, sodass er dem Schicksal ein Schnippchen schlagen konnte.

»Es ist vorbei, Wachhauptmann. Niemand kommt dir zu Hilfe. Das hier ist das Ende. Du bist erledigt.«

Sein Gesicht verzerrte sich, als würde er gegen die Wahrheit meiner Worte ankämpfen, dann musterte er mich mit verächtlich verzogenen Lippen. Angeekelt schüttelte er den Kopf. »Durch eine wertlose Straßengöre. Oder wie sagt ihr in Venda? Eine Müllkrabbe.«

Ganz genau. Durch jemanden wie mich.

Ein Schweißtropfen lief über seine halbmondförmige Narbe. »Es ist nie zu Ende. Jetzt nicht mehr. Die Tür ist bereits aufgestoßen. Es werden immer andere wie ich nachkommen.«

»Kann schon sein. Aber es wird auch immer solche wie mich geben, um sie aufzuhalten.«

Er schaute ein letztes Mal über die Schulter, als wolle er die Hoffnung nicht aufgeben. Doch hinter sich sah er nur die vendanische Menschenmenge herandrängen, die den Weg zurück verschloss.

Ich umklammerte das Gefängnisregister. Als Anführerin der Mission war es meine Aufgabe, es der Königin zu präsentieren. Darauf standen die Namen der Gefangenen, die wir dem Wärter übergeben hatten. Erst später würde die Königin selbst das Wort an sie richten.

Ich saß auf einer Steinbank vor ihrem Privatgemach und wartete mit nervös wippendem Knie. Dabei fummelte ich an dem Wunschhalm in meiner Tasche herum, den ich einem Händler kurz vor der Mauer des Stützpunktes abgekauft hatte.

Eine Dienerin öffnete die Tür, und ich sprang auf die Füße. »Die Königin wird dich jetzt empfangen«, sagte sie, führte mich hinein und verschwand wieder. Der Raum war kühl und dämmrig. In der Luft hing der süße Duft von Rosen. Im schwachen Licht der zugezogenen Vorhänge sah ich sie zuerst gar nicht.

»Kazimyrah«, sagte sie leise und kam auf mich zu. Sie trug einen Morgenmantel, und das Haar fiel ihr offen über die Schultern.

Ich ließ mich auf ein Knie sinken. »Eure Majestät.«

»Nicht doch. Schluss mit den Formalitäten.« Mit einer leichten Berührung meines Ellbogens hieß sie mich aufstehen und zog mich in die Arme. Sie hielt mich so fest, als habe sie sich echte Sorgen gemacht, und ich merkte überrascht, dass ich die Umarmung erwiderte. So hatte ich sie noch nie gehalten. Mein Atem flatterte, meine Kehle schmerzte, und tief in mir fühlte ich ein Ziehen, als würde sich eine Wunde mit einem Ruck schließen. Ich sah die Narbe regelrecht vor mir, vernäht mit einem Silberfaden. »Willkommen zu Hause«, flüsterte die Königin.

Als sie losließ, bemerkte ich ihren Bauch. Die Rundung war verschwunden. Mein Herz setzte einen Schlag aus.

Die Königin sah mein Erschrecken. »Nein, alles ist bestens. Komm.« Sie führte mich zu einer Wiege neben ihrem Bett.

Ein unbeschreibliches Gefühl schwoll in meiner Brust. »Sie – er? – ist wunderschön.«

Die Königin lächelte. »Sie. Ich kann gar nicht aufhören, sie anzuschauen. Ich beobachte jedes Fingerzucken, jedes Lächeln, jeden Schmollmund.« Sie lehnte sich nach vorne und hob das schlafende Baby in ihre Arme, küsste ihm die Stirn und berührte die winzigen Fingerchen. Auf ihrem Gesicht stand ungläubiges Staunen.

»Hast du ihr schon einen Namen gegeben?«, fragte ich.

Sie nickte, und ihre Augen glänzten feucht. »Aster«, antwortete sie. »Ich habe sie Aster genannt. Wie den rettenden Engel.« Sie gab dem Baby noch einen Kuss, dann legte sie es sanft in die Wiege zurück. »Und du hast ihre Welt sicherer gemacht, Kazimyrah. Ich stehe in deiner Schuld und der deiner Gefährtinnen. Ein einfaches Dankeschön reicht bei Weitem nicht aus.«

Meine Kehle wurde eng. »Ich bin geehrt, dass ich Venda dienen konnte, Eure Majestät.«

»Wirst du mich jemals Lia nennen?«

»Griz würde das nie billigen.«

Sie schüttelte den Kopf. »Komm und erzähl mir von deiner Reise«, bat sie.

Wir setzten uns auf eine Polsterbank unter dem Fenster, und sie goss uns beiden Wasser in einen Kelch. Ich reichte ihr das Gefängnisregister, aber sie wollte vor allem meinen persönlichen Eindruck von den Gefangenen hören. Ihr war bereits zu Ohren gekommen, dass wir mehr mitgebracht hatten als ursprünglich geplant. Zuerst berichtete ich ihr von denen, die auf dem Weg getötet worden waren, dann von Torback und Wachhauptmann Illarion. Sie stieß den Atem aus, und ich sah ihr die Erleichterung an, dass er endlich in Gewahrsam war. Aber ich bemerkte auch den Aufruhr in ihrem Blick, als würde sie den ganzen Schmerz noch einmal durchleben, den Illarion nicht nur Morrighan und Venda, sondern ihrer engsten Familie zugefügt hatte. Sie sagte, wie sehr sie wünschte, ihr Vater hätte lange genug gelebt, um diesen Tag noch zu sehen.

Als ich ihr von Statthalter Sarva und Chievdar Kardos erzählte, schüttelte sie ungläubig den Kopf. Es war ein Schock, dass die beiden noch lebten. Sie hatte Sarva und Kardos kennengelernt, als sie selbst eine Gefangene im Sanctum gewesen war, und erinnerte sich gut an ihre Grausamkeit und Rachsucht.

»Illarion glaubt immer noch an eine Fluchtchance«, warnte ich.

»Das überrascht mich nicht. Aber dazu wird er jetzt keine Gelegenheit mehr bekommen«, sagte sie. »Er hat Hauptmann Azia ermordet, einen der besten Offiziere meines Mannes. Wahrscheinlich wird Rafe höchstpersönlich Wache stehen, bis Illarion am Strick baumelt.«

Sie versicherte mir, dass man alle Gefangenen streng bewachen würde, während sie auf ihren Prozess warteten.

»Es gibt noch einen weiteren Gefangenen, von dem ich erzählen muss«, sagte ich und bohrte mir die Fingernägel in die Handflächen, damit meine Stimme nicht schwankte. »Das könnte eine Weile dauern.«

Die Königin hob interessiert die Augenbrauen, machte es sich auf der Polsterbank gemütlich und zog die Füße an. »Ich höre.«

Manche sagen, alles fing mit den Sternen an.

Sie brachten eine Magie mit sich, für die unsere Welt nicht geschaffen war.

> *Nein*, sagte mein Großvater. *Alles begann mit menschlichem Jähzorn.*

Wie auch immer der Anfang aussah, wir sind das Endergebnis. Ich war fünf, als der erste Stern auftraf.

Ich erinnere mich nicht an meine Familie, nur an meinen Großvater, einen der mächtigsten Männer der Welt und einst der Führer einer großen Nation, der mich in die Arme nahm und floh.

Flucht ist alles, was ich kenne.

Jahre der Flucht.

Jetzt werde ich nie wieder fliehen.

Greyson Ballenger, 16

Kapitel 60

Jase

Als ich schliesslich in der Empfangshalle ankam, kochte ich vor Wut. Man hatte mich in eine Zelle geworfen und mir einen Eimer hingestellt. Meine Fragen, wann ich die Königin sehen würde, trafen nur auf Schweigen. Kein einziges Wort. Eine Stunde des Wartens verstrich, während ich in der Zelle auf- und abmarschierte. Dann zwei weitere, wie ich am wandernden Licht der Sonne ablas, die durch das winzige Fenster fiel. Das Warten konnte Tage oder Wochen dauern. Ich wusste, welches Spiel sie trieb. Schließlich hatte ich schon oft die gleiche Taktik bei Gefangenen angewandt. Man lässt sie warten und das Schlimmste fürchten.

Vielleicht funktionierte es in meinem Fall sogar. Kazi hatte gesagt, dass die Königin mir zuhören würde. Aber wann? Und selbst wenn sie es tat, würde ich echtes Gehör finden? Für die anderen Königreiche war Torsfeste nur ein kleiner Fleck auf der Landkarte. Sie wussten bloß, was der König von Eislandia ihnen über uns erzählt hatte, und der Mann hatte schließlich keine Ahnung. Mir war inzwischen egal, worauf sich Paxtons idiotischer Urgroßvater eingelassen hatte – eine ganze Stadt für eine Runde Schnaps. Wenn ich hier jemals herauskam, dann würde ich mir Höllenrachen zurückholen. Unsere Familie würde sich nicht mehr auf eine Wettschuld festnageln lassen oder sich einem König beugen, der an der Stadt kein Interesse hatte und sich nicht an ihrem Unterhalt beteiligte. Vor allem würden wir dafür sorgen, dass man uns nicht länger ignorierte. Ich fühlte mich, als würde mein Vater in meinem Kopf rumoren und seine Wut herausschreien. Nach mindestens vier Stunden wurde ich von zwei bulligen Wachen aus meiner Zelle gezerrt, die wieder nichts zu sagen hatten, außer: *Halt dein Maul.* Sie schleppten mich durch das Gebäude und stießen mich in einen leeren Saal, wo ich auf die Königin warten sollte, mit hinter dem Rücken gefesselten Hände. Aber sie war nirgends zu sehen.

Zwanzig Minuten verstrichen. Dann vierzig. Ich konnte die Stille förmlich wie eine Sanduhr rieseln hören. Noch ein Wartespiel? Am anderen Ende des Saals, der zu einer Plattform erhöht war, sah ich zwei Flure einmünden. Von dort müsste sie kommen, aber niemand erschien.

»Wo bleibt die Königin?«, brüllte ich schließlich. Keine Antwort. Ich setzte meine Rufe fort und verlangte lautstark, dass endlich jemand kommen sollte. Dann hörte ich in der Ferne plötzlich Babygeschrei und Schritte. Laute, wütende Schritte. Das Geschrei verstummte, aber ein Mann kam aus einem der Flure gestürmt und seine eisblauen Augen landeten auf mir. Er stampfte die Stufen herunter, durchquerte den Saal und packte mich am Hemdkragen, sodass ich fast von den Füßen gehoben wurde. Unsere Blicke bohrten sich ineinander. »Die Königin wird auftauchen, wann immer es ihr beliebt. Aber wenn du bis dahin meine kleine Tochter noch einmal weckst, reiße ich dir den Kopf von den Schultern. Verstanden?«

»Und wer bist du?«, fragte ich.

»Ein Mann, der in den letzten zwei Tagen sehr wenig Schlaf bekommen hat. Aber für dich bin ich König Jaxon.«

Der König von Dalbreck. Über ihn hatte ich ebenfalls Gerüchte gehört, die ihn zu einer überlebensgroßen Legende machten … mit einem heftigen Temperament. Im Moment wirkte er erschöpft und kaum noch zurechnungsfähig. Aber sein Beschützerinstinkt funktionierte bestens. Er ließ mit einem Stoß mein Hemd los.

Dann hörte ich Stiefel scharren. Wir drehten uns beide um. Vier Soldaten kamen aus dem rechten Korridor – ihren Uniformen nach Offiziere aus Dalbreck – und gleich hinter ihnen folgten Offiziere aus Venda. Griz war einer von ihnen. Sie bezogen auf der erhöhten Plattform Stellung, die Gesichter mir zugewandt, mit langen Schwertern an den Gürteln, und ich begann, mich zu fragen, ob eine spontane Hinrichtung auf mich wartete.

Es folgte ein weiteres Scharren von Schritten, diesmal leiser, und aus dem anderen Korridor betrat eine Frau die Plattform. Sie hielt einen Säugling in den Armen. Der König vergaß mich auf der Stelle und eilte die Stufen zu ihr hinauf. Sein Gesicht war wie verwandelt, als er sie ansah. Sein Zorn wich einer großen Zärtlichkeit. Sie schaute auf gleiche Weise zurück. Gemeinsam betrachteten sie das Baby in ihren Armen, und dann gab der König seiner Königin einen Kuss, der so lang und ausgedehnt war, als würde es mich gar nicht geben.

Das war also Königin Jezelia von Venda, die mein Schicksal in der Hand hielt. Sie war jünger, als ich gedacht hatte, und wirkte sanfter und friedlicher als erwartet. Vielleicht hatte ich mir unnötig Sorgen gemacht. Sie übergab dem König das Baby und er hielt seine kleine Tochter auf dem angewinkelten Arm. Mit einem Fingerknöchel streichelte er ihr über die Wange.

Dann wandte sich die Königin mir zu, und alle Sanftheit verschwand schlagartig. Der träumerische Blick, den sie für ihr Baby und den König übrig gehabt hatte, wurde messerscharf. Vor mir stand eine Herrscherin, die keine Narrheiten duldete. Mit selbstsicheren Schritten trat sie an den Rand der Plattform und hob gereizt eine Augenbraue.

»Du bist also derjenige, der hier solchen Lärm veranstaltet.«

»Ich bin der *Patrei* von Torsfeste und verlange …«

»Falsch«, sagte sie und schnitt mir entschlossen das Wort ab. »Du bist mein Gefangener und …«

»Und was soll ich deshalb tun? Mich verbeugen? Das werde ich nämlich nicht. Mein Reich war schon Jahrhunderte alt, bevor hier der erste Stein auf den anderen gesetzt wurde. Das heißt …«

Sie hob abrupt die Hand, um mich zum Schweigen zu bringen, und schüttelte den Kopf. »Ich merke schon, du wirst uns Ärger machen, was?«

»Mir wurde gesagt, ich würde eine Chance bekommen zu reden!«

»Das wirst du auch, aber zuerst bin ich an der Reihe. Weil ich die Königin bin, zwanzig Stunden Wehen hinter mir habe und diejenige bin, die ein Schwert trägt.« Sie war unbewaffnet, aber ich verstand, worauf sie hinauswollte. Sie hätte genauso gut eine Henkersklinge in der Hand halten können. »Man hat mir gesagt, du seiest ein guter Zuhörer, aber vielleicht hat sich meine Quelle geirrt.«

Ein guter Zuhörer?

»Kazimyrah, ist das der Gefangene, von dem du mir erzählt hast?«

Ich zuckte zusammen, als Kazi aus dem Korridor kam. Ihre Schritte waren geschmeidig und beherrscht. Als sie sich mir zuwandte, war ihre Miene grimmig, doch unsere Blicke trafen sich nur kurz, bevor sie die Augen abwandte. »Ja, Eure Majestät. Das ist er.«

Die Königin wandte sich wieder an mich. »Dann erwarte ich, dass du gut zuhörst, *Patrei*, denn meine Rahtan irren sich nie.«

Ich brodelte wie ein überhitzter Dampfkessel, blieb aber still und wartete auf meine Gelegenheit zu sprechen. Sie befahl einer Wache, mir die Fesseln von den Händen zu nehmen, dann wiederholte sie die bekannten Vorwürfe gegen mich: Ich hätte die Verträge zwischen den Königreichen verletzt, indem ich entflohene Verbrecher aufgenommen hatte, und mich außerdem an einer Verschwörung beteiligt, um die anderen Reiche zu unterwerfen. Als ich den Mund öffnete, um zu protestieren, brachte sie mich mit einem kurzen Aufblitzen ihrer Augen und einem Kopfrucken zum Schweigen.

»*Andererseits* hat Kazimyrah ganz richtig festgestellt, dass du keinen Vertrag mit den Verbündeten Königreichen unterzeichnet hast, da Torsfeste kein Königreich oder auch nur ein Teil von Eislandia ist, obwohl du über die Stadt Höllenrachen regierst, die zu besagtem Königreich gehört … Das alles klingt nach einem sehr seltsamen und komplizierten Arrangement. Ich mag keine Komplikationen. Kazimyrah hat mir auch erklärt, wie es dazu gekommen ist.« Sie schüttelte den Kopf. »Ein kleiner Rat, *Patrei*, man sollte sich nie auf ein Kartenspiel mit einem Herrscher einlassen. Sie schummeln.«

Die Offiziere hinter ihr murmelten zustimmend, und der König grinste.

»Außerdem hat sie mich darauf aufmerksam gemacht, dass der König von Eislandia möglicherweise nicht nach bestem Wissen und Gewissen gehandelt hat, als er die Auflagen unseres neuen Abkommens erfüllte, passendes Land für eine Siedlung zu finden. Stattdessen hat er eventuell absichtlich eine Stelle gewählt, die euch provozieren sollte. Das passt mir gar nicht. Meine Bürger zu missbrauchen, um alte Fehden auszutragen, ist kein Benehmen, das ich gutheiße. Das Volk von Venda hat schon unzählige harte Zeiten hinter sich, und ich werde nicht dulden, dass ignorante Narren ihm noch mehr aufbürden. Wie dem auch sei, jedenfalls wurde mir berichtet, du habest das Problem bereinigt, die Siedlung auf eigene Kosten an einem besseren Ort errichtet und dich dabei äußerst großzügig gezeigt.«

Ich sah Kazi an. Sie stand an der Seite der Königin, schaute starr geradeaus und vermied den Blickkontakt mit mir.

Die Königin stieg die Stufen herunter und musterte mich. Ich fragte mich, ob ich wohl jemals mit dem Sprechen an die Reihe kommen würde, aber mein Instinkt riet mir zu warten, denn nichts an dieser Szene entwickelte sich so, wie ich es erwartet hatte. Ich war misstrauisch, und vielleicht wollte sie mich nur an einen Abgrund führen, um mich jeden Moment herunterzustoßen.

»Es bleibt die Tatsache, dass du am geheimen Bau von Waffen beteiligt warst«, fuhr sie fort, »und die Flüchtigen mit Kriegsmaterial versorgt hast, das in unseren Königreichen zu großer Zerstörung hätte führen können. Aber wie meine Rahtan mir gesagt hat, wurdest du selbst von Wachhauptmann Illarion betrogen, und seine Ziele waren nicht deine Ziele. Angeblich wolltest du nur deine Interessen gegen Aggressoren verteidigen. Sollte ich ihr glauben?«

Ich setzte zu einer Antwort an, doch sie brachte mich wieder zum Schweigen. »Das war eine rhetorische Frage. Ich glaube meinen Rahtan immer und vertraue auf ihr Urteil. Mein Argwohn gilt nur dir.« Sie schürzte die Lippen. »Wachhauptmann Illarion ist ein geübter Lügner und hat tatsächlich nicht nur meinen Vater, sondern auch mich sehr erfolgreich betrogen.«

Sie wanderte im Kreis durch den Raum, als müsse sie nachdenken. Ich schaute Kazi an, deren Augen nun auf mir ruhten. Ihre Pupillen waren zu Nadelspitzen zusammengezogen. Die Augen des Königs bohrten sich ebenfalls in mich. Etwas an der ganzen Sache fühlte sich falsch an. Ich kam mir wie ein einsamer Fisch in der Wassertonne vor, während alle im Raum einen Speer gezückt hielten.

Die Königin hörte mit ihrer Kreiswanderung auf und wandte sich wieder mir zu. »Im Übrigen wurde ich über die Geschichte deiner Familie aufgeklärt, die so lange zurückreicht, dass sie vielleicht alle anderen Königreiche übertrifft. Kazimyrah sagt, du würdest behaupten, direkt vom Anführer der Altvorderen abzustammen und damit dem ersten Familienclan angehören. Sie selbst habe Beweise dafür gesehen.«

»Das ist keine Behauptung, sondern die Wahrheit«, platzte es aus mir heraus, ohne dass ich eine Einladung zum Sprechen erhalten hätte.

»Dann erzähl mir davon. Ich will es mit deinen eigenen Worten hören.«

»Die Geschichte der Ballengers?«, fragte ich.

»Ja.«

Ich zögerte, weil ich immer noch nicht sicher war, worauf sie wirklich hinauswollte, und dann huschte mein Blick zu Kazi. Was hatte sie ihrer Königin erzählt? Anscheinend eine Menge. Sie wartete auf meine Antwort. »Gut, in Ordnung«, sagte ich gedehnt. Ich hatte nicht damit gerechnet, ausgerechnet über dieses Thema zu sprechen. Also begann ich mit Aaron Ballenger, dem Chefkommandeur der Altvorderen. »Er war gezwungen zu fliehen, wie alle anderen während der Letzten Tage, nachdem sein Regierungssitz zerstört worden war.« Ich erzählte von seinem Kampf ums Überleben und wie er mit letzter Kraft versuchte, eine Gruppe von Kindern zu einem weit entfernten Schutzraum zu bringen, bis er schließlich von Plünderern ermordet wurde. »Bevor er starb, übergab er die Führung an seinen Enkel, den Ältesten in der Gruppe. Greyson war erst vierzehn.« Ich berichtete der Königin, wie er und zweiundzwanzig andere Kinder im Tresorgewölbe von Torsfeste mühsam ums Überleben gerungen hatten, während draußen menschliche Aasgeier warteten. Sie hörte aufmerksam zu, schien aber auch mich dabei genauestens zu studieren, sodass mir jede meiner Bewegungen unangenehm bewusst war. »Am Ende lernten sie, sich zu verteidigen, und wagten sich wieder in die Außenwelt, wo sie die Grundsteine von Torsfeste legten. Das war die erste Generation. Unsere Geschichte erstreckt sich danach über viele Jahrhunderte.«

»Beeindruckend«, antwortete sie. »Ich habe großes Interesse an Geschichte. Wie ich festgestellt habe, sind auf diesem Kontinent unterschiedliche Geschichtsverläufe verbreitet, und von ihnen allen konnte ich etwas lernen, aber deine ist besonders faszinierend. Wie es scheint, haben die anderen Königreiche vielleicht eine Unterlassungssünde begangen, als sie die Bedeutung von Torsfeste für den Kontinent unbeachtet ließen, auch wenn euer Reich nur klein ist.«

Sie tippte sich gegen die Lippen und sezierte mich mit ihrem Blick. Schier endlose Sekunden vergingen, und dann hob sie das Kinn wie ein Händler in der Arena, bevor er sein endgültiges Angebot unterbreitet. »Hier kommt mein Vorschlag, Jase Ballenger. Ich werde den Verbündeten Königreichen empfehlen, darüber zu beraten, ob man Torsfeste als ein weiteres eigenständiges Reich anerkennen sollte. Doch um Kazimyrah zu zitieren: Unsere Wege sind nicht eure Wege … Und das führt zu ein paar lästigen Problemen.« Sie listete auf, was wir alles würden ändern müssen, um akzeptiert zu werden. Dazu gehörte ein Ende des illegalen Handels, den wir bisher so offenkundig unterstützten. »Auch wenn er auf dem ganzen Kontinent zügellos grassiert, handelt es sich doch um Diebstahl. Und dann gibt es noch das Problem der Landesgrenzen. Ihr müsst welche festlegen.«

Ich reagierte nicht, weil ich immer noch das Gefühl hatte, alles könnte nur ein Trick sein.

»Du bist nicht bereit, dich darauf einzulassen?«, fragte sie.

»Wo ist der Haken?«

»Es gibt keinen Haken. Manche Dinge tut man einfach, weil sie richtig sind. Wie ich von Kazimyrah weiß, ist das ein Konzept, das du verstehst. Im Übrigen würde es auch unseren Interessen dienen, einen zuverlässigen Verbündeten in dieser Gegend zu haben.«

Ich horchte auf. Mir war klar, dass sie andeutete, König Monte sei unzuverlässig. Da konnte ich nicht widersprechen, auch wenn es so aussah, als habe Kazi etwas übertrieben, als sie seine Wahl des Siedlungsplatzes ansprach. Ich selbst war nicht überzeugt, dass er sich bewusst für diesen Ort auf unserem Land entschieden hatte.

»So einfach geht das? Ein Federstrich, und wir sind ein anerkanntes Königreich?«

»Nein«, antwortete der König und ließ das Baby auf seiner Schulter auf- und abhüpfen, als es sich zu rühren begann. »So einfach ist das ganz und gar nicht. Eventuell könnte es Monate oder sogar Jahre dauern, bis alle Königreiche ihr Einverständnis gegeben haben. Vorher würdet ihr vermutlich einige Erkundungsbesuche von Botschaftern erhalten. Aber die Königin kann sehr überzeugend sein, ganz abgesehen davon, dass sie beim König von Dalbreck einen Fuß in der Tür hat. Also werden die Königreiche zustimmen – irgendwann –, vorausgesetzt du lässt dich auf die Bedingungen ein.«

»Fünfzig Meilen«, sagte ich. »So weit reichen unsere Grenzen. Fünfzig Meilen in jeder Richtung von Torsfeste.«

»Das würde Höllenrachen einschließen«, bemerkte die Königin.

»Ganz genau«, bestätigte ich. »Die Stadt hat schon immer uns gehört. Es wird Zeit, jeden Zweifel daran zu beseitigen.«

Sie knabberte an ihrem Mundwinkel. »Das könnte etwas schwieriger werden, falls der König von Eislandia nicht bereit ist, das Land an euch abzutreten. Schließlich ist er immer noch der Regent.«

»Wir werden ihn überreden«, sagte ich.

»Mit gesetzlichen Mitteln nehme ich an?«

Wessen Gesetze?, wollte ich fragen. Durch meinen Kopf spukten Racaa und Antilopenblut, aber ich antwortete: »Selbstverständlich.«

»Vielleicht sollten besser wir das Überreden übernehmen«, sagte der König, als habe er meine Gedanken gelesen. »Wenn man bedenkt, wie viel länger die Ballengers sich im Laufe der Geschichte um die Verwaltung des Landes gekümmert haben, sollte es nicht schwer sein, für eine Rückgabe in eure Hände zu plädieren.«

Die Königin nickte. »Nun gut, sobald die anderen Herrscher sich einig sind, wird Torsfeste das dreizehnte Königreich werden.«

»Das erste«, verbesserte ich.

Die Königin sah mich mit schmalen Augen an, aber ich bemerkte ein Glitzern darin. Mein Protest amüsierte sie. »Kazimyrah hat mich vorgewarnt, dass du nur Probleme machst.« Sie seufzte. »Sei es drum, dann eben das erste.«

Sie sagte, dass ich heute in einem Gästequartier übernachten würde, morgen früh die Papiere unterzeichnen konnte und dann mein eigener Herr war. In ein paar Wochen würde ich wieder von ihnen hören. Sie plante, mir mehrere Valspreys und einen Falkner zu schicken, um die Kommunikation zu erleichtern. Nun würde ich erst einmal die nötige Ausrüstung für meine Rückreise bekommen und konnte auch eine Eskorte haben, falls ich das wünschte. »Du bist frei zu gehen.«

Gehen? Einfach aus der Tür spazieren, ohne einen Blick zurückzuwerfen? Meine Augen huschten zu Kazi. Sie stand starr in Habachtstellung und hatte die Augen auf eine leere Wand gerichtet, aber ihre Hände waren an den Seiten zu Fäusten geballt. Ich hatte gerade alles gewonnen, wovon mein Vater und Generationen von Ballengers geträumt hatten, nämlich die Anerkennung durch die anderen Königreiche. Damit konnten wir ein für alle Mal unseren Machtanspruch durchsetzen. Wir würden ein eigenständiges Königreich sein. Und dennoch stand ich hier und brachte es nicht über mich, die Halle zu verlassen. Ich hätte im Siegestaumel wie auf Wolken gehen sollen, stattdessen schien mich ein schweres Gewicht niederzuziehen.

Mein Blick wanderte wieder zu der Königin. »Danke«, sagte ich. Mir war klar, dass ich in Gnaden entlassen war, und trotzdem stand ich weiter hier herum. Die Königin sah mich seltsam an, als würde sie mein Zögern bemerken. Ihr Blick wanderte zwischen Kazi und mir hin und her. Dann wurden ihre Augen plötzlich wieder scharf.

»Wenn ich näher darüber nachdenke«, sagte die Königin, »wäre es die allergrößte Torheit, mich auf einen Handel mit einer Bande Gesetzloser einzulassen. Ich bin nicht sicher, wie weit ich dir wirklich trauen kann, Jase Ballenger. Du könntest zu deinen Banditengewohnheiten zurückkehren. Was meint König Jaxon dazu?«

Er wirkte einen Moment überrumpelt, doch dann fasste er sich. »Ich bin derselben Meinung.« Mit ein paar Schritten stand er neben seiner Frau und schüttelte den Kopf. »Dieser Mann ist nicht vertrauenswürdig. Das sieht man gleich an seinem schiefen Grinsen. Ich bezweifle, dass es sicher wäre, ihn gehen zu lassen.«

War das der Trick, den sie von Anfang an geplant hatten? Mein Puls raste. »Was …«

»Aber ich könnte dir vielleicht eine treue Repräsentantin der Krone zur Seite stellen, um dich im Auge zu behalten«, schlug die Königin vor. »Eine Art Botschafterin. Was denkst du, *Patrei?* Findest du, dass ich dir trauen sollte?«

Ich starrte sie an, als habe sie mir mit einem Schlag die Luft herausgeprügelt, doch dann sah ich das Funkeln in ihren Augen. Plötzlich wurde mir alles klar. Ich verstand, was sie vorhatte.

Kapitel 61

Kazi

Die Königin machte mir keine Versprechungen. Sie hörte bei allem, was ich ihr erzählte, aufmerksam zu, und wechselnde Gefühle erschienen auf ihrem Gesicht. Manchmal sah ich Ärger, Überraschung und Verwirrung, manchmal auch Traurigkeit, oder vielleicht glaubte ich auch bloß, meine eigenen Emotionen in ihrem Blick wiederzufinden. Ich hielt mich an die Fakten und berichtete nur, was ich beobachtet hatte und was für die Königreiche von Bedeutung war. Die Beziehung zwischen Jase und mir erwähnte ich nicht, genauso wenig wie die Tage in der Wildnis, denn sonst hätte ein ganzes Leben nicht für meine Geschichte ausgereicht.

Als ich fertig war, sagte sie, dass sie alles sorgfältig in Betracht ziehen würde – sogar meine kühne Bitte –, aber zuerst wolle sie sich den Gefangenen selbst anschauen. Sie wollte mit ihm reden, ihm in die Augen blicken, ein Gefühl für seinen Charakter bekommen, und dann würde sie entscheiden. Allerdings beschleunigte sie das Verfahren und ließ ihn sofort in die Empfangshalle rufen.

Ich befand mich im Korridor direkt hinter der Königin, als sie Jase entgegenging, aber kurz vor dem Eingang blieb ich stehen und presste mich gegen die Wand. Ich schaffte es nicht, den Raum zu betreten und Jase zu begegnen. Gerade noch hatte ich seine wütenden Rufe durch den Gang hallen hören … all seine

Empörung und Bitterkeit. Ich konnte versuchen, einiges für ihn zum Guten zu wenden, aber gleichzeitig gab es Dinge, die für immer zerstört bleiben würden.

»Kazimyrah«, rief die Königin, »ist das der Gefangene, von dem du mir erzählt hast?«

Ich hatte keine andere Wahl, als den Saal zu betreten. Also stieß ich mich von der Wand ab und hüllte mich in eine Gelassenheit, die ich nicht empfand. Ich verwandelte meine Befürchtungen und mein Bedauern in einen festen Schritt nach dem anderen, griff auf meine alten Überlebensstrategien zurück und redete mir ein, ich könnte das hier schaffen. *Fang an zu jonglieren, Kazi. Pirouette und Rückzug.* Aber ich hatte keine Tricks mehr übrig und keine Richtung, in die ich davonlaufen konnte.

»Ja, Eure Majestät. Das ist er.«

Ich heftete meinen Blick auf die hintere Wand, hörte den Anklagen zu und wartete. Es fühlte sich an, als würde eine gigantische Hand mich an den Schultern niederdrücken, sodass jeder meiner Knochen kurz davor war, unter dem Druck zu zerbersten. Ich war nicht sicher, wie lange ich noch würde stehen können, aber nach einigen Minuten hörte ich etwas im Klang ihrer Stimme und wusste Bescheid. Eine vertraute Strenge, die ich genauso vor sechs Jahren gehört hatte, als ich ihr ins Gesicht gespuckt hatte. *Nehmt sie mit ins Sanctum.* Damals war ich noch nicht fähig gewesen, das Mitgefühl in ihren Worten zu bemerken. Ich war zu verängstigt und wütend. Aber jetzt hörte ich es und fragte mich, ob das wohl zu den Dingen gehörte, die man nur aus der Distanz wahrnahm.

Ich beobachtete, wie sie Jase' Familiengeschichte lauschte, und dabei versuchte, jede Bewegung und jedes Blinzeln zu interpretieren. Bald war ich überzeugt, dass sie ebenfalls den Stolz in seiner Stimme hörte, die Entschlossenheit und die Last der Verantwortung. Sie sah in Jase genau dasselbe wie ich, wer er im Innersten war und was noch alles in ihm steckte.

Die Befragung verlief gut. Besser, als ich zu hoffen gewagt hatte. Torsfeste sollte endlich die Anerkennung finden, die dem ersten Reich des Kontinents gebührte. Ich riskierte einen Blick auf Jase. Er hatte sich zum Gehen gewandt. Nun würde er nach Hause zurückkehren. Das hatte ich gewollt und gehofft. Höllenrachen brauchte ihn. Seine Familie brauchte ihn. Aber dann schaute Jase mich an, und durch meinen Kopf wirbelte ein Tornado aus Erinnerungen, durch dessen Tunnelschlund ich nur noch sah, wie alles aus meiner Reichweite gefegt wurde.

Dann schlug mein vorgezeichneter Pfad plötzlich einen wilden Haken, und die Situation geriet so vollkommen außer Kontrolle, als wäre ebendieser Tornado gerade mitten durch die Halle gefegt. Mein Schädel pochte, und ich versuchte hektisch zurückzuverfolgen, an welchem Punkt alles schiefgelaufen war.

Ich bin nicht sicher, wie weit ich dir wirklich trauen kann, Jase Ballenger.

Ich bezweifle, dass es sicher wäre, ihn gehen zu lassen.

Was denkst du, Patrei*? Findest du, dass ich dir trauen sollte?*

Ich war wie festgefroren, konnte mich kaum bewegen, während meine Augen an Jase hingen. Mit angehaltenem Atem wartete ich auf seine Antwort. *Sag ja, Jase! Sag es ihr! Lass sie wissen, dass du dein Wort immer hältst!*

Doch stattdessen zögerte er.

Sag es ihr!

Sein Blick richtete sich wieder auf die Königin. »Nein«, antwortete er. »Ich glaube, man kann mir wirklich nicht vertrauen. Gut möglich, dass ich wieder in alte Gewohnheiten zurückfalle.«

Was redete er da? Waren hier alle verrückt geworden?

»Genau das hatte ich mir gedacht«, erwiderte die Königin. »Da brauche ich wohl jemanden, der deiner Spitzbüberei ebenbürtig ist, und gerissen genug, dich im Zaum zu halten. Jemanden, der sich in Torsfeste bereits auskennt.« Ihr Blick richtete sich auf mich. »Wie wäre es mit dir, Kazimyrah? Wärest du bereit, diese Aufgabe zu übernehmen? Würdest du den *Patrei* zurück in seine Heimat begleiten?«

Ich starrte sie an und versuchte zu begreifen, was sie da gerade gesagt hatte. Zurück in seine Heimat? Der Saal wurde von einer plötzlichen Hitzewelle durchflutet, der die ganze Luft mit einem hörbaren *Wuuusch* heraussog. Botschafter in Torsfeste? Sie verstand die Situation nicht. »Es tut mir leid, Eure Majestät, aber das wird nicht möglich sein. Die Art, wie ich Torsfeste verlassen habe, hat beträchtliche Feindseligkeit geschürt. Es wäre nicht klug, gerade mich als Verbindungsperson auszuwählen.« Ich blickte mit brennenden Augen auf Jase. »Und ich bin sicher, der *Patrei* würde nicht wollen, dass ich ihn begleite. In seiner Familie hassen mich inzwischen alle.«

Eine lange, bedrückende Stille folgte, bis Jase den Kopf schüttelte. »Nicht alle.«

Er durchquerte den Saal, und niemand versuchte ihn aufzuhalten. Er stieg die Stufen hinauf, schaute auf mich nieder und suchte meinen Blick. Dann zog er mich so fest in die Arme, dass ich fast erdrückt wurde, und vergrub das Gesicht in meinem Haar. »Ich habe es dir schon einmal gesagt«, flüsterte er mir ins Ohr, »und ich werde meine Worte nicht zurücknehmen. Ich liebe dich, Kazi aus Hellnebel, und werde nie damit aufhören, nicht morgen, nicht übermorgen oder in tausend Tagen. Komm mit mir zurück. Bitte.«

Mein Gesicht war an seine Schulter gepresst, und ich atmete stoßweise durch eine zu enge Kehle. *Denk dir einen Wunsch aus. Irgendeiner geht immer in Erfüllung.* Meine Finger krallten sich in sein Hemd, um krampfhaft festzuhalten, was ich weit außerhalb meiner Reichweite geglaubt hatte. Ich wusste kaum, wie mir geschah, und dann sprudelten Worte aus meinem Mund, die ich nicht länger zurückhalten wollte, auch wenn sie riskant waren. Es war mir egal, ob der gesamte Götterhimmel mir dabei zuhörte. »*Le pavi ena*«, stieß ich keuchend hervor. »Ich liebe dich, Jase Ballenger.«

»Ja, ich weiß«, sagte er. »Ich habe es immer gewusst.«

Endlich hob ich mein Gesicht, und unsere Lippen trafen sich zu einem Kuss, der salzig von Tränen war. »Mein Morgen gehört dir, Jase. Ich will, dass jeder Tag nur dir gehört.«

Wir hielten uns aneinander fest, ganz eng, und hätten am liebsten alle Teile von uns verschmolzen, sodass nichts und niemand mehr zwischen uns kommen konnte. Als wir uns schließlich trennten, war der Saal leer. Nur wir zwei waren noch übrig. Ich ging davon aus, dass die Königin wusste, wie meine Antwort lautete: *Ja.*

Jase half mir, Mije zu satteln und zu beladen. Wenn wir dieses Mal zusammen die Wildnis durchquerten, würden wir genügend Vorräte und Stiefel an den Füßen haben. Wir hatten uns bereits von der Königin und dem König verabschiedet, und Jase hatte die nötigen Papiere unterschrieben, damit Torsfeste am Ende einer längeren Prozedur als eigenständiges Reich dieses Kontinents anerkannt werden konnte.

Er zog die Schnalle an meiner Satteltasche fest. »Also, heißt das jetzt, dass ich dich in Zukunft ›Botschafterin Hellnebel‹ nennen muss?«, fragte er.

»Oder vielleicht Vögtin Hellnebel«, antwortete ich. »Ich glaube, das hatte die Königin letztlich im Sinn: mich zu ihrer Gesetzeshüterin zu machen.«

Er zog mich in seine Arme. »Dann werde ich mich sehr unartig benehmen, damit du etwas in deine Berichte schreiben kannst. Ich will schließlich nicht, dass du deine Arbeit verlierst.«

Wir küssten uns wieder, als sei unsere Nähe ganz neu, wunderbar und zerbrechlich. Keiner von uns hatte diese Wendung kommen sehen. Ich wusste schon jetzt, dass ich mit allen Kräften darum kämpfen würde, auf dem Pfad zu bleiben, den mein Leben diesmal eingeschlagen hatte. Ganz egal, was ich tun musste oder was es mich kosten würde.

»Könntet ihr mal kurz aufhören?«, rief Synové.

Jase und ich traten einen Schritt auseinander, als sie und Wren auf uns zukamen. Synové hielt ein kleines, zugeschnürtes Paket in die Höhe. »Nur ein bisschen Wegzehrung als Abschiedsgeschenk.«

»Ich bin nicht sicher, ob ich überhaupt noch Platz habe«, erwiderte ich.

»Glaub mir, wenn ihr dort draußen im Nirgendwo steckt, werdet ihr es zu schätzen wissen.«

»Ich kann es bestimmt noch unterbringen«, bot Jase an und nahm mir das Paket ab. Kaum hatte er uns den Rücken zugewandt, begann Synové, zweideutige Signale mit ihren Augenbrauen zu machen, während Wren *ihre* Augen nur zum Himmel verdrehte. Ich wünschte, die beiden könnten ebenfalls mit zurück nach Torsfeste kommen, aber sie sollten nach einer kurzen Ruhepause gleich auf die nächste Mission geschickt werden. Ich vermutete, dass die Königin auch einige Zeit mit Synové verbringen wollte, um genauer zu ergründen, wie Bahr sein plötzliches Ende gefunden hatte. Die Geschichte wurde in der Marabella-Siedlung bereits zur Legende.

Wren trat von einem Fuß auf den anderen und stieß ein frustriertes Zischen aus. Dann zog sie ihre *Ziethe*, wirbelte sie einmal herum und steckte sie wieder in die Scheide. Sie schüttelte den Kopf. »Bist du dir sicher? Wer hält dir den Rücken frei, wenn wir nicht da sind?«

»Mir wird schon nichts passieren«, antwortete ich, obwohl ich ebenfalls nervös war. Wir hatten die Morddrohungen beide gehört, die uns zugerufen wurden, als wir Jase und die Gefangenen mitgenommen hatten. Seine Familie hatte ihrem Zorn sehr wortreich Luft gemacht. Ohne Zweifel teilte inzwischen die ganze Stadt ihre Meinung.

Jase war es gelungen, das Paket in meinem Gepäck zu verstauen, und er drehte sich wieder um. »Ich werde ihr den Rücken freihalten, und ich verspreche dir, wenn ich meiner Familie erst alles erklärt habe, werden sie Kazi dankbar sein.« Anscheinend hatten Bahr und Sarva ihm gegenüber damit geprahlt, dass sie seine ganze Sippschaft umbringen wollten, und ihm genüsslich die grausigen Details erzählt, besonders über seine Mutter und seine Schwestern. Das war der Grund für die letzte Schlägerei gewesen. Da sie Jase nicht länger ausnutzen konnten, hatten sie eine niederträchtige Freude daran gehabt, ihn zu provozieren.

Wren wirkte nicht überzeugt, nickte aber.

Unerwartet stellte sich Synové auf die Zehenspitzen und küsste Jase auf die Wange. »Gib das an Mason weiter, ja?«, zirpte sie. »Bestimmt vermisst er mich inzwischen ganz schrecklich. Lass ihn wissen, dass ich heil hier angekommen bin. Das wird so eine Erleichterung für ihn sein.«

Jase konnte ein Grinsen nicht unterdrücken und fügte noch ein kleines Augenrollen hinzu. Wir hatten Masons Morddrohungen ebenfalls gehört, ganz abgesehen davon, dass wir alle

Zeuge gewesen waren, wie gequält er ihre Schäkereien über sich hatte ergehen lassen. »Ich werde es ihm ausrichten.«

Dann standen wir verlegen da, und keiner wollte sich als Erster verabschieden. Ich zuckte mit den Schultern. »Tja, das war es dann wohl.«

»*Neiiiin*«, sagte Synové mit einem übertriebenen Augenzwinkern. »*Es* kommt erst später.«

Wren stieß ihr den Ellbogen in die Seite, dann umarmte sie mich. Synové gesellte sich dazu. »Nie zuerst blinzeln«, flüsterte sie unser Motto, bevor sie mich losließ.

»Nie«, versprach ich.

»Und vergiss nicht, *Patrei*«, warnte Wren noch, bevor sie davongingen, »halt ihr den Rücken frei. Oder wir kommen und benutzen deinen als Zielscheibe.«

Am späten Nachmittag machten wir Rast an einer Quelle, wo die Pferde trinken konnten. Wir hatten versucht zu schätzen, wie lange wir brauchen würden, um nach Torsfeste zurückzukehren. Drei bis vier Wochen mindestens, je nach Wetterlage. Kühle Herbstfrische durchwehte die Luft.

»Das Erste, was ich zu Hause tun muss, ist, mich bei Jalaine zu entschuldigen und sie wieder in der Arena einzusetzen«, sagte Jase. »Sie liebt ihre Arbeit, auch wenn sie sich ständig darüber beschwert.« Er machte eine Pause und schaute auf den Ring mit der Silberranke, während ich einen Wasserschlauch füllte. Das Gold glitzerte in der Sonne. »Und den wirst du abnehmen müssen, bevor wir zurück sind.«

»Meinen Ring?« Ich drehte ihn um den Finger. »Wieso?«

»Glaubst du wirklich, dass es klug ist, etwas zur Schau zu stellen, das du dem König gestohlen hast? Besonders wenn wir auf sein Wohlwollen angewiesen sind, um ihm unseren Vorschlag zu unterbreiten.«

»Wovon redest du? Ich habe dir doch schon gesagt, dass ich ganz legal an den Ring gekommen bin.« Ich erzählte, wie der Händler ihn mir im Austausch für ein Rätselgedicht gegeben hatte.

Jase verkorkte seinen Wasserschlauch und ließ sich auf einem schattigen Wiesenfleck neben der Quelle nieder. Er legte sich hin und faltete die Hände hinter dem Kopf. »Mein Fehler. Garvin hatte den Eindruck, du hättest dem König etwas stibitzt, also habe ich angenommen …«

»Na ja, um die Wahrheit zu sagen … das habe ich wirklich«, gab ich zu und setzte mich neben ihn. »Aber wie sich herausstellte, war es nur ein Zettel mit einem Namen. Vielleicht ein Händler, der Roheisen verkauft. Ich glaube, der König hat die Notiz von Paxton bekommen. Devereux oder so ähnlich.«

Jase Kopf schnellte herum, als habe er nicht richtig gehört. »Was?«

»Devereux zweiundsiebzig. Mehr stand nicht drauf.«

Er richtete sich im Sitzen auf. »Devereux? Bist du sicher?«

»Wieso? Kennst du ihn?«

Und das war der Moment, als er mir von Zane erzählte. Alles über Zane. Dass er zum Mitarbeiterstab der Ballengers gehört hatte. Wie sie ihm eine Falle gestellt und mich zum Springbrunnen gelockt hatten, um zu sehen, ob Zane mich erkannte. Über das anschließende Verhör. Deshalb hatte Gunner ihn damals in der Nacht so schnell herbeizaubern können. Sie hatten ihn im Lagerhaus von Torsfeste gefangen gehalten.

»Und das war auch der Grund, warum ich dir nicht gleich alles erzählt habe, Kazi. Erst musste ich sicher sein, dass er wirklich der Mann war, den du beschrieben hast. Dann habe ich nach den richtigen Worten und dem richtigen Moment gesucht. Ich hatte Angst, dass ich dich verlieren würde, wenn du erfährst, dass er für uns gearbeitet hat.«

Ich brauchte eine Minute, um diese Enthüllung zu verdauen – zuerst ein Angestellter, aber jetzt ihr Gefangener. Das bedeutete, wenn wir nach Torsfeste zurückkehrten, würde er immer noch dort sein.

»Du bist sicher, dass Zanes Auftraggeber auch Devereux hieß?«, fragte ich schließlich.

Jase nickte.

Wir diskutierten darüber, was das bedeuten mochte. War der Mann, von dem Zane Geld für die Sklavenjäger bekommen hatte, wirklich derselbe wie auf dem Zettel? Einem Zettel, den der König sehr wahrscheinlich von Paxton bekommen hatte? Für wen arbeitete Devereux? Seit Wochen versuchte jemand mit allen Mitteln, die Ballengers aus dem Sattel zu heben. Es gab fünf Bündnisführer, mit denen Jase' Familie über die Jahre hinweg Zusammenstöße gehabt hatten. Alle waren sie begierig darauf, die Kontrolle über Höllenrachen und die sehr profitable Arena zu übernehmen. Devereux arbeitete vermutlich für einen von ihnen … und nun gab es einen klaren Hinweis auf Paxton.

»Mein lieber Vetter hat gesagt, er habe einen neuen Handelsvertreter«, überlegte Jase laut. »Vielleicht hat Devereux tagsüber diese Rolle, und nachts kümmert er sich um eine andere Art von Geschäften.«

»Was ist mit dem König?«, fragte ich. »Schließlich habe ich den Zettel bei ihm gefunden. Könnte Devereux auch für ihn arbeiten?«

Jase zog die Stirn kraus. »Nicht, wenn wir hier von demselben König reden, den ich kenne. Schon bei der Begegnung mit jemandem, der sich in dunklen Gassen herumtreibt, würde Montegue sich vor Angst in die Hose machen. Er hätte garantiert nicht den Schneid, so einen Mann zu beauftragen. Und wozu auch? Er ist der König, kein Bündnisführer. Und am liebsten ist er Bauer. Er hätte nichts zu gewinnen, wenn er bei diesem Spiel mitmischt.«

Danach rätselten wir beide über Beaufort nach. Arbeitete *er* vielleicht mit einem Bündnisführer zusammen, der die Autorität der Ballengers in Höllenrachen untergraben und ein Stück vom Kuchen haben wollte? War Zane ihr Mittelsmann? Oder hatten die verschiedenen Intrigen nichts miteinander zu tun? Gab es nur eine große Verschwörung oder zwei unabhängige? Mir fiel wieder Paxtons Drohung ein: *Komm nicht der falschen Person in die Quere, sonst handelst du dir vielleicht mehr Ärger ein als erwartet. Sieh dich lieber vor.*

Jase schüttelte grüblerisch den Kopf. Ich wusste, wie sehr es an ihm nagte, dass er jetzt nicht zu Hause war. »Beim letzten Mal, als ich verschwunden bin, hatte Gunner alles gut im Griff«, sagte er schließlich. »Das wird jetzt nicht anders sein. Und wir haben immer noch Zane in Gewahrsam. Meine Familie wird ihn nicht einfach laufen lassen. Wenn wir zurück sind, können wir mehr Informationen aus ihm herausquetschen.« Er drückte meine Hand. »Und wir werden auch die Antworten auf deine Fragen finden, Kazi. Das steht gleich an erster Stelle. Es tut mir leid, wie Gunner mit dir umgegangen ist.«

Ich schaute zu Boden, als mir die höhnische Herausforderung seines Bruders wieder einfiel. »Unsere Nerven waren alle bis zum Zerreißen gespannt. Er hatte Angst um dich«, erwiderte ich und versuchte Verständnis zu haben. Aber Gunners Grausamkeit war immer noch eine offene Wunde. Er hatte mir Zane vor die Nase gehalten, wie man ein ausgehungertes Tier mit Futter ködert.

Bisher hatte ich mir nur Sorgen gemacht, ob die Familie mir verzeihen konnte, aber jetzt fragte ich mich, ob es mir jemals gelingen würde, Gunner zu vergeben. *Wir werden auch die Antworten auf deine Fragen finden.* Bei dem Gedanken durchlief mich ein kaltes Prickeln. Was, wenn ich die ganze Zeit falsch gelegen hatte? Vielleicht war meine Mutter gar nicht tot. Vielleicht hatte der Sensenmann mir ein Schnippchen geschlagen.

Jase schaute mich an, und seine Augen waren dunkel vor Besorgnis.

Ich stieß einen langen, reinigenden Atemzug aus. »Mach dir keine Sorgen. Wir werden das Rätsel schon lösen«, sagte ich. »Aber diesmal wird es keine Geheimnisse zwischen uns geben, und wir stehen auf derselben Seite.«

Er lächelte. »Damit haben sich die Siegeschancen der Ballengers gerade verdoppelt.« Er tippte mir gegen die Schulter, damit ich mich wieder ins Gras legte, und küsste meine Wange. »Bevor ich es vergesse, ich schulde dir noch etwas.«

»Ach ja?«, fragte ich.

»Ich hatte dir doch ein Rätsel versprochen. Ein *gutes*. Dafür habe ich eine Weile gebraucht. Wie ich gemerkt habe, ist es gar nicht so leicht, die richtigen Worte zu finden.« Er hob meine Hand und küsste die Fingerkuppen, als wolle er jede einzelne würdigen. »Aber manchmal muss man sagen, was man auf dem Herzen hat, wenn sich die Gelegenheit ergibt. Vielleicht bekommt man später keine Chance mehr dazu. Jedes Wort ist so wahr wie möglich geworden, also kann ich dir das Gedicht genauso gut jetzt aufsagen, Kazi.«

Er zog sich das Hemd aus dem Gürtel.

»Jase«, sagte ich, »was genau hast du …«

»Schsch«, murmelte er. »Warte es ab.« Er nahm meine Hand, zog sie unter den Stoff und legte sie flach auf seine Brust. Seine

Haut brannte heiß unter meiner Handfläche und ich fühlte seinen Herzschlag ganz leicht an meinen Fingern. »Bereit?«, fragte er. »Dann hör genau zu, weil ich mich nicht wiederholen werde, Botschafterin Hellnebel.«

Ich lächelte. »Keine Sorge, *Patrei*. Ich bin eine gute Zuhörerin.« Er begann zu rezitieren, ohne meine Hand von seiner Brust zu nehmen.

»Mir fehlt ein Mund. Mein Hunger wird gestillt,
wenn mich dein Blick mit Freundlichkeit erfüllt.
Ganz ohne Augen erkenne ich die Seele,
die mich ergänzt, mit der ich mich vermähle.
Ich schwelle freudig unter deiner Kriegerhand,
die mich berührt, in der ich Ruhe fand.
Verloren bin ich und zugleich gefunden.
Du hast in Fesseln mich gebunden,
und gerne gebe ich mich dir gefangen,
kann ich dadurch nur nah zu dir gelangen.«

Meine Kehle schmerzte. Ich kannte die Lösung, aber spielte trotzdem mit. Wahllos schlug ich vor: »Ein Schlüssel? Der Wind? Eine Landkarte?« Seine Lippen streiften meine bei jeder falschen Antwort.

»Ich brauche wahrscheinlich eine Weile, um dahinterzukommen«, sagte ich.

Sein Mund war warm, seine Zunge zärtlich, und seine Hände spielten mit meinen Haaren. »Nimm dir so viel Zeit, wie du möchtest.«

Uns trieb keine Eile.

Wir waren allein, wir hatten einander, und eine unendliche Wildnis erstreckte sich vor uns.

KAPITEL 62

DER VOGEL WAR TOT. Er hatte ihn vom Himmel stürzen sehen, nachdem ein Dutzend Pfeile seinem Flug gefolgt waren. Einer davon hatte in der Brust des Vogels sein Ziel gefunden. Er hob ihn mit seinen Knochenfingern auf und hielt ihn behutsam in beiden Händen. Der Hals war gebrochen, und der Kopf fiel in einer eleganten Neigung über seinen Arm. Natürlich wusste er bereits, was in dem Brief stand, der an dem Vogelbein befestigt war. Er hatte hinter Jalaine gestanden, als sie ihn schrieb.

Jase, Kazi, wer auch immer,

kommt und helft uns! Bitte! Samuel ist tot.

Sie hämmern gegen die Tür.

Ich brauche …

Er hatte gewusst, dass ihr die Zeit fehlen würde, den Brief zu Ende zu schreiben. Sie hatte es kaum noch geschafft, den Vogel freizulassen. Er schaute auf die Stelle hinunter, wo der Pfeil in der rot durchtränkten Brust steckte. Dann ergriff er den Schaft und zog ihn aus dem Körper. Ein Wirbel weißer Daunen schwebte zu Boden. Er wusste nicht, ob es helfen würde, aber er hatte Jalaine sein Wort gegeben, und seine Versprechen hielt er immer. Also hob er den Vogel nah an seinen Mund und wisperte in die Federn hinein. *Nicht heute, nicht jetzt.* Danach warf er ihn in die Luft.

Die Flügel schnappten auf, spreizten sich in der Luftströmung, und der Vogel flog von der Festung davon.

Über die Autorin

Mary E. Pearson hat bereits verschiedene Jugendbücher geschrieben. *Die Chroniken der Verbliebenen* war ihre erste Reihe, die auf Deutsch erschienen ist. In den USA hat sie damit in Bloggerkreisen geradezu einen Hype ausgelöst, und auch in Deutschland wächst die Fangemeinde stetig. Die Autorin lebt mit ihrem Mann und zwei Hunden in Kalifornien.

ARE
HÖLLE